ELIZABETH GAGE

Tödliche Orchidee

W0223601

Buch

Jordan Lazarus wächst als kleiner Junge in ärmlichen Verhältnissen auf. Als er als Jugendlicher sein Elternhaus verläßt, um den Unterhalt für die Familie zu verdienen, macht er innerhalb kürzester Zeit eine atemberaubende Karriere. Seine charismatische Erscheinung, sein scharfer Verstand und seine sichere Menschenkenntnis ermöglichen ihm neben dem beruflichen schließlich auch den gesellschaftlichen Aufstieg. Doch irgend etwas fehlt Jordan in seinem Leben, und er merkt dies ganz besonders deutlich, als er Leslie Chamberlain kennenlernt. Auch sie hatte eine dunkle, qualvolle Kindheit, die sie kraft ihrer Schönheit und Tüchtigkeit zu überwinden versucht. Jordan jedoch spürt dieses Dunkle, Schattenhafte in Leslie und fühlt sich unwiderstehlich zu ihr hingezogen. Aber in seinem Leben gibt es noch eine andere Frau, Jill Fleming, die eifersüchtig über ihn wacht. Jills Vergangenheit war ebenfalls traumatisch, doch anders als Jordan und Leslie versucht sie mit aller Macht – und wenn es sein muß, auch mit Gewalt –, ihre Ziele zu erreichen. Eines dieser Ziele ist Jordan, und dafür ist sie sogar bereit, über Leichen zu gehen.

Autorin

Elizabeth Gage ist das Pseudonym einer bekannten amerikanischen Erfolgsautorin. Alle ihre Romane standen auf der *New-York-Times*-Bestsellerliste. Sie lebt mit ihrem Mann und ihrer Tochter in Scottsdale, Arizona.

Im Taschenbuch sind von Elizabeth Gage lieferbar:
Feuer und Asche. Roman (41500)
Gefährliche Glut. Roman (42962)
Tabu. Roman (41540)

ELIZABETH
GAGE

Tödliche Orchidee

Roman

Aus dem Amerikanischen
von Gabriela Prahm

BLANVALET

Die Originalausgabe erschien unter dem Titel »Intimate«
bei Pocket Books, New York

Für Maile

Umwelthinweis:
Alle bedruckten Materialien dieses Taschenbuches
sind chlorfrei und umweltschonend.
Das Papier enthält Recycling-Anteile.

Blanvalet Taschenbücher erscheinen im Goldmann Verlag,
einem Unternehmen der Verlagsgruppe Bertelsmann

Taschenbuchausgabe November 1998
Copyright © der Originalausgabe 1995 by Gage Production, Ltd.
Copyright © der deutschsprachigen Ausgabe 1996
by Wilhelm Goldmann Verlag, München,
in der Verlagsgruppe Bertelsmann GmbH
Umschlaggestaltung: Design Team München
Umschlagfoto: Mauritius/AGE
Druck: Elsnerdruck, Berlin
Verlagsnummer: 35049
SK · Herstellung: Heidrun Nawrot
Made in Germany
ISBN 3-442-35049-2

1 3 5 7 9 10 8 6 4 2

Gedank' und Urteil wie im Wahnsinn toben,
Blind um die Wahrheit irrend hin und her:
Der ich dich schöngepriesen, hell gedacht,
Die schwarz wie Höll' und finster wie die Nacht.

W. Shakespeare, Sonett 147

Spieglein, Spieglein an der Wand,
Wer ist die Schönste im ganzen Land?

Schneewittchen

PROLOG

Die Insel hieß Xalos und lag in der Agäis, etwa fünfundsiebzig Meilen östlich von Athen und etwa gleich weit von der Küste der Türkei entfernt, in der Inselgruppe der Kykladen. Vulkanischen Ursprungs, verfügte sie über nur wenig Landwirtschaft. Die wenigen hundert Bewohner der Insel bestritten ihren Lebensunterhalt durch Fischfang und den mühsamen Anbau von Oliven.

Vor etwa zweitausend Jahren spielte die Insel eine wichtige, wenngleich auch zweideutige Rolle im zweiten Peloponnesischen Krieg, als eine kleine, aber blutrünstige Schar von Spartanern sie als Basis für ihre Angriffe auf die nahe gelegene Garnison der Athener in Sifnos benutzte. Die Spartaner tarnten ihre Kriegsschiffe als Fischerboote und lagen fast zwei Monate lang im Hafen von Xalos auf der Lauer, ehe sie die nichtsahnenden Athener überraschten und vernichteten. Doch wie sich herausstellte, war dies ein Pyrrhussieg, weil innerhalb von nur sechs Wochen nach dieser entscheidenden Schlacht eine Cholera-Epidemie den Großteil der Bevölkerung der Insel dahinraffte, darunter auch die Besatzer aus Sparta…

In den folgenden Jahrhunderten war das Dorf Schachfigur in so vielen Kriegen gewesen, wie die Griechen und ihre Feinde anzetteln konnten. Wohl hundertmal und mehr wechselten die Besatzer. Doch die Einwohner, deren Stammbäume bis in die Zeit von Aischylos und Thukydides zurückreichten, schenkten dem politischen Unfrieden um sie herum wenig Beachtung und konzentrierten sich lieber auf die Gezeiten, Stürme und die Lebensgewohnheiten des Ägäis-Barsches, ihrer Haupteinnahmequelle.

Wer heutzutage, verwöhnt durch wunderschöne Orte rund um die Welt, Xalos besuchte, dem fiel als erstes auf, daß es auf der Insel kein einziges großes Hotel gab. Auch wenn der Hafen pittoresk und der Blick auf die übrigen Ägäischen Inseln umwerfend war – ganz zu schweigen von den Sonnenuntergängen, die so beeindruckend wie selten sonst auf der Welt waren – gab es auf Xalos keinerlei Tourismus. Ein kleines Hotel im Stadtkern, bewohnt von Geschäftsreisenden und der gelegentlich dort wohnenden Witwe oder ein paar Junggesellen, war das einzige Haus am Ort.

Mögliche Touristen taten diesen wundervollen Ort ab als bar jeder Möglichkeit zur Freizeitgestaltung und somit als Ort ohne Interesse, ohne sich jedoch zu überlegen, daß das kleine Xalos aus einem ganz bestimmten Grund so unberührt geblieben war.

Sämtliche für den Bau von Hotels, Restaurants oder Ferienwohnungen geeignete Grundstücke und Immobilien waren in den vergangenen Jahren von einem einzigen Mann aufgekauft und dann zu einem geringen Preis an Ladeninhaber, Fischer und die hier lebenden und arbeitenden Dorfbewohner verpachtet worden. Die Touristik-Industrie, die jede andere der schönen Inseln in der Umgebung so begierig geschluckt hatte, war von diesem Mann bewußt von Xalos ferngehalten worden. Dafür hatte er einiges eingesetzt! Und so kam es, daß die kleine Insel in der modernen Version von Krieg um Land – dem Tourismus – erneut durch einen wohlgesonnenen, aber eigensinnigen Despoten vor den eindringenden Horden beschützt wurde.

Kaum einer der Inselbewohner, von denen viele nicht einmal wußten, wer für ihr sorgenfreies Leben verantwortlich war, bekam diesen Mann je zu Gesicht. Ihm gehörte ein kleines, aber luxuriöses Haus hoch auf der Hangseite mit Blick über den Hafen. Als Geschäftsmann von legendärem Reichtum, kam er nur vier- oder fünfmal im Jahr hierher, immer allein, um seinen Verpflichtungen und Verantwortlichkeiten zu entfliehen. Es gab kein Telefon im Haus, und die Post wurde im Postamt des Dorfes für ihn aufbewahrt.

Gelegentlich sah ein Dorfbewohner ihn in Gedanken versunken einen der verschlungenen Pfade entlanggehen oder schweigend auf einer Brüstung stehen, die Hände in den Hüften und hinaus aufs Meer schauend. Es gab einen Mann unten am Hafen, der eine kleine Yacht für ihn pflegte, sie wurde aber kaum benutzt. Ansonsten war dieser Mann zumeist unsichtbar.

An diesem Junitag des Jahres 1981 war das Haus jedoch nicht leer. Im großen Schlafzimmer, dessen wundervoller Ausblick über die Ägäis von fest geschlossenen Vorhängen verdeckt wurde, lagen ein Mann und eine Frau nackt unter den weichen Laken eines breiten Bettes, ihre Körper in der Umarmung der Liebe umschlungen.

Der Mann war Ende Dreißig, sah aber jünger aus. Sein Körper war geschmeidig und attraktiv, mit den harten Muskeln eines Athleten. In diesem Augenblick waren seine Schenkel um die Hüften der Frau geschlungen, auf der er lag. Er hielt sie mit beiden Händen zärtlich unter der Taille und liebkoste sie noch, als er sie fester an sich zog.

Die Frau war schlank, mit cremiger Haut und lockigem rotblondem Haar, zerzaust durch das Kissen unter ihrem Kopf. Sie hatte die Augen vor Verzückung geschlossen.

»Oh«, murmelte sie, als er mit einem langen, tiefen Stoß in sie eindrang. »Oh, ich liebe dich.«

Sie hatte die Arme um ihn geschlungen, ihre Hände wanderten über seinen Rücken. Ihre Beine schlangen sich um ihn. Ihr Zentrum brannte lichterloh und bebte um den harten Stab in ihr.

»Ich liebe dich«, wiederholte sie. »Ich liebe dich…«

Der Klang ihrer Worte schien die letzte Kontrolle über seine Lust zusammenbrechen zu lassen. Er stieß schneller zu, seine Stöße flammend in ihrem Kern. Es brauchte nun keiner Worte mehr. Die Ekstase begann sie beide zu überwältigen.

Auf dem Tischchen neben dem Bett lag eine Ausgabe des *International Herald Tribune*. Die Zeitung war auf einer Seite des

Innenteils aufgeschlagen, wo folgende Schlagzeile alle andern Nachrichten ausstach:

REICHSTER MANN AMERIKAS HEIRATET

Der Artikel unter dieser Überschrift berichtete von einer langen Romanze, einer kürzlich geschehenen Tragödie sowie einer komplexen Reihe von Ereignissen mit einem Happy-End. Es war eine Geschichte, die eine neugierige Welt über viele Monate hinweg in Atem gehalten hatte, und das Interesse schien unvermindert.

Doch der Mann und die Frau auf dem Bett waren hierhergekommen, um der Neugierde der Öffentlichkeit zu entfliehen. Im Moment gab es für sie beide nichts als sie selbst.

Die Frau spürte seine schneller werdenden Stöße und das darauf antwortende Beben tief in ihren Lenden. Ein melodisches kleines Wimmern erklang in ihrer Kehle. Sie drückte den Rücken durch, weiß und schön wie ein Schwan, und zog ihn mit begierigen Armen näher. Das schrecklich harte Ding zwischen ihren Beinen drang tiefer und tiefer in sie ein. Sie keuchte, fast unfähig, ihre eigene Lust zu ertragen. Dann überkam sie beide ein gewaltiges Zucken, und sie spürte, wie er sich in ihr ergoß. Sie schrie ihre Ekstase heraus und hörte das heisere Stöhnen in seiner Kehle.

Minutenlang lag sie in seinen Armen, ihr Atem beruhigte sich wieder, die Hitze ihres Körpers ebbte zu köstlicher Wärme und Geborgenheit ab. Doch jeder Atemzug, jede Berührung bedeutete, daß sie zu ihm gehörte. Sie lächelte über ihre Hingabe.

»Ich liebe dich so sehr«, murmelte sie. »Kann das alles denn wahr sein? Es ist zu schön, um wahr zu sein.«

»Es ist wahr«, sagte er und hielt sie fest. »Ich habe mein Leben damit zugebracht, den Unterschied zwischen dem, was wahr ist, und dem, was es nicht ist, zu lernen. Du bist nun mein. Nichts wird uns jemals wieder trennen.«

Er war sich seiner Worte sicher. Sie drückten nicht nur seinen Willen aus, sondern auch ein tiefes Verstehen. Er hatte ein Leben lang auf diese Frau gewartet und würde sie jetzt nie wieder gehen lassen.

Sein Leben war ereignisreich gewesen, manchmal sogar heroisch. Doch all das hatte für ihn keine Bedeutung gehabt, bis er ihr begegnet war. Fast augenblicklich hatte er sein Herz an sie verloren. Doch dann verlor er sich, und seine ganze Welt schien von diesem Verlust verschlungen zu werden. Er hatte wie ein Geist gelebt, aus seinem eigenen Ich verbannt.

Aber er hatte sie wiedergefunden. Auf unwahrscheinliche, wundersame Weise. Sie war aus den Ruinen seines Lebens zu ihm gekommen, und ihretwegen war sein Herz aus seinem langen Schlaf erwacht. Jetzt würde er der Welt niemals erlauben, sie ihm noch einmal wegzunehmen.

Sie schien seine Gedanken erraten zu haben, denn sie sagte: »Du hast recht. Es ist nicht zu schön, um wahr zu sein. Ich gehöre dir. Das ist die einzige Wahrheit.«

Sie stand auf, nackt. Er legte sich zurück und bewunderte sie. Sie war so schlank, so wohlgeformt in ihrer Schönheit. Sie war sich der Tiefe ihrer Sinnlichkeit selber gar nicht bewußt. Er hingegen wußte, daß sie einen Mann verhexen konnte, wenn sie wollte, ein Netz um sein Herz zu spinnen vermochte, aus dem es kein Entrinnen gab.

Doch nun war sie sein, und sie hielt nichts zurück. Sie schaute lächelnd zu ihm. Das Leuchten der Liebe in ihren Augen fing ihn ein, und er stand auf und stellte sich neben sie. Sie gaben ein erstaunlich perfektes Paar ab, dieser starke Mann mit der Figur eines Adonis und die zärtliche, wohlgeformte Frau, groß und zierlich, mit festen Brüsten, die nun von seinen Händen umfaßt wurden.

Ihr Kuß währte lange. Dann schlüpften sie in ihre seidenen Morgenmäntel – sein kleines Geschenk für diesen Anlaß – und gingen hinaus auf die Veranda, von der aus man den Hafen überblicken konnte.

Er hatte den Arm um sie geschlungen und schaute über das

Meer. Um diese Uhrzeit trugen die Wellen einen purpurnen Glanz, veredelt von der untergehenden Sonne. Oft hatte er hier allein gestanden und die funkelnde Oberfläche des Meeres studiert und sich gefragt, welche unsichtbaren Geheimnisse sich wohl darunter rührten.

Er hatte sein Leben damit verbracht, die Oberfläche der Dinge zu interpretieren, die Mächte und Verkettungen, die sie beherrschten. Für viele wirkte er wie der Herrscher der Welt. Doch am Ende hatte er gelernt, daß man sich niemals auf der Oberfläche der Dinge finden kann. Ein Mann konnte unermeßliche Reichtümer anhäufen, konnte tausend Frauen haben, ohne jemals auch nur einen Deut unter diese Oberfläche zu dringen – oder auch nur einen Deut seinem Herzen näherzukommen.

So hatte ihn all sein Reichtum nur ärmer erscheinen lassen und seine Macht ihm nur das Gefühl von Hilflosigkeit gegeben – bis er sie wiedergefunden hatte. Erst jetzt konnte er atmen, erst jetzt konnte er beginnen zu leben.

»Ich hasse den Gedanken daran«, sagte er.

»Woran?« Ihre Frage klang sanft.

»Wie leicht es war, dich zu verlieren, und wie schwer, dich wiederzufinden. Ich würde alles darum geben, diese Jahre zurückzubekommen.«

»Liebling, vielleicht waren es gar keine vergeudeten Jahre«, sagte sie. »Vielleicht waren sie auf ihre Weise sogar notwendig.«

Ihr Blick ruhte auf dem Meer; ihre Augen nahmen einiges von der Farbe des Wassers an.

»Vielleicht«, fügte sie nachdenklich hinzu, »vielleicht waren wir niemals wirklich getrennt.«

Er wandte sich zu ihr um. Er wußte, daß sie recht hatte. Jeder Moment ohne sie war unter ihrem Zauber gelebt worden, selbst wenn er sich die größte Mühe gegeben hatte, sie zu vergessen. Jede andere Frau, darunter selbst die wichtigste, war nur ein armseliges Abbild von ihr gewesen, eine Art Maske. Wie in der griechischen Mythologie der Faden der Ariadne Theseus durch den

Irrgarten geleitet hatte, so war jede andere Frau nur Teil des unsichtbaren Bandes gewesen, das ihn mit ihr, stets nur mit ihr, verbunden hatte.

»Ich denke, du hast recht«, sagte er. »Wohin ich auch ging, was ich auch tat, ich kam zu dir zurück. Das weiß ich jetzt.«

»Ja«, lächelte sie. »Das ist gut zu wissen.« Sie strich ihm durchs Haar und zog ihn an sich. Trotz der Kühle der frischen Abendluft sandte ihm sein Gefühl in ihren Armen bereits wieder Wellen des Begehrens. Gleich würde sie ihn küssen, und die Leidenschaft würde sie beide wieder ins Schlafzimmer führen.

»Ich liebe dich«, murmelte sie und küßte ihn.

Plötzlich bewegte er sich in ihren Armen. Im selben Moment ertönte ein lauter harscher Knall irgendwo hinter ihm. Für einen Sekundenbruchteil versuchte sie sich einzureden, das Krachen sei unten vom Hafen gekommen. Doch sie wußte bereits, daß es das Krachen einer Pistole gewesen war, und zwar bedrohlich nahe.

»Jordan, nein.«

Er klammerte sich an sie, ein verwirrter Blick in seinen Augen. Dann sank er zu Boden, während sie versuchte, ihn zu stützen. Sie schrie entsetzt auf, unfähig zu glauben, was sie sah.

»Nein, Jordan, nein…«

Panik ergriff sie. Sie schaute sich nach allen Seiten um. Sie sah niemanden, spürte aber jemanden auf sie zukommen.

Hastig eilte sie ins Schlafzimmer, war nach wenigen Sekunden wieder mit einem Kissen und einer Decke zurück. Ungeachtet der Gefahr, von der sie wußte, daß sie auf sie wartete, kniete sie sich neben den Mann, den sie liebte. Sie konnte nicht sehen, wo er verwundet war. Überall war Blut, eine große Menge Blut. Sie legte ihm das Kissen unter den Kopf.

»O mein Gott, Jordan. Jordan…!«

Die Decke war noch immer in ihrer Hand. Im Haus war kein Telefon. Das nächste Nachbarhaus war mindestens dreihundert Meter entfernt. Und selbst wenn jemand ihr Rufen hörte, würde keine Zeit sein, darauf zu antworten.

Eine Stimme ertönte hinter ihr.

»Tja, das wär's dann wohl.«

Sie schaute auf und wurde blaß. Sie sah eine Gestalt bei der Brüstung stehen, die eine Pistole auf sie gerichtet hielt. Das ihr vertraute Gesicht war fiebrig und triumphierend.

»Du«, keuchte sie.

Nun deutete die Mündung des Revolvers auf den leblosen Körper in ihren Armen.

»Das ist deine Schuld«, sagte die Stimme. »Du hast gedacht, du könntest alles haben. Jetzt siehst du, was du davon hast.«

Sie hatte die Decke über Jordan gedeckt und hielt seinen Kopf zärtlich in ihrem Schoß.

»Geh weg«, sagte die Stimme, nun barscher. »Geh weg, oder ich bringe dich auch um.«

Sie schaute auf. Die Furcht machte ihre Augen noch schöner. Sie schüttelte den Kopf.

»Wie du willst«, sagte die Stimme. »Dann bleib eben, wo du bist. Du hast es so gewollt. Kannst dir angucken, wie ich ihm die Birne wegpuste. Dann weißt du, was dich erwartet.«

Die Waffe auf Jordan gerichtet, kam er näher.

»Nein!« schrie sie.

Die Gestalt schaute grinsend auf sie herab.

»Was ist los? Du bist doch selber schuld. Du hast geglaubt, du könntest dich ewig vor der Wahrheit verstecken. Aber alles hat seinen Preis. Hast du etwa Angst vor ein klein wenig Gerechtigkeit?«

Die Waffe zielte sorgfältig auf Jordans Kopf. Die Hand, die den Revolver hielt, zitterte nicht. Der Finger um den Abzug krümmte sich, doch ohne Eile.

»Gerechtigkeit«, wiederholte die Stimme.

Der Knall erhob sich über den steinigen Hang, der vom Haus hinunter zum Meer führte. Niemand hörte sie.

TEIL EINS

Spieglein, Spieglein

KAPITEL 1

Chicago, Illinois 13. Oktober 1955

Holly glaubte schon alles gesehen zu haben.

In ihren sechzehn Jahren als Sozialarbeiterin in Chicagos berüchtigtem Viertel auf der South Side hatte sie mit Familien zu tun gehabt, die von Alkohol und Drogen zerrüttet, von Armut und Hoffnungslosigkeit zermürbt waren, und denen keine Form von Mißbrauch oder Mißhandlung fremd war. Sie kannte Straßen, auf denen ein Menschenleben weniger wert war als ein Päckchen Heroin, manchmal sogar weniger als eine Schachtel Zigaretten.

Holly war eine gute Seele, neununddreißig Jahre alt und alleinstehend. Ihr spärliches Gehalt reichte gerade mal für die Miete ihres bescheidenen Apartments in Downtown Chicago. Es gab eine große Schar bedürftiger Familien, die sich auf ihren wöchentlichen Besuch so sehnsüchtig freuten, als wäre sie eine Heilige, die ihnen den Segen erteilte. Über die Jahre hatte sie bei ihrer Arbeit Menschen kennengelernt, die sich selbst unter den entwürdigendsten Umständen einen Rest an Selbstrespekt bewahrt hatten und einander sogar lieben konnten. Die Kinder vor allem waren es, die ihre geheimnisvolle Unschuld und Würde behielten, so sehr sie auch mißhandelt oder vernachlässigt sein mochten.

Wahrscheinlich lag es an diesen Kindern, daß Holly, die selber die Hoffnung auf ein eigenes Kind aufgegeben hatte, unermüdlich blieb in ihrer Arbeit, die jeden weniger aufopferungsvollen Kollegen längst entmutigt hätte. Der Kinder wegen ertrug sie es, tagtäglich mit einem Elend konfrontiert zu sein, das sich niemand außerhalb des Ghettos, das die Großstadt war, vorstellen konnte.

An diesem stürmischen Herbsttag saß Holly Fleming bei ihrer ersten Tasse Kaffee und sortierte die Akten der anstehenden Termine, als einer ihrer Kollegen zu ihr an den Schreibtisch trat.

»Neue Kundschaft.« Er hielt eine Akte hoch.

Holly schaute ihn an. Er hieß Keith Cassidy, war jünger als sie und zynischer. Fünf Jahre in diesem Job hatten ihm jeglichen jugendlichen Idealismus ausgetrieben, doch im Gegensatz zu Holly fand er keine Erfüllung in seiner Aufgabe, ohne die der Job für einen Sozialarbeiter unerträglich wird. Keith haßte seine Arbeit und war auf eine Beförderung aus, die es ihm ermöglichte, vom persönlichen Kontakt mit seinen »Kunden« weg und in die Verwaltung zu kommen. Bis es soweit war, erledigte er seine Aufgabe zwar nicht mit Engagement, jedoch sorgfältig. Er mochte seine Klienten nicht, fürchtete jedoch, ihm könne ein Fehler unterlaufen, der die ersehnte Beförderung wieder in weite Ferne rücken ließ. Aus diesem Grund vertraute Holly auf sein Urteil.

»Worum geht es?« fragte sie.

»Eine Familie namens Sundberg. Fernbleiben von der Schule und vermutlich Mißhandlung. Eine Nachbarin hat schon zum vierten Mal angerufen. Sie glaubt, daß es ernst ist.«

Holly nahm die Akte. Sie war nahezu leer. Die Familie war erst seit sechs Monaten in der Stadt. Ein Kind, ein kleines Mädchen im ersten Schuljahr. Laut Akte arbeitete die Mutter als Kassiererin und Empfangssekretärin. Der Vater war sonstwo. Laut Aussage der Nachbarn gab es einen Freund, der mit im Haus wohnte. »Ich habe vorhin bei der Schule angerufen«, sagte Keith. »Die Kleine fehlt seit einer Woche. Sie haben schon jemanden rausgeschickt, aber es hat niemand aufgemacht. Der Arbeitgeber der Mutter sagt, sie hat sich einen Monat nicht mehr blicken lassen. Kein Telefonanschluß. Die Nachbarin glaubt, daß etwas nicht stimmt. Wir sollten besser mal hinfahren und nachsehen.«

Holly klappte den Ordner zu. Sie hatte an diesem Tag ein Dutzend Fälle auf ihrer Liste stehen, und manche waren äußerst dringend, doch etwas an dieser Sundberg-Sache machte sie unruhig.

»In Ordnung«, sagte sie zu Keith. »Das andere kann warten. Fahren wir.«

Im klapprigen Kombi mit dem Stadtwappen auf der Fahrertür fuhren sie zu der angegebenen Adresse. Das Haus war genauso heruntergekommen wie das ganze Viertel. Die Fassade bröckelte, das Schindeldach war schadhaft, die Einfahrt mit Schotter aufgeschüttet, die Fensterläden hingen aus den Angeln, und die Regenrinne war verrostet. Das Haus hatte seit mindestens zwanzig Jahren keinen frischen Anstrich mehr bekommen. Selbst für dieses Viertel bot es einen trostlosen Anblick.

Keith sprach mit der Nachbarin, während Holly bei den Sundbergs läutete. Nichts rührte sich.

Schließlich rief Keith die Polizei. Zehn Minuten später traf der Streifenwagen ein, und der Officer brach die Eingangstür auf.

Modrige Luft drang ihnen entgegen: Küchendünste vermischt mit dem abgestandenen Mief kalten Zigarettenrauchs und dem säuerlichen Geruch von verschüttetem Bier.

Holly ging in die Küche und öffnete den Kühlschrank. Er war leer bis auf einen schrumpeligen Apfel und einen verfaulten Kopfsalat. Hier hatte seit geraumer Zeit keine Mutter mehr gewohnt. Soviel war sicher.

Zusammen mit dem Polizisten durchsuchten Keith und Holly das Haus sorgfältig. Im Wohnzimmer und im Schlafzimmer waren keinerlei Hinweise zu entdecken. Das Doppelbett war ungemacht. Auf einem der Nachttische stand ein großer überquellender Aschenbecher, daneben ein verschmiertes Glas, das nach billigem Gin roch.

Der Kleiderschrank war nahezu leer. Allem Anschein nach war die Frau gegangen und hatte den Großteil ihrer Sachen mitgenommen. Und dennoch wirkte der Ort nicht völlig verlassen. Holly mit ihrem geschulten Blick entdeckte mysteriöse Anzeichen von Leben. Direkt unheimlich, dachte sie, als sie den Flur hinunterging.

Im Kinderzimmer fand sie ihre Vermutung bestätigt. Das Bett war ordentlich hergerichtet. Auf einem kleinen Metalltisch lag ein Schulheft. In der Ecke stand eine Staffelei, und dahinter lag ein billiger Tuschkasten. Kein Zweifel, hier hatte das kleine Mädchen die Schularbeiten gemacht, bis... ja, bis wann?

Schließlich stiegen sie die Stufen zum Keller hinunter. Keith knipste die nackte Glühbirne an, die von der Decke hing. Da war die Heizung, der Heißwasserboiler, nicht viel mehr. Einige alte Kisten, Gerümpel, ein Schaukelpferd.

»Tja, hier ist jedenfalls niemand«, sagte Keith. »Die Frau ist mit ihrer Tochter weg. Zum Freund, schätze ich mal. Gehen wir.«

Sie blieben noch einen Moment stehen. Keith sah sich desinteressiert um. Der Polizist warf einen ungeduldigen Blick auf seine Armbanduhr. Holly zögerte. Sie spürte, daß hier etwas nicht stimmte. »Worauf warten wir?«

Holly hob den Finger an die Lippen und bedeutete ihm, still zu sein. Dann trat sie einige schnelle Schritte auf die Heizung zu. Dabei vernahm sie ein sehr leises Geräusch. Eine Maus, dachte sie zuerst und blieb stehen. Dann hatte sie eine Idee.

»Jill«, sagte sie laut, »du kannst jetzt rauskommen. Es ist alles gut. Wir sind gekommen, um dir zu helfen.«

Erneut dieses Geräusch, ein leises Rascheln, doch dieses Mal deutlich menschlicher Herkunft.

Holly sah hinter der Heizung nach und schnappte unwillkürlich nach Luft. Dort kauerte das kleine Mädchen. Es trug nur einen Pyjama, keine Schuhe oder Socken. Die Kleine war augenscheinlich unterernährt. Und sie war schmutzig. Die blonden Zöpfe waren verfilzt.

»Es ist alles gut, Liebes«, sprach Holly beruhigend auf sie ein. »Wir sind jetzt bei dir. Du mußt keine Angst mehr haben.«

Die Kleine sah sie mit leerem Blick an. Jetzt, als Hollys Augen sich allmählich an die Dunkelheit gewöhnt hatten, erkannte sie die blauen Flecken und Schrammen auf der Haut des Mädchens. Untrügliche Zeichen wiederholter grausamer Mißhandlung.

»Ich bin Holly. Holly Fleming. Und du bist Jill, nicht wahr? Wir werden bestimmt gute Freundinnen.«

Sie nahm die Kleine mit nach oben. Der Officer gab per Funk die Meldung durch, während Holly und Keith ihre weitere Vorgehensweise absprachen. Sie würden Jill erst einmal mitnehmen und später versuchen, die Mutter ausfindig zu machen.

Im Zimmer fanden sich Essensreste. Wie es aussah, hatte sich die Kleine Brot und Milch gekauft, bis ihr das Geld ausgegangen war. Auf dem Boden stand eine Schachtel Kräcker, leer bis auf ein paar Krümel. Jill hatte versucht, irgendwie allein im Haus zu überleben.

In der Küche hing ein Kalender, auf dem die Tage ausgestrichen waren. Danach zu urteilen, war die Mutter seit vier Wochen verschwunden. Das Mädchen war also drei Wochen lang selbständig zur Schule gegangen, ohne daß die Lehrer etwas geahnt hatten – bis sie nicht mehr konnte. Danach schien sie aufgegeben zu haben. Vielleicht hatte sie zu Hause auf den Tod gewartet. Jedenfalls hatte sie sich keinem ihrer Lehrer anvertraut.

»Bist du schon lange allein zu Hause, Jill?« fragte Holly. »Wo ist deine Mutter?« Die Kleine antwortete nicht.

»Wir nehmen dich jetzt mit in ein Haus, wo du etwas zu essen bekommst und wo noch viele andere Kinder sind. So, dann wollen wir dich mal anziehen.«

Holly mußte ein Keuchen unterdrücken, als sie der Kleinen den Pyjama abstreifte. Der Körper war übersät mit Blutergüssen. Und ihrem geschwollenen Brustkorb nach zu urteilen, waren einige Rippen gebrochen.

»Es ist alles gut, Kleines«, sagte Holly, mit den Tränen ringend. »Wir kümmern uns jetzt um dich. Jetzt kann dir keiner mehr weh tun.«

Keith ging schon mit Jill vor, während Holly sich noch einmal im Zimmer umsah, ob sie eventuell etwas vergessen hatten.

Ihr Blick fiel auf die Staffelei, auf der ein farbenfrohes Bild einer Frau stand. Holly hob das Blatt an, darunter war eine weitere Zeichung und darunter noch eine. Der ganze Block war voll mit Tuschezeichnungen.

Die meisten Bilder zeigten eine Art Märchenfee oder Traum-Mutter. Sie war hochgewachsen und schlank, mit rotem Haar und grünen Augen, und sie lächelte gütig. Während die meisten Details von Bild zu Bild variierten, war eines immer gleich: die Frau trug stets ein rotes Kleid. Mit Jills wirklicher Mutter, die von den Nachbarn als dunkle, übergewichtige Person beschrieben worden war, konnte sie keine Ähnlichkeit haben.

Es bestand kaum ein Zweifel, daß das Kind die Zeichnungen in den furchtbaren Wochen der völligen Isolation gemacht hatte. Vermutlich hatte dies allein sie davor bewahrt, den Verstand zu verlieren.

Holly ging aus dem Zimmer, um sie zu rufen.

»Möchtest du vielleicht deine Bilder mitnehmen, Jill?«

Erneutes Schweigen. Das Mädchen starrte Holly nur an. Seit ihrem Eintreffen hatte die Kleine noch kein einziges Wort gesagt.

Holly verstaute Jills spärliche Habseligkeiten in einer Einkaufstüte. Auf dem Weg hinaus drehte sie sich, einem plötzlichen Impuls folgend, noch einmal um und holte eine der Tuschezeichnungen, faltete sie und steckte sie ein.

Sie brachten das Mädchen auf die Sozialstation des Stadtteils, wo man ihren Fall aufnahm. Die Polizei wurde benachrichtigt und die Suche nach der Mutter eingeleitet. Holly versuchte vergeblich, dem Mädchen etwas zu entlocken.

Am Nachmittag wurde Jill untersucht. Dabei stellte sich heraus, daß sie eindeutig wiederholt mißhandelt worden war. Der Arzt schüttelte betroffen den Kopf, als er Holly den Bericht zeigte.

Soviel zum Freund der Mutter, dachte Holly.

Jetzt, als die Kleine frisch gebadet, ihr Haar gewaschen und gebürstet war, zeigte sich, was für ein außergewöhnlich hübsches Kind sie war. Ihre Haut war wie Alabaster, und ihre hellblauen Augen mußten einmal voller Vertrauen geschaut haben. Jetzt waren sie erschreckend leer.

Zwei Tage verstrichen, in denen Holly versuchte, mit ihren anderen Fällen auf dem laufenden zu bleiben, und sich gleichzeitig bemühte, das Sundberg-Mädchen nicht aus den Augen zu verlieren. Dann kam die Anordnung, daß Jill in das alte staatliche Waisenhaus im Süden der Stadt gebracht werden sollte.

Am Donnerstag morgen verabschiedete sich Holly von Jill Sundberg, die von einer Beamtin in die riesige, häßliche Einrichtung am Stadtrand gebracht werden sollte, deren Bewohner von den Menschen der Gegend wie die Pest gemieden wurden.

»Ich komme dich bald besuchen«, versprach Holly. »Du bist dort gut aufgehoben. Mein Name ist Holly Fleming. Kannst du dir das merken?«

Sie hielt die Kleine bei den Schultern. Das Mädchen wehrte sich nicht gegen die Berührung, versuchte nicht, sich aus dem Griff herauszuwinden. Doch der Ausdruck in ihren Augen ließ Holly wegsehen. Es lag etwas Unheimliches, fast Unmenschliches darin. Dieses Kind traute niemandem mehr. Und würde es vielleicht nie wieder tun. Der fortgesetzte, grausame Mißbrauch an ihr hatte ihr das Herz gebrochen. Wie die Kleine den Rest ihres Lebens überstehen sollte, war Holly schleierhaft.

»Lächelst du einmal für mich, mein Schatz?« fragte Holly. »Sagst du mir auf Wiedersehen?«

Das Kind sagte nichts.

Schweigend sah Holly zu, wie die Beamtin Jill ins Auto setzte und die Tür schloß. Erst als der Wagen aus ihrem Blickfeld verschwunden war, spürte sie, daß ihr Tränen in den Augen standen. Und ihre Hände hatten sich kalt angefühlt, als sie die Kleine vor wenigen Augenblicken bei den Schultern gefaßt hatte.

Erst sechs Jahre alt!

Mit diesem Gedanken machte sich Holly seufzend wieder an ihre Arbeit.

Das Kind saß im Fond des Wagens, als es auf der vierspurigen Straße durch flache Ackerlandschaft Richtung Waisenhaus ging.

Die Sozialarbeiterin neben ihr sagte von Zeit zu Zeit etwas, doch Jill antwortete nicht.

Nichts an ihr deutete auf ihre Vergangenheit hin. Holly hatte sie mit Hilfe eines Gutscheins von der Wohlfahrt neu eingekleidet. Den Teddybär, den sie im Arm hielt, hatte Holly aus eigener Tasche bezahlt.

Die Kleine starrte still und gleichmütig aus dem Fenster. Das beruhigte die Sozialarbeiterin einerseits, andererseits bereitete es ihr aber Sorgen, weil sie nicht wußte, was im Kopf des Kindes vor sich gehen mochte.

Der Beamtin war schmerzlich bewußt, daß das Waisenhaus über keinerlei psychologische Betreuung oder Therapieeinrichtung verfügte. Dieses Kind wurde zu Hunderten anderer obdachloser Kinder gesteckt, von denen etliche so grob und grausam waren wie Jill still und passiv. Wie sie in einem solchen Schmelztiegel überleben würde, hing einzig von ihrem eigenen Charakter ab. Ihre physischen Wunden würden heilen, doch der Staat würde nichts für ihre seelischen Wunden tun.

Auf halber Strecke mußten sie wegen einer Umleitung von der Überlandstraße abbiegen und statt dessen eine kleine Landstraße nehmen, die sie durch ein Städtchen namens Ellicott führte. Es war eine typische Kleinstadt mit vielleicht fünftausend Einwohnern. Es gab eine Einkaufszeile mit kleineren Geschäften und Büroeinheiten, davor diagonal angeordnete Parkplätze.

Der Beamtin fiel auf, wie häufig der Name Patterson auftauchte. Ein Makler namens Patterson, Patterson Versicherungen, Patterson Bauunternehmen. Die typische Kleinstadt, dachte sie, dominiert von einer betuchten Familie, der wahrscheinlich das meiste Ackerland hier gehörte.

Die Umleitung führte an einem kleinen Friedhof vorbei. Ein Trauerzug erreichte gerade das Tor und blockierte ihnen den Weg. Einer der Wagen hielt direkt neben ihnen.

Es war keine große Trauergesellschaft, vier oder fünf Wagen. Im ersten Fahrzeug hinter dem Leichenwagen saßen ein Mann und seine kleine Tochter. Sie trugen beide Trauerkleidung. Der Mann hatte dunkles Haar und dunkle Augen, das Mädchen war blond und hatte einen hellen Teint, gesprenkelt mit Sommersprossen, was irgendwie unpassend für den Anlaß wirkte.

Es gab eine Verzögerung beim Öffnen des Friedhofstors. Die beiden Wagen blieben nebeneinander stehen. Der Blick des kleinen trauernden Mädchens traf sich mit dem des obdachlosen Kindes im Fond des anderen Autos. Sie musterten einander mit der typisch kindlichen schamlosen Neugier.

Die beiden Mädchen waren ungefähr im selben Alter und sich vom Typ her ähnlich. Trotzdem wirkte das Mädchen in Trauer irgendwie munter und leuchtend, während Jill trotz der ebenfalls blonden Haare und hellen Augen nicht nur die für Unterernährung typische Blässe hatte, sondern jetzt schon die Farblosigkeit des Anstaltslebens ausstrahlte.

Plötzlich veränderte sich Jill Sundbergs Mimik. Sie studierte das Gesicht des anderen Mädchens. Obwohl es offensichtlich traurig war über den Tod eines nahestehenden Menschen – vielleicht der Mutter? – lag ein natürliches Zwinkern in ihren grünen Augen. Dieses kleine Mädchen wußte, was Glücklichsein bedeutete. Sie glaubte daran. Niemand hatte sie mißhandelt. Sie war unschuldig.

Jill sah sich das kleine klare Gesicht genau an. Während sie das tat, schien sich etwas in ihrem eigenen Ausdruck zu verändern. Ein Leuchten trat in ihre Augen, als wären sie ein Spiegel der Lebendigkeit des anderen Mädchens. Etwas in ihrem Innern sehnte sich verzweifelt danach, ihrem eigenen Leben zu entfliehen und mit dem des freundlichen kleinen Mädchens in dem Wagen gegenüber zu tauschen. Es war ein stummer Schrei, der sie in ihren Grundfesten erschütterte.

Die Augen des anderen Mädchens weiteten sich, als es Jill ansah. Es war, als würde es Zeuge eines Naturereignisses, das es noch nie zuvor gesehen hatte, von etwas Spektakulärem, wie der Mitternachtssonne oder der Entpuppung eines Schmetterlings aus seinem Kokon. Sie wandte sich zu ihrem Vater um, der den Blick schweigend nach vorn gerichtet hatte, dann wieder zurück zu dem Mädchen. Doch das Friedhofstor hatte sich inzwischen geöffnet, und die Wagen trennten sich. Das hübsche kleine Mädchen mit dem verblüffenden Gesicht entschwand langsam in der Ferne.

Jill Sundberg war auf dem Weg in ihre Zukunft.

Leslie Chamberlain saß schweigend neben ihrem Vater, während die kleine Prozession langsam den Friedhofsweg entlangfuhr.

Sie dachte an das Mädchen im anderen Wagen.

»Wie geht es dir, Kleines?« fragte ihr Vater.

»Okay, Daddy. Und wie geht es dir?« entgegnete sie.

Es war ein Witz zwischen ihnen beiden. Er fragte: Wie geht es dir?, worauf Leslie antwortete: Wie geht es dir? Und dann wieder er: Wie geht es dir?, und sie machten so lange weiter, bis sie beide lachten mußten.

Doch heute meinten sie es ernst. Leslies Mutter lag im Leichenwagen vor ihnen, und Leslie begleitete ihren Vater zu ihrer Beerdigung.

Leslie war sechs Jahre alt. Sie hatte ihre Mutter nie wirklich kennengelernt. Solange sie zurückdenken konnte, war Mutter krank gewesen. Irgend etwas mit den Nieren, was sich nach Leslies Geburt noch verschlimmert hatte.

Mutter hatte so oft im Krankenhaus gelegen, daß immer Daddy es gewesen war, der für Leslie gekocht hatte, der mit ihr Kleider einkaufen gegangen war, mit ihr spielte, malte und ihr eine Gutenachtgeschichte erzählte.

»Dad, wo ist Mom jetzt? «

Er wandte sich zu ihr um und sah sie an.

»Im Himmel, Kleines.«

»Und was macht sie dort?«

»Sie beschützt dich. Sie beschützt uns beide.«

Tom Chamberlain arbeitete in der Flaschenfabrik in der Stadt. Er war ein einfacher, aber sensibler Mann. Er hatte seine Frau vergöttert und sich auf ein langes Leben mit ihr eingerichtet. Als die Krankheit sie mehr und mehr in den Schmerz und ins Delirium trieb, verlagerte er all seine Hoffnungen auf seine Tochter.

Der Leichenwagen kam neben dem offenen Grab zum Stehen. Der Vater hatte den Kombi mit dem Stadtwappen auf der Fahrertür am Friedhofstor nicht bemerkt.

Er sah, daß seine Tochter aus dem Fenster schaute.

»Was ist, Leslie? Hast du etwas Interessantes gesehen?«

»In dem braunen Auto eben saß ein Mädchen.«

»Oh. Jemand, den wir kennen?«

Leslie antwortete nicht. Tom Chamberlain vergaß den Zwischenfall.

Doch Leslie dachte noch immer an das kleine Mädchen. Zuerst waren ihr die blaßblauen Augen des Mädchens fast so tot erschienen wie der Körper vor ihnen im Leichenwagen.

Doch dann war etwas geschehen. Das Mädchen war zum Leben erwacht. Auf eine ganz sonderbare Art. Als ihre Wangen Farbe bekamen und ein Leuchten in ihre Augen trat, sah sie gar nicht mehr wie sie selbst aus.

Sie hatte begonnen, wie Leslie auszusehen.

Die Veränderung war verblüffend gewesen, die leeren Augen fingen an zu strahlen, der kleine Körper spannte sich, und Neugier spiegelte sich in ihrem Gesicht, als die Wagen sich langsam voneinander entfernten.

Als Leslie sich noch ein letztes Mal umdrehte, starrte das andere Mädchen ihr aus dem Rückfenster entgegen, und es war ihr, als würde sie in ihr eigenes Spiegelbild blicken.

Leslie sagte ihrem Vater nichts davon. Es war mit den Gedanken ganz woanders. Er sah so traurig aus.

Doch was sie gesehen hatte, hinterließ einen tiefen Eindruck in ihr.

»Das kleine Mädchen, das ich war«, würde sie es in den kommenden drei oder vier Jahren nennen, in denen sie sich an diese Begegnung noch erinnern sollte.

KAPITEL 2

Am 19. Januar 1958 ereignete sich ein Unglücksfall an einem der Montagebänder der *Lukas*-Werkzeugfabrik in Webster, einer kleinen Handwerksstadt in Pennsylvania.

Drei Arbeiter waren gerade dabei, einen drei Tonnen schweren Stahlblock in Position zu hieven, als der Montagekran brach. Der Block krachte zu Boden und zerquetschte einem der Arbeiter beide Beine und die Wirbelsäule.

Sein Name war Albert P. Lazarus. Er war siebenundfünfzig Jahre alt und Vater von vier Söhnen und zwei Töchtern. Seit vierunddreißig Jahren, seit Abschluß der Schule in der achten Klasse, arbeitete er bei *Lukas*. Albert Lazarus wurde ins Krankenhaus gebracht, eine Wartungsmannschaft reparierte das Montageband, insgesamt erlitt die Fabrik durch den eintretenden Produktionsausfall und die notwendigen Reparaturarbeiten einen finanziellen Verlust von fünfhundertfünfzig Dollar. Danach ging alles wieder seinen gewohnten Gang im Werk. Nach einer Woche war der Unfall bereits vergessen.

Albert Lazarus blieb mit zertrümmerten Hüftknochen und zerquetschten Oberschenkeln sowie geschädigten Lendenwirbeln für den Rest seines Lebens an den Rollstuhl gefesselt.

Am 3. Mai, drei Monate nach seinem Unfall, erhielten Lazarus und seine Familie eine offizielle Stellungnahme der *Lukas*-Werke bezüglich der Höhe der Rentenbezüge nach seinem erzwungenen vorzeitigen Ruhestand. Es gab keine Gewerkschaft bei *Lukas*. Lazarus hatte nie mehr als zwei Dollar Stundenlohn verdient in all den dreiundvierzig Jahren.

Die Rente belief sich auf monatlich fünfundsiebzig Dollar für die Dauer von zwei Jahren. Die Krankenversicherung des Arbeitgebers kam lediglich für die erste Operation und für die ersten sechzig Tage Krankenhausaufenthalt auf, übernahm jedoch nicht die Kosten der folgenden ärztlichen Behandlungen – weder Medikamente noch für weitere Operationen und Krankenhausaufenthalte.

Kurz gesagt: Der verletzte und versehrte Arbeiter wurde inoffiziell dazu verdammt, den Rest seiner Tage in bitterer Armut zu verbringen.

Am Abend des 3. Mai versammelte sich Familie Lazarus im Wohnzimmer ihres heruntergekommenen Häuschens in einer verrußten Straße ganz in der Nähe der Fabrik, für die Albert Lazarus sein Leben lang gearbeitet hatte.

Es kamen seine vier Söhne, die beiden Töchter und seine Frau Mary.

Seine Söhne Gerald, Clay, Ryan und Jordan waren ebenfalls bei den *Lukas*-Werken angestellt. Gerald und Clay waren beide Mitte Zwanzig, Ryan zweiunddreißig. Jordan, der Benjamin unter den Jungen,war erst siebzehn.

Louise, die ältere der beiden Töchter, war Mitte Zwanzig, bereits verheiratet, und hatte zwei kleine Kinder. Sie arbeitete als Verkäuferin und Lageristin im örtlichen Lebensmittelladen, ihr Mann Dick war ebenfalls in der Fabrik angestellt.

Meg, die zweite Tochter, war mit ihren sechzehn Jahren die Jüngste der Familie. Gesundheitlich ging es ihr nicht besonders gut: Als Kind hatte sie mehrere schwere Anfälle rheumatischen Fiebers, die sich auf ihr Herz geschlagen hatten und ihre körperliche Belastbarkeit stark einschränkten. Aus diesem Grund hatte sie nicht mit sechzehn eine Stelle annehmen müssen – wie es die Familie sonst von ihr erwartet hätte – und durfte hoffen, die High School abzuschließen und danach in der Stadt eine Anstellung als Sekretärin zu bekommen.

Doch nach dem tragischen und verheerenden Unfall ihres Vaters hatte Meg, ein liebes und loyales Mädchen, mehrfach ihre Bereitschaft erklärt, von der Schule zu gehen und sich Arbeit zu suchen, um der Familie zu helfen. Doch ihre älteren Brüder wollten nichts davon hören. Sie fühlten sich Meg gegenüber auf sonderbare Weise verpflichtet – nicht nur wegen ihrer angegriffenen Gesundheit, sondern auch wegen der wichtigen Rolle, die sie innerhalb der Familie, spielte. Denn Meg, das körperlich schwächste Familienmitglied war gleichzeitig die Seele, der moralische Mittelpunkt der Familie und hielt alles zusammen. Nun, da Vater ans Bett gefesselt und Mutter gezwungen war, ihn zu pflegen, waren Megs Klugheit ud Beherztheit wichtiger denn je.

Und dann gab es noch Jordan. Ein Jahr älter als Meg und ihr fast so ähnlich wie ein Zwillingsbruder, auch wenn er dunkelhaarig war, sie aber rote Haare hatte, war er der jüngste der Söhne. Er hatte eine schmale Statur und war verträumt. Während Meg der geistige Mittelpunkt der Familie war, war Jordan der Künstler. In der Schule hatte er stets die besten Noten gehabt – eine Leistung, die seit Generationen niemand aus der Familie vollbracht hatte – und seine Aufsätze, Zeichnungen und Zeugnisse waren Beweise einer außergewöhnlichen und raschen Auffassungsgabe sowie einer großen künstlerischen Begabung.

In einer von Armut geprägten Gemeinde wie Webster in Pennsylvania wurden an den Schulen keine Intelligenztests durchgeführt. Hätte Jordan einen solchen Test abgelegt, wäre seine hohe Intelligenz entdeckt worden, und sein Leben hätte wohl ganz anders ausgesehen. Doch so wie die Dinge standen, war er nur einer von vielen jungen Fabrikarbeitern, irgendwie fehl am Platze unter seinesgleichen, aber geschickt und gründlich bei der Arbeit.

Als kleiner Junge war Jordan Lazarus so schmächtig und schwach gewesen, daß die Familie schon befürchtet hatte, er habe dieselbe Krankheit wie Meg. Doch dann hatte ihm die Pubertät die körperliche Kraft geschenkt, die in der Famlie lag, und er war, wie es schien, in nur wenigen Monaten auf mehr als ein Meter achtzig in die Höhe geschossen. Nur war er nicht so bullig wie seine Brüder, sondern eher drahtig, mit kräftigen Schultern, einem breiten Brustkorb und einem flachen Bauch über langen Beinen.

Im vergangenen Juni hatte er, wie seine Brüder vor ihm, die Schule nach der zehnten Klasse verlassen und in der Fabrik angefangen. Wie alle Männer in der Familie arbeitete er am Band.

Die Tatsache, daß diese jungen Männer bald ihre eigenen Familien gründen würden, und es also noch mehr hungrige Mäuler zu stopfen gab, war ein Problem, das die Menschen dieser Gesellschaft nie ganz zu begreifen schienen. Und so setzte sich der Teufelskreis aus großer Familie, armseliger Behausung und verschwendetem Leben voller Plackerei für Hungerlöhne endlos fort.

Die einzige, die – wenn auch nur unter vier Augen – Einwände erhob, als Jordan in die Fabrik ging, war Meg.

»Du taugst zu was Besserem, Jordie«, sagte sie. »Das ist nicht dein Leben. Aus dir wird mal etwas ganz Besonderes. Ich weiß, Mutter und Dad werden sich furchtbar aufregen, wenn du darauf bestehst, deinen Schulabschluß zu machen, aber sie werden sich schon damit abfinden.«

Jordan hatte sich geduldig Megs Einwände angehört, aber letztendlich konnte er Megs Rat nicht befolgen. Er war eben noch jung, und sein Selbstbewußtsein hing entscheidend von dem Bild ab, das sein Vater und seine Brüder von ihm hatten. Er glaubte, er müsse sich in der Fabrik als ganzer Kerl beweisen, so wie alle anderen. Weiterhin die Schule zu besuchen bedeutete für ihn, die männlichen Pflichten gegenüber der Familie zu vernachlässigen.

Sein Entschluß war endgültig, und Meg respektierte ihn. Doch seit jenem Tag im September, als er morgens in die Fabrik ging, betrachtete Meg ihn mit einem Gefühl von Traurigkeit, das ihn nicht losließ. Er liebte Meg mehr als alle anderen in der Familie und fühlte sich ihr ganz besonders verbunden. Und daher ärgerte es ihn, daß ausgerechnet sie, die ihn so gut verstand, gegen seine Entscheidung war.

Er war ihr seitdem unbewußt aus dem Weg gegangen und verbrachte viel weniger Zeit als früher mit ihr. Die Stunden, in denen er sonst mit ihr auf ihrem Zimmer gesessen und geredet hatte, streifte er nun allein und gedankenversunken durch die Straßen. Er wartete darauf, daß sie endlich die Notwendigkeit seiner Entscheidung einsah.

Doch nun hatte der Unfall seines Vaters die Familie in eine Krise gestürzt, die solche Überlegungen überflüssig machte.

An diesem Abend war die Familie aufgrund des Rentenbescheides ihres Vaters entsprechend aufgebracht und verzweifelt.

»Mutter, du gehst mit den Mädchen besser in die Küche«, befahl Ryan, der seit Vaters Unfall das Wort in der Familie hatte. Albert Lazarus lag oben in seinem Bett und stöhnte unter den Schmerzen, die ihm seine zerschmetterten Knochen bereiteten.

Folgsam brachte Mary Lazarus ihre Tochter Meg in die Küche, Louise folgte ihnen, eines ihrer beiden Kinder auf dem Arm. Die Frauen begriffen, daß dies ein Gespräch unter Männern war.

Kaum waren sie gegangen, ergriff Clay, der Hitzkopf unter den Söhnen, das Wort.

»Wir werden nicht zulassen, daß die ungeschoren damit durchkommen«, sagte er. »Wenn es sein muß, gehe ich persönlich rüber und jage den gottverdammten Laden in die Luft.«

Gerald pflichtete ihm bei. »Da rackert man sich sein Leben lang für diese Halsabschneider ab, und dann lohnen sie´s einem, indem sie dich um die Entschädigung bescheißen.«

Ryan, der vom Naturell etwas besonnener war als die anderen beiden, fügte hinzu: »Das war ja nicht das erste Mal. Wißt ihr noch, als Bunny Potter letztes Jahr am Band verunglückt ist? Seine Frau hat nicht einen verdammten Penny gesehen.«

»Die kümmern sich einen Scheißdreck um uns Arbeiter«, sagte Clay. »Die saugen uns aus, dann werden wir ausgespuckt. Aber nicht mit mir. Nicht, wenn es Daddy ist, der dabei draufgeht.«

»Kommt, wir genehmigen uns ein Bier.« Clay holte vier Flaschen und teilte sie aus.

Auch wenn das Auftauchen von Alkohol als ein erstes, unterschwelliges Anzeichen der Kapitulation zu verstehen war, schien das niemand wahrzunehmen. Jordan nippte an dem säuerlich-bitteren Getränk, das er nicht mochte – er war aber stolz darauf, von seinen älteren Brüdern einbezogen zu werden.

»Wißt ihr, was wir machen werden?« verkündete Clay mit haßerfülltem Grinsen. »Wir trommeln die Kumpel zusammen und streiken so lange, bis der alte Lukas die Hosen voll hat.«

»Ich hab 'ne bessere Idee«, entgegnete Ryan. »Wir machen Bummelstreik. Wir lassen die Produktion bis auf zwanzig Prozent runtergehen, bis *Lukas* aufgibt.«

»Wartet«, warf Gerald ein. »Ich habe heute nachmittag mit Susan Bitch geredet. Ihr Schwager ist Anwalt. Man kann die auf Vertragsbruch verklagen. Das Band war doch schon seit Jahren nicht in Schuß, und alle haben's gewußt. Nach dem Gesetz sind sie verpflichtet, für die Sicherheit der Arbeiter zu sorgen oder zu zahlen, wenn was passiert ...«

»Vor Gericht zu gehen kostet Geld«, gab Ryan leise zu bedenken. Er nahm einen großen Schluck von seinem Bier. »Außerdem hat *Lukas* gute Anwälte. Oder habt ihr etwa schon jemals gehört, daß ein Arbeiter so einen Fall gewonnen hat?«

»Na gut, dann wird eben gestreikt!« rief Clay. »Wir trommeln die Kumpels zusammen und halten 'ne Versammlung ab. Wir werden nicht zulassen, daß die ungeschoren davonkommen.«

»Wir treten der Gewerkschaft bei!« stimmte Gerald bei. »Wir schicken Vertreter von uns zum Gewerkschaftsverband. Daran kann uns keiner hindern. Das ist unser gutes Recht.«

Die Brüder hatten sich bereits damit abgefunden, aufzugeben, es war ihnen nur noch nicht bewußt. Je mehr sie tranken, desto lauter und leerer wurden ihre Drohungen. Sie waren aufrichtig entrüstet über die ruinierte Gesundheit ihres Vaters, aber sie stammten von Generationen von Arbeitern ab.

Die Fabrik bot ihnen Lohn und Brot. Sie konnten zwar lautstark die Ungerechtigkeiten beklagen, durften jedoch nichts unternehmen, was sie die Anstellung kosten konnte.

Und so hatten sie längst aufgegeben – trotz ihrer Tiraden.

Gar nichts würde geschehen. Albert Lazarus, hilflos stöhnend in seinem Bett, würde den Rest seiner Tage in qualvollen Schmerzen verbringen, die als innere Logik auf die vier Jahrzehnte seiner knochenschindenden Plackerei für die *Lukas*-Werke folgten. Wie Millionen anderer Arbeiter in ähnlichen Unternehmen auch, war Albert Lazarus Opfer von Ausbeutung geworden, als Rädchen in einer riesigen, unpersönlichen Maschinerie – genauso wie nach ihm auch seine Söhne.

Und so tranken die Brüder ein Bier nach dem anderen und stießen weitere leere Drohungen aus.

Nur Jordan, der siebzehnjährige Junge, saß mit seinem halbvollen Bier lediglich als stummer Beobachter dabei.

Sein Blick wanderte abschätzend von einem Bruder zum nächsten und wieder zurück. Sein Gesicht, noch immer berührt von der Sanftheit der Jugend, war gleichzeitig Ausdruck seiner raschen Wandlung zu männlicher Kraft und Haltung. Die dunklen Augen mit Wimpern fast so lang wie die eines Mädchens, funkelten. Doch sein sonst so verträumter Blick schien härter geworden zu sein, wirkte fast stechend.

Er musterte seine Brüder, durchschaute mühelos ihre Tiraden und erkannte ihre Kapitulation und Hilflosigkeit. Er dachte an seinen Vater, zu dem er schon als kleiner Junge aufgeschaut hatte, obwohl sie einander nie sonderlich nahegestanden hatten, weil Albert Lazarus erst spätabends von der Arbeit heimgekehrt war und keine Zeit für seinen Jüngsten gehabt hatte.

Vater würde für den Rest seines Lebens ans Bett gefesselt sein, und seine Schmerzen würden weder durch die Flüche seiner Söhne gelindert werden noch durch die mageren Löhne, die sie verdienten, indem sie all ihre Energie und Kraft den *Lukas*-Werken opferten.

Die dunklen Augen wanderten von Bruder zu Bruder, während der hellwache Verstand dahinter die Ungerechtigkeit erwog, die einer Familie durch einen Unfall widerfahren war, der vermeidbar gewesen wäre.

Bald würden die Brüder nach oben zu ihrem Vater gehen, ihm eine gute Nacht wünschen und dann halb betrunken ins Bett fallen, um morgen früh von Mutter oder Meg geweckt zu werden und verkatert zur Arbeit zu stolpern, in ihren Taschen das übliche Frühstück aus belegten Broten mit billigem Käse.

Keiner von ihnen, nicht einmal ihr Vater, ahnte, was sich hinter Jordans ausdruckslosem Blick abspielte. Keiner konnte voraussehen, daß es ausgerechnet das jüngste Mitglied war, durch das sich die Zukunft der gesamten Familie entschied.

Als Meg am nächsten Morgen das Zimmer betrat, das Clay und Jordan teilten, fand sie Jordans Bett unberührt vor. Auch fehlte der Großteil seiner Kleidung, einschließlich des billigen schwarzen Anzugs, den er als letzter auftrug und stets auf Beerdigungen und bei anderen formellen Anlässen angezogen hatte. Auch der bereits ramponierte Pappkoffer war nicht mehr da, den die Brüder seit fünfundzwanzig Jahren gemeinsam benutzt hatten.

Meg sagte der ganzen Familie Bescheid. Alle waren besorgt und aufgebracht, nicht nur weil Jordan einen besonderen Platz in ihrem Herzen einnahm, sondern auch weil sein karger Lohn nun, da Albert P. Lazarus zum Invaliden geworden war, dringender denn je benötigt wurde. Ohne Jordans sechzig Dollar pro Woche sah die Zukunft tatsächlich finster aus.

Die älteren Brüder machten sich grimmig zur Arbeit auf, fest entschlossen, von nun an noch sparsamer zu sein, um möglichst viel von ihrem Lohn an die Familie abgeben zu können. Louise sah sich nach einer besser bezahlten Arbeit um, und Meg, trotz des Flehens ihrer Mutter, machte sich noch am selben Nachmittag auf die Suche nach einer Anstellung und fand tatsächlich eine Lehrstelle in einem Schönheitssalon.

Das Leben der Familie Lazarus wurde anders als bisher und trister. Albert P. Lazarus war kaum mehr ansprechbar. Er war unfähig, an den gemeinsamen Mahlzeiten oder Gesprächen der

Familie teilzunehmen, und sein Stöhnen war den ganzen Tag im Haus zu hören. Außerdem war mit Jordan eine Lebendigkeit gegangen, die nun vermißt wurde. Im Hause herrschte eine Atmosphäre wie bei einem Begräbnis. Die mit gesenkten Stimmen geführten Unterhaltungen der Brüder schwankten zwischen zerknirschter Anerkennung für Jordans Mut, einer hoffnungslosen Situation entkommen zu sein, und Wut darüber, daß er das sinkende Schiff verlassen hatte.

Dann geschah etwas.

Drei Wochen nach Jordans Verschwinden traf per Eilboten und adressiert an Mary Lazarus ein Barscheck über zweitausend Dollar ein, ausgestellt auf eine Bank in Indiana. Dem Scheck lag kein Brief bei, aber er enthielt neben der Unterschrift des Bankangestellten, der den Scheck beglaubigt hatte, auch die Unterschrift von Jordan Lazarus.

Die Familie hatte kaum die Zeit, sich über Jordans Geschenk zu freuen und mit dem Geld die angefallenen Arztrechnungen zu bezahlen, als zwei Wochen später ein zweiter Scheck eintraf, diesmal über achttausendfünfhundert Dollar.

Ein Monat verstrich, und noch einer. Die Familie bekam eine Postkarte von Jordan mit dem Motiv eines Kornfelds in Indiana.

Mir geht es gut, stand auf der Karte. Hoffe, Euch auch. Ich liebe Euch alle.

Niemand aus der Familie konnte in all der Dankbarkeit auch nur ahnen, daß Jordan in diesem Moment in einem winzigen möblierten Zimmer in Indiana hauste, gleich neben einem Dutzend Bahngleisen.

Er besaß kaum mehr als die Habseligkeiten, die er mitgenommen hatte, als er aus Webster fortgegangen war. Das einzige, was er sich geleistet hatte, war ein neuer Nadelstreifenanzug aus teurem grauen Tuch, der den alten schwarzen Anzug ersetzte, dazu ein paar original Florsheim-Schuhe und eine Seidenkrawatte.

Jordan hatte zwei Gesetze gebrochen und sich einen Feind gemacht, um an die ersten zweitausend Dollar zu kommen, die er seiner Familie geschickt hatte. Das zweite Geschenk über mehr als achttausend Dollar bezahlte er mit dem Verstoß gegen zwei weitere Gesetze, machte sich dabei aber eben jenen Mann zum Freund, der sein Feind gewesen war.

Innerhalb des folgenden Jahres ließ Jordan seiner Familie insgesamt siebenunddreißigtausend Dollar zukommen. Geld, mit dem die Rechnungen für Albert P. Lazarus'Arzt- und Krankenhauskosten beglichen werden konnten und das die Familie von der zermürbenden Grübelei über die Finanzen erlöste. Inzwischen war Jordan aus seinem möblierten Zimmer in Indianapolis in eine kleine Wohnung in St. Louis umgezogen und hatte seine Garderobe auf drei Anzüge und zwei Paar Schuhe aufgestockt. Durch seine Intelligenz hatte er innerhalb kürzester Zeit Mittel und Wege gefunden, wie man rasch zu viel Geld kam, ohne dabei gegen Gesetze zu verstoßen.

Er machte sich zwar auf seinem weiteren Weg neue Feinde, doch es gelang ihm stets, ihre Freundschaft zurückzugewinnen, sowie seine Macht und sein Einfluß wuchsen. Irgend etwas sagte ihm, daß man niemals wirklich erfogreich sein konnte, wenn man nur Feinde und verbrannte Erde zurückließ. Die Vergangenheit holte selbst den Gerissensten irgendwann wieder ein.

Es sollte weitere zweieinhalb Jahre dauern, bis Jordan seine Familie im Alleingang aus jener katastrophalen Lage herausgeholt hatte, in die sie durch den Unfall des Vaters am Montageband der *Lukas*-Werke geraten war, und weitere zehn, bis er das Unternehmen aufkaufte und seinem mittlerweile national operierenden Konzern mit Zentrale in New York einverleibte.

Ironischerweise war Jordan in all diesen Jahren zu sehr damit beschäftigt, Geld zu verdienen, um groß an seine Heimatstadt Webster in Pennsylania und das Leben, das er dort geführt hatte, zu denken. Doch wenn seine Gedanken an seinen Geburtsort und zu seiner Familie zurückkehrten, stand stets ein Bild vor seinem geistigen Auge. Ein Bild, aus dem er all seine Kraft schöpfte – das Gesicht von Meg Lazarus.

KAPITEL 3

Ellicott, Illinois 20. Oktober 1965

Leslie Chamberlain lag in den Armen eines bildhübschen Prinzen.

Er hatte dunkles Haar, funkelnde Augen und ein Lächeln, so verführerisch wie zärtlich. Er trug sie hinfort in eine wundervolle Zukunft. Sie verspürte eine unendliche Erleichterung, weil sie ein Leben lang allein gewesen war und auf ihn gewartet hatte.

Sie wunderte sich nur, womit sie ihr Glück verdient hatte. Ihr Herz jauchzte vor Freude. Ihr einsames Leben gehörte nun der Vergangenheit an. Der Mann, der sie mit kräftigen Armen an seine breite Brust gedrückt hielt, war ihre einzige Zukunft.

Er trug sie rasch davon. Der Wind zerzauste ihr das Haar. Sie wollte lachen, jedoch ihr Flug kopfüber voran raubte ihr den Atem. Schneller und schneller flogen sie. Fast schien es, als würde der Wind sie aus seinen Armen reißen. Doch sie klammerte sich mit aller Kraft an ihn. Das Rauschen des Windes dröhnte ihr in den Ohren, lauter und lauter. Sie antwortete ihm mit einem Schrei des Triumphes. Noch nie war sie so aufgeregt gewesen, hatte sie sich derart frei gefühlt. Ihr Prinz würde sie auf alle Zeit beschützen.

Dann wachte Leslie auf.

Das einzige, was sie in den Armen hielt, war ihr Kopfkissen. Der rauschende Wind hatte sich zum pausenlosen Schnarren des Weckers neben ihrem Bett verwandelt.

Als sie sich aufsetzte, um den Wecker abzustellen, verschwand der Traum aus ihrer Erinnerung. Nur ein vages inneres Kribbeln der Ekstase und Sehnsucht blieb, als sie sich eiligst daran machte, sich anzuziehen, ihre Bücher zusammenzusuchen und zum Schulbus zu hetzen. Sie war allein in dem kleinen Haus, weil ihr Vater Nachtschicht hatte und erst nach neun Uhr aus der Fabrik heimkam. Sie verzichtete darauf, sich Frühstück zu machen – was Daddy sicher ahnen würde, wenn er heimkam, und dann würde er wieder schimpfen, daß sie nicht richtig aß –, sondern mühte sich einige Momente fieberhaft mit ihrem Make-up vor dem Spiegel im Bad, ehe sie zur Bushaltestelle eilte.

Sie war jetzt sechzehn. Sie hatte ihr ganzes Leben lang in der Kleinstadt Ellicott gelebt. Ihr Vater, verwitwet seit Leslies sechstem Lebensjahr, arbeitete als Sortierer und Hauptwart in der örtlichen Flaschenfabrik. Geschwister hatte sie nicht.

Leslie kam gerade noch rechtzeitig, um den Schulbus zu erwischen, der mit anderen armen Kindern aus diesem schäbigen Viertel der Stadt besetzt war. Der Fahrer hatte wie üblich sein kleines Kofferradio dudeln. Die Frühnachrichten liefen und berichteten von Protestdemonstrationen, Verbrennungen von Einberufungsbefehlen, dem Krieg zwischen Indien und Pakistan und dem Verbot der Kommunistischen Partei Indonesiens durch Präsident Sukarno.

Leslie hörte nicht hin. Sie dachte an das Gesicht, das sie daheim im Spiegel erblickt hatte, ein Gesicht, dessen Mängel sie vergeblich mit Schminke zu verdecken versuchte.

Dieses Gesicht machte ihr zu schaffen, wenn sie es morgens im Spiegel sah. Sie trug eine Zahnspange, eine enorme finanzielle Belastung für ihren Vater, aber eine Ausgabe, auf der er bestanden hatte. An sich war eine Spange nichts, weshalb sie sich schämen müßte. Aber ihr Mund war irgendwie formlos und ihre Nase irgendwie wenig markant. Dazu kam ihre pubertär unreine Haut. Das rotblonde Haar war viel zu wollig und wild, und sie mußte es stets zusammenbinden, damit es nicht nach allen Seiten abstand. Sie war groß für ihr Alter und spindeldürr. Irgendwie wuchs sie nur in die Höhe, nicht in die Breite. Wenn sie nach dem Duschen in den Spiegel schaute und ihre kleinen Brüste sah, mußte sie seufzen und verzweifelte an der Zukunft.

Leslie war zu jung, um ihre guten Seiten ermessen zu können. Sie konnte die feine Struktur ihrer Züge oder die elegante, geschmeidige Figur, die ihr dünner Körper bald entwickeln würde, nicht erkennen. Auch sah sie nicht den Charakter und die Intelligenz in ihren Augen.

Es waren wunderschöne, ausdrucksstarke Augen mit einem vielschichtigen haselnußbraunen Ton, Augen, die je nach Licht oder Laune smaragdgrün, hellgrau oder gar violett leuchten konnten. Und ihre Launen waren sehr wechselhaft und huschten über ihr Gesicht wie die silbrigen Wolken über den Mond.

Wäre Leslie aus einem anderen Haus gekommen, wäre sie Sprößling einer wohlhabenden Familie gewesen, hätte sie ihren Körper und ihr Gesicht vielleicht in einem anderen Licht betrachtet. Doch ihr Zuhause war das arme Viertel der Stadt. Sie hatte weder die feine Garderobe noch – was weit schwerer wog – die gehobene Stellung, um ihr Aussehen aufzupäppeln, ihre flache Brust zu überspielen oder ihr junges Gesicht in eines zu verwandeln, das von ihren Altersgenossen bewundert wurde.

Leslie kam sich reichlich verloren vor in der rigiden gesellschaftlichen Rangordnung dieser Stadt, in der es strikte Grenzen zwischen Arm und Reich gab. Ihr mangelte es am Glanz und Status vieler ihrer Mitschüler, die aus sogenannten guten Familien wie den Betancourts, Chamblisses, Dauers und vor allem den Pattersons kamen, denen ein halbes Dutzend Geschäfte am Ort gehörte und etliches an Immobilien in der Gegend.

Und jene Kinder, die ebenfalls aus weniger reichen oder gar armen Elternhäusern kamen, sahen in Leslie jemanden, der nicht zu ihnen gehörte. Dazu waren Leslies Zensuren zu gut, ihr Ehrgeiz in der Schule zu groß, dazu war sie einfach viel zu schlau. Zum anderen hatte sie eine rebellische Art an sich, eine Ahnung, daß sie in dieser beengten Atmosphäre nicht würde atmen und aufblühen können, sondern hinaus mußte in die Welt. Diese Rebellion war so gut unter der Persönlichkeit eines Teenagers verborgen, daß sie selbst sich dessen kaum bewußt war. Doch mehr als nur einem ihrer Lehrer war es in ihren hervorragenden, phantasievollen Arbeiten aufgefallen, und sie hatten ihrem Vater davon erzählt.

»Die kann was«, hatte der Englischlehrer ihrem Vater beim Elternsprechtag gesagt. »Mag sein, daß es ihr in einem kleinen Städtchen wie unserem nicht guttut. Aber glaub mir, Tom, im entsprechenden Umfeld wird man ihr Köpfchen ganz sicher zu schätzen wissen.«

Das war zu einer Zeit, als Mädchen noch nicht zum Ehrgeiz ermutigt wurden, zum eigenständigen Denken oder anderen Zukunftsplänen als Heiraten und Kinderkriegen. Etwas in Leslie regte sich gegen die gesellschaftlichen Zügel, die man ihr bald anlegen würde. Sie wollte anders sein, wollte eines Tages jemand sein. Das gesellschaftliche Handikap ihrer niedrigen Herkunft machte ihre Sehnsucht nur noch schmerzlicher.

Doch auch wenn Leslie bereits mit einem Fuß in ihrer Zukunft stand, so war sie doch mit dem anderen fest in der Gegenwart verhaftet, und das bedeutete, daß sie sich sehnlichst wünschte, von ihren Mitschülern akzeptiert zu werden. Daher tat es ihr besonders weh, daß sie zu keiner der Cliquen gehörte. Und so träumte sie die Träume, die ein Mädchen in ihrem Alter und in ihrer Situation träumt – sie träumte von der romantischen, jugendlichen Liebe, die ihr über all ihre Probleme hinweghelfen würde. Sie träumte von ihrem Märchenprinzen.

Der in diesem Fall – und mit allen erträumten Vorzügen ausgestattet – Geoff Patterson hieß.

Geoff war der einzige Sohn des einflußreichsten Mannes der Stadt, Leland Patterson. Er und seine Freunde waren die beliebteste Clique der Schule. Dazu gehörten auch hübsche Mädchen wie Cindy Hoffman und Judy Betancourt und Mitglieder des Basketball- und Baseballteams wie Barth Dillon, Craig Dauer und die anderen. Allesamt Kinder aus sogenannten »guten« Familien, und sie klebten aneinander wie Pech und Schwefel, miteinander verbunden durch ein unsichtbares Band von Regeln und Normen, die keinerlei Wert an sich zu haben schienen, aber dennoch weniger privilegierte Schüler wie Leslie resolut ausgrenzten.

Geoff hatte volles, dunkles Haar, verträumte blaue Augen und war groß und kräftig von Statur. Anders als die seiner Freunde waren seine Noten überdurchschnittlich gut, und er war Klassensprecher. Seine Freundin, Judy Betancourt, war so ziemlich das beliebteste Mädchen an der Schule. In Leslies Augen war Geoff der Allergrößte. Sie ging an bitterkalten Winterabenden zu den Basketballspielen, nur um ihn spielen zu sehen.

Leslie war klar, daß Geoff unerreichbar für sie war und es immer sein würde. Doch das machte ihre Schwärmerei für ihn verboten und damit noch aufregender. Sie sprach nie mit jemandem darüber, weil sie den Spott fürchtete, den sie damit ernten würde. Doch heimlich betete sie Geoff Patterson an. Ihr junger heranreifender Körper brachte ihr neue körperliche Empfindungen, und diese weckten wogende Stürme der Emotionen in ihr. Die Pubertät hatte eine Flamme in ihr entzündet, die nun zur Glorifizierung von Geoff lichterloh loderte, einem Jungen, der gar nicht wußte, daß es Leslie überhaupt gab.

Doch dann sollte der Tag kommen, als sie zu ihrer großen Überraschung feststellte, daß sie sich da geirrt hatte.

Der Unterricht begann an diesem Tag mit Algebra. Das war der interessanteste Kurs, aber gleichzeitig der Kurs, der ihr am peinlichsten war, weil auch Geoff Patterson und seine Freundin Judy ihn belegten. Die Lehrerin, Mrs. Crabtree, verlangte von ihren Schülern viel. Die Nachlässigkeit gerade der beliebten Jugendlichen ärgerte sie sehr, und sie betonte deshalb Leslies Lerneifer besonders. Das war Leslie sehr peinlich, weil es sie dem Spott ihrer Mitschüler preisgab und sie noch mehr von ihnen entfremdete.

Die hübsche Judy Betancourt zum Beispiel, mit ihrem eleganten Namen, ihrer wohlhabenden Familie und ihrer tollen Figur, machte kein Hehl draus, wie wenig sie von Algebra hielt. Nie meldete sie sich, und wenn sie drangenommen wurde, gab sie die falsche Antwort, und das in einem verächtlichen, ironischen Ton, der ihr bei ihresgleichen noch mehr Bewunderung einbrachte.

Heute korrigierte der Kurs eine Prüfung von gestern. Normalerweise korrigierten stets dieselben Schüler die Prüfungen gegenseitig, doch Mrs. Crabtree war mißtrauisch geworden, was einige der Korrekturen betraf, und vermutete Schummeleien. Also hatte sie die Ordnung geändert, so daß nun jeder die Arbeit eines anderen zum Korrigieren bekam.

Wie es der Zufall wollte, landete Leslies Testbogen bei Geoff Patterson, der zwei Reihen entfernt schräg hinter ihr saß. Leslie hingegen mußte schlucken, als sie den Namen ihres Traumjungen auf dem Blatt Papier direkt vor ihren Augen las.

Seine Arbeit war voller Fehler, was aber Leslies Bewunderung für Geoff keinen Abbruch tat. Es war eine schwierige Prüfung gewesen, und es war keine Schande, lediglich 60 Prozent der Punkte zu erreichen. Außerdem war Geoff bestimmt so sehr mit seinen sportlichen Aktivitäten beschäftigt, daß ihm wahrscheinlich die Zeit für ein derartig albernes Fach fehlte. Nur Außenseiter wie Leslie, die nichts Besseres zu tun hatten, konnten sich während ihrer langen, einsamen Stunden mit Algebra befassen. Nicht jedoch wichtige, beliebte Schüler wie Geoff.

Die Lehrerin ging die Fragen des Tests durch, während korrigiert wurde.

»Wer hat die Antwort zu Frage Nummer sechs?«

Schweigen. Niemand war sich der richtigen Antwort sicher.

»Judy?« Die Lehrerin deutete auf Judy Betancourt.

Das Mädchen schaute auf den Bogen in ihren Händen.

»Zehn Kilometer«, las sie mit einem leichten Kichern.

»Judy«, seufzte die Lehrerin, »bei der Frage ging es nicht um Kilometer, sondern um Kubikmeter Wasser.«

»Na ja, Kilo oder Kubik – Wasser ist immer naß«, antwortete Judy patzig. Die Klasse bog sich vor Lachen.

»Geoff, weißt du die richtige Antwort?« fragte Mrs. Crabtree leicht gereizt.

Geoff Patterson, der sich lässig auf seinem Platz geflegelt hatte, richtete sich auf.

»Hmmm«, sagte er mit seiner tiefen Stimme und schaute auf das Blatt Papier vor ihm. »Achtundvierzig Kubikmeter.«

»Richtig«, sagte die Lehrerin. »Danke.«

Geoff hielt den Bogen leicht in die Höhe, damit ihn jeder sehen konnte.

»Na ja, ist ja auch Leslies Test«, sagte er.

Wieder Gelächter, doch diesmal gemischt mit Respekt und Verachtung. Die Klasse wußte, daß Leslies Antworten immer richtig waren. Aber Leslie war nicht beliebt. Indem Geoff die Aufmerksamkeit auf sie gelenkt hatte, hatte er sie auch einer Art sanftem Gespött ausgesetzt.

Judy Betancourt, die drei Plätze hinter Geoff saß, flüsterte etwas, was zwei ihrer Freundinnen laut loslachen ließ. Leslie wurde rot, weil sie wußte, daß sie über sie lachten.

»Könnten wir vielleicht weitermachen?« fragte Mrs. Crabtree mit der für sie typischen Ironie. »Vom Zeitverbummeln wird man nicht schlauer.«

Während sie zur nächsten Frage überging, besah sich Geoff die ihm fremde Handschrift auf dem Bogen vor ihm. Es war eine sonderbar geschwungene und fast kindliche Schrift, hastig wie die Handschrift eines beschäftigten und sehr ungeduldigen Mädchens, das seine natürliche Energie nicht damit vergeuden konnte, sich mehr Mühe mit dem Schönschreiben zu geben.

Und dennoch waren alle Antworten richtig.

Geoff war beeindruckt von dieser sonderbaren Kombination aus schludrigem Schriftbild und Intelligenz. Er schaute vom Bogen zu Leslie zwei Reihen vor ihm. Auch wenn sie mit dem Rücken zu ihm saß, sah er ihren langen, sehr schlanken Arm und ihre wohlgeformte Hand – sie war Linkshänderin –, die mit dem Stift über den Bogen fuhr, den sie korrigierte.

Ihr Haar, mit diesem eigentümlichen Glanz aus Rot und Blond, war wild und kraus trotz aller Versuche, es zu bändigen. Er konnte ihren Nacken sehen, der so zart war wie der eines Rehs, und ihre langen Beine. Ihr ganzer Körper strahlte jene Mischung aus vorsichtiger Selbstkontrolle und brodelnder innerer Energie aus, die sich auch in ihrer Handschrift zeigte.

Als die Klasse die Korrekturen des Tests abgeschlossen hatte, schrieb Geoff 100% unter Leslies Testbogen. Neben Leslies exzentrischer Handschrift sah seine zwar selbstsicher, aber irgendwie langweilig aus. Er reichte den Bogen nach vorn und sah, wie sie ihn anschaute, als er ihn ihr gab. Ihr Blick war zu Boden gesenkt, verlegen, dennoch konnte Geoff ihre Augen sehen. Es war das erstemal, daß sie ihm überhaupt aufgefallen waren.

Später am Tag eilte Leslie wie üblich zu ihrem Schließfach und versuchte, sich unsichtbar zu machen, als sie plötzlich eine häßliche Bemerkung hinter sich hörte, etwas in der Art wie »blöde Zicke«.

Als sie sich umdrehte, sah sie Judy Betancourt und ihre Clique. Judys dunkle, hübsche Augen funkelten, als sie Leslie ansah.

Leslie eilte mit gesenktem Blick davon. Sie hörte gehässiges Gelächter in ihrem Rücken und bog rasch um die Ecke.

Ihr Schließfach war in der Nähe der Turnhalle, auf einem Flur, der um diese Uhrzeit leer und verlassen war. Sie stellte die Zahlenkombination ihres Schlosses ein, als sie plötzlich jemanden hinter ihr ihren Namen aussprechen hörte.

»Leslie.«

Hinter ihr stand Geoff Patterson.

Leslie war wie gelähmt. Erst jetzt fiel ihr auf, wie groß er war. Normalerweise sah sie ihn nur aus der Ferne, zusammen mit seinen Freunden oder auf dem Basketballfeld. Seine wahre Größe erschloß sich einem erst aus unmittelbarer Nähe.

Ein leichter Hauch von Rasierwasser vermischte sich mit seinem natürlichen Duft, der eindeutig männlich war. Sein Blick war neckisch.

»Hat Bock gemacht, deine Prüfung in Algebra zu korrigieren«, sagte er. »War das erstemal, daß ich einen Bogen gesehen habe, auf dem alles richtig ist.«

»Ach, na ja…« Leslie wurde schrecklich rot.

»Ich wünschte, ich würde das mal hinkriegen.« Er lächelte. »Alle Antworten richtig haben, meine ich.«

Sie schaute weg, als suchte sie nach einem Platz, wo sie sich verstecken konnte, dann trafen sich ihre Blicke wieder. Im selben Moment entglitt ihr der schwere Weltatlas und landete direkt auf ihrem rechten großen Zeh, was höllisch schmerzte; doch sie ließ sich nichts anmerken.

»'tschuldige…«, sagte sie, als er in die Hocke ging und ihr Buch aufhob.

»Sag mal…« Er sah ihr dabei zu, wie sie sich mit ihrem Sicherheitsschloß abmühte, »kann ich dich heute nach Hause bringen? Wir könnten uns nach der Schule am Fußballplatz treffen. Okay? Ich muß unbedingt mit dir über was reden.«

Leslie traute ihren Ohren nicht. Ihr wurde schwindlig, wenn sie nur daran dachte, daß Geoff Patterson, der Junge, für den sie heimlich so sehr schwärmte, tatsächlich mit ihr redete. Bei seiner Einladung wäre sie um ein Haar in Ohnmacht gefallen; auch wenn sie nicht wußte, ob sie dies nicht alles nur träumte.

»Ich… also gut.« Die Worte entschlüpften ihr wie von selbst.

Den Rest des Tages verbrachte sie auf glühenden Kohlen, kam sich ständig wie Cinderella kurz vor Schlag Mitternacht vor, darauf wartend, daß sich ihre Kutsche wieder in einen Kürbis verwandelt.

Doch als es drei wurde und sie mit unsicherem Schritt Richtung Fußballplatz ging, erschien Geoff Patterson allein und gesellte sich zu ihr.

»Du wohnst drüben auf der Ostseite, hm?« fragte er.

Sie nickte, schrecklich verlegen, weil er nun wußte, daß sie aus der armen Gegend der Stadt kam.

Schweigend verließen sie das Schulgelände und schlenderten die kleinen Straßen zum Stadtrand entlang.

Auf der Hälfte des Weges verlief ein breiter Pfad durch den Cutters Wood, ein bekanntes Waldstück.

»Wir können hier langgehen«, sagte Leslie. »Ist eine Abkürzung.«

Sie hatte diesen Weg schon oft genommen, als sie noch mit dem Rad zur Schule gefahren war, bis es ihr peinlich wurde. Der Weg war sehr angenehm, besonders wenn es so warm war wie heute; nur an Regentagen machte der morastige Untergrund ihn unbenutzbar.

»Nett«, meinte Geoff. »Wünschte, mein Heimweg wär auch so viel Natur.«

Leslie mußte lächeln. Geoff fuhr meist mit dem Auto. Und selbst wenn er keinen eigenen Wagen gehabt hätte, so war sein Zuhause doch auf der anderen Seite der Stadt, in der vornehmen Gegend der Reichen.

»Wie kommst du denn nachher heim?« fragte sie plötzlich. »Das ist doch die entgegengesetzte Richtung für dich.«

»Ist schon in Ordnung«, sagte er nur.

Sie schaute auf zu ihm. Sein Haar wirkte voller, seine Brauen dunkler, als sie es aus ihrer Phantasie erinnerte. Er trug seine Schuljacke, dazu Jeans und Sweatshirt. Er wirkte gedankenverloren, als er in die Wipfel der Kiefern am Wegesrand hinaufschaute.

Auf halbem Weg durch den Wald blieb er stehen und berührte Leslies Schulter.

»Leslie...«

Sie blieb ebenfalls stehen und sah ihn an. Der Wald rings um sie herum war völlig lautlos. Noch nie hatte Leslie eine solche Stille gehört.

»Ich...« begann Geoff. Dann erschien ein gepeinigter Blick in seinen Augen.

»Darf ich dir die Bücher abnehmen?« fragte er verlegen.

Sie lachte und schüttelte den Kopf. »Ist nicht nötig.«

»Doch, ich bestehe drauf.«

Sie wollte ihm gerade die Bücher geben, als er sie urplötzlich umarmte und küßte.

Die Bücher waren zwischen sie geklemmt, und Leslies Lippen

wurden gegen ihre Spange gedrückt durch die Unbeholfenheit seines Kusses. Doch das war ihr egal. Ihr Körper schien in seiner Umarmung zu schmelzen.

Kurz darauf endete der Kuß. Doch Geoff hielt sie weiterhin fest, und eine andere Art von Zärtlichkeit durchfuhr sie, als er ihre Schulter tätschelte. Er küßte sie auf die Stirn, auf die Lider, auf die Wangen.

Wie in Zeitlupe fielen die Bücher auf den nadelbedeckten Weg. Geoff öffnete Leslies vor dem Körper verschränkte Arme, und sie spürte seinen großen Körper eng an ihren gepreßt. Wieder küßten sie sich, diesmal inniger. Seine Zunge drang in ihren Mund, neu, sonderbar und wundervoll. Es war ihr erster richtiger Kuß.

In diesem Augenblick erwachte etwas Tiefes und Frauliches in ihrem Körper, und sie schmiegte sich in seine Umarmung, als würde sie dorthin gehören. Er schien es ebenfalls zu fühlen, und sie hörte ihn seufzen.

Dann ließ er sie – wie schockiert ob dessen, was er getan hatte – los.

»Tut mir leid...« Er ging in die Hocke und begann, ihre Bücher aufzusammeln.

»Das mußt du nicht sagen«, erwiderte sie. »Mir tut es nicht leid.« Die Worte klangen gewagt und gefährlich auf ihren Lippen, doch es war bereits zu spät, um sie zurückzunehmen.

Eine Weile gingen sie schweigend nebeneinander her – Geoff mit ihren Büchern, Leslie bemüht, sich nicht anmerken zu lassen, daß sie auf Wolken schwebte.

»Warum ich?« fragte sie aus einem Impuls heraus.

Er blieb stehen.

»Du hast irgendwie was... ich... ich weiß nicht...«

Er schaute sich um. Vor ihnen teilte sich der Weg.

»Wohin führt der Weg?« fragte er. »Zum See?«

Sie nickte. Der Fishers Pond war ein beliebter Ort für Angler aus der Gegend. Und nachts war es der beliebteste Knutsch-Platz für die Teens, die ihre Autos auf einer Lichtung abstellten und sich das schimmernde Mondlicht auf dem Wasser ansahen. Und es wurde oft nackt gebadet.

»Leslie«, sagte Geoff plötzlich. »Wollen wir uns Freitag abend am See treffen?«

Sie sagte nichts darauf. Das war eine sonderbare Einladung. Eigentlich war es gar keine richtige Einladung zu einer Verabredung. Es hatte schon etwas Intimeres, fast Verbotenes. Jeder wußte, daß ein Junge, der mit seinem Mädchen abends zum See ging, mehr wollte als nur ins Kino oder auf einen Hamburger ausgehen.

»Aber was ist mit Judy?« fragte sie.

Wieder kehrte der gepeinigte Blick in seine Augen zurück.

»Judy und ich sind nur noch Freunde«, sagte er. »Zerbrich dir darüber nicht den Kopf. Sag, kommst du? Es wird unser Geheimnis bleiben. Wir treffen uns um halb zehn am See. Was meinst du?«

Ein Flehen war in seinem Blick. Ihr Kuß schien ihn aus dem Gleichgewicht gebracht zu haben. Und Leslie hatte selber keinen festen Boden mehr unter den Füßen.

Zwar sagte ihr Gefühl, daß etwas nicht stimmte mit dieser Einladung. Doch die Tatsache, daß Geoff sie nach der Schule nach Hause begleitete, ganz zu schweigen davon, daß er sie in der Abgeschiedenheit dieses Waldes geküßt hatte, nahm ihr jegliche Kraft zum Widerstand. Sie fühlte, daß etwas Persönliches und Wunderbares sie heute vereint hatte, daß er etwas an ihr schätzte, was er in seinem Leben, bei seinen Freunden nicht finden konnte. Seinetwegen würde sie es riskieren.

»Abgemacht.«

»Aber sag niemandem etwas davon«, mahnte Geoff. »Es bleibt unser Geheimnis. Versprochen?«

Sie lächelte. »Versprochen.«

»Ich warte dann in meinem Auto. Halb zehn. Ja?«

Sie nickte. Er nahm sie in den Arm und küßte sie erneut.

Am Waldrand machte er wieder kehrt, und sie ging den letzten Kilometer bis nach Hause allein.

Natürlich wußte Leslie im Hinterkopf, daß Geoff ihr Treffen wegen Judy Betancourt unbedingt geheimhalten wollte. Geoff und Judy gingen fest miteinander und waren praktisch so gut wie verlobt. Gerüchten zufolge waren sie schon seit Monaten körperlich intim – eine Vorstellung, die Leslie mit wilden, schuldbewußten Bildern und kindischem Neid erfüllte – und ihre Familien rechneten fest mit einer Hochzeit kurz nach dem Schulabschluß.

Leslie hatte stets vermutet, daß Judy sie partout nicht ausstehen konnte, auch wenn die beiden Mädchen – aus gänzlich unterschiedlichen gesellschaftlichen Kreisen – gar nicht miteinander redeten. Es war nur so ein Gefühl und ließ sich nicht beweisen, aber Leslie hatte den Eindruck, als könne Judy sie wegen ihrer guten Leistungen in der Schule nicht leiden, so als würde Leslie mit ihrem Wissen angeben.

Wie dem auch sei – Leslie war klar, daß Geoff weder gegenüber seinen Freunden und schon gar nicht gegenüber Judy seine Verabredung mit Leslie ausposaunen konnte. Das verlieh dem Ganzen einen verbotenen Aspekt, wie eine Art Verschwörung, und dieses Gefühl ließ einige offene Fragen verstummen, zum Beispiel, weshalb er sie nicht ganz offen eingeladen hatte oder sich nicht mit ihr an einem Ort traf, wo sie von anderen gesehen werden würden. Leslie hatte gemischte Gefühle bei der Sache. Doch wenn sie an Geoffs Umarmung dachte, waren alle Bedenken wie ausgelöscht, und sie freute sich auf Freitag abend.

Ihrem Vater erzählte sie nichts von der Verabredung. Das war nicht sonderlich schwer, weil er in der Nachtschicht arbeitete und sie selber tagsüber so viel um die Ohren hatte, daß sie einander während der Woche kaum zu Gesicht bekamen. Doch Tom Chamberlain schöpfte Verdacht, als er ihren versonnenen Blick bemerkte, das neue Make-up, das sie in den letzten Tagen auflegte, und dazu ihre langen Überlegungen, was sie zur Schule anziehen sollte. Kein Zweifel, dachte er bei sich, sie ist verliebt. Was ihm nur recht war. Leslie kam ihm immer so einsam vor. Ein wenig Kontakt mit dem anderen Geschlecht ließ sie bestimmt aufleben.

»Wie läuft's in der Schule, Schatz?« erkundigte er sich. »Alles klar?«

»Bestens, Daddy«, antwortete sie mit ihrer jugendlichen Ungeduld, die er an ihr kannte.

Tom Chamberlain schmunzelte. Er war ein sensibler Mensch, trotz mangelnder Schulbildung und trotz seines niedrigen Status. Er erkannte nicht nur die Intelligenz seiner Tochter, sondern auch ihre Schönheit. Sie verfügte über eine natürliche Eleganz, die aus ihren wohlgeformten Gliedern, ihrem feinen Gesicht und auch aus ihrer Persönlichkeit rührte, die voller Tiefe und Originalität war.

Aus ihr würde eine feine Frau werden, eine Frau, die vielleicht Größeres im Leben erreichte und die ganz sicher einmal mehr als nur begehrenswert für das andere Geschlecht sein würde.

Es frustrierte Tom, daß seine Tochter dies alles selber nicht erkannte. Sie hielt sich für ziemlich durchschnittlich und wenig begehrenwert. Und noch schlimmer zu schaffen machte ihm das Wissen, daß ihr geringes Selbstwertgefühl sehr viel mit seiner niedrigen Stellung in der Gesellschaft zu tun hatte. Die Tochter eines Fabrikarbeiters war wohl kaum eine gute Partie für einen Jungen aus gutem Haus.

Und natürlich kam noch der frühe Verlust ihrer Mutter hinzu, der dazu geführt hatte, daß sie ohne die besondere Fürsorge und Innigkeit aufgewachsen war, die ein Mädchen von der eigenen Mutter erwarten konnte, die ihr ein überarbeiteter Vater jedoch nicht geben konnte.

Aber Leslie ertrug ihre niedrige Herkunft mit einer Würde, die sie auszeichnete. Sie war ihrem Vater glühend ergeben und beklagte sich niemals ihm gegenüber. Sie zeigte ihm ihre sonnige und sorgenfreie Miene, nur hin und wieder von den gelegentlichen Launen der Pubertät überdeckt.

Welche Lasten sich Leslie damit auferlegte, das konnte Tom Chamberlain nur ahnen. Ihre Tapferkeit erschien ihm tragisch, weil sie noch so jung war, so schutzlos in so vielerlei Hinsicht. Er wünschte, er könnte ihr ein sorgenfreieres Leben bieten. Doch das war nicht möglich.

Und so schwieg er still und hoffte das Beste. Am meisten jedoch wünschte er Leslie, daß sie die Schule abschloß, um der engen Welt dieser Stadt entkommen zu können. Er sparte jeden Penny, damit sie eine kleine Rücklage fürs College haben würde, und dankte dem Himmel für ihre guten Noten, die ihr – bei seiner Armut – sicher ein Stipendium einbringen würden.

Tom Chamberlain sah ihr zu, wie sie mit ihrem neuen Make-up experimentierte und ein Kleidungsstück nach dem anderen anprobierte, und kreuzte die Finger.

Am Freitag abend brach Leslies Vater wie gewohnt um halb sechs zur Arbeit auf. Sie hatte nervös in ihrem Abendessen herumgestochert und versucht, sich so normal wie möglich zu geben.

Kaum war sie allein im Haus, duschte sie und brachte eine Ewigkeit mit dem Schminken zu.

Sie zog einen Faltenrock und eine weiße Bluse an. In gewisser Weise war es ein sinnliches Outfit, weil die Beine bloß waren und ihre Haut unter der dünnen Bluse durchschimmerte. Die Erinnerung an Geoffs Kuß sang noch immer in ihren Sinnen. Heute abend wollte sie eine Frau für ihn sein, wollte ihn erregen.

Gegen Viertel nach neun verließ sie das Haus und machte sich auf den Weg zum See. Am Waldrand angekommen, fand sie sich rasch zurecht – sie hatte sich als kleines Mädchen schon hier ausgekannt – und strebte über den mit Tannennadeln bedeckten Pfad dem verabredeten Treffpunkt zu.

Der Wald wurde dunkler und dunkler, doch die Aufregung überdeckte alle Furcht. Sie kam an die Weggabelung und ging weiter Richtung See.

Es war eine Vollmondnacht. Der Wald wirkte versilbert und

verzaubert durch den Mondschein. Als Leslie ihr Ziel erreichte, sah sie ein Auto. Sie wußte, daß es sich um Geoffs 59er Chevy handelte, weil er damit jeden Tag zur Schule gefahren kam.

Sie näherte sich vorsichtig. Kein anderes Auto weit und breit. Was verständlich war, weil die anderen erst nach dem Kino oder dem gemeinsamen Hamburger herkommen würden. Für eine Weile zumindest würden Geoff und sie ganz allein sein.

Sie erkannte die Silhouette des Fahrers hinter dem Steuer. Sie ging näher auf den Wagen zu. Ihre Sinne bebten.

Das Fenster wurde heruntergekurbelt, als sie näher kam.

»Hi, Leslie.«

Sie blieb wie angewurzelt stehen. Das war nicht Geoff. Die Stimme kam ihr bekannt vor; es war die Stimme von Barth Dillon, einem guten Freund von Geoff, Mitglied des Basketballteams und ein Junge, der bekannt für seinen Verschleiß an Freundinnen war.

Leslie stand mit offenem Mund da. Ihr fehlten die Worte.

»Ich... ich dachte«, stammelte sie.

»Geoff ist was dazwischengekommen«, sagte Barth. »Ließ sich nicht verschieben. Er hat mich an seiner Stelle geschickt. Er wollte nicht, daß du einsam bist. Komm, steig ein, Leslie.«

Sie sah, wie er sie abschätzend im Mondlicht beäugte. Sie traute ihren Augen nicht. Die Unwirklichkeit der Situation breitete sich im nachhinein selbst auf ihren gemeinsamen Heimweg mit Geoff aus, so daß auch dieser nicht wirklich schien. Sie wußte jetzt, wie sich Cinderella fühlte, wenn sich ihre Kutschpferde wieder zu Mäusen zurückverwandelten. Die ganze Welt war ihr feindlich gesonnen. Sie war wehrlos und erniedrigt.

»Das muß dir doch nicht peinlich sein«, sagte Barth. »Komm, steig ein. Ich habe mich schon drauf gefreut. Geoff hat mir erzählt, daß du echt Feuer hast.«

Er wollte gerade die Tür öffnen, als Leslie auf dem Absatz kehrtmachte und flüchtete.

»Leslie!« Es klang ebenso verärgert wie belustigt, als er ihr nachrief. »Sei doch keine Spielverderberin! Komm zurück!«

Doch sie lief in den Wald, ohne das Aufheulen des Motors oder das entfernte Lachen zu hören. Sie lief und lief den Pfad hinunter. Sie sah nichts, hörte nichts, wollte nur nach Hause.

Als sie dort ankam, entkleidete sie sich rasch und duschte lange und heiß. Sie zitterte am ganzen Leib.

Sie weinte die ganze Nacht. Als ihr Vater um neun Uhr morgens von der Arbeit heimkam, saß sie am Küchentisch bei ihren Hausaufgaben. Als er sie auf ihre geröteten Augen ansprach, antwortete sie, die neue Schminke sei daran schuld.

Am Montag ging sie zur Schule, den Blick gesenkt. Im Bus lauschte sie den morgendlichen Gesprächen der anderen Jugendlichen, ohne wirklich hinzuhören. Das Geplärre des Radios im Bus machte das Ganze noch unwirklicher.

Als sie das Schulgebäude betrat, schien niemand Notiz von ihr zu nehmen. Sie huschte über den Flur zu ihrem Klassenzimmer.

Erst als sie zu ihrem Englischkurs unterwegs war, vernahm sie ein erstes Kichern unter drei Mädchen, die zum Umfeld von Geoffs Clique zählten. Später am Vormittag pfiff ihr einer aus dem Basketballteam nach, als sie an ihnen vorbeikam.

Als sie den Gemeinschaftskunderaum betrat, wurde sie knallrot. Jemand hatte in riesigen Buchstaben LESLIE, ICH LIEBE DICH. GEOFF an die Tafel geschrieben.

Leslie ertrug die drei schlimmsten Minuten ihres Lebens, bis die Lehrerin hereinkam, die Tafel abwischte und mit dem Unterricht begann.

Nach dieser ersten Woche hörten die Spötteleien auf, und alles war wie zuvor – Leslie wurde von ihren Mitschülern weitestgehend ignoriert. Sie fuhr mit dem Bus zur Schule, ging zu ihren Kursen, plauderte mit ihren Freundinnen – die nun alle irgendwie zu wissen schienen, was vorgefallen war, aber kein Wort darüber verloren – und versuchte zu vergessen. Wie all jene unglücklichen Schulkinder, die das eine oder andere Mal Opfer eines öffentlichen Malheurs oder einer großen Erniedrigung werden, trug sie das Stigma vor sich selbst länger, als es im Bewußtsein der anderen blieb. Ihre Mitschüler vergaßen die Sache recht schnell wieder.

Sie erfuhr niemals den Grund für ihren Kummer. Natürlich erzählte ihr niemand, daß Geoff Patterson seinem engsten Freund im Basketballteam, Barth, von dem bevorstehenden Treffen erzählt hatte und das dann irgendwie bis zu Judy Betancourt durchgedrungen war. Judy warnte Geoff, daß sie ihm niemals vergeben würde, wenn er sich mit einem anderen Mädchen treffen sollte, und schon gar nicht mit einem Niemand von Leslie Chamberlain.

Unsicher, was er tun sollte, hatte er sich überreden lassen, Leslie zu versetzen.

Von all dem erfuhr Leslie nie etwas. Und sie sollte auch nie erfahren, was ihren Schmerz vielleicht etwas gelindert hätte – daß Geoff, als er sie heimbrachte, küßte und einlud, es ernst gemeint hatte. Leslies Frische, ihre Intelligenz und die ersten Anzeichen ihrer knospenden Schönheit hatten es ihm angetan. Er hatte etwas Besonderes in ihr gespürt und den Versuch gewagt, es zu berühren.

Er sollte für eine ganze Weile nicht an Leslie Chamberlain denken. Leslie jedoch vergaß Geoff Patterson nie.

KAPITEL 4

1966

Mit vierundzwanzig war Jordan Lazarus bereits ein erfolgreicher Unternehmer. Er wurde mit jedem Tag wohlhabender und war auf dem besten Wege, ein kleines Geschäftsimperium zu errichten, er benutzte seinen wachsenden Reichtum, um seine Familie zu unterstützen und seine Zukunft zu planen.

Auch wenn er nie wieder die Schulbank gedrückt hatte, nachdem er von zu Hause fortgegangen war, hatte dies keinerlei negative Auswirkungen auf seinen Verstand gehabt. Er stellte fest, daß ihm seine angeborene Kreativität sowie die ungewöhnliche Fähigkeit, unerwartete Chancen in Situationen und Menschen zu erkennen, ermöglichten, Märkte gewinnbringend einzuschätzen.

Zu dieser Gabe kamen seine ausgesprochene Sorgfalt, Wissensdurst und grenzenloser Ehrgeiz, der weder durch Widerstände noch Enttäuschungen gemindert werden konnte. Ausgerüstet mit diesem Arsenal unschätzbarer Vorzüge kam er sehr rasch voran in der Geschäftswelt, zunächst als Angestellter im Dienste mächtiger Männer, später dann als sein eigener Herr.

In seiner freien Zeit bildete er sich weiter und vertiefte sich in Sachverhalte und Probleme, die weit komplexer waren als alles, was er je an der High-School oder Universität gelernt hätte. Mathematisch begabt, wie er war, wurde er schon bald zu einem Experten der Ökonomie, der Finanzen und des Marketing. Zudem beschäftigte er sich mit internationaler Politik und nutzte jede Gelegenheit, sich so intensiv wie möglich mit der Geschichte von Kunst, Wissenschaft und Literatur vertraut zu machen. Er war gebildet, beredt und konnte sich mit Intellektuellen ebenso unterhalten wie mit Geschäftsleuten, ohne daß jemals jemandem seine fehlenden Schulabschlüsse aufgefallen wären.

Viele Menschen vertrauten ihm blindlings, weil er von einer entwaffnenden Offenheit war, die seiner Intelligenz und Fachkundigkeit entsprach. Kein Zweifel, er war ein junger Mann von aufrichtiger Ernsthaftigkeit und persönlicher und charakterlicher Stärke.

Und er bekam jede Frau, die er begehrte. Er war groß und kräftig, mit einem breiten Brustkorb, hochaufgeschossen und mit einem spitzbübischen Funkeln in den Augen. Sein natürlicher Charme und seine Spontaneität machten die Frauen zu willigen Opfern, und seine Liebkosungen, ebenso einfallsreich wie seine Gedanken, trieben sie zu so ungekannten Höhen der Leidenschaft, daß sie etwas von ihrer Persönlichkeit aufzugeben schienen.

Jordan genoß den spielend leichten Triumph seines Äußeren und seiner Persönlichkeit über die Frauen. Er vermittelte ihm nicht nur ein Gefühl von Macht, sondern auch die Möglichkeit, einen alten Groll zu überwinden. In seiner Jugend hatte er stets die Mädchen seiner Heimatstadt aus der Ferne bewundert. Sie stammten aus gutem Hause, und im Vergleich zu ihnen war er sich stets wie ein schmutziger Gassenjunge vorgekommen. Manchmal hatten diese Mädchen und ihre Freund ihn verspottet und sich über seine mittellose Familie und seine verschlissene Kleidung lustig gemacht. Er war klein und schmächtig gewesen als Junge, und das hatte sich mit seiner Armut verbunden und ihm das Gefühl gegeben, er sei nichts wert.

Nun hatte sich das Blatt gewendet. Jordan besaß alles, was nötig war, um eine attraktive Frau zu betören. Und was sein Aussehen und Charme nicht vermochten, schafften sein Erfolg und sein Geld. Es kam ihm schon fast selbstverständlich vor, wenn sich ihm die Frauen an den Hals warfen.

Und doch war er trotz aller körperlichen Befriedigung ein wenig enttäuscht festzustellen, wie leicht Frauen sich von Geld beeindrucken ließen. Die Mädchen, die er als Junge vergöttert hatte, schienen in einer Welt fernab der seinen zu leben; einer Welt, die geheimnisvollen und magischen Regeln zu folgen schien; einer Welt schöner Menschen, von denen jeder einzelne von einer besonderen, kostbaren Substanz war. Er hatte sich damals vorgestellt, diese Menschen würden Dinge wissen und schätzen, von denen er in seiner Armut auf ewig ausgeschlossen bliebe. Und daher war es enttäuschend und angenehm zugleich, mit den Jahren zu lernen, daß Geld die einzige und wirkliche moralische Währung dieser Welt war, und die einzige Waffe, derer er bedurfte, um sich Frauen zu eigen zu machen.

Und so lebte Jordan für seine Arbeit. Als Mensch, der gerne reiste, hielt er seine geschäftlichen Interessen weit verstreut und blieb nie lange an einem Ort.

Und aus der Ferne wachte er über seine Familie.

Seine Brüder arbeiteten nicht mehr für die *Lukas*-Werke. Sie führten inzwischen einen eigenen kleinen Betrieb, *Prestige*-Installationen, in dem sie Küchen und Bäder für Hauseigentümer bauten. Gegründet hatten sie das Geschäft mit dem Geld, das Jordan ihnen ein Jahr nach seinem Abschied schickte. Seine Brüder Ryan, Clay und Gerald führten die körperlichen Arbeiten aus, während sich Louise um das Büro kümmerte. Es war ein erfolgreicher kleiner Familienbetrieb mit Kunden im großen Umkreis, und die Familie war finanziell aus dem Gröbsten heraus. Der Vater blieb natürlich weiter ans Bett gefesselt. Die Mutter verbrachte den Großteil ihrer Zeit damit, ihm vorzulesen, zusammen mit ihm Radio zu hören oder fernzusehen, ihn zu bekochen und sich seine ständigen Klagen und Nörgeleien anzuhören.

Und dann war da noch Meg.

Seit Jordan von zu Hause fortgegangen war, hatte Meg zwei schwere Herzattacken erlitten, beide verursacht durch den Herzklappenfehler, den sie sich als Kind durch das rheumatische Fieber zugezogen hatte. Der zweite Anfall nahm sie schwer mit, und die Ärzte erlaubten ihr nicht, die gewohnten Aktivitäten wiederaufzunehmen.

Daher half sie nicht mehr im Betrieb mit, sondern verbrachte all ihre Zeit daheim. Sie kümmerte sich um ihren Vater, wenn ihre Mutter eine Pause brauchte, und sie verstand sich sehr gut darauf, seine Launen zu besänftigen. Wie alle anderen Mitglieder der Familie auch, konnte ihr Vater ihr nichts abschlagen.

Meg wurde zum moralischen Mittelpunkt der Familie, die große psychologische Stütze. Sie schlichtete Streitigkeiten innerhalb der Familie, bestimmte, was richtig und was falsch war, und gab der Familie insgesamt das Gefühl von Zusammenhalt und

Ausgeglichenheit, etwas, was sie nach Lazarus' Unfall und Jordans Fortgang nie mehr so recht gehabt hatten. Und sie tat all dies mit einer mentalen Kraft, die so groß war, wie ihr Körper schwach.

Aber sie erholte sich nie wieder richtig. Sie lebte mit dem Schrecken einer möglichen erneuten Infektion, die ihr Herz weiter schädigen konnte, und sie litt unter ständigen Schmerzen. Täglich mußte sie teure Medikamente einnehmen und alle zwei Wochen zum Herzspezialisten gehen. Ihr einst cremiger, sommersprossiger Teint war nun bleich, und sie hatte nichts mehr von jener Frische, die Jordan einst so betört hatte, als sie beide noch Kinder gewesen waren.

Jordan verzieh es sich nie, daß er fortgewesen war, als Meg ihre beiden Herzanfälle erlitt. Beide Male schickte er ihr Geld, war aber verhindert, sie unverzüglich zu besuchen. Er fühlte sich überwältigt von Wut und Schuldgefühlen, weil er nicht dagewesen war, als Meg ihn gebraucht hatte. Jordan spürte, daß Meg ihn mehr brauchte als jeden anderen, und war sich immer ganz sicher gewesen, daß sie diejenige war, die ihm am meisten bedeutete.

Nach ihrer zweiten Herzattacke besuchte er sie im Krankenhaus, wo er sie geschwächt und fiebrig im Bett vorfand. Sie richtete sich auf, um ihn mit einem Kuß zu begrüßen, und versicherte ihm ein dutzendmal, sie nähme es ihm nicht übel, daß er nicht dagewesen war; daß er nun hier war, sei alles, was sie brauchte und sich wünschte. Sie wußte, wie hart er für die Familie arbeitete, und verstand, daß ihn seine geschäftlichen Verpflichtungen in die Ferne trieben.

»Wenn ich hiergewesen wäre und auf dich achtgegeben hätte, wäre es vielleicht gar nicht dazu gekommen«, sagte Jordan.

»Unsinn, Jordie«, widersprach sie ihm. »Ich werde bestens versorgt. Und ich bin nicht halb so krank, wie alle tun. Kümmer du dich nur um deine Arbeit und hör auf, dir Sorgen um mich zu machen.«

Meg ließ es nicht zu, daß Jordan Schuldgefühle quälten, wo er doch alles nur für seine Familie tat. Und dennoch war da ein Gefühl der Traurigkeit in ihr, als sie ihn so sah, und er wußte sehr wohl, woher es rührte.

Meg fühlte, daß Jordan sich zu sehr auf die finanzielle Sicherheit konzentrierte, die er mit solch absoluter Entschlossenheit geschaffen hatte. Vaters Unfall schien Jordans Seele mehr verletzt zu haben als Vaters Körper. Seit jenem Tag hatte Jordan versucht, sich die Welt zu unterwerfen – vielleicht, um sich an ihr zu rächen für ihre Gleichgültigkeit und Grausamkeit. Meg befürchtete, daß Jordan bei seinem Kampf zum Schutz und Wohlergehen der Familie Gefahr lief, sich selbst zu verlieren.

Jordan sah das nicht so. In seinen Augen hatte er sich einer schwierigen Aufgabe verschrieben, die er durch harte Arbeit und Initiative meisterte.

Und als ihm seine Bemühungen, Wohlstand und Status sowie viele hübsche Frauen einbrachten, hatte er das Gefühl, auf dem richtigen Weg zu sein. Waren dies doch die Dinge, die Männer priesen und begehrten, für die sie ihr Leben und ihr Seelenheil aufs Spiel setzten und hergaben. Und er hatte all das bereits in so jungen Jahren erreicht.

Mit diesem beruhigenden Gedanken verwarf Jordan das Thema seines anderen Ichs, jenem Wesen unter der umtriebigen Oberfläche seines Lebens. In Megs Gegenwart jedoch war dieses andere Ich stets da, es zeigte sich wie in einem Spiegel. Dieser Spiegel in ihren Augen und in ihrer Liebe zu ihm zeigte, wie er eigentlich sein sollte, es jedoch nicht war.

Es war ihm unbehaglich, daß Meg ihn in gewisser Weise besser verstand als er sich selbst. »Du machst mich besser, als ich bin«, sagte er zu ihr. »Ich bin gar nicht so besonders, wie du vielleicht glaubst. Ich verdiene das Geld, mehr nicht.«

Als Junge hatte er die biblische Geschichte von Lazarus gehört und von dessen Krankheit, seinem Tod und seiner Wiederauferstehung durch Jesus nach drei Tagen am Grab. Diese Geschichte hatte Jordan mit einer mystischen Ahnung von seinem Lebensziel erfüllt; von einer Bestimmung, die er bisher vielleicht noch nicht genau kannte, die sich ihm eines Tages aber gewiß offenbaren würde, so wie sich in der Bibel das Schicksal durch Jesus Christus offenbart hatte.

Damals hatte er den Mut aufgebracht, mit Meg über seine Vorahnung zu sprechen. Sie war ganz und gar seiner Meinung gewesen und hatte ihn sogar noch ermutigt, sich selbst als Mann mit einer großen schicksalhaften Bestimmung zu sehen.

»Aus dir wird einmal etwas«, hatte sie gesagt und ihm dabei tief in die Augen geblickt. »Ich weiß es genau. Wir können diesen Jemand heute noch nicht erkennen, weil er in der Zukunft ist. Aber du mußt auf ihn zusteuern, Jordie, und darfst niemals aufhören, nach ihm zu suchen.«

Das lag nun lange zurück. Heute hatte Jordan das Gefühl, die Bestimmung seines Lebens habe sich durch seine Arbeit offenbart und in seiner Verpflichtung, für die Familie zu sorgen. Er lebte in der Gegenwart und dachte nur selten an die Vergangenheit oder Zukunft.

Doch manchmal kehrte seine Vorahnung von einem persönlichen Auftrag zurück. Spätnachts, wenn Müdigkeit und Träume seine Alltagssorgen beiseite schoben, dann lag er im Bett – mitunter neben einer Frau – und spürte, wie ihn die alten Träume überspülten, Träume voller Mysterien, voller unaussprechlicher Verheißungen.

Diese Träume hatten eine Rolle gespielt bei seiner jugendlichen Idealisierung der Mädchen. Und nun spielten sie eine Rolle in seiner Enttäuschung von den Frauen, die er kannte, den Frauen, mit denen er schlief. Denn er hatte sich die Fähigkeit bewahrt, zu träumen und auf einen Zusammenhang zu hoffen, danach zu suchen. Nach einem Zusammenhang zwischen der Welt und ihm selbst, einem Zusammenhang, der sich nicht mit Geld oder Macht ausdrücken ließ.

Doch diese Gedanken beschäftigten Jordan Lazarus nur in wenigen flüchtigen Momenten und tanzten wie Schimären vor seinem Geiste, ehe sie einem tiefen, unerschütterlichen Schlaf wichen. Und am nächsten Morgen wich der Schlaf den Herausforderungen des neuen Tages; einem Tag, an dem er sich erneut in seinen Taten und seinem Unternehmungsgeist selbst entdeckte.

So vergaß er den Jordan im Spiegel, den Jordan seiner Jugend, den Jordan, dessen Spiegelbild er in Megs Augen erblickt hatte und an den Meg noch immer ihre Hoffnungen und ihr unsterbliches Vertrauen klammerte.

Und so verblieb das Leben des Jordan Lazarus, des vierundzwanzigjährigen Geldverdieners und Unternehmers, in einem unsicheren Gleichgewicht. Jordan widmete sich vollkommen seiner Arbeit und versuchte, nichts anderes wahrzunehmen. Er hatte sein Ziel, die Familie zu versorgen, erreicht und tat nun alles, um das innere Ziel, sich selbst zu erfahren, zu vergessen.

Finanziell ging es ihm blendend, doch er hegte keinerlei Träume von Ruhm oder übermäßigem Reichtum. Er war zufrieden mit seinem Leben und seiner Arbeit, und es reichte ihm vollauf, beides so fortzuführen, wie er dies während der vergangenen acht Jahre getan hatte. Er lebte hier und jetzt, absorbiert von den anstehenden Aufgaben.

Und er setzte seine amourösen Abenteuer fort, obwohl sie ihn zunehmend anödeten und er gelangweilt war von seinen sexuellen Eroberungen. Frauen boten ihm eine Sinnlichkeit, die völlig auf der Oberfläche seines Ichs blieb; ein Vergnügen, getrübt durch den Umstand, daß sie ihm als Menschen nichts bedeuteten.

Jordan war zu sehr beschäftigt, um seine Zeit damit zu vergeuden, diesen Mangel in seinem Liebesleben zu beklagen. Er erwartete kaum noch etwas vom anderen Geschlecht.

Es kam ihm nie in den Sinn, daß er vielleicht nur niemals einer wahrhaft subtilen Frau begegnet war. Einer Frau, die so vielschichtig wie er selbst war – und vielleicht sogar noch viel mehr als das.

KAPITEL 5

Sie hieß Rebecca.

Jordan lernte sie auf einer Party in Philadelphia kennen, wo sie ihm als »Mrs. Jarman« vorgestellt wurde. Sie machte kein Hehl daraus, daß sie verheiratet war. Ihr Mann war der bekannte Investor und Unternehmer Burke Jarman, ein Name, den Jordan auf seinen Geschäftsreisen schon öfter gehört hatte.

Sie machte auch kein Hehl daraus, daß sie mit Jordan ins Bett wollte.

Sie war Ende Zwanzig, überaus schlank, mit einem katzenhaften Gang, glattem, sonnengebräuntem Teint und den dunkelsten Augen, die Jordan jemals gesehen hatte. Ihr wallendes schwarzes Haar, die langen Finger und die Art, wie sie ab und an die Zungenspitze vorschnellen ließ, um die Lippen zu benetzen, verliehen ihr ein animalisches Aussehen, das sie ungeheuer sexy machte.

Unwillkürlich spürte Jordan ein Ziehen in den Lenden, als er sich mit ihr unterhielt. Es gelang ihnen, sich von den übrigen Gästen abzusetzen und ungestört einen Drink zu nehmen. Als sie sich hinsetzte, entblößte der Schlitz ihres Cocktailkleides ein langes gebräuntes Bein. Sie musterte Jordan, während sie ihren Pump am schmalen Fuß baumeln ließ.

»Ihr Ruf eilt Ihnen voraus«, sagte sie. »Wie kommt es, daß ein so junger Mann wie Sie es schon so weit gebracht hat? Wie ich gehört habe, fliegt Ihnen der Erfolg ja nur so zu.«

Jordan antwortete zurückhaltend und bescheiden. Doch während er ihr einige wenige Details aus seiner Vergangenheit erzählte, nahm er kaum wahr, was er sagte. Mit jeder Sekunde verfiel er Rebecca Jarmans sexuellem Bann. Sie war so schlank, so glatt und geschmeidig und so offensichtlich nur an einer Sache interessiert. Er war selbst verblüfft über seine Erregung und die Wirkung, die sie auf ihn hatte.

Sie vergeudete keine Zeit und kam gleich zur Sache. Noch vor elf hauchte sie Jordan mit einem verführerischen Augenaufschlag zu: »Ich muß jetzt gehen.«

»Kann ich Sie vielleicht unterwegs absetzen?« fragte er.

»Das wäre wirklich sehr nett von Ihnen.«

Er beobachtete sie, als sie sich von ihrem Gastgeber, einem prominenten Mitglied der Handelskammer von Philadelphia, verabschiedete. Sie gab noch einigen anderen Gästen die Hand zum Abschied, dann traf sie sich mit Jordan im Foyer. Als er ihr in den Mantel half, fiel sein Blick auf ihren schmalen Rücken, den das fast rückenfreie Cocktailkleid präsentierte.

»Wohin?« fragte er, als sie im Auto saßen.

Sie sah ihm tief in die Augen. »Ist das nicht egal?«

Jordan nahm sie mit auf sein Hotelzimmer. Als sie aus dem Mantel schlüpfte, bewunderte er ihren Körper im gedämpften orangen Licht der Nachttischlampe. Ihr Haar war ein wenig vom Wind zerzaust, und er konnte die Kühle der Nachtluft an ihr spüren, die wie eine zarte Aura von ihrer sehr heißen Haut aufstieg.

Er nahm sie in die Arme. Sie schien mit ihm zu verschmelzen. Ihr Körper fand rasch die Quellen seines Verlangens, die bereits zu einem früheren Zeitpunkt des Abends erweckt worden waren. Ihre Schenkel an seinen; ihre kleinen festen Brüste, die sich an seine Brust schmiegten; die Hände, die über seine Rippen hinab zu seinen Lenden wanderten – all das waren so zahlreiche kleine Provokationen, die von ihrer Zunge, die schwelgerisch in seinen Mund glitt, noch verstärkt wurden.

Noch nie hatte eine Frau ihn derart erregt. Ihm zitterten die Finger, als er versuchte, den Reißverschluß ihres Kleides zu öffnen.

»Laß mich«, sagte sie.

Doch anstatt sich auszuziehen, begann sie Jordan zu entkleiden. Ihn die ganze Zeit küssend löste sie seine Krawatte und fand mit sicheren Fingern die Knöpfe seines Hemdes. Langsam strich sie ihm mit beiden Händen über die Brust, dann öffnete sie seinen

Gürtel. Wie von selbst öffnete er sich, und sie streifte ihm die Hose ab.

Er war hart unter seinen Shorts, und sie lächelte beim Anblick seines prallen Geschlechts, das sich gegen den weißen Stoff preßte. Sie zog den elastischen Bund herunter und sah, wie sich der stolze Penis befreit reckte.

Sie streifte ihm auch die Shorts ab, sank auf die Knie und nahm ihn in den Mund, selber noch vollständig bekleidet. Jordan schloß die Augen. Er preßte das Gesicht in ihr Haar und atmete tief ihr üppiges, moschusartiges Aroma ein, während sie ihre geschickte, erfahrene Zunge über und unter seinen Penis gleiten ließ.

»Mmmm«, flüsterte sie und hielt den harten Stab in beiden Händen. »Du bist ein großer Junge.«

Sie saugte sanft, bis er anfing zu zittern. Dann half sie ihm aus Hose und Shorts um seine Fußgelenke und stieß ihn aufs Bett. Noch immer in ihrem hautengen Cocktailkleid beugte sie sich über ihn und saugte härter, nahm ihn noch tiefer in den Mund, während ihre Hände jeden Teil von ihm erkundeten.

Und schon war Jordan gefährlich kurz davor zu kommen. Mit Mühe machte er sich frei von ihr und sah, wie sie sich auf dem Bett räkelte. Ihre Lippen waren feucht von seiner und ihrer Leidenschaft. Sie sah zufrieden aus, wie eine große schwarze Katze, und hungrig nach mehr. Sie lächelte.

»Ich finde, jetzt solltest du mich bumsen, Darling«, sagte sie.

Er half ihr aus dem Kleid. Sie trug nichts darunter. Ein langer, seidenweicher Körper, dunkel gebräunt, präsentierte sich ihm. Ihre Brüste waren fest, mit harten wartenden Knospen. Ihr Bauch war so flach wie der eines Mädchens. Ihre langen, wohlgeformten Beine spreizten sich bereits, um ihn zu locken.

Jetzt war es an Jordan, sie zu schmecken. Es war ein verblüffendes Erlebnis. Sie schien aus einem Dutzend Parfüms zu bestehen, ein jedes ein Aphrodisiakum. Sie bewegte sich mit katzenhafter Geschmeidigkeit, bot ihm ihre Brustwarze dar, ihre Lippen, die Fingerspitzen und dann wieder ihre Brust. Und als er schließlich ihr warmes, duftendes Zentrum küßte, spürte er, wie er erneut dabei war, die Beherrschung zu verlieren.

Sie preßte ihn aufs Bett und setzte sich rittlings auf ihn. Mit einer winzigen Geste ihres Fingers dirigierte sie ihn in sich und begann, sich auf ihm zu bewegen, abwechselnd gurrend vor Vergnügen und wimmernd vor Verlangen nach mehr, immer mehr. Sie hatte eine fast reptilienartige Anmut, so geheimnisvoll wie aufregend. Jordan spürte die ersten Wellen der Ekstase, sah ihr Lächeln und fühlte, wie sie die Schenkel enger um ihn schloß, ihre Sehnen so geschickt wie Finger um sein Geschlecht.

Er konnte es nicht länger aufhalten. Er stieß das Becken vor und kam mit einem gewaltigen Erguß in ihr. Sie warf den Kopf zurück, die Augen halb geschlossen, das seidige Haar fiel ihr über den Rücken. Ihre Brüste ragten bebend hervor. Sie umklammerte seinen Brustkorb mit den Knien und kam mit ihm, ein tiefes, mysteriöses Stöhnen in der Kehle.

Einen Moment lang verharrten sie so, die Frau auf ihm, ihr Rücken durchgebogen, während er noch immer in ihr pochte. Ihm wurde klar, daß jede ihrer Gesten, jedes Lächeln, das sie ihm auf der Party geschenkt hatte, ein Vorspiel zu diesem Augenblick gewesen war.

Als er schließlich aus ihr glitt, fühlte er sich verpflichtet, ihr ein Kompliment zu machen.

»Danke«, sagte er. »Du warst wundervoll.«

In seinen Worten lag etwas Unschuldiges, das sie schmunzeln ließ. »Der Dank kommt zu früh«, entgegnete sie. »Das war erst der Anfang.«

Sie liebten sich die ganze Nacht und auch den Großteil der folgenden Woche hindurch. Ihr Mann war auf Geschäftsreisen und Jordan verbrachte jede freie Minute mit ihr. Sie trafen sich in einem Hotel, weil es bei ihr nicht sicher war, wie sie sagte. Ihr Mann sei sehr eifersüchtig, fügte sie mit Verachtung im Blick hinzu.

Sie brachte Jordan Dinge im Bett bei, die er nie für möglich gehalten hätte. Dabei war ihr Einfallsreichtum nicht bloß auf Stellungen begrenzt, obwohl sie darin erfahrener war als jede andere Frau, die Jordan kannte. Und es war auch nicht ihre Bereitschaft, ihn ihre geheimsten Stellen erforschen und erobern zu lassen, auch wenn sie darin ohne jede Angst oder Hemmung war.

Das Besondere an ihr war vielmehr diese einzigartige Mischung aus Emotionen und Sinnlichkeit, die in jeder ihrer Berührungen lag, in jedem Kontakt ihres Körpers mit seinem. Ihre Küsse waren so voller Bedeutung, vielschichtig und kompliziert. Ihre Finger schienen Bände zu sprechen, wenn sie Jordan massierte, mal langsam und lasziv, mal fest und triumphierend. Selbst die Schatten im Zimmer, das Arrangement der Kissen wurden zu ihren Komplizen, um ihm in verschiedenen Farben und Stimmungen immer neue Lust zu verschaffen.

Ihre Art, Liebe zu machen, war weniger eine Symphonie als vielmehr eine Art Dschungel, mit Pfaden, die zu etwas Dunklem, Gefährlichem und immer Überraschendem führten. Manchmal flüsterte sie ihm zärtliche, kindische Dinge zu, dann wieder unglaubliche Perversitäten.

Und immer waren da ihre weichen Lippen, diese duftende gebräunte Haut, die langen geschmeidigen Glieder, mit denen sie sich wie eine Schlange an Jordan bewegte, ihn mit zärtlichen Liebkosungen reizte, bis er unweigerlich in ihr war und vielleicht mehr gab als beabsichtigt und fühlte, wie sie es mit Freuden nahm und Verführung mit Verführung beglich, bis sein Körper buchstäblich vor Verlangen bebte.

Am Ende dieser ersten beiden Wochen war Jordan völlig besessen von Rebecca Jarman. Er konnte nicht genug von ihr kriegen. Er warf seine Pläne über den Haufen, sagte zwei Geschäftsreisen in den Mittelwesten ab und kehrte früher als geplant von einem wichtigen Termin in Boston zurück, nur um bei ihr sein zu können. Sie stand ihm auch fast immer zur Verfügung und änderte notfalls ihre Pläne, wann immer er sie anrief. Wenn er sie auf ihren eifersüchtigen Mann ansprach, tat sie die Frage mit einem

Achselzucken ab, sagte, sie würde ihren Mann gut genug kennen, außerdem sei er sowieso viel zu beschäftigt, und sie würde immer eine Möglichkeit finden.

Aber sie warnte Jordan davor, sich je mit Burke Jarman einzulassen.

»Er ist schlecht«, sagte sie. »Schlecht für mich. Schlecht für jeden, der sich mit ihm einläßt.«

»Warum hast du dich mit ihm eingelassen?« fragte Jordan.

Sie bedachte ihn mit einem zweideutigen Blick, einer Mischung aus Verachtung für ihren Mann und etwas wie Furcht.

»Ein Irrtum«, sagte sie. »Eine Jugendsünde. Laß uns nicht mehr darüber reden.«

Jordan nickte. Doch sie konnte sehen, daß seine Neugier geweckt war.

»Du mußt mir etwas versprechen, hier und jetzt«, sagte sie. »Mach niemals Geschäfte mit ihm. Er wird dich ruinieren, wenn er kann. Das ist die einzige Art, wie er Geschäfte macht. Versprichst du mir das?«

Jordan versprach es ihr mit einem Achselzucken. Er hatte gar nicht die Absicht, sich geschäftlich mit Burke Jarman einzulassen. Im Grunde war ihm ihr Mann völlig egal. Er lebte einzig und allein für Rebecca, für den Moment, wenn sie das nächste Mal vor seiner Tür stand, ihm dieses besondere, geheimnisvolle Lächeln schenkte und ihre Kleidung zu Boden gleiten ließ, ehe sie zu ihm ins Bett kam.

Zum erstenmal im Leben hatte Jordan Lazarus eine Frau kennengelernt, die es mit seiner Intelligenz aufnehmen konnte. Rebecca Jarman blieb ihm auch weiterhin ein Rätsel, was ihren Reiz nur noch vergrößerte. Er fragte sich nicht, was unter der sinnlichen Oberfläche ihres Wesens vor sich gehen mochte. Er fragte sich nicht, welche Vergangenheit sie wohl hatte. Er dachte nicht einmal an seine eigene Vergangenheit. Er lebte einzig und allein für die pure oberflächliche Ekstase des Zusmmenseins mit ihr.

Er war sich durchaus der Gefahr bewußt, derart von einer Frau besessen zu sein. Aber es verstärkte den Kitzel und seine Erregung nur noch zusätzlich.

Jordan war in einem Netz gefangen und verspürte keinerlei Verlangen, daraus zu entkommen. Wieso sollte er auch? Es war doch nichts weiter als eine Affäre mit einer offenkundig erfahrenen Frau. Mehr steckte nicht dahinter.

Doch dann, eines Tages, drang Rebeccas Privatleben in ihre Beziehung zu Jordan. Und sie tat es in Form von blauen Flecken und Schrammen auf dem Körper, den er nun so gut kannte und liebte.

Sie kam zu ihm ins Hotel. Sie wirkte bedrückt. Als er ihr das Kleid abstreifte, sah er, warum. Auf ihren Oberschenkeln und der Hüfte prangten dunkelblaue Flecken, ebenso wie auf ihren Rippen. Als er ihr in die Augen sah, erblickte er den Schmerz darin.

»Was ist passiert?« fragte er und betastete vorsichtig die häßlichen Male.

»Burke.«

Schweigen.

»War nicht das erste Mal«, fügte sie hinzu.

Mehr sagte sie nicht. Obwohl Jordan zögerte, bestand sie darauf, mit ihm ins Bett zu gehen. Diesmal lag eine größere Verletzlichkeit darin; und sie tat Jordan leid, daher war er noch zärtlicher als sonst. Doch in seinem Hinterkopf erwachte eine finstere Wut auf Rebeccas brutalen Mann, daß er ihr das angetan hatte. Zum erstenmal überhaupt nahm er ihren Ehemann wahr als jemanden, der Rebecca berührte, mit ihr schlief, Macht über sie hatte. Und dieser Gedanke machte ihn eifersüchtig.

Die blauen Flecken verschwanden mit der Zeit, und Jordans hitzige Affäre mit Rebecca setzte sich fort. Aber es war nicht mehr dasselbe. Nun, nachdem er ihren mißhandelten, schmerzenden Körper berührt hatte, schätzte er sie mehr denn je. Und unweigerlich gab er mehr von sich, verlor ein wenig von der Distanz, die ihre Beziehung auf so entscheidende Weise ausgemacht hatte.

Einige Wochen nach dem ersten Zwischenfall tauchten weitere blaue Flecken auf, und wieder an Stellen des Körpers, die ein

Außenstehender nicht zu sehen bekam – auf ihrem Bauch, den Rippen, der Hüfte.

»Er zeigt mich gern seinen Geschäftsfreunden vor«, erklärte Rebecca bitter. »Er schlägt mich nie so, daß man es hinterher sehen kann.«

Aus Jordans Eifersucht wurde blanke Wut.

»Warum verläßt du ihn nicht?« fragte er.

Sie schüttelte den Kopf. »Das kann ich nicht. Und jetzt schon gar nicht. Bitte frag nicht weiter. Halt mich einfach.«

Und Jordan nahm sie in den Arm. Als er ihren Körper an seinem spürte, floß ihm das Herz über. Und gleichzeitig erwachte in ihm das Verlangen, es Burke Jarman heimzuzahlen, ihn irgendwie dranzukriegen.

Diese beiden Gefühle waren fortan untrennbar. Und je öfter Jordan Rebecca sah, desto stärker wurden sie.

Einen Monat später nahmen die Ereignisse eine Wendung.

Rebecca kam zu Jordan ins Hotel. Diesmal waren ihre Flecken und Schrammen noch schlimmer. Ihre Oberschenkel, Rippen und sogar die Schlüsselbeine waren blau und schwarz.

Jordan biß vor Wut die Zähne zusammen.

»Ich kann nicht zulassen, daß er dir das weiter antut«, sagte er. »Ich werde mich drum kümmern, auf meine Art.« Jordan hatte seinen Zorn nicht mehr unter Kontrolle. Er wollte Rache, und er wollte Rebecca aus den Klauen ihres Mannes befreien.

Rebecca rührte sich nicht. In ihren Augen lag Furcht.

»Nein«, sagte sie. »Du hast mir versprochen, dich von ihm fernzuhalten. Wenn du dein Versprechen brichst, werde ich dich nie mehr wiedersehen. So lautete die Abmachung.«

Jordan schüttelte den Kopf. »Nicht ganz«, widersprach er. »Ich habe dir versprochen, niemals Geschäfte mit ihm zu machen. Aber nicht, ihm niemals nahe zu kommen.«

Rebecca wirkte gedankenversunken. Für einen langen Moment schien sie ganz weit weg zu sein.

»Du hast mich gerade auf eine Idee gebracht«, sagte sie schließlich. »Vielleicht solltest du dich doch geschäftlich mit ihm einlassen, um auf diese Weise an ihn ranzukommen.« Sie kniff die Augen zusammen. »Das heißt: ohne daß er etwas ahnt.«

Jordan hob eine Braue. »Wie meinst du das?«

Sie drehte sich auf die Seite und sah ihn an. Ihr wunderschöner Körper auf der Couch wand sich auf jene schlangenartige Weise, die ihn immer wieder erregte.

»Burke plant mit einigen seiner Freunde irgendeinen Deal an der Wall Street«, sagte sie. »Es geht um Aktien. Das Ganze ist eine ziemlich undurchsichtige Geschichte. Sie wollen die Aktien einer Stahlfabrik in Chicago so weit herunterdrücken, daß sie zwei Plätze im Vorstand besetzen können. Normalerweise würde sich Burke niemals auf derart Riskantes einlassen. Er ist sehr konservativ. Aber ein alter Freund aus Collegetagen sitzt bereits im Vorstand und fädelt das Ganze mit ein. Die Firma heißt *Michigan Metals*. Es ist ein solides Unternehmen, hat aber schon seit etlichen Jahren hin und wieder Probleme aufgrund der harten Konkurrenz und durch Fehlspekulationen des Vorstands.«

Jordan sah ihr in die Augen. »Woher weißt du das alles?«

»Ich habe letzten Monat zufällig ein Telefonat zwischen Burke und einem seiner Freund mitgehört«, sagte sie. »Und seither belausche ich ihn, wann immer es geht. Zuerst war ich nicht sicher, was genau sie im Schilde führen. Aber letzte Woche hatte Burke eine lange Unterredung mit seinem alten Freund im Vorstand von *Michigan Metals*. Da bekam ich mit, um wieviel es dabei geht. Burke investiert eine Million Dollar aus der eigenen Tasche. Eine solche Summe würde er niemals aufs Spiel setzen, wenn es keine sichere Sache wäre.«

Jordan war beeindruckt. Eine Million Dollar war in der Tat zuviel, um ein Risiko einzugehen.

»Und wie passe ich in dieses Bild?« fragte er.

»Für einen Zeitraum von achtundvierzig Stunden«, sagte sie, »werden die Aktien von *Michigan Metals* auf dem niedrigsten

Stand überhaupt sein. Sagen wir, fünf Dollar pro Aktie statt vierzig. Danach wird der Kurs wieder in die Höhe schießen, weil Burke und seine Freunde eine umfassende Neuorganisation und einen erneuten Aktienverkauf ankündigen, sobald sie im Vorstand sind. Also, wenn du während dieser achtundvierzig Stunden einsteigst und Aktien erwirbst, kannst du pro investiertem Dollar acht Gewinn machen. Und wenn alles über die Bühne gegangen ist, wirst du Anteilseigner eines der stärksten Stahlwerke im Mittelwesten sein.«

Jordan sah sie skeptisch an. »Aber derartige Aktienmanipulationen verstoßen gegen das Gesetz. Für so was kann man hinter Gittern wandern.«

»Du nicht«, sagte sie. »Du hast doch mit dem Deal selber nichts zu schaffen. Niemand wird dich mit Burke und seinen Freunden in Verbindung bringen. Du bist an der Absprache nicht beteiligt. Du investierst einfach nur zum richtigen Zeitpunkt in eine unter Druck geratene Aktie. Du siehst, du gehst keinerlei Risiko dabei ein.«

Jordan dachte einen Moment darüber nach. Offensichtlich hatte sie die Sache bereits gründlich durchdacht.

»Und wann genau soll das über die Bühne gehen?« fragte er.

»Montag in einer Woche. Burke und seine Freunde werden bis zum Wochenende gehörigen Druck auf den Kurs ausüben, so daß er Montag morgen auf dem Tiefstand ist. Dann ist es soweit.«

Jordan schaute noch immer skeptisch drein.

»Ich war noch nie ein Freund von Börsenspekulationen«, sagte er. »Das Risiko ist zu groß. Irgendwas kann immer schiefgehen, selbst bei einem Geschäft wie diesem.«

Sie schüttelte den Kopf. »Burke geht nie ein Risiko ein. Er würde nicht mitmachen, wenn er und seine Freunde die Sache nicht völlig im Griff hätten. Bei soviel geballter Macht und soviel Geld kann gar nichts schiefgehen. Was ist, würdest du nicht gerne reich werden durch ihn? Ohne etwas dafür tun zu müssen?«

Ein sexuelles Funkeln trat in ihre Augen.

»Würdest du nicht gern eine Million an meinem Mann verdienen?« fragte sie.

Jetzt begriff Jordan, was sie ihm anbot. Rache an ihrem Mann und die Gelegenheit, ihn indirekt für das zu bestrafen, was er ihr angetan hatte.

»Alles, was du tun mußt, ist am Montag morgen eine angemessene Summe – sagen wir zweihunderttausend Dollar – zu investieren«, sagte sie. »Und Ende der Woche wirst du schon allein durch dieses Geschäft Millionär sein.«

Jordan wirkte nachdenklich. Eine Million, das käme ihm derzeit sehr recht. Es würde ihm ermöglichen, einige ehrgeizige Vorhaben, an denen er arbeitete, in die Tat umzusetzen; Vorhaben, für die er Geld brauchte, das er momentan nicht hatte. Eine Million war sehr viel Geld – verdient ohne jede Anstrengung und fast ohne Risiko. Es fiel schwer, da nein zu sagen.

Rebecca Jarman schmiegte sich in seine Arme und ließ ihre lange hungrige Zunge wie eine Schlange in seinen Mund schlüpfen. Er wurde augenblicklich hart bei dieser Berührung.

Sie rutschte auf ihn. Ihre schmale Hand wanderte zwischen seine Schenkel. Ein erregtes Wimmern entfuhr ihr.

»Du hast seine Frau«, sagte sie. »Nimm dir auch sein Geld.«

Jordan rang nach Luft. Es war ein verlockendes Angebot.

»Komm schon«, sagte sie und begann, sich auf ihm zu bewegen. »Sag ja. Tu es für mich.«

Jordan seufzte. Was waren denn schon zweihunderttausend Dollar verglichen mit dem Gefühl, den Körper dieser Frau zu spüren? Im Grunde erhöhte das Risiko nur den Kitzel.

»Meinetwegen«, sagte er.

»Mmmmm.« Sie bewegte sich schneller auf ihm, erregt durch ihren Plan. Ihr Slip war bereits abgestreift, und sie führte Jordans Finger zu ihrem schlüpfrig feuchten Zentrum. »Ja, so...«

Sie öffnete seinen Reißverschluß und nahm ihn in die Hand. Er war heiß und bereit. Das harte Ding in ihrer Hand ließ keine Zweifel daran zu.

Einen Moment später war er in ihr. Er hatte die Augen geschlossen. Sie konnte sehen, wie sehr er in ihrem Bann war.

Erst in diesem Augenblick spürte sie wirklich die Rute in sich und genoß, was sie tat.

Was Rebecca Jordan über *Michigan Metals* erzählt hatte, war eine glatte Lüge. Burke Jarman und seine Freunde hatten gar nicht vor, den Kurs des Unternehmens zu drücken, um selber in den Vorstand zu rücken. Ihre Absicht war es vielmehr, *Michigan Metals* in den Bankrott zu treiben, dann Teile der Firma zum Schleuderpreis zu veräußern und auf diese Weise die Schulden zu bereinigen. Mit der Unterstützung einiger einflußreicher Freunde wollten sie danach aus dem verbliebenen Rest des Unternehmens ein neues Werk errichten, eine Gesellschaft, deren Vorstand sich ausschließlich aus ihresgleichen zusammensetzen würde.

Die von Jordan Lazarus investierten zweihunderttausend Dollar würden innerhalb Stundenfrist verloren sein. Burke Jarman benutzte Jordan lediglich als Quelle, um an Geld für den Kauf wertloser Aktien zu kommen und mit zum Bankrott von *Michigan Metals* beizutragen.

Rebeccas Job war es gewesen, Jordan zu ködern. Wenn die Angelegenheit über die Bühne gegangen war, würde sie Jordan irgend etwas von einer unerwarteten Fehlentwicklung auftischen; von Aktionären, die sich angeblich quergestellt hatten. Sie würde einfach so tun, als wäre der Bankrott für ihren Mann eine ebenso böse Überraschung gewesen wie für jeden anderen, und behaupten, er habe einen mindestens ebenso großen Verlust dabei erlitten wie Jordan.

Rebecca war sicher, daß Jordan – sexuell vernarrt wie er in sie war – ihr diese Geschichte schon abnehmen würde. Sein hungriger Blick ließ keine Zweifel daran, daß sie ihn da hatte, wo sie ihn hinhaben wollte. Ein zu selbstsicherer Mann von gerade mal vierundzwanzig Jahren konnte ihr nicht das Wasser reichen, was Gerissenheit und Verschlagenheit anbelangte. Wie sie ihn verführt hatte, das war eine wirkliche Kunst gewesen. Einige wenige selbst zugefügte Schläge – sie wußte, wie leicht sie mit ihrer empfindlichen Haut blaue Flecken davontrug – waren alles gewesen, was sie gebraucht hatte, um Jordan davon zu überzeugen, daß sie das Opfer eines brutalen Ehemannes war. Ihre Tricks im Bett und Talent als Lügnerin hatten den Rest besorgt.

Doch dann kam alles ganz anders, als Burke Jarman und seine Frau geplant hatten.

An besagtem Montag, gerade als der Kurs von *Michigan Metals* nach fieberhaften Verkäufen auf einem neuen Tiefstand von 3.60 Dollar pro Aktie gesunken war, ließ die SEC, die Börsenaufsichtsbehörde, den gesamten Handel der unter Druck geratenen Aktie einfrieren und leitete eine Untersuchung wegen vermuteter Kursmanipulation ein.

Die Beamten der Börsenaufsicht waren entweder sehr clever oder im Besitz von Insiderinformationen, auf die sie sich bei ihren Nachforschungen stützten. Achtundvierzig Stunden nach Einleitung der Untersuchung wurden sieben der Hauptanteilseigner von *Michigan Metals* wegen unerlaubter Kursmanipulation und Betrug unter Anklage gestellt. Unter ihnen auch Burke Jarman.

Dank der prompten Untersuchung und einer umgehend einberufenen Aktionärsversammlung konnte das Unternehmen vor dem Bankrott gerettet werden. Infolgedessen verzeichnete *Michigan Metals* in den darauffolgenden zwei Wochen einen deutlichen Aufwärtstrend. Zu dem Zeitpunkt, als Burke Jarman und seine Komplizen vor Gericht standen, war der Kurs des Stahlwerks von 3.60 $ auf 30 $ geklettert. Dank geschickter Investitionen des Vorstands stieg der Kurs bis zum Frühsommer gar auf 44.50 $ und konnte im Sommer mit einem neuen Höchststand von 66.20 $ verzeichnet werden.

Burke Jarman verweigerte hinsichtlich der Anklagepunkte jegliche Aussage und verbrachte ein Jahr hinter Gittern, im halboffenen Vollzug. Doch ehe überhaupt Anklage gegen ihn erhoben worden war, hatte er bereits die Suche nach denjenigen eingeleitet, die seinen geheimen Plan an die Börsenaufsichtsbehörde verraten hatten.

Ergebnis dieser Nachforschung war, daß der Verräter nicht Jordan Lazarus gewesen sein konnte.

Zum einen war Lazarus nie hinter Rebeccas wahre Absichten und den Grund für ihre verlogenen Verführungskünste gekommen. Aber noch wichtiger war, wie eine gründliche Nachforschung im Verzeichnis der Anteilseigner von *Michigan Metals* erbrachte, daß Lazarus nie auch nur einen Penny in das Unternehmen gesteckt hatte – sei es, weil ihm die SEC zuvorgekommen war, sei es, weil es ihm nicht gelungen war, die Summe aufzutreiben, die zu investieren er Rebecca versprochen hatte.

Jordan Lazarus war nicht mehr als ein kleiner Fisch, der noch mal davongekommen war. Vielleicht hatte Rebecca wirklich nicht erkannt, mit welch kleiner Nummer sie ihre Zeit vergeudete. Das war ihr Fehler gewesen – und Burkes ebenso.

Burke Jarman gelangte zu dem Schluß, daß er wohl nie erfahren würde, wie *Michigan Metals* überlebt hatte. Ihm blieb nichts weiter übrig, als seine Strafe abzusitzen und dann sein bisheriges Leben fortzuführen.

Dann geschah das Unerwartete.

Drei Monate, nachdem Burke Jarman sein Haftstrafe angetreten hatte, wurden zweihundertfünfzigtausend Dollar auf Rebecca Jarmans privates Bankkonto eingezahlt. Burke Jarman erfuhr davon durch einen Angestellten der Bank, der ihm gegen einen kleinen Bonus die Gefälligkeit erwies, ihn von plötzlichen Bewegungen auf Rebeccas Konto zu unterrichten.

Burke Jarman schickte zwei seiner loyalsten Männer los, um Rebecca aufzutreiben und hinsichtlich der ungewöhnlichen Überweisungen auszuquetschen. Notfalls, so seine Anweisung, sollten sie mit Gewalt nachhelfen, um Rebecca die Wahrheit zu entlocken.

Als die beiden Männer auf dem Anwesen der Jarmans in Philadelphia eintrafen, war Rebecca nicht mehr da. Gemeinsam mit ihr waren auch ihre gesamte Garderobe, ihr Schmuck und die zweihundertfünfzigtausend Dollar von ihrem Privatkonto verschwunden.

Rebecca Jarman wurde nie mehr in den Vereinigten Staaten gesehen. Eine Rebecca Jarman gab es nicht mehr. Sie hatte eine neue Identität angenommen und war spurlos verschwunden. Zumindest mußte Burke Jarman das annehmen, da er nie aufhörte, nach ihr zu suchen.

Was Jordan Lazarus betraf – der beobachtete einige Monate lang vergnüglich den stetigen Anstieg des Kurses von *Michigan Metals* und zählte das Geld, das er an jenem Debakel verdient hatte, das Burke Jarman hinter Gitter gebracht hatte.

Denn Jordan hatte sehr wohl in *Michigan Metals* investiert.

Er hatte Rebecca Jarmans Charade durchschaut und daraufhin die Geschäfte und Transaktionen ihres Mannes und seiner Freunde während der letzten Jahre genauestens unter die Lupe genommen. Jarman hatte bereits früher Firmen in den Bankrott getrieben. Jordan war sicher, daß er genau das auch bei *Michigan Metals* vorhatte.

Was weder Rebecca noch ihr Mann je erfuhren – es war Jordan, der anonym die Geschäftsleitung von *Michigan Metals* davon in Kenntnis setzte, daß eine Gruppe Investoren darauf aus war, das Unternehmen in die Pleite zu reiten. Und kurz darauf erreichte diese Nachricht auch die Börsenaufsichtsbehörde.

Nachdem er das Unternehmen vor dem drohenden Unheil gewarnt hatte, schöpfte Jordan sein gesamtes Barvermögen und die volle Kreditlinie aus und erwarb *Michigan Metals*-Anteile im Wert von fünfhunderttausend Dollar zum Kurs von 3.50 $ je Aktie. Als das Unternehmen die Krise überstanden hatte, stieg auch der Wert von Jordans Anteilen, und er kletterte immer weiter in die Höhe. Inzwischen betrug der Wert seiner Investition bei einem Kurs von 73.15 $ insgesamt zehn Millionen Dollar.

Allerdings kam Burke Jarman niemals dahinter, weil Jordan diese Investition nicht in eigenem Namen getätigt hatte. Ein Freund, dem er vertraute und der ihm einen großen Gefallen schuldig gewesen war, hatte dies für ihn übernommen. Selbst jetzt tauchte der Name Jordan Lazarus im Verzeichnis der Anteilseigner von *Michigan Metals* nirgends auf.

Die ominösen zweihundertfünfzigtausend Dollar, die so unerwartet auf Rebecca Jarmans Konto aufgetaucht waren, stammten von niemand anderem als Jordan Lazarus. Daß dieses Geld per Barscheck, unterzeichnet von einem anonymen Spender, eingegangen war, bewahrte Rebecca nicht davor, in den Augen ihres Mannes als Verräterin dazustehen. Einen anderen Schluß ließ das plötzliche viele Geld für ihn nicht zu. Ihr abruptes Verschwinden bestätigte seinen Verdacht nur noch zusätzlich.

Rebecca selbst war jedoch zu sehr mit ihrem neuen Leben beschäftigt, um sich den Kopf darüber zu zerbrechen, von wem diese mysteriöse Viertelmillion wohl stammen mochte. Erst ein halbes Jahr später, sicher in einer kleinen Küstenstadt in Peru, erkannte sie die feine Ironie in der Summe dieser anonymen Spende – jene zweihunderttausend Dollar, um die sie Jordan gebeten hatte, zuzüglich eines kleinen Bonus –, und gelangte zu dem Schluß, daß aller Wahrscheinlichkeit Jordan dahintersteckte. Sie prostete ihm im stillen mit ihrer Pina Colada zu und erkannte an, daß er ihr nicht nur etwas fürs Bett, sondern auch fürs Leben beigebracht hatte.

Jordan hatte die Jarmans, beide, Frau wie Mann, im Handstreich ausgebootet und übertrumpft.

Der *Michigan Metals*-Deal machte den erfolgreichen kleinen Geschäftsmann Jordan Lazarus zu einem ehrgeizigen, mächtigen Unternehmer.

Durch geschickte Investition des gewonnenen Geldes stieg Jordans Vermögen bis zum Ende des darauffolgenden Jahres auf zwanzig Millionen Dollar an.

Doch wichtiger als das Geld war die Lektion, die er dabei gelernt hatte. Als Rebecca Jarman ihm die Sache mit dem Aktienkauf vorschlug, hatte sie Jordan sexuell fast am Haken gehabt. Es hatte ihn ungeheure Willenskraft gekostet, seine Faszination lange genug zu besiegen, um mißtrauisch zu werden, als sie versuchte, ihm Geld zu entlocken – mit der Aussicht auf sexuelle Gefälligkeit.

Er hatte etwas überaus Nützliches gelernt.

Traue niemals einer Frau.

Eine Lektion, die er nie wieder vergaß.

KAPITEL 6

Ellicott, Illinois

Am 21. März 1970 kehrte Leslie Chamberlain heim, um die Ferien bei ihrem Vater zu verbringen.

Sie war nun Junior in Cornell, mit den Hauptfächern Journalismus und Werbung. Die Kosten für Kursgebühren, Bücher und Unterkunft bestritt sie aus dem Vollstipendium, mit dem ihre überdurchschnittlichen Leistungen belohnt worden waren. Sie galt als eine der verheißungsvollsten Journalistik-Studentinnen und war außerordentlich beliebt unter ihresgleichen und bei den Lehrkräften. Der Leiter ihrer Fakultät hielt sie sogar für die begabteste Studentin, die er jemals gehabt hatte – auch wenn er achtgab, es ihr nicht direkt zu sagen.

Tom Chamberlain freute sich immer auf die Besuche seiner Tochter, um so mehr, da sie stets notgedrungen kurz waren. Die ersten beiden Sommer an der Uni hatte Leslie mit einem Praktikum bei einer großen Werbeagentur verbracht und konnte damals nur wenige Tage über die Ferien heimkommen.

Leslie sah mit jedem Besuch hübscher und selbstbewußter aus – und glücklicher. Ihre Augen funkelten, ihr wildes, lockiges Haar leuchtete in der Sonne; ihr Teint war rosig; sie war größer geworden und geschmeidig, trotz einer sehr energischen Art. Ihre Kleidung war eher schlicht, aber dennoch umwerfend in der natürlichen Eleganz. In Jeans und Sweatshirt sah sie eindrucksvoller aus als so manche Frau im Designerkleid. Ihr ungeschminktes sommersprossiges Gesicht war frisch wie ein Sommermorgen.

Sie bekochte ihn, chauffierte ihn auf langen Ausflügen über endlose Straßen zwischen Kornfeldern hindurch; die Abende verbrachten sie mit einer Partie Rommé, sahen sich gemeinsam seine Lieblingssendungen im Fernsehen an oder redeten.

Manchmal saßen sie auch nur in wortloser Innigkeit beisammen und lauschten dem Gesang der Vögel des Frühlings auf den Feldern vor dem Haus. In solchen Momenten fragte sich Tom Chamberlain, wie gut er seine Tochter überhaupt kannte. Er wurde sich gewahr, daß Leslie ihn mit einer töchterlichen Fürsorge behandelte, in der wenig von dem verletzlichen Kind lag, das sie einst gewesen war. Sie war nun eine starke Frau.

Eines Abends saß er mit ihr zusammen, sah ihr in die Augen, die eindeutig orange leuchteten im Licht des Sonnenuntergangs, und hatte das Gefühl, etwas loswerden zu müssen.

»Liebling«, sagte er, »bist du eigentlich manchmal einsam? Ich meine, deine Mutter und…«

Sie lächelte. Sie wußte, wie sehr ihm ihr Aufwachsen ohne Mutter auf dem Gewissen lastete.

»Daddy«, sagte sie, »ich bin niemals nur eine Sekunde einsam gewesen. Ich habe von Anfang an immer Glück gehabt. Das Glück, dich zu haben.« Und sie drückte seine Hand mit aufrichtiger Zärtlichkeit.

Schweigen. Es war Tom Chamberlain ein wenig unangenehm, daß sie ihn beruhigte, wo er doch das Gefühl hatte, daß dies eigentlich seine Aufgabe war.

Es war Leslie, die den Bann brach.

»Wie war sie denn so?« fragte sie.

Er beugte sich vor und konzentrierte sich. »Ich werde nie vergessen, wie sie dich immer angesehen, wie sie mit dir geredet hat. Wenn sie Sachen für dich gestrickt oder genäht hat, dann tat sie es mit so viel Liebe. Wenn sie dich fütterte, war es, als würde sie ihre eigene Seele nähren. Vom Moment deiner Geburt an blühte sie auf. Einfach so. Ich hatte das Gefühl, als hätte ich sie vorher nur halb gekannt. Du hast sie vollkommen gemacht.«

Dann wurde seine Miene bedrückt.

»Deshalb hat es auch so weh getan, als sie krank wurde«, sagte er.

Er stand unvermittelt auf und ging das Fotoalbum der Familie holen.

Er blätterte mit geschickten Fingern durch die Seiten.

»Schau«, sagte er. »So hat sie ausgesehen, kurz bevor sie krank wurde. Sie hatte dich, hatte mich... Sie war überglücklich. Das kann man an ihren Augen sehen.«

»Es ist mir noch nie aufgefallen«, sagte er, »aber du bist ihr in den letzten Jahren so ähnlich geworden.«

Sie nickte.

»Sie wäre so stolz auf dich gewesen«, sagte Tom Chamberlain. Seine Miene war schmerzerfüllt, bewegt von der Erinnerung und dem Verlust.

»Ich bin stolz auf dich, Daddy.« Sie gab ihm einen Kuß auf die Wange und klappte das Fotoalbum zu.

Am dritten Tag ihrer Heimkehr passierte Leslie etwas, womit sie nicht im mindesten gerechnet hatte.

Sie hatte nicht genügend Blusen für ihren Aufenthalt daheim eingepackt, und so hatte sie sich zu einem Einkaufsbummel in die Stadt aufgemacht. Sie kam gerade aus dem örtlichen Bekleidungsgeschäft, eine Tüte in der Hand, als eine tiefe Stimme sie stoppte.

»Das ist ja ein Zufall...«

Sie schaute auf und blickte in ein hübsches Gesicht, das ihr nur allzu bekannt war. Vor ihr stand Geoff Patterson. Der einst schlaksige Teenager war zu einem muskulösen, hoch aufgeschossenen jungen Mann herangewachsen, der ungewöhnlich gut aussah in seinem dunklen Dreireiher.

»Na ja, ist wirklich lange her.« Leslie gab ihm lächelnd die Hand. »Ich bin nur überrascht, daß du dich noch an mich erinnerst, Geoff.«

»Wie hätte ich dich vergessen können?« entgegnete er. »Ich muß sagen, du hast dich ja außergewöhnlich rausgemacht, Leslie. Was machst du denn so? Wie geht's dir?«

»Ich gehe aufs College. Cornell. Studiere Journalismus und Werbung. Und du?«

Er zuckte mit den Schultern. »Arbeite für meinen Dad. Und überlege, was ich mit dem Rest meines Lebens anfangen soll.«

Sie sagte nichts darauf, sondern musterte ihn rasch und schätzte ab, wie sie sich seit ihrem letzten Gespräch, das eine Ewigkeit her schien, verändert hatten. Er war reifer geworden, ganz eindeutig, und er sah sehr viel besser aus als früher. Doch in seinen Augen lag eine Sehnsucht, eine Unzufriedenheit, die irgendwie so gar nicht zu seinem noblen Äußeren paßte.

»Hör mal«, sagte er. »Ich kann dich nicht einfach so wieder gehen lassen nach so vielen Jahren. Darf ich dich einladen?« Er blickte auf seine Uhr. »Ich war gerade auf dem Weg ins *Crandall's*. Hast du nicht Lust, mitzukommen?«

Das *Crandall's* war das einzige Lokal am Ort mit einer akzeptablen Speisekarte. Es war schon seit langem zu einem beliebten Treffpunkt für die Geschäftsleute von Ellicott wie auch für die feineren Damen der Stadt geworden.

Leslie lächelte. Sie hatte eigentlich nichts mehr vor, und der Einkaufsbummel hatte sie hungrig gemacht.

»Ich bin mir nicht sicher, ob mein Aufzug auch fein genug ist fürs *Crandall's*«, sagte sie und deutete auf ihre Jeans und Bluse. Geoff betrachtete sie mit unverhohlener Bewunderung.

»Und ich bin mir nicht sicher, ob das *Crandall's* gut genug für dich ist«, entgegnete er. »Aber wir wollen es versuchen.«

Während des Essens erzählten sie einander, was sie in den letzten Jahren erlebt hatten. Es war für beide ein etwas unbehaglicher Moment, weil sie sich in der High-School kaum gekannt hatten, aber nun durch die Situation so tun mußten, als wären sie alte Freunde, was sie aber nicht waren.

Doch es war beiderseitiges Interesse vorhanden und der Wunsch zu wissen, wie es dem anderen während der vergangenen Jahre ergangen war – wenn auch aus unterschiedlichen Beweggründen.

Geoff Patterson konnte sich gar nicht satt sehen an Leslie. Sie hatte sich von einem hübschen, aber unfertigen Teenager zu einer umwerfend aussehenden jungen Frau entwickelt. Mit ihrem vollen rotblonden Haar und ihren funkelnden Augen versprühte sie eine unerschöpfliche Energie. Und gleichzeitig hatte sie eine verträumte Zartheit an sich, die sie enorm attraktiv machte. Sie war mädchenhaft und ladylike zugleich, jugendlich und zutiefst feminin. Geoff verliebte sich auf der Stelle in sie. Er wußte, daß er dieses Gesicht niemals mehr vergessen würde.

Er lud sie zu einem Glas Weißwein ein. Er selbst bestellte sich ein Bier. Als sie ihm von ihrem Werdegang an der Uni erzählte, war er beeindruckt von ihrer offensichtlichen Intelligenz und ihrem Ehrgeiz. Und darüber hinaus war da eine Aufrichtigkeit, die alles, was sie sagte, färbte und sie noch reizvoller machte.

Irgendwie war sie in ihrer gefaßten, ruhigen Art und Ungezwungenheit, in der Art, wie sie mit ihrem Glas spielte, aufregender als jede andere Frau, die er kannte. Sie war wie eine seltene Blume, die vor seinen Augen erblühte, und um so exotischer, weil sie die enge Welt ihrer Heimatstadt hinter sich gelassen hatte und er nicht. Doch sie kam aus dieser Stadt, genau wie er, und war ihm daher vertraut.

Diese Mischung überwältigte Geoff Patterson. Er war Hals über Kopf verliebt.

Aber er war auch ein wenig peinlich verlegen ob des Unterschieds der Geschichten, die sie zu berichten hatten. Leslie schäumte über vor Veränderungen und Plänen für die Zukunft. Sie hatte bereits aufregende Entdeckungen gemacht und ganz neue Ziele für sich entwickelt, während er nur dem Pfad gefolgt war, den ihm seine gute Herkunft in dieser kleinen Stadt, wo sich nichts je veränderte, vorbestimmt hatte. Sie wirkte wie die strahlende Prinzessin der Zukunft; er hingegen war der Vergangenheit verhaftet.

Aber er war derart fasziniert von ihr, daß er einen weiteren Schritt bei ihr wagte.

»Hör mal«, sagte er, als sie das Lokal verließen, »darf ich dich zum Abendessen einladen? Es hört sich vielleicht verrückt an, aber ich habe dich all die Jahre wirklich vermißt, und ich würde eine Menge drum geben, dich besser kennenzulernen. Wie wär's? Freitag abend? Wir können hinterher auch tanzen gehen, wenn du möchtest.«

Sein Lächeln war ansteckend, aber es war offensichtlich, daß er es ernst meinte, sogar ernster, als er sich selbst bewußt war.

»Sag nicht nein.« Er lächelte. »Bitte…«

Leslie sah ihm in die Augen.

»Aber was wird Judy sagen?« sagte sie. »Ich dachte, ihr beiden…«

»Ach, das ist schon lange vorbei«, sagte Geoff unverwandt. »Wir sind nur noch befreundet. Judy hat ihr eigenes Leben.«

Was eine glatte Lüge war. Judy Betancourt hatte seit Abschluß der High-School auf einen Antrag von ihm gewartet und sich bereits als inoffiziell verlobt betrachtet. In der Tat war dieser ausbleibende Antrag bereits Grund zur Verstimmung nicht nur zwischen ihm und Judy, sondern auch zwischen ihm und seinen Eltern, die bereits seit Jahren mit den Betancourts hinsichtlich einer zukünftigen Ehe ihrer Sprößlinge übereingekommen waren, und nun durch Geoffs Hinhaltetaktik zunehmend in peinliche Verlegenheit gebracht wurden.

Nun erkannte Geoff in diesem glorreichen Augenblick, weshalb er sich die ganze Zeit so gesträubt hatte. Judy, obgleich erst einundzwanzig, hatte ihr frisches, jugendliches Aussehen eingebüßt und begann, ihren älteren Schwestern immer ähnlicher zu werden, Frauen mit reichlich plumper Figur, weichem Kinn und wenig Persönlichkeit. Diese Mängel waren damals in der High-School nicht sichtbar gewesen, als Judys gesellschaftlicher Rang, der Name ihrer Familie und ihr stolzes Auftreten sie so begehrenswert gemacht hatten.

Doch der Vergleich mit Leslie fiel wenig schmeichelhaft aus. Judy war nichts weiter als ein gewöhnliches Mädchen aus der Kleinstadt, wenn auch aus gutem Hause. Leslie hingegen war wie ein kostbares Juwel, voller Überraschungen. Sie besaß all die Frische der Jugend, dazu einen schier unerschöpflichen Tatendrang. Ein Blick genügte, und Judy Betancourt kam ihm wie die häßliche, garstige Stiefschwester vor.

Und da war noch etwas. Geoff kannte Judys Körper bereits zur Genüge. Sie war wie ein ausgetretener Schuh für ihn. Und würde in Zukunft noch weiter unattraktiv werden. Wohingegen Leslie Geheimnisse und Überraschungen verhieß.

»Also?« fragte er.

Sie bedachte ihn mit einem eigentümlichen, musternden Blick.

»Ist ja witzig, daß du mich einlädst«, sagte sie. »Das hast du nämlich schon mal getan. Wir hatten fast mal eine Verabredung, du und ich, damals in der High-School.«

Er schaute verdutzt drein.

Sie lächelte. »Weißt du nicht mehr?«

Er schüttelte den Kopf. »Daran würde ich mich ganz bestimmt erinnern. Kann mir nicht vorstellen, wie ich das vergessen haben könnte...«

Es entstand eine Pause.

Leslie zuckte die Achseln. »Ach, Schwamm drüber. Ist Schnee von gestern.«

»Also?« fragte Geoff erneut. »Freitag abend?«

»Freitag bin ich schon mit meinem Vater zum Abendessen verabredet.«

»Dann eben Donnerstag«, schlug Geoff vor. »Oder morgen. Wie wär's morgen?«

Sie zögerte.

»Na gut«, sagte sie. »Morgen abend.«

Geoff führte Leslie in den Country Club aus, der damit prahlte, das einzig wirklich elegante Restaurant am Ort zu sein. Nach dem Essen tanzten sie zu der Musik einer dreiköpfigen Combo, die während der Woche im Club spielte.

Geoff geriet während des Abends noch weiter in Leslies Bann und lud sie zu einem weiteren gemeinsamen Abend ein. Sie willigte ein.

Er ging erneut mit ihr tanzen, und diesmal blieben sie länger. Sie redeten über sich und ihre Träume. Sie gingen im Mondschein spazieren. Sie schauten hinauf zu den Sternen, vereint durch eine Intimität, die durch die lange Trennung nur noch reizvoller gemacht wurde.

Als sich Leslies Ferien dem Ende neigten, beschloß Geoff, Leslie Chamberlain einen Heiratsantrag zu machen, und kaufte einen Verlobungsring.

Er war überzeugt, daß sie seinen Antrag annehmen würde. So weltgewandt sie auch sein mochte, sie war gesellschaftlich noch immer Welten unter ihm. Bei ihren letzten beiden Verabredungen hatte sie ihm erlaubt, sie zu küssen. Er war verlegen wie ein Schuljunge gewesen und sexuell erregter als jemals zuvor, als er sie im Arm hielt und fühlte, wie sich ihre Lippen seinem Kuß öffneten. Mehr hatte er sich nicht getraut. Sie erfüllte ihn mit einem Verlangen, das an Verzweiflung grenzte. Sie war völlig neu, völlig unerwartet, während alles andere in seinem Leben schal und alltäglich und vorhersagbar geworden war.

Und er gab sich nun der Hoffnung hin, daß sie, indem sie seinen Ring annahm, sich ihm auch körperlich hingab. So daß er, ehe sie wieder abreiste, die Reize ihres verlockenden Körpers ebenso kennen würde wie die ihrer Persönlichkeit.

Natürlich würde er sie schon davon überzeugen, ihr Studium nach diesem Semester abzubrechen. Oder sie würden sofort nach ihrem Abschluß heiraten. Dann würden sie in ausgiebige Flitterwochen verschwinden, in den Norden von Michigan oder nach Wisconsin, vielleicht sogar auf die Bahamas. Danach würde sie als seine Frau zurückkehren und ihm Kinder gebären. Ihre Träume von einer Karriere würden dann vergessen sein. Ihr Leben mit Geoff, dem wahren Helden der Stadt, würde sie überglücklich machen.

Am Donnerstag abend brachte er das gemeinsame Abendessen damit zu, all seinen Mut zusammenzunehmen und ihr den Ring zu präsentieren. Etwas an ihrer Ausgelassenheit – sie freute sich, mit ihm zusammenzusein, aber ebensosehr, daß das Studium wieder losging – machte ihn unsicher, und er traute sich nicht, ihr einen Antrag zu machen.

Nach dem Essen fuhr er mit ihr zum See, einem beliebten Platz, den er noch aus High-School-Zeiten kannte. Der Mond glitzerte auf der Wasseroberfläche wie ein Talisman, der ihn ermunterte, seine Befürchtungen zu vergessen.

»Warst du schon mal hier?« fragte er.

»Ja und nein«, sagte sie. »Als Mädchen bin ich öfter mal hergekommen und habe Steine ins Wasser geworfen. Aber immer nur tagsüber. Ich habe natürlich auch gehört, daß Leute abends hierherkommen, mir das für mich aber nicht vorstellen können.«

»Nun bist du hier«, sagte Geoff.

Es folgte ein schier endloser Kuß. Geoff kam sich wie ein kleiner Junge vor, mit all den unkontrollierbaren Fermenten der Jugend und der einstigen Fähigkeit, von hübschen Mädchen zu träumen und sie zu idealisieren. Und Leslie war die Hübscheste von allen.

In einem plötzlichen Anfall der Entschlossenheit zeigte er ihr den Ring. »Leslie, ich habe gründlich über alles nachgedacht. Willst du mich heiraten?«

Sie schaute auf den Ring. Etwas flackerte in ihren Augen auf.

»Ist das nicht ein bißchen plötzlich?« fragte sie.

»Nein. Ich habe all die Jahre schon an dich gedacht. Und als ich dich jetzt wiedertraf, bin ich mir über alles klargeworden. Ich liebe dich. Du bist die einzige für mich. Bitte sag ja, Leslie.«

Sie wirkte nachdenklich. Der Ernst der Situation überschattete ihr Gesicht und machte sie schöner denn je.

Sie gab ihm die kleine Schmuckschatulle zurück. Sein Mut sank.

»Ich werde dir morgen abend eine Antwort geben«, sagte sie. »Das ist eine wichtige Entscheidung. Ich will nichts überstürzen.«

Geoff verbrachte den nächsten Tag in Vorfreude. Er war fest davon überzeugt, daß Leslie sein war. Allein der Umstand, daß sie darüber nachdachte, bewies ihre Versuchung. Heute wog sie sicher alles ab, besprach es wahrscheinlich mit ihrem Vater. Der würde natürlich auf Geoffs Seite sein. Welcher pensionierte Fabrikarbeiter würde nicht gern Geoff Patterson zum Schwiegersohn haben?

Der Tag zog sich quälend langsam dahin.

Er saß gerade bei einem Cocktail mit seinen Eltern zusammen und versuchte, nicht dauernd auf die Uhr zu schauen, als das Telefon klingelte.

Es war Leslie.

»Tut mir leid, Geoff, aber mir ist etwas dazwischengekommen. Wir haben unerwarteten Besuch gekriegt, und ich muß das Abendessen zubereiten. Ich würde nur sehr ungern…«

»Ist schon in Ordnung«, sagte Geoff enttäuscht. »Aber wir sehen uns doch heute abend noch, oder?«

»Aber klar.« Sie lachte. »Paß auf – wir treffen uns später. Du weißt, wo.«

»Du meinst am See?«

»Dann wird es noch romantischer sein«, versprach sie. »Wir treffen uns an derselben Stelle wie gestern abend. Um halb zehn?«

»Ich weiß nicht, ob ich es bis dahin aushalte. Wie hast du dich... ich meine, kannst du mir nicht wenigstens einen Hinweis geben, wie du dich entschieden hast?«

»Halb zehn. Bis dann.«

»Ich werde da sein.« Er legte auf und verbrachte den Rest des Abends auf seinem Zimmer, nervös und aufgeregt wie noch nie.

Um die vereinbarte Uhrzeit fuhr Geoff mit seinem Wagen zum See, wo er und Leslie am Abend zuvor gewesen waren. Keine Menschenseele weit und breit. Vielleicht, weil es unter der Woche war. Aber vielleicht hatten die High-School-Kids auch einen anderen Platz zum Knutschen gefunden. Er wußte es nicht.

Er stellte den Motor ab und wartete.

Zehn Minuten später stieg er aus und schaute über die Oberfläche des Sees. Das Mondlicht spiegelte sich darauf, genau wie letzte Nacht. Der Anblick des dunklen Wassers erfüllte ihn mit einem Gefühl des Geheimnisses und Verlangens.

Hinter ihm raschelte es. Er war zu sehr in seine Phantasien verloren, um es mitzubekommen.

Plötzlich legten sich von hinten Hände auf seine Augen.

»Rate wer?« flüsterte es.

Er verspürte ein Beben tief in seinen Lenden, als die Hände seine Wangen liebkosten. Sein Geschlecht spannte sich schmerzend in seiner Hose. Dies war er – der Moment, auf den er gewartet hatte.

Er fuhr blitzschnell herum und packte sie mit aller Kraft. Er küßte sie, seine Zunge drang tief in ihren Mund. Seine Hände glitten über ihren Rücken zu den weichen Halbkugeln unter ihrer Taille, und er zog sie fest an sich.

»Oh, Leslie«, stöhnte er. »Du mußt ja sagen. Sag nicht nein. Bitte...«

Er hatte den Verlobungsring aus seiner Tasche geholt und legte ihn ihr in die Hand.

»Ich flehe dich an. Heirate mich.« Und wieder drückte er sie an sich.

Doch im selben Moment wurde er sich gewahr, daß sich der Körper in seinen Armen sonderbar vertraut anfühlte. Auch war ihr Kuß lange nicht so besonders, wie er dies von vergangener Nacht in Erinnerung hatte. Er rückte von ihr ab, um sie im Mondlicht zu betrachten.

Ihm stockte der Atem.

Judy Betancourt!

Er erkannte deutlich ihren Gesichtsausdruck im hellen Mondlicht. Und ihm begann zu dämmern, was geschehen war. Sie hatten ihn gemeinsam aufs Kreuz gelegt...

»Danke«, sagte Judy. »Aber *nein danke* – du Widerling.«

Mit einer raschen Bewegung warf sie den Ring im hohen Bogen in den See. Beide hörten sie das leise Plop, mit dem er auf der Wasseroberfläche aufschlug.

Judy machte auf dem Absatz kehrt und verschwand.

Lange stand Geoff Patterson fassungslos da und starrte auf den See, auf dessen Grund sein Ring lag, und zu der Stelle Wald, wo Judy verschwunden war. Dann ging er zu seinem Auto und fuhr zum Haus von Leslies Vater.

Tom Chamberlain begrüßte Geoff höflich und sagte, daß Leslie mit dem Zug um halb sieben zurück nach Cornell gefahren war.

KAPITEL 7

Detroit, Michigan Frühjahr 1971

Vor der nassen Windschutzscheibe zogen die Straßen vorbei. Fast lautlos kämpften die Scheibenwischer gegen den warmen Regen an.

Die Hände, die das Lenkrad des Wagens hielten, waren zart, aber entschlossen. Auf dem Beifahrersitz lag eine Straßenkarte ausgebreitet. Abwechselnd blickte die junge Frau hinter dem Steuer auf die markierten Straßen auf der Karte und die aufeinanderfolgenden Straßenschilder.

Die Gegend war ihr fremd, das Ziel jedoch klar. Nichts war dem Zufall überlassen worden.

Fleming, Jill stand auf dem Registrierungsschildchen an der Lenksäule, mit einer Anschrift in Ohio.

Sie hielt an einer Ampel und sah einer Mutter zu, die mit einem kleinen Jungen an der Hand den Zebrastreifen überquerte. Plötzlich blieb der Kleine stehen, stellte seiner Mutter eine Frage und zerrte an ihrer Hand. Die Frau zog ihn auf die andere Straßenseite, lächelte aber sanft dabei.

Als die Ampel auf Grün sprang, schloß ein zweites Auto mit rasantem Tempo auf und verharrte kurz auf gleicher Höhe. Hinter dem Steuer saß ein junger Mann. Für den Bruchteil einer Sekunde musterte er sie, betrachtete ihr junges Gesicht und ihr langes Haar, bedachte sie mit einem zweideutigen Blick und schoß wieder davon.

Sie setzte ihre Fahrt fort. Ihr Blick verharrte für einen Moment auf dem Blatt Papier, auf dem sie die Route notiert hatte, wanderte dann weiter auf die Straßenkarte. Sie steuerte den Wagen mühelos, und weder ihr Atem noch ihre Miene verrieten etwas von ihrer Unsicherheit bei der Wegsuche oder ihrer Aufregung wegen des bevorstehenden Bewerbungsgespräches.

Sie hatte schon vor langer Zeit gelernt, Gefühlsregungen dieser Art zu unterdrücken, und vermochte es, ihre Gedanken so sehr auf die vor ihr liegende Aufgabe zu konzentrieren, daß alle anderen Empfindungen ausgeschaltet waren.

Sie kam an eine weitere Ampel. Diesmal stand ein Kombi mit einer Familie neben ihr. Der Vater saß hinter dem Steuer, er war noch ein junger Mann. Auf dem Rücksitz saßen zwei Jungen. Die Mutter hielt einen Säugling im Arm. Der Vater wandte sich nach hinten um und sagte etwas zu seinen Söhnen, dann warf er einen flüchtigen Blick auf die attraktive Fahrerin des Wagens neben ihm.

Sie nahm seinen Blick nicht wahr. Für einen kurzen Moment dachte sie, wie es wohl sein mochte, eine Familie zu haben. Das war eine Erfahrung, die ihr fremd war. Kein menschliches Wesen war ihr jemals nahe gewesen. Dieser Umstand verlieh ihr eine wertvolle und nützliche Distanz zu anderen Menschen und eine Art Objektivität ihnen gegenüber, was – wie sie wußte – jene, die ihre Familie liebten, nicht hatten und daher nicht selten auf grausame Weise von ihnen ausgenutzt wurden.

Sie war allein auf dieser Welt. War es immer gewesen und würde es vielleicht immer bleiben.

Fünf Minuten vor der Zeit traf sie an ihrem Bestimmungsort ein. Hinter dem Tor prangte das Firmenschild. *Continental Products, Inc.* Sie nannte dem Pförtner den Grund ihres Besuchs, wurde hereingelassen und ließ sich erklären, wo sie den Wagen abstellen konnte.

Als sie einen Parkplatz gefunden hatte, stellte sie den Motor ab und richtete den Rückspiegel so ein, daß sie ihr Gesicht darin sehen konnte.

Ihre blauen Augen schimmerten so kristallklar, daß es gefährlich war, zu lange hineinzuschauen. Ihre cremigen Wangen waren leicht gebräunt. Die Wangenknochen standen ein wenig hervor, weil sie sehr auf ihre Linie achtete und äußerst schlank war. Die Brauen waren von Natur aus schmal, die Nase gerade, ihr Mund auf eine beherrschte und mitunter mädchenhafte Weise sinnlich.

Es war ein Gesicht, das vieles zurückhielt und nicht alles verriet. Aus diesem Grund ließ es in entspannten Momenten ein stilles Geheimnis erahnen. Das brachte Fremde dazu, ihr nachzuschauen, wenn sie an ihnen vorüberging, und zwang jene, die sie kannten, öfter an sie zu denken, als gut für sie war.

Sie wischte eine widerspenstige Strähne ihres feinen blonden Haars aus dem Gesicht, warf einen letzten Blick in den Spiegel, ehe sie ihn wegdrehte und ausstieg. Ohne Hast – und bei jedem Schritt vom Pförtner beobachtet – strebte sie auf das Hauptgebäude zu.

Der Mann, der sie zum Bewerbungsgespräch erwartete, hieß Roger Phelan. Seit zwölf Jahren war er für *Continental Products* tätig und hatte es nach vier Jahren bis zum Leiter der Personalabteilung gebracht. Dennoch war er kein Mann mit großen Ambitionen. Im Grunde war er ein schlichter Funktionär, und dessen war er sich bewußt.

Dafür besaß er viel Menschenkenntnis.

Er war achtunddreißig, groß von Statur und Brillenträger.

»Miss Fleming«, begrüßte er sie mit einem formellen Lächeln. »Gerade habe ich mir Ihre Bewerbung angeschaut. Exzellent. Hervorragende Zeugnisse. Warum wollen Sie gerade zu uns?«

Sie warf ihm einen kurzen unverbindlichen Blick zu und lächelte dann.

»Entschuldigen Sie, dürfte ich eben schnell meine Brille...?«

Er nickte. Sie zog eine Brille aus ihrer Handtasche und setzte sie auf. Dabei entglitt ihr die Handtasche. Sie beugte sich vor und hob die zwei, drei Gegenstände, die herausgefallen waren, auf. Als sie wieder aufschaute und sich ihre Blicke trafen, hatte sich ihr Gesicht auf bemerkenswerte Weise verändert. Sie machte einen verlegenen Eindruck, unschuldig und ziemlich intelligent.

»Entschuldigen Sie«, sagte sie. »Aber ohne meine Brille bin ich blind wie ein Maulwurf. Ich finde mich zwar nicht besonders schön damit, aber ich muß sie tragen, wenn ich etwas erkennen will.«

Roger Phelan nickte, noch immer ein wenig verdutzt ob der Wandlung ihres Aussehens und ihrer Erscheinung durch die Brille. Sie schlug die Beine übereinander. Eine Haarsträhne fiel ihr über die Wange. Sie wirkte auf attraktive Weise aufrichtig und sogar ein klein wenig schusselig.

»Ich habe viel über *Continental* in den Zeitungen gelesen, im Wirtschaftsteil«, antwortete sie auf seine Frage. »Mein Interesse gilt dem mittleren Management. Ich bin vielleicht nicht die kreativste Person auf Erden, aber ich bin... na ja, gründlich. Und man kann sich auf mich verlassen, wenn ich das mal so ganz unbescheiden sagen darf. Wie ich gehört habe, ist *Continental* eine offene Gesellschaft und eine Firma, in der weibliche Angestellte fair behandelt werden. Ich denke, ich kann es bis in eine verantwortliche Position auf Verwaltungsebene bringen.«

Sie lächelte schüchtern. Roger Phelan war beeindruckt.

»Nun, dann will ich Ihnen ein wenig mehr über *Continental* erzählen.«

Bereits nach einer Viertelstunde hatte er seine Entscheidung gefällt.

»Miss Fleming«, sagte er, »wir haben Interesse an Ihnen, sofern Sie Interesse an uns haben. In der Marketingabteilung ist eine Stelle frei geworden, genauer gesagt eine Assistenz in der Marktanalyse. Das Gehalt entspricht dem üblichen Rahmen.«

Sie gaben sich die Hand. Ihre Handfläche war schweißnaß. Also war sie doch nervöser gewesen, als sie es sich während des Gesprächs hatte anmerken lassen.

»Ich bin Ihnen sehr dankbar«, sagte sie. »Ich habe nicht gewußt, wie meine Chancen stehen würden. Aber ich werde Sie nicht enttäuschen. Das kann ich Ihnen versprechen.«

Als sie das Büro verließ, warf sie ihm ein breites Lächeln über die Schulter zu. Er hatte keine Augen für die wohlgeformten Beine unter ihrem Rock und auch nicht für die kleinen festen Brüste unter ihrer Bluse. Ihr hübsches Gesicht war es, was ihn beeindruckt hatte, diese unschuldige Offenheit, die auf reizvolle

Weise von ihrer Brille betont wurde. Roger Phelan war nicht empfänglich für junge hübsche Dinger, aber ihr mädchenhafter Enthusiasmus und dazu ihre augenscheinliche Intelligenz hatten ihn eingenommen. Er war der festen Überzeugung, daß sie eine vorzügliche Angestellte war.

Er ging zurück hinter seinen Schreibtisch und setzte sich. Für einen Moment schaute er aus dem Fenster, und ein wehmütiges Lächeln erschien auf seinem hageren Gesicht.

Sie war bereits wieder auf dem Parkplatz. Es regnete noch immer.

Sie steckte den Zündschlüssel ins Schloß und ließ den Motor warmlaufen. Sie warf einen Blick in den Rückspiegel. Die Brille hatte sie längst wieder abgesetzt und in der Handtasche verstaut.

Ein Blick in die Augen des Personalchefs hatte ihr gezeigt, daß bei ihm Brille und die unschuldige, leicht schusselige Person gefragt waren.

Sie hätte jede Rolle dort oben im Büro spielen können, ganz entsprechend dem Mann hinter dem Schreibtisch. Die gut entwickelte, verführerische Ledige. Die tochterhafte Füchsin. Die kalte Bibliothekarin. Die machthungrige Männerfresserin. Alles. Alles, was sie dazu brauchte, war jener erste kurze Moment, in dem sie einen Mann einschätzte – und sie konnte ihn nach Belieben um den Finger wickeln.

Roger Phelan war unzugänglich für den oberflächlichen weiblichen Charme. Das hatte sie sofort erkannt. Er war stolz auf seine Auffassung von Hingabe, war erfahren und kalt. Auf den ersten Blick konnte er Ehrgeiz von reinem Eigeninteresse unterscheiden. Sie hatte ihm also angeboten, was er wollte. Sie hatte ihm Aufrichtigkeit geboten.

Und es hatte funktioniert.

Aber das war nur der erste Schritt gewesen. Roger Phelan war nicht mehr als die Palastwache. An ihm vorbeizukommen, war nur die Voraussetzung und Vorbereitung für ihr eigentliches Vorhaben.

Sie warf einen kurzen Blick auf das Verzeichnis der Anteilseigner der Firma, das sie mitgebracht hatte. Die wichtigsten Manager und leitenden Angestellten waren darin inklusive eines Fotos porträtiert.

Sorgsam blätterte sie Seite für Seite um und lauschte dem Brummen des Motors.

Beim Foto eines leicht übergewichtigen, rotwangigen Mannes im mittleren Alter, dessen breites Lächeln ein schwaches Kinn verbarg, hielt sie inne.

Harley Schrader, stand unter dem Foto. Leiter des Regionalvertriebs.

Sie blätterte weiter und besah sich eingehend die Gesichter der abgebildeten Männer; die meisten hatten das typische amerikanische Lächeln, das ihre wahre Persönlichkeit verbarg.

Erneut hielt sie inne, als sie zum Foto eines gutaussehenden Mannes Ende Vierzig kam, mit markantem Kinn und leicht grausamen Zügen.

Roy English. Vizepräsident, Finanzen.

Sie hob eine Braue, als sie die Augen auf dem Foto betrachtete. Sie wirkten erfahren. Erfahrener als die von Roger Phelan, weil Roy English auf einer höheren Ebene tätig war. Diese Augen sahen sicher so manches.

Was für alle Männer an der Firmenspitze galt. Durchtriebene, skrupellose Männer allesamt, sonst hätten sie es wohl kaum bis in solch hohe Positionen gebracht. Ihr Weg zum Erfolg mußte mit etlichen Leichen gepflastert sein.

Doch sie flößten ihr keine Angst ein. Vielmehr waren sie wie diese beweglichen Zielscheiben auf einem Schießstand, die an einem vorbeizogen, ehe man sie dann abschoß. Ihre Skrupellosigkeit machte sie zwar gefährlich, aber ihr Stolz war ihre Achillesferse, die sie verletzlich machte.

Sie wußte, was zu tun war. Die einzige Frage war, wo sie anfangen sollte.

Mit diesem Gedanken fuhr Jill Fleming zu ihrem neuen Zuhause, einem kleinen Apartment in einer netten, ruhigen Gegend, nur wenige Kilometer vom Werk entfernt, und gönnte sich ausgiebig Schlaf als Vorbereitung auf ihren ersten Arbeitstag.

KAPITEL 8

Chicago, Illinois 23. Juni 1971

Earl »Bud« Owens thronte hinter dem massigen Schreibtisch seines Büros bei *Ogilvie, Thorpe & Owens,* einer der größten und erfolgreichsten Werbeagenturen in Chicago.

Bud Owens war ein Werbemensch der alten Schule. Sein Harvard-Abschluß in Wirtschaftswissenschaften lag zwanzig Jahre zurück, und er hatte sich von der Pike auf hochgearbeitet. Vom kleinsten Auftrag an hatte er Layout und Copy gemacht, hatte Stufe für Stufe erklommen und war über die Jahre zu einem Experten in Demographie und Marktforschung geworden.

Es war ein langer und mühseliger Aufstieg gewesen, ohne Freunde, ohne Unterstützung von oben. Zwölf Jahre hatte es ihn gekostet, sich eine gehobene Stellung bei *Ogilvie, Thorpe & Owens* zu erkämpfen, und erst nach seiner buchstäblichen Knochenarbeit für einige ihrer wichtigsten Kunden, mit denen die Agentur fünf Millionen verdient hatte, war er als Partner aufgenommen worden.

Er war stolz auf das, was er erreicht hatte, aber die harten Jahre nagten noch immer an ihm. Er verachtete Heißsporne, diese »Neunzig-Tage-Wunder«, die die Colleges und Universitäten hervorbrachten, Absolventen in Journalismus und Wirtschaftslehre, die nie für einen Kunden gearbeitet hatten, sich aber dennoch bereits für Experten der neuesten Theorien in Marketing, Management und Verkauf hielten. Dutzende von diesen jungen Spunden hatte er kommen und gehen sehen, und es hatte ihm diebische Freude bereitet, sie zu feuern, wenn sie ausgebrannt waren. Er händigte ihnen die Papiere stets mit einer kleinen Ansprache aus, daß harte Arbeit mehr zählte als jeder noch so hübsche Abschluß oder gute Absichten.

Heute hatte Bud Owens wieder so jemanden vor sich, in diesem Fall eine Bewerberin, Leslie Chamberlain. Sie hatte ihren Abschluß mit Auszeichnung in Cornell bestanden. Ihr Professor, James Nesbitt, war ein alter Freund von ihm aus Studentenzeiten und überdies ein kurzfristiger Geschäftspartner.

Bud Owens schaute von den Bewerbungsunterlagen auf die attraktive junge Frau, die vor ihm saß.

Dann klappte er die Unterlagen zu und lehnte sich in seinem Drehsessel zurück.

»Ich habe Sie zu einem persönlichen Gespräch gebeten«, begann er, »weil ich größten Respekt für Jim Nesbitt hege und weil ich in der Vergangenheit mit ihm zusammengearbeitet habe. Er versteht sein Handwerk, und er weiß Begabungen zu erkennen. Seiner Meinung nach sind Sie die Begabteste, die ihm seit Jahren untergekommen ist. Aber ich will ganz offen zu Ihnen sein, Miss Chamberlain«, fuhr er fort. »Ich halte nichts von College-Talenten. Ich habe hier schon zu viele davon scheitern sehen. College-Absolventen bilden sich ein, Werbung wäre ein Kinderspiel. Wenn sie merken, welch harte Arbeit dahintersteckt, geben sie auf und wechseln zu etwas Einfacherem.«

Leslie erwiderte nichts darauf. Sie schaute ihn nur unverwandt an mit ihren intelligenten Augen.

»Und noch etwas«, fügte Bud Owens in unverhohlener Feindseligkeit hinzu. »Ich halte nicht viel von Frauen. Schon gar nicht in unserer Branche. Sosehr sie sich auch ins Zeug legen mögen, so kompetent sie vielleicht auch sind, am Ende läuft es doch immer darauf hinaus, daß sie durch eine Beziehung oder Affäre von der Arbeit abgehalten werden. Und früher oder später führt diese Beziehung dazu, daß sie ganz ausscheiden. Entweder weil sie heiraten, Kinder kriegen und kündigen, oder was weiß ich. Werbung erfordert aber hundertprozentigen Einsatz. Es ist keine Branche für Amateure.«

Leslie sagte noch immer nichts. Ihre Miene war ungerührt, so als wolle sie den Köder verweigern, den er ihr anbot.

»Nun?« fragte er gereizt. »Haben Sie mir zugehört?«

»Ja, Sir«, antwortete sie. »Das habe ich.«

»Und? Was haben Sie dazu zu sagen?«

Sie hob die Augenbraue. »Hundert Prozent sind hundert Prozent. Wenn Sie das verlangen, werde ich es bringen. Wenn Sie mit meiner Arbeit nicht zufrieden sind, dann lassen Sie es mich wissen. Das ist alles, was ich Ihnen versprechen kann – mein Bestes zu geben.«

Bud Owens war baff. Er war entschlossen gewesen, dieses junge Ding nicht zu mögen, sie sogar zu hassen, und zwar von der ersten Minute an, als sie sein Büro betreten hatte, mit ihrem frischen Gesicht, ihrer wunderschönen Figur und ihren blendenden Zeugnissen und Empfehlungsschreiben. Aber ihr Mut, ihm zuzuhören und sich von seinem berechtigten Mißtrauen nicht ins Bockshorn jagen zu lassen, hatte ihn beeindruckt. Und da war eine offensichtliche Intelligenz hinter diesen vielschichtigen Augen. Das konnte er nicht leugnen.

»Tja«, sagte er, »das ist aber vielleicht nicht genug.«

Sie blickte ihm weiter direkt in die Augen.

»Was mein Geschlecht betrifft«, sagte sie, »gibt es nichts, was ich im Rahmen eines Bewerbungsgesprächs sagen könnte, um Ihre Bedenken auszuräumen. Wenn Sie so über Frauen denken, dann sollten Sie wohl besser einen männlichen Bewerber einstellen. Ich mache meinen Weg notfalls auch anderswo.«

Sie schwieg. Stirnrunzelnd schaute Bud Owens von ihren hellwachen Augen auf ihren wunderschönen Körper unter ihrem Busineßkostüm. Sie war Offenheit, Ehrgeiz und Begabung durch und durch. Irgendwie reizte ihn das maßlos. Seine Menschenkenntnis sagte ihm, daß sie wertvoll für die Firma sein konnte. Aber er haßte es, gegen seine Prinzipien zu verstoßen. Es waren die langen, harten Jahre und sein mühsam errungener Erfolg, die ihn in dieser Weise festlegten.

Er schaute sie lange an und wägte seine Möglichkeiten ab.

Dann erhob er sich, ging zu einem breiten Aktenschrank hinter seinem Schreibtisch und zog einen dicken Ordner hervor.

Er reichte ihn Leslie.

»Werfen Sie mal einen Blick hinein«, sagte er.

Leslie schlug den Ordner auf. Sie sah mehrere Anzeigen von *Aurora-Geräte,* einem großen Hersteller für Küchengeräte.

»Sagt Ihnen das etwas?« fragte Bud Owens.

Leslie nickte. »Aber sicher. Die Firma gibt es schon lange. Soweit ich weiß, sind ihre Produkte gut in der Verarbeitung und besonders verläßlich. Mein Vater hat, soweit ich mich entsinnen kann, immer einen Kühlschrank von *Aurora* gehabt.«

Bud Owens deutete schmunzelnd auf eine der Anzeigen. »Genau wie die Anzeigen sagen.«

Leslie schaute wieder in den Ordner. Aufmachung und Slogan der Werbekampagne waren ihr vertraut. Seit zwanzig oder dreißig Jahren verwendete *Aurora-Geräte* diese Anzeigen. Das Motiv zeigte eine typische Hausfrau mit Schürze in ihrer Küche. Sie reichte ihren Kindern die Tüte mit dem Pausenbrot für die Schule, ein liebevolles Lächeln auf dem Gesicht. Das Ganze wirkte reichlich überholt und altmodisch.

Der Werbeslogan lautete:

AURORA-GERÄTE
Da ist Verläßlichkeit Tradition

»Was halten Sie davon?« fragte Bud Owens.

Leslie verzog die Stirn. »Sehr altmodisch«, sagte sie. »Ich glaube, die haben weder das Layout noch den Slogan geändert, seit ich auf der Welt bin. Es ist eine sehr alte Firma.«

»Und genau das schlägt sich auch in den Verkaufszahlen nieder«, sagte Bud Owens. »Der derzeitige Marktanteil liegt bei sechzehn Prozent. Vor zwanzig Jahren waren es noch vierzig. Sie haben an Boden verloren, um es mal milde auszudrücken. Wollen Sie wissen, was sie am Leben erhält?«

Leslie hob eine Braue. »Kundentreue?«

Bud Owens lächelte. »Nicht ganz, aber so etwas in der Art. Nämlich die schlichte Tatsache, daß ihre Produkte die besten am Markt sind. Sie übertreffen, was Haltbarkeit und Servicekosten angeht, die Konkurrenz zwei zu eins. Niemand hat auch nur annähernd so gute Garantieleistungen. Wenn Oma einen Herd von *Aurora* hatte, ist es gut möglich, daß Tochter und Enkeltochter das Lob gehört haben. Aber wahrscheinlicher ist, daß Tochter und Enkeltochter einfach clevere Kundinnen sind und sich aus Qualitätsgründen für *Aurora* entscheiden.«

»Und trotzdem ist der Marktanteil gesunken«, sagte Leslie.

»Ist ja wohl nicht schwer zu verstehen, oder?«

Leslie besah sich die Anzeigen. »Eigentlich nicht«, sagte sie. »Diese Anzeigen sind wirklich antiquiert. So kann man heutzutage seine Produkte nicht mehr verkaufen. Man sehe sich nur mal die Mutter auf dem Foto an. Heutzutage müssen Mütter arbeiten. Sie tragen keine Schürzen mehr und geben ihren Kindern morgens auch keine Tüten mit Pausenbrot auf den Weg.«

Bud Owens schmunzelte und klappte den Ordner zu.

»Nun wissen Sie, womit wir es zu tun haben«, sagte er.

Leslie schaute zu ihm hoch. Die Intelligenz in ihren Augen trug bereits den Funken einer neuen Herausforderung.

»Inhaber der Firma ist Barton Hatcher IV.«, erklärte Bud Owens. »Die Firma ist im alleinigen Besitz der Hatchers. Gegründet hat das Unternehmen der Urgroßvater vor fünfundsiebzig Jahren, und zwar in Aurora, Minnesota. Und da hat die Firma auch heute noch ihren Sitz. Die Hatchers sind sehr altmodische Menschen, und was Lebensstil und Überzeugungen angeht, sehr, sehr konservativ. Veränderungen sind ihnen ein Greuel. Die Familie ist sehr reich, und sie haben sich nicht sonderlich darum gekümmert, daß die Verkaufszahlen ständig zurückgingen. Das heißt – bis sie irgendwann unter achtzehn Prozent gerutscht sind. Jetzt machen sie sich Sorgen.«

»Na ja«, meinte Leslie, »das dürfte doch nicht so schwierig sein, eine neue Kampagne zu entwerfen.«

Bud Owens schüttelte den Kopf. »Sie kennen Barton Hatcher nicht.«

Dann schmunzelte er. »Aber Sie werden ihn bald kennenlernen.«

Leslie hob eine Augenbraue. »Wie soll ich das verstehen?«

»Ab sofort sind Sie für die *Aurora*-Kampagne zuständig«, antwortete Bud mit kaum verhohlenem Sadismus. »Es ist Ihr Baby.«

Leslie holte tief Luft. »Also, ich … Danke.«

»Sie würden mir nicht danken, wenn Sie wüßten, mit wem Sie es zu tun haben«, sagte Bud Owens. »Wir haben *Aurora* die letzten drei Jahre betreut. In dieser Zeit haben sie jeden unserer Vorschläge zu neuen Wegen der Werbung, der Promotion und des Marketing verworfen. Sie haben darauf bestanden, bei denselben alten Anzeigen zu bleiben. Und nun drohen sie damit, den Etat an eine andere Agentur zu vergeben, weil wir ihnen nicht die gewünschten Resultate bieten. Die Mehrzahl unserer besten Leute hat sich schon die Zähne daran ausgebissen. *Aurora* ist der unflexibelste Kunde, den wir jemals hatten. Nun liegt es an Ihnen. Wenn Sie Erfolg haben, wird es eine hübsche Feder an Ihrem Hut sein. Wenn nicht…«

»Verlieren wir den Etat.«

Er nickte selbstgefällig.

Leslie überdachte die Zwickmühle, in der sie steckte. Bud Owens konnte bei der ganzen Sache nichts verlieren. Es war offensichtlich, daß er sie nicht mochte und sie für ihren College-Background und die Empfehlungsschreiben verachtete. Wenn sie sich an der Kampagne versuchte und scheiterte, bestätigte ihn dies nur in seiner schlechten Meinung von ihr. Wenn sie Erfolg haben sollte, heimste er das Lob dafür ein – als derjenige, der sie an Bord geholt und ihr den Etat zugeteilt hatte.

Letzteres wäre allerdings natürlich auch zu ihrem Vorteil.

Bud Owens konnte Leslie an den Augen ablesen, was ihr in diesem Moment durch den Kopf ging. Er wußte, daß die Herausforderung sie reizte. Aber er wußte obendrein etwas, was Leslie nicht wußte. Der *Aurora*-Etat war nämlich auf dem letzten Meeting endgültig abgeschrieben worden von *Ogilvie, Thorpe & Owens.* Es galt als ausgemacht, daß Barton Hatcher zu einer anderen Agentur wechseln würde. Allerdings vergoß niemand bei *Ogilvie, Thorpe & Owens* auch nur eine Träne deswegen. Vielmehr war man heilfroh, Hatcher und seinen weißen Elefanten endlich loszusein. Bud Owens stand also unter keinerlei Erfolgszwang, den Etat zu retten, weil dieser bereits als verloren galt.

Und so sah er belustigt zu, wie sich die junge Frau vor ihm an der Herausforderung, die er ihr anbot, erwärmte.

»Also gut.« Leslie erhob sich. »Wann fange ich an?«

»Am besten gleich. Ich werde Arlene anweisen, Sie erst mal irgendwo unterzubringen. Und das« – er deutete auf den Ordner mit den Anzeigen – »können Sie gleich mitnehmen.«

Leslie schenkte ihm ein schwaches Lächeln und hielt ihm die Hand hin. »Ich weiß es zu schätzen, daß Sie mich eingestellt haben, Sir. Ich werde mein Bestes geben.«

»Gut.« Er erwiderte ihren Handschlag. »Wir werden ja sehen, ob das reicht.«

Als sie das Büro verließ, konnte sie seinen musternden Blick in ihrem Rücken spüren.

Nun wußte sie, wie sich ein Opferlamm fühlt.

KAPITEL 9

Zwei Wochen lang schloß Leslie sich mit den *Aurora*-Unterlagen ein und brütete über einer möglichen neuen Kampagne. Sie aß kaum etwas in dieser Zeit und schlief noch weniger. Sie erkannte recht bald, daß sich *Ogilvie, Thorpe & Owens* mit diesem Kunden, der jeder neuen Idee ablehnend gegenüberstand, ein wahres Monstrum eingehandelt hatten.

Die Methoden moderner Werbung versagten bei einem Kunden, der diese von Grund auf ablehnte. Trotzdem erwartete man bei *Aurora*, daß *Ogilvie, Thorpe & Owens* ein Mittel fanden, den verlorenen Boden an Marktanteilen wiedergutzumachen – andernfalls würde eine neue Agentur damit beauftragt werden.

Es schien ein Ding der Unmöglichkeit zu sein. Doch Leslie wußte, daß es eine Lösung geben mußte. Wahrscheinlich war das Entscheidende noch nicht ausprobiert worden.

Nach ihrer ersten Woche hatte sie einen Geistesblitz.

Sie rief Wes Glaser an, den ehemaligen Betreuer des *Aurora*-Etats, und traf sich mit ihm zum Lunch.

»Mir ist da eine Idee gekommen«, sagte sie, »die ich gern mit Ihnen besprechen möchte.«

»Schießen Sie los.« Wes lächelte. Er war ein freundlicher Mann und aufrichtig erleichtert, sich nicht mehr mit *Aurora* abplagen zu müssen. Er machte einen sympathischen Eindruck.

»Meiner Meinung nach müßte die Firma den Namen ändern«, sagte Leslie. »*Aurora-Geräte Corp.* – das klingt einfach hoffnungslos altmodisch. Wenn der Name aufpoliert wird, wird auch das gesamte Unternehmen aufpoliert. Etliche Firmen haben das in letzter Zeit getan, selbst so große Konzerne wie Exxon und Citgo. Ich halte das für eine fabelhafte Idee.«

Wes lachte laut.

Leslie schaute ihn an. »Was ist?«

»Kommen Sie mal wieder auf die Erde«, sagte Wes. »Der alte

Hatcher will kein Wort davon hören, auch nur ein einziges Wort in den Anzeigen zu ändern, und die laufen jetzt seit fünfundzwanzig Jahren. Wenn Sie ihm mit dem Vorschlag kommen, er soll den Namen seiner gottverdammten Firma ändern, wird er sich eine neue Agentur suchen, ehe Sie auch nur Ihren Satz zu Ende sprechen können. Für ihn und seine Familie ist der Firmenname ebenso Tradition wie die Firma selbst. Nein, Leslie, Sie müssen kleiner denken. Vergessen Sie nicht, mit wem Sie es zu tun haben, Menschenskind. Hier geht es um Stolz.«

»Dummer Stolz«, schmollte sie.

»Mag ja sein…« Wes nippte an seinem Kaffee. »Haben Sie noch etwas auf dem Herzen?«

In diesem Augenblick konnte Leslie eine herablassende Haltung hinter seiner zuvorkommenden Art spüren. Mit einer derartigen Idee anzukommen… Er mußte sie für eine blutige Anfängerin halten oder denken, daß sie den Verstand verloren hatte. Wahrscheinlich würde er sich über sie lustig machen, wenn er sich mit seinen Kollegen beim Golf traf.

Und sie konnte spüren, wie er ihren Körper musterte. Sie hatte sich anstelle des üblichen Kostüms für ein Kleid entschieden, das ihre Figur betonte. Sie fragte sich, ob Wes und all die anderen in der Agentur sie deswegen nicht für voll nahmen, weil sie eine Frau war.

Für einen Moment verspürte sie die ganze Frustration ihres Dilemmas. Doch plötzlich erkannte sie in einer Eingebung, welche Chance darin lag.

»Danke, daß Sie mir Ihre Zeit geopfert haben, Wes«, sagte sie. »Ich muß mich jetzt sputen. Nicht böse sein.«

»Ach, woher denn…« Er lächelte und sah, wie sie sich erhob. »Gern geschehen.«

Und jederzeit gern wieder, dachte er bei sich, während er Leslie nachsah und die Beine unter ihrem Kleid musterte, als sie die Kantine verließ.

Niemand in der Agentur sah oder hörte mehr etwas von Leslies Entwürfen für die neue *Aurora*-Kampagne. Sie hütete ihr Geheimnis strengstens.

Bud Owens und seine Kollegen mutmaßten, daß ihr Schweigen nur ein Zeichen ihrer Verzweiflung sein konnte. Der *Aurora*-Etat war der Alptraum jedes Werbeexperten, ein schlichtes Ding der Umöglichkeit. Bud Owens hatte es Leslie nur deshalb aufgehalst, um ihr einen Dämpfer zu verpassen, eine kalte Dusche, was ihre Illusionen über ihr Talent anging.

Um so erstaunter war er, als er einen Monat nach ihrer Einstellung erfuhr, daß sie Barton Hatcher und die Werbeabteilung von *Aurora* zu einem Meeting in die Agenturzentrale eingeladen hatte, um ihnen einen Vorschlag für die neue Kampagne zu präsentieren.

»Was haben Sie vor?« fragte er sie über die hausinterne Telefonleitung. »Wollen Sie da kalt reingehen? Wollen Sie es nicht erst mit uns besprechen?«

»Ich hätte es lieber, wenn es für alle eine Überraschung ist«, entgegnete sie. »Schließlich haben Sie mir den Ball in den Schoß geworfen. Dann lassen Sie mich auch allein damit losrennen.«

»Ist Ihr Begräbnis.« Bud Owens griente. »Wir sehen uns beim Meeting.«

Genüßlich lehnte er sich zurück und freute sich auf das bittere Ende aller Hoffnungen für Leslie Chamberlain.

Das Meeting fand am 10. August statt. Es war ein heißer Tag, und die Klimaanlage brachte allen Versammelten eine willkommene Linderung.

Die Abordnung von *Aurora* marschierte wie eine kleine Armee im Stechschritt auf. An der Spitze Barton Hatcher, ein hoch aufgeschossener beeindruckender Mann mit dichtem weißem Haar und einer herrischen Art, gefolgt und umgeben von seinem Vizepräsidenten und seinen Werbeexperten. Er begrüßte Owens reserviert, richtete einige leise Worte an seine Untergebenen, nahm Platz und zog eine Zigarre hervor, für die ihm einer seiner Angestellten Feuer gab.

»Können wir anfangen?« fragte er.

Leslie erhob sich und ging nach vorn. Sie trug ein helles leichtes Kleid, passend zur Jahreszeit. Ihre ebenmäßigen Schultern und festen Brüste zeichneten sich unter dem dünnen Stoff ab, während ihre von kurzen Ausflügen an den Strand von Oak Street gebräunten Beine einen sinnlichen Kontrast zur Farbe des Kleides boten. Sie sah schrecklich jung aus, aber nicht so wehrlos, wie so mancher im Konferenzraum angenommen hätte.

»Meine Herren«, hob sie an. »Ich möchte Sie auf das herzlichste zu unserem heutigen Treffen willkommen heißen. Mr. Hatcher, wir freuen uns, Sie und Ihre Mitarbeiter heute bei *Ogilvie, Thorpe & Owens* begrüßen zu dürfen. Ich möchte Ihnen unseren Vorschlag für die neue Werbekampagne für *Aurora-Geräte* und darüber hinaus noch einige besondere Vorschläge hinsichtlich Ihres gesamten Unternehmens präsentieren.«

Die Angestellten von *Aurora* bedachten Leslie mit skeptischen Blicken. Daß sie es mit einer Frau zu tun hatten, verwirrte sie, aber noch verblüffter waren sie über ihre Jugend. Bislang hatten selbst die besten Köpfe von *Ogilvie, Thorpe & Owens* mit keinem annehmbaren Konzept aufwarten können. War jetzt etwa eine Anfängerin mit diesem wichtigen Etat betreut worden?

Ohne sich anmerken zu lassen, ob sie die feindseligen Blicke wahrnahm oder nicht, ging Leslie zu einem großen Monitor am vorderen Ende des Raumes. Sie dämpfte das Licht und schob eine Kassette in den Videorecorder.

Auf dem Monitor erschien ein Werbespot für *Aurora*-Küchengeräte. Musik erklang im Hintergrund, während eine Frau in Busineßkostüm und Rüschenbluse eine wundervoll eingerichtete Küche betrat, ihren Aktenkoffer abstellte und das Jackett abstreifte. Sie stellte den Herd an, holte rasch eine Platte mit vorbereitetem Essen aus dem Kühlschrank, stellte diese in die Mikrowelle, schaltete die Kaffeemaschine an und ließ den Backofen vorheizen.

Die Botschaft des Spots war eindeutig. Dies war eine berufstätige junge Frau, die gerade aus dem Büro heimgekommen war und flugs das Essen zubereitete. Sie sah strahlend aus, frisch und mehr als sinnlich, als sie in ihrer Seidenbluse in der Küche hantierte. In Naheinstellungen waren ihre wohlgeformten, gepflegten Hände zu sehen, wie sie an Knöpfen drehten, Geräte anstellten, die Dinge in Bewegung setzten. Die Frau strahlte insgesamt jugendliche Energie und Fröhlichkeit aus, und dazu eine unübersehbare feminine Attraktivität.

Eine Stimme aus dem Off erklang: »Warum in der Küche stehen, wenn die Küche die Arbeit übernehmen kann? Sie haben bereits den ganzen Tag hart gearbeitet. Und wenn Sie heimkommen, wollen Sie Ihre Freizeit und Ihren Spaß haben. *Aurora* hilft Ihnen dabei.«

Schnitt. In der nächsten Einstellung war die bezaubernde junge Frau in einem Eßzimmer zu sehen, bei einem romantischen Glas Wein mit ihrem Mann. Ihr Abendessen war im Handumdrehen zubereitet dank der Vorbereitung und der Effektivität der Küchengeräte von *Aurora*. Sanfte Musik perlte, und der erwartungsvolle Blick in ihren Augen ließ keine Zweifel daran, daß sie und ihr Mann noch einen romantischen Abend der besonderen Art planten.

Die Kamera verharrte auf diesem sinnlichen Blick, während langsam der Slogan über den Bildschirm lief.

AURORA-LIFESTYLES

Raus aus der Küche – hinein ins Leben

Blende. Der Spot war zu Ende.

Leslie wandte sich einer Staffelei zu, die neben Fernseher und Videorecorder aufgestellt worden war. Sie schlug das Deckblatt zurück. Zum Vorschein kam eine Anzeige, auf der dieselbe sexy junge Frau zu sehen war. Sie ging in Kostüm und seidener Rüschenbluse durch die Küche auf ihren Mann zu, während im Hintergrund die Küchengeräte von *Aurora* blinkten und blitzten.

Die Headline unter der Anzeige lautete ebenso wie der Slogan des Spots. *Raus aus der Küche – hinein ins Leben.*

Leslie drehte sich zu ihrem Publikum um.

»Der Rundfunkspot wird dasselbe aussagen«, erklärte sie. »Ein Dialog zwischen Mann und Frau, verbunden mit Musik. Die Botschaft ist klar. Die moderne berufstätige Frau von heute kann es sich nicht leisten, ihre Zeit in der Küche zu verschwenden. Sie widmet ihr Leben dem Beruf und dem Mann in ihrem Leben. Sie will etwas erleben – kein eintöniges Dasein als Hausfrau. Die Küche ist für sie nur Mittel zum Zweck. Und die Produkte von *Aurora*, bekannt für ihre lange Lebensdauer, sind die beste Möglichkeit, möglichst wenig Zeit in der Küche zu verbringen und statt dessen ein aufregendes Leben zu führen.«

Jemand aus dem *Aurora*-Troß hob die Hand.

»Und was, bitteschön, soll dieses *Aurora-Lifestyles* bedeuten?« lautete die skeptische Frage.

»Das ist der Clou des Ganzen«, antwortete Leslie. »*Aurora-Lifestyles* steht nicht nur als Oberbegriff für die gesamte Kampagne und für das neue Image der *Aurora*-Produkte – *Aurora Lifestyles* ist gleichzeitig auch der neue Name, den wir für das Unternehmen selbst vorschlagen.«

Luftschnappen ringsum im Raum. Was Leslie da gerade gesagt hatte, war die reinste Häresie. Die Mitarbeiter von *Ogilvie, Thorpe & Owens* wurden blaß. Der *Aurora*-Troß wand sich und erwartete, daß ihr Chef entweder jeden Moment einen Schlaganfall erlitt und auf der Stelle tot umfiel oder sie innerhalb der nächsten Stunde alle miteinander feuern würde. Niemand konnte fassen, was sie da gerade gehört hatten.

Leslie schaute erwartungsvoll zu Barton Hatcher, der reglos dasaß und kleine blaue Rauchwölkchen von seiner Zigarre aufsteigen ließ.

Das Schweigen hielt an, eisig wie Grabesstille, während die Anwesenden versuchten, sich zu sammeln. Leslie sagte kein Wort.

Schließlich beugte sich einer der *Aurora*-Manager zu Hatcher.

»Mr. Hatcher«, sagte er. »Ich denke, wir erörtern das besser unter...«

»Seien Sie still«, schnitt Barton Hatcher ihm das Wort ab. Der Manager wand sich wie ein Hündchen, verstummte und starrte auf seinen Aktenkoffer.

Das anhaltende Schweigen wurde fast unerträglich. Jeder der Anwesenden im Raum hatte das Gefühl, als habe Barton Hatcher soeben eine Ohrfeige verpaßt bekommen von dem hübschen jungen Ding dort vorn. Sie waren drauf und dran, sich lautstark zu beschweren, wie man eine derart blutige Anfängerin mit einem so empfindsamen Etat hatte betreuen können. Sie gingen davon aus, daß man sie gleich im Anschluß an dieses Meeting feuern würde, und den, der die Dummheit begangen und sie eingestellt hatte, gleich mit. Die Wut ihres Chefs voraussehend, freuten sie sich bereits darauf, einhellig für einen Wechsel der Werbeagentur zu stimmen.

Schließlich ergriff Barton Hatcher das Wort. Er sprach leise, aber seine Stimme beherrschte den ganzen Raum.

»Meine Herren«, sagte er. »Mir gefällt's.«

Eine Welle der Verblüffung durchlief den Konferenzraum. Die Anwesenden trauten ihren Ohren nicht. Sie sahen einander an, dann zu Barton Hatcher. Dessen Blick ruhte auf Leslie.

»Es hat Stil«, fuhr er fort. »Genau daran hat es uns seit einiger Zeit erheblich gemangelt. Ja, mir gefällt's. Gefällt mir sogar sehr.«

»Aber was ist mit dem neuen Firmennamen, Mr. Hatcher?« warf jemand zaghaft ein.

»Ja, Sir«, pflichtete ein anderer bei. »Wir haben unseren Namen doch stets intakt gehalten...«

»Unsinn«, fuhr Hatcher dazwischen, und plötzlich dröhnte seine Stimme. »Wir sind nie gegen einen neuen Namen gewesen – solange er besser ist als der alte. Was funktioniert, da rühr ich nicht dran. Das ist mein Motto. Nun, diese junge Dame – wie war doch gleich noch Ihr Name?«

»Chamberlain, Sir. Leslie Chamberlain.«

»Miss Chamberlain sagt ja nicht, daß wir etwas aufgeben sollen«, fuhr Hatcher fort. »Der Name *Aurora* bleibt nach wie vor. Es ist nur eine neue Akzentuierung. *Aurora Lifestyles* statt *Aurora Geräte Corp*. Ich finde, das ist perfekt. Es ist modern. Es klingt gut. Was ist los, meine Herren? Oder sehen Sie den Wald vor lauter Bäumen nicht?«

Gemurmel ringsum am Tisch.

»Aber sicher doch, Mr. Hatcher.«

»Sie haben völlig recht, Mr. Hatcher.«

»Genau das wollte ich auch sagen, Mr. Hatcher.«

Doch Barton Hatcher hatte sich bereits von seinem Platz erhoben. Seine Assistenten sprangen auf wie eine Horde Hampelmänner.

»Nun«, sagte Hatcher, »ich habe noch weitere Termine. Das Austüfteln der Details überlasse ich Ihnen.« Er wandte sich zu Bud Owens um. »Freut mich, daß Ihre Leute doch noch mit etwas Brauchbarem aufwarten konnten. Ich hatte mir schon seit einiger Zeit echte Sorgen deswegen gemacht.« Er nickte zu Leslie. »Sieht ganz so aus, als wäre frisches Blut alles gewesen, was gefehlt hat. Gute Arbeit.«

»Freut mich, daß es Ihnen gefällt, Sir«, sagte Owens.

»Und Miss... wie ist doch gleich noch Ihr Name?« rief Hatcher quer durch den Raum Leslie zu, die noch immer neben der Staffelei stand.

»Chamberlain, Sir«, antwortete Bud Owens für sie. »Leslie Chamberlain.«

»Miss Chamberlain«, sagte Hatcher. »Sie haben Ihre Sache vorzüglich gemacht, und ich möchte Ihnen dazu gratulieren. Ich würde Sie gern zum Abendessen einladen, bevor ich heute abend wieder abreise. Wenn es Ihnen möglich ist, heißt das.«

»Sehr gern, Sir«, antwortete Leslie.

Er stolzierte aus dem Raum, umgeben von seinem Fußvolk.

Bud Owens blieb mit seinen verdutzten Leuten zurück. Leslie stand noch immer still lächelnd am vorderen Ende des Raumes.

Bud ging zu ihr. Ihr Gesichtsausdruck brachte ihn in Rage. Sie sah aus wie die Katze, die soeben den Kanarienvogel vernascht hat. Sie hatte für die Agentur buchstäblich das Unmögliche möglich gemacht.

»Tja, schätze mal, da haben Sie es uns aber gezeigt«, sagte er. »Glückwünsch.« Das Lob klang, als würde es ihn schmerzen.

»Sie sagten doch: hundert Prozent.« Leslie lächelte. »Das habe ich gegeben. Ich bin froh, daß es funktioniert hat.«

Bud Owens schüttelte den Kopf, so als könne er es noch immer nicht glauben. »Ich auch«, sagte er. »Ich auch.«

Am Abend trafen sich Leslie und Barton Hatcher in einem vornehmen französischen Restaurant in der North Clark Street. Sie trug ein klassisch geschnittenes Abendkleid mit langen Ärmeln und einem Ausschnitt, der tief genug war, ihre jugendlichen Brüste zur Geltung zu bringen, ohne zu gewagt zu sein. Es war ein mit Bedacht ausgewähltes Outfit, das gleichermaßen ihre Sinnlichkeit wie ihre jugendliche Frische zeigte. Und es verfehlte die gewünschte Wirkung nicht, wie Barton Hatchers bewundernder Blick bewies.

Er hatte Champagner bestellt und lächelte, als der Ober ihnen einschenkte.

Er stieß mit Leslie an.

»Nun, meine Liebe«, sagte er. »Schätze, denen haben wir es gezeigt, was?«

Leslie lächelte und nippte an ihrem Champagner. »Ja, das haben wir wohl.«

Barton Hatcher lehnte sich zurück und bewunderte die brillante junge Frau, deren Werbekampagne seine Firma ganz sicher aus dem Tief brachte – dorthin zurück, wohin ihr Platz war.

Leslie Chamberlain war keine Fremde für ihn. Er hatte sie bereits vor dreieinhalb Wochen kennengelernt, als sie ihm unter strengster Vertraulichkeit erstmalig ihre Idee vorgestellt hatte.

Sie war zu ihm nach Minnesota gekommen, um ihn persönlich

davon in Kenntnis zu setzen, was sie vorhatte. »Ich bin mit Ihrem Etat betreut worden«, hatte sie erklärt. »Und man hat mir gesagt, daß Sie jede Art von Änderung am Image der Firma ablehnen. Ich dachte mir, ich spreche erst mal mit Ihnen selbst, bevor ich meine Vorstellungen weiter ausarbeite.«

Bei dieser ersten Begegnung war Hatcher verzaubert gewesen von ihrer frischen Schönheit.

Leslie hatte ihn schnell für sich gewonnen, und gemeinsam machten sie sich daran, ihre große Präsentation als eine Art Vater-Tochter-Handlung zu inszenieren.

Als es soweit war, war es für sie beide ein geheimnistuerisches Vergnügen, so zu tun, als wären sie einander noch nie begegnet. Hatcher fand solchen Spaß daran, daß er sich mehrmals laut nach Leslies Namen erkundigte.

Doch heute abend galt seine Begeisterung nicht nur den geplanten aufregenden Veränderungen für seine Firma – Veränderungen, die schon lange überfällig gewesen waren, wie er sich selbst sagte –, sondern ebenso der bezaubernden, bildhübschen jungen Frau, die sein altes Herz erobert hatte, als sie ihn von ihrer Kampagne überzeugte.

Sie erinnerte ihn sehr an seine verstorbene Frau Claire, die eine atemberaubende Debütantin in Minnesota gewesen war, als er sie vor fünfzig Jahren geheiratet hatte. Leslies große Ähnlichkeit mit ihr war ihm gleich bei der ersten Begegnung aufgefallen. Es hatte ihn für sie eingenommen und erfüllte ihn gleichzeitig mit einer nostalgischen Sehnsucht nach seiner Frau, die er so sehr geliebt hatte. Barton Hatcher hatte nach Claires Tod nicht wieder geheiratet. Mit den Jahren hatte sich sein Bild mehr und mehr entfernt von der alten Frau, die sie am Ende gewesen war, zugunsten der Erinnerung an jenes zarte junge Mädchen aus der Kleinstadt, die er umworben und geheiratet hatte vor so langer Zeit. Das Gedenken und die Erinnerung an die Romanze ihrer Jugend hatte ihm seine einsamen, noch verbleibenden Jahre auf Erden erträglich gemacht, ja sogar verschönert.

Als er Leslie Chamberlain das erste Mal sah, war ihm fast, als wäre seine Frau wiederauferstanden, als lächelte sie ihn aus funkelnden Augen an, als umgarne sie ihn mit ihrer Kleinstadt-Offenheit und ihrem scharfen Verstand.

Hinzu kam, daß Leslie seine Loyalität gegenüber der Gegend, aus der er stammte, respektierte. Sie kam selber aus einem ähnlichen Ort. Sie gab ihm das Gefühl, als würde er mehr denn je hierhergehören, nach Aurora, Minnesota, und als müßte er es nicht verlassen, um in der modernen Welt mitzuhalten.

Nun erhob er sein Glas auf Leslie. »Seien wir ehrlich, meine Liebe. Nicht wir haben es denen gezeigt, sondern Sie allein.«

Leslie lächelte. Sie war Barton Hatcher in den vergangenen Wochen auf sonderbare Weise nahegekommen. Fast wie eine Tochter. Er mochte sie aufrichtig gern, und sie empfand echte Zuneigung für seine barsche Art und seine enge Verbundenheit mit seiner kleinen Heimatstadt.

Als sie an die letzten Wochen zurückdachte, fragte sie sich, welche ihrer Strategien wohl die erfolgreichste gewesen sein mochte. Der neue Firmenname? Der Slogan? Ihre Geste, persönlich zu Hatcher zu gehen?

Oder waren es die Recherchen gewesen, die sie über sein Privatleben und seine Ehe angestellt hatte, ehe sie zu ihm gegangen war? Basierend auf diesen gründlichen Nachforschungen hatte sie sich das Haar so frisiert, daß es an die Frisur seiner verstorbenen Frau auf dem Porträt in der Eingangshalle der Firma erinnerte, und sie hatte ein mauvefarbenes Kleid – wie das der Frau auf dem Porträt – getragen, als sie das erstemal in seinem Büro erschien.

Wer weiß, wer weiß.

Wenn man hundert Prozent gibt, zählt jedes noch so kleine Detail.

KAPITEL 10

Detroit, Michigan   Juli 1971

Roy English war ein einflußreicher Manager, der es gewohnt war, seinen Willen durchzusetzen.

Seit zehn Jahren war er bei *Continental Products*. Davor war er Vizepräsident einer Baufirma gewesen, die dem Vater seiner damaligen Frau gehörte. Nach seiner Scheidung hatte er gekündigt, weil er sich nicht nachsagen lassen wollte, er sei in irgendeiner Weise vom Vater seiner Exfrau abhängig.

Er war ein stolzer Mann und jemand, der hart anpacken konnte. In den ersten zwei Jahren bei *Continental* hatte er sich unentbehrlich gemacht und der Firmenleitung Dutzende kreativer Vorschläge hinsichtlich Marketing, neuer Produkte, Finanzen und Verwaltung gemacht. Der damalige Präsident der Firma, Hughes Dillard, hatte Roy unter seine Fittiche genommen. Als Dillard in den Ruhestand ging und Platz im Vorstand machte, wurde Roy Vizepräsident, verantwortlich für den Bereich Finanzen. Fortan galt er als mächtigster Mann bei *Continental*.

Roy war so skrupellos zu seinesgleichen, wie er loyal gegenüber der Firma war. Und so machten ihn seine Bosse zu ihrem Mann fürs Grobe. Wenn ein Manager auf dem absteigenden Ast war oder sich sein Privatleben nachteilig auf die Arbeit auswirkte, wenn er schlicht und einfach ausgebrannt war und nicht mehr von Nutzen für das Unternehmen, war es an Roy, ihn vor die Tür zu setzen.

Roy nahm dann zunächst die Leistungen desjenigen unter die Lupe, spionierte wenn nötig sogar sein Privatleben aus und erstattete dann dem Vorstand einen nüchternen und herzlosen Bericht, um schließlich den Auftrag zu erhalten, das unglückliche Opfer zu feuern. Letzteres war eine Pflicht, an der Roy keine große Freude hatte, aber es bereitete ihm auch kein sonderliches Ungemach. Er feuerte niemanden, der es nicht verdient hatte.

Roys Freund Harley Schrader war ihm vom ehemaligen Arbeitgeber zu *Continental* gefolgt. Die beiden kannten sich seit dem College und waren seither enge Vertraute und Golfpartner geblieben. Sie kannten einander besser als jeden anderen. Harley hatte allerdings nicht Roys Ehrgeiz. Zwar war er ein kompetenter Manager, aber es mangelte ihm an originellen Ideen.

Es war Roy, der Harley mit Jean, Harleys späterer Frau, bekannt gemacht hatte. Sie war Roys Exfreundin – ein Umstand, den Harley mit Würde hinzunehmen schien, denn er hatte seit seiner Hochzeit zahllose gutgemeinte Witze darüber gerissen.

Aber Harley hatte Jean über die Jahre wiederholt und unentschuldbar betrogen. Roy hatte dies von vornherein vermutet und wußte es nun mit Gewißheit, weil er im Interesse der Firma auch ein Auge auf Harley hatte, wie auf viele andere auch.

Beide waren sie dem weiblichen Geschlecht nicht abgeneigt, aber jeder auf seine Weise. Harley war der typische verheiratete Manager. Er bevorzugte den verruchten Typ Frau, Party-Mädchen und die Frauen im Gefolge jeder Konferenz oder Tagung, die sich nur allzu willig Geschäftsleuten hingaben.

Roy hingegen verschmähte die Art Frau, auf die Harley flog – die aufgedonnerte Opportunistin, die weder Ehre noch Anstand im Leibe hatte und jegliche persönliche Integrität vermissen ließ.

Roy war ein Mensch mit hohen moralischen Prinzipien. Er stammte aus einem streng religiösen Elternhaus, und auch wenn er sich schon vor langer Zeit von Kirche und Glauben losgesagt hatte, war ihm dennoch ein Gefühl für Ehre und Verantwortlichkeit geblieben, das dafür sorgte, daß er seine Arbeit ernst nahm und moralische oder sexuelle Nachlässigkeit bei anderen mit einem Stirnrunzeln betrachtete.

Natürlich hatte auch Roy seine Frauen gehabt. Als Junggeselle hatte er sich kräftig die Hörner abgestoßen. Zu Collegezeiten Schwimmer, hatte er sich später dem Gewichtheben gewidmet. Er war groß und kräftig, mit kalten grauen Augen und einem unergründlichen Charakter. Sein dunkles Haar wies erste graue Strähnen an den Schläfen auf, und sein Gesicht war tief gebräunt von den vielen Stunden auf dem Golfplatz.

Als Liebhaber war er sorgsam, gründlich und herzlos.

Er hatte seine Frau nur zweimal betrogen, beide Male mit Frauen, die er aufrichtig mochte. Nach seiner Scheidung war er alles andere als enthaltsam gewesen, aber er schenkte den stets zur Verfügung stehenden Sekretärinnen und jungen Assistentinnen keine Beachtung, mochten sie auch noch so sehr versuchen, ihn sich zu angeln. Er kannte diese Sorte Frauen so gut aus seinen langen Jahren im Geschäft, daß er wußte, was sie dachten, ehe sie es selber wußten. Er hatte kein Interesse, sich von einer Frau ausnehmen zu lassen.

Wenn er sich verabredete, dann mit Frauen aus anderen Firmen oder mit Frauen, die er auf Partys kennenlernte. Mitunter ging er sogar mit einer ihm völlig Fremden aus. Er hatte eine Vorliebe für Blondinen, war ein »Bein-Fan« und bevorzugte schlanke Frauen – dick zu sein erschien ihm als Zeichen mangelnder Willenskraft und Moral.

Derzeit hatte er zwei Freundinnen, die er abwechselnd mit seinem Bett-Charme verwöhnte: eine attraktive Hosteß eines Restaurants in der Innenstadt und eine Managerin im Einkauf einer Werkzeugfabrik in der Vorstadt. Beide waren verheiratet und ganz vernarrt in ihn.

Aber er wurde sie allmählich leid. Sie langweilten ihn, wie ihn auch seine Arbeit anödete. Das Geschäft ging monoton seinen Gang weiter, es passierte nichts Neues. Roy war nun seit zehn Jahren geschieden. Er war vierundvierzig, in der Blüte seines Lebens, befand sich in den besten Jahren seiner brillanten Karriere, und dennoch war er unzufrieden und unerfüllt. Er herrschte unangefochten bei *Continental* und würde wahrscheinlich irgendwann zum Präsidenten des Unternehmens ernannt werden, wenn der eine oder andere in den Ruhestand ging, das Sesselrücken begann und Entlassungen geschrieben wurden.

Doch nicht einmal diese Aussicht konnte Roy English begeistern. Sein ganzes Leben schmeckte schal. *Continental Products* ödete ihn an, und er ödete sich selbst an.

Was Roy brauchte, war eine echte Herausforderung.

Daher sprang er auch sofort an, als sich ihm eine solche Herausforderung bot.

Als er eines Tages bei seinem üblichen Rundgang in der Marketingabteilung vorbeischaute, fiel ihm eine neue Mitarbeiterin auf. Sie saß an ihrem Schreibtisch und schaute nicht auf, also erkundigte sich Roy beim Abteilungsleiter nach ihr.

»Jill Fleming«, lautete die Antwort. »Arbeitet seit einem Monat bei uns. Macht sich bisher ganz ordentlich.« Der Abteilungsleiter hob eine Braue, um anzudeuten, daß die junge Frau eine echte Augenweide war, aber bislang durch nichts zu erkennen gegeben hatte, daß sie durch die Betten ging.

Roy sagte nichts darauf. Aus der Ferne hatte ihr Aussehen nichts, was ihn beeindruckte. Ihr Haar war sandfarben blond, ihr Teint cremig. Sie war sehr schlank und wirkte irgendwie zerbrechlich. Ihre Augen konnte er nicht erkennen, da sie den Blick auf den Schreibtisch gerichtet hielt.

Doch plötzlich schaute sie, während er sie ansah, auf. Ihre Blicke trafen sich, und ein kleines Lächeln spielte um ihre Lippen. Sie warf leicht den Kopf zurück, um eine Strähne aus dem Gesicht zu wischen, dann wandte sie sich wieder ihrer Arbeit zu.

Roy schenkte ihr keine weitere Beachtung. Er verließ die Abteilung und ging in sein Büro zurück.

Eine Woche später strebte er gerade vom Parkplatz auf das Hauptgelände zu, als ihm eine attraktive junge Frau auffiel, die vor ihm ging. Sie trug einen Aktenkoffer. Ihr Haar, das nun irgendwie blonder zu sein schien, floß ihr in langen Wellen über die schmalen Schultern. Sie ging mit forschem Schritt, schließlich war sie auf dem Weg zur Arbeit, und dennoch schien sie sich nicht zu beeilen, und ihre langen Beine bewegten sich mit einer gewissen Trägheit.

Am Eingang hatte Roy sie eingeholt und hielt ihr die Tür auf.

Sie bedachte seine höfliche Geste mit einem kurzen anerkennenden Blick. Nun erkannte er sie – es war das Mädchen aus der Marketingabteilung. Von nahem sah sie ungewöhnlich jung aus, fast wie ein Schulmädchen. Sie hatte etwas Frisches und Süßes an sich, das sie fast noch zu jung wirken ließ, um hier zu arbeiten.

Sie sagte nichts. Roy folgte ihr zu den Fahrstühlen und bewunderte ein weiteres Mal ihre schlanken mädchenhaften Beine und die runden Hüften unter ihrem Rock. Er betrat zusammen mit ihr den Fahrstuhl. Ihr Duft war fein und natürlich, ohne jede Spur von Parfüm. Er sah, wie sich ihre festen jungen Brüste unter ihrer Bluse abzeichneten.

Nach dieser zweiten Begegnung stellte Roy fest, daß ihr Bild noch drei-, viermal vor seinem geistigen Auge auftauchte, ehe es verblaßte. Eines Nachts, als er im Bett lag, dachte er vor dem Einschlafen an sie. Am nächsten Tag hatte er das Gefühl, von ihr geträumt zu haben, ohne sich jedoch genauer erinnern zu können.

Aber er blieb der Marketingabteilung fern, fast absichtlich.

Am Sonntag darauf fand der übliche Betriebsausflug samt Picknick statt. Roy sah eine Gruppe junger Angestellter auf dem Rasen des Parks Frisbee spielen. Eine von ihnen, eine Frau in Shorts und rückenfreiem Top, hatte die aufregendste Figur, die er seit langem bei einer Frau gesehen hatte. Ihre schmalen Handgelenke und Fesseln, ihr weicher, schmaler Hals, ihr Rücken und ihre Hüften glichen denen eines Mädchens. Sie lächelte, während sie mit ihren Kollegen herumtollte.

Als die Partie Frisbee beendet war, kam sie ganz nah an ihm vorbei. Es war das Mädchen aus der Marketingabteilung, Jill Fleming. Er hatte sich vergangene Woche die Mühe gemacht, ihren Namen im Verzeichnis der Firma nachzuschlagen.

»Hallo«, sagte er.

»Hallo.« Sie erwiderte seinen Gruß mit einem hübschen Lächeln. Sie wirkte höflich, aber nicht vertraulich. Sie schien sich nicht an ihn zu erinnern.

Von diesem Tag an dachte er sehr oft an sie. Das Bild, das er sich von ihr in Shorts und Top wachrief, hatte etwas Unanständiges. Er sah noch immer ihr blondes Haar über die Schultern wehen, als sie den Frisbee warf, sah ihre schlanken Beine, wenn sie rannte, um die Scheibe zu fangen.

Wie eine Göttin der Jugend hatte sie im Kreise ihrer Kolleginnen gewirkt. Deren dick geschminkte Gesichter, ihre stumpfen Persönlichkeiten, die feisten Schenkel und hängenden Wangen ließen sie, verglichen mit diesem zerbrechlichen Kobold, wie weibliche Ringer aussehen.

Am Montag nach dem Betriebsausflug suchte Roy unter einem Vorwand die Marketingabteilung auf. Er besprach einige unbedeutende Details mit dem Abteilungsleiter und schaute sich nach Jill um. Sie saß in ihre Arbeit vertieft am Schreibtisch, so konzentriert, daß sie nicht einmal aufschaute. Ihr Haar fiel ihr nach vorn über die Schultern. Etwas an ihrer eifrigen Haltung, die strahlend klaren Augen mit den langen Wimpern auf die Unterlagen gerichtet, ließ sie atemberaubend unschuldig aussehen.

Während er dem Sermon des Abteilungsleiters lauschte und dabei aus den Augenwinkeln die neue Mitarbeiterin beobachtete, tanzte vor seinem geistigen Auge das Bild von ihr in Shorts und Top – und Roy faßte einen Entschluß.

Er wartete, bis sie Feierabend hatte, und paßte sie auf dem Flur ab.

»Ich glaube nicht, daß wir schon die Ehre hatten«, sagte er. »Gestatten – Roy English. Ned hat mich neulich bei meinem Besuch in der Marketingabteilung auf Sie aufmerksam gemacht. Willkommen bei *Continental.*«

Sie lächelte. »Vielen Dank. Nett, Sie kennengelernt zu haben.« Ihre Stimme klang auf natürliche Weise süß und melodisch.

Roy nahm an, daß sie wußte, wer er war, und nun eingeschüchtert war. Es gab niemanden in der Firma, der keine Angst vor Roy English hatte. Und dennoch fiel es ihm nicht leicht, seine sonst übliche Überheblichkeit an den Tag zu legen, als er sie einlud.

»Wie wär's mit einem gemeinsamen Abendessen bei Gelegenheit?« fragte er. »Ich würde Sie gern besser kennenlernen.«

Er spulte seine gewohnte Floskel hastig ab, so als fürchte er, ihn könne der Mut verlassen. Er musterte ihre Miene, während sie ihm zuhörte. Ihre Blicke trafen sich.

»Nein, danke«, sagte sie. »Trotzdem vielen Dank für die Einladung. Freut mich, Ihre Bekanntschaft gemacht zu haben.«

Und sie machte auf dem Absatz kehrt und ging davon.

Roy wurde ganz schwindelig, nicht so sehr von der Abfuhr, die sie ihm soeben erteilt hatte, als vielmehr vom Klang ihrer Stimme und wie sie ihm in die Augen geschaut hatte. Ihre Stimme verband Entschlossenheit mit einem mädchenhaften Tonfall, der wirkungsvoll zu seinen Phantasien von ihr paßte. Ihre Augen hatten ihn mit einer klaren Offenheit angesehen, die voller Selbstbewußtsein war. Sie war jung, unschuldig – und doch stark. Sie hatte seine Einladung wie ein anständiges Mädchen ausgeschlagen, dem von der Mutter beigebracht worden war, wie man sich aufdringliche Verehrer vom Hals hielt.

In diesem Augenblick betrat sie den Fahrstuhl, und ihre schlanken Fesseln und Waden lugten kurz unter ihrem Rocksaum hervor.

Als sich die Türen des Fahrstuhls schlossen, drehte sie sich um und warf ihm noch einen letzten Blick aus ihren großen blauen Augen zu – doch es war ein Blick ohne Interesse.

Dann war sie fort.

Roy war beeindruckt. Mehr als beeindruckt.

Eine Woche später lud er sie erneut ein.

Er stellte es so an, daß er ihr nach Feierabend auf dem Parkplatz begegnete.

»Welch ein Zufall«, sagte er.

»Hallo.« Ihr Gesichtsausdruck war so kühl wie zuvor. In ihrem Blick lag eine besondere Sanftheit, aber eine, die anderen galt, nicht aber Roy English. Und Roy verspürte eine sonderbare Sehnsucht, als er daran dachte, daß er von ihrem Privatleben, einem Leben, erfüllt von Lächeln, Zuneigung und vielleicht sogar herzlichem Lachen, gänzlich ausgeschlossen war.

»Ich hoffe, Sie haben neulich kein falsches Bild von mir gewonnen«, sagte er. »Ich wollte nur...«

»Nein, ganz und gar nicht«, entgegnete sie. »Ich halte nur nichts davon, Privatleben und Beruf zu vermischen.«

»Dann lassen Sie es uns als Arbeitsessen betrachten«, schlug er vor. »Ich werde Ihnen nicht eine Frage über Ihr Privatleben stellen. Wir reden ausschließlich über Marketing.« Er lächelte und gab sich alle Mühe, charmant zu sein.

»Ich bin wirklich geschmeichelt«, sagte sie. »Aber lieber nicht.«

Wieder machte sie auf dem Absatz kehrt und ging davon. Ihr bildhübscher junger Körper präsentierte sich ihm, während ihr starker Wille ihn aus ihrem Leben ausschloß.

Roy fuhr heim und trank zwei große Martinis. Seit fünfzehn Jahren hatte er keinen derartigen Korb mehr bekommen. Seine Macht und seine Position zwangen selbst Frauen, die ihn nicht ausstehen konnten, ihm mit Bedacht zu begegnen.

Der Alkohol schürte das Feuer in seinen Lenden, das aus einer Mischung aus sexuellem Verlangen und brennender Wut bestand. Er rief eine seiner Freundinnen an, traf sich mit ihr in einem Motel und hatte brutalen, unbefriedigenden Sex mit ihr.

»Du bist ja ein richtiger Tiger heute abend«, sagte sie, sichtlich erfreut über seine Leidenschaftlichkeit. »Was ist denn in dich gefahren?«

Er konnte ihr unmöglich die Wahrheit sagen. Es war zu beschämend.

Zehn Tage lang überdachte er seine Lage. Er fragte sich, ob es der tote Punkt war, den er in seinem Leben erreicht hatte, der ihn gegenüber diesem sanften jungen Ding so verletzlich machte oder ob es die Art war, wie sie ihm in die Augen geschaut hatte.

Gut möglich, daß es schlicht und einfach nur ihre Abfuhr gewesen war. Wahrscheinlich hatte diese Herausforderung sein Blut in Wallung gebracht.

Doch jedesmal, wenn er versuchte, sich ein klares Bild von ihr zu machen, sah er immer nur ihren zarten, jungen Körper vor sich, ihre kleinen Brüste, ihre runden Hüften, die wunderschönen schlanken Schenkel, die unter dem Saum ihres Rockes verschwanden, hin zum magischen Ort ihres Geschlechts – ein Ort, der für ihn verboten war.

Roy English war wie aus der Bahn geworfen. Keine Frau hatte ihm jemals wirklich etwas bedeutet seit jener Zeit vor so vielen Jahren, als er seiner Frau den Hof gemacht hatte. Frauen waren für ihn nichts weiter als fleischliche Arenen zur Befriedigung seiner Lust.

Doch sein Herz verzehrte sich nach der jungen Jill Fleming. Und damit einher ging ein Verlangen, das er weder verstehen noch im Zaum halten konnte.

Wider besseres Wissen suchte er die Marketingabteilung auf und lud sie ein drittes Mal ein.

Die anderen Angestellten duckten sich wie üblich, wenn sie ihn kommen sahen. Jill jedoch begrüßte ihn herzlich.

»Schön, Sie zu sehen«, sagte sie. »Was kann ich für Sie tun?«

»Ich würde mich gern einen Moment mit Ihnen unterhalten.«

Er nahm sie hinaus auf den Flur.

»Ich habe darüber nachgedacht, was Sie gesagt haben. Ich verstehe Ihre Haltung. Und ich finde, Sie haben recht. Aber eines muß ich wissen: Haben Sie nein gesagt, weil ich es bin oder weil ich Ihr Boß bin?«

Sie schien zu überlegen.

»Ich denke, ich habe mich letzte Woche klar und deutlich ausgedrückt.«

»Hören Sie«, beharrte er. »Ich möchte Sie nur zum Abendessen einladen. Ich verlange nicht von Ihnen, sich auf irgendeine Weise zu kompromittieren. Ich mag Sie. Ich bewundere Sie. Können wir nicht einfach zusammen zu Abend essen?«

Sie bedachte ihn mit einem langen, unergründlichen Blick.

»Danke«, antwortete sie. »Aber ich möchte das lieber nicht.«

Ihre Augen funkelten wie Juwelen im fluoreszierenden Licht des Korridors. Ihre Wangen wirkten blasser als sonst. Etwas in Roy begann zu zerbrechen. Es gelang ihm gerade noch, sich davon abzuhalten, sie hier auf dem Flur zu küssen.

»Bitte.« Dieses Wort schmerzte ihn mehr als alles, was er in den letzten Jahren je zu einer Frau gesagt hatte. Seine Schwäche widerte ihn an.

Sie schaute zur Tür des Büros. »Ich muß gehen«, sagte sie. »Ich fühle mich sehr geschmeichelt, wirklich. Auf Wiedersehen.«

Und sie ging dicht an der Wand an ihm vorbei, leicht seitwärts, so als wolle sie seiner bedrängenden Anwesenheit entkommen. Sie sah aus wie ein Cheerleader, eine Pfadfinderin, ein weiblicher Peter Pan, voller naiver Sexualität, so frisch wie der Frühling.

Und als er ihr nachsah, hatte Roy das Gefühl, als würde mit ihr sich ihm etwas Kostbares, etwas, ohne das er nicht leben konnte, entwinden und entziehen.

Mit dieser dritten Abfuhr ließ Roy es bewenden. Sein Stolz ließ nicht zu, es ein weiteres Mal bei ihr zu versuchen.

Aber er mußte ständig an sie denken. Wieder und wieder rief er sich ihre wenigen Worte wach, ihren Blick, den Anblick ihres Körpers.

Etwas an ihr versetzte Roy in seine Jugend zurück, als ihn seine Unerfahrenheit in fast prüder Weise über Mädchen phantasieren ließ. In jenen Tagen hatte er seine Gedanken um ihre Röcke spielen lassen, um ihre weichen Schmollmünder und um die Art, wie ihre bloßen Oberarme unter den Ärmeln der Blusen verschwanden. Das reine Äußere der Mädchen hatte ihn fast ebensosehr entflammt wie seine dunkleren Phantasien über die geheimen Stellen ihrer Körper.

Das war eine Zeit gewesen, als jugendliches Wundern mächtiger gewesen war als Wissen; als die Erfahrung des Erwachsenseins noch nicht das Geheimnis des anderen Geschlechts beeinträchtigt hatte. Es war eine Zeit, als er ein Mädchen noch ausführen konnte, um dann neben ihr im Auto zu sitzen, ihr strahlendes Gesicht zu betrachten und sich darauf zu freuen, sie gleich küssen zu können – oder es jedenfalls zu versuchen – ohne es jedoch bisher getan zu haben. In jenen Tagen hatten die Mädchen für ihn eine Art Heiligenschein gehabt. Einen Heiligenschein, der aus einer für sein Alter typischen romantischen Übertreibung entstand und die Mädchen zu Zauberwesen machte. In späteren Jahren, als ihm die Frauen so willfährig ihren Körper anboten – für gewöhnlich in Erwartung eines Gefallens oder Vorteils als Gegenleistung – war die Magie der Weiblichkeit für ihn verloren.

Nächtelang lag Roy wach und dachte an Jill, grübelte über das jugendliche Begehren, das sie in ihm geweckt hatte. Er konnte nicht mehr schlafen, verlor jeglichen Appetit. Wie ein Junge, der verknallt ist, sagte er sich in bitterem Humor über sich selbst.

Doch er war entschlossen, diesen Gefühlen nicht nachzugeben. Und so versuchte er es mit der gegenteiligen Haltung. Er bemühte sich, auf rein beruflicher Ebene an sie zu denken. Er vereinbarte eine Unterredung mit Jills direktem Vorgesetzten, ohne sich anmerken zu lassen, daß sein Interesse an ihr rein persönlich war. Es gelang ihm, den Eindruck zu erwecken, als ginge es in diesem Fall um Roger Phelan, dessen Arbeit als Leiter der Personalabteilung er unter die Lupe nehmen wollte.

Jills Vorgesetzter, ein Mann namens Ned Joiner, wußte mit einigem Stolz zu berichten, daß Jill eine Bilderbuch-Angestellte war. Sie erledigte nicht nur das von ihr verlangte Quantum, sondern hatte überdies ein Marketingproblem gelöst, das die westlichen Filialen von *Continental* seit einiger Zeit beschäftigte.

»Ich habe es zwar ihr gegenüber erwähnt«, sagte Ned, »ihr aber nicht aufgetragen, sich damit zu beschäftigen. Zwei Wochen später kommt sie zu mir, sagt, daß sie in ihrer Ferienzeit daran gearbeitet hat, und zeigt mir die Lösung des Problems, alles haarklein und tipptopp aufgeführt, mit den entsprechenden Zahlen. Ich hab's den Jungs oben gezeigt, und die haben es auf der Stelle gekauft.« Er lächelte. »Hat uns allen einen großen Dienst damit erwiesen und ganz besonders meiner Abteilung. Oh, Jill ist ein echter Knüller«, fügte er hinzu. »Keine Frage.«

Roy nahm diese Neuigkeit mit Interesse auf, auch wenn es ihm nicht gerade behagte. Insgeheim hatte er gehofft, daß sie Probleme bei der Arbeit hatte oder zumindest, daß sie nicht gar so brillant war. Er hatte gehofft, sie auf subtile Weise einschüchtern zu können, zum Beispiel mit Hilfe von Anspielungen auf die harte Konkurrenz innerhalb ihrer Abteilung und die Gefährdung ihres Arbeitsplatzes dort. In seinen Augen war dies keine Belästigung am Arbeitsplatz und auch keine Erpressung, sondern schlicht und einfach seine allerletzte Möglichkeit, sie doch noch herumzukriegen.

Doch nun mußte er zur Kenntnis nehmen, daß sie bei der Arbeit ebenso fest und entschlossen war wie in ihrem Privatleben. Sie besaß einen gerechtfertigten Stolz, der mit ihrem persönlichen Rückgrat einherging. Mit anderen Worten: sie verfügte über eine ausreichende Rüstung, um sie sowohl für Roys Autorität als auch für seine Schmeicheleien unzugänglich zu machen.

Zwei Wochen lang ließ sich Roy das alles durch den Kopf gehen. Es waren die schwierigsten zwei Wochen seines Lebens. Noch nie hatte er etwas so begehrt wie dieses Mädchen. Und er war sich absolut sicher, daß sie nichts von ihm wissen wollte, ihn möglicherweise sogar haßte.

Roy focht gegen einen inneren Dämon, der schrecklicher war als alles, dem er sich jemals gegenübergesehen hatte.

Und diesmal ließ ihn sein Herz aus Stein, das ihn so weit im Leben gebracht hatte, zum erstenmal im Stich.

KAPITEL 11

Chicago, Illinois

Leslie wurde zu einer kleinen Berühmtheit bei *Ogilvie, Thorpe & Owens.*

Seit ihrem triumphalen und überraschenden Erfolg mit der *Aurora-Lifestyles*-Kampagne hatte sie innerhalb der Agenturen den Ruf, ein Wunderkind zu sein.

Ihr Erfolg hatte ihr sogar einen neuen Titel – Stellvertretende Etatdirektorin – eingebracht, dazu eine nicht unbeträchtliche Gehaltserhöhung und seitens ihrer Kollegen, die von ihrer Kreativität und Intelligenz so sehr beeindruckt waren, wie sie sich über ihr Alter und Aussehen ärgerten, eine Mischung aus Respekt, Neid und Bewunderung.

Überrascht und enttäuscht mußte Leslie feststellen, daß ihre harte Arbeit keinesfalls zu einem besseren Verhältnis mit ihren Kollegen führte. Die meisten der sogenannten »alten Hasen« zeigten ihr die kalte Schulter und schnitten sie, wenn sie über die Flure der Agentur ging. Einige wenige begegneten ihr mit nur mäßig verhohlener Verachtung, lediglich ein oder zwei gratulierten ihr zu dem Erfolg.

Einige der jüngeren Kollegen luden sie ein, mit ihnen auszugehen. Die eine oder andere Einladung nahm sie tatsächlich an – um dann schockiert zu erleben, wie aus vorgeblicher Bewunderung für ihre Fähigkeiten dreiste Fummeleien und Ringkämpfe der rüdesten Art wurden. Fortan machte sie es sich zur eisernen Regel, privaten Kontakt mit ihren Kollegen generell zu vermeiden. Was ihr widerfahren war, hatte sie zwar eher amüsiert als verletzt, dennoch verspürte sie eine wachsende Einsamkeit, die sie hinter ihrer strahlenden, freundlichen Art verbarg.

Sie arbeitete jetzt zehn, zwölf Stunden am Tag. Mit jedem neuen Erfolg erhielt sie einen neuen Etat. Die Agentur, von ihrem Können beeindruckt, versuchte, soviel wie möglich aus ihr herauszuholen – oder aber, ihr die Möglichkeit zu geben, zu beweisen, daß ihr Erfolg kein Strohfeuer war.

Einige dieser zusätzlichen Aufgaben hätte Leslie gern zurückgewiesen und war nahe dran, sich bei Bud Owens zu beschweren, daß sie derart mit Arbeit zugeschüttet wurde. Doch sie hatte die sonderbare Ahnung, daß Bud genau darauf nur wartete. Und so arbeitete sie, anstatt sich zu beschweren, härter denn je und bescherte der Agentur Erfolg auf Erfolg.

Leslie stand auf der Schwelle zwischen Vergangenheit und Zukunft, von ihrer harten Arbeit zu neuen Leistungen angetrieben. Es war eine unbehagliche Position, weil sie ihre Identität dabei zurückließ. Hätten ihre Energie und geistigen Fähigkeiten sie nicht in die Lage versetzt, die vor ihr liegenden Anforderungen zu meistern, wäre sie eventuell nachhaltig irritiert worden. So aber wurde sie – zumindest eine Zeitlang – zu einer Art Work aholic, zu einer Person, die unfähig war, ihre Persönlichkeit und ihre Leistung am Arbeitsplatz unabhängig voneinander zu sehen.

An einem frostigen Tag im November hetzte sich Leslie mit einem noch engeren Terminplan als üblich ab. Sie hatte ein morgendliches Meeting mit einem Kunden hinter sich und ein Mittagessen mit Bud Owens und zwei weiteren aus der Chefetage, bei dem sie über ihre laufende Arbeit berichtet hatte. Nun war sie auf dem Weg zu ihrem Meeting am Nachmittag mit einem der wichtigsten Kunden der Agentur.

Sie eilte gerade Richtung Fahrstuhl, in Gedanken ganz beim bevorstehenden Termin, als sie kopfüber mit jemandem zusammenstieß. Sie spürte einen stechenden Schmerz an der Stirn. Im selben Moment krachte ihr Aktenkoffer zu Boden, sprang auf, und Memos, Entwürfe und Statistiken verteilten sich flatternd.

»Entschuldigen Sie vielmals«, hörte sie eine männliche Stimme sagen. »Haben Sie sich weh getan?«

Sie faßte sich an die Stirn. Sie schien nicht weiter verletzt, auch wenn die Stelle des Zusammenstoßes leicht geschwollen war.

Der Mann war bereits in die Hocke gegangen und half ihr, die verstreuten Unterlagen einzusammeln. Ohne zu bemerken, wie sich die Fahrstuhltüren schlossen, suchte sie ihr Material hastig zusammen.

»Es war meine Schuld«, sagte er. »Ich hätte die Augen aufmachen sollen...«

»Nein, es war meine eigene Schuld«, widersprach Leslie. »Ich bin spät dran vom Lunch und hab's eilig gehabt. Es tut mir wirklich leid...«

Sie erhoben sich im selben Moment, beide die Hände voll mit Unterlagen und Papieren. Der Mann war groß und trug einen dunklen Anzug. Das erste, was Leslie an ihm auffiel, waren seine Augen. Dunkle und wunderschöne Augen. Sie sahen sie mit Besorgnis und einem kleinen Anflug von Belustigung an.

Als nächstes fiel ihr der rote Fleck an seinem Kinn auf, wo sie mit ihm zusammengestoßen war. Er blutete nicht, glücklicherweise, aber es sah ganz so aus, als hätte sie ihm einen kräftigen Stüber mit der Stirn verpaßt.

Um diese zentralen Details – die eindringlichen Augen und die gerötete Stelle am Kinn – herum kristallisierte sich nun der Rest seines Gesichts. Seine Brauen waren schwarz und ein wenig spitzbübisch, sein Teint sonnengebräunt, Kinn und Halspartie breit und kräftig. Er war groß, mindestens ein Meter achtundachtzig, und von muskulöser Statur. Er lächelte mit unverhohlener Bewunderung auf sie herab.

»Es kann unmöglich Ihre Schuld gewesen sein«, sagte er. »Sie sehen nämlich so aus, als würden Sie sich hier bestens auskennen. Ich dagegen bin hier völlig fremd.«

Leslie erwiderte nichts darauf. Seine Augen liebkosten sie auf eine sonderbar vertraute Weise. Sie empfand das als unverschämt und erwiderte sein Lächeln nicht.

»Tja, wo wir das nun klargestellt haben«, fuhr er fort, »wäre dies wohl der angemessene Augenblick, Sie nach dem Weg zu fragen. Ich habe Austin Baileys Büro gesucht. Bislang vergeblich.«

»Austin Bailey?« fragte Leslie. »Der arbeitet in der Finanzabteilung. Oberster Stock, am Ende des Flurs. Die Zimmernummer weiß ich leider nicht genau…«

»Das reicht schon. Vielen Dank. Und bitte seien Sie mir nicht böse wegen des kleinen Unfalls.«

»Schon gut…« Leslie betätigte den Knopf des Fahrstuhls, darauf bedacht, endlich wieder an die Arbeit zurückzukehren.

Schweigend warteten sie auf den Fahrstuhl. Leslie stopfte hastig ihre Unterlagen in den Aktenkoffer. Sie spürte, wie der Fremde sie mit demselben Anflug von Belustigung musterte. Es war ein unbehagliches Gefühl, und sie wartete ungeduldig auf den Fahrstuhl.

»Und Sie sind sicher, daß Sie sich nicht weh getan haben?« fragte der Fremde, offensichtlich erfreut über ihr erzwungenes Beisammensein.

»Alles bestens«, beteuerte Leslie. »Und Sie?«

»Nichts angeknackst.«

Endlich kam der Fahrstuhl, und fünf oder sechs Personen stiegen aus. Leslie und der Fremde stiegen ein. Leslie langte nach dem Knopf für ihre Etage, doch seine Hand war schneller als ihre, und für einen kurzen Moment berührten sich ihre Finger.

»Wohin wollen Sie?« fragte er und drückte die 6 für sich.

»In den vierten.« Sie spürte noch immer ein leichtes Kribbeln von der Berührung seiner Hand.

Der Fahrstuhl schien sich unendlich langsam hinaufzuquälen. Im vierten Stock angekommen, bedachte Leslie den Fremden mit einem neutralen Blick und eilte dann in ihr Büro.

Das Meeting am Nachmittag gestaltete sich schwieriger als erwartet. Der Kunde, ein gewöhnlicher Lebensmittelproduzent, lehnte die Kampagne, an der Leslie während der vergangenen Monate so hart gearbeitet hatte, schlichtweg ab, auch wenn ihr Konzept beim ersten Treffen so überschwenglich begrüßt worden war. Die erhobenen Einwände ergaben keinen Sinn für sie, und sie konnte nicht so recht verstehen, welche Änderungen denn nun erwünscht waren.

Nach einigem fruchtlosen Hin und Her wurde das Meeting abgebrochen und auf einen anderen Termin vertagt. Leslie war völlig fertig und freute sich darauf, endlich nach Hause zu fahren und sich ein ausgiebiges Bad zu gönnen, ehe sie sich an die unerledigten Entwürfe setzen würde. Sie sehnte das Wochenende herbei. Die Arbeit dieser Woche schien sich wie ein Minenfeld vor ihr zu erstrecken, feindselig und voller böser Überraschungen.

Schwer bepackt mit ihrem Aktenkoffer und zwei großen Portfolios fuhr sie mit dem Fahrstuhl nach unten. Als sich, unten angekommen, die Türen öffneten, wollte sie gerade hinausstürmen, als sie mit jemandem zusammenprallte. Ihre Brauen verzogen sich in peinlicher Verlegenheit, als sie sah, wer es war.

»So trifft man sich wieder.«

Vor ihr auf dem Flur stand der Fremde, mit dem sie nach dem Mittagessen zusammengestoßen war, und lächelte.

Zu ihrem Schrecken sah sie ein kleines Pflaster auf seinem Kinn, genau an der Stelle, wo sie ihn mit der Stirn erwischt hatte.

»Oh… ja.« Sie gab sich Mühe, ihm mit derselben kühlen Gleichgültigkeit wie beim ersten Aufeinandertreffen zu begegnen. Doch als sie in sein attraktives Gesicht blickte, wurde ihr plötzlich bewußt, daß er ihr den ganzen Nachmittag über irgendwie im Hinterkopf herumgespukt war. Die ganze Zeit hatten die dunklen Augen des Fremden sie gemustert und fragend angesehen.

»Wie geht es Ihnen?« fragte er. »Keine Kopfschmerzen oder so was?«

Sie schüttelte den Kopf.

»Tja, da es das Schicksal anscheinend so gewollt hat, daß wir ein zweites Mal zusammenstoßen«, sagte er, »sollten wir wenigstens wissen, mit wem wir zusammenstoßen. Gestatten – Tony Dorrance. Regionaler Vertriebsleiter bei *Price-Davis,* Atlanta. Freut mich, Ihre Bekanntschaft zu machen.«

»Leslie Chamberlain. Ich arbeite hier. Etatdirektorin.«

»Sehr angenehm, Leslie.«

Als andere Mitarbeiter von *Ogilvie-Thorpe*, unterwegs zum Parkplatz, an ihnen vorbeieilten, breitete sich einen Moment lang Schweigen zwischen ihnen aus, Leslie fühlte sich sonderbar gelähmt vom festen Blick des Fremden. Seine dunklen Augen waren hypnotisch. Sie schienen zu lachen, aber es lag noch etwas anderes in ihnen, etwas schrecklich Wissendes und Forschendes. Leslie wollte fort von ihm, aber irgend etwas hielt sie fest. Sie spürte eine Woge der Erschöpfung. Es gelang ihr nicht einmal, sich seinem Blick zu entziehen.

»Ich finde, wo ich Sie jetzt zweimal über den Haufen gerannt habe«, sagte er, »sollten wir uns nicht länger dagegen wehren, finden Sie nicht auch? Das Schicksal will, daß wir uns kennenlernen, also lassen Sie es uns auf weniger schmerzhafte Weise tun. Darf ich Sie zum Essen einladen?«

Leslie versuchte, ein kühles Lächeln aufzubringen, allerdings vergeblich.

»Das geht nicht«, antwortete sie. »Ich habe zu tun. Trotzdem vielen Dank für die Einladung.«

»Ich habe selbst zu tun«, sagte er. »Bin mit zwei Ihrer Kollegen zum Abendessen verabredet. Aber es wäre mir ein leichtes, den Termin abzublasen und den beiden zu sagen, ich hätte mich beim Verlassen des Fahrstuhls böse verletzt.« Er deutete auf das Pflaster. »Oder sind Sie schon zum Abendessen verabredet?«

Sie schaute mit einiger Faszination auf das Pflaster. Das war sie gewesen. Sie hatte ihm tatsächlich eine Schramme verpaßt. Das Pflaster wirkte sonderbar attraktiv auf seinem gebräunten Gesicht.

»Ich… muß arbeiten«, sagte sie, und die Lüge gelang ihr nicht annähernd so überzeugend, wie sie es gern gehabt hätte. »Es geht unmöglich.«

»Können Sie die Arbeit nicht eine Stunde warten lassen?« fragte er. »Ich werde Ihnen auch ganz bestimmt nicht zuviel von Ihrer kostbaren Zeit rauben.«

»Nein, es geht wirklich nicht. Trotzdem vielen Dank.«

»Dann erlauben Sie mir wenigstens, Sie zu Ihrem Wagen zu begleiten«, beharrte er.

Weil sie sich nicht anders zu helfen wußte, wandte sie sich um und strebte dem Parkplatz zu. Er ging schweigend neben ihr her. Jeder seiner festen Schritte machte zwei von ihren aus. Sie kam sich klein und irgendwie albern vor, so zu hetzen, während er spielend leicht mit ihr mithielt.

Als sie bei ihrem Auto ankamen, war sein Schweigen längst zu einer Herausforderung geworden. Sie wußte beim besten Willen nicht, wie sie ihn loswerden sollte.

»Volkswagen«, bemerkte er mit einem Blick auf ihr kleines Auto. »Netter Wagen. Zuverlässig und preiswert.«

Sie hatte die Wagenschlüssel herausgeholt, drehte sich aber noch einmal zu ihm um, ehe sie ihr Auto aufschloß.

»Hören Sie, Mr. – wie war doch gleich noch Ihr Name?«

»Dorrance. Sagen Sie Tony.«

»Hören Sie, Mr. Dorrance, es war sehr aufmerksam von Ihnen, mich zu meinem Wagen zu begleiten, und es tut mir wirklich leid wegen der Schramme an Ihrem Kinn. Aber wenn es Ihnen nichts ausmacht – ich habe wirklich zu tun. Können wir es nicht einfach dabei belassen?«

Ihr Ton war fest, dennoch schwang eine Note nervösen Bittens darin, die ihm nicht entging.

»Ich kann Sie unmöglich einfach so gehen lassen«, sagte er. »Dazu sehen Sie viel zu gut aus. Sie sind so wunderschön...«

Damit hatte Leslie nicht gerechnet. Sein Blick hatte sich verändert. Nun sah er sie offen und zärtlich an, und in seinen Augen lag etwas Trauriges.

»Verschwinden Sie nicht so schnell wieder aus meinem Leben, wie Sie aufgetaucht sind«, sagte er. »Der Zusammenstoß mit Ihnen hat mir den Tag gerettet. Wenn Sie jetzt wie Cinderella wieder verschwinden, weiß ich nicht, was ich mit mir anfangen soll.«

Schweigen.

»Ich bin nicht so oft in der Stadt«, fuhr er fort. »Und heute bin ich nur deshalb hier, weil ich für einen erkrankten Kollegen eingesprungen bin. Ich tue nur meinem Boß einen Gefallen. Kann sein, daß ich erst in ein paar Monaten wieder herkomme.«

Er schaute geknickt drein.

»Verdammen Sie mich nicht dazu, jetzt allein nach Hause zu fahren und dann die nächsten drei Monate jede Nacht an Sie zu denken, ohne mich wenigstens an Ihr Lächeln zu erinnern«, sagte er.

Wieder Schweigen.

»Nur Essen, mehr nicht«, bat er. »Eine Stunde. Von dieser einen Stunde kann ich sehr lange zehren, Leslie.«

Sie sah ihn an. Er hatte ihren Namen so zärtlich ausgesprochen, daß es nicht unverschämt klang.

»Bitte.«

Seufzend gab sie nach. »Na gut«, sagte sie. »Aber nur eine Stunde. Nicht länger. Ich habe wirklich noch zu tun.«

»Aber sicher.« Er lächelte und begleitete sie dann zu seinem Wagen.

Er fuhr mit ihr in ein lauschiges Restaurant auf der North Clark Street, wo die nachlässige Bedienung ahnen ließ, daß dieses Essen länger dauern würde als die vereinbarte Stunde.

Aber irgendwie wollte Leslie auch gar nicht, daß der Abend so bald endete. Denn während des Essens geschah etwas, was ihr noch nie zuvor passiert war.

Tony Dorrance erzählte in lockerem Ton von sich. Er kam aus einer armen Familie, ähnlich wie Leslie, hatte aber einen ganz anderen Weg als sie genommen. Wo Leslie kontrolliert und vorsichtig war, war Tony lebensfroh und fast skrupellos in seinem Selbstvertrauen. Diese Eigenschaft zeigte sich in fast jedem seiner Worte, fast jeder seiner Gesten. Er hatte seine Vergangenheit hinter sich gelassen, hatte das College absolviert und sich danach in diversen Jobs versucht, ehe aus ihm ein hochdotierter Manager bei *Price-Davis* wurde, einer der bekanntesten Kommunikationsfirmen des Landes. Er sagte, er sei auf die Stelle des Vizepräsidenten im Bereich Marketing vorbereitet worden, habe das Angebot aber abgelehnt, weil er nicht hinter dem Schreibtisch versauern wolle. Derzeit führte ihn seine Arbeit rund um den Globus, was er sehr genoß.

»Vorstandssitzungen und Unternehmenspolitik, das ist nichts für mich«, sagte er. »Ich erledige lieber meinen Job und lebe mein Leben, wie es mir paßt.«

Leslie nickte. »Das kann ich verstehen.«

Er hörte ihr besonders aufmerksam zu und musterte sie eindringlich, als sie ihm von ihren schwer erkämpften Leistungen am College erzählte, von ihrem Bewerbungsgespräch mit Bud Owens und vom *Aurora-Lifestyles* Coup, der ihr ihre momentane sehr verantwortungsvolle Stelle beschert hatte.

»Das ist eine faszinierende Geschichte«, sagte Tony Dorrance. »Sie haben einige hohe Hürden nehmen müssen, emotional wie finanziell. Aber Sie haben es gepackt. Sie sind eine echte Macherin.« Er lächelte. »Ich weiß nicht, ob ich da mithalten kann in der Anwesenheit einer so ernsthaften Person.«

»Ach, kommen Sie…« Leslie hielt ihn trotz seiner sorglosen Art für einen besonders ernsthaften Menschen.

»Sie haben Respekt vor sich selbst, das sehe ich«, sagte er. »Sie lassen sich von niemandem zu etwas zwingen, was Sie nicht wollen.«

Sie erwiderte nichts darauf. Er hatte recht.

»Und Sie haben tief im Innern Geduld«, fuhr er fort. »Sie geben sich nicht einfach mit dem Zweitbesten zufrieden. Sie warten, bis der richtige Zeitpunkt gekommen ist oder das richtige Angebot.«

Das alles klang sonderbar für Leslie. Sie fragte sich, ob er ihr unlogische Komplimente machte.

»Und trotzdem sind Sie ein bißchen einsam«, sagte er. »Sie sind sehr vorsichtig, was die Wahl Ihrer Freunde betrifft. So vorsichtig, daß ich wette, daß Sie nicht viele haben.«

Sie erwiderte nichts darauf. Er hatte den wunden Punkt getroffen. Ihr einziges Problem war ihr fehlendes soziales Umfeld. Nicht nur, daß es keine Romanze in ihrem Leben gab – es gab nicht einmal einen Menschen, den sie ihren Freund oder ihre Freundin hätte nennen können. Die Arbeit hatte ihr alles an Zeit und Energie geraubt.

»Und was ist mit Ihnen?« wich sie der Frage aus.

»Oh, ich habe jede Menge Freunde«, sagte er. »Hunderte. Ich bin ein großer Sammler von Freunden. Nur leider ist kein einziger echter darunter. So geht es Burschen wie mir eben. Je mehr Bekannte wir sammeln, desto einsamer sind wir.«

Es entstand ein langes Schweigen. Leslie drehte das Weinglas in der Hand. Sie spürte seinen Blick. Sie wußte nicht, was sie sagen sollte.

Es war Tony, der das Schweigen brach.

»Sie sind außergewöhnlich schön«, sagte er.

Leslie schwieg. Tony Dorrance war ganz ohne Zweifel der attraktivste Mann, dem sie je begegnet war. Und es war nicht nur sein gebräuntes, strenges Gesicht oder sein kraftvoller Körper, was ihn so gut aussehen ließ. Es war vielmehr diese kontrollierte Verwegenheit, die er an sich hatte, und sein tief in ihm ruhendes Selbstbewußtsein, das sie selber nie besessen hatte. Er hatte keine Angst vor dem Leben. Das war es – warum sollte sie es abstreiten? – was ihn so attraktiv, so sexy machte.

Im selben Augenblick spürte Leslie, wie etwas in ihr schwach wurde. Sie wollte raus und so schnell wie möglich fort von ihm.

Gleichzeitig wünschte sie, dieser Abend möge niemals enden.

»Ich reise heute abend noch ab«, sagte er, als er sie zu ihrem Parkplatz zurückgebracht hatte. »Ich werde eine ganze Weile nicht hier sein, jedenfalls nicht aus beruflichen Gründen. Aber nächsten Donnerstag fliege ich zu einer Tagung nach Denver.« Er ergriff ihre Hand, so als wolle er sie schütteln. Doch er hielt sie nur zärtlich in seiner. »Freitag abend könnte ich auf dem Rückweg einen Zwischenstop hier einlegen. Was würden Sie davon halten?« Sie schaute verwirrt zu ihm auf. Er lächelte, berührte ihr Kinn und neigte ihren Kopf sanft zu seinem, ehe sie ihn davon abhalten konnte.

Sein Kuß brach eine Barriere in ihr nieder, deren Existenz sie bislang gar nicht wahrgenommen hatte. Noch nie war sie so geküßt worden. Es ließ sie förmlich zerfließen, lähmte ihren Willen, verwirrte ihre Sinne und sandte ihr kribbelnde Schauer durch und durch.

Ihre Hände fanden ihren Weg zu seinen Schultern, zu seinem Nacken, so als hätten sie einen eigenen Willen. Ihr Körper sandte seine eigenen sinnlichen Signale aus und ließ ihren Verstand zurück.

Er zog sie voller Leidenschaft und doch beherrscht an sich. Es war diese Beherrschung, heiße Leidenschaft züngelnd, die sie mehr erregte als alles andere. Er schien seinen Körper und seine Bedürfnisse besser zu kennen, als Leslie sich jemals selbst gekannt hatte.

Ihr Kuß endete innig. Sein Geschmack auf ihren Lippen war betörend wie ein Liebestrank. Ihre Hände ruhten noch immer in seinem Nacken.

»Darf ich dich hier abholen?« fragte er. »Dann habe ich das Gefühl, als hätte die Woche ohne dich gar nicht existiert. Als wäre ich nie von dir getrennt gewesen. Ja?«

Leslie nickte, unfähig, das Funkeln der Vorfreude in ihren Augen zu verbergen.

»Fünf Uhr?« fragte er. »Gleich nach der Arbeit?«

Als sie das Seitenfenster hochkurbelte, wußte sie, daß sie nächsten Freitag mit ihm ins Bett gehen würde.

Sie wußte auch – und nur zu gut –, daß es für sie das erste Mal sein würde.

KAPITEL 12

Detroit, Michigan

Roy English hatte Kummer.

Vier lange Wochen hatte er es ertragen, Jill Fleming nicht zu sehen. In diesen Wochen hatte er gespürt, wie sich seine Phantasien von ihr so sehr intensiviert hatten, daß sie auf gefährliche Weise dem Gefühl von Liebe gleichkamen. Er fand kaum noch Schlaf, lag die ganze Nacht wach und dachte an Jill.

Und er wußte, daß sie sich nicht das mindeste aus ihm machte.

Er hatte kleine Nachrichten für Jill verfaßt, die er ihr mit der internen Firmenpost zukommen lassen wollte, und wieder zerrissen.

Er hatte mit der Idee gespielt, ihr Blumen zu schicken, Briefe, Geschenke, aber alles wieder verworfen. Und trotzdem war es ihm nicht gelungen, diese schreckliche Sehnsucht abzuschütteln.

Hundertmal und mehr hatte er zum Telefon gegriffen, aber jedesmal gleich wieder aufgelegt.

Dann hatte er sogar erwogen, von seiner Stellung Gebrauch zu machen und Jill zu zwingen, nett zu ihm zu sein. Ihr klarzumachen, daß es sie den Job kosten konnte, wenn sie ihm weiterhin die kalte Schulter zeigte.

Doch sexuelle Belästigung war Roy zuwider. Das war eine dieser verabscheuungswürdigen männlichen Verhaltensweisen, für die er nichts als Verachtung übrig hatte. Er war schon immer der Ansicht gewesen, daß ein Mann genug Mumm haben sollte, um eine Frau persönlich zu erobern.

Schließlich fand er sich mit der Rolle des Verschmähten ab. Und er mied die Marketingabteilung, weil es ihm ein unerträglicher Gedanke war, Jill Fleming dort zu begegnen.

Dann lief sie ihm über den Weg.

Er saß gerade hinter seinem Schreibtisch und telefonierte, auf seinen Block kritzelnd, mit einem der regionalen Vertriebsleiter, als er sah, wie sie sein Vorzimmer betrat. Sie schaute zu ihm herüber und lächelte. Er bat seinen Gesprächspartner zu warten und beugte sich vor, um einen besseren Blick auf Jill zu haben.

Sie gab seiner Sekretärin etwas. Dann wandte sie sich wieder um. Doch ehe sie ging, schaute sie noch einmal durch die offene Tür zu ihm herüber und winkte kurz.

Roys Hand zitterte.

»Was war das?« fragte er seine Sekretärin.

»Das Mädchen«, sagte die Sekretärin, »hat nur einen Brief zurückgebracht, der in der falschen Post gelandet ist.«

Roy saß wie auf glühenden Kohlen hinter seinem Schreibtisch.

Vielleicht hatte ihr Auftauchen etwas zu bedeuten? Vielleicht gab sie ihm doch noch eine allerletzte Chance?

Er arrangierte es so, daß er ihr am nächsten Tag in der Kantine begegnete und sie fragte, ob er sich zu ihr mit an den Tisch setzen dürfe.

Sie lächelte.

»Aber sicher«, antwortete sie.

Er wagte es, ein Gespräch zu beginnen. Er erkundigte sich nach ihrer Arbeit in der Marketingabteilung. Und sie plauderte ausgelassen über die derzeitigen Projekte und ihren Chef.

Roy sagte, er habe von ihrem Verbesserungsvorschlag für die Filialen im Westen gehört. Sie dankte ihm höflich für sein Interesse und zeigte sich erfreut und stolz, daß ihr Vorschlag angenommen worden war.

Roy begann von sich zu erzählen. Er sprach über seine Rolle innerhalb der Firma, seinen bisherigen Werdegang und das Unternehmen, für das er vorher gearbeitet hatte. Jill stellte ein, zwei höfliche Fragen, und das ermutigte ihn. Er erzählte ihr von seiner Exfrau, ihrer Kinderlosigkeit. Er unternahm den reichlich plumpen Versuch, sie zwischen den Zeilen wissen zu lassen, daß er kein verheirateter Manager war, der auf ein Abenteuer aus ist, sondern ein ungebundener einsamer Mann, der aufrichtige Bewunderung für sie hegte.

Als sich die Mittagspause dem Ende zuneigte, sagte er: »Danke, daß ich Ihnen Gesellschaft leisten durfte. Ich habe es sehr genossen.«

Sie saß da, die Kaffeetasse in der Hand, und sah ihn aus ihren unergründlichen blauen Augen an, weder unfreundlich noch ermutigend.

»Haben Sie Ihre Meinung zu meiner Einladung immer noch nicht geändert?« fragte er.

Ihr Lächeln erlosch.

»Sie sind sehr nett«, sagte sie. »Es tut mir leid, daß ich so barsch zu Ihnen war. Ich wollte Ihre Gefühle wirklich nicht verletzen.«

»Heißt das, daß Sie meine Einladung annehmen?«

Sie schüttelte amüsiert den Kopf.

»Nein«, antwortete sie. »Aber es war mir ein Vergnügen, mich mit Ihnen zu unterhalten.«

Sie erhob sich und ging raschen Schrittes davon.

Roy, allein am Tisch zurückgelassen, verspürte ein brennendes Gefühl der Einsamkeit. Und trotzdem fand er, daß sich seine Position verbessert hatte.

Er klammerte sich an diesen dürftigen Vorteil, den sie ihm gewährt hatte. Er richtete es so ein, daß er sie nun öfter während der Mittagspause traf.

Bei diesen gemeinsamen Mittagessen erfuhr er nur sehr wenig von ihr, erzählte aber mehr und mehr von sich. Er erzählte ihr von seiner Jugend, seinen früheren Idealen, sprach über die Verbitterung und Einsamkeit, zu der die Geschäftswelt ihn gezwungen hatte. Er versuchte, sie mit seiner Sensibilität zu beeindrucken, fragte sich aber, ob er nicht lediglich Selbstmitleid an den Tag legte, von dem sie abgestoßen wurde.

Sie hörte ihm aufmerksam, sogar teilnahmsvoll zu, hielt aber stets diese unsichtbare Schranke zwischen ihnen aufrecht.

Einmal erwähnte sie beiläufig, daß ihr die Gegend, in der sie wohnte, nicht ganz geheuer sei. Sie habe unheimliche Gestalten auf der Straße gesehen, sagte sie, und sei am Überlegen, ob sie nicht umziehen solle. Roy erzählte ihr von anderen Wohngegenden, die ihr sicher mehr zusagen würden. Sie hörte ihm interessiert zu, sagte aber, sie habe derzeit zuviel um die Ohren, um jetzt schon an einen Umzug zu denken.

Er wagte es eines Abends, ihr heimlich bis nach Hause zu folgen. Und dabei stellte er fest, daß ihre Wohngegend tatsächlich nicht die beste war. Er beobachtete Jill, wie sie den Wagen vor dem Apartmentgebäude abstellte, weil es keine Parkgarage gab. Er sah, wie sie das Haus betrat, wie oben in einem der Fenster das Licht anging, und erkannte ihre Silhouette hinter den geschlossenen Jalousien.

Er stellte sich vor, wie sie sich dort oben in ihrer Wohnung in diesem Moment auszog, duschte und dann in Pyjama oder Bademantel dasaß, vielleicht sogar nackt im Bett lag. Sein Atem wurde schwer in der Stille seines Autos. Als er sich dessen bewußt wurde, fuhr er beschämt heim.

Er versuchte, ihr nicht noch einmal zu folgen, doch vergeblich. Immer wieder fand er sich abends in seinem Auto vor ihrer Wohnung. Er hatte das Gefühl, den Sinn für die Realität zu verlieren.

So konnte es nicht länger weitergehen. Da geschah etwas.

•

An einem regnerischen Montagabend folgte Roy ihr erneut – wohl zum hundertsten Mal, wie es ihm vorkam – bis nach Hause.

Wie gewohnt fand sie einen Parkplatz kaum einen Block von ihrer Wohnung entfernt. Sie stieg aus dem Auto und eilte mit ihrem Aktenkoffer den Bürgersteig entlang.

Plötzlich tauchte wie aus dem Nichts ein Mann auf und sprach sie an. Roy spürte sofort, daß dies niemand war, den sie kannte. Sie schien vor ihm zurückzuweichen.

Roy stieg aus. Im selben Moment hörte er sie schreien.

»Hilfe!«

Er lief zu ihr. Er sah, wie der Fremde sie mit einer drohenden Pose gegen den Zaun drängte. Er versuchte, ihr die Handtasche zu entreißen, und holte aus, um Jill zu schlagen.

»Laß sie in Ruhe.« Roy packte den Mann bei den Schultern.

Der Fremde fuhr herum. Roy versuchte, ihn festzuhalten, aber plötzlich zückte der Mann eine Art Waffe – Roy sah nicht, was es genau war – und verpaßte ihm einen harten Schlag auf den Kiefer. Roy sackte benommen auf dem Gehweg zusammen.

Jill beugte sich über ihn.

»Sind Sie verletzt?« fragte sie.

Roy sah sie an.

»Hat er Ihnen die Handtasche gestohlen?« fragte er.

»Nein. Er ist weggerannt. Kommen Sie.«

Sie nahm ihn mit in ihre Wohnung und half ihm, sich auf die Couch zu setzen. Blut rann ihm über die bereits stark angeschwollene Wange.

»Ich hole schnell warmes Wasser«, sagte Jill.

Sie eilte davon und legte dabei ihren Regenmantel ab. Ihr blasses Strickkleid lag eng am Körper. Ihr Haar floß ihr beim Gehen über die Schulter.

Er schaute sich um. Es war ein kleines Apartment, aber geschmackvoll eingerichtet. Da war die Couch, auf der er saß, außerdem ein Schaukelstuhl, eine Stereoanlage mit mehreren Platten – vornehmlich Madrigale, Motetten und Musik der Renaissance. In den Regalen standen Bücher, Romane und einige Sachtitel über Marketing. Statt Bildern hatte sie kleine Wandteppiche aufgehängt. Insgesamt wirkte das Apartment behaglich und persönlich.

Als Jill mit einer Schale Wasser und einem Waschlappen zurückkehrte, wurde der Schmerz in Roys Wange schlimmer, aber wenigstens blutete die Wunde nicht mehr so stark.

»Hier«, sagte sie leise und machte sich daran, ihm das Blut aus dem Gesicht zu wischen. Er sah ihr hilflos dabei zu, durch ihre Berührung mehr schachmatt gesetzt als durch den Schlag, den er abbekommen hatte.

»Ich habe Ihnen ja gesagt, daß es hier in der Gegend gefährlich sein kann«, meinte sie. »Ich hätte besser schon längst umziehen sollen. Jetzt werde ich es ganz bestimmt tun.«

Roy sagte nichts darauf. Er lächelte unwillkürlich angesichts ihrer unglaublichen Schönheit.

»Sagen Sie mal«, fuhr sie plötzlich fort. »Was machen Sie überhaupt hier in der Gegend?«

Er schaute sie lange an.

»Ich bin Ihnen gefolgt.«

Sie hob eine Augenbraue. Sie war kurz davor, ärgerlich zu werden. »Und nicht das erste Mal«, fügte Roy in hilflosem Ton hinzu. »Ich bin Ihnen schon öfter gefolgt. Seit unseren gemeinsamen Mittagspausen. Da Sie sich nicht mit mir verabreden wollen, dachte ich... mußte ich Ihnen irgendwie anders nahe sein. Und sei es auf diese Weise.«

Ein langes, quälendes Schweigen stand zwischen ihnen. Jill sah ihn mit einer Mischung aus Mitleid und Vorwurf an.

Er zuckte die Achseln. Ein charmantes Lächeln legte sich auf seine harten Züge.

»Ich bin verrückt nach dir«, sagte er. »Ich kann nicht anders.«

Sie musterte seine verletzte Wange, sein hübsches Gesicht und den verlegenen Ausdruck darin.

Sie lächelte.

»Ich gebe mich geschlagen«, sagte sie.

Und sie beugte sich vor, um ihn zu küssen.

KAPITEL 13

New York City   Herbst 1971

Ironie des Schicksals oder nicht – Jordan Lazarus' Probleme begannen ausgerechnet in dem Moment, als er zum erstenmal auf etwas Bedeutendes stieß.

In den fünf Jahren nach seinem Multi-Millionen-Coup über Rebecca Jarman und ihren Mann war er selber Herrscher über einen Konzern geworden. An die zwanzig Unternehmen – über die Vereinigten Staaten und Kanada verstreut – hatte er aufgekauft, die meisten davon mittlere Produktionsbetriebe für Konsumgüter für Haus und Büro. Jordan ging bei seinen Neuerwerbungen gemäßigt vor, verfolgte aber aggressiv die Neustrukturierung und weitere Entwicklung jedes einzelnen neu hinzugekommenen Betriebes. In der Folge entwickelte sich der Konzern, den er *Lazarus International, Inc.* taufte, zu einer offenen Aktiengesellschaft mit einem Umsatz von mehr als einer halben Milliarde Dollar, und Jordans Privatvermögen wuchs mit jedem Jahr um Millionen.

Finanziell hatte Jordan für sich und seine Familie längst ausgesorgt. Er war auf dem besten Wege, ein großes Tier in der Welt der Industriellen zu werden. Dabei vertrat er eine eher konservative Haltung. Risiko und Innovation mied er und zog statt dessen solide Bausteine für sein Imperium vor, um es auf eine sichere Basis zu stellen, die in Zukunft beständig wachsen sollte. Nur eine einzige Ausnahme von dieser eisernen Regel gestattete er sich.

Anfang 1967 erwarb er zu einem Spottpreis eine ehemalige Futtermittelfabrik in Ohio, aus der nun ein kleinerer Hersteller für Tiermedizin geworden war. Während der folgenden vier Jahre gelang es Jordan, aus dieser eher abgewirtschafteten kleinen Firma einen vielversprechenden veterinär-pharmazeutischen Betrieb zu machen, der Aussicht auf anständige Gewinne und eine verheißungsvolle Zukunft versprach.

Das alles verdankte er einem Mann.

Sein Name war Leo Kaminsky. Er war ein schlampiger, ungepflegter junger Biochemiker, der vor vier Jahren, nach seinem Abschluß aus dem Forschungsprogramm der Universität und nach einem erneuten Rausschmiß bei einem großen chemischen Betrieb eine Anstellung bei *Baxter Feeds,* Jordans neu erworbener Firma, gefunden hatte.

Bei seinen ersten Besuchen bei *Baxter Feeds* waren Jordan die verrücktesten Geschichten über Leos mehr als ungewöhnliche Arbeitsmethoden und seine äußerst kuriosen Erfindungen zu Ohren gekommen. Er hatte ihn in seinem Labor aufgesucht – ein Ort des Chaos, wo sich Tierkäfige, Reagenzgläser und Behälter mit sonderbar aussehenden Substanzen türmten und stapelten – und war sogar bei ihm zu Hause gewesen, einem Apartment, wo es noch schlimmer stank als im Labor und noch chaotischer war.

Leo war von der Universität geflogen wegen seiner fortgesetzten Unfähigkeit, einen Forschungsprozeß bis zum Ende zu verfolgen. Stets ging er seinen eigenen Weg, folgte seinen Eingebungen. Wenn am Ende nichts als wertlose Resultate dabei herauskamen, zeigte er sich davon nicht sonderlich beeindruckt. Ebenso wie ihn seine schlechte Benotung und sein Rausschmiß herzlich wenig kümmerten.

Leo war ein hagerer, bebrillter Junge aus der Bronx, der jeden wissenschaftlichen Wettbewerb gewann; der stets die besten Noten, aber nie einen Freund in der Schule gehabt hatte, geschweige denn jemals einen Bekannten außerhalb von Forschungslabors. Er liebte Tiere und widmete sich ihnen ganz. Mit Menschen hingegen konnte er nicht umgehen. Die meisten Kontakte mit ihnen verliefen katastrophal.

Der Präsident von *Baxter Feeds* hatte Leo damals eingestellt, um seinen Eltern, mit denen er befreundet war, einen Gefallen zu erweisen. Er zahlte Leo ein schmales Gehalt und erwartete nichts weiter von ihm.

Doch dann entwickelte Leo, eher aus Zufall, in seinem Labor

einen Impfstoff gegen eine der verheerendsten Krankheiten bei Vieh. Leo war Experte auf dem Gebiet der Immunsysteme von Vieh und arbeitete an einem Dutzend Projekten, von denen in den letzten Jahren kein einziges auch nur den leisesten Anschein machte, jemals abgeschlossen zu werden. Nun urplötzlich, hatte er Erfolg.

Genau in dieser Phase erwarb Jordan *Baxter Feeds* und wandelte die Firma zu *Veterinary Pharmaceuticals, Inc.* um. Schon bald war daraus eine kleine, aber rasch wachsende Tochterfirma von *Lazarus International Inc.* geworden.

Jordan gab Leo eine Gehaltserhöhung und fand einen Weg, mit ihm warm zu werden. Da Leos Besonderheit darin lag, nie ein Projekt zu Ende zu führen, ermunterte Jordan ihn genau dazu – nämlich seiner Eingebung zu folgen und jeden sich eröffnenden neuen Weg zu beschreiten, abseits von den gängigen Vorgehensweisen in der Pharmakologie, und unbekanntes Gebiet zu betreten.

Die beiden Männer wurden zu Freunden. Jordan brachte Leo dazu, gründlich aufzuräumen, regelmäßig zu essen und sogar leichten Sport zu treiben. Die beiden joggten gemeinsam. Jordan war Leos Traum-Boß. Er ließ ihn seinen eigenen Weg gehen.

Jordan Lazarus hatte einen exzentrischen neuen Mitarbeiter hinzugewonnen, von dem er sich viel versprach, und Leo Kaminsky hatte den ersten wahren Freund seines Lebens gefunden.

Eines Tages Anfang Mai, zwei Jahre nach Jordans Übernahme von *Baxter Feeds,* trat ein, worauf Jordan gesetzt hatte. Leo kam mit etwas Wichtigem zu ihm.

»Ich habe ein Mittel zur Vorbeugung von Herzerkrankungen bei Vieh entwickelt«, berichtete Leo. »Arterienverhärtung ist eine der häufigsten Todesursachen bei Rindern. Ebenso wie Herzattacken und Herzversagen.«

Jordan ermutigte Leo, die Arbeit an diesem Projekt fortzusetzen. Die Ergebnisse waren überaus verheißungsvoll. Tiere, denen das neue Medikament gespritzt wurde, entwickelten neunzig Prozent weniger Herzerkrankungen als die Vergleichsgruppe, und bei vielen Tieren vermochte das Mittel sogar bereits eingetretene Erkrankungen zu stoppen.

Einen Monat später fragte Jordan Leo: »Glauben Sie, daß es auch bei Menschen wirken könnte?«

»Tja, schwer zu sagen«, antwortete Leo. »Der Stoffwechsel ist ein ganz anderer. Die Cholesterolaufnahme im menschlichen Blut... die Besonderheiten des Austausches von Anionen und Harzen... mit anorganischen Salzen... die Absorptionsquotienten...«

Jordan räumte ihm ein unbegrenztes Budget für seine Experimente ein.

Schon nach einem halben Jahr ließ Leo ihn wissen, daß sein Medikament, eine dem menschlichen Stoffwechsel entsprechende Angleichung vorausgesetzt, durchaus in der Lage sein könne, Hypertensionen, Arterienverhärtungen, Herzanfälle und Herzinfarkte zu verhindern.

»Leo, ich bin sehr stolz auf Sie«, sagte Jordan. »Arbeiten Sie mit aller Kraft weiter daran. Sie haben Carte Blanche. Aber das Projekt muß unter uns bleiben. Kein Wort zu irgend jemandem.«

Jordan sah die Chance, als erster ein Medikament zur Vorbeugung menschlicher Herzerkrankungen zum Patent anzumelden. Ein Patent für das revolutionärste Herzmedikament seit der Entwicklung von Digitalis würde Ruhm und Millionengewinne bringen.

Doch ehe das Projekt in die aufregende und entscheidende letzte Phase gehen konnte, gab es Ärger – aus einer Richtung, aus der es niemand vermutet hätte.

Vier Jahre waren vergangen, seit Jordan und Leo Kaminsky einander begegnet waren und fast zwei weitere, seit Leo die Arbeit an seinem Geheimprojekt aufgenommen hatte. An einem frostigen Donnerstag Anfang November erhielt Jordan Besuch von zwei

Vertretern von *Considine Industries*, einem der größten Konzerne der Vereinigten Staaten und einem internationalen Konzern mit Tochterfirmen in mehr als vierzig Ländern, einem Anwalt und einem leitenden Angestellten.

»Wir haben erfahren, daß Ihre Forschungs- und Entwicklungsabteilung an etwas höchst Interessantem arbeitet«, begann der leitende Angestellte.

Jordan musterte ihn mißtrauisch.

»Woher wissen Sie das?«

»Hat sich rumgesprochen«, antwortete sein Gegenüber. »Mr. Considine hat ein persönliches Interesse an jeder Art Forschung auf dem Gebiet von Herzerkrankungen, weil er selber an einer solchen leidet.«

»Wir sind erst im Stadium der Tierversuche«, sagte Jordan. »Es wird noch eine ganze Weile dauern, bis wir etwas für Menschen herstellen können.«

Während er dies sagte, nahm er sich in Gedanken vor, die Sicherheitsvorkehrungen um Leos gesamtes Projekt zu verdreifachen.

»Wir möchten Ihnen ein Angebot unterbreiten«, meldete sich nun der Anwalt. »*Considine Industries* bietet Ihnen die gesamte Spannbreite seiner Ressourcen zur Beschleunigung der Entwicklung dieses Produktes an. Als Gegenleistung würde *Considine* gern Anteile am Patent des Produkts eingeräumt bekommen, und zwar ab dem Zeitpunkt, wo eine Patentierung möglich ist.«

Jordan sah die beiden Männer an. Er gab sich Mühe, beeindruckt, sogar ein wenig ehrfürchtig von Considines großartigem Unternehmen zu wirken.

»Das ist ein interessantes Angebot«, sagte er. »Warum machen Sie es nicht schriftlich, damit meine Rechtsabteilung einen Blick darauf werfen kann?«

»Sehr gern.« Die Besucher verabschiedeten sich mit Handschlag und breitem Lächeln.

Eine Woche später erhielten Jordans Rechtsexperten das detaillierte Angebot. Wie Jordan vermutet hatte, war ein Haken an der Sache. Das Patent für jedes von Leo entwickelte Produkt würde ausschließlich bei *Considine Industries* liegen. *Lazarus, Inc.* würde weder Anerkennung für die Erfindung bekommen noch an den kaum zu beziffernden finanziellen Einnahmen aus dem Verkauf beteiligt sein. Eine spärliche Patentgebühr als »Anerkennung« würde Jordans einzige Gegenleistung dafür sein, das Produkt von Grund auf entwickelt zu haben.

Jordan wies seine Anwälte an, *Considine* die übliche Absage zukommen zu lassen. Gleichzeitig belegte er Leo Kaminskys Forschungsprojekte mit striktesten Sicherheitsmaßnahmen. Niemand gelangte mehr ohne vorherige umfassende Sicherheitsprüfung durch eine eigens ins Leben gerufene Sonderabteilung auch nur in Leos Nähe.

Jordan nahm an, damit sei die Angelegenheit erledigt. Er machte sich weiter keine Gedanken wegen *Considine Industries* und wandte seine Aufmerksamkeit wieder voll und ganz Leo und dessen Experimenten zu.

Doch schon eine Woche nach der Absage mußte Jordan Lazarus feststellen, daß sich *Considine Industries* nicht so leicht geschlagen gab.

Am Montag erhielt er Telexe von seiner Plastikwarenfabrik in Atlanta, seiner Firma für Haushaltsgeräte in Scranton und seinen Großhandelsketten in Florida, die besagten, daß die Banken, bei denen sie Kredite aufgenommen hatten, damit drohten, diese umgehend aufzukündigen.

Am Dienstag mußte er erfahren, daß sein Transportunternehmen in New Jersey auf brutale Weise von einem Konkurrenten unterboten worden war, ebenso wie seine Fabrik für Präzisionsteile in Virginia und sein Elektronikunternehmen in New Mexiko.

Der Druck kam von Banken und Unternehmen, die im direkten oder indirekten Besitz von *Considine Industries* waren.

Jordan führte ein langes Gespräch mit seinen Anwälten. Sie rieten ihm, sich mit *Considine* einig zu werden, zu Konditionen, die für Jordan akzeptabel waren. Im Moment war es ein denkbar schlechter Zeitpunkt, um sich mit einem derart mächtigen Konzern anzulegen. Kaum eines der mittleren und kleinen Unternehmen des Landes war von der Ölkrise verschont geblieben, und Jordans wachsendes Geschäftsimperium war im Moment schon belastet genug durch die vielen Millionen, die Jordan in Leo Kaminskys Experimente gepumpt hatte.

Doch Jordan beschloß, sich nicht ins Bockshorn jagen zu lassen.

Aber in der folgenden Woche verstärkte sich der Druck auf neue und weit bedrohlichere Weise.

Schlagartig wurde es an der Wall Street hektisch um die Aktien von *Lazarus International*. Einige Tage fluktuierte der Kurs heftig, dann schoß er auf unangemessene 51.82 $ pro Anteil, und dort blieb er auch.

Drei Tage später erschien im Wall Street Journal eine ganzseitige Anzeige mit einem Kaufangebot über 75 $ pro Aktie. *Considine Industries* beziehungsweise ihren Tochterfirmen war es gelungen, sich mehr als 32 Prozent Aktienanteil zu sichern, und sie waren nun dabei, die 51 Prozent Mehrheit zu erreichen.

»Was ist los?« fragte Jordan den Leiter seiner Aktienabteilung.

»Wir stecken böse in der Klemme«, lautete die Antwort. »Sie probieren eine unfreundliche Übernahme.«

»Können sie damit durchkommen?« fragte Jordan.

»Sie können Ihren Aktionären ein Angebot ganz nach Belieben offerieren. Es gibt nichts, was Sie dagegen tun können, es sei denn, Sie verfügen über die Finanzmittel, um sie abzuwehren.«

»Gibt es denn gar keine Möglichkeit, sie daran zu hindern?«

»Sie können versuchen, bei einem befreundeten Konzern Unterstützung gegen *Considine* zu bekommen. Als sogenannten weißen Ritter. Aber dann haben Sie den in Ihrem Vorstand sitzen. Und ich nehme nicht an, daß das in Ihrem Interesse ist.«

»Was noch?«

»Es gibt noch verschiedene Strategien, es so zu drehen, daß sich eine Übernahme finanziell nicht lohnt.« Der Experte beschrieb etliche legale und fast legale Wege, die in wenigen Jahren »Verbrannte Erde« genannt werden sollten oder »Giftpille«, »Minenfeld« oder »Versteckte Bombe«. Dies waren Methoden zur Vermeidung einer Übernahme, die sich wachsender Beliebtheit erfreuten, doch sie waren dem Wesen nach samt und sonders finanzieller Natur. Und Jordan konnte bereits jetzt erkennen, daß Victor Considine ein rein persönliches Interesse an *Lazarus, Inc.* hatte.

»Ich denke, das können wir alles vergessen«, sagte Jordan. »Was noch?«

»Sie können die Aktionäre davon überzeugen, nicht zu verkaufen. Das wird schwierig werden, wenn man bedenkt, daß *Considine* fünfundsiebzig Dollar bietet für eine Aktie, die höchstens fünfzig wert ist. Der Preis ist zu gut, um zu widerstehen. Trotzdem, Sie können die Aktionärsversammlung so lange wie möglich hinauszögern und in der Zwischenzeit versuchen, mit einer Art Ansporn aufzuwarten, irgendeinem guten Grund, die Aktien zu behalten.«

Jordan hakte nach.

»Was für eine Art Ansporn?«

»Sie können versuchen, das Medikament fertigzustellen und vor der Aktionärsversammlung auf den Markt zu bringen, oder zumindest die Aktionäre davon überzeugen, daß das Medikament kurz vor der Marktreife steht und daß es in ihrem eigenen Interesse ist, die Aktien zu behalten und nicht zu verkaufen.«

Nun saß Jordan kerzengerade da. Ja, das war die Lösung. Da das ganze Problem mit Leo begonnen hatte, würde er es vielleicht auch zu einem guten Ende bringen können.

Noch am selben Abend saß Jordan lange mit Leo zusammen. Er eröffnete ihm ohne Umschweife, daß sie innerhalb kürzester Zeit mit einer marktreifen und patentierbaren Formel herauskommen müßten.

Leo begriff, aber die Zeit für die langwierigen behördlichen Genehmigungen reichte nicht.

Nach vierundzwanzig Stunden intensivster Überlegungen rief Jordan seine Anwälte und Finanzexperten zusammen.

»Wir gehen den Weg, den Sie gestern vorgeschlagen haben«, sagte er. »Wir verschieben die Aktionärsversammlung auf März. Bis dahin versuche ich unsere Aktionäre bei der Stange zu halten. Und wir reichen Klage gegen *Considine* ein, um die Übernahme für illegal erklären zu lassen. Es wird nichts nützen, aber vielleicht verschafft es uns zusätzliche Zeit.«

Jordan besprach sich anschließend noch allein mit McLaughlin, dem Anwalt seines Vertrauens.

»Dan«, sagte er, »ich will alles über Victor Considine wissen.«

Dan öffnete seinen Aktenkoffer und holte seine Unterlagen heraus.

»Er ist Witwer«, sagte er. »Seine Frau starb vor zehn Jahren – an Herzversagen. Sie war Erbin eines Fabrikvermögens. Considine hat ihr Geld ebenso wie sein eigenes zur Gründung seines Imperiums benutzt. Er ist ein Hai ersten Kalibers. Wer ihm im Weg steht, den drängt er aus dem Geschäft. Er ist mehr als hundert Mal wegen seiner Geschäftspraktiken angezeigt worden, aber er hat gute Anwälte und tiefe Taschen. Er spielt hart. In den vergangenen zehn Jahren ist er dank der Steuergesetze zu einem aggressiven Aufkäufer geworden. Er übernimmt kleinere Unternehmen und stößt sie nach Belieben wieder ab. Seine Geschäftsanteile gehen in die Milliarden. Geben Sie ihm weitere zehn Jahre, und er ist vielleicht so groß wie Chrysler.«

»Sein Privatleben?«

»Er lebt mit seiner Tochter zusammen. Sie ist sein einziges Kind. Er spielt natürlich Golf. Zwei Wochen im Jahr macht er Urlaub auf einer kleinen Insel vor North Carolina. Zwei Abende die Woche geht er zum Pokern. Ansonsten lebt er sehr zurückgezogen. Er hat fast keine Freunde oder Bekannte. Es gibt keine Bediensteten im Haus. Die Putzfrau kommt, wenn er nicht da ist. Er lebt dort ganz allein mit seiner Tochter. Sie kocht für ihn.«

»Die Tochter?«

»College-Absolventin. Swarthmore. Hatte einige disziplinäre Probleme in der Schule – natürlich alles unter den Teppich gekehrt –, aber gute Noten. Sie ist sehr intelligent. Angeblich hatte sie nach dem College einen Verlobten, aber der Vater soll die Affäre beendet haben. Er ist sehr besitzergreifend. Das ist nach dem Tod seiner Frau noch schlimmer geworden. Er läßt seine Tochter kaum aus den Augen.«

Dan schob Jordan Fotos von Vater und Tochter über den Konferenztisch zu. Victor Considine war ein kräftiger, übergewichtiger Mann mit Mondgesicht und grausamen kleinen Augen. Selbst auf dem Foto sah er gefährlich aus. Sein rotes Gesicht deutete auf eine Herzerkrankung hin.

»Was hat er für Aussichten?« fragte Jordan.

»Nicht sonderlich gute«, antwortete der Anwalt. »Er leidet an chronischem Herzleiden und Verhärtung der Arterien. Er ist erst 59. Ich bezweifle, daß er noch zehn Jahre hat. Es sei denn, daß etwas gegen den Verfall seiner Blutgefäße getan wird. Er ist der ideale Kandidat für einen Infarkt.«

Jordan nickte. Er verstand, weshalb Victor Considine so rasch wie möglich Zugriff auf Leos Formel haben wollte, und daß er sich von nichts und niemandem davon abbringen lassen würde.

Jordan besah sich das Foto von Considines Tochter Barbara. Sie war keine Schönheit. Sie hatte buschige dunkle Brauen, einen blassen Teint und einen melancholischen Blick. Aber sie hatte große und ausnehmend schöne Augen, die aus ihrem glatten Gesicht hervorstachen. Dem Aussehen nach mußte Barbara Considine siebenundzwanzig, achtundzwanzig Jahre alt sein.

»Nun?« fragte der Anwalt. »Was machen wir?«

»Wir spielen auf Zeit«, sagte Jordan. »Und wir suchen nach einem neuen Ansatzpunkt.« Während er dies sagte, schaute er bedeutungsvoll auf das Foto der jungen Barbara Considine.

KAPITEL 14

Detroit, Michigan

Roy English war verzaubert.

Seit seiner ersten Nacht mit Jill Fleming hatte er sich ständig mit ihr getroffen. Und wenn er nicht mit ihr zusammen war, dachte er unentwegt an sie. So, wie sie seinen Körper und sein Verlangen beherrschte, wenn sie bei ihm war, beherrschte sie seine Phantasie, wenn sie nicht zusammen waren.

Er traf sich mindestens viermal die Woche mit ihr, manchmal sogar noch öfter. Er führte sie zum Abendessen aus und fuhr dann mit ihr in seine geräumige Eigentumswohnung. Er war ihr bei der Suche nach einer neuen Wohnung in einem besseren Stadtteil behilflich gewesen, traf sich dort aber nie mit ihr, weil er sie nicht vor ihrer Vermieterin oder ihren Nachbarn kompromittieren wollte.

Er holte sie dort nur ab. Dann öffnete sie ihm die Tür und bat ihn noch auf einen Drink herein. Ihre Kleidung war stets aufs neue eine Überraschung für ihn. Schlichte pastellfarbene Röcke und Blusen, oft auch ein leichter Pulli, der ihren mädchenhaften Look betonte. Dann wieder ein dunkles, tief ausgeschnittenes Abendkleid, das sie auf eine sonderbar unschuldige Weise sexy aussehen ließ. An ihren Wochenendausflügen trug sie mitunter Jeans und Sandalen oder weiße Shorts und ein rückenfreies Top – eine Kombination, die ihm bereits beim Betriebsausflug im letzten Juni aufgefallen war.

Sie hatte ein Gespür dafür, welche Kleidung ihn am meisten scharf machte. Auch wenn ihre Aufmachung und ihre ganze Erscheinung auf einen Außenstehenden eher harmlos wirken mochte, packte es Roy wie einen Magneten, wenn er sie nur sah. Es war, als hätte sie einen direkten Draht zu seinen Phantasien, derer er sich noch gar nicht bewußt war; Phantasien, die bei ihrem Anblick unwiderstehlich zum Leben erwachten.

Er nahm sie in den Arm, noch ehe er den Mantel abgelegt hatte, noch ehe sie ihm den versprochenen Drink reichen konnte. Ihr Körper schien fast fügsam mit seinem zu verschmelzen. Und schon war er hart und atemlos vor Erregung, so daß sie ihm sagen mußte, er solle sich »beruhigen«, während sie ihm etwas zu trinken holte.

Auch während des Essens kämpfte er mit seiner Begierde, die es ihm fast unmöglich machte, sich auf ihr Gespräch zu konzentrieren. Er nahm kaum die Umgebung wahr oder was er aß. Er studierte Jills Hände, ihre Augen, ihr Haar, während sie sprach, und er dachte an den weichen jungen Körper unter dieser Kleidung, den Körper, der ihm gehören würde, wenn sie nachher bei ihm zu Hause waren.

Und als sich ihr Abendessen dem Ende zuneigte, bedachte sie ihn mit einem schüchternen Lächeln und sagte: »Ein kleines Vögelchen sagt mir, daß du gerade an etwas ganz anderes denkst.«

Dann fuhr er eilig mit ihr in seine Wohnung, fummelte umständlich mit dem Schlüssel im Schloß, schob sie durch die Tür und preßte sein Gesicht zwischen ihre Brüste.

Hastig entkleidete er sie, sank auf die Knie und schnupperte an ihrem süßen Geschlecht, kaum daß er ihr geholfen hatte, den Rock abzustreifen. Ihre Finger waren in seinem Haar, sanft liebkosend. Ihr Zentrum wiegte sich kaum wahrnehmbar an seinem Gesicht.

Wenn sie nackt war, hob er sie hoch und trug sie hinüber ins Schlafzimmer. Es verwunderte ihn, wie leicht sie war. Sie war wie ein Kind, ein Kobold mit den sinnlichen Fähigkeiten und Interessen einer erwachsenen Frau.

Sie genoß es, seinen harten Körper aus der Kleidung hervorkommen zu sehen, und manchmal machte sie sich den Spaß, ihn langsam auszuziehen und sein nacktes Fleisch zu berühren.

Ihre Hände waren schüchtern, wenn sie ihn ergriff, ihn liebkoste, mit ihm spielte. Zarte Hände, aber sicher in ihrem Instinkt, womit sie ihn noch mehr erregen konnte. Ein Finger strich langsam zwischen seinen Pobacken entlang, umkreiste für einen Moment seine Hoden, ehe er zur Spitze seines wippenden Penis wanderte. Ihre Zunge strich über seine Brustwarzen, ihre Knie preßten sich an seine Rippen, ihre Brüste reckten sich an seine Lippen, während sie ihn auf die Stirn küßte.

Dann saß sie auf ihm, ritt ihn wie eine wundervolle nackte kleine Reiterin, und er war in ihr, stieß tiefer und tiefer, sah, wie sie den Rücken durchbog und die Augen schloß. Sie stützte sich mit beiden Händen auf seiner Brust ab, die Finger zu Krallen gebogen, wenn die letzte Woge nahte.

»Oh«, seufzte sie, das Gesicht erhoben, so daß ihr Haar über den Rücken tanzte. »Oh...«

Und plötzlich – unwiderstehlich – ergoß sich sein Samen in ihr. Es schien sie irgendwie zu entzünden, denn sie spannte sich an, ein katzenartiges Schnurren entrang sich ihrer Kehle, und er spürte den rhythmischen Griff ihrer geheimen Sehnen um sein Geschlecht, die leicht zudrückten, um den warmen weißen Strom seiner Leidenschaft willkommen zu heißen.

Der Einfallsreichtum ihrer Verführungskünste erstaunte Roy. Sie schien die unsichtbare Wandlung seiner Phantasien zu erahnen, die besondere Färbung seines Verlangens bei jedem neuen Treffen, und sie gab sich dem so erfinderisch hin, daß er gar nicht anders konnte, als einen weiteren Teil von sich auszuliefern, wenn sie sich liebten.

Als er sie eines Abends zum Essen abholte und in einem pastellfarbenen Minirock sah, nahm er sie wie ein Kind auf den Arm, spürte die Kühle ihrer Schenkel an seinen bloßen Armen und atmete die frühlingshafte Frische ihres Haars ein. Sie wand sich leicht, so daß er ihren Slip an seiner Hand fühlte, und murmelte: »Laß uns erst du-weißt-schon-wohin gehen.« Und so brachte er sie – wie von Sinnen vor Verlangen – in seine Wohnung. Sie erlaubte ihm, daß er ihr den Rock und die Bluse abstreifte, ließ ihn zuschauen, wie ihr schlanker Körper nach und nach zum Vorschein kam. Sie sah, wie sehr sie ihn damit erregte, und gab sich, die nun vertraute amüsierte Sympathie im Blick, ganz dem Moment hin.

Einmal betrat er, kurz nachdem sie bei ihm daheim angekommen waren, das Schlafzimmer und fand sie, nur im BH, auf dem Bett vor; wie eine Katze räkelte sie sich dort, die Hände ausgestreckt, die schlanken Beine zusammengerollt, die wunderschönen Kugeln ihres Pos neckisch nach hinten herausgestreckt. Und dieser Anblick schien eine Saite in ihm zu berühren, als hätte er schon immer dieses Bild von ihr gehabt.

Und immer lief es darauf hinaus, daß er in ihr war und in freudiger Selbstvergessenheit in sie stieß, während ihr junges Geschlecht ihn liebkoste, ihn mit schlängelnden Bewegungen zu neuen und heißeren Höhepunkten der Lust neckte, bis sie die Beine um ihn schlang, er sie noch tiefer auf seinen langen Schaft zog, und der heiße Strom seiner Leidenschaft sie beide davontrug.

Doch irgendwie bewahrte sie selbst in diesen schlüpfrigen Extremen der Lust ihr Geheimnis. Oft sah sie aus wie ein unschuldiges Kind, das auf grausame ungehörige Weise seiner Deckung beraubt worden war. Die süßen kleinen Glieder, der flache mädchenhafte Bauch, die schlanken Beine, ja selbst die wohlgeformten Füße und Zehen, all das wirkte schrecklich verletzlich, und daher unglaublich nackt, wenn er seinen Blick an ihr weidete.

Sie hatte ein kleines rotes Mal unter ihrem Bauchnabel, nur wenige Zentimeter von ihrem süßen Dreieck zwischen den Schenkeln entfernt.

»Was ist das?« fragte er, als er es zum ersten Mal entdeckte und berührte.

»Das?« Sie lächelte. »Nur ein Schönheitsfleck.«

Er besah es sich genauer. Es sah aus wie eine kleine Frucht, ein Apfel oder eine Beere. Es war sehr fein, fast schön auf seine Art.

»Findest du es häßlich?« fragte sie.

»Natürlich nicht«, sagte er.

Mehr sagte er nicht, um sie davon zu überzeugen, daß er es

auch so meinte. Das Mal hatte etwas Liebliches, etwas Provozierendes. So nahe ihrem Zentrum zeichnete es sich auf ihrer nackten Haut ab wie eine Art Symbol für die verbotene Frucht, die so nahe wartete. Dieser winzige Makel an ihr hatte etwas Liebenswertes, was sein Herz überfließen ließ.

Langsam beugte er sich vor, um das kleine Mal zu küssen. Als seine Lippen es berührten, nahm er den Duft ihres Geschlechts wahr. Er fuhr mit einem Finger um ihren Bauchnabel und berührte das Mal mit der Fingerspitze.

Er war wieder hart; sein Penis zuckte und pochte, als ihm das Mal von ihrem Becken entgegenspähte.

»Es ist hübsch«, sagte er. »Es ist…«

Sie lächelte.

»Küß mich, Dummerchen«, sagte sie.

Und das tat er.

Kurz darauf spreizte er ihr die Beine und war wieder in ihr. Diesmal wußte er, daß das kleine Mal nun an seine Haut gepreßt war, befeuchtet von ihm, während er sich auf ihr bewegte. Dieser Gedanke schoß ihm durch den Kopf, als er sich nicht mehr beherrschen konnte und sofort kam.

Von diesem Tag an lag er oft im Nachklang ihrer Leidenschaft neben ihr und betrachtete das kleine Mal. Es zog seine Hand magisch an, und er berührte es, fühlte die Feuchtigkeit ihres Liebesaktes auf ihrer Haut. Fast schmerzvoll flammte erneut das Verlangen in ihm auf, wenn er diese geheimnisvolle Insignie ihrer Reize berührte. Und dann beugte er sich vor, um das Mal zu küssen, seine Zunge bereits begierig, mehr von ihr zu schmecken.

Je vertrauter sie für ihn wurde, desto weniger hatte er das Gefühl, sie zu verstehen. Das verzückte ihn, denn andere Frauen hatte er stets zu gut verstanden. Es war, als würde sie sich ihm auf ihrer eigenen Oberfläche entziehen, wie ein sexuelles Irrlicht, während eben diese Oberfläche unsichtbare Ranken in seine Tiefen sandte und ihn buchstäblich umstülpte. Diese Erfahrung schuf eine Art der Verzückung, die Roy schwach und besessen machte.

Einmal erblickte er ihr Foto in den Hausmitteilungen der Firma, neben einem Artikel, in dem es um eine besondere Leistung ging, die sie für ihre Abteilung erbracht hatte. Und auf diesem Foto sah sie, wie er fand, wie jedes andere Mädchen Anfang Zwanzig aus. Das überraschte ihn, weil sie in seinen Phantasien seit langem schon die Gestalt einer mystischen Nymphe angenommen hatte, einzigartig und unvergleichlich, alle anderen ausstechend.

Und ebenso überraschte ihn, als er sie eines Tages mit anderen Frauen aus ihrer Abteilung zusammenstehen sah, daß sie tatsächlich ziemlich groß war. Dies verblüffte ihn, denn es war immer ihre Zierlichkeit gewesen, die ihn derart verzückt hatte.

Er verzichtete darauf, diesen Widerspruch zwischen der Jill, die er liebte, und dem normalen tatsächlichen Mädchen, das sie für Außenstehende war, zu verstehen. Das Geschöpf, dem sein Herz gehörte, kam nicht von dieser Welt, und es war nur für ihn da – und sein Verlangen.

Irgendwo hatte er mal gelesen, daß man an körperlichem Besitz ironischerweise nichts besitzt. Auf Jill traf dieser Satz zu wie sonst keiner. Je mehr er von ihr hatte, desto mehr begehrte er sie. Sein Verlangen wuchs aus seiner Befriedigung, wurde mit jeder Woche wunderbarer und unkontrollierbarer, und es trieb ihn schließlich in einen Zustand ständiger Berauschung, einer Art immerwährender Trance.

Und es lag an diesem Geheimnis um Jill, diese Privatheit, die sie selbst in ihren leidenschaftlichsten Momenten bewahrte, weshalb Roy schon bald erwog, sie zu heiraten.

Doch in seinem sonderbaren Widerspruch war es eben dieses Geheimnis, was ihn zögern ließ, ihr einen Heiratsantrag zu machen. Indem sie nichts von sich zurückhielt, hielt Jill alles zurück. Er hatte das Gefühl, sie gar nicht wirklich zu kennen. Er hatte Angst vor einem bösen Erwachen, wenn er ihr einen Antrag machte.

Aber er konnte nicht mehr ohne sie leben. Ebensowenig wie er es riskieren konnte, sie ungebunden durch diese Welt wandeln zu lassen; denn die Vorstellung, ein anderer Mann könne sie berühren, trieb ihn vor Eifersucht fast in den Wahnsinn. Sie war sein Mädchen, sein Kind, seine Frau. Er würde sie niemals mit einem anderen teilen.

Allein der Gedanke, daß sie bereits sexuelle Erfahrungen und Erlebnisse gehabt hatte, ehe sie ihm begegnet war – was im Grunde nur wahrscheinlich war – erfüllte ihn mit einem solchen Schmerz, daß er mit aller Kraft gegen diese Vorstellung ankämpfte und sie verdrängte. Er traute sich nicht, dieser simplen Wahrheit ins Auge zu sehen, weil es wie ein Gift war, abträglich seiner Liebe und sogar seiner geistigen Gesundheit.

Mehrere Wochen lang rang Roy innerlich mit sich, ehe er den nötigen Mut aufbrachte. Dann kaufte er ihr einen kostbaren diamantenen Verlobungsring, überreichte ihn Jill in ihrer Wohnung und machte ihr einen Heiratsantrag.

Er war verletzt, aber nicht wirklich überrascht, als sie sagte, sie bräuchte mehr Zeit.

»Es ist eine wichtige Entscheidung«, sagte sie. »Es wäre dir oder mir gegenüber nicht fair, wenn ich es überstürzen würde.«

Als sie sah, daß sie ihn mit dieser Reaktion verletzt hatte, trat ein kleines Funkeln in ihre Augen.

»Komm, wir gehen... du weißt schon...« flüsterte sie.

Und als Roy eine halbe Stunde später ihren nackten Körper im Arm hielt, war er dankbar für das, was er von ihr hatte.

Ungefähr zu diesem Zeitpunkt erwähnte Jill zum ersten Mal ihren Eindruck, Roy verkaufe sich in der Firma unter Wert.

Vor fünf Jahren war er kurz davor gewesen, nach der Leitung der Firma zu greifen, hatte es jedoch dann vorgezogen, noch zu warten.

Doch Jill tadelte seinen mangelnden Ehrgeiz hinterher.

Roy mußte zugeben, daß sie recht hatte, zumal jetzt, wo alles anders war. Er war Jill begegnet. Er fühlte sich wie ein neuer Mensch, fähig zu Taten, so aufregend wie die neuen Gefühle, die er empfand, seit Jill in sein Leben getreten war. Und er begann um die Führungsposition zu kämpfen.

Aber nie kam es ihm in den Sinn – kein einziges Mal –, daß Jills »Bedenkzeit« auf seinen Heiratsantrag und ihr Drängen, er solle nach der Firmenleitung greifen, miteinander zu tun haben könnten.

Zum rechten Zeitpunkt und unter dem Einfluß der richtigen Frau, kann es selbst einem mit allen Wassern gewaschenen Mann wie Roy passieren, daß er nicht erkennt, was ihm direkt ins Gesicht starrt.

KAPITEL 15

New York City

Victor Considine saß in seinem Haus an der Fifth Avenue beim Frühstück. Er war ein korpulenter Mann, trotz seiner zahlreichen Besuche auf dem Golfplatz, denn er aß gern und viel.

Seine Tochter stellte ihm einen Teller mit Spiegeleiern, Schinken, Bratkartoffeln und Toast hin.

»Der Arzt meint, du sollst nicht so viele Eier essen«, sagte sie zu ihm. »Es tut dir nicht gut.«

»Unsinn«, schnaubte er verächtlich. »Es gibt nichts Gesünderes als Eier und Schinken. Meine Großmutter hat ihr Leben lang jeden Tag Eier und Schinken gegessen, und sie ist jetzt fünfundneunzig.«

Er schaute zu seiner Tochter hoch. »Greif zu«, wies er sie in leicht barschem Unterton an.

Mit einem Teller Eier und Schinken setzte sie sich zu ihm an den Tisch. Sie aß ohne Appetit. Er war in das *Wall Street Journal* vertieft und schenkte ihr weiter keine Beachtung. Doch als er aufgegessen hatte, warf er einen strengen Blick auf ihren Teller. Er war fast leer.

»Braves Mädchen.«

Victor Considine bestand auf drei ausgiebigen Mahlzeiten am Tag. Für sich selbst, für seine Frau, als sie noch lebte, und für seine Tochter.

Trotz seines analytischen Verstandes sah er keinen Zusammenhang zwischen seinen Eßgewohnheiten, die er von seinen Vorfahren übernommen hatte, und seinen Herzproblemen. Diese Blindheit war typisch für mächtige Männer. Für ihn war seine Herzerkrankung schlicht Pech oder höchstens ein Geburtsfehler. Er aß seine fetten Speisen, trank seine täglichen Martinis und Biere ohne jegliche Gewissensbisse. Dies waren Vergnügungen, die ihm zustanden. Es war undenkbar, daß sie seiner Gesundheit schaden könnten. Als seine Ärzte ihm das Gegenteil sagten, redete er sich ein, daß sie keine Ahnung hatten. Er, Victor Considine, mit seinen schwerverdienten Millionen, wußte es besser.

Er nahm keine weitere Notiz von seiner Tochter, als sie das Geschirr abräumte.

Barbara war eine leicht plumpe junge Frau von achtundzwanzig Jahren, nicht so stämmig wie ihr Vater, aber auch nicht so schlank, wie sie es gern gewesen wäre. Ihr Haar war aufwendig frisiert, aber irgendwie sah es dennoch stets stumpf und unelegant aus. Sie hatte einen feinen Teint, aber vom Vater die runden Wangen und das schwache Kinn ihrer Mutter, eine wenig vorteilhafte Kombination.

Dafür hatte sie große und außergewöhnlich schöne Augen, die nur so strahlten vor Intelligenz und Empfindsamkeit und die ihrem nicht gerade ansprechenden, aber redlichen Gesicht eine feminine Vornehmheit verliehen. Wenn man sie von vorn anschaute und das Funkeln dieser Augen sah, war sie sehr attraktiv.

»Hast du deine Tabletten genommen?« fragte sie gleichgültig.

»Ja, ich habe meine Tabletten genommen«, antwortete ihr Vater mit brutalem Sarkasmus. »Zufrieden?« Er konnte es nicht leiden, an seine gesundheitlichen Probleme erinnert zu werden. Tief im Innern hatte er Angst vor einem Herzinfarkt, denn er hatte im Alter von erst elf Jahren mit ansehen müssen, wie sein Vater tot umgefallen war. Die Erinnerung an das gepeinigte, aschfahle Gesicht seines Vaters, das hektische Eintreffen des Notarztwagens, das bange Warten mit seiner Mutter auf die schlechte Nachricht, all das hatte ihn sein Leben lang nicht verlassen.

»Hast du dein Kleid für das Fest?« fragte er, um das Thema zu wechseln.

»Ja, hab ich.«

»Wo hast du's gekauft?«

»Bei St. Laurent.«

»Wie teuer?«

»Siebenhundert Dollar«, antwortete sie, und ihre zaghafte Stimme verriet eine winzige Spur Auflehnung.

»Die haben dich ausgenommen«, murrte er. »Oder besser gesagt: mich haben sie ausgenommen. Ihr Frauen wißt einfach nicht, was Geld wert ist. Na los, zeig es mir. Zieh es an.«

Sie eilte in ihr Schlafzimmer und zog das Kleid über. Als sie zurück in die Küche kam, musterte er sie kritisch.

»Nicht übel«, sagte er. »Gar nicht mal so übel. Wenn sie mich schon ausrauben wie eine Bande Piraten, dann will ich auch was geboten kriegen für mein Geld. Gehst du noch zum Friseur?«

Sie nickte. »Heute vormittag.«

»Gut.« Er hatte den Blick bereits abgewandt. Sein Interesse galt wieder der Zeitung.

Barbara hatte sich nicht gerührt.

»Erinnert es dich nicht an etwas?« fragte sie.

Er schaute verdutzt auf. »Nein. Sollte es das?«

»Mutters Kleid.« Sie lächelte. »Das Kleid, das sie an eurem dreißigsten Hochzeitstag getragen hat. Es hatte Ärmel genau wie dieses hier, und die Farbe war auch fast dieselbe.«

Er lächelte; ein ehrfürchtiges Lächeln für seine verstorbene Frau. Dann runzelte er die Stirn und schaute zu seiner Tochter.

»Ja, aber sie verstand wenigstens, ein Kleid wie dieses zu tragen«, sagte er. Dann wandte er den Blick ab. »Du kannst jetzt gehen.«

Sie ging und zog das Kleid aus. Bei seiner Bemerkung waren ihr die Tränen in die Augen gestiegen, doch sie hatte sie unterdrückt. Sie kehrte zurück in die Küche, um hinter ihm aufzuräumen. Er gab ihr einen Kuß auf dem Weg zur Tür. Sie ließ den Abwasch in der Spüle stehen. Das Personal würde kommen, sobald er das Haus verlassen hatte. Victor Considine ertrug den Anblick von Bediensteten in seinem Haus nicht. Er haßte es, sie um sich zu haben, wenn er daheim war. Seine Privatsphäre war ihm heilig. Seit dreißig Jahren hatte er nur dann Personal ins Haus gelassen, wenn er nicht anwesend war.

Nachdem ihr Vater ins Büro aufgebrochen war, ging Barbara ins Bad. Sie zog sich aus. Sie drehte die Dusche an. Während das Wasser warm wurde, besah sie sich im Spiegel. Dann kniete sie sich vor die Toilette und erbrach das Frühstück, das sie vor zwanzig Minuten zu sich genommen hatte. Das Würgen schmerzte ihren Magen und den Hals, doch als sie die Spülung betätigte, fühlte sie sich schon viel besser.

Eineinhalb Stunden später saß sie beim Friseur. Während ihr das Haar gewaschen und dauergewellt wurde, las sie zwei Berichte neuer Tochtergesellschaften von *Considine*. Dann fuhr sie zur Konzernzentrale in der Sixth Avenue und verbrachte einen langen Nachmittag im Büro.

Barbara Considine war die Assistentin ihres Vaters, seine rechte Hand, seine »Augen und Ohren«, wie er sie gern nannte. Sie trug keinen offiziellen Titel innerhalb der Firma und erhielt nur einen Hungerlohn für ihre Arbeit, neben einem schmalen Taschengeld, das ihr Vater ihr für persönliche Ausgaben zahlte. Dafür genoß sie sein völliges Vertrauen. Er traf nie eine wichtige Entscheidung, ohne zuvor mit ihr darüber gesprochen zu haben. Die Ironie ihres

Verhältnisses war, daß er völlig von ihr abhängig war, ihr jedoch den gebührenden Respekt verweigerte.

Barbara war intelligent und gründlich, und sie besaß einen angeborenen Geschäftssinn. Mehr als einmal erkannte sie Möglichkeiten auf Märkten, die selbst die besten Experten ihres Vaters übersehen hatten. Und wenn sie ein neues Ziel oder eine neue Arena des Wettbewerbs ins Auge faßte, war sie skrupellos in der Wahl ihrer Mittel, wenn sie angriff. Darin war sie ganz die Tochter ihres Vaters. Sie hatte von ihm die Gerissenheit und Begeisterung für die Macht geerbt, doch ihre Vision war weitreichender und scharfsinniger als seine.

Sie hätte längst an der Spitze eines großen Unternehmens stehen können. Doch sie hing so sehr von ihrem Vater ab, daß sie als seine Assistentin ausharrte, ihm treue Dienste leistete und eine brillante Ratgeberin war, ohne jemals Dank dafür zu erhalten.

Considine beliebte Barbara »den Sohn, den ich nie hatte« zu nennen. Das war ein zweifelhaftes Kompliment, das sich auf ihre Intelligenz und Kompetenz bezog, aber auch eine brutale Kränkung, weil es darauf anspielte, daß sie noch immer unverheiratet war, wenig attraktiv und es ihr an Erfolg beim anderen Geschlecht mangelte.

Es war ein anstrengender Nachmittag für Barbara, vielleicht weil sie sich ohnehin in letzter Zeit ausgelaugt fühlte und in Gedanken schon beim bevorstehenden Empfang war. Die Rolle der Gastgeberin war ihr ein Greuel. Sie haßte es, nett und höflich zu Menschen zu sein, um so mehr, weil sie sich in ihrer Jugend ständig die gehässigen Bemerkungen über ihr Mauerblümchen-Dasein hatte anhören müssen – und in letzter Zeit vor allem Kommentare über ihr Leben als Single. Mit den Jahren war sie mehr und mehr menschenscheu geworden und hatte sich fast völlig zurückgezogen.

Am späten Nachmittag verließ sie für eine Stunde das Büro und fuhr hinüber zum Union Club, um sich zu vergewissern, daß alles für den Abend vorbereitet war.

Um halb acht fuhr sie mit ihrem Vater zum Union Club. Sie hatte jeden einzelnen Namen der Unternehmer und Politiker auf der Gästeliste im Kopf. Ihr perfektes Gedächtnis war eine weitere ihrer besonderen Begabungen.

Gegen halb zehn – das Fest war im vollen Gange – geschah etwas Unerwartetes.

Barbara tanzte gerade mit dem Präsidenten der *Considine Stahlwerke,* als ein gutaussehender Fremder ihn ablöste.

»Würde es Ihnen schrecklich viel ausmachen…?« Barbaras Tanzpartner wich taktvoll zurück, und sie lag in den Armen des Fremden.

Sie sah ihm in die Augen. Er kam ihr bekannt vor, auch wenn sie nicht sagen konnte, woher sie ihn kannte. Sie wußte nur ganz sicher, daß er nicht zu diesem Empfang eingeladen war.

»Wie sind Sie hier reingekommen?« fragte sie und hielt ein höfliches Lächeln aufrecht.

»Hab mich dreist reingeschmuggelt«, antwortete er. »Ist eine schlechte Angewohnheit von mir, fürchte ich. Ich fühle mich am wohlsten, wenn ich unerwünscht bin. Meine Freunde langweilen mich.«

Er kam ihr noch immer bekannt vor. Er war ein überaus gutaussehender Mann. Er mochte dreißig sein, vielleicht sogar älter, aber er sah nicht einen Tag älter als fünfundzwanzig aus. Dafür strahlte er Selbstvertrauen und Autorität aus.

Er sah sie mit einem hypnotisierenden Ausdruck abschätzend und gleichzeitig interessiert an.

»Sind Sie es, die diese Partys immer schmeißt?« fragte er.

Sie nickte. »Das ist gewissermaßen meine Pflicht. Eine meiner zahlreichen Pflichten, sollte ich besser sagen.«

»Sie sind eine gute Tochter.«

Ein rascher, zweideutiger Blick blitzte bei diesen Worten in ihren Augen auf.

»Sie wissen also, wer ich bin«, sagte sie.

»Jeder weiß, wer Barbara Considine ist.« Er lächelte. »Nun ja, ich habe letzten Monat Ihr Foto im *Fortune* gesehen. Sie sahen sehr hübsch aus.«

»Wie sagten Sie, war gleich noch Ihr Name?« fragte sie.

»Hab ich nicht gesagt. Ich werde es Ihnen gleich sagen.«

Er steuerte sie mit vollkommener Grazie durch die Walzer tanzenden Paare zu einem an den Ballsaal angrenzenden Salon. Es war wie eine Szene aus einem Film, dieser beschwingte Abgang von der dichtbevölkerten Tanzfläche, und sie mußte lächeln ob seiner Dreistigkeit und Beherrschung.

Dann standen sie im schwach beleuchteten Raum.

»Ich weiß einiges über Sie«, sagte er.

Barbara wich einen Schritt zurück. Sie war blaß geworden.

»Wie meinen Sie das?« fragte sie.

»Ich weiß, daß Sie ein guter Mensch sind«, sagte er. »Eine gute Tochter zu sein ist eine Sache, aber ein guter Mensch zu sein, das ist etwas ganz anderes. Ich habe es in Ihren Augen gesehen, eben auf der Tanzfläche. Und ich kann es jetzt sehen.«

»Ich... ich weiß nicht, wovon Sie reden«, entgegnete sie.

Er begann sie sanft an sich zu ziehen. Sie wollte sich ihm entwinden, denn er hatte sie verwirrt. Doch seine dunklen Augen ruhten betörend und sonderbar beruhigend zugleich auf ihr.

Gegen besseres Wissen ließ sie sich von ihm küssen. Sein Kuß war sanft und respektvoll. Als sich ihre Lippen wieder voneinander lösten, lehnte sie sich zurück und war sehr zufrieden mit sich. Sie, Barbara Considine, hatte einen gutaussehenden Fremden geküßt. Nicht einmal auf einem Maskenball hätte dieser Augenblick romantischer sein können.

Doch etwas Magnetisches in seinen Armen und Augen zog sie wieder hin zu ihm. Diesmal war der Kuß innig. Es sandte ihr Schauer der Erregung über den Rücken. Ein kleines überraschtes Keuchen kam aus ihrer Kehle. Seine Zunge erforschte die ihre und ließ ihre Sinne zu einer Hitze der Leidenschaft auflodern, wie sie es noch nie zuvor empfunden hatte. Als der Kuß endete, lag sie reglos wie eine Puppe in seinen Armen.

Benommen schaute sie zu ihm auf. Das Halblicht warf dramatische Schatten auf sein Gesicht. Er hatte die Attraktivität eines Prinzen, fast unwirklich. Der Geschmack seiner Lippen lag noch auf ihren.

Er sah sie liebevoll an.

»Man sagt, daß nette Mädchen am besten küssen«, sagte er. »Ich habe gleich gewußt, daß Sie ein nettes Mädchen sind.«

Trotz der Trägheit ihrer Sinne gelang es ihr, sich von ihm zu lösen.

»Wie war gleich noch Ihr Name?« fragte sie.

»Lassen Sie mich mein Geheimnis noch eine Minute länger bewahren«, wich er ihrer Frage aus.

Nun hielt er sie bei den Schultern und musterte sie eindringlich.

»Sie haben wunderschöne Augen«, sagte er. »In diesem Licht sind sie sogar noch lieblicher.«

Er zog sie an sich. Sie versuchte, ihn abzuhalten, aber vergeblich. Ihr Körper war wie Wachs in seinen Händen. Er hielt sie sanft. Sie legte den Kopf an seine Brust.

Sie wußte, daß etwas nicht stimmte, ganz und gar nicht stimmte. Sie war die letzte Frau auf der Welt, die ein völlig Fremder küssen wollte. Sie wußte, daß sie abstoßend und matronenhaft in ihrem Auftreten war. Sie wußte, daß sie in ihren Kleidern, so teuer sie auch waren, stets so unattraktiv wie eine Vogelscheuche aussah.

Ihr erster Ball vor zwölf Jahren war ein peinliches Desaster gewesen. Jeder wußte damals schon, daß kaum ein alleinstehender Mann von Rang sich für sie interessieren würde.

Seitdem hatte sie den Kontakt zu jungen Männern vermieden. Ihre Mutter hatte zwar starrköpfig weiterhin versucht, sie zu verheiraten, aber ihr Vater hatte sich dann nach dem Tod der Mutter mit ihrer Isolation abgefunden. Ihm war es nur recht, daß sie ihm voll und ganz zur Verfügung stand.

So war Barbara all die Jahre allein gewesen mit ihren Enttäuschungen. Von einem gutaussehenden Fremden in einen leeren Salon entführt und dort geküßt zu werden, hätte sie sich niemals träumen lassen. Es machte sie mißtrauisch, aber es ließ auch etwas tief in ihrem Innern schwach werden und beraubte sie ihrer ansonsten so gut funktionierenden Abwehr.

Sie ließ es zu, noch ein wenig in seiner Umarmung zu verharren. Im Grunde war es ihr egal, wer er war oder worauf er aus war. Sie wollte diesen Augenblick genießen. Sie nahm nicht an, daß er lange dauern würde.

»Sie sind unglücklich gewesen«, sagte er. »Das kann ich fühlen. Warum sind Sie unglücklich?«

Tränen traten ihr in die Augen. Seine Stimme war voller Verständnis.

»Fragen Sie das besser nicht«, sagte sie.

»In Ordnung.« Er drückte sie noch enger an sich. Sie verharrten im Halbdunkel des Raumes. Wie eine Melodie aus einer anderen Welt wehte die Musik der Kapelle aus dem Ballsaal zu ihnen herüber.

»Sie denken nie an sich«, murmelte er. »Das ist Ihr Problem, hab ich recht? Sie arbeiten die ganze Zeit nur für andere. Nie ein heimlicher Moment für das eigene Glück.«

Sie faßte ihn bei den Armen. »Woher wissen Sie das alles?«

»Zu oft verschließen wir uns vor neuen Ideen«, fuhr er fort. »Zum Beispiel könnten Sie und ich diese Party jetzt verlassen. Wir könnten nach Cape Cod fliegen. Wir wären noch vor Mitternacht dort. Ich kenne da ein zauberhaftes kleines Hotel mit einer Suite, von der aus man auf das Meer hinausschaut. Wir könnten uns Champagner kommen lassen in unsere kleine Suite, nur Sie und ich...«

Barbara senkte die Lider, auch wenn sie es gar nicht wollte.

»Es ist warm dort«, sagte er. »Gemütlich. Die Suite hat einen Kamin. Nur wir beide, ganz allein...«

»Warum sagen Sie das alles?« fragte sie.

»Weil ich mit dir zusammensein will«, sagte er. »Es ist mein

Ernst. Warum kommst du nicht mit? Niemand wird es herausfinden.«

Mein Vater schon, schoß es ihr durch den Kopf.

»Ich kann nicht«, sagte sie. »Ich kann das nicht tun.«

Er zog sie noch enger an sich. Seine Hände lagen auf ihrer Taille. Er küßte ihre Wange, ihre Augen, ihren Nacken. Er preßte sein hartes Becken gegen sie. Die Berührung ließ sie aufstöhnen.

»Du kannst tun und lassen, was du willst«, sagte er. »Du bist frei und erwachsen.«

Der Druck seines Körpers gegen den ihren raubte ihr fast die Sinne vor Verlangen. Sie bekam kaum noch Luft.

»Komm, wir gehen«, sagte er.

»Nein«, keuchte sie. »Ich weiß ja nicht mal Ihren Namen.«

»Wenn ich ihn dir sage, versprichst du mir, daß es nichts ändert?« fragte er langsam und küßte sie sanft.

»Mmmm.« Sie schloß verzückt die Augen.

»Kommst du dann mit?«

»Mmm.« Barbara konnte nicht antworten, so benommen war sie.

»Ich heiße Jordan.«

Langsam, wie aus großer Entfernung, dämmerte ihr die Wahrheit. Und mit ihr kehrte der harte innere Schutzwall zurück, mit dem sie so viele Jahre gelebt hatte.

Ihre Augen öffneten sich weit.

»Lazarus«, sagte sie.

Er sah sie mit festem Blick an. Er sagte nichts. Sein Blick hielt ihren wie ein Magnet fest und durchdrang beinahe, aber eben nur beinahe, ihren starken Willen.

»Jordan Lazarus«, sagte sie.

Sie befreite sich aus seiner Umarmung. Ihre gereizten Sinne verstärkten ihre Beschämung und Entrüstung nur noch mehr. Sie schlug ihm ins Gesicht.

»Scheren Sie sich hier raus«, sagte sie. »Sonst lasse ich Sie vor die Tür setzen. Sie haben hier nichts zu suchen.«

»Du genausowenig«, entgegnete er. »Das sehe ich. Warum kommst du nicht mit und hörst dir an, was ich zu sagen habe? Dann wirst du verstehen.«

»Ich verstehe sehr gut«, erwiderte sie. »Raus hier.«

»Hör zu«, beharrte er und hielt sie bei den Schultern. »Was dein Vater macht, ist falsch. Du weißt das. Komm mit mir, und laß dir alles erklären. Du mußt begreifen, wie viele Menschen er verletzen wird, wenn er mit dem, was er vorhat, durchkommt.«

»Was Sie tun, ist falsch.«

Er zog sie an sich und küßte sie erneut. Sie stieß sich an seinen Armen und seiner Brust ab, versuchte, sich loszumachen. Doch in all ihrer Verzweiflung lag Verlangen, und er konnte es fühlen. Und er konnte auch einen tiefen, unendlichen Schmerz fühlen, der in ihrem ganzen Körper war, und fragte sich nach dem Grund dafür.

Doch sie hatte sich aus seinem Griff gelöst und wich hastig vor ihm zurück.

»Verschwinden Sie, auf der Stelle«, sagte sie. »Sonst rufe ich das Sicherheitspersonal und lasse Sie rausschmeißen. Und ich werde meinem Vater erzählen, was Sie getan haben.«

Jordan lächelte.

»Na gut«, sagte er. »Ich gehe. Aber denk darüber nach.«

Und er war verschwunden.

Barbara zitterte vor Wut. Aber sie spürte auch die Erregung ihrer Sinne.

Kein Wort sagte sie ihrem Vater. Als sie heimfuhren, fand Victor Considine, daß sie nervös wirkte. Sie habe Kopfschmerzen, sagte sie nur.

Daheim duschte sie ausgiebig und heiß und betrachtete ihren nackten Leib im Spiegel. Eigentlich sah sie gar nicht so schlecht aus. Die Brüste waren voll, die Rippen schmal, die Arme und Beine nur leicht pummelig. Eine gute Diät und etwas Sport würden helfen. Nur ihre Art sich zu kleiden ließ sie so unvorteilhaft aussehen. Die richtige Modeberaterin würde das ändern können.

Sie schlüpfte in ihr Nachthemd. Das Bild von Jordan Lazarus wollte nicht von ihr weichen. Eine sonderbare Furcht ergriff sie.

Sie wollte gerade das Licht löschen, als sie aus dem anderen Schlafzimmer eine Stimme vernahm, barsch und gebieterisch.

»Barbara«, rief ihr Vater. »Komm zu Bett.«

Mit bangem Herzen stand Barbara auf und ging zu ihm.

KAPITEL 16

Chicago, Illinois

Leslie Chamberlain lag nackt in dem fremden Bett und wartete.

Das Laken rieb an ihren Brustwarzen, die hart und empfindlich waren. Sie spürte den weichen Stoff auf ihren Armen, Oberschenkeln und Zehen und ein leichtes Kribbeln auf dem lockigen Haarbüschel ihres Zentrums. Noch nie hatte sie sich so nackt gefühlt oder derart absorbiert von der glühenden erwartungsvollen Vorfreude ihres Fleisches.

Sie ließ die vergangenen zwei Monate Revue passieren und erinnerte sich an die körperlichen Freuden, die sie niemals, nicht einmal im Traum, für möglich gehalten hatte. Vor allem aber spürte sie Gefühle, die anders waren als alles, was sie bisher empfunden hatte.

Nach einer schieren Ewigkeit der erwartungsvollen Spannung hörte sie einen Schlüssel im Türschloß.

Die Tür ging gerade so weit auf, um eine große männliche Gestalt hereinzulassen, dann wurde sie wieder geschlossen. Erregende Dunkelheit hüllte sie ein.

Einen Moment lang nichts als Stille. Dann vernahm sie ein Murmeln.

»Bist du da, Schatz?«

Sie rührte sich auf dem Bett, ihr Körper brannte vor Begierde.

»Ich bin hier, Tony.«

Sie vernahm das gedämpfte Rascheln seiner Kleidung, ein exotisches Geräusch, das ihre Sinne kribbeln ließ – er zog sich aus.

Dann kam er zu ihr ans Bett. Sie wußte, daß er nun nackt war. Sie konnte den frischen, durchdringenden Duft seiner Männlichkeit wahrnehmen, entkleidet und bereit zur Liebe.

Sanft schlug er das Laken zurück, glitt zu ihr ins Bett und küßte sie auf die Lippen. Leslie seufzte. Sie schlang die Arme um ihn.

Und schon legte er sich auf sie, eingeladen von ihrem Verlangen. Als sie ihn auf sich spürte, erzitterte sie vor Begierde.

»Ich liebe dich«, murmelte sie.

Er lächelte an ihrer Wange.

»Du hast mir die Worte aus dem Mund genommen«, sagte er und küßte sie erneut.

Seine Zunge schlüpfte zwischen ihre Lippen, die sich ihm bereitwillig öffneten. Seine Finger berührten ihre Wange und wanderten hinab, streichelten ihre Brüste, ihren Bauch, ihren Bauchnabel, ehe sie zwischen ihre Beine kamen.

Sie spreizte die Beine und führte ihn mit schüchterner Hand zwischen ihre Schenkel. Sie hörte ihn aufstöhnen, als sie ihn anfaßte. Dann pochte er an die wartende Pforte ihrer Leidenschaft. Sie war heiß und feucht, und sie fühlte sich so gut an, daß es ihm schwerfiel, sich zu beherrschen.

Er richtete sich auf und weidete sich am vor Lust verstärkten Blick in ihren Augen. Dann drang er tief in sie ein – mit einer Bewegung, die ihn wie sie verzückte.

Seine Augen schlossen sich vor Wonne. Es erstaunte ihn, daß sie seit ihrer ersten Nacht vor nur zwei Monaten bereits so viel gelernt hatte in der Liebe. Ihr Körper schmiegte sich sanft um ihn und reizte ihn mit süßen, schlängelnden Bewegungen zu rasender Lust. Ihre langen Schenkel waren liebevoll um seine Taille geschlungen, ihre Hände berührten seine Hüften und wanderten auf und ab, um ihn zu liebkosen, um ihn noch tiefer zu ziehen.

Sie hatte seit ihrer ersten Nacht nichts von ihrer mädchenhaften Frische verloren. Im Gegenteil. Ihre Art zu lieben war spontan und unschuldig. Die Finger, die seine Schenkel streichelten, waren fast kindlich in ihrer Neugierde. Ihr Körper war wie geschaffen für die Liebe, und sie hatte nur die Barriere ihrer Jungfräulichkeit hinter sich lassen müssen, um die Tore der Sinnlichkeit weit zu öffnen, die vor langer Zeit auf grausame Weise verschlossen worden sein mußten.

Verführt vom mädchenhaften Necken ihrer Hände und Lippen begann er, tiefer in sie zu stoßen. Sie war so wunderschön, so sinnlich...

»Liebe mich«, murmelte sie und wand sich unter ihm. »Oh, liebe mich, Tony.« Sie warf den Kopf hin und her, breitete ihr lockiges Haar auf dem Kissen aus. Ihre Fingernägel gruben sich in seinen Rücken. Er sah die festen jungen Brüste unter seinen Stößen erbeben.

Es war zuviel. Eine heiße Woge erhob sich tief in ihm. Er packte ihre Schultern und schaute ihr tief in die Augen. Sie waren kaum offen, weil sie wie von Sinnen vor Verzückung war, doch ihre juwelenartige Iris war mit hypnotisierender Intensität auf ihn gerichtet.

Er kam mit einem heißen Schwall und fühlte seinen weißen Strom der Leidenschaft in sie fließen. Sein ganzer Körper stand in Flammen. Was ihn so sehr erschütterte und schüttelte, hatte etwas Exotisches und fast Verbotenes. Er fühlte, daß er ihr mehr von sich gab, als er je einer anderen Frau gegeben hatte, und daher in gewisser Weise etwas von sich verlor. Es war ein Gefühl, das ihn verunsicherte, sosehr es ihn auch mit unerträglichem Verzücken erfüllte.

Er ließ sich auf sie sinken. Sie drückte ihn fest an ihre Brust und fühlte noch immer sein Geschlecht in ihr. Lange Zeit, so schien es, lagen sie so da und spürten, wie sich ihre Körper im Nachklang ihrer Liebe beruhigten.

Keine Frage, dachte Tony bei sich, sie war ein ganz besonderes

Mädchen. Er hatte sich nicht geirrt am Tag ihrer Begegnung, als sie sich so sehr gegen seine Einladung zum Abendessen gesträubt hatte. Unter ihrem frischen, forschen Äußeren, so kontrolliert und vernünftig es wirkte, verbarg sich eine zutiefst leidenschaftliche Frau.

Fast zu leidenschaftlich.

Schließlich rollte er sich von ihr, hielt sie in den Armen und küßte sie zärtlich.

»Ich liebe dich so sehr«, sagte er.

»Mmmmm«, schnurrte sie. »Ich dich auch.«

»Wie habe ich nur all die Jahre ohne dich leben können?« fragte er. »Ich muß ja ein Schlafwandler gewesen sein.«

»Ich weiß, was du meinst«, murmelte sie. Sie wollte noch etwas sagen, war aber so wohlig benommen von seiner Nähe, daß sie statt dessen sein Gesicht mit Küssen bedeckte.

Dann lehnte sie sich zurück und betrachtete bewundernd seinen Körper.

»Aber ich habe gleich, als ich dich das erste Mal sah, in dem Moment, als du aus dem Fahrstuhl kamst, gewußt, daß du etwas ganz Besonderes bist«, sagte er. »Und ich habe recht gehabt.«

Sie errötete bei der Erinnerung an ihre erste Verabredung. Es hatte ihr Leben von Grund auf verändert. Während des Essens hatte Leslie vergeblich versucht zu verbergen, was in ihr vorging. Es war Tony gewesen, der die meiste Zeit geredet hatte, weil ihre Gefühle ihr die Zunge lähmten. Aber ihre Augen hatten Bände gesprochen. Und als sie schließlich das Restaurant verließen, wußten sie beide, was als nächstes geschehen würde.

Sie war über sich selbst überrascht gewesen, als sie mit ihm ins Bett ging. Ihr jungfräulicher Leib hatte den fragilen Schleier ihrer Unschuld nicht nur willig und freudig aufgegeben – sie war auch mit einer heißen Selbstvergessenheit zu den Freuden einer Frau gelangt, die sie verblüfft und begeistert hatte. Sie fragte sich, was eine solche Leidenschaft in ihr erweckt hatte – ob es etwas in ihr war, das sie nur solange verdrängt hatte, oder ob es an Tony lag, seinem strahlenden Lächeln, seinem ruhigen Verständnis und seinen meisterhaften Liebeskünsten.

Sie fand niemals die Antwort auf diese Frage. Seit zwei Monaten waren sie jetzt ein Liebespaar, und Tony kam jede Woche aus einer anderen Stadt zu ihr geflogen, je nachdem, wohin ihn seine Arbeit führte. Ihre Treffen waren wie unvorhersehbare Abenteuer verlaufen, bei denen Tony sie in ihr unbekannte Restaurants ausführte, mit ihr in Stadtteile fuhr, in denen sie noch nie gewesen war, oder sie in einen Vergnügungspark einlud, von dessen Existenz sie bis dato nichts gewußt hatte. Ihre gesamte Umgebung schien sich durch seine Spontaneität zu verändern. Es war eine Welt, die Leslie in ihrer ausschließlichen Konzentration auf die Arbeit nie zuvor kennengelernt hatte.

Und natürlich waren dann da diese kleinen, lauschigen Hotels, in denen sie sich als Mann und Frau eintrugen.

Jede ihrer Liebesnächte war überwältigender und intensiver als die vorige.

»Du bist mir noch immer ein Rätsel«, sagte er.

»Wie meinst du das?«

Er setzte sich auf und schaute sie an. Unwillkürlich seufzte er, als er die lange gewundene Linie ihrer nackten Schenkel sah.

»Ich verstehe nicht«, sagte er, »wie jemand, der so leidenschaftlich ist wie du, sich all die Jahre hinter einer so nüchternen Fassade verstecken konnte.«

Sie lachte. Ihr Knie bedeckte seinen Schenkel mit einem sanften flüsternden Geräusch. Dann nahm sie seine Hand, küßte sie und legte sie auf ihre Brust.

»Das ist ganz einfach«, sagte sie. »Ich kannte dich noch nicht.«

Er beantwortete ihr Kompliment mit einem Lächeln. Doch sein Blick war ernst.

»Ich mag Schmeicheleien«, sagte er. »Aber da steckt noch mehr dahinter. Ich denke, du bist deshalb so phantastisch bei deiner Arbeit und auf deine Art solch eine Lady, weil du schon immer leidenschaftlich gewesen bist. All diese aufgestaute Energie war es, warum du es mit dir und anderen immer so genau genommen hast.«

Sie preßte seine Hand leicht gegen ihre Brust und dachte über seine Worte nach. Ja, sie hatte tatsächlich etwas zurückgehalten in all den Jahren. Und sie hatte nie genau verstanden, was es war.

»Vielleicht«, fuhr er fort, »hat dir der Tod deiner Mutter doch mehr zu schaffen gemacht, als dir bewußt war.«

Sie murmelte. »Wie kommst du darauf?«

»Ich habe selber meine Mutter verloren«, sagte er. »Ich kenne diesen Schmerz nur zu gut.«

Von dieser plötzlichen Eröffnung mehr bewegt, als ihr bewußt war, spürte sie die Tränen aufsteigen. Während ihrer gemeinsamen Wochen hatte er ihr so gut wie nichts über seine Vergangenheit erzählt. Eine Welle von mütterlichem Beschützerinstinkt erfaßte sie.

»Oh, Tony«, sagte sie. »Warum hast du mir nie etwas davon erzählt?«

»Es liegt schon so lange zurück.« Er streichelte sie zärtlich.

Sie kam auf die Knie und räkelte sich an ihm.

»Erzähl mir davon«, sagte sie. »Erzähl mir alles über deine Familie.«

Er schüttelte den Kopf.

»Nicht jetzt. Später einmal. Dann wirst du auch verstehen, warum ich dir bisher nichts erzählt habe.«

Er musterte sie, wie sie nackt neben ihm lag. Sie war so geschmeidig, wie eine Katze, so unfaßbar schön.

»Küß mich«, sagte er.

Ihre Lippen verschmolzen miteinander. Sie fühlte, wie seine Zunge in ihren Mund glitt, vorsichtig zunächst, doch dann mit dem plötzlichen männlichen Heißhunger, der ihr in den vergangenen Wochen so vertraut geworden war.

Das Verlangen brannte in ihr. Sie setzte sich rittlings auf, während sie ihn innig küßte.

Ihre Knie lagen um seine Hüfte. Sie spürte sein hartes männliches Geschlecht unter ihr, bereit, in sie einzudringen. Sie bog den Rücken durch und ließ die Hände langsam über seinen Brustkorb streichen, über seinen Bauch und zwischen seine Beine. Mit einem zärtlich triumphierenden Lächeln nahm sie ihn in die Hand. Sie fühlte sich wie eine Verführerin. Die Weisheit ihres Körpers, voller neugewonnener körperlicher Freuden, sagte ihr, was sie tun sollte.

Sie hörte ihn seufzen. Das heiße Ding in ihren Händen schien ihr zu gehören, nur für sie zu existieren. Sie begann es zu liebkosen.

Seine Finger krallten sich ins Bettlaken, als sie auf ihm hockte, die langen Beine an seine Hüften gepreßt. Ihre Augen waren geschlossen. Er stieß rhythmisch vor, und sein Geschlecht benetzte ihre Finger.

Ihr war klar, daß ihre Beziehung zu diesem gutaussehenden, erotischen Mann keine Frage des Verstandes wie bei den anderen Beziehungen zu den Menschen in ihrer Umgebung war. Ihre Bindung an ihn begann vielmehr in ihrem Körper, dem Körper einer Frau, von ihm zur Liebe erweckt. Und so war ihre Beziehung unendlich tiefer und vollkommener. Er hatte sie zur Frau gemacht, und nun kannte sie ihn, wie sie nie einen anderen Menschen gekannt hatte.

Mit diesem Gedanken führte sie ihn verwegen in sich. Sie fühlte, wie er sich emporbog, und senkte die Hüften, um ihn bis zum Schaft in sich aufzunehmen.

Sofort begann er sich zu bewegen. Sie kostete das erregende Gefühl des harten Schafts aus, der bis tief in ihren Kern stieß, gereizt und angetrieben von ihrem weichen Körper. Sie war begeistert, daß es ihr gelang, dieses Ding zu solcher Begierde nach ihr zu reizen.

Lustvoll bewegte sie die Hüften in schlängelnden Bewegungen, um seinen Stößen zu begegnen. Der heiße Schmerz in ihr wuchs, und schon bald war jeglicher Gedanke in ihr wie ausgelöscht.

Seine Hände umfaßten ihre Brüste, die Daumen rieben an ihren Knospen. Ihre Fingernägel fuhren leicht über seinen Brustkorb und hinterließen rosa Spuren der Leidenschaft. Er stieß noch härter in sie.

Sie hörte nicht, wie sie sagte »Liebe mich, Tony. Liebe mich.« Und sie hörte auch nicht sein Seufzen und Stöhnen als Antwort darauf.

Für einen letzten Moment genoß sie ihn auf diese Weise, dann fühlte sie seine Hände an ihren Hüften. Er zog sie noch enger an sich, und die Lust überwältigte sie. In ihrem tiefsten Innern war ein wildes Ringen der Gewalten, fast unmenschlich in ihrer Intensität.

Sie wimmerte leise, ein animalischer Laut der Liebe, der ihm die letzte Beherrschung raubte. Sie spürte, wie er sich heiß und flüssig in ihr ergoß.

Der Höhepunkt schien sich fortzusetzen, schien kein Ende zu nehmen, und verband sie in einem großartigen bebenden Aufruhr. Sie glaubte, die schiere Macht, die Lust, nicht länger zu ertragen. Doch dann war es vorüber, fast wie aus Erbarmen, und sie lag reglos in seinen Armen.

»Oh«, murmelte sie. »Oh, Tony…«

Er hielt sie fest, küßte ihre Augenbraue, ihre Wange. »Sag nichts.« Schweigend lag sie neben ihm, erschöpft und glücklich.

Nach einer Weile stand sie auf und ging ins Bad. Sie schloß die Tür hinter sich. Das grelle Licht ließ sie blinzeln. Sie betrachtete sich im Spiegel.

Ihre Augen weiteten sich überrascht. Sie erkannte sich kaum selber wieder. Ihr Haar, zerzaust von ihrem Liebesakt, schien wie entflammt. Ihre Augen blickten verklärt vor Leidenschaft. Schlimmer noch – sie leuchteten vor ungezügelter, fast unverschämter Befriedigung. Die Droge in ihr, die Droge, die Tony hieß, hatte ihre volle Wirkung entfaltet. Sie war nicht mehr die gefaßte junge Frau, die sie noch vor zwei Monaten gewesen war. Sie war ein neues Wesen. Ein Wesen, dessen Begierde sie noch nicht kannte, dessen Tun sie vielleicht nicht würde kontrollieren können.

Ein Teil von ihr war stolz auf diese Metamorphose. Ihr früheres Leben war schal und oberflächlich gewesen, weil sie sich sexuell nicht gekannt hatte.

Sie hatte sich selber etwas vorgemacht. Doch das war nur Unerfahrenheit gewesen. Jetzt jedoch kannte sie die Bedürfnisse und Freuden einer erwachsenen Frau.

Doch ein anderer Teil von ihr war noch immer erschrocken über den Anblick im Spiegel. Es ging alles viel zu schnell. Zuviel von sich hatte sie bereits auf dem Altar ihres Begehrens für Tony geopfert.

Aus den wenigen Andeutungen Tonys über sein Privatleben wußte sie, daß er Probleme durchgemacht hatte, die weit schmerzlicher gewesen sein mußten als ihre. Doch er war geläutert aus ihnen hervorgegangen.

Als sie aus dem Bad kam, saß er auf der Bettkante, noch immer nackt. Er rauchte eine Zigarette. Er sah träge aus und unpassend häuslich, als er den Blick zu ihr hob.

»Komm«, sagte er und klopfte neben sich auf die Bettkante.

Sie ging zu ihm und setzte sich neben ihn. Ihr ganzer Körper kribbelte noch vom Liebesakt. Sie wünschte, er würde sie noch einmal nehmen, jetzt, noch ehe sie auch nur einen Moment zum Nachdenken hatte. Der wilde, schamlose Teil in ihr genoß ihre gemeinsame Nacktheit, als würden sie nackt baden oder etwas Unanständiges tun.

»Ich möchte dich etwas fragen«, sagte er.

»Was?«

Er berührte sanft ihre Schulter und strich ihr mit einem Finger durch die duftende Mähne ihres Haars.

»Willst du mich heiraten?«

Leslie stockte der Atem.

Seine Frage war die Antwort auf das, was sie die ganze Zeit gequält hatte, ohne daß sie sich dessen bewußt gewesen war. Er schien ihre Gedanken gelesen zu haben, als sie eben im Bad ihr seelisches Gleichgewicht gesucht hatte.

Doch dann gab ihr Herz den Ausschlag.

»Ja, Tony. O ja.«

KAPITEL 17

New York City

In den drei Wochen nach seiner Begegnung mit Barbara Considine tat Jordan, was er nur konnte, um die Übernahme seines Unternehmens durch *Considine Industries* zu verhindern. Doch niemand konnte mit dem von Considine gebotenen Preis mithalten.

Er zog seine Patentanwälte zu Rate. Vielleicht gab es einen Weg, Leo Kaminskys bahnbrechende Arbeit schützen zu lassen. Doch Leos Formel war noch nicht reif für die Patentierung.

Eben dies war Victor Considines Chance, sich seine Firma unter den Nagel zu reißen. Und damit gleich seinen gesamten Konzern zu schlucken.

Jordan erörterte mit Leo Kaminsky die Möglichkeit, das neue Medikament an Menschen zu testen. Leo war optimistisch. Er zeigte Jordan komplizierte biologische und pharmakologische Daten, die dafür sprachen, daß Leos Medikament unter bestimmten Voraussetzungen auch bei Menschen wirksam sein könnte.

Aber der letzte Beweis stand noch aus. Vorerst konnte Leo nur die Versuchsreihen fortsetzen. Aber auch er konnte nicht sagen, wie lange es dauerte, bis er wirklich brauchbare Resultate erzielen würde.

Jordan Lazarus mußte einsehen, daß sein junges Geschäftsimperium in allerhöchster Gefahr schwebte. Er war machtlos gegen einen Mann mit den finanziellen Mitteln eines Victor Considine. Und die Aktionärsversammlung ließ sich nicht ewig hinauszögern. Eine Offerte von 75 $ für eine Aktie, die höchstens 50 $ wert war, konnte kein Aktionär der Welt ausschlagen. Aber dies wäre das Ende, Jordans Werk seines bisherigen Lebens wäre dahin.

Das durfte er nicht zulassen.

Barbara Considine hatte Jordan Lazarus nicht vergessen.

Er ließ es schon gar nicht zu. Am Morgen nach ihrer ersten Begegnung erhielt sie ein Dutzend weiße Rosen, an jedem folgenden Tag auch.

Fast täglich rief er bei ihr im Büro an. Sie nahm kein einziges Gespräch an.

Er schrieb ihr. Er lud sie zum Mittagessen ein, zu einem Spaziergang, zum Abendessen. Sie reagierte nicht.

Aber trotzdem dachte sie ständig an ihn.

Sie hatte sofort gewußt, wer er war, als er ihr seinen Namen sagte. Sie war über alles unterrichtet. Und es war ihr auch völlig klar, daß Jordan Lazarus sich nichts aus ihr machte. Er empfand höchstens Mitleid mit ihr. In Wirklichkeit brauchte er nur eine Waffe gegen ihren Vater. Sie war nichts weiter als eine Schachfigur für ihn, ein reines Mittel zum Zweck. Seine so betörenden Küsse waren so falsch gewesen wie sein Lächeln, seine Komplimente und sein scheinbarer Respekt.

Und dennoch...

Sie wußte, in welcher Zwickmühle sie steckte. Sie konnte nicht ihrem Vater in den Rücken fallen, auch wenn... Ihr Leben lang hatte sie in Furcht vor ihm gelebt, wie auch schon zuvor ihre Mutter. Sie hatten zu dritt so eng zusammengelebt, als gäbe es außer ihnen niemanden auf der Welt. Seit dem Tod ihrer Mutter war sie auch noch buchstäblich eine Art Leibeigene ihres Vaters geworden. Ein finsterer Blick von ihm reichte aus, um sie bis ins Mark einzuschüchtern. Der Klang seiner Stimme raubte ihr jeglichen Willen. Und selbst heute noch, mit ihren achtundzwanzig Jahren, waren ihre Gefühle für ihn derart konfus, daß sie gar nicht genau wußte, wann ihr inzestuöses Verhältnis begonnen hatte. Für sie war es eine schlichte Tatsache, etwas, was sie als gegeben hinnahm. Wann immer es geschah – und es geschah zwei- oder dreimal die Woche – war Barbara nicht sie selbst, wurde zu einer Art Marionette. Benommen fügte sie sich dem Willen ihres Vaters und konnte sich hinterher kaum erinnern, was zwischen ihnen geschehen war.

Ihr Vater hatte sie moralisch und seelisch so tief verletzt, daß sie nicht anders konnte, als sich ihm zu unterwerfen. Solange er lebte, war sie seine Sklavin. Das war eine unentrinnbare Tatsache.

Daher wußte sie, daß es ihr unmöglich war, ihren Vater zu hintergehen, um Jordan zu helfen.

Und dennoch... Jordan Lazarus' Lächeln und seine Küsse hatten ein Feuer in ihr entzündet, das nicht mehr zu verleugnen war. Das Feuer brannte in ihr. Hunger fraß sie auf nach all dem, was es außerhalb ihres sterilen, leeren Lebens bisher auch noch gab. Es zu verdrängen half schon lange nicht mehr.

Mit jedem Tag wurde ihr innerer Konflikt stärker. Und jeden Tag erhielt sie eine Einladung von Jordan. Jeder seiner Anrufe, Briefe oder Nachrichten rüttelte an ihrem bisherigen Leben.

Sie versuchte, sich noch mehr in ihre Arbeit zu vergraben.

Doch es half nichts. Sie spürte die Katastrophe unweigerlich kommen.

Eine Woche vor Weihnachten war ein Geschäftsempfang in White Plains. Ihr Vater hatte anderweitig Verpflichtungen, und so fiel es ihr zu, ihn zu vertreten und erst am nächsten Tag nach Manhattan zurückzukehren.

Am Morgen dieses Tages fuhr sie zur Fifth Avenue und suchte dort das exquisite Geschäft auf, in dem sie das Kleid für diesen Anlaß gekauft und zur Änderung gegeben hatte.

Als sie, nur in BH und Slip, vor dem Spiegel der Umkleidekabine stand, dachte sie wie gewöhnlich an Jordan. Ihre Knospen konnten noch immer den Druck seiner Brust spüren, ihre Lenden die köstliche Wärme seiner Hüften und Schenkel. Ihre Lippen erinnerten sich noch an jede Einzelheit seines Kusses.

Beschämt zog sie das abgeänderte Kleid über, trat aus der Umkleidekabine – und sah sich zu ihrem Entsetzen Jordan gegenüber. Groß und schön stand er in einem schwarzen Nadelstreifenanzug vor ihr.

»Liebling, du siehst fabelhaft aus«, sagte er in vertraulichem Ton. »Ich habe ja gleich gewußt, daß dir das Kleid steht. Du bist bildschön.«

Eine Verkäuferin, die Jordan beim Betreten des Ladens gesagt haben mußte, wo er Barbara finden konnte, lächelte aus der Ferne, als Jordan Barbara umarmte und sie auf die Lippen küßte.

Barbara wollte jedes peinliche Aufsehen vermeiden, stieß ihn also nicht weg, sondern flüsterte ihm wütend zu: »Was machen Sie hier? Ich habe Ihnen doch gesagt, Sie sollen mich in Ruhe lassen.«

Er hielt sie bei den Armen und bewunderte sie in ihrem neuen Kleid.

»Du wirst mit jedem Tag schöner«, sagte er laut, und seine Augen funkelten vor Bewunderung. »Ich habe noch nie eine Frau gesehen, der ein Kleid so gut gestanden hat wie dir. Du wirst heute abend die Königin sein, das steht fest.«

Und wieder drückte er sie an sich.

»Aber müßten wir nicht längst beim Lunch sein?« fragte er mit einem Blick auf seine Uhr. »Na ja, André wird uns schon einen Tisch freihalten.«

Als sie aus der Umkleidekabine kam, nahm er die Schachtel mit dem Kleid.

»Ich hoffe, ich habe Sie nicht in Verlegenheit gebracht«, sagte er draußen auf der Straße. »Aber ich mußte Sie sehen.«

Barbaras Wagen wartete bereits. Sie streckte die Hand nach der Schachtel mit ihrem Kleid aus.

»Leben Sie wohl, Mr. Lazarus«, sagte sie und gab sich Mühe, bestimmt zu klingen.

»Sagen Sie nicht Lebewohl.« Er schüttelte ihr die Hand und reichte ihr die Schachtel. »Wir sehen uns heute abend.«

Sie wollte protestieren, aber ihr Chauffeur hielt ihr bereits die Wagentür auf. Sie stieg ein und schaute stur geradeaus.

Als sich die Limousine in den Verkehr einreihte, warf sie wider Willen einen Blick aus dem Fenster und sah Jordan, der sie aus dunklen, eindringlichen Augen anstarrte.

Am späten Nachmittag war sie mit dem eigenen Wagen nach White Plains gefahren, nachdem sie einen qualvollen Tag lang versucht hatte, sich auf ihre Arbeit zu konzentrieren und für den bevorstehenden Abend vorzubereiten, während sie immer wieder Jordan Lazarus vor sich sah.

Die im Hotel versammelte Gästeschar war größer, als sie angenommen hatte, und ihre Gespräche weit schwieriger. Sie mußte sich nacheinander mit drei Präsidenten bedeutender Unternehmen und zwei Vorstandsvorsitzenden befassen. Für jede dieser kurzen Unterredungen gab es eine eigene Akte, mit bestimmten Angeboten und Abmachungen.

Sie war froh, daß der Trubel sie davon abhielt, ständig nur an Jordan zu denken.

Gegen zehn Uhr konnte sie endlich ihre Suite ganz oben im Penthouse des Hotels aufsuchen. Sie ging zum Fahrstuhl.

Als er aufging, stand Jordan vor ihr in einem Seidenanzug, der ihn aussehen ließ, als sei er gerade dem Titelbild eines Modemagazins entstiegen.

Ehe sie protestieren konnte, schloß sich die Tür wieder.

»Was glauben Sie eigentlich, was Sie…?« fuhr sie ihn an.

Doch er brachte sie mit einem Kuß zum Schweigen, der ihr ein Schaudern über den Rücken laufen ließ und sie bis ins Mark erschütterte. Er hielt sie fest in seinen Armen, während seine Zunge die ihre eroberte und erforschte.

»Lassen Sie mich los.« Sie versuchte vergeblich, sich frei zu machen.

Plötzlich drückte er den STOP-Knopf, und der Fahrstuhl blieb zwischen zwei Etagen stehen. Er zog sie an sich und küßte sie erneut. Diesmal ging er wie ein Panther auf sie los, sein geschmeidiger Körper bewegte sich an ihrem, seine Arme zogen sie noch enger an ihn. Sie wimmerte unter seinem Griff, und doch wanderten ihre Hände zu seinen Schultern, liebkosten seinen Nacken und vergruben sich in seinem Haar. Sie war nicht sie selbst.

»Laß mich…«, stöhnte sie.

Er löste seine Umarmung nur so viel, daß sie wieder Luft bekam.

»Komm mit auf mein Zimmer«, sagte er. »Mir gefällt dieses Melodrama genausowenig wie dir. Ich will nur mit dir reden.«

Barbara antwortete nicht. Sie dachte angestrengt nach, zumindest versuchte sie es. Sie lehnte sich zurück, als wollte sie ihm entkommen, hielt aber die Hände weiter in seinem Nacken verschränkt. Ihre Sinne verwirrten ihren Geist und machten sie blind für alles außer ihm.

»Drück den Knopf«, sagte sie. In ihrer Stimme klang Unterwerfung mit, aber sie versuchte, es nicht zu hören.

Jordan Lazarus griff langsam nach ihren Brüsten und umfaßte sie. Dann küßte er sie erneut, dieses Mal sanft, und in seinen Augen war stiller Triumph.

Er drückte den Knopf.

In seinem Zimmer nahm er ihren Mantel und sagte: »Dein Kleid ist wunderschön. Es wäre doch wirklich schade, wenn es zerknittert würde. Komm, ich helfe dir.«

Sie stand wie gelähmt.

Er öffnete den Reißverschluß des Kleides und streifte es ihr über die Schultern. Sie trug einen Unterrock darunter. Seine Hände ruhten auf ihrer Taille, glitten unter den elastischen Bund und streiften ihr auch den Unterrock ab. Nun stand sie in BH und Slip vor ihm.

»Du bist wunderschön«, sagte er. »Genau, wie ich es mir vorgestellt habe.«

Er hob sie hoch und trug sie zum Bett. Er küßte sie und löschte die kleine Lampe.

Dann richtete er sich wieder auf; eine Silhouette vor dem Licht, das von draußen durchs Fenster floß. Er legte Jackett und Krawatte ab. Sie konnte sein Lächeln im Dunkeln spüren, als er auf sie herabsah.

Er zog sein Hemd aus, und sie sah die Umrisse eines kraftvollen jungen Körpers, die breiten Schultern, den harten Brustkorb, die langen Arme, die kräftigen Hände mit den überraschend sanften Fingern.

Mit einer geschmeidigen Bewegung entledigte er sich seiner Hose. Für einen Moment sah sie die Ausbeulung seines Geschlechts, ungeduldig und bereit in seiner Unterhose. Dann streifte er auch diese ab, und sein Penis reckte sich ihr hart, stark und stolz entgegen.

Sie war wie in Trance. Sein Anblick erfüllte sie mit einem Verlangen, das sie nicht im Zaum halten konnte. Doch ihr Körper war noch immer völlig starr. Die Hitze in ihr kämpfte wild gegen eine Wand der Kälte an, die nicht schmelzen wollte.

Er beugte sich über sie und küßte sie. Sein Zunge glitt warm in ihren Mund. Er legte sich auf sie, und sie spürte sein Gewicht auf sich; seine männliche Härte schmiegte sich rasch und mühelos an ihre weiblichen Kurven.

»Du bist mir lange genug ausgewichen«, flüsterte er.

Barbara konnte sich nicht rühren und ihn aufhalten. Mühelos streifte er ihr den Slip und den BH ab, schmeckte dann ihre Knospen und neckte die kleinen warmen Hügel mit seiner Zunge, bis sie zu pochenden Perlen wurden.

Das Feuer in ihren Sinnen brannte heißer denn je. Doch die innere Kälte wollte nicht weichen. Sie wußte, daß er ihr inneres Ringen spürte, eine Jungfer, die gegen ihre aufgestaute Sinnlichkeit focht. Sie hätte alles dafür gegeben, sich völlig gehenzulassen, es zu genießen, sich ihm hinzugeben. Doch ihr Körper und das Leben, wie sie es all die langen Jahre geführt hatte, ließen es nicht zu.

Er rieb sich langsam an ihr, die Hände nun unter ihrer Hüfte. Sein Körper schien unendlich weise; mehr und mehr erregte er sie, auch wenn er mit jeder zärtlichen Bewegung ihre Beine ein wenig weiter auseinanderspreizte. Schritt für Schritt reizte er ihren Körper zu größerem Verlangen und bereitete sie vor.

Sie stand auf der Klippe ihrer Begierde, bereit sich fallen zu lassen, als die Agonie in ihr explodierte.

»Nein!« schrie sie, hielt ihn bei den Schultern und brach in Tränen aus.

Er hielt inne, schaute ihr in die Augen. Die Hände auf seinen Schultern waren voller Flehen. Er sah sie für einen Moment verunsichert an.

Dann erkannte er das Ausmaß ihrer Verzweiflung. Er legte sich neben sie und nahm sie in die Arme.

»Es ist gut«, murmelte er und küßte ihre tränenüberströmten Wangen. »Es ist gut, Barbara. Vergib mir. Ich habe nicht gewußt…«

Er tätschelte sie sanft, wiegte sie in seinen Armen.

»Man hat dir mehr weh getan, als ich geahnt habe«, flüsterte er. »Es tut mir leid. Ich hätte es spüren müssen. Es war dumm von mir.«

Seine Worte des Trostes ließen sie noch mehr schluchzen, und sie klammerte sich mit aller Kraft an ihn.

»So ist es besser«, sagte er. »Du sollst dich bei mir geborgen fühlen. Das ist wichtiger als alles andere. Keine Angst, Barbara, alles ist gut. Du hast einen Freund.«

Er hielt sie ganz eng an sich; eine süße, wohlige Wärme strömte von ihm aus. Nach und nach ebbte ihre Panik ab, und sie begann, sich geborgen zu fühlen, ganz wie er es versprochen hatte. Seine Einfühlsamkeit und sein Verständnis waren sogar noch verführerischer als sein hinreißender Körper.

»Ruh dich aus«, sagte er. »Mach die Augen zu und schlaf, und alles wird gut.«

Sie nickte dankbar an seiner Brust. Eine bleierne Müdigkeit überkam sie. Sie wußte, sie könnte jetzt aufstehen und in ihr eigenes Zimmer gehen. Doch die Geborgenheit, die sie in Jordan Lazarus' Armen empfand, zwang sie mit jeder Sekunde tiefer in den Schlaf. Sie unternahm einen letzten Versuch, in die alte Realität zurückzufinden, doch vergeblich.

Sie war eingeschlafen.

Es war eine lange Nacht voller bedrängender Träume. Als sie erwachte, fühlte sie sich wie verändert, wie eine neue Frau, auch wenn sie nicht sagen konnte, warum. Jordan lag neben ihr; er war bereits wach und hatte sie im Schlaf betrachtet. »Du hättest mich aufwecken sollen«, sagte sie. »Ich komme noch zu spät.«

»Du hast so schön ausgesehen im Schlaf.« Er lächelte. »Ich habe es nicht übers Herz gebracht, dich zu wecken. Du hast so müde gewirkt gestern abend.«

Er trug einen Bademantel. Er bestellte Frühstück, während sie aufstand. Irgendwie schämte sie sich nicht, nackt vor ihm aus dem Bett zu steigen. Sie spürte seinen Blick auf ihr, er war voller zärtlicher Bewunderung.

Sie zog sich an, und er sah ihr dabei zu. Sie trank noch eine Tasse Kaffee mit ihm, ehe sie aufbrach. Sie sprachen nur wenig, aber eine Atmosphäre warmer Zuneigung und Vertrautheit verband sie, fast so, als hätten sie sich vergangene Nacht geliebt.

An der Tür nahm er Barbara in den Arm und küßte sie.

»Ich hoffe, ich habe das Richtige getan«, sagte er.

»Du hast nichts falsch gemacht.« Sie lächelte. »Es wird mir fehlen, dich beim Aufwachen neben mir zu sehen«, sagte sie. »Das war schön.«

Am Abend war sie zurück in Manhattan.

Es war fast neun, als sie daheim eintraf. Ihr Vater wartete bereits. »Wo zum Teufel bist du die ganze Zeit gewesen?« fuhr er sie an.

Er stand im Bademantel vor ihr, ein Glas Bier in der Hand und eine Zeitung unter den Arm geklemmt. Er starrte sie aufgebracht über den Rand seiner Lesebrille hinweg an.

»Im Alhambra, wo denn sonst?« entgegnete sie und versuchte, müde und ein wenig gereizt zu wirken. »Mr. Fredericks hat den Termin am Mittag nicht geschafft, also mußte ich mich beim Abendessen mit ihm treffen.«

Ihr Vater schnaubte. »Bei mir wäre er nicht zu spät gekommen.«

»Ich gehe jetzt duschen«, sagte sie. »Ich bin müde.«

»Wir sehen uns dann, wenn du fertig bist«, sagte ihr Vater.

Barbara eilte in ihr Zimmer. Sie wußte, was seine Worte zu bedeuten hatten. Er wollte sie wieder heute nacht.

Sie hängte das Kleid in den Kleiderschrank, streifte die Unterwäsche ab und ging ins Bad.

Sie konnte noch immer Jordan an sich riechen. Sie hatte heute morgen weder geduscht noch gebadet. Wäre da nicht ihr Vater gewesen, hätte sie sich die ganze nächste Woche nicht gewaschen, nur um Jordans Duft auf ihrer Haut zu behalten.

Doch sie durfte nicht riskieren, daß ihr Vater Verdacht schöpfte. Und auch der Gedanke, den Duft Jordans vom verderbten Kontakt ihres Fleisches mit dem ihres Vaters zu besudeln, war ihr unerträglich. Diese beiden Dinge mußten getrennt bleiben, vollkommen voneinander getrennt, bis...

Bis wann?

Sie war bereits dabei, sich zu waschen, als ihr mit einmal das volle Ausmaß ihres Dilemmas klar wurde.

Sie war nicht mehr dieselbe wie bis gestern. Was letzte Nacht geschehen war, hatte alles verändert. Jordan war kein Feind mehr.

Und außerdem würde sie die Wahrheit nicht allzu lange vor ihrem Vater verheimlichen können.

Es schien keinen Ausweg aus diesem Dilemma zu geben.

Doch Barbara Considine war die Tochter ihres Vaters, und das in mehr als nur einer Hinsicht. Während sie nur widerwillig die Spuren von Jordan Lazarus' Küssen von ihrem Körper wusch, begann sie die verborgene Möglichkeit hinter ihrem Dilemma zu begreifen.

Als sie aus der Dusche kam, hörte sie die barsche Stimme ihres Vaters von nebenan.

»Kommst du jetzt endlich ins Bett? Oder muß ich die ganze Nacht warten?«

Barbara schlüpfte in ihr Nachthemd. Und sie wußte die Antwort auf ihr Dilemma.

KAPITEL 18

Detroit, Michigan

An einem Dienstag, der heftigen Schneefall und einige Hektik beschert hatte, verließ Jill Fleming ihr Büro in der Marketingabteilung und strebte den Fahrstühlen zu, um hinauf in den sechsten Stock zu fahren.

Gerade als sich die Türen schlossen, schlüpfte Harley Schrader zu ihr in den Lift.

»Wie geht's?« Harley bedachte sie mit seinem besten Manager-Lächeln.

»Bestens.« Jills Lächeln geriet etwas gequält.

»Was macht die Arbeit?« fragte er.

»Bestens, danke.«

»Wie geht's Roy?« fragte Harley.

Jill antwortete nicht. Sie wandte betreten den Blick ab.

Harley reagierte mit einem wissenden Schmunzeln darauf. Dann drückte er plötzlich den STOP-Knopf. Der Fahrstuhl hielt zwischen zwei Stockwerken. Sie waren allein.

»Wir sollten keine Geheimnisse voreinander haben, du und ich.« Harleys Lächeln bekam einen grausamen Zug. »Glaub nicht, daß ich nicht genau wüßte, was du vorhast.«

Jill hob eine Augenbraue. »Was ich vorhabe?« fragte sie in festem Ton.

»Was du im Schilde führst«, sagte Harley. »Mit Roy. Warum du dich an ihn rangemacht hast. Ich kenne ihn ziemlich gut, weißt du? Wir sind seit zwanzig Jahren miteinander befreundet. Ich habe dich durchschaut.«

Jill langte nach dem START-Knopf, doch Harley hielt ihre Hand fest.

»Du wirst damit nicht durchkommen.« Er lächelte. »Und willst du wissen, warum nicht? Weil ich es nicht zulassen werde. Ich mag ja kein großes Tier sein, aber Roy English ist nun mal mein Freund. Und auch du, kleine Lady, wirst es nicht schaffen, ihn um den Finger zu wickeln und auszunehmen.«

Jill bedachte ihn mit einem Blick, aus dem kalter Haß sprach, was sonderbar aussah auf ihrem Gesicht, fast wie eine Maske.

»Laß mich los«, sagte sie. »Wir haben uns nichts zu sagen.«

Harley Schrader ließ sie den START-Knopf betätigen. Der Fahrstuhl ruckte an und setzte seinen Aufstieg fort.

»An deiner Stelle«, meinte Harley, »würde ich mich langsam nach einem neuen Job umsehen. Bevor es zu spät ist.«

Der Fahrstuhl erreichte den sechsten Stock. Ohne einen Blick zurück, die Unterlagen, die sie bei sich hatte, fest unter den Arm geklemmt, stieg Jill aus.

»Wir sehen uns«, hörte sie Harley ihr nachrufen.

Am Abend erzählte Jill Roy, sein Freund Harley Schrader habe einen dreisten Annäherungsversuch unternommen.

»Er hat den Fahrstuhl angehalten, als wir allein waren«, sagte sie. »Dann hat er versucht... na ja, ich will dir die Einzelheiten lieber ersparen. Ich war schockiert. Wo du mir doch immer erzählt hast, daß er so ein netter Bursche ist. Ich habe gedacht, er ist dein Freund.«

Roy musterte sie eindringlich. Auf seiner Miene spiegelten sich seine verwirrten Emotionen, von denen Wut die deutlichste war.

»Ich werde mich gleich morgen drum kümmern«, sagte er zähneknirschend.

»Nein, Liebling.« Jill ergriff seine Hände, als wollte sie ihn zurückhalten.

Roy mußte ihr versprechen, nichts zu unternehmen. Jetzt sei, sagte sie, ein denkbar ungünstiger Zeitpunkt, um Wellen zu schlagen. Die Situation sei einfach zu heikel so kurz vor seinem Griff nach der Firmenleitung. Sie sah, daß Roy drauf und dran war, Harley buchstäblich an die Gurgel zu gehen. Doch es gelang ihr, ihn zu besänftigen.

»Es war doch nicht so schlimm«, sagte sie. »Keine große Sache, ehrlich nicht. Eigentlich war es doch eher lustig. Vielleicht hätte ich besser gar nichts sagen sollen…«

»Nein«, widersprach Roy. »Es war richtig, daß du es mir gesagt hast.«

In den folgenden Tagen unternahm Roy tatsächlich nichts.

Harley Schrader war für ihn stets der gute Kumpel gewesen, ein bißchen einfältig, aber gutmütig, jemand, mit dem er sich auf einen gelegentlichen Drink traf, einmal die Woche Squash spielte und manchmal eine Runde Golf. Ihre Freundschaft hatte über die Jahre hauptsächlich deshalb Bestand gehabt, weil Roy Harley mit Jean, seiner späteren Frau, bekannt gemacht hatte.

Doch nun sah Roy seinen alten Freund in einem neuen und erschreckenden Licht. Die Vorstellung, daß Harley versucht hatte, Jill anzufassen, es gewagt hatte, ihr zu nahe zu kommen, ließ ihn rotsehen. Um so mehr, da Harley sehr genau wußte, daß Jill Roys Freundin war.

Roy hatte in den vergangenen Monaten an sich feststellen müssen, wie sehr ihn die Vorstellung schmerzte, daß ein anderer Mann Jill anfassen könnte. Auch wenn er sie nicht direkt als Jungfrau sah, so war dies dennoch sein Bild von ihr – das einer unverdorbenen kleinen Nymphe, die er persönlich in die Freuden der Liebe und des Sex eingeführt hatte. Die Vorstellung, sie könne einen anderen als ihn berühren oder gar Spaß mit anderen im Bett haben, war ihm derart unerträglich, daß er es gar nicht wagte, diesen Gedanken auch nur zuzulassen.

Und so konnte er es auch nicht auf sich beruhen lassen, daß Harley, sein vermeintlicher Freund, versucht hatte, sich Jill zu nähern. Seine Eifersucht brachte ihn fast um den Verstand.

Aber er hatte Jill versprechen müssen, Harley nicht zur Rede zu stellen.

Also überlegte sich Roy andere Mittel und Wege und sann über eine Rache nach, die auf seiner langjährigen beruflichen Erfahrung gegründet sein sollte.

Und er unternahm erste, subtile Schritte, um Harley aus der Firma zu drängen.

Mittlerweile wußte Roy eine mächtige Gruppe von leitenden Angestellten und Mitgliedern des Vorstands hinter sich, die entschlossen waren, dafür zu sorgen, daß man keinen anderen als ihn zum neuen Präsidenten berief. Und ihnen gegenüber ließ Roy anklingen, daß Harley zum gegebenen Zeitpunkt seinen Hut nehmen müsse. Harley sei Ballast, so ließ er sie wissen, ein Klotz am Bein, ein einfallsloser Manager, dessen beste Tage schon seit zehn Jahren vorüber seien und von dem man nichts mehr zu erwarten habe.

Und darin steckte sogar ein Körnchen Wahrheit. Mehr als einmal hatte Roy in den vergangenen Jahren seinen ganzen Einfluß geltend machen müssen, um Harley vor jenen in Schutz zu nehmen, die ihn absägen wollten. Und all das hatte er aus reiner Freundschaft zu ihm getan.

Nun jedoch unternahm er – aus Haß – noch größere Anstrengungen, um Harley loszuwerden.

Die Wochen vestrichen.

Roy hatte nach seinem Gespräch mit Jill an seinen wöchentlichen Squashpartien mit Harley festgehalten und sich seinem alten Freund gegenüber gut gelaunt und locker wie eh und je gegeben.

Später, im Umkleideraum, plauderten sie noch über Sport, den Aktienmarkt und gemeinsame Bekannte.

Es war eine klassische Busineß-Situation. Der eine wußte, was der andere dachte, aber keiner spielte auf die Wahrheit an. Harley war sich bewußt, daß Roy auf den Vorsitz der Firma aus war und hart darum kämpfte. Er vermutete schon seit einiger Zeit, daß Jill Fleming hinter Roys plötzlichem Ehrgeiz stand. Was nur bedeuten konnte, daß er, Harley, draußen sein würde, wenn es soweit war.

»Jeannie und ich haben dich und Jill letzte Woche im Cumberland gesehen«, sagte er.

»Ach ja?« Roy hob eine Augenbraue. »Ich wußte gar nicht, daß ihr auch da wart.«

Harley pfiff leise.

»Diese Jill ist ein hübsches Ding«, sagte er. »Es gab keinen, der dich an dem Abend nicht beneidet hätte.«

Roy sagte nichts darauf.

Harley wandte sich zu ihm um, während er seinen Schrank schloß.

»Sie ist ein tolles Mädchen«, sagte er. »Habe ich dir eigentlich schon erzählt, daß ich auch ein paarmal mit ihr aus war? Ist aber schon eine Weile her. Und war auch nichts Ernstes, nicht so wie bei euch beiden. Wir haben halt unseren Spaß gehabt.«

Roy hielt mitten in der Bewegung inne und starrte seinen Freund an.

Harley blickte ihm direkt in die Augen.

»Ist ein echter Spaßvogel«, fuhr er fort. »Und 'ne tolle Nummer im Bett. Die hat alle Tricks drauf.«

Roy ballte die Fäuste. Er glaubte Harley kein Wort, war aber drauf und dran, ihm eine zu verpassen. Er mußte daran denken, wie angewidert Jill gewesen war, als sie ihm von Harleys unverschämter Anmache im Fahrstuhl erzählt hatte. Daß Harley mit ihr im Bett gewesen sein sollte, war einfach absurd.

Harley blickte ihm für einen Moment in die Augen, dann wandte er sich lächelnd um.

»Dieser kleine Schönheitsfleck, den sie hat«, sagte er. »Kann einen ziemlich anmachen, was? Wie Eva mit ihrem Apfel. Und gleich neben ihrer Pussy... So was hab ich noch nie gesehen. Ich mußte es dauernd anfassen.«

Roy wurde aschfahl. Er wandte den Blick von Harley ab. Nur mit übermenschlicher Anstrengung riß er sich zusammen. Er schaffte es kaum, sich die Hose anzuziehen und den Gürtel zu schließen, so sehr zitterten seine Hände.

Harley war inzwischen angezogen und bereit zum Gehen.

Er drehte sich zu Roy um. Sein Blick war ernst.

»Laß dich von einer Frau nicht zum Affen machen, Roy«, sagte er mit offensichtlicher Ernsthaftigkeit. »Dazu bist du zu smart. Und was die andere Sache betrifft – nun, wir sind Freunde. Wenn du Präsident wirst und ich draußen bin, dann kann ich das verstehen.«

Er legte Roy die Hand auf die Schulter.

»Aber laß dich nicht von einer Frau zum Affen machen«, wiederholte er.

Roy blieb allein im Umkleideraum zurück. Er hockte auf der Bank vor seinem Schrank, tief in Gedanken versunken.

Das Zittern hatte nachgelassen. Ebenso wie die Agonie in seinem Herzen. Er hatte das Gefühl, als würde er nach langer Abwesenheit wieder zu sich kommen; wie ein Ertrinkender, der im allerletzten Moment aus den Tiefen des Ozeans gefischt wird.

Sein lebenslanges kaltes Eigeninteresse kam ihm zu Hilfe und öffnete ihm nach und nach die Augen. Seine Wut, in der ersten Verwirrung auf Harley gerichtet, schwand. Und an ihre Stelle trat eine ruhige Ausgeglichenheit, eine stählerne Gewißheit.

Über eine Stunde blieb Roy dort im Umkleideraum sitzen und dachte nach.

Als er sich erhob und ging, hatte er seinen Entschluß gefaßt.

Am nächsten Morgen erhielt Jill ihre schriftliche fristlose Kündigung, ausgehändigt von einem Sicherheitsbeamten, der zu diesem Zweck in die Marketingabteilung beordert worden war.

Sie las sich das Schreiben durch. Es war nüchtern und sachlich.

»Die Firmenleitung bedauert die Notwendigkeit, Ihr Arbeitsverhältnis mit sofortiger Wirkung aufzukündigen. Wir wünschen Ihnen alles Gute für Ihren weiteren Werdegang.«

Der Sicherheitsbeamte begleitete Jill aus ihrem Büro. An der Rezeption mußte sie ihren Firmenausweis und die Parkerlaubnis abgeben.

Sie fuhr in ihre Wohnung und rief von dort aus Roys Büro an. Man teilte ihr mit, er habe einen auswärtigen Termin. Sie rief bei ihm zu Hause an. Es meldete sich niemand.

Sie versuchte es in Harleys Schraders Büro. Ihr Verstand arbeitete rasend schnell. Sie mußte sofort mit Harley reden und ihm möglicherweise bestimmte Dinge versprechen, die sie nicht versprechen wollte. Aber sie hatte keine andere Wahl.

Harleys Sekretärin sagte ihr, er sei außerhalb unterwegs.

Jetzt wußte Jill, was geschehen war.

Es überraschte sie nicht, was Harley getan hatte. Ihr war klar, daß er wußte, wie sehr sie Roy inzwischen in der Hand hatte, und daß es über kurz oder lang zu seinem Rausschmiß führen würde.

Natürlich verfluchte sie sich dafür, daß sie gleich in der ersten Woche mit Harley ins Bett gegangen war, was nun fast ein Jahr her war. Aber sie konnte es nicht ungeschehen machen. Harley war ein notwendiger Schritt gewesen. Denn durch seine Bettplaudereien hatte sie entscheidende Dinge über Roy erfahren: seine Stellung innerhalb der Firma, daß er unverheiratet war und unzufrieden mit sich und seinem Leben.

Doch nun war der Schlüssel, der ihr die erste wichtige Tür geöffnet hatte, auch der, der sie für alle Zeiten ausschloß.

Nein, Harley überraschte sie gar nicht. Er hatte einfach nur versucht, seinen alten Freund vor einem weiblichen Raubtier zu beschützen, dessen Reize er bereits selber genossen hatte.

Wer sie überraschte, war Roy.

Sie war fest davon überzeugt gewesen, Roy in der Tasche zu haben. Der Blick in seinen Augen, wenn sie miteinander geschlafen hatten, war ihr ein Beweis dafür gewesen, daß sie nicht nur seinen Körper, sondern auch sein Herz besaß. Die Art, wie er sie angesehen hatte, als er ihr den Heiratsantrag machte... Sie hatte wirklich geglaubt, sie könne nach Belieben mit ihm verfahren.

In ein paar Minuten wäre er Präsident von *Continental* geworden und sie seine Frau. Alles war wie am Schnürchen gelaufen – bis Harley ihr in die Quere gekommen war.

Offensichtlich hatte sie Roy unterschätzt. Sein natürliches Mißtrauen gegen ihre Schliche, das wahrscheinlich eingelullt war durch ihre sexuellen Reize, ihre Tricks im Bett und die Rolle, die sie gespielt hatte, um ihn zu ködern und zu umgarnen, mußte wieder erwacht sein, als er erfuhr, daß sie mit Harley geschlafen hatte.

Das war ein unverzeihlicher Fehler von ihr gewesen. Der einzige in einer ansonsten perfekten Verführung.

Sie hatte Roy meisterhaft geködert. Sie hatte die richtige Kleidung gewählt, das richtige Auftreten, um seinen Phantasien von ihr zu entsprechen. Sie wußte, wie sehr er Leistung bei seinen Angestellten schätzte, also hatte sie brillant gearbeitet, um seinen Respekt zu erlangen. Sie hatte ihm Abfuhr auf Abfuhr erteilt, bis Roy das Interesse zu verlieren schien, dann war sie mit einem fehlgeleiteten Brief in sein Büro gegangen, um sich sehen zu lassen und ihn wieder an den Haken zu kriegen. Und als sie bemerkte, daß er ihr abends zu ihrer Wohnung folgte, hatte sie einen Bekannten gebeten, so zu tun, als würde er sie auf offener Straße überfallen; um sich Roy endgültig zu angeln, ohne selber den Anschein zu erwecken, es darauf angelegt zu haben.

Und es hatte auch alles wundervoll funktioniert. Sie hatte Roys Heiratsantrag in der Tasche gehabt, seine Ernennung zum Präsidenten der Firma stand unmittelbar bevor – so kurz davor! Zum Greifen nahe! – als Harley, das notwendige Übel, ihr einen Strich durch die Rechnung machte.

Sie hätte irgendwie dafür sorgen müssen, Harley das Maul zu stopfen. Sie hatte doch gewußt, daß die beiden alte Freunde waren; sie hätte doch ahnen müssen, daß es Ärger geben würde.

Doch ihre Gewißheit um ihre Macht über Roy hatte sie blind gemacht, und sie hatte fast vergessen, daß es Harley überhaupt gab. Das war der entscheidende Fehler gewesen.

Nun, das würde ihr kein zweites Mal passieren.

Was Roy English anging – er war die Beute, die ihr durch die Lappen gegangen war. Sie war bereit gewesen, seine Frau zu werden, ihm sogar Kinder zu schenken. Nun konnte sie nur versuchen, ihn zu vergessen, und mußte sich anderswo nach dem Richtigen umsehen.

Harley Schrader aber würde sich noch mal an Jill Fleming erinnern und diesen Tag bitter bereuen.

Nach Jill Flemings fristloser Kündigung bekamen weder seine Bekannten noch seine Kollegen Roy English außerhalb des Büros zu sehen; und auch innerhalb der Firma zog er sich merklich zurück und verblüffte dann alle. Nach einem halben Jahr, genau, als allgemein erwartet wurde, daß er die Nachfolge von Bob Perkins antrat, nahm Roy zur allgemeinen Überraschung ein Angebot einer Kommunikationsfirma in North Carolina an. Roy schwieg sich über seine Beweggründe aus und verließ die Stadt für immer.

Man wunderte sich noch eine Weile, warum Roy erst so verbissen um die Firmenleitung gekämpft hatte, um sie dann, als sie ihm auf einem silbernen Tablett dargeboten wurde, auszuschlagen. Aber niemand kam auf den Gedanken, daß der kühle, skrupellose Roy English *Continental Products* deshalb verlassen hatte, weil er es schlicht und einfach nicht mehr ertrug, sich in dem Gebäude aufzuhalten, wo er Jill Fleming begegnet war.

KAPITEL 19

Chicago, Illinois 21. Februar 1972

Liebster Tony.

Ich liebe Dich so sehr, daß ich kaum Worte finde, um auszudrücken, wie sehr.

Ich habe Dich die letzten Wochen schrecklich vermißt. Mein Herz hat gelitten, wie ich es nie für möglich gehalten hätte.

Ich liebe Dich, mein Liebster. Ich liebe Dich! Ich kann gar nicht aufhören, es Dir zu sagen. Den ganzen Tag kann ich an nichts anderes denken.

Jede Nacht liege ich wach und denke nur an Dich. Wo Du bist, was Du wohl gerade machst, woran Du denkst. Mein Herz schmerzt und singt, wenn ich nur an Dich denke.

Mein ganzes Leben lang habe ich auf die Liebe gewartet, und dann bist Du gekommen. Ich hätte nie gedacht, daß ich mein Herz so vollkommen verlieren könnte. Doch nun weiß ich, daß es so ist. Ich weiß, daß ich Dich liebe. Ich werde Dich immer lieben.

Manchmal spüre ich Dich in mir, mehr als mich selbst. Ich fühle, daß ich Dir gehöre, ich will Dir gehören. Ich habe mich selbst verloren, und ich will mich nicht wiederfinden. Nicht ohne Dich.

Ich denke an unser Kind, das wir einmal haben werden, und mein Körper fühlt sich leer und so hungrig nach Dir. Ich kann nicht atmen, bis Du wieder bei mir bist.

Ich werde nie einen anderen lieben, immer nur Dich. Ich könnte niemals wieder so empfinden, niemals, niemals, niemals.

Ich kann es kaum erwarten, Dich wiederzusehen. Ohne Dich gibt es mich nicht. Von Dir zu träumen ist alles, was ich tun kann. Ich bin verloren ohne Dich.

Bitte komm bald zurück. Ich fühle Dich schon in mir. Laß mich nicht zu lange warten.

Ich liebe Dich, ich liebe Dich, ich liebe Dich!

Leslie hielt den Brief in der Hand. Sie wunderte sich über die romantische Selbstvergessenheit ihrer Worte. Sie kamen ihr vor, als stammten sie von einer Fremden.

Sie hatte den Brief bereits vor einer Woche geschrieben, ihn jedoch nicht abgeschickt. Die Hitze ihrer Leidenschaft war selbst für sie schockierend. Sie fürchtete, Tony könnte, wenn er diesen Brief las, erschrocken sein und ihr nicht mehr vertrauen. Es war ein Brief wie von einer Wahnsinnigen.

Aber Leslie fühlte sich auch wahnsinnig. Drei Wochen war Tony nun schon fort, auf einer ausgedehnten Geschäftsreise, die ihm keine Zeit gelassen hatte, sie zu besuchen.

Aber morgen, morgen früh, war er wieder hier und fuhr mit ihr zum Rathaus, um sich dort von einem Friedensrichter trauen zu lassen. Morgen abend fuhren sie in die Flitterwochen nach Nord-Wisconsin. Morgen war sie Mrs. Anthony Dorrance.

Er hatte sie jede Woche angerufen, um die Hochzeit zu besprechen. Sie waren übereingekommen, einfach durchzubrennen. Beide hatten sie das Gefühl, daß eine traditionelle Trauung nicht ihrer Liebe entsprach. Sie wollten einander das Jawort geben, ehe sie jemandem von ihrer Heirat erzählten.

Leslie war jedoch nicht übermäßig glücklich über diese Abmachung, vor allem, was ihren Vater betraf; sie stand ihm sehr nahe und hätte es ihm zuliebe lieber gehabt, daß sie ihm ihren Bräutigam zuerst vorstellte, damit er seinen Segen zu der Heirat geben konnte.

Sie hatte das Gefühl, ihn zu hintergehen, wenn sie diesen so wichtigen Schritt in ihrem Leben unternahm, ohne ihn daran teilhaben zu lassen. Andererseits hatte ihre Liebe zu Tony etwas so Geheimnisvolles und Romantisches, daß ihr nur eine heimliche Heirat gerecht werden konnte. In den vergangenen drei Monaten war sie Tony an einem besonderen, magischen Ort begegnet, außerhalb dieser Welt. Sie genoß die Privatheit ihres Abenteuers und begeisterte sich an der Idee.

Sie hatten aufgeregt ihre Pläne für die Zukunft besprochen. Da sie beide hundert Kilometer voneinander entfernt arbeiteten, war die erste Frage die, an welchem Ort sie gemeinsam leben sollten. Tony fand, sie sollten nach New York umziehen, wo Leslie ganz sicher eine Anstellung bei einer großen Werbeagentur finden würde.

»Mit deinen Empfehlungen und Erfahrungen«, sagte er, »wirst du keinerlei Probleme haben. Die werden sich wahrscheinlich um dich prügeln.«

Er selbst, so versicherte er Leslie, habe ein Dutzend Firmen an der Hand, wo er eine neue Stelle finden könnte. Er hatte bereits ein geräumiges Apartment am Central Park West für sie gefunden.

Sie warf einen letzten Blick auf den Liebesbrief, den sie geschrieben, aber nicht abgeschickt hatte. Sie errötete wegen der Erwähnung eines Kindes. Vor allem aus diesem Grund hatte sie den Brief nicht abgeschickt, sondern trug ihn ständig bei sich und las ihn wieder und wieder.

Sie hatten schon oft über Kinder gesprochen, doch niemals mit letztem Ernst. In ihrem Brief aber war es ihr so ernst mit ihrem Kind, so leidenschaftlich, daß Leslie glaubte, es sei vielleicht übertrieben. Sie wollte nicht, daß Tony sich bereits jetzt eingeengt fühlte durch eine Zukunft voller Verpflichtungen und Verantwortlichkeiten. Sie wollte, daß ihre Heirat ein Akt der Freiheit war, ein Schritt der Befreiung für sie beide.

Sie erkannte, daß sie schon zu lange von Tony getrennt war. Sie konnte sich kaum noch zusammenreißen. Ihr Körper verzehrte sich so ungestüm nach ihm wie ihr Herz. So viel von ihr gehörte ihm bereits, daß es eine Qual war, von ihm getrennt zu sein.

Sie faltete den Brief zusammen und steckte ihn zwischen die letzten Seiten ihres Fotoalbums. Dort waren noch weitere Briefe an Tony, allesamt nicht abgeschickt. Sie waren ihr peinlich, und dennoch brachte sie es nicht über sich, sie wegzuwerfen.

Sie blätterte ihr Fotoalbum durch.

Immer hatte sie geglaubt, sich so gut zu kennen. Nun aber sah sie in den Fotos von sich jemanden, der sich selber nicht kannte, unvollkommen war und ohne Verständnis für die Tiefen auf der Oberfläche seines Lebens lebte.

Wie wenig uns die menschliche Oberfläche doch über das Wesen eines Menschen verrät, dachte Leslie bei sich. Das Ich, das sie ihr Leben lang für selbstverständlich hingenommen hatte, so beherrscht, so überlegt, ließ nichts von der wirklichen Person darunter erkennen; einem Geschöpf inniger und alles verschlingender Leidenschaft. Wie wenig sie ihr Herz doch gekannt hatte!

Doch nun war sie Tony begegnet und gehörte ihm mit ihrer ganzen Seele. Warum versuchen, es zu erklären oder zu verstehen? Die Liebe erklärte sich selbst.

Sie blätterte zur letzten Seite des Fotoalbums, wo sie die Andenken an ihre Treffen mit Tony aufbewahrte. Da waren Nachrichten mit Ort und Zeit ihrer Rendezvous. Da waren ein paar Ansichtskarten und einige Bögen Briefpapier aus Hotels, um sie an die ekstatischen Stunden zu erinnern, die sie und Tony dort verbracht hatten. Es gab Schnappschüsse, die Tony von ihr gemacht hatte, und auch einige Bilder von ihm, auf denen sie hartnäckig bestanden hatte.

Es schien nur passend, daß das dicke Fotoalbum, das ihre einsame Vergangenheit dokumentierte, am Ende zu den wenigen kostbaren Souvenirs ihrer Zeit mit Tony führte. Denn Tony gab ihrer Welt eine neue Farbe, eine neue Bedeutung. Und Tony war ihre Zukunft.

Sie klappte das Album zu.

Nur noch wenige Stunden mußte sie warten. Sie öffnete – wohl zum zwanzigstenmal – den kleinen Koffer mit ihrem Brautkleid aus einem der nobelsten Läden in der Michigan Avenue.

Morgen würde sie dieses Kleid tragen.

Erstaunlicherweise schlief Leslie fast die ganze Nacht durch. Sie wachte früh auf, machte ihr Bett und räumte einige letzte Dinge in ihrer Wohnung auf. Dann wartete sie, ungeduldig auf und ab wandernd, und schaute wieder und wieder auf die Uhr.

Irgendwie schaffte sie es bis halb acht. Dann rief sie beim Flughafen an, um sich zu erkundigen, ob Flug 47 eventuell Verspätung hatte. Erfreut zu hören, daß der Flug pünktlich war, konnte sie ihre Aufregung nicht länger im Zaum halten. Sie schloß ihr Apartment hinter sich, verstaute ihren Koffer hinten im Auto und fuhr zum O'Hare-Flughafen.

Auf dem Weg dorthin kam sie bei *Ogilvie-Thorpe* vorbei. Sie machte sich keine Gedanken wegen ihrer Arbeit. All ihre Etats und Kampagnen waren in bester Ordnung. Wenngleich es sie einige Mühe gekostet hatte, weil es für jeden guten Etatdirektor schwierig ist, die kreative Verantwortung mit jemandem zu teilen.

Aber sie hatte Sorge getragen, daß ihre Arbeit während ihrer Abwesenheit in guten Händen war. Ihre Assistenten würden sich in den kommenden zwei Wochen verläßlich um ihre drei wichtigsten Kunden kümmern.

Sie stellte den Wagen auf dem Parkplatz ab und betrat die Ankunftshalle.

Sie war eine dreiviertel Stunde zu früh. Also kaufte sie sich eine Zeitschrift, setzte sich in die Wartehalle und blätterte dann die Zeitschrift durch, ohne wirklich darin zu lesen. Sie hatte nichts gefrühstückt, war aber viel zu aufgeregt, um hungrig zu sein.

Nach und nach füllte sich der Wartebereich mit Familien und Freunden der eintreffenden Passagiere.

Schließlich landete die Maschine. Es zog sich frustrierend lange hin. Dann kamen die Passagiere endlich. Die Wartehalle füllte sich nach und nach. Aber noch immer sah sie Tony nicht. Dann wurde der Strom der Ankommenden immer dünner. Leslie schlug das Herz bis zum Hals.

Schließlich erschienen noch zwei Stewardessen, die ihre Koffer auf Rollen hinter sich herzogen, und der Pilot mit seinem Co-Piloten.

Aber Leslie stand ganz allein in der Wartehalle.

Sie brauchte qualvolle Minuten, bis sie begriffen hatte, daß Tony nicht gekommen war. Panik ergriff sie. Hatte Tony die Maschine verpaßt? War er beruflich aufgehalten worden? Hatte er versucht bei ihr anzurufen und sie nicht erreicht, weil sie schon so früh zum Flughafen aufgebrochen war?

Sie erkundigte sich am Informationsschalter, ob es eine Nachricht für sie gab. Es gab keine. Sie blieb noch einen Moment unschlüssig stehen. Dann ging sie zurück zum Parkplatz, stieg in ihr Auto und fuhr in ihre Wohnung.

Sie ließ den gepackten Koffer im Kofferraum und betrat ihr Apartment, das sonderbar muffig und leer wirkte, auch wenn sie es erst zwei Stunden zuvor verlassen hatte.

Sie setzte sich neben das Telefon und wählte die Nummer von Tonys Wohnung in Atlanta. Es meldete sich niemand.

Dann fiel ihr Tonys Firma ein. Und erst jetzt ging ihr auf, daß er ihr nie seine Büronummer gegeben hatte. Zu versuchen, ihn dort zu erreichen, sei sinnlos, hatte er gesagt, weil er ständig unterwegs sei. Sie hatte diese Erklärung hingenommen, ohne weiter zu fragen. Nun jedoch blieb ihr keine andere Wahl, als bei *Price-Davis* anzurufen.

Sie erfragte die Nummer bei der Auskunft. Sie wählte mit Bedacht, weil ihr die Nummer nicht vertraut war.

Jemand meldete sich am anderen Ende der Leitung.

»*Price-Davis.* Was kann ich für Sie tun?«

»Mr. Tony Dorrance bitte.«

»Augenblick.«

Es entstand eine lange Pause. Leslie trommelte nervös mit den Fingern auf die Tischkante. Ihre aufkeimende Panik löschte jeden Gedanken aus, doch sie kämpfte tapfer dagegen an und hielt an ihrem Bild von Tony und ihrer Liebe fest.

»Miss? Bei uns gibt es leider Mr. Dorrance nicht mehr. Er hat nur bis vergangenen Herbst hier gearbeitet und ist seitdem nicht mehr für uns tätig.«

Leslie legte mit zitternden Fingern den Hörer auf die Gabel. Jetzt wußte sie, daß etwas auf schreckliche Weise nicht stimmte. Ein neues und grelles Licht wurde auf all die verrückten Gefühle geworfen, die sie in den vergangenen Monaten empfunden hatte und Beweis ihres Realitätsverlustes waren. Sie hatte die ganze Zeit über wie in Trance gelebt. Und jetzt brach die brutale Wirklichkeit mit voller Wucht über sie herein.

Sie wählte erneut die Nummer von *Price-Davis* und ließ sich mit dem Personalleiter der Vertriebsabteilung verbinden.

»Guten Tag«, meldete sie sich und gab eine frische Geschäftsmäßigkeit vor. »Mein Name ist Weatherbee. Ich rufe von *Ogilvie-Thorpe* an. Wir haben eine Bewerbung von Mr. Anthony Dorrance vorliegen, die wir aber nicht weiter bearbeiten können, weil die Unterlagen von Ihnen noch nicht eingetroffen sind.«

»Dorrance?«

»Anthony Dorrance. Können Sie mir den Grund für sein Ausscheiden bei Ihnen nennen?«

»Moment, bitte.«

»So, hier habe ich die Akte«, meldete sich der Personalchef nach einer Pause wieder.

»Ich müßte eigentlich nur wissen«, sagte Leslie, »ob es eine normale Kündigung war oder ob ein besonderer Grund vorlag. Oder vielleicht könnten Sie mir eben das Zeugnis Ihrer Abeilung vorlesen? Das wäre mir schon eine große Hilfe.«

»Tja, um die Wahrheit zu sagen: es gibt keines. Unter den gegegebenen Umständen fanden wir, daß wir Tony nur einen Gefallen damit erwiesen haben, uns nicht weiter zu äußern. Er war ein guter Verkäufer, aber leider völlig unzuverlässig. Es kam vor, daß er ohne jede Erklärung eine Woche zu spät von einer Geschäftsreise zurückkehrte. Manchmal schloß er fabelhafte Verträge ab. Aber dann wieder hat er Kunden von uns so sehr verprellt, daß sie nichts mehr mit uns zu tun haben wollten. Und dann war da noch… nun ja, man konnte sich einfach nicht auf ihn verlassen. Also haben wir uns von ihm getrennt.«

Es war klar, daß er etwas verschwieg. Wahrscheinlich wollte er am Telefon nicht darüber reden. Und das konnte nur bedeuten, daß es auch in der Personalakte nicht zu finden war.

Leslie saß nach diesem Telefongespräch lange auf der Couch und starrte ins Leere. Die Minuten verstrichen. Ihr Kopf war völlig leer. Ihr Verstand war wie benebelt von etwas, das dicht unter seiner Oberfläche lag und weder ins Bewußtsein vordringen konnte, noch irgendeinen anderen Gedanken zuließ.

Nach einer Stunde verspürte sie Hunger. Sie hatte noch nichts gegessen, und jetzt war es fast Mittag.

Sie ging in die Küche und machte sich ein Sandwich. Doch als sie abbeißen wollte, überkam sie Übelkeit. Sie warf das Sandwich in den Abfalleimer. Dann kochte sie sich eine Tasse Tee, saß dann aber davor und ließ sie kalt werden. Sie schaute auf die Küchenuhr. Es war kurz vor eins.

Der Nachmittag schleppte sich dahin. Die Zeit schien stehenzubleiben. Das stille Apartment war wie eine Gruft.

Sie saß in der Küche, kehrte ins Wohnzimmer zurück, ging schließlich ins Schlafzimmer und legte sich aufs Bett, wo sie sich für einen Moment ihrem Schmerz hingab und zwang, sich vor Augen zu führen, was ihr passiert war.

Sie klammerte sich noch immer an die quälende Hoffnung. Aber in Wirklichkeit kannte sie die Wahrheit. Gegen Mitternacht schlief sie ein. Draußen, im Kofferraum ihres Wagens, lag noch immer ihr Brautkleid.

Am nächsten Morgen, einem Samstag, besann sie sich auf die alltäglichen Notwendigkeiten. Sie stand auf, duschte, frisierte und schminkte sich sorgfältig. Sie aß eine Schale Müsli, erbrach sie aber fünf Minuten später in die Toilette. Nach einer halben Stunde versuchte sie erneut etwas zu sich zu nehmen. Dieses Mal behielt sie das Essen, eine Tasse heiße Bouillon, bei sich.

Das ganze Wochenende verbrachte sie grübelnd in ihrer Wohnung. Sie erwog die Möglichkeit, ihr Leben fortzuführen, als hätte es Tony nie gegeben. Sie könnte am Montag wieder ins Büro gehen, als wäre nichts geschehen.

Doch sie wußte, daß das unmöglich war.

Am Montag morgen hatte sie ihre Entscheidung getroffen. Sie rief Bud Owens an und teilte ihm ihre fristlose Kündigung mit. Sie werde jemanden vorbeischicken, um ihre persönlichen Sachen aus dem Büro abzuholen. Als Bud sie nach dem Grund fragte, sagte sie einfach, sie habe eine Stelle in einer anderen Stadt angenommen.

Sie kündigte noch am gleichen Vormittag auch ihre Wohnung, verkaufte ihrer Nachbarin das Mobiliar und verstaute ihre wichtigste persönliche Habe in zwei Koffern. Den Rest warf sie in den Müll.

In einem der Koffer befand sich auch ihr Fotoalbum. Zwischen den letzten Seiten lag der Brief an Tony, den sie nie abgeschickt hatte.

Am gleichen Montag abend gegen sieben stieg sie in ihr Auto und verließ Chicago. Sie wußte nicht, wohin ihr Weg sie führen würde. Doch zum erstenmal seit Monaten, vielleicht sogar seit Jahren, wußte sie, wo sie gewesen war.

Und am wichtigsten von allem – sie wußte, welchen Preis sie für ihre Reise bezahlen mußte.

Leslie war schwanger.

KAPITEL 20

New York City

Am 15. März 1972 fand schließlich die hinausgezögerte Versammlung der Aktionäre von *Lazarus International* statt.

Jordan Lazarus saß auf glühenden Kohlen. Er hatte alles menschenmögliche unternommen, um seine Aktionäre davon zu überzeugen, die Offerte von Victor Considine nicht anzunehmen. Rundschreiben auf Rundschreiben hatte er versandt, in denen er die verheißungsvolle Zukunft von *Lazarus International* als unabhängiges Unternehmen pries und eindringlich vor den verheerenden Folgen warnte, die eine Übernahme durch *Considine Industries* unweigerlich zur Folge hätte.

Während dieser letzten fiebrigen Wochen hatte er vergeblich auf ein Zeichen gewartet, das diese schicksalhafte Aktionärsversammlung überflüssig machen würde. Ein Zeichen, das allein von Barbara Considine kommen konnte. Ihr persönlicher Einfluß auf ihren Vater war das einzige, was Jordan vor dem Verlust seines Imperiums bewahren konnte, in das er zehn Jahre seines Lebens investiert hatte.

Doch Barbara hatte nicht angerufen. Auch auf seine zahlreichen Nachrichten hatte sie nicht reagiert. Nach ihrer gemeinsamen Nacht im Hotel *Alhambra* in White Plains hatte Jordan gehofft, sie werde gegen ihren Vater Partei ergreifen. Ihr Schweigen jedoch konnte nur bedeuten, daß sie nicht gewillt war, Jordan zu helfen.

Die Abstimmung dauerte fast eine halbe Stunde. Doch danach stand das Ergebnis bereits nach wenigen Minuten fest. Der Versammlungsleiter verkündete es.

»Das Angebot von *Considine Industries* ist mit Mehrheit angenommen. *Considine Industries* hält ab sofort 69 Prozent der Aktien von *Lazarus International, Inc.*«

Eine zitternde Erregung durchlief den Saal. Die Schlacht war geschlagen. Jordan Lazarus hatte verloren.

Es war vorbei.

Oder zumindest fast.

Eine halbe Stunde nach der entscheidenden Abstimmug ertönte plötzlich die Glocke des Versammlungsleiters.

»Meine Damen und Herren«, verkündete er mit belegter

Stimme. »Ich habe eine traurige Mitteilung zu machen. Um neun Uhr des heutigen Abends verstarb Victor Considine in seinem Haus in Manhattan an Herzversagen.«

Man reagierte betroffen. Damit hatte niemand gerechnet.

Jordan Lazarus aber war klar, daß der Tod von Victor Considine keinerlei Auswirkung auf die heutige Versammlung und das Votum der Aktionäre hatte. *Lazarus International* war von *Considine Industries* übernommen worden. Es spielte keine Rolle, wer an der Spitze des Konzerns saß.

Oder vielleicht doch?

Spät in der Nacht saß er noch gedankenversunken in seiner Wohnung.

Er war nicht am Ende, das war ihm klar. Nicht auf lange Sicht gesehen. Der Verkauf seiner eigenen Anteile konnte ihm eine erkleckliche Summe einbringen. Damit war er in der Lage, von vorn anzufangen.

Aber er fühlte sich ausgelaugt und erschöpft von all den Anstrengungen, *Lazarus International* zu dem zu machen, was es war, und vom Kampf gegen Considine.

Warum tue ich das alles? Diese Frage verfolgte ihn seit Jahren. Tief in seinem Innern schien es einen Widerspruch zwischen dem steten geschäftlichen Aufstieg und dem schwachen, aber vernehmbaren Ruf seines wahren Ichs zu geben. Er hatte sich schon seit geraumer Zeit an diesen Widerstreit gewöhnt – den seine geliebte Schwester Meg so überzeugend beschrieben hatte – aber er war ihn nie ganz losgeworden. Ihn ständig in seinem Leben zu spüren war zermürbend und irgendwie demoralisierend.

Für einen Moment kam ihm der Gedanke, dies könnte die Gelegenheit sein, von der Tretmühle zu springen, in der er seit vierzehn Jahren lief, und seinem Leben eine ganz neue Wendung zu geben.

Es gab Kostbareres als Reichtum. Geld machte nicht wirklich glücklicher; es schuf lediglich das Verlangen nach noch mehr Geld.

Weltlicher Erfolg war ein Trugbild.

Man konnte von Erfolg zu Erfolg eilen, ohne sich selber auch nur einen Schritt näherzukommen.

Solcherlei Überlegungen ermüdeten Jordan zutiefst. Um so mehr, weil er sich so viele Jahre schon bemüht hatte, sie zu verleugnen. Heute abend jedoch schienen sie ihm einen neuen Horizont aufzuzeigen.

Er wußte, daß Meg darauf wartete, von ihm zu erfahren, wie die Abstimmung der Aktionäre ausgegangen war, ebenso wie seine Brüder, Mutter und Louise. Am besten, er rief sie jetzt gleich an. Nicht, um Meg zu sagen, daß er besiegt worden war, sondern um ihr zu sagen, daß sich ihm heute abend eine neue Tür geöffnet hatte, eine Tür, durch die zu gehen er entschlossen war.

Er erhob sich aus dem Sessel und ging zum Telefon. Doch im selben Moment klingelte es an seiner Wohnungstür. Einen Moment lang starrte er auf das stumme Telefon, dann ging er zur Tür.

Seine Augen weiteten sich, als er sah, wer vor seiner Wohnung stand.

Es war Barbara Considine.

Sie trug einen Zobel, der unpassend protzig an ihr wirkte, ebenso wie ihr Schmuck und das schwarze Kleid unter dem Mantel.

»Das ist aber eine Überraschung«, sagte Jordan. Er hatte angenommen, Barbara sei vollauf mit den Vorbereitungen für die Bestattung ihres Vaters beschäftigt oder versuche, ihrer Trauer Herr zu werden.

Sie schien seine Bemerkung überhört zu haben.

»Darf ich hereinkommen?« fragte sie.

»Aber sicher.« Jordan war eigentümlich entspannt, sogar lässig, als er zurücktrat und sie in die Wohnung ließ.

Er half ihr aus dem Mantel und hängte ihn an die Garderobe. In ihren Augen lag ein entfernter, nachdenklicher Blick.

»Kann ich dir etwas anbieten?« fragte er lächelnd. »Kaffee? Einen Drink?«

Sie schüttelte den Kopf. Sie sah anders aus als die junge Frau, an die er sich erinnerte, jene traurige Frau, mit der er fast geschlafen hätte. Sie wirkte älter, mächtiger, entschlossener. Aber auch immer noch bemitleidenswert einsam.

»Mein Beileid«, sagte er.

Sie drehte sich um und sah ihn an. Der Schmerz stand ihr aufs Gesicht geschrieben. Aber es war nicht der Schmerz über den Verlust eines geliebten Menschen.

»Tut mir leid wegen deiner Firma«, entgegnete sie.

Jordan zuckte mit den Achseln. »Wie gewonnen, so zerronnen. Einen Brandy vielleicht?«

»Was du dahast.«

Er ging in die Küche und schenkte zwei Armagnac ein. Als er zurückkam, hatte sie sich nicht vom Fleck gerührt. Als er ihr das Glas reichte, lächelte sie ihm abschätzend zu.

»Du bist doch nicht böse?« fragte sie. »Was heute geschehen ist, macht dir doch nicht wirklich etwas aus, oder doch?«

Jordan gab eine Unbekümmertheit vor, die er gar nicht wirklich empfand.

»Das Leben geht weiter«, sagte er.

»Nicht für meinen Vater.«

Ihre Bemerkung verwirrte ihn. Mit zusammengekniffenen Augen sah er sie an.

»Warum setzt du dich nicht?« fragte er. »Du bist doch wahrscheinlich sehr mitgenommen und erschüttert.«

»Erschüttert?« Sie studierte Jordans Gesicht. »Ich bin nicht erschüttert. Mein Vater war ein Monstrum. Er hat mein Leben ruiniert. Ich bin froh, daß er tot ist.«

Ein Schweigen entstand. Jordan bemerkte die Bitterkeit ihrer Worte und die dahinter verborgene Verzweiflung. Vor ihm saß eine der wohlhabendsten Erbinnen der Welt. Aber sie sah aus wie ein verstörtes Kind, das versucht, wie eine welterfahrene Frau zu wirken. Er bekam Mitleid mit ihr. Es bedurfte keiner großen Phantasie, sich ihr Leben mit Victor Considine auszumalen.

Barbara für ihren Teil erwog die Ironie ihrer Situation. Jordan, der Geschlagene, war kühl und selbstsicher. Während sie, deren Konzern sein Unternehmen samt Tochterfirmen geschluckt hatte, sich vorkam, als habe sie nichts gewonnen, sondern alles verloren.

»Jordan«, sagte sie urplötzlich. »Willst du mich heiraten?«

Jordan wußte nicht, wie ihm geschah. Er war sprachlos.

»Ich habe heute«, sagte Barbara, »56 Prozent von *Considine Industries* geerbt. Ich bin also Hauptaktionärin und damit Vorstandsvorsitzende. Ich kann nach Belieben über das Unternehmen verfügen. Wenn ich will, kann ich es morgen verkaufen.«

Sie sah ihm in die Augen.

»Heirate mich, Jordan.«

»Bist du deshalb hergekommen?« fragte er. »Es tut mir wirklich leid wegen deines Vaters, aber...«

»Heirate mich, und du bekommst dein Unternehmen zurück«, schnitt sie ihm das Wort ab. »Du kriegst auch dein Forschungsprogramm zurück. Und alles Geld, was du für die Entwicklung des Medikaments benötigst. Du hast alle Handlungsfreiheiten. Ich verlange nichts von dir – außer, mein Mann zu sein.«

Jordan konnte es nicht fassen.

»Du müßtest mich nicht lieben«, sagte sie ganz sachlich. »Wir müßten auch keine Kinder haben. Du könntest sogar andere Frauen haben. Über all das könnten wir Abmachungen treffen.«

Er starrte sie an. Sie schien völlig verändert von ihrem seltsamen Plan und dennoch war sie dieselbe arme, unglückliche junge Frau, die sie immer gewesen war. Ihre Verlassenheit verlieh ihr eine beeindruckende Würde, selbst in diesem erniedrigenden Augenblick.

»Ich halte das nicht für richtig«, entgegnete er vorsichtig. »Ich denke, es wäre ein Fehler.«

»Mein ganzes Leben ist ein einziger Fehler gewesen«, konterte Barbara. »Dies ist meine Chance, einmal was richtig zu machen. Versuche es von meiner Warte aus zu betrachten, Jordan.«

Er wußte, was sie meinte. Aber er war nicht überzeugt. Mitleid, nicht einmal Mitgefühl reichten nicht aus, eine Ehe ohne Liebe zu rechtfertigen.

Jordan schüttelte den Kopf. »Es wäre nicht richtig.«

Der Ausdruck in ihren Augen wandelte sich. Jordan erblickte kaltes Kalkül.

»Dann bekommst du weder deine Firma noch dein Medikament«, sagte sie. »Alles bleibt bei *Considine*.«

Er kniff die Augen zusammen. »Bist du denn wirklich genauso wie dein Vater?«

»Mein Vater«, sagte sie, »war das Schlimmste, was mir je widerfahren ist. Aber eines hat er mir beigebracht. Man kriegt in dieser Welt nichts ohne Druck.« Sie fixierte ihn. »Jetzt habe ich Druckmittel in der Hand.«

»Aber nicht, wenn ich mich weigere«, entgegnete Jordan. »Vielleicht ist mir das alles ja egal?«

Sie lächelte. »Und ich dachte, du wolltest Geschichte schreiben.«

Wieder war Jordan verblüfft über ihren kaltblütigen Geschäftssinn. Das hatte er ihr nicht zugetraut. Sie spielte dieses Spiel genau so, wie ihr Vater es getan hätte. Sie wußte, welch große Hoffnungen er in Leo und dessen Forschungen gesteckt hatte. Sie hielt ihm dies wie einen Köder vor die Nase.

»Es wäre doch gar keine Ehe«, sagte er. »Nichts könnte das rechtfertigen, Barbara.«

»Ich bitte dich ja nicht, mich zu lieben«, sagte sie. »Ich verlange nicht, daß du mir dein Herz schenkst. Und es muß auch nicht für ewig sein. Ich – ich kann nur im Moment nicht allein weitermachen. Ich brauche jemanden, der mir hilft. Als du versucht hast, mich herumzukriegen, hast du es aus geschäftlichen Gründen getan. Aber du hast dabei etwas empfunden. Das weiß ich. Mag sein, daß es nur Mitleid war, aber für mich war das schon genug. Du hast mir das Gefühl gegeben, begehrt zu werden. Genau das brauche ich jetzt, Jordan. Das Gefühl, begehrt zu werden. Mich wie ein menschliches Wesen zu fühlen. Ich bin bereit, dir zu helfen, wenn du mir hilfst. Es muß nicht für immer sein... kannst du das denn nicht verstehen?«

Sie hielt inne. Ihr Blick hatte sich verschleiert. »Du hast gesagt, du seist mein Freund«, fuhr sie fort. »Weißt du noch? Oder war das eine Lüge?«

Sie hatte recht. Es war keine Lüge gewesen, als er ihr seine Freundschaft anbot. Er hatte tatsächlich etwas für sie empfunden. Trotzdem mußte er sie an die schmerzliche Wahrheit erinnern.

»Ich liebe dich nicht«, sagte er.

»Das weiß ich ja.« Sie wandte den Blick ab. In diesem Moment sah sie unendlich bemitleidenswert aus.

»Du mußt dich nicht verstellen. Sei einfach so, wie du bist. Hilf mir einfach, das alles durchzustehen. Sei einfach, was du versprochen hast, zu sein. Wenn nicht, dann... dann weiß ich nicht, was passieren wird.«

Mit einem Mal verstand er, wie verzweifelt sie wirklich war. Mit dem Tod ihres Vaters brach auch ihre ganze Welt zusammen. Ihre Beschämung und ihr Haß auf sich selbst waren dabei, sie zu verschlingen. Nun sah sie eine Chance: ihn. Er würde sie einige hundert Millionen Dollar kosten. Aber für eine Frau, die Reichtum so sehr verachtete wie sie, war es ein lächerlicher Preis. Sie kämpfte um ihr Leben.

Jordan ergriff eine sonderbare Mischung aus Mitleid und Motivation.

»Also gut«, sagte er. »Ich heirate dich.«

Sie kam zu ihm und schlang die Arme um ihn. Tränen rannen ihr über die Wangen.

»Oh, danke, Jordan. Danke«, weinte sie an seiner Brust. »Ich weiß, daß ich dir nichts bedeute. Das erwarte ich auch gar nicht. Aber du wirst es nicht bereuen. Das verspreche ich dir.«

»Es ist doch gar nicht so, daß du mir nichts bedeutest«, sagte er und hielt sie.

Und er sagte die Wahrheit. Er mußte an jene Nacht im *Alham-*

bra denken, als er mit ihr in seinen Armen geschlafen hatte und sie beobachtet hatte, als sie am nächsten Morgen aufgewacht war. Wie ein kleines Mädchen hatte sie im Schlaf ausgesehen. Doch da war so viel Traurigkeit gewesen, so viel Einsamkeit hinter den geschlossenen Augen. Diese Einsamkeit war es, was ihn rührte.

Jetzt umarmte er sie. Er schmeckte ihre Tränen, als er ihre Wangen küßte.

Die Wärme ihres Körpers fühlte sich gut an in seinen Armen. Er zog sie noch etwas enger an sich und tätschelte sie sanft. Sie schmiegte den Kopf an seine Schulter. So konnte er den Blick in ihren Augen nicht erkennen, als sie an ihm vorbei zur Zimmerwand schaute.

Es war ein Blick voller kalter Berechnung.

TEIL ZWEI

Wenn es Mitternacht schlägt

KAPITEL 21

Dreieinhalb Jahre später Johnsonville, Long Island

Ross Wheeler hatte eine Schwäche für Süßigkeiten.

Mit seinen einundfünfzig Jahren war er übergewichtig und hatte sich von seinem Arzt schon so manche Ermahnung anhören müssen. Aber Ross schuftete den ganzen Tag schwer und brachte es einfach nicht fertig, auf das Stück Kuchen nach dem Abendessen zu verzichten oder auf die Kekse aus der Bäckerei des Supermarktes oder auf das Sündhafteste von allem, nämlich auf seine geliebte Portion Vanilleeis mit einem Schlag Karamel und gehackten Pekannüssen.

Ross leitete eine kleine Werbeagentur, die *Wheeler Advertising, Inc.* Die Firma war ein Ableger eines nationalen Agenturverbandes namens *Modern Images.* Ross hatte seine Firma verkauft, weil ihm der Streß der alleinigen Inhaberschaft über den Kopf gewachsen war und weil er es leid war, daß sein Einkommen entsprechend dem ständigen Auf und Ab der jeweiligen Wirtschaftslage schwankte. Er brauchte ein bestimmtes Maß an Sicherheit, jetzt, wo seine Töchter aufs College gingen.

Doch es hatte den Anschein, als würde er seit dem Verkauf seiner Firma nur noch härter und länger arbeiten. Johnsonville mit seinen 14 000 Einwohnern war eine Kleinstadt, die sich durch die unaufhaltsame Expansion der Vorstädte in ganz Long Island fast über Nacht in eine Schlafstadt für Pendler verwandelt hatte. Der Kern der Gemeinde blieb unberührt vom Fortschritt, und die Kirchen, die Apotheke, das kleine Kaufhaus und die Bank sahen noch immer so aus wie vor fünfunddreißig Jahren. Doch vom Stadtrand her wucherten entlang dem Highway immer neue Apartmentanlagen zu denen am Rande des nur fünfzehn Kilometer entfernten Reedsburg.

Dieses Wachstum der Vorstädte hatte zur Folge, daß neue Firmen und Geschäfte in der Umgebung entstanden. Und neue Unternehmen bedeuteten neue Werbekunden. In seiner noch ungewohnten Rolle als leitender Angestellter, nicht mehr Unternehmer, mußte Ross Anweisungen entgegennehmen. Sie lauteten, zu expandieren, um mit den Veränderungen Schritt zu halten. Und es bedeutete harte Arbeit und hohe Verantwortung.

Ein Grund mehr, warum Ross am Ende eines langen anstrengenden Tages meinte, sich mit einem wohlverdienten Dessert nach seinem einsamen Abendessen belohnen zu dürfen.

Dr. Kumels Warnungen waren eindringlicher geworden, nun da Ross die Fünfzig überschritten hatte.

»So kannst du nicht weitermachen, Ross. Du willst doch sicher noch miterleben, wie deine Töchter heiraten und Kinder kriegen, oder?« hatte er ihn Ende letzten Jahres nach einer gründlichen Untersuchung gefragt. »Mit deinem Cholesterinspiegel kann jeden Moment etwas schiefgehen, und dann zerplatzen eine Menge Träume. Ich bin sicher, daß du das nicht willst.«

Und das wollte Ross auch nicht. Aber die letzten Jahre waren so schwer für ihn gewesen, daß er einfach nicht den Willen und die innere Kraft für das spartanische Leben aufbrachte, das ihm sein Arzt so dringend verordnete.

Es war jetzt zehn Jahre her, daß Ross seine Frau verloren hatte. Ruth war nach einer erschreckend kurzen Krankheit verstorben, und Ross blieb mit zwei kleinen Töchtern zurück.

Die Mädchen, Dina und Nancy, waren damals acht und zehn gewesen. Seither hatte Ross Überstunden machen müssen, um seine Kinder aufs College schicken zu können.

Es ging ihm finanziell alles andere als gut. Er kam kaum mit den Hypothekenraten für das Haus nach.

Es war ein hartes Leben, und Ross kam immer erst so spät aus der Agentur, daß ihm nur wenig kostbare Freizeit verblieb. Einmal die Woche spielte er Tennis mit einem alten Freund aus der Nachbarschaft, und gelegentlich gönnte er sich ein Sonntagsdinner mit Verwandten oder einem der Mädchen aus dem Büro. Die restliche Zeit über war er allein, ausgelaugt von der Arbeit, von der Sorge ums Geld und von Einsamkeit.

Ross war nicht unattraktiv für sein Alter. Sicher, sein Gürtel war nun ein oder zwei Löcher weiter als noch vor Jahren. Sein Haar wurde allmählich grau und oben ein wenig schütter, aber seine goldbraunen Augen funkelten voller Humor und Sanftheit, und sein rötliches Gesicht gab ihm das Aussehen männlicher Energie.

Es lag an seiner Schwäche für Süßigkeiten, daß Ross Leslie kennenlernte.

Die städtische Bücherei hatte sich etwas Besonderes einfallen lassen, um das Lesen unter den Einwohnern von Johnsonville populärer zu machen – jeden Sonntagmorgen von neun bis elf gab es kostenlos Doughnuts und Kaffee für alle Besucher.

Ross war schon seit Jahren nicht mehr in der Bibliothek gewesen. Wie die meisten berufstätigen Männer fehlte ihm die Zeit zum Lesen. Doch nun hatte er es sich zur Angewohnheit gemacht – wenngleich ein wenig peinlich berührt –, das alte Gebäude mit forscher und entschlossener Miene zu betreten, eine Augenbraue zu heben und zu sagen: »Doughnuts? Das ist aber sehr aufmerksam, meine Damen.«

Mrs. Babbage, die Leiterin der Bücherei, schmunzelte dann und vertrieb sich die Zeit, während Ross zwei Doughnuts aß, einen mit Glasur und einen mit Schokolade. Dann eilte Ross zu den Regalen und suchte sich etwas zu lesen, für gewöhnlich einen Spionageroman oder ein Buch über den Zweiten Weltkrieg. Es gelang ihm kaum, ein Buch innerhalb der 3-Wochen-Frist auszulesen, weil er abends einfach zu müde war und immer gleich einschlief. Dennoch erschien er jeden Sonntagmorgen.

Eines Tages fiel ihm dort eine Mitarbeiterin auf, die er noch nie gesehen hatte. Sie war groß und sehr attraktiv, mit rotblondem Haar und funkelnden haselnußbraunen Augen. Sie konnte nicht viel älter als seine Töchter sein.

Er begann ein Gespräch mit ihr, während er seine Doughnuts aß. Sie hieß Leslie. Sie sagte, sie sei Studentin, habe ihr Studium aber vorübergehend unterbrochen.

Sie war herzlich und freundlich. Ross wurde sofort mit ihr warm. Sie hatte einen milchigen Teint mit Sommersprossen und strahlte agile Energie aus. Aber sie war ihm viel zu dünn. Einmal, als sie sich unbeobachtet glaubte, entdeckte er einen Anflug von Traurigkeit und Müdigkeit in ihren attraktiven Zügen wie sonst nie.

Er erkundigte sich bei Mrs. Babbage und erfuhr, daß Leslie seit zweieinhalb Jahren in der Bibliothek arbeitete und als sehr tüchtig galt.

Ross fragte sich, wieso sie ihr Studium abgebrochen hatte, nur um in einer Kleinstadtbibliothek zu arbeiten. Mrs. Babbage sagte auf eine vorsichtige Frage: »Das möchte ich auch gerne wissen.«

Sie beugte sich vertraulich vor.

»Wenn Sie mich fragen, steckt ein Mann dahinter. Liebeskummer. Sie ist offenbar von irgendwo ausgerissen. Ich glaube nicht mal, daß sie das College abgebrochen hat. Die Frau hat ein abgeschlossenes Studium hinter sich, das sage ich Ihnen.«

Seit diesem Gespräch begann Ross, Leslie mit anderen Augen zu sehen. Er begann sich immer häufiger Empfehlungen für Bücher von ihr geben zu lassen.

Ihre Intelligenz beeindruckte ihn, aber noch mehr ihre Wärme und Feminität.

Er lud sie so lange zu einer Partie Tennis ein, bis sie nachgab.

Nach dem dritten Mal überredete er sie zu einem Abendessen. Es überraschte ihn kaum, daß sie nur einen Salat bestellte. Aber sie erhob keine Einwände, als er für sich einen Cheeseburger mit Pommes frites bestellte und diesen mit Heißhunger aß.

»Mein Arzt hätte jetzt bestimmt gesagt, daß besser ich den Salat hätte essen sollen«, meinte Ross schuldbewußt. »Er liegt mir ständig wegen meines Gewichts in den Ohren. Um ehrlich zu sein, Leslie, ich wette, er würde Ihnen den Cheesburger und Pommes frites verordnen. Sind Sie schon immer so dünn gewesen?«

Sie lächelte. »Nicht immer«, antwortete sie zweideutig. »Aber es ist mir egal. Ich habe wirklich nicht so großen Hunger.«

Etwas an ihrem Blick brachte Ross dazu, das Thema fallenzulassen. Er spürte die innere Pein, die hinter ihrer strahlenden, herzlichen Art lag. Er hielt sich zurück. Doch in Gedanken war er seit diesem Tag mehr denn je bei ihr.

Ihre Tennispartie wurde zu einem festen Termin, alle zwei Wochen sonntags. Ross begann, Leslie auch unter der Woche zum Essen einzuladen – entweder zu einem Picknick samt Spaziergang im Stadtpark oder auf einen schnellen Happen im Restaurant –, und sie schlug seine Einladungen nicht aus. Seine väterliche, beschützende Art schien ihr zu gefallen.

Etwas sagte ihm, daß sie keine richtigen Freunde in der Stadt hatte und keine feste Beziehung. Das wunderte ihn. Sie war ein Rätsel – eine schöne, strahlend junge Frau ohne offensichtliche Ambitionen und völlig zurückgezogen.

Sie redete unbeschwert über alle möglichen Themen, war aber äußerst kurz angebunden, wenn es um ihre Vergangenheit ging. Sie ließ ihn nur wissen, daß ihr Vater im Mittelwesten lebte und sie ihn zweimal im Jahr besuchte. Ihre Mutter war schon vor vielen Jahren gestorben. Geschwister hatte sie nicht.

Das war alles, was Ross erfuhr. Doch durch seine Gespräche mit ihr war er mehr und mehr beeindruckt, nicht nur von ihrer Intelligenz, sondern auch von ihrer Ausgeglichenheit und gutmütigen Toleranz.

Mit der Zeit betrachtete er Leslie als geschätzte Freundin und Vertraute. Auch wenn sie ihm nichts von ihren Geheimnissen anvertraute, so erfuhr sie fast alles über seine eigenen Träume und Enttäuschungen.

Die Welt sah gleich viel aufregender aus, jetzt, wo er wußte, daß es sie darin gab. Er mußte sie gar nicht jeden Tag sehen, um den Antrieb aufzufrischen, den er durch sie erhielt. Ein- oder zweimal die Woche reichte ihm völlig.

Er ahnte nicht, daß seine Chance zu einer engeren Beziehung zu Leslie nicht mehr lange auf sich warten lassen sollte.

An einem sonnigen Tag Anfang Oktober traf er sich mit ihr zum Mittagessen. Er wirkte bedrückt.

Als sie ihn fragte, was los sei, sagte er, seine beste Angestellte habe gekündigt. Leslie kannte die Frau ein wenig. Eunice, eine alte Jungfer, die zwanzig Jahre lang für Ross das Mädchen für alles gespielt hatte, Sekretärin, Buchhalterin und gute Fee des Betriebs gewesen war. Plötzlich hatte sie den Richtigen gefunden und geheiratet – einen Arzt aus Atlanta, der auf Long Island Verwandte besucht hatte.

»Wie läuft es bei euch in der Bücherei?« fragte er.

Leslie lachte.

»Sie sollten vielleicht nicht gar so sehr mit der Tür ins Haus fallen«, sagte sie.

Ross lächelte. »Im Ernst«, sagte er. »Wollen Sie mal darüber nachdenken? Ich kenne Sie und vertraue Ihnen. Sie wären ideal für die Stellung.«

Leslie schaute ihn mit einem vertrauten Lächeln an. Während der letzten Monate fühlte sie sich mit ihm wohler als seit langem.

Eine Woche später hatte sie in der Bücherei gekündigt und war Angestellte von *Wheeler Advertising*.

Ross Wheeler wußte sofort, daß er sich nicht in ihr getäuscht hatte. Sie kam bestens mit den anderen weiblichen Angestellten aus, war voller neugefundener Energie und brachte einen Hauch Jugend und Schönheit in den Betrieb, der auf trostlose Weise gefehlt hatte.

Und sie brachte Fachwissen für die Werbung mit, das sie nicht verbergen konnte, sosehr sie sich auch bemühte, wie eine Anfängerin auszusehen. Fast vom ersten Moment an machte sie Vorschläge, die die Leistung der Agentur bei ihren wichtigsten Kunden erheblich steigerte. Ihre Arbeit zeugte von einem Können, das kaum von einer College-Abbrecherin kommen konnte.

Ross Wheeler begann zu vermuten, daß sie bereits in der Werbebranche tätig gewesen war.

Und so blätterte er seine alten Ausgaben des nationalen Verzeichnisses der Werbebranche durch. Und fand heraus, daß sie bei *Ogilvie-Thorpe* in Chicago gewesen war.

Er rief dort an und sprach mit keinem anderen als Bud Owens, Leslies ehemaligem Chef. Er staunte nur so, als Bud ihm von Leslies bahnbrechender Arbeit für den *Aurora-Lifestyle*-Etat berichtete und von ihren vielen brillanten Kampagnen für ein Dutzend wichtiger Firmen. Bud war voll des Lobes für Leslies bemerkenswerte Fähigkeiten und noch immer verblüfft über ihre damalige Kündigung aus heiterem Himmel.

Ross behielt seine Entdeckung für sich. Er wollte nicht, daß Leslie dachte, er spioniere ihr nach. Doch sein Telefonat mit Bud Owens machte ihn neugierig. Irgend etwas war geschehen, was Leslies vielversprechende Karriere beendet und dazu geführt hatte, daß sie in einer weit entfernten Kleinstadt Angestellte in einer kleinen Bücherei geworden war.

Welches Geheimnis auch immer Leslies Vergangenheit überschattete – Ross hatte das Gefühl, einen Glückstreffer mit ihr gelandet zu haben. Seit Leslie bei ihm arbeitete, sprühte *Wheeler Advertising* nur so vor neuer Energie und Originalität. Sie ließ den Verlust der einst so unverzichtbaren Eunice vollständig vergessen.

Mit jedem Tag schien sie mehr aufzublühen. Sie freundete sich mit den Frauen im Büro an und lernte Ross' Töchter kennen, als sie vom College heimkamen. Sie nahm sogar langsam etwas zu. Während Ross – was fast das beste von allem war – feststellte, daß er begann, einige Pfunde abzunehmen. Vielleicht, so vermutete er, färbte etwas von Leslies rasantem Stoffwechsel auf ihn ab.

Dank Leslie war sein Leben wieder lebenswert geworden.

KAPITEL 22

New York City   Herbst 1975

Die Hightowers waren eine berühmte Familie.

Der Vater, Collier Hightower, ein Eisenbahn- und Stahlmagnat, hatte das Familienunternehmen zu einem der Wall-Street-Ungetüme der zwanziger Jahre gemacht und später zu einer der erstklassigen Finanzinstitutionen der Nation. Seine Frau, geborene Andrea Crocker, Tochter aus der Fabrikantendynastie der Crockers, brachte ein Millionen-Barvermögen und weitere Millionen in Form von Verträgen mit in die Ehe.

Collier und seine Frau waren beide nicht mehr am Leben. Ihre Söhne, Ford Hightower und sein Bruder Kegan, waren beide US-Senatoren. Kegan für die Republikaner in Pennsylvania, dem Heimatstaat der Familie, und Ford für die Republikaner in Delaware, wo er sich niedergelassen hatte, um für den Senat zu kandidieren.

Beide waren sie mächtig, beliebt und intelligent. Sie waren mit Frauen aus wohlhabenden Familien verheiratet und gesellschaftlich stark engagiert. Sie konnten es sich leisten, Millionen für ihre Kampagnen auszugeben. Sie hatten in Harvard Jura studiert, sahen gut aus, mit dunklem Haar, strahlend blauen Augen und markantem Kinn, und saßen gemeinsam im Vorstand der *Hightower Corporation*, einem der zwanzig größten amerikanischen Industrieunternehmen. Sie waren so reich und ihre finanziellen Verbindungen so weit vernetzt, daß politische Widersacher oft versucht hatten, ihnen Kungeleien mit ihren politischen Gönnern anzukreiden.

Doch keine dieser Anschuldigungen konnte je aufrechterhalten werden, weil die finanzielle Grundlage der politischen Karrieren beider Brüder so klug und umsichtig geregelt war, daß sie über jeden Verdacht erhaben waren.

Vor allem war ihr politischer Aufstieg derart skrupellos und schlagkräftig gewesen, daß ihre Gegner ohne jede Chance gewesen waren. Als Kegan sich um einen Sitz im Kongreß bewarb, hatte er es mit einem soliden und beliebten Konkurrenten zu tun, der über eine dreißigjährige Erfahrung und Hunderttausende von treuen Anhängern verfügte. Doch während Kegans Wahlkampfkampagne war irgendwie ans Tageslicht gekommen, daß sein politischer Gegner seit zweiundzwanzig Jahren eine Affäre mit seiner Privatsekretärin hatte und bei einer Gelegenheit eine Provision einer Kreditbank eingestrichen hatte, die dem Bruder seiner Frau gehörte. So konnte Kegan die Wahl mit knappem Vorsprung für sich entscheiden und eroberte sechs Jahre später den angestrebten Sitz im Senat.

Sein Bruder Ford hatte einen ähnlichen Aufstieg hinter sich. Er hatte sich gegen mächtige Gegner durchgesetzt, war Abgeordneter im Kongreß und Senat gewesen und galt nun, dank einer gekonnten und sehr kostspieligen PR-Kampagne während der vergangenen acht Jahre, bei den Wählern als einer der angesehensten und beliebtesten Senatoren überhaupt.

Es gab Gerüchte, daß beide Brüder auch Ambitionen auf das Amt des Präsidenten hätten. Das führte zu Scherzen wie, wenn einer der Brüder die Partei wechselte, sie sogar direkt gegeneinander antreten könnten.

Es gab nur wenige Politiker in Amerika, die populärer waren als die Hightower-Brüder. Sie waren regelmäßig zu Gast im Weißen Haus, hatten den Vorsitz in wichtigen Senatsausschüssen und verfügten über politischen Einfluß, der weit über die Rolle eines Senators hinausging. Fast jeden Monat erschienen Fotos von ihnen auf den Titelseiten der wichtigsten Zeitschriften, und es wurde über ihr schillerndes Leben in der High-Society berichtet, über ihre wunderschönen Häuser, die Leistungen ihrer Kinder, die Schönheit ihrer Frauen und natürlich über ihre vielversprechende politische Zukunft.

Niemandem war bewußt, daß hinter den Kulissen ein ganz anderes Mitglied der Familie, das jegliche Publicity scheute, die Fäden in der Hand hielt.

Jessica Hightower – zwei Jahre jünger als Ford und vier Jahre jünger als Kegan – war seit demTod von Collier Hightower vor fünfzehn Jahren das Oberhaupt der Familie.

Jessica war immer die Klügste der Familie gewesen. Mit sechs Jahren hatte sie einen IQ von 170 gehabt. Mit fünfzehn schloß sie die High-School ab, mit achtzehn das College im Hauptfach Mathematik. Drei Jahre später machte sie gleichzeitig ihren Doktor in Politikwissenschaften und den Magister in Wirtschaft, bevor sie in eine gehobene Position bei *Hightower Industries* einstieg.

Collier Hightower, ein Geschäftsmann alten Kalibers, hatte keine hohe Meinung von Frauen. Aber er konnte nicht verleugnen, daß Jessica ihren Brüdern in allen entscheidenden Belangen überlegen war. Die Brüder waren reine Galionsfiguren, aber persönlich wenig bemerkenswert. Ihr Erfolg kam von ihrem Namen, nicht vom Charakter. Die tatsächliche Zukunft der Hightowers war Jessica.

»Du bist das Hirn der Familie«, sagte er ihr vertraulich. »Du hast mehr Rückgrat, mehr Charakter, als Ford und Kegan jemals haben werden. Es liegt an dir, daß die Familie auch in Zukunft soviel aus sich macht wie möglich. Es liegt alles in deinen Händen.«

Collier Hightower starb, als Jessica 25 war. Ohne Widerstände wurde sie Vorstandsvorsitzende und Geschäftsleiterin von *Hightower Industries*. Allen war klar, daß sie fortan die Macht bei *Hightower* innehatte. Niemand wagte, es sich mit ihr zu verderben. Wer eventuelle Widerstände und Bedenken wegen ihres Geschlechts vorzubringen hatte, wurde augenblicklich zur Räson gebracht – es hatte verheerende Konsequenzen, wenn man sich mit ihr anlegte.

In den ersten beiden Jahren hatte sich Jessica mitleidlos möglicher Gegner auf höherer Ebene entledigt.

Und sie war es gewesen, die den Aufstieg ihrer Brüder zu politischer Macht orchestriert hatte. Ihre Wahlkampfleiter unterstanden direkt Jessica. Sie verwaltete die Wahlkampf-Fonds und plante die Kampagnen. Ihrem feinen Gespür für Strategie und ihrem rücksichtslosen Streben nach Macht war es zu verdanken, daß ihre Brüder über ihre politischen Gegner triumphierten, ohne mit Konsequenzen für ihre privaten kleinen Sünden rechnen zu müssen.

Mit den Jahren zog sich Jessica mehr und mehr zurück. Ihr Name tauchte so gut wie nie in der Presse auf. Aber sie hatte Freunde in den Medien und nutzte ihren Einfluß nicht nur, um das Image ihrer Brüder makellos zu halten, sondern vor allem, um selber so anonym wie möglich zu bleiben.

Sie war eine attraktive Frau, groß und kräftig, mit rotbraunem Haar und den stahlblauen Augen ihrer Brüder. Sie hielt sich in Form mit regelmäßigen Ausritten frühmorgens von fünf bis halb sieben. Sie aß nur wenig, hatte einfach keine Zeit für ausgiebige Mahlzeiten, und ihre Figur wirkte irgendwie hart und so gar nicht sinnlich. Männer kamen – trotz ihres gewaltigen Vermögens – nicht auf den Gedanken, um sie zu werben, weil ihre persönliche Kraft und unerbittliche Ausstrahlung derart einschüchternd war, daß es ziemlich schwerfiel, sie sich als Liebhaberin vorzustellen.

Niemand erwartete auch, daß sie heiratete.

An einem frostigen Oktobermorgen kam Jessica Hightower aus einer Vorstandskonferenz und strebte dem Fahrstuhl zu.

Sie war allein. Sie hatte gerade den Jahresbericht verworfen und gewaltigen Krach geschlagen.

Auf einer der Etagen hielt der Fahrstuhl, und eine junge Frau stieg ein. Jessica würdigte sie keines Blickes. Sie war ganz in ihre Gedanken vertieft.

»Es ist so ein schöner Tag draußen«, sagte die junge Frau. »Ich wünschte, ich müßte jetzt nicht im Büro sitzen.«

Jessica schaute auf und blickte in das offenherzige Lächeln eines bemerkenswert freundlichen Gesichts. Sie sagte nichts. Sie war es nicht gewohnt, von Angestellten angesprochen zu werden.

Als die junge Frau wieder ausstieg, erhaschte Jessica einen Blick auf ihre gertenschlanke Figur und weiches braunes Haar.

Sie verschwendete aber keine weiteren Gedanken auf die Begebenheit.

Am Wochenende darauf wurde sie auf ihrem Ausritt mit ihrem Hengst auf dem Reitpfad des Harkness Club Zeugin eines Unfalls.

Ein Pferd stand reiterlos mitten auf dem Weg. Zuerst war nichts vom Reiter zu sehen. Als Jessica ihr Pferd zum Stehen brachte, hörte sie jedoch einen leisen Schmerzenslaut. Sie stieg ab und sah eine junge Frau im Gebüsch neben dem Pfad liegen.

»Was ist passiert?« fragte Jessica.

»Mein Pferd hat mich abgeworfen«, antwortete die junge Frau. »Mein Bein…«

Sie litt augenscheinlich Schmerzen. Jessica band beide Pferde an und sah sich die Verletzung an. Sie war vertraut mit Reitunfällen und beherrschte Erste Hilfe. Sie besah sich die Gesichtsfarbe der jungen Frau, die in Ordnung schien, und tastete dann vorsichtig das verletzte Bein ab.

»Gebrochen ist es nicht«, sagte sie. Die junge Frau seufzte leicht vor Schmerz, als Jessica ihr Bein untersuchte. »Tut das hier weh?«

»Ja. Es muß ausgerenkt sein. Mein Fuß hat sich im Steigbügel verhakt, als ich aus dem Sattel gefallen bin.«

Ihr Bein war sehr schlank und fühlte sich weich an in Jessicas Hand. Sie sah dem jungen Mädchen ins Gesicht – es kam ihr irgendwie bekannt vor.

»Scheint eine schlimme Zerrung zu sein«, sagte sie. »Am besten nicht bewegen.«

Das Mädchen sah sie an. »Ich kenne Sie«, sagte sie. »Sie sind Miss Hightower. Wir sind uns im Betrieb im Fahrstuhl begegnet.«

Jessica, von Natur aus eine unterkühlte Frau, sagte nichts darauf. Sie erinnerte sich kaum an diese Begegnung. Doch die Offenheit des Mädchens amüsierte sie. Und etwas Verletzliches in diesem jungen Gesicht erweckte ihr Interesse.

»Sie erinnern sich bestimmt nicht an mich«, sagte das Mädchen.

»Sie arbeiten also bei uns?«

Das Mädchen nickte. »Seit vier Monaten«, antwortete sie. »In der Abteilung für Produktentwicklung. Ich bin technische Ingenieurin.«

Jessica horchte auf. Das Mädchen wirkte viel zu jung und zu mädchenhaft für eine Ingenieurin.

Sie entschloß sich spontan, sie selbst ins Krankenhaus zu fahren.

Auf ihre Fragen erzählte das Mädchen, sie sei Waise und ganz allein auf der Welt.

Jessica hörte nur mit halbem Ohr hin. Ihr Blick wanderte über die Kabine, die sie von den übrigen Patienten der Notaufnahme trennte.

An der Wand befand sich ein Spiegel. Darin konnte Jessica den unbekleideten Körper des Mädchens sehen, nur teilweise bedeckt durch ein weites Krankenhaushemd, das die Schwester ihr gegeben hatte. Durch das erhobene Knie war ihr schlankes Bein zu erkennen. Ihre Arme und Hände waren so feingliedrig wie ihre Beine. Etwas an ihr war so frisch wie eine Blume, und ebenso verletzlich. Obwohl sie Schmerzen hatte, war die bemerkenswerte Schönheit ihrer Züge augenfällig. Es war ein stilles, nachdenkliches Gesicht, mädchenhaft und doch voller Tiefe. Ein liebliches Gesicht.

Jessica war fasziniert. Etwas an dieser ganzen Szenerie, so ungewohnt, so völlig anders, übte einen sonderbaren Reiz auf sie aus.

Die Prozedur in der Notaufnahme dauerte über eineinhalb Stunden.

»Hat sie jemanden, der sie heimbringt?« fragte der Arzt.

»Ich bringe sie nach Hause«, sagte Jessica.

Das Mädchen lächelte schwach. »Das ist schrecklich nett von Ihnen«, sagte sie. »Ich mache Ihnen solche Umstände…«

»Sie sind eine meiner Angestellten.« Jessica lächelte. »Das ist doch eine wichtige Beziehung, finden Sie nicht?«

Das Mädchen lächelte. Ihre Augen waren halb geschlossen vor Schmerz und von der Wirkung der Spritze.

Jessica fiel ein, daß sie das Mädchen noch gar nicht nach ihrem Namen gefragt hatte. Sie wollte gerade fragen, als sie sah, daß sie eingedöst war.

Aber an ihrem Handgelenk baumelte das Plastikarmband des Krankenhauses mit dem Namensschildchen.

Jill Fleming.

KAPITEL 23

Es war ganz undramatisch vonstatten gegangen, wie es bei den meisten bedeutenden Ereignissen der Fall ist.

Jordan stand an der Spitze eines neuen aufstrebenden Konzerns, der nach seiner Heirat mit Barbara Considine gegründet wurde. Einer der zahlreichen Bausteine dieses Imperiums war ein kleiner Pharma-Hersteller, der in *LK Pharmaceutical, Inc.* umbenannt worden war. Innerhalb dieser Firma arbeitete Leo Kaminsky enthusiastisch auf den endgültigen Durchbruch in seiner nun schon acht Jahre währenden Forschungsarbeit an seinem neuartigen Medikament hin.

Jordan hatte Sitz und Stimme im Vorstand von *Considine Industries.* Die finanziellen Reserven dieses gewaltigen Konzerns waren ihm von Barbara Considine Lazarus zur Verfügung gestellt worden.

Und Jordan nutzte seine Begabung, die seine Schwester Meg »Vision« genannt hatte. Er erkannte die Möglichkeiten für *Con-*

sidine Industries, die in einer Beteiligung an Minen und Transportgesellschaften lagen; Möglichkeiten, die Victor Considine in seiner Besessenheit von Produktionsbetrieben sträflich übersehen hatte. Barbara Lazarus folgte dem Rat ihres Mannes und sorgte für weitreichende Firmenverbünde in diesen Branchen.

Unterdessen trieb Jordan die Geschichte seines eigenen wiederbelebten Konzerns voran. Er beteiligte sich umfangreich auf dem Gebiet der Unterhaltungsindustrie, erwarb Anteile an Hotels und Casinos, Fernsehsendern, Musik- und Filmfirmen. Jordan verstand die jungen Menschen und sah ein enormes Potential auf dem Gebiet der Unterhaltungsindustrie.

Er investierte auch im Bereich Kommunikation und kaufte Firmen auf, die erste Schritte in Sachen Computer und Mikroprozessoren wagten. Er erkannte, daß ein Jahrzehnt damit vertan worden war, Computer mit Halbleitertechnologie auszustatten, und gründete eine neue Firma, die das Interface entwickelte.

So half Jordan Barbara durch konservative Logik und Vorgehensweise bei *Considine Industries*, während er mit *Lazarus International* eine gewagte und risikoreiche Strategie verfolgte. In beiden Fällen hatte er Erfolg.

Dann, an einem stürmischen Herbsttag, rief Leo Kaminsky an und teilte ihm die gute Nachricht mit, auf die er schon so lange gewartet hatte. Das neue Medikament mit dem Namen X-Span war nun auch für die Anwendung bei Menschen geeignet und erhielt von der Gesundheitsbehörde die Genehmigung zum Vertrieb in den gesamten Vereinigten Staaten.

Dank X-Span war Arteriosklerose als chronische Erkrankung nun weniger lebensbedrohlich als zuvor und würde eines Tages vielleicht gänzlich verschwunden sein.

Der Verkauf des neuen Medikaments erbrachte in den ersten sechs Monaten über fünfzig Millionen Dollar – Tendenz steigend. Die bereits ungeduldig erwarteten Weiterentwicklungen der Formel, mit jeder neuen Version wirksamer als zuvor, verkauften sich sogar noch besser. Die Pharma-Konkurrenten, die in aller Eile eigene Versionen dieses Medikaments herstellten, mußten an Jordan Lizenzgebühren entrichten.

Mit den gewaltigen Gewinnen von X-Span weitete Jordan sein Pharma-Unternehmen nach Europa aus. Er vergrößerte auch die europäischen Anteile im Finanz-, Bau- und Transportwesen von *Lazarus International.* Als eine Art Nebenzweig kaufte sich Jordan in Minengesellschaften und Unternehmen der Schwerindustrie in Südamerika und Europa ein.

Der Punkt war erreicht, wo sein Konzern wie ein rollender Schneeball wuchs. Er mußte gar nichts mehr dazu tun.

Er war mittlerweile schon einer der zehn reichsten Männer Amerikas. Er nahm kaum mehr Notiz davon, daß er ins *Who's Who* aufgenommen wurde. Er gab Zeitschriften und Zeitungen wie *Fortune, Time* und *Wall Street Journal* Interviews und las die Artikel dann mit besorgtem Lächeln.

Und als er dann am 15. April 1975 im Alter von 33 Jahren offiziell zum wohlhabendsten Unternehmer Amerikas erklärt wurde, kam das für ihn selbst völlig überraschend. Er hätte sich niemals träumen lassen, daß seine ehrgeizigen täglichen Bemühungen zu solch einem spektakulären Resultat führen würden.

Es war ihm noch gar nicht wirklich klar, daß er dabei war, zu einer lebenden Legende zu werden.

Jordan war während der letzten Jahre von seiner Arbeit so absorbiert worden, daß er außerhalb der anstehenden Aufgaben niemanden mehr wahrnahm. Das half ihm bei seiner Konzentration, machte ihn jedoch ziemlich nachlässig gegenüber Einzelheiten seines Privatlebens, wie zum Beispiel die geheimen Gefühle seiner und anderer Frauen, die ihm begegneten.

Eine dieser Frauen war eine hübsche, aber wenig gebildete Büroangestellte namens Phoebe Grace. Ihr Verliebtsein in Jordan und ihr weiteres Schicksal sollten ein undokumentiertes Kapitel in der legendären Geschichte von Jordan Lazarus werden.

Phoebe Grace arbeitete als Sekretärin im einem Büro in Manhattan, eine von zweihundert in der Abteilung einer riesigen Versicherungsgesellschaft. Sie brachte Tag für Tag damit zu, ein und denselben Formbrief abzutippen und immer wieder neu auszufüllen.

Sie war fünfundzwanzig und sah sehr gut aus. Sie hatte Affären mit drei ihrer Chefs, einen davon konnte sie sogar um den Finger wickeln: Er zahlte die Miete für ihr Apartment und kaufte ihr Kleider – vor allem Unterwäsche für ihre gemeinsamen Stunden.

Aber Phoebe war damit nicht zufrieden. Sie war zwar nicht besonders intelligent, aber sie war auch nicht dumm, und sie war erfüllt von der romantischen Sehnsucht nach mehr, als sie im Moment hatte. Wenn sie in den Spiegel schaute, sah sie ein Gesicht, daß kaum weniger hübsch war als die Frauen, die sie im Kino und im Fernsehen sah. Sie hatte eine zierliche Figur, mit reifen, festen Brüsten, einer schlanken Taille und gut entwickelten Hüften. Ihre Beine waren lang und elegant. Zwischen ihren Schenkeln nistete ihr geheimer Schatz, eine warme kleine Waffe, die sie einzusetzen gelernt hatte, um von Männern zu kriegen, was sie wollte.

Phoebe war sich ihrer Mittelmäßigkeit als Person ausreichend bewußt, um zu erkennen, daß weder ihr Charakter noch ihre Intelligenz ihr zum Erfolg verhalfen. Sie wußte, daß der Reiz ihres Körpers ihre einzige echte Chance war, es zu etwas zu bringen. Und so war die Frage nach dem richtigen Mann, dem Mann mit der entscheidenden Macht und den entscheidenden Empfänglichkeiten ihr vordringlichster Gedanke.

Und eines Tages lief er ihr über den Weg – oder zumindest nahm Phoebe das an.

Sie traf ihn rein zufällig, als sie auf der Sixth Avenue buchstäblich mit ihm zusammenprallte, und zwar vor der Zentrale seines eigenen Konzerns, wie sie später herausfinden sollte. Er stieß sie fast zu Boden und half ihr mit höflichem Respekt auf, in dem keinerlei persönliches Interesse lag. Er sah erstaunlich gut aus, schlank und jugendlich wie ein Prinz.

Täglich gegen halb zwölf pflegte er einen forschen Spaziergang zu machen, und Phoebe richtete es so ein, daß sich ihre Wege erneut kreuzten. Mit der Zeit nickten und lächelten sie einander zu, wenn sie sich sahen.

Sie behielt ihn im Auge und erfuhr, daß er manchmal im Park zu Mittag aß, um der Kantine der Chefetage zu entfliehen. Dann saß er bei warmem Wetter auf einer Bank im Central Park und aß wie all die andern Berufstätigen dort sein Sandwich, das er in der üblichen braunen Papiertüte mitgebracht hatte.

Eines Tages setzte sie sich zu ihm, ebenfalls ihr Mittagessen in einer braunen Tüte, und sie unterhielten sich. Seinen Namen sagte er ihr nicht.

Sie setzte all ihren Charme ein, gab sich mädchenhaft und ein wenig albern. Sie konnte sehen, daß er amüsiert war, spürte jedoch, daß er sie niemals ernst nehmen würde.

Dann fand sie heraus, wer er war.

Sie entdeckte das Bild auf der Titelseite einer Wirtschaftszeitschrift in ihrem Büro. Sein Name war ihr natürlich vertraut. Jeder hatte von Jordan Lazarus gehört. Aber es schien unglaublich, daß sie, Phoebe Grace, tatsächlich mit einem solch berühmten Mann in Kontakt gekommen war. Sie fühlte sich wie Cinderella.

Und fortan dachte sie ernster über ihn nach.

Sie wollte den rechten Augenblick abpassen und verbrachte deshalb weiterhin die üblichen drei Nächte in der Woche mit ihrem Liebhaber. Doch in Gedanken war sie mehr und mehr bei Jordan Lazarus. Sie glaubte, sie hätte eine reelle Chance, ihn ins Bett zu kriegen, wenn sie ihre Karten richtig ausspielte. Und wenn er tatsächlich Gefallen an ihr finden sollte, dann war alles möglich. Schließlich waren schon weniger tolle Mädchen als sie die Geliebte eines berühmten Mannes geworden.

Eines Tages beschloß sie, es drauf ankommen zu lassen. Sie trug ihr bestes Outfit, einen kurzen Rock mit einer Rüschenbluse, die soviel Einblick ließ, wie dies auf dezente Weise an einem gewöhnlichen Arbeitstag möglich war. Sie richtete es so ein, daß sie

Jordan auf seiner Parkbank traf, setzte sich neben ihn und machte ein ungewohnt ernstes Gesicht.

»Was ist denn?« fragte er. »Ärger gehabt im Büro?«

Sie brach in Tränen aus und vergrub wie spontan das Gesicht an seinem Hals.

»Mein Freund«, schluchzte sie. »Er hat mich sitzenlassen, einfach so. Wir wollten heiraten. Ich kann es noch immer nicht glauben.«

Jordan Lazarus täschelte ihr sanft die Schulter.

»Sie sind ein hübsches Mädchen. Es gibt noch andere.«

»Nein, es ist alles vorbei. Alles ist vorbei«, weinte sie. »Ich will nicht mehr allein sein. Ich hasse meinen Job, ich hasse die Leute, mit denen ich zusammenarbeite. Er wollte mich da rausholen. Ich kann es nicht glauben. Was habe ich nur falsch gemacht?«

Lazarus bedachte sie mit einem teilnahmsvollen Blick.

»Darf ich Sie heute abend zum Essen einladen?« fragte er. »Dann können Sie sich an meiner Schulter ausweinen.«

Sie strahlte. »Wirklich?«

»Sicher. Ich hole Sie hier nach der Arbeit ab. Halb sechs. Wir essen dann eben etwas früher zu Abend.«

Sie wischte sich die Tränen ab. »Sie sind so schrecklich nett.«

»Wozu sind Freunde da?« entgegnete er lächelnd.

Sie nahm sich den Nachmittag frei und frisierte und schminkte sich mit großer Sorgfalt. Sie zog das verführerischste Kleid an, das sie besaß – ein eisblaues Cocktailkleid aus Satin mit Spaghetti-Trägern, die ihre Schultern zur Geltung brachten. Sie betrachtete sich im Spiegel. Sie sah so verführerisch aus wie noch nie.

Sie hatte ihren Regenmantel übergezogen, um ihre feine Kleidung zu verbergen, und wartete an ihrem Treffpunkt. Punkt halb sechs kam Jordan Lazarus auf sie zu.

Er reichte ihr eine Ansteckblume in einer kleinen weißen Schachtel.

»Für Sie«, sagte er. »Als Talisman für Ihre glückliche Zukunft.«

Er winkte ein Taxi heran und nannte dem Fahrer die Adresse

eines intimen und sehr teuren Restaurants in Greenwich Village. Phoebe kreuzte die Finger. Sie war sicher, daß sie Jordan Lazarus heute abend herumkriegen würde. Und selbst wenn nichts weiter als diese eine Nacht dabei heraussprang, würde sie eine Geschichte haben, die sie bis ans Ende ihrer Tage ihren Freundinnen erzählen könnte.

Während Jordan mit Phoebe Grace bei einem intimen Dinner saß, wanderte seine Frau Barbara unruhig in ihrem Penthouse am Sutton Place auf und ab und wartete darauf, daß er sich meldete.

Er hatte vom Büro aus angerufen und gesagt, er werde eine Stunde später heimkommen. Er habe noch eine Besprechung, werde es aber bestimmt kurz machen können. Er sei vor halb acht zu Hause, rechtzeitig zum Essen.

Barbara hatte ein ausgiebiges Bad genommen; sie hatte selber einen anstrengenden Tag im Büro hinter sich. Sie lag in der Wanne und lauschte den zerplatzenden Seifenblasen, während sie an Jordan dachte.

Jordan hielt seit ihrer Heirat seinen Teil der Abmachung ein. Damit machte er Barbara glücklicher, als sie es sich jemals hätte vorstellen können. Er tat das, ohne Liebe für sie zu empfinden, und dennoch tat er es.

Sie war heute eine ganz andere Frau als vor dem Tod ihres Vaters. Nicht nur, daß sie größeres Selbstvertrauen hatte; sie war auch ausgeglichener und glücklicher. Sie betrachtete nicht mehr jeden Tag als Qual, die überstanden werden mußte.

Bevor sie in die Wanne gestiegen war, hatte sie sich im Spiegel betrachtet. Sie sah besser aus als früher, schlanker, femininer. Da war ein Glanz, der in ihren Augen begann und sich über ihr nacktes Fleisch ausbreitete, von ihren Brüsten hinab über ihren Bauch – noch immer der flache Bauch einer kinderlosen Frau – bis zu ihren langen Beinen. Sie war nicht unbedingt eine Schönheitskönigin, aber ihr Glück ließ sie insgesamt attraktiver erscheinen.

Und Jordan schien wirklich gern mit ihr zusammenzusein. Er

küßte sie, wenn er von der Arbeit heimkam, manchmal liebkoste er sie zärtlich, wenn sie beisammensaßen; und wenn sie zu Bett gingen, hielt er sie im Arm, und seine Wärme durchströmte sie.

Er empfand keine Liebe für sie. Das hatte er ihr ganz offen gesagt. Doch diese fehlende Liebe wurde ersetzt durch echte Zuneigung. Und das war etwas, was fast ebenso gut war. Es war, als würde er in Barbara einen Spiegel seiner eigenen Kämpfe im Leben und seiner Einsamkeit sehen.

In diesen nächtlichen Momenten stillen Beisammenseins fühlte sie sich ihm am nächsten. Wenn sie ihn an ihre Brust geschmiegt im Arm hielt, hatte sie das Gefühl, als würde er ihr gehören – und sie ihm.

Mehr verlangte sie gar nicht.

Sie hatten ihre Abmachung getroffen, und auch sie hatte ihren Teil eingehalten, indem sie Jordan völlige finanzielle Freiheit über sein eigenes Imperium einräumte und ihm mit all ihren Mitteln half, es zu vergrößern. Sie war seine Helferin, seine verläßliche Unterstützerin, seine engste Vertraute.

Sie redeten viel und oft miteinander. Sie sprachen über ihre Arbeit, über die gemeinsamen Bekannten und ihre Familien; Barbara hatte sich mit Meg und Louise angefreundet und telefonierte jede Woche mit ihnen.

Jordan war zufrieden mit ihrem Arrangement. Er hatte bekommen, was er von Barbara brauchte, und gab ihr soviel, wie er wollte und konnte.

Er ahnte ja nicht, daß seine Ehe mit Barbara die große Leidenschaft ihres Lebens war, das einzige, was ihr jemals etwas wert gewesen war, etwas, wofür sie bis zum Tode kämpfen würde, solange sie konnte.

Aber Barbara war sich bewußt, daß dies alles von einer einzigen Bedingung abhing. Sie durfte niemals zulassen, daß er von ihrem Geheimnis erfuhr – der Tatsache, daß sie ihn liebte.

Als sie ihm den Antrag machte, hatte sie ihm versichert, ihn nicht zu lieben; hatte gesagt, daß ihr die Liebe fremd sei, durch ihre unglückliche Jugend aus ihr herausgebrannt, wie ihre Sexualität. Und Jordan hatte ihr das geglaubt.

Und weil er ihr glaubte, war sie geheimnisvoll genug für ihn, um sein Interesse aufrechtzuerhalten.

Und sie bewahrte noch ein weiteres Geheimnis vor ihm: ihr Verlangen, ihm eines Tages auch sexuell nahe zu sein. Und danach ein Kind von ihm zu bekommen.

Zu gegebener Zeit, so fühlte sie, würde er einverstanden sein, ihr Liebhaber zu werden. Zuneigung und Mitleid würden ihn dazu bringen. Was gemeinsame Kinder betraf, das könnte eventuell schwieriger werden. Sie würde vielleicht heimlich auf Verhütung verzichten müssen, so daß er nichts ahnte. Sie würde ihm dann sagen, es sei ein Versehen gewesen, ein Unfall. Sie würde ihm versichern, daß er durch dieses Kind zu nichts verpflichtet sei, daß ihre Abmachung unverändert gelte.

Aber sie wagte zu hoffen, daß das Kind, wenn es denn käme, seine Gefühle für sie ändern würde. Jordan war auf seine Weise ein einsamer Mann; ein Mann, in dessen Leben es nur wenig gab, woran er glaubte. Möglicherweise würde ein Kind daran etwas ändern.

Barbara lebte eine riesige Lüge, aber das war ihr egal. Die ersten einundzwanzig Jahre ihres Lebens waren die Hölle gewesen. Dann hatte das Schicksal ihr Jordan geschickt und ihr die Mittel in die Hand gegeben, ihn zu halten. Sie dankte dem Himmel dafür.

Das einzige, was sie fürchtete, war, daß Jordan sie verlassen könnte, ehe sie ihren Plan in die Tat umgesetzt hatte. Daß er von ihrem verlogenen Arrangement angeödet sein könnte, nicht mehr zufrieden damit war oder vielleicht eine andere Frau kennenlernte...

Und so wartete Barbara, erfüllt von Liebe und Furcht.

Und ließ Jordan überwachen.

Nach dem Essen brachte Jordan Phoebe mit dem Taxi heim. Er schien aufrichtig angerührt von ihrer Niedergeschlagenheit, doch als der Wein, den er bestellt hatte, seine Wirkung bei Phoebe hatte, begann er, sie entsetzt anzusehen, so als würde er die Wahrheit unter ihren Tränen und ihrem sexy Kleid ahnen.

Er brachte sie noch zum Eingang des Apartmentgebäudes, in dem sie wohnte. Sie wandte sich zu ihm um.

»Möchten Sie noch auf ein Glas mit raufkommen?« fragte sie. »Ich werde Sie nicht lange aufhalten.«

»Tut mir leid«, sagte er. »Ich muß mich wirklich verabschieden. Ich habe noch einen Termin und bin schon spät dran.«

»Aber ich will nicht allein sein«, sagte sie. »Nicht jetzt.«

»Ich bringe Sie noch zu Ihrer Wohnungstür.«

Er begleitete sie hinauf und sah ihr zu, als sie die Wohnung aufschloß. Die Tür schwang auf und gab den Blick auf ein billiges Innenstadt-Apartment frei, mit zischenden Heizkörpern, dick geweißelten Wänden und dem halbherzigen Versuch einer plüschigen Einrichtung von weiblicher Hand. Auf dem Couchtisch lagen Frauenzeitschriften, die Bücherregale waren leer.

»Kommen Sie doch noch einen Moment mit rein«, bettelte sie.

Er betrat die Wohnung. Kaum hatte sie die Tür hinter ihm geschlossen, warf sie sich ihm auch schon in die Arme, preßte die Lippen auf seine, und ihr gut entwickelter junger Körper schmiegte seine Kurven mit einer Subtilität an ihn, die weit über das hinausging, was sie je im Gespräch hätte leisten können. Alles, was sie hatte, war ihre Körperlichkeit, wie er mit einem Anflug von Mitgefühl und Verachtung bemerkte.

»Entschuldigen Sie«, sagte sie wenig überzeugend. »Ich habe die Beherrschung verloren.«

Doch sie küßte ihn erneut, tiefer und hungriger, und er spürte, wie sie ihre Lenden an ihn preßte. Wider Willen verspürte er ein Ziehen in seinen Lenden; und als sie spürte, daß er hart wurde, begann sie, sich verführerisch an ihm zu reiben, und ein Stöhnen entrang sich ihrer Kehle.

»Komm schon«, sagte sie. »Warum dich dagegen wehren? Ich weiß doch, daß du mich magst...«

Sie vergrub die Finger in seinem Haar und preßte ihre Brüste gegen seinen Brustkorb. Ihre Zunge tanzte gekonnt in seinem Mund. Ihre Hände wanderten über seinen Rücken hinab. Ihr Wimmern war voller Triumph.

Jordan schob sie mit festem Griff von sich.

»Ist das nicht ein bißchen zu plötzlich?« fragte er. »Vor zwanzig Minuten haben Sie noch Tränen vergossen, weil Ihr Freund Sie sitzengelassen hat.«

Sie blickte ihm in die Augen und versuchte, ihren früheren Kummer wieder zu sammeln.

»Ich... ich wußte nicht, was ich machen sollte«, sagte sie. »Es tut mir leid.«

»Nehmen Sie es sich nicht so zu Herzen«, sagte er. »Sie sind ein sehr hübsches Mädchen. Morgen früh können Sie ein ganz neues Leben beginnen. Sie werden bestimmt bald einen neuen Freund haben. Ich denke, das kann ich Ihnen versichern.«

Er machte auf dem Absatz kehrt.

»Nein!« rief sie. »Nicht weggehen! Bitte. Du bist alles, was ich habe.«

Er schüttelte mitleidig den Kopf.

»Sie brauchen mehr Übung, Phoebe. Dieser Satz klingt wenig glaubhaft.«

Und schon war er, ohne ein weiteres Wort, gegangen.

Phoebe warf sich auf die Couch und weinte lange. Sie hatte den berühmten und großartigen Jordan Lazarus in den Fängen gehabt, hier in ihrer Wohnung, und sie hatte ihn nicht halten können.

Sie erkannte, daß sie einfach nicht gut genug für ihn war. Ihre besten Tricks hatten nicht ausgereicht. Sie entsprach nicht seinem Niveau.

»Verdammt, verdammt, verdammt«, fluchte sie, während die Hitze zwischen ihren Schenkeln zu einem Pochen der Frustration abklang. »Verdammt, verdammt, verdammt.«

Zwei Stunden später lag Jordan in Barbaras Armen.

Er war ein wenig später als geplant heimgekommen und hatte sein Abendessen kaum angerührt. Aber er und Barbara hatten ein angenehmes Gespräch gehabt. Und als sie hinüber ins Wohnzimmer gingen, hatte er hinter ihr gestanden und die Arme um ihre Schultern geschlungen.

»Ich bin einsam«, sagte er und schmiegte seine Wange an ihre. »Der Tag war länger, als ich gedacht habe. Du hast mir gefehlt.«

Sie setzten sich auf die Couch. Er strich ihr langsam über den Rücken und massierte die Verspannung des Tages fort. Sie schnurrte zufrieden. Ein Funken sexuellen Interesses deutete sich in seinen streichelnden Fingern an, wurde aber vertrieben von seiner Beherrschung und ihrem offensichtlichen Unbehagen. Doch das alles war nicht mehr so stark wie einst. Sie fühlten es beide, auch wenn sie es nicht offen zugaben.

Als Jordan seine Frau fester umarmt hielt, fragte er sich, warum es ihm so leichtgefallen war, Phoebe Grace zu widerstehen. Immerhin sah sie besser aus als Barbara. Und ganz gewiß verführerischer.

Oder nicht? Barbaras Tiefe, ihre Intelligenz und sogar ihr Unglück machten sie bei weitem interessanter als Phoebe.

Die Reife der Jahre hatte Jordan diese Lektion über Frauen gelehrt. Phoebe war nur gewöhnlich. Barbara hingegen eine vielschichtige Frau, eine subtile Persönlichkeit.

Deshalb war Jordan ihr die ganze Zeit über treu gewesen. Er liebte Barbara nicht. Aber er konnte sie auch nicht mit einer Frau betrügen, die er nicht liebte. Ein Teil von ihm gehörte Barbara – und zwar auf eine Weise, die er nicht begriff. Das machte ihre Anziehungskraft nur noch mächtiger.

Barbara zog sein Gesicht an ihre Brüste.

»Du bist lieb«, sagte sie.

Das Telefon klingelte; es war ihre Privatleitung.

Sie meldete sich und hörte schweigend zu, ihre Hand in Jordans.

»Gut«, sagte sie schließlich. »Sie wissen, was zu tun ist.«

»Etwas Wichtiges?« fragte er.

»Nichts Wichtiges«, antwortete Barbara und schlang die Arme um ihn. »Wirklich nicht der Rede wert.«

Am anderen Ende der Leitung wurde das Telefon von einem hart aussehenden Mann aufgelegt. Er stand im Wohnzimmer von Phoebe Grace. Zwei weitere Männer hielten die strampelnde Phoebe auf dem Bett fest. Ihre Nase und ihr Kinn waren gebrochen.

Der Mann holte ein Glasfläschchen aus der Tasche. Mit einem Handtuch um seine Hand öffnete er es vorsichtig.

»Okay, seht euch vor«, sagte er zu seinen Begleitern.

»Muß das wirklich sein?« fragte der eine. »Ich meine, sie hat doch schon ein gebrochenes Nasenbein, Menschenskind. Sie wird nie mehr dieselbe sein. Laß sie doch in Ruhe.«

»Was angeordnet ist, wird gemacht«, sagte der andere in Gedanken an Barbaras Anordnungen.

Phoebe Grace blickte entsetzt zu ihm hoch.

Mit einer kurzen Bewegung schüttete er ihr die Säure ins Gesicht. Ihr Schrei war unmenschlich.

Sie mußten ihr ein Kissen auf das Gesicht pressen, damit niemand sie hören konnte, bis sie das Bewußtsein verlor.

KAPITEL 24

Vom Herbst an sah man Jessica Hightower in neuer Begleitung.

Jill Fleming kurierte ihr lädiertes Knie in Jessica Hightowers Haus an der Park Avenue aus. Ihre persönliche Habe war bereits aus ihrem kleinen Apartment in der Innenstadt abgeholt und hergeschafft worden. Im oberen Stock war ein Zimmer für sie bereitgestellt worden, direkt neben Jessicas Räumen.

Jill wurde aus der Abteilung für Produktentwicklung abgezogen und erhielt einen neuen Titel: Leitende Assistentin der Geschäftsführung. Sie wurde Jessicas engste Beraterin und Vertraute und ihre Augen und Ohren im Konzern.

Bis zum Winter hatten die Leitenden Angestellten von *Hightower Industries* Jill fürchten und respektieren gelernt. Sie bewies außergewöhnliche Intelligenz und Scharfsinn. Keine Verschwendung, Schlamperei oder mangelnde Produktivität blieb ihr verborgen. Und es zog sofortige und mitleidlose Reaktionen Jessicas nach sich. Noch intensiver war das persönliche Verhältnis der beiden.

Sie standen einander sehr nahe. Sie frühstückten gemeinsam daheim, mitunter noch im Nachthemd oder Pyjama. Auch das Abendessen nahmen sie grundsätzlich gemeinsam ein.

Gegen zehn Uhr, manchmal früher, manchmal später, kamen die beiden dann aus ihren Schlafzimmern, verglichen einige Notizen ihrer abendlichen Arbeit und machten es sich dann in Jessicas Arbeitszimmer bequem. Jill stellte leise Musik an oder ließ den Fernseher mit gedämpfter Lautstärke laufen und massierte Jessica. Das Gefühl der sanften Hände auf Nacken und Schultern verschaffte Jessica ein Gefühl der körperlichen Haltung, wie sie es seit vielen Jahren nicht mehr erlebt hatte.

Jills Knie war längst vollständig auskuriert, doch als Jessica sie besser kennenlernte, erfuhr sie, daß Jill an einer chronischen Blutarmut litt, die manchmal Schwächeanfälle verursachte und ärztlicher Behandlung bedurfte, mitunter sogar gelegentlicher Transfusionen.

Manchmal litt Jill unter entsetzlichen Kopfschmerzen. Kein Medikament konnte dagegen helfen. Jill ertrug es tapfer und machte ihre Scherze darüber, wenn sie den Nachmittag über oder am Abend zu Bett mußte, um die Kopfschmerzen »wegzuschlafen«. Dann war es Jessica, die ihr zärtlich die Schläfen massierte, manchmal für eine dreiviertel oder ganze Stunde. Sie erkannte, daß Jill schlimmer litt, als sie zugab. Den Schmerz ihrer Freundin zu lindern gab Jessica das wundervolle Gefühl, gebraucht zu werden.

Es war Jills stiller Stolz, der sie dazu brachte, ihre Jugend als Waisenkind, ihre emotionalen Narben und was sie körperlich hatte erleiden müssen herunterzuspielen. Jessica identifizierte sich mit Jills Einsamkeit, weil sie innerhalb ihrer illustren Familie selber stets allein gewesen war. Sie verspürte ein überwältigendes Bedürfnis, sich um Jill zu kümmern und sie zu umsorgen.

Die Intimität der beiden Frauen vertiefte sich.

Eines Abends erzählte Jill Jessica ihre Geschichte, als sie noch in Detroit, bei *Continental Products* gearbeitet hatte. Und wie Harley Schrader sie eines Tages eingeladen und ausgeführt hatte. Und so getan hatte, als ginge es ihm darum, einige wichtige geschäftliche Dinge zu besprechen. Sie hatte seine Einladung trotz einiger Bedenken angenommen, weil er ihr einen größeren Verantwortungsbereich in Aussicht gestellt hatte.

Aber Schrader hatte sie betrunken gemacht und war ihr dann auf dreisteste und derbste Weise nahegekommen. Zu allem Unglück war Jill aufgrund ihrer angeschlagenen Verfassung auf der Couch in seinem Wohnzimmer ohnmächtig geworden.

Am nächsten Morgen war sie mit der verstörenden Überzeugung aufgewacht, daß sie mißbraucht worden war. Sie hatte Schraders Wohnung ohne ein Wort verlassen und versucht, den Vorfall zu vergessen.

Eine Woche lang ging sie ihrer Arbeit nach, als wäre nichts geschehen. Doch dann mußte sie zu ihrem blanken Entsetzen erfahren, daß Schrader anderen im Betrieb gegenüber mit seiner Eroberung geprahlt hatte und behauptete, sie sei ein williges Opfer gewesen. Damals war sie mit einem netten jungen Mann aus der Firma liiert gewesen, der ihr jedoch nun, als ihm Schraders Prahlereien zu Ohren kamen, den Laufpaß gab.

Sie hatte gekündigt und die Stadt verlassen, weil sie die Erniedrigung nicht ertragen konnte. Niedergeschlagen und verwirrt hatte sie sich fast ein Jahr treiben lassen und als Sekretärin, Babysitter und Beraterin in einem Jugendcamp gejobbt. Sie gab sich alle Mühe, zu vergessen, was geschehen war.

»Dann beschloß ich, mich zusammenzureißen«, sagte sie. »Ich wollte mir nicht mein ganzes Leben ruinieren. Also habe ich mein Diplom gemacht und bin dann zu *Hightower* gekommen.«

Jessica sah sie mit einer Mischung aus Mitleid und berechtigter Entrüstung an.

»Wie, sagtest du, hieß der Kerl doch gleich noch?« fragte sie.

»Schrader«, antwortete Jill abwesend. »Harley Schrader. Den Namen werde ich bis an mein Lebensende nicht vergessen.«

Ich auch nicht, dachte Jessica im stillen. Ich auch nicht, Jill.

Eine Woche nach Jessica Hightowers nächtlichem Gespräch mit Jill Fleming wurde Harley Schrader fristlos gekündigt. Niemand konnte sich einen Grund denken. Den kannten allein Sprecher und Vorsitzender des Vorstandes, und sie schwiegen.

Harley endete als kleiner Verkäufer in einem Möbelladen.

Er erfuhr nie, daß sein Unglück an jenem Tag seinen Anfang genommen hatte, als er die junge Jill Fleming unterschätzte, mit ihrem lieblichen Körper, ihrem reizenden Schönheitsfleck und ihren subtilen Verführungskünsten. Sie und Roy English auseinanderzubringen war ihm als Gefallen gegenüber Roy vorgekommen und obendrein als ideale Gelegenheit, Jill eins auszuwischen. Doch statt dessen hatte er seinen eigenen Untergang besiegelt.

KAPITEL 25

Johnsonville, Long Island

Die Monate gingen ins Land. *Wheeler Advertising* ging es so gut wie nie. Leslie hatte nicht den wenigsten Anteil daran.

Dennoch war Ross Wheeler nicht ganz wohl. Trotz der allgemeinen Zufriedenheit veränderten sich seine Gefühle auf eine beunruhigende Weise.

Er bewunderte Leslie, wie er noch nie eine Frau bewundert hatte. Auf seine ruhige Weise war er ihr wie ein Vater gewesen: Er hatte ihr geholfen, ihre Schale zu sprengen und ihr inneres Gleichgewicht zurückzugewinnen. Welch privater Kummer auch immer ihr dreijähriges Trudeln verursacht haben mochte – es war Ross mit seiner Freundschaft und seiner kleinen Agentur, der Leslie gerettet hatte.

Dieser Vergleich mit einem Vater ging Ross nun schon seit vielen Monaten durch den Kopf. Er war allein, seit seine Töchter von daheim ausgezogen waren, und er war dankbar für die Gelegenheit, so unentbehrlich zu sein für dieses liebenswerte Mädchen, das so bedrückt gewirkt hatte, als er es zum ersten Mal gesehen hatte.

Aber immer öfter erfüllten ihn nun auch geheime Sehnsüchte.

Er kämpfte zwar dagegen an. Leslie war jung genug, um seine Tochter zu sein. Und doch konnte er nicht verleugnen, was er empfand. Je mehr er zu der Einsicht gelangte, daß Leslie tabu für ihn sein mußte, desto mächtiger wurden sie. Es war, als hätte Leslie für ihn die Zeit zurückgedreht, indem sie in sein Leben getreten war, und als böte sie ihm eine zweite Chance für das Glück mit einer idealen Frau.

Es war alles zuviel, dieses Kaleidoskop von Jugend, Schönheit und Kreativität, das Leslie war. Sie war durch Zufall in sein Leben getreten und hatte es völlig verändert. Er war verloren, und er wußte es.

»Mein Gott, ich liebe sie«, dachte er, allein in seinem Bett, allein in seinem Haus.

Aber er befahl sich, nichts zu unternehmen. Auch wenn seine Gefühle außer Kontrolle waren, war er dennoch nüchtern genug, um zu erkennen, daß er es niemals dazu kommen lassen sollte, daß Leslie davon erfuhr.

Doch kleine unscheinbare Gesten und Ereignisse ließen Ross zweifeln an Leslies Einstellung zu ihm und unterwanderten seine Entschlossenheit, bei seiner mühsam errungenen Haltung zu bleiben.

Schließlich ertrank er in der Flut, gegen die er sich vergeblich zu stemmen versuchte.

An einem Freitag ging er während der Arbeit zu ihrem Schreibtisch. Sie schaute lächelnd zu ihm auf. Er wollte gerade etwas sagen, als das Telefon klingelte. Leslies Telefonat schien kein Ende zu nehmen. Als sie endlich auflegte, eilte er zu ihr.

»Gehen Sie heute mit mir essen?« fragte er.

Sie hob eine Braue, mehr von seiner nervösen Art überrascht als von der Einladung. Sie aßen oft zusammen zu Abend.

Dann erhellte ein fröhliches Lächeln ihre Miene.

»Ich kann einem gutaussehenden Mann doch keinen Korb geben«, sagte sie.

»Halb acht?«

»Abgemacht. Und was ist der Anlaß, wenn ich fragen darf?« In ihren Augen funkelte Neugierde.

»Liebeserklärung.« Er lächelte. »Heiratsantrag.«

»In diesem Fall werde ich mein bestes Kleid anziehen«, scherzte sie.

Ross wandte sich um und ging. Innerlich verfluchte er sich, daß er es so plump angestellt hatte. Nun würde sie ihn nie im Leben ernst nehmen.

Sie speisten im besten Restaurant der Stadt. Ohne es geplant zu haben, lenkte Ross das Gespräch auf ernste, persönliche Themen. Er sprach über seine Scheidung, seine Töchter, seine Einsamkeit. Er versuchte, Leslie etwas über ihr Privatleben zu entlocken. Sie erzählte ihm von ihrer verstorbenen Mutter, ihrem engen Verhältnis zu ihrem Vater. Doch wie stets verriet sie nicht mehr von sich.

»Sie sind mir ein echtes Rätsel«, sagte Ross und spielte nervös mit seinem Weinglas. »Sie sind so sehr Dame, Leslie. So fraulich und doch noch so jung. Ich bewundere Sie, aber ich bin mir nicht sicher, ob ich Sie auch verstehe.«

»Warum sollten Sie, wenn ich es nicht einmal selber tue?« Sie lächelte. »Vielleicht bin ich noch nicht alt genug, um zu wissen, wer ich bin. Manchmal denke ich, daß es keinen Sinn hat, zu versuchen, die Dinge zu begreifen. Sollen sie sich selber erklären, wenn die Zeit reif ist.«

Das war nicht, was Ross hatte hören wollen, dennoch brachte er ein Lächeln zustande.

Auf halbem Weg zu ihrer Wohnung wagte er zu sagen: »Darf ich Sie noch zu mir auf einen Schlummertrunk einladen?«

»Werden da nicht die Nachbarn klatschen?« Sie lächelte.

Wieder hatte er das peinigende Gefühl, daß sie ihn verstand, verbunden mit der Gewißheit, daß er sich völlig umsonst bemühte.

Aber er nutzte ihre Zustimmung aus und fuhr zu seinem Haus.

Sie betrachtete die Fotos seiner Töchter auf dem Kaminsims.

»Sie können sich glücklich schätzen, Ross«, sagte sie. »Ihre Mädchen sind wirklich bildhübsch.«

Er sagte nichts darauf. Er sah nur, wie schön Leslie war.

Er fragte sich, was seine Töchter wohl empfinden würden, Leslie als Stiefmutter zu haben. Der Gedanke ließ ihn konsterniert das Gesicht verziehen. Verrückt, dachte er. Verrückt!

Er hängte Leslies Mantel in den Wandschrank im Flur. Zu seinem Verdruß mußte er feststellen, daß das Wohnzimmer nicht richtig saubergemacht worden war. Seine Putzfrau, Mrs. Merritt, wurde immer kurzsichtiger, und außerdem nahm sie ihn nicht richtig ernst.

»Das Haus kommt allmählich herunter«, sagte er.

»Könnte die Hand einer Frau gebrauchen.« Leslie lächelte, noch immer mit dem Rücken zu ihm die Fotos betrachtend.

Er brachte ihr etwas zu trinken und stellte das Glas vor sie auf den Kaminsims. Sie stand mit dem Rücken zu ihm. Das Feuer in ihm brannte außer Kontrolle. Wenn er es nicht herausließ, würde er noch platzen.

»Leslie…«, sagte er.

Sie drehte sich zu ihm um. Er trug noch immer Anzug und Krawatte.

»Sie sehen wirklich gut aus!« Sie lächelte. »Ich bin mir nicht sicher, ob ich da standhaft bleiben kann…«

»Leslie, ich…«

Seine Hände hatten ihre ergriffen, noch ehe er ein Wort herausbringen konnte. Er zog sie zu sich. Die Lippen, die er all die Zeit so bewundert hatte, kamen näher. Ihr Duft betörte ihn, natürlich, frisch und unwiderstehlich.

Doch sie stützte sich mit beiden Händen an seiner Brust ab; zwar nur ein sanfter Druck, aber es reichte aus, daß er sie losließ.

»Mein Gott…« Er wich zurück. »Ich weiß nicht, was in mich gefahren ist. Sie müssen mich ja für verrückt halten.«

Er ging zum Sofa und setzte sich. Sie kam zu ihm.

»Wollen Sie darüber reden?« Sie sah ihn eindringlich und fragend an.

Er wandte den Blick ab. Er fand die Worte nicht, die er sich schon so lange zurechtgelegt hatte.

»Ich bin alt genug, um Ihr Vater zu sein«, sagte er geknickt.

Sie erwiderte nichts darauf. Aber sie drückte zärtlich seine Hand.

Er gestattete sich, zu glauben, es sei eine Geste der Ermutigung.

»Leslie«, sagte er. »Willst du meine Frau werden?«

Einen Moment lang sah er sie nicht an. Als er es tat, sah er, mit sinkendem Mut, den Ausdruck der Überraschung, vor dem er solche Angst gehabt hatte. Sie war verblüfft. Damit hatte sie nicht gerechnet.

Doch ihre Hand ruhte noch immer auf seiner und hielt ihn sanft.

»Mir ist klar, wie albern das wirken mag«, sagte Ross. »Aber ich liebe dich. Ich bin verrückt nach dir. Seit ich dich gesehen habe…«

Er verstummte kläglich. Ihr Blick hatte ihm allen Mut geraubt. Er kam sich wie ein armseliger alter Mann vor, der einem Mädchen einen absonderlichen Antrag machte, obwohl sie unmöglich an ihm interessiert sein konnte.

»Es tut mir leid«, sagte er. »Ich habe versucht, es solange wie möglich für mich zu behalten. Sag einfach nein, und ich werde es verstehen. Ich bin bis über beide Ohren in dich verliebt, Leslie. So was habe ich noch nie für einen Menschen empfunden. Niemals.«

Sie legte ihm die Hand auf die Schulter und tätschelte ihn sanft. Dann gab sie ihm einen Kuß auf die Wange.

»Ross, du bist ein anständiger Mann«, sagte sie. »Du bist mein Lebensretter gewesen. Du hast mir ein neues Leben gegeben, als mein altes mich im Stich gelassen hat.«

Ross lächelte traurig.

»Du sagst also nein«, seufzte er. »Du mußt nicht drumrumreden. Ich hätte gar nicht fragen sollen.«

Sie war nachdenklich.

»Das ist etwas, worüber ich in Ruhe nachdenken muß«, sagte sie.

Er schaute auf.

»Im Ernst?« fragte er.

»Hast du die Geduld?« fragte sie. »Mein Leben hat in den letzten Jahren unerwartete Wendungen genommen. Ich bin noch immer dabei, wieder auf die Füße zu kommen.«

Er ergriff ihre Hände. »Laß dir soviel Zeit, wie du willst«, sagte er. »Es reicht mir, wenn ich weiß, daß du darüber nachdenkst.«

Er sah, wie tief sie in Gedanken versunken war. Sie nahm seinen Antrag ernst. Doch da waren viele widerstreitende Kräfte in ihr, die er nicht sehen konnte.

KAPITEL 26

Im Frühjahr 1976 ereignete sich etwas, was den geregelten Alltag von Jordan Lazarus schlagartig durcheinanderwirbeln sollte.

AMZ Ltd., ein europäischer Konzern, der sich in den letzten zehn Jahren enorm in den USA engagiert und dort Beteiligungen sowie Eigentum erworben hatte, sah sich plötzlich dem Versuch eines noch größeren Konzerns mit Hauptsitz in Südafrika gegenüber, ihn zu übernehmen.

Um diese Übernahme zu verhindern, machte man sich bei AMZ auf die Suche nach einem »Weißen Ritter« oder einem befreundeten Unternehmen, das AMZ zu besseren Konditionen übernehmen würde als der südafrikanische Konzern.

Dieser »Weiße Ritter« sollte schließlich niemand anders sein als *Lazarus International, Inc.* Die Beteiligungsexperten von Jordan Lazarus hatten ihm AMZ mit ihren profitablen US-Beteiligungen als ideale Erwerbung für *Lazarus International* empfohlen, zumal Lazarus derzeit über ausreichend flüssiges Kapital verfügte, um einen derart umfangreichen Kauf problemlos verkraften zu können.

Am 1. März wurde aus AMZ Ltd. ein Teil des Firmenverbandes von *Lazarus International.*

Irgendwo im verworrenen Patchwork der von AMZ in den letzten Jahren erworbenen und gehaltenen US-Firmen gab es auch eine landesweite Kette kleiner Werbeagenturen, mit den Namen *Modern Images.* Eine dieser Agenturen, nur ein winziges Rädchen in der multinationalen Maschinerie von *Lazarus International,* war *Wheeler Advertising* in Johnsonville, Long Island.

Am 25. März gab es im Bostoner Hilton eine Tagung mit allen Vertretern der zahlreichen Franchise-Ableger von *Modern Images* im Kreis der Firmenfamilie von *Lazarus International.*

Jordan Lazarus nahm persönlich am Eröffnungsabend teil. Er hatte es sich zur Regel gemacht, sich den Angestellten jedes Unternehmens, das er erwarb, vorzustellen.

Seine Ansprache am Nachmittag war mit großem Beifall aufgenommen worden. Nun war er auf dem Weg zurück zum Flughafen, um in seinem Privatjet sofort zurück nach New York zu fliegen, wo ihn wichtige Sitzungen erwarteten.

Er fuhr den Alfa Romeo, den er sich in Boston hielt, selbst. Er versuchte, immer möglichst normal zu leben. Er fuhr selbst, kaufte selber ein und half Barbara sogar gelegentlich beim Kochen.

Er steuerte durch den Hotelparkplatz, als der Unfall geschah.

Jemand setzte aus einer Parklücke und rammte Jordans Auto hart an der Beifahrertür.

Er stieg zornig aus und schlug die Tür heftig hinter sich zu. Aus dem anderen Auto stieg eine Frau aus.

Er wollte sie gerade derb anfahren, als sich seine Augen weiteten und ihm die rüde Bemerkung im Halse steckenblieb.

Vor ihm stand die schönste Frau, die er je gesehen hatte.

Sie wirkte verwirrt und aufgelöst. Ihre Miene verriet Müdigkeit. Jordan schätzte, daß sie einen langen und anstrengenden Konferenztag hinter sich hatte.

»Tut mir leid«, sagte sie. »Ihr Wagen ist so flach, daß ich ihn gar nicht im Rückspiegel gesehen habe. Aber vielleicht«, seufzte sie, »hatte ich es auch ganz einfach nur zu eilig.«

Jordan musterte sie. Sie war ziemlich groß, mit einer zierlichen Figur. Unter dem Rock ihres Busineßkostüms kamen wohlgeformte aristokratische Beine zum Vorschein, und unter ihrer Seidenbluse zeichneten sich kleine runde Brüste ab. Die Jacke hatte sie ausgezogen, es war ein warmer Tag.

Sie hatte das wundervollste Haar, das er je an einer Frau gesehen hatte. Es war sehr lockig, fast kraus, rotblond und auf eine einzigartige feminine Weise lebendig und leuchtend. Es harmonisierte perfekt mit ihren milchigen, sommersprossigen Wangen und den tiefgründigen grünen Augen unter langen Wimpern. Sie strahlte eine Gefaßtheit und sogar ein wenig Schüchternheit aus, die im charmanten Kontrast zu ihrem leuchtenden Haar und ihren funkelnden Augen stand.

Sie war sehr jung und intelligent. Das sah er auf den ersten Blick.

Sie seufzte. Sie sah sehr abgespannt und gereizt aus, aber schön.

»Dann sollten wir wohl besser unsere Versicherungskarten austauschen«, sagte sie. »Offensichtlich war es meine Schuld. Es tut mir sehr leid. Ich habe Sie wirklich nicht gesehen.«

Der Anblick ihres Kummers rührte ihn. Ihr Auto war ein älteres Modell. Sie war augenscheinlich nicht sonderlich wohlhabend.

Sie kramte in ihrer Handtasche nach ihrer Versicherungskarte und reichte sie ihm.

»Wissen Sie«, sagte er schnell, »der Schaden an Ihrer Stoßstange ist nur gering. Mir ist gerade eingefallen, daß meine Versicherung vor drei Wochen abgelaufen ist und ich sie noch nicht verlängert habe. Die Folgen einer Geldbuße wegen Fahrens ohne Versicherung wären mir unangenehm.« Er sah sie an. »Könnten wir das vielleicht einfach vergessen? Um meinen Wagen kümmere ich mich schon.«

Sie schien etwas verunsichert, sagte aber schließlich: »Also meinetwegen.« Sie schaute auf seinen Wagen. »Das mit Ihrer Tür tut mir wirklich leid.«

»Ach, die habe ich sowieso nie gemocht.«

Sein Versuch, witzig zu sein, kam ihm selbst kläglich vor.

Er sagte: »Darf ich Sie vielleicht zum Abendessen einladen? Nur um zu beweisen, daß ich Ihnen wirklich nicht böse bin. Immerhin war ich praktisch der Übeltäter, ohne Versicherung zu fahren.«

Ein spitzbübisches Lächeln begleitete seinen Blick hoffnungsvoller Erwartung.

Sie errötete, schien aber nicht verunsichert. »Nein, danke«, sagte sie. »Ich habe leider zu tun. Aber es ist trotzdem sehr nett von Ihnen.«

»Ach woher«, sagte er. »Ich danke Ihnen.«

Einen Moment lang sah sie ihn an. Sie schien auf etwas zu warten.

»Dürfte ich bitte meine Karte wiederhaben?« fragte sie.

Er hatte ganz vergessen, daß er noch immer ihre Versicherungskarte in der Hand hielt. Er gab sie ihr zurück. Ihre Finger berührten sich nicht, als sie sie nahm.

Sie ging zurück zu ihrem Wagen und stieg ein. Jordan wollte seine Einladung zum Essen wiederholen, aber eine fast jungenhafte Verlegenheit ergriff ihn so plötzlich, daß ihm der Mut dazu fehlte.

Er fuhr seinen Wagen zur Seite und sah zu, wie sie aus der Parklücke setzte und davonfuhr. Sein Blick fiel auf die kleine Beule in ihrer hinteren Stoßstange. Er hatte sich ihr Kennzeichen gemerkt.

Und er erinnerte sich an ihren Namen auf der Versicherungskarte.

Leslie Chamberlain.

Er flog an diesem Nachmittag nicht mehr zurück nach New York.

Eine dreiviertel Stunde saß er in seinem ramponierten Alfa Romeo auf dem Parkplatz und dachte nach. Dann stellte er den Wagen ab, rief seinen Piloten am Flughafen an und sagte den Flug nach New York ab.

Er bestellte sich einen Drink an der Hotelbar. Nachdem er gedankenversunken eine Weile daran genippt hatte, ging er zum nächsten Telefon und rief die *Lazarus*-Zentrale in New York an. Er sagte seiner Privatsekretärin, er müsse zumindest heute abend noch in Boston bleiben, und trug ihr auf, die für morgen früh angesetzten Termine umzulegen.

Danach trank er sein Glas aus, ging erneut zum Telefon und rief Barbara an, um ihr zu sagen, daß er heute abend nicht heimkommen werde. Er sagte, seine Anwesenheit sei doch noch nötig.

Barbara hatte Verständnis.

»Du wirst mir fehlen«, sagte sie. »Beeil dich.«

»Du mir auch«, sagte Jordan. »Ich rufe dich gleich morgen früh an.«

Er hängte auf, seufzte erleichtert und bestellte sich noch einen Drink.

Doch weder der Alkohol noch seine erfolgreiche Änderung seiner Pläne besänftigten das wahnsinnige Kribbeln in seinen Sinnen.

Er ließ sich von einem seiner Helfer eine Kopie des Teilnehmerverzeichnisses des Meetings bringen. Mit zitternden Fingern blätterte er durch die Seiten.

Chamberlain, Leslie, las er. Stellv. Etatdirekt., *Wheeler Advertising,* Johnsonville, L. I.

Mehr Informationen über die junge Frau gab das Verzeichnis nicht. Jordan würde ihre Zimmernummer an der Hotelrezeption erfragen müssen.

Er schloß die Augen. Sein zweiter Drink stand fast unberührt vor ihm. Eine wunderbare Verwirrung machte ihn fast unfähig, zu entscheiden, was er als nächstes tun sollte. Dann fiel ihm das Kennzeichen an Leslie Chamberlains Auto ein.

Er ging zum drittenmal zum Telefon. Als er an die Bar zurückkehrte, um seinen Drink auszutrinken, fühlte er sich erfrischt und voller Tatendrang.

Er hatte den Stein ins Rollen gebracht.

Am nächsten Morgen stand Leslie früh auf.

Sie war in einem preiswerten Motel untergebracht. Sie stand gerade vor dem Spiegel ihres winzigen Bades und schminkte sich, als das Telefon klingelte.

Nur im Slip ging sie zum Telefon.

»Miss Chamberlain? An der Rezeption ist etwas für Sie abgegeben worden.«

Sie zog sich an und ging den ziemlich schmuddeligen Korridor hinunter zur Rezeption.

Zwei Dutzend Rosen in einem geschmackvollen und offensichtlich sehr teuren Arrangement warteten auf sie.

Während Leslie noch versuchte, diese Überraschung zu verdauen, trat ein Mann in schwarzer Livree auf sie zu.

»Guten Morgen, Miss«, sagte er. »Ich bin Ihr Fahrer für heute. Ihr Wagen wird repariert, während Sie im Hotel sind.«

Leslie schaute ihn verdutzt an. Dann kam ihr der Gedanke, die Karte zu lesen, die in den Rosen steckte.

»Nochmals Entschuldigung für die Unannehmlichkeiten gestern nachmittag. Ich hoffe, Sie genießen den Rest der Tagung.«

Unterschrieben hatte Jordan Lazarus.

Für einen Moment studierte Leslie die Karte, dann fragte sie den Chauffeur: »Wer hat Sie geschickt?«

»Mr. Lazarus«, antwortete er.

Sie traf ihn zufällig auf dem Weg zum Mittagessen.

»Hallo«, sagte er. »Wie läuft die Tagung?«

»Sehr gut, danke«, antwortete sie. »Ich lerne eine Menge. Es ist eine wirklich nützliche Veranstaltung.«

»Haben Sie die Blumen bekommen?«

Sie nickte. »Vielen Dank. Das war wirklich nicht nötig.«

»Hat der Chauffeur Sie abgeholt?« fragte er ein wenig besorgt.

Wieder nickte sie. »Ja, er war sehr nett.«

»Gut«, sagte Jordan. »Ich bin froh, daß alles geklappt hat. Zu oft geht irgendwas schief, wenn man etwas arrangiert.«

Sie sagte nichts darauf. Sein Blick war freundlich, aber ausgesprochen vorsichtig.

»Darf ich Sie zum Lunch einladen?« fragte er.

Ein gequälter Blick trat in ihre Augen.

»Das geht leider nicht. Ich habe zu tun.«

Er verbarg seine Enttäuschung nicht, als sie sich auch zum Abendessen nicht einladen ließ.

»Es tut mir leid«, sagte sie, »aber ich habe schon eine Verabredung.«

Bei jeder anderen Frau hätte Jordan Druck ausgeübt. Er wußte, daß sie wußte, wer er war. Keine Verabredung zum Abendessen konnte so wichtig für sie sein wie ein gemeinsames Dinner mit Jordan Lazarus.

Doch bei dieser Frau schien seine Bedeutung und Wichtigkeit ein ziemlich plumpes Argument zu sein, um sie umzustimmen. »Na gut, dann vielleicht ein anderes Mal«, sagte er. »Übrigens, ich habe mich Ihnen noch gar nicht vorgestellt, wie es sich gehört. Gestatten – Jordan Lazarus.«

Sie erwiderte fest seinen Handschlag. »Ich weiß, wer Sie sind«, sagte sie. »Und nochmals danke für die Blumen. Das war sehr nett von Ihnen.«

Für Jordan begannen die schwierigsten vierundzwanzig Stunden seines Lebens.

Es war nun Samstag mittag. Die Tagung würde nicht vor morgen um diese Zeit vorbei sein. In New York wartete ein Dutzend wichtiger Termine, und auch seine Frau erwartete seine Rückkehr am Abend. Aber diese Leslie Chamberlain ließ ihm keine Ruhe.

Er suchte ihre Nähe wie ein verliebter Teenager.

Im Verlauf des Nachmittags kreuzte er dreimal ihren Weg. Die ersten beiden Male gelang es ihm, sich so weit zusammenzureißen, daß er sie nur kurz aus der Ferne grüßte und dann seinen Weg fortsetzte.

Beim drittenmal spürte er, wie ihm die Zeit davonlief, und er näherte sich ihr.

»Wie läuft's?« fragte er. »Machen Ihnen die Konferenzen immer noch Spaß?«

»Alles läuft bestens.« Sie strich sich eine Strähne aus den Augen und lächelte.

»Ich vermute mal, Sie haben keine Zeit, sich heute abend noch auf einen Drink mit mir zu treffen? Wenn die Konferenz beendet ist...«

»Ich muß früh zu Bett«, sagte sie. »Ich reise morgen früh ab. Und ich habe eine lange Fahrt vor mir.«

»Wo sitzt Ihre Agentur denn?«

»In Long Island. Genauer gesagt in Johnsonville. Es ist eine kleine Stadt. In der Nähe von Southampton.«

»Das ist wirklich ein gutes Stück weg«, sagte Jordan. »Ich verstehe...«

Er wollte so gern noch etwas sagen, brachte aber kein Wort heraus. Sie murmelte noch etwas Taktvolles, ehe sie sich verabschiedete und wieder in die Menschenmenge auf dem Korridor eintauchte. Jordan fühlte sich vernichtet.

Übelgelaunt brachte er den Rest des Nachmittags zu.

Doch um vier Uhr hatte sein berufliches Verantwortungsgefühl schließlich über den Sturm seiner Gefühle gesiegt. Es war Zeit, aufzugeben und heimzukehren.

Von seinem Hotelzimmer aus rief er in New York an und sagte, er werde in zwanzig Minuten zum Flughafen aufbrechen. In der Halle wollte er rasch noch Barbara anrufen.

Er hielt den Hörer bereits in der Hand und hatte die ersten Zahlen getippt, als er Leslie Chamberlain den Flur herunterkommen sah. Sie war allein.

Jordan hängte ein und eilte zu ihr.

»Nun?« fragte er. »Die Konferenz überstanden?«

»Ja«, antwortete sie. »Das war ein langer Tag.«

Er schaute auf seine Uhr. »Ich schätze, Sie müssen sich jetzt für Ihr Abendessen fertigmachen, nicht wahr?«

Sie zuckte nur die Achseln. Die Frage war einfach zu albern. Sie hatte ihm doch bereits einen Korb gegeben.

»Haben Sie Zeit auf einen schnellen Drink?« fragte er. Die flehentliche Note in seiner Stimme widerte ihn selbst an.

Sie schüttelte den Kopf. »Ich muß mich mit einigen Leuten zum Cocktail treffen«, sagte sie. »Trotzdem sehr nett, daß Sie gefragt haben.«

Jordan war geschlagen. Er hatte keine Kraft mehr für irgendeinen klugen Schachzug.

»Also werde ich Sie nicht mehr sehen?« fragte er geknickt.

Schweigen.

»Nun ja, ich wüßte nicht, warum Sie das wollen sollten«, sagte Leslie.

»Miss Chamberlain… darf ich Leslie sagen?«

»Aber sicher…«

»Leslie, bitte seien Sie so nett, und gewähren Sie mir einige

Minuten mit Ihnen, bevor Sie abreisen.« Er klang, als würde er vor ihr auf den Knien liegen. Das Gefühl war unerträglich und doch faszinierend. Er konnte sich nicht entsinnen, sich seit seiner Jugend jemals so gefühlt zu haben.

Wieder entstand eine Pause. Leslie sah ihn mißtrauisch an. Dann seufzte sie.

»Ich muß morgen früh um zehn losfahren«, sagte sie. »Wenn Sie möchten, könnten wir uns morgen früh auf eine Tasse Kaffee treffen, bevor ich abreise.«

»Nicht lieber Frühstück im privaten Speisesalon?« fragte er.

»Ich frühstücke nicht«, sagte sie. »Außerdem werde ich nicht viel Zeit haben. Wie ich schon sagte –es ist eine lange Rückfahrt.«

»Also gut.« Jordan gab sich geschlagen. »Kaffee um neun?«

»Lieber um halb zehn. Ich habe wirklich noch jede Menge zu erledigen.«

Jordan seufzte.

»Halb zehn«, sagte er.

Jordan rief in New York an und sagte, er werde nun doch erst morgen nachmittag zurückkommen. Er rief Barbara an und sagte ihr dasselbe. Sie nahm es gefaßt hin. Wenn sie Verdacht schöpfte, dann ließ sie es sich jedenfalls nicht anmerken.

Erschöpft ging Jordan früh schlafen. Eine Stunde später wälzte er sich auf dem Bett hin und her. Er machte Licht und versuchte, sich durch Lesen zu ermüden. Es war zwecklos. Schließlich löschte er das Licht wieder und lag im Dunkeln, in Gedanken bei Leslie, während die Nacht langsam verstrich.

Als Leslie am nächsten Morgen pünktlich um halb zehn in der Cafeteria des Hotels erschien, wartete Jordan bereits auf sie. Sie trug Aktenkoffer und Regenmantel bei sich.

»Guten Morgen.« Jordan erhob sich und reichte ihr die Hand. »Sie sehen ganz bezaubernd aus heute morgen.«

Er hatte dieses Kompliment im voraus geplant – nicht zu vertraut, aber so bewundernd wie möglich – und doch kam es ihm tolpatschig und plump vor.

Allerdings war es glatte Untertreibung. Sie trug bequeme Garderobe für die bevorstehende lange Autofahrt, eine dunkelblaue Hose mit einer Baumwollbluse, die sich an ihre zarten Brüste schmiegte; dazu Sandaletten statt hochhackiger Schuhe; das Haar hatte sie zu einem Pferdeschwanz zurückgebunden. Sie trug keine Ohrringe. Diese legere Kleidung machte sie nur noch schöner.

Sie setzten sich in die Nische beim Fenster. Es waren nur wenige Gäste in der Cafeteria, weil die meisten bereits abgereist waren, und die, die noch da waren, hatten Termine oder Konferenzen.

Er war hin und her gerissen zwischen seiner Faszination von ihr und dem Wissen, daß ihre Reserviertheit ihm gegenüber stark war. Er spürte das starke Rückgrat hinter ihrem sanften Äußeren. Wenn er sie um ein Wiedersehen bat und sie ihm diese Bitte ausschlug, würde sie auch dabei bleiben.

»Manchmal wird es ein bißchen viel«, sagte er. »Man arbeitet, um eine Firma aufzubauen, weil man glaubt, etwas beschützen zu müssen. Aber die Arbeit wird so mühselig, daß man anfängt zu vergessen, worum es eigentlich geht. Es ist eine Art Schneeballeffekt.«

»Was haben Sie denn beschützt?«

»Meine Familie, ursprünglich. Wir waren sehr arm und haben uns eine Menge gefallen lassen müssen. Ich wollte ein Vermögen machen, damit uns das nie wieder passiert.«

»Nun, das ist Ihnen gelungen«, sagte Leslie.

Er nickte. Er schien das Thema wechseln zu wollen.

»Was ist mit Ihnen?« fragte er.

»Eine ganz normale, berufstätige Frau.«

»Aber eine mit Hingabe.«

»Unsere Firma ist klein«, sagte Leslie. »Ich muß von allem etwas erledigen. Kundenwerbung, Slogans, Layout, Leute zum Essen ausführen.«

Eine Pause entstand. Jordan fühlte sich grauenhaft unbehaglich. Er fühlte, daß es ihr nicht anders ging. Aber er konnte nicht sagen, ob das daran lag, daß sie ihn sympathischer fand, nun, da sie einander näher waren, oder ob sie ihn weniger als zuvor mochte.

Schließlich hielt er es nicht mehr aus.

»Was wissen Sie über mich?« fragte er.

»Nicht viel. Sie sind sehr reich, sehr berühmt. Sie sind verheiratet. Sie leiten einen großen Konzern.« Sie lächelte. »Und Ihr Auto hat eine Beule in der Beifahrertür.«

»Sehen Sie, Sie sind bereits ein Teil meines Lebens«, scherzte er. Aber wieder kam ihm sein Humor kümmerlich vor.

Sie hatte erwähnt, daß er verheiratet war. Die Bedeutung dieser Bemerkung war ihm nicht entgangen.

»Und Sie?« fragte er.

»Sie meinen, ob ich reich bin?«

»Nein. Ob Sie verheiratet sind.«

Sie schüttelte den Kopf. »Nein, ich bin nicht verheiratet.«

Als sie dies sagte, strich sie sich eine widerspenstige Locke aus dem Gesicht. Diese Geste hatte etwas Forsches und Nervöses, gleichzeitig aber sehr Feminines. Jordan hatte sie schon früher einmal beobachtet, sie erfüllte ihn mit Bewunderung für ihre natürliche Anmut.

Ich bin nicht verheiratet...

Jordan versuchte, sich nicht anmerken zu lassen, welche Gefühle diese Antwort in ihm auslöste, aber es gelang ihm nicht, und er wußte es.

Die Worte tanzten wie wild vor seinem geistigen Auge und überdeckten all den Smalltalk, den er mit ihr versuchte.

Schließlich schaute sie auf die Uhr.

»Ich muß jetzt aufbrechen«, sagte sie. »Es war sehr nett von Ihnen, daß Sie sich so gut um mich gekümmert haben. Um mein Auto, meine ich.«

Er begleitete sie zu ihrem Auto.

»Sieht tadellos aus, die Stoßstange.« Er lächelte.

Sie warf ihren Aktenkoffer auf den Rücksitz, legte den zusammengefalteten Regenmantel darauf und setzte sich ans Steuer.

Er beugte sich vor, um sich von ihr zu verabschieden. Er konnte ihren Duft riechen, natürlich wie eine Wiese im Frühling.

»Tja, nun gehören wir beide sozusagen zur selben Familie«, meinte Jordan. »Ich hoffe, ich sehe Sie wieder.«

»Hat mich sehr gefreut, Sie kennenzulernen«, sagte sie unverbindlich. »Ich hoffe, Sie können Ihre Tür rasch reparieren lassen.«

»Ach...« Er zuckte die Schulter. »Nicht so wichtig.«

Er wollte unbedingt noch etwas sagen, aber sie lächelte und schaute nach vorn durch die Windschutzscheibe. Ihr Wagen rollte langsam an. Jordan trat zurück und sah ihr nach. Er konnte sich nicht entsinnen, sich jemals derart einsam gefühlt zu haben.

Für einen Moment hoffte er, es würde ihm helfen, Leslie Chamberlain zu vergessen. Dann gab er auf. Er wußte, daß ihm das niemals gelingen würde.

Ich bin nicht verheiratet...

Sie war nicht verheiratet. Aber er war es. Und er wußte, daß alles, was sie ihm gesagt hatte, damit zu tun gehabt hatte.

Er stand da, sah ihr nach, und er verspürte einen Stich im Herzen. Sie blinkte bereits, um abzubiegen.

Jordan seufzte. In gewisser Weise kam ihm dieser Augenblick wie der Tod vor.

Er konnte nicht wissen, daß Leslie in den Rückspiegel schaute, als sie vom Parkplatz fuhr. Ihre Hände ums Lenkrad zitterten, als sie versuchte, sich auf die Straße vor ihr zu konzentrieren.

Einen Moment später hatte sich Jordan umgedreht und war zurück ins Hotel gegangen.

Leslies Hände zitterten noch, als sie die Stadt hinter sich ließ. Und ein noch tieferes Zittern durchbebte sie, als sie vier Stunden später wieder daheim war.

KAPITEL 27

Farmington, Long Island

Er lag auf dem Teppich in seinem Zimmer und spielte mit seinen Spielzeugfiguren und Bauklötzen.

Es war nicht einfach, die Bauklötze auf dem tiefen Teppich aufzubauen, ohne daß sie umfielen; also errichtete er die Burg auf einem seiner Bilderbücher.

Bewohnt wurde die Burg vom Anführer der Guten, einem hübschen Prinzen mit einem Schwert. Es war eine kleine Figur auf einem Pferd, Teil eines Sets, das einer Packung Frühstücksflocken beigelegen hatte.

Doch da kam der Anführer der Bösen auf seinem Pferd – er hatte im Gefängnis gesessen, war aber ausgebrochen – und griff die Burg an. Er schoß seinen Pfeil auf den nächsten Wall ab – Pschsch! –, und der Prinz kam heraus , um gegen ihn zu kämpfen.

Der Böse schoß einen weiteren Pfeil ab, und diesmal wurde der Prinz verletzt. Aber er blieb tapfer im Sattel und zog sein Schwert. Er würde bis zum Tode kämpfen, um sein Königreich zu verteidigen.

Die beiden Figuren in den Händen des Jungen kamen näher aufeinander zu.

Plötzlich fielen die Bauklötze um und begruben die Hände des Jungen und die beiden Figuren unter sich.

So sollte das aber gar nicht sein. Der Junge wollte die Burg wieder aufbauen und von vorn anfangen. Er hielt den Prinzen mit dem Schwert noch immer in der Hand. Der Böse auf seinem Pferd lag reglos auf dem Teppich.

Eine sanfte Brise strich zum Fenster herein und blähte die Vorhänge auf. Irgendwo dort draußen zwitscherte ein Vogel. Die wohlige Trägheit des Frühlings überkam den Jungen. Er starrte gedankenverloren auf den Prinzen. Es war erstaunlich, daß der Prinz, der doch so lebendig war, die Hand des Jungen brauchte, um sich zu bewegen. Vielleicht könnte er sich, wenn man es sich nur fest genug wünschte, von allein bewegen.

Eine Stimme unterbrach sein Spiel.

»Terry? Rate mal, wer da ist…«

Moms Gesicht erschien in der Tür; ihre großen dunklen Augen lächelten auf ihn herab.

Er ließ sein Spielzeug zurück und ging ohne Eile hinüber ins Wohnzimmer.

Eine Frau war da; sie saß im großen Sessel bei der Couch. Als sie ihn sah, beugte sie sich mit einem verschmitzten Blick vor und fragte: »Kennst du mich noch?«

Er erinnerte sich an sie – und auch wieder nicht. Es war schon lange her, daß sie das letztemal dagewesen war. Einem Dreieinhalbjährigen fällt es schwer, lang auseinanderliegende Besuche mit einem einzigen Gesicht zu verbinden.

Er ging zu seiner Mutter und faßte sie unsicher am Rockzipfel. Die hübsche Lady lächelte noch immer.

»Er wird sich in ein paar Minuten an dich gewöhnt haben«, hörte er seine Mom sagen.

»Aber sicher«, sagte die Lady. »Wann kommt Cliff heim, Georgia?«

»Wahrscheinlich gegen sechs. Wenn sie ihn gehen lassen. Bleibst du zum Essen?«

»Nein, tut mir leid, ich muß bald wieder los«, sagte die Lady. »Ich dachte, ich schaue mal schnell rein, wenn ich schon in der Gegend bin.«

Die beiden Frauen plauderten. Während sie das taten, schaute der Junge der Lady ins Gesicht. Es war von rotblondem, lockigem Haar eingerahmt. Sie hatte einen rosigen Teint mit Sommersprossen und sonderbare grünliche Augen, die die Farbe zu ändern schienen, während sie redete. Sie war sehr schön wegen dieser Augen, die noch geheimnisvoller waren als die besten seiner Glasmurmeln – doch am meisten wegen ihres Lächelns.

Nun erinnerte er sich nach und nach an sie. Langsam ging er

auf sie zu. Sie redete weiter mit seiner Mutter. Als er neben ihr stand, streckte sie die Hand aus und zog ihn sanft zu sich.

Nun konnte er sie riechen – ein frischer, süßer Duft – und ihren Schenkel an seiner Hüfte fühlen. Es war ein anderes Gefühl als bei Mom, denn diese Lady war viel dünner. Die Hand auf seiner Schulter war so zärtlich wie Moms, aber ihre Finger hatten eine sonderbare Energie, an die er sich nun von früher erinnerte. Diese Lady war eher wie ein Mädchen.

Jetzt beugte sie sich vor und flüsterte ihm etwas ins Ohr.

»Ich wette, du weißt noch, wie ich heiße«, sagte sie.

Er wand sich in kindlicher Verlegenheit, sagte aber gleichzeitig ihren Namen.

»Tante Leslie.«

»Stimmt«, sagte sie.

Und nun, da das Eis gebrochen war, fühlte er sich geborgen in ihrer Umarmung. Der Abstand zwischen ihrem letzten Besuch war ausgelöscht, und es war, als wäre sie niemals fortgewesen. Sie war wieder die, die er kannte, seine Tante Leslie; die Frau, die er fast so sehr liebte wie seine Mom.

Ein paar Minuten später, nachdem die beiden Frauen ihren Tee getrunken hatten, unternahm Leslie einen kleinen Spaziergang mit dem Jungen.

Sie gingen um den Block, dann die Straße hinunter zum kleinen Park, wo die Kinder der Umgebung spielten. Es gab dort ein Klettergerüst, ein Karussell und drei Schaukeln mit Sitzen aus dicken Autoreifen. Da war eine Rutsche, ein Sandkasten und Bänke, auf denen die Mütter sitzen konnten.

Tante Leslie sah ihm beim Rutschen zu. Es war lustig, ihr Gesicht näherkommen zu sehen, wenn er auf sie zurutschte. Sie klatschte mit den Händen auf die Knie, und wenn er von der Rutsche schoß, fing sie ihn auf und drückte ihn an sich.

Dann sagte sie: »Komm, wir probieren das Karussell aus.«

Er rannte vor und kletterte auf einen der Sitze. Sie trat hinter ihn und berührte beide Hände, um sicherzugehen, daß er sich auch richtig festhielt, dann begann sie, ihm Schwung zu geben, zuerst nur langsam, dann schneller und schneller.

So mochte er es am liebsten. Wieder und wieder sah er ihr Gesicht, jedesmal ein Farbenblitz. Sie war irgendwie noch schöner durch den Umstand, daß ihre Erscheinung flüchtig war, ein Bild, das er wieder und wieder sah, anstatt eines ewigen Dings, das man berühren und halten kann.

Sie war ganz anders als Mom, aus vielen Gründen. Zum einen war Mom dunkel, warm und schwer, während Leslie groß, schlank und leicht war. Er hatte sie, als er noch kleiner war, die »leichte Lady« genannt.

Und die beiden Frauen hatten auch eine unterschiedliche Art der Zärtlichkeit an sich. Mom war pikanter, tiefer. Es war schön, auf ihrem Schoß zu liegen und fest in sie zu fallen. Tante Leslie war adrett und geschmeidig. Wenn sie einen im Arm hielt, waren es ihre Hände, die man am meisten fühlte, und ihr Lächeln.

Der wichtigste Unterschied jedoch – Mom war immer da. Tante Leslie kam nur hin und wieder vorbei. Und jedesmal sah sie anders aus. Mal war ihr Haar anders, mal ihre Kleidung, und manchmal hatte das Licht in ihrem Gesicht und in ihren Augen eine andere Färbung.

Und natürlich war auch der Junge anders. Er war älter, sein Geist voll von neuen Gedanken und Gefühlen, die ihn wie ein Fluß mitgetragen hatten seit ihrem letzten Besuch. Er hatte sie vergessen.

Doch wenn sie kam, änderte sich alles. Wie das Kaleidoskop, mit dem er in seinem Zimmer spielte, gab sie der Welt einen kräftigen Dreh und kam mit all den Farben an einem neuen Ort zum Stillstand, mit ihr im Zentrum. Die Welt machte plötzlich freudig Platz für sie, und die Farben leuchteten in neuem Glanz, weil sie da war.

Leslie war anders. Anstatt die Gleichheit der verstreichenden Tage zu bestätigen, war sie der Beweis für den prickelnden Unterschied besonderer Tage; Tage, getrennt durch Zeit, die Leslies Bild wie ein Radiergummi auszulöschen schien, wenn sie fort war, die aber von ihr ausgelöscht wurde, wenn ihr Lächeln ihn, wie jetzt, liebkoste.

Sie schlenderten langsam durch den Park. Ihre Fremdheit war vergessen. Er hielt ihre Hand. Schließlich blieben sie an einem grasbewachsenen Hügel unter einer großen Eiche stehen.

»Wollen wir uns einen Moment hinsetzen und uns Herrn Eiches Äste angucken?« fragte sie.

Sie legten sich nebeneinander ins Gras und schauten hinauf. Die enormen Äste wiegten sich sanft in der frischen Brise.

»Ich glaube, dieser Baum ist sehr alt«, sagte Leslie. »Deshalb sind die Äste auch so dick.«

Der Junge sagte nichts.

»Ich wette, er ist älter als wir beide zusammen.« Sie drehte sich auf die Seite und sah den Jungen an. »Ich schätze, er hat schon eine Menge gesehen. Was meinst du?«

»Ja.«

»Glaubst du, daß er glücklich ist oder traurig über das, was er gesehen hat?«

»Ich weiß nicht.«

»Ich glaube nicht, daß er oft lacht«, sagte sie. »Dazu ist er zu alt. Aber ich denke, er lächelt. Wenn er nicht schläft, heißt es. Ich wette, er schläft viel. Meinst du, er schläft gerade, oder guckt er uns zu?«

»Ich weiß nicht.«

»Du weißt nicht?«

Der Junge lächelte. »Er guckt.«

Da war eine Qualität der Gedanken, die Leslie von seiner Mutter unterschied, so wie die Qualität von Geruch, Lächeln und Händen. Mom war weich und sicher und nannte Dinge beim richtigen Namen. Mom erklärte Dinge. Das tat Leslie auch, aber sie erzählte auch Geschichten über die Dinge, so wie gerade über den Baum. Sie ließ sie lebendig werden, gab ihnen Gefühle. Damit machte sie sie sonderbar, aber auch interessanter.

Es war fast, als hätte er zwei Mütter. Mom war die Mutter zu Hause, die der vertrauten Dinge und der sanft verstreichenden Tage. Tante Leslie war die Mutter aus der Ferne, die der Veränderungen und lebendigen Dinge, die eigene Gefühle haben.

»Hast du heute schon Affen gesehen?« fragte sie.

Einmal hatte sie ihm von Affen erzählt, die in den Ästen und Zweigen herumtollten und plapperten und kreischten; und sie hatte es ihm so eindringlich geschildert, daß er wirklich geglaubt hatte, die Tiere zu sehen. Seither waren die Affen eine Art vertrauter Scherz, den sie wiederholten, wenn sie den Baum ansahen.

»Ich weiß nicht«, sagte er.

»Oh, ich sehe viele Affen. Schau dir mal den albernen an, der gerade seine Banane aufpellt. Gleich wird er die Schale auf uns runterschmeißen, weil er uns so doof findet.«

Sie lächelte.

»Wir gingen mal in den Zoo«, sang sie. »Da waren die Tiere froh.«

»Der Löwe, das Zebra, der Pavian«, sang Terry langsam und verstummte, als er nach den richtigen Worten suchte.

»Die kamen alle freudig an«, beendete sie lachend für ihn die Strophe des Liedes.

Sie umarmte ihn. »Du kannst es also noch.«

Er drehte sich ebenfalls auf die Seite und sah ihr in die Augen. Sie funkelten tiefer denn je, als sie ihn nun ansah.

»Tante Leslie...?«

»Ja?«

»Wenn ich groß bin, heiratest du mich dann?«

Sie lachte.

»Bis dahin ist es noch ein ganzes Weilchen«, sagte sie. »Vielleicht willst du mich gar nicht mehr heiraten, wenn du groß bist.«

»Doch, will ich.«

Sie lächelte und streichelte seine Wange.

»Na gut«, sagte sie. »Dann werde ich die stolzeste Lady in meiner Straße sein. Weil ich den tollsten Mann von allen habe.«

Er legte sich wieder hin. Sie schwiegen beide. Aber ihr Gespräch setzte sich fort.

Das war noch eines ihrer Geheimnisse: Sie konnte auch reden, wenn sie nichts sagte. Das hatte er schon vor langer Zeit herausgefunden. Sie konnte neben ihm auf der Couch sitzen oder beim Spaziergang neben ihm gehen, wenn er über die Ritzen hüpfte oder auf dem Bordstein balancierte, und die ganze Zeit mit ihm reden, ohne ein einziges Wort laut zu sagen.

Es waren auch eigentlich keine Worte, sondern eher Küsse, Küsse mit Bedeutung. Küsse über das Wetter, über den Bordstein, auf dem er balancierte, Küsse über die Straße, Küsse über ihn.

Während dieses Schweigens hatte er das Gefühl, sie am besten zu kennen. Es war wundervoll. Aber wenn sie ging, verschwanden auch diese Küsse wieder. Und wenn sie wiederkehrte, Wochen oder Monate später, dann erschienen sie mit ihr und waren etwas, woran er sie mit einem inneren Seufzer des Glücks erkannte. Sie war die Zeit-Tante, die Unterschied-Tante. Und die Tante, die schweigend reden konnte.

Ja, dachte er bei sich, wenn ich groß bin, werde ich sie heiraten.

Nach einer Stunde hatte Leslie Terry wie versprochen wieder heimgebracht.

Als er in seinem Zimmer war, unterhielt sie sich noch mit Georgia, die ihr die neuesten Fotos von ihm zeigte und ihr einige Abzüge mitgab. Georgia war eine außergewöhnlich verständnisvolle Frau. Leslie hatte stets gefühlt, daß es Georgia war, der sie die Chance zu verdanken hatte, Terry zu sehen – weil Cliff seiner Frau jeden Wunsch erfüllte. Georgia war bereit, ihren Sohn mit Leslie zu teilen.

Als es Zeit zum Aufbruch war, umarmte Leslie Georgia. »Bis in einem Monat ungefähr«, sagte sie. Dann stieg sie in ihr Auto und fuhr die stille Vorortstraße hinunter.

Ihre Augen waren so voller Tränen, daß sie – kaum um die Ecke gebogen – anhalten mußte, um sie sich abzuwischen.

Aber diese Pause war zuviel für sie. Sie begann zu schluchzen und weinte lange. Sie fürchtete, Passanten könnten sie so sehen – eine fremde Frau, die bitterlich weinend in einem am Bordstein stehenden Auto saß – aber sie konnte nicht anders.

Als sie sich schließlich wieder gefangen hatte, fuhr sie sehr langsam Richtung Highway.

Georgia Beyer und ihr Mann Cliff hatten Terry adoptiert, als sie ihn sechs Stunden nach seiner Geburt in einer Klinik in New York zur Adoption freigegeben hatte. Nach ihrer überstürzten Flucht aus Chicago war sie damals direkt nach New York gefahren und hatte in einem möblierten Zimmer im Brooklyn Heights gewohnt, während sie ihr Kind austrug. In diesen vergessenen Monaten hatte sie viel von Manhattan gesehen. Sie war ziellos vom Central Park nach Greenwich Village gewandert und wieder zurück. Aber die Stadt wurde ihr nicht vertrauter, sondern immer noch fremder. Und sie wollte sofort woandershin, sobald ihr Kind auf der Welt war.

Doch als sie durch Zufall herausfand, daß ihr Baby von einem jungen Paar aus Long Island adoptiert worden war, hatte sie ihre Pläne geändert. Sie geriet durch reinen Zufall nach Johnsonville und blieb dort.

Damals hatte ihr Leben jeglichen Sinn verloren. Einsamkeit und Verlust hatten sie von ihrem Beruf und ihren Hoffnungen abgeschnitten. Sie war ihrem Sohn gefolgt, weil er allein einen Rest von Realität darstellte.

Sie hatte schreckliche Angst gehabt, als sie das erste Mal zu den Beyers gefahren war. Georgia war eine stille junge Frau mit langem schwarzem Haar, ausdrucksvollen Augen und einem netten Gesicht. Als Leslie ihr erklärt hatte, wer sie war, hatte Georgia versprochen, mit ihrem Mann zu sprechen. Sie kamen überein, es zu versuchen. Leslie konnte als »Tante Leslie« zu Besuch kommen und Terry alle paar Monate besuchen.

Leslie sah, wie sehr Georgia und Cliff Terry liebten. Sie versicherte ihnen, daß sie ihn nur ab und an sehen wolle, um etwas von seinem Leben zu wissen. Sie waren überzeugt, daß sie es aufrichtig meinte.

Doch die ersten Besuche waren eine Qual gewesen. Terry lehnte sie ab.

Erst allmählich begann er, sich mit ihr anzufreunden.

Als er drei Jahre alt war, begann er sie »Tante« zu nennen. Sie schickte ihm Geschenke zum Geburtstag und zu Weihnachten, und sie bekam seine gemalten Bilder. Sie hängte sie in der Küche am Kühlschrank auf.

Als Ross Wheeler sie bei einem seiner Besuche sah, erklärte sie ihm, sie seien von einem Neffen, dem Sohn einer Kusine.

Die Besuche bei Terry blieben schmerzlich. Es war, als würde ihr das Herz aus der Brust gerissen, wenn sie ihn verließ.

Ohne Terry und seine Eltern wäre sie niemals nach Long Island gekommen. Ihr Schicksal hätte sie in weite Ferne geführt. Und sie hätte ihren Sohn niemals kennengelernt.

Doch nun gab es eine Verbindung zu dem Jungen – wie dünn, wie sporadisch auch immer – und sie ertrug die Vorstellung nicht, diese aufzugeben.

Sie wollte ihr Leben lang Georgia und Cliff Beyer dankbar sein und war bereit, ihr Geheimnis niemals preiszugeben.

Sie fuhr weiter. Auch wenn die Fahrt von Johnsonville und Ross Wheeler zu den Beyers in Farmington nur etwa eine Stunde dauerte, hatte sie das Gefühl, einen langen Weg zurückgelegt zu haben.

Und der Weg zurück wurde immer länger.

KAPITEL 28

Jordan riß sich zusammen, solange er konnte.

Ein Monat war alles, was er schaffte. Nicht einmal ein Monat war es. Am Tag nach seinem Frühstück mit Leslie beauftragte er einen seiner Assistenten, alles über *Wheeler Advertising* und ihre Rolle dort in Erfahrung zu bringen. Er bat auch um eine Kopie ihres beruflichen Werdegangs.

Er war überrascht, als er erfuhr, daß sie von *Ogilvie-Thorpe*, wo sie eine rasant aufstrebende junge Werbemanagerin gewesen war, zu *Wheeler* gekommen war. Er hob eine Braue, als er las, daß die *Aurora-Lifestyle*-Kampagne von ihr gestammt hatte, ebenso wie mehrere andere Millionen-Kampagnen. Er konnte nicht verstehen, weshalb sie eine derart brillante Karriere so mir nichts dir nichts hingeworfen hatte, um in einem entlegenen Städtchen auf Long Island wiederaufzutauchen, zweieinhalb Jahre in einer Bücherei zu jobben und dann wieder in die Werbung zurückzukehren, als Angestellte einer sehr kleinen Agentur. Es mußte wohl Gründe haben.

Aber die Vergangenheit interessierte ihn weniger als die Zukunft, und wann er sie wiedersehen würde.

Nein, ich bin nicht verheiratet…

Es brachte ihn um den Schlaf. Sie war ungebunden. Das war das allerwichtigste.

Er begann, über Möglichkeiten nachzudenken, sich ihr erneut zu nähern. Aber sie hatte deutlich gemacht, daß sie nicht zu haben war. Sie wußte ja auch, daß er verheiratet war.

Sie erinnerte ihn an die Mädchen, in die er in seiner Jugend verliebt gewesen war. Er hatte die adretten Mädchen aus der Vorstadt von weitem begehrt und sich ausgiebige Phantasien ausgesponnen. Leslie Chamberlain hatte sie wieder zum Leben erweckt.

Er mußte sie wiedersehen.

Er wollte sie überraschen. Er fuhr nach Long Island, es war ein kühler Samstagmorgen im April. Ihre Adresse ausfindig zu machen war nicht schwer gewesen. Wozu gab es Personalakten.

Er klingelte an ihrer Haustür.

Lange geschah nichts. Dann krächzte eine fast unkenntliche Stimme aus dem kleinen Lautsprecher.

»Ja?«

»Hier ist Jordan Lazarus.«

Er meinte, er müsse noch etwas mehr sagen, brachte aber kein Wort heraus. Die nächsten fünf Sekunden waren eine Ewigkeit.

Dann summte die Eingangstür. Jordan fuhr fast zusammen. Es gelang ihm, die Tür zu öffnen, ehe der Türsummer verstummte.

Er stand in einem fremden Flur und fragte sich, wo ihre Wohnung sein mochte. Plötzlich schwang eine Tür direkt vor ihm auf, und Leslie erschien.

Sie trug Jeans und einen alten Malerkittel. Ihr Haar hatte sie unter einem Schal zusammengebunden. Ihre alten Turnschuhe waren mit weißer Farbe bekleckert. Sie hielt einen Farbroller in der Hand. Auf ihrer Wange waren zwei, drei Farbkleckser.

Sie schaute ihn mit großen Augen an. Auch wenn er es im diffusen Licht des Flurs nicht sehen konnte, wurde sie eine Spur blasser, ehe sie sich faßte.

»Das ist aber eine Überraschung«, sagte sie.

»Ach…« stotterte Jordan. »Da habe ich wohl einen ganz ungünstigen Zeitpunkt erwischt.«

»Was hat Sie denn hierher verschlagen?« fragte sie. »Haben Sie geschäftlich in der Stadt zu tun?«

»Nicht eigentlich«, sagte er zögernd. »Ich war nur zufällig in der Gegend und dachte, ich schaue mal vorbei. Aber ich hätte wohl besser vorher angerufen…«

Es entstand eine kleine Pause.

Dann lächelte sie. »Tja, wenn Sie nun schon mal hier sind… Kommen Sie herein. Ich bin nur nicht auf Besuch vorbereitet. Aber Sie sind trotzdem herzlich willkommen.«

Sie trat zurück und ließ ihn vorgehen. Sie hatte die Möbel und den Fußboden mit Abdeckplane ausgelegt. Wahrscheinlich war es im Normalzustand eine gemütliche kleine Wohnung.

Sie schloß die Tür hinter ihm und schaute ihn neugierig an. Es war ihm nicht bewußt, aber ihr fiel auf, daß er vom Teuersten des Teuersten gekleidet war. Was er am Leib trug, kostete wahrscheinlich mehr, als sie im Monat verdiente.

Doch ihr bewunderndes Lächeln erstarb, als sich ihre Blicke trafen. Sie schaute unbehaglich zur Seite.

»Kann ich Ihnen vielleicht helfen?« schlug er vor. »Dann wären wir doppelt so schnell fertig.«

Sie lachte. »Sie wissen hoffentlich, worauf Sie sich da einlassen!« Dann fiel ihm seine teure Kleidung ein. »Nur... so wie Sie angezogen sind...«

»Na, haben Sie vielleicht ein altes Hemd für mich?«

»Lassen Sie mich überlegen«, meinte sie stirnrunzelnd.

Sie legte die Rolle ab und verschwand im Nebenzimmer. Er hörte, wie sie einen Schrank öffnete und darin nach etwas suchte.

Kurz darauf erschien sie mit einem alten Overall.

»Der gehört meinem Vater.« Sie reichte ihn Jordan. »Ich hab ihn immer angezogen, wenn ich am Auto gebastelt habe. Wird ein bißchen knapp sein, aber es müßte gehen.«

Jordan legte sein Jackett ab und streifte den Overall über. »Was denn, Sie haben Autos repariert?«

»Daddy hat keine Hand für so was«, sagte sie und sah ihm zu. »Und wir hatten nie Geld für die Reparaturwerkstatt. Also habe ich den Ölwechsel gemacht, die Filter ausgetauscht und die Ventile eingestellt. So was eben. Ich kannte mich damals sehr gut mit Vergasern aus... Ich wollte auch immer mal was am Getriebe machen, aber es war vielleicht besser, daß ich dazu doch nie die Gelegenheit bekam.«

Der Overall war tatsächlich etwas klein für ihn, und die Aufschläge seiner teuren Hosen schauten unten heraus. Er sah unmöglich aus.

»Was ist?« fragte er, als er ihr Lächeln sah. »Denken Sie nur ja nicht, ich sei harte Arbeit nicht gewohnt. Meine Familie war noch ärmer als Ihre. Ich hatte drei Brüder und zwei Schwestern, und eine seltsame Kusine oder Tante oder ein Onkel schliefen noch im Hinterzimmer. Ich habe früher so manche Wand gepinselt.«

Und er begann, die Wand mit langen geübten Strichen zu tünchen.

Sie griff nach einer zweiten Rolle. Kurz darauf war die Wand des Wohnzimmers fast fertig gestrichen, und sie öffnete einen zweiten Eimer Farbe. Nun, da sie beide strichen, ging es sehr zügig von der Hand.

Als sie mit dem Wohnzimmer fertig waren, legte Leslie die Rolle ab.

»Ich habe Durst«, sagte sie. »Möchten Sie auch ein Glas Eistee?«

Als er sich zu ihr umdrehte, sah sie einen Farbklecks auf seiner Wange und Spritzer auf seinen Schuhen.

»Ach herrje, die wunderschönen Schuhe!« rief sie. »Warten Sie, ich hole Verdünner. Ich hätte Ihnen aber auch andere Schuhe geben sollen…«

»Das hat Zeit«, sagte er.

Es kam kein rechtes Gespräch zustande während ihrer Pause. Sie waren beide zu gehemmt.

Sie arbeiteten schweigend weiter. Jordan war hin und her gerissen zwischen Zufriedenheit und Angst, während sie das Eßzimmer strichen. Bislang war alles glatt gelaufen; sie hatte seine Anwesenheit und Hilfe bisher akzeptiert. Aber wie weiter?

»Na, das haben wir ja geschafft«, sagte er linkisch.

»Ich hole den Verdünner«, sagte sie.

Sie ging in die Küche und kehrte mit einer Flasche Verdünner und einem Lappen zurück. Sie kniete sich vor ihn hin und begann, die Flecken von seinen Schuhen zu reiben.

Jordan hielt es nicht länger aus.

Er griff nach dem Schal um ihr Haar und löste ihn. Er gab langsam nach, und das lockige Haar fiel darunter hervor wie ein Regenbogen im Nachmittagslicht.

Sie schaute zu ihm hoch. Ihr Gesichtsausdruck machte deutlich, daß nun alles Verstecken ein Ende hatte. Die Wahrheit ließ sich nicht länger verleugnen.

Jordan hatte sich eben diese Situation während des letzten Monats unzählige Male ausgemalt, doch nun ließen ihn seine vorbereiteten Worte im Stich. Leslie sah ihn mit einem Ausdruck zwischen Vorwurf und Flehen an.

»Ich habe mich, solange es ging, zusammengerissen«, sagte er. »Tagsüber ging es noch, aber die Nächte…«

Sie sagte nichts darauf. Ihre Augen schienen sich zu vertiefen, als würden sie Platz für ihn machen.

Er ließ seine Finger durch ihr Haar zu ihrer Wange wandern.

»Ich liebe dich«, flüsterte er.

Er schaute zur Seite, beschämt wie ein Junge. Als er Leslie wieder ansah, bemerkte er, daß sie Tränen in den Augen hatte. Sie wirkte ebenso gehemmt wie er und ebenso ergeben.

Sie nickte ruhig, und er zog ihr Gesicht zu sich heran.

KAPITEL 29

Sechs Wochen später

Das Meer war ihr Komplize.

Es wiegte das Boot sanft auf langen, trägen Wellen, während Jordan tiefer und tiefer stieß. Leslie hielt ihn umschlungen, öffnete sich ihm mehr und mehr mit jeder sie vereinenden, sanften, rollenden Bewegung.

Schon bald vereinte sich sein Keuchen mit dem Seufzen des weiten Meeres unter ihnen. Ihre spitzen Schreie der Ekstase harmonisierten mit dem Ruf der Möwen in der Ferne.

Er lag auf ihr, das perfekte Abbild eines wunderschönen jungen Mannes, dessen drahtige Glieder für die Liebe gemacht waren. Sie hielt sein Gesicht in beiden Händen und sah ihm voller leidenschaftlicher Begeisterung in die Augen. Sie hatte die Beine um ihn geschlungen und zog ihn tiefer in den warmen süßen Ort ihrer Mitte.

»Oh, Jordan...«

Ihre Intimität wurde immer intensiver, gesteigert vom Wiegen des Himmels und der See, bis sie schließlich mit einem Orgasmus, der bis in ihre tiefsten Tiefen ging, sein war. Sie fühlte seinen heißen Strom, männlich und triumphierend und doch irgendwie sanft; sanft und flüssig wie das unendliche Wasser, auf dem sie trieben.

Als es vorbei war, hielt sie ihn an ihre Brust gepreßt. Ihre Schenkel rieben an seiner Hüfte. Ihr Körper erbebte noch immer unter kleinen Zuckungen, während sie Jordan wiegte.

Sie sagten beide nichts mehr. Mehr und mehr hatten sie in den von Leidenschaft erfüllten Wochen herausgefunden, daß alles gesagt war.

Jordan dachte an ihren Körper, an ihre bemerkenswerte Art, ihn für die Liebe einzusetzen. Ihr Leib war lieblich und unwiderstehlich mit seinen seidenen Versuchungen. Aber sie liebte mit dem Herzen, gab sich so vollkommen hin, daß er fast das Gefühl hatte, als habe ihre Innigkeit etwas zu Absolutes, als sei es gefährlich, einen anderen Menschen so intim zu kennen.

Doch dieses unbehagliche Gefühl wurde von seiner Bewunderung für sie ausgelöscht. Ihre Offenheit war ebenso betörend wie ihr wunderbarer Körper. Ihre unvergleichliche Art, so sauber und natürlich, wenn sie ging, sprach oder lachte, wurde zu einer unbeschreiblichen Versuchung, wenn sie nackt in seinen Armen lag.

Er hatte einmal in einem Buch gelesen, daß das Geheimnis des Gesangs der Sirenen, der Seefahrer in den Tod lockt, die Unschuld ist. Dieses Geheimnis traf ganz sicher auf Leslie zu. Ihr Wesen war so unverdorben, daß jedes Treffen und jeder Liebesakt wie das erste Mal für sie war. Sie liebte wie eine Jungfrau, überrascht, verletzlich und begeistert.

Er sah ihr nun in die Augen. Er suchte nach Worten, die dem gerecht würden, was gerade zwischen ihnen geschehen war. Wie üblich fand er keine.

»Ich liebe dich«, sagte er.

Sie lächelte, zog ihn näher und liebkoste seinen Nacken mit beiden Händen; eine eigentümliche kleine Geste der Zuneigung.

»Ich liebe dich auch«, sagte sie.

Ihr Blick war benommen von Liebe, ihr Körper benommen vor Lust. Aber sie kam wieder zu sich. Er fühlte, wie sich ihre jugendliche Energie in seiner Umarmung zu rühren begann. Bald würde ihre strahlende, ausgelassene Persönlichkeit hinter der Maske der Leidenschaft hervorkommen. In diesem winzigen Moment des Übergangs zwischen dem Feuer des Verlangens und der Zufriedenheit des Beisammenseins liebte er sie fast mehr, als er ertragen konnte.

Sein Blick wanderte von ihr zu dem Boot um sie herum. Es war nach seiner Schwester »Meg« getauft worden. Es war ein hübsches kleines Segelboot, gerade klein genug, daß es sich von zwei Personen steuern ließ, und innen wunderschön eingerichtet. So wie Leslie nun auf den zerwühlten Laken lag, sah sie tatsächlich wie eine Sirene aus, ein Geschöpf der See, hergebracht durch eine Art dunkler Magie, auf daß sie ihm gehörte.

Seit sechs Wochen waren sie ein Liebespaar. Sie hatten sich, so oft es ging, getroffen, zuerst in der Stadt, später hier auf dem Boot. Jordan war ein leidenschaftlicher Segler, Barbara dagegen haßte es, also war es der ideale Ort für sie. Sie stellten fest, daß fernab des Festlandes zu sein, spirituell vereint mit dem Wasser und dem Himmel, ihr Empfinden von Intimität und Abgeschiedenheit nur noch vergrößerte.

Als er Leslie das erste Mal zu einer gemeinsamen Segelpartie mitnahm, dachte er dabei an die Privatheit und Gemütlichkeit, die das kleine Boot bot. Er hätte sich niemals träumen lassen, daß der Ozean zu etwas derart Symbolischem, so tief Persönlichem in seinem Bild von ihr werden würde.

Leslie war nie zuvor gesegelt. Als sie das erstemal an Bord kam, ein wenig nervös, sah sie so sensationell aus in ihren Jeans, Turnschuhen und dem weißen T-Shirt, daß er Mühe hatte, sie lange genug in Ruhe zu lassen, bis er ihr die Grundbegriffe des Segelns gezeigt hatte.

Sie hatte schnell gelernt. Bald beherrschte sie zahlreiche der einfacheren Manöver und Handgriffe.

Mit den Deckschuhen und der Jacke gegen die frische Brise war sie ein Anblick von so jugendlicher Energie und sanfter Lieblichkeit, daß Ben, der leicht aufbrausende Aufseher am Yachthafen, sie sofort in sein Herz geschlossen hatte und sie bei jedem Besuch mit einem Lächeln und einigen freundlichen Worten begrüßte.

»Ein prächtiger Tag für einen Törn, Miss«, sagte Ben dann, half ihr ins Boot oder stand einfach nur da und sah ihnen zu. »Und Sie passen gut auf«, sagte er zu Jordan. »Ist ein bißchen rauh da draußen.«

Bei jeder Segelpartie war es gleich. Sie setzten Segel, arbeiteten schweigend zusammen und lachten manchmal, während sie in flotter Fahrt hinaus in die Bucht segelten. Dann, weit draußen auf dem Wasser, hielten sie an, Jordan raffte die Segel und setzte den Anker. Und wenn er unter Deck ging, wartete sie schon auf ihn, das T-Shirt bereits abgelegt, nur in ihrem kleinen BH, dann streifte sie die Jeans über ihre langen Beine, und nur der Seidenslip bedeckte wie eine zärtliche Blume das magische Dreieck zwischen ihren Beinen.

Ihre Augen funkelten, wenn sie seine Reaktion auf ihre Nacktheit sah, wenn seine Augen sich verdunkelten, seine Hände sich anspannten; und vor dem subtilen Anblick des Verlangens zwischen seinen Beinen.

»Komm her, mein Märchenprinz«, sagte sie dann und streifte auch den BH ab.

Der Spitzname hatte als zärtlicher Scherz begonnen und war geblieben. Jordan mochte ihn. Er verschmolz in die tiefe erotische Hitze, die er in ihrem geschmeidigen, zärtlichen Körper sah und vor allem in ihren Augen.

Er hatte ein Lieblingsfoto von ihr, das er in seinem Schreibtisch im Büro eingeschlossen hatte und das er sich ansah, wenn er eine freie Minute hatte. Er hatte das Foto an ihrem Geburtstag aufgenommen, als sie zum Dinner in einem ländlichen Restaurant auf Long Island gewesen waren. Sie trug ein Sommerkleid mit Blumenmuster und einen breiten Hut; beides brachte ihre natürliche Schönheit perfekt zur Geltung.

Jordan hatte ihr eine Smaragdkette geschenkt, die sie sich sofort umgelegt hatte. In ihren Augen leuchtete der Glanz der Liebe, der ihm sagte, daß sie sich bei ihm auf eine viel innigere Weise für dieses Geschenk bedanken wollte.

Das Foto fing sowohl ihre Unschuld wie auch ihre Sinnlichkeit so treffend ein, daß sich manchmal sein Blick verschleierte, wenn er es ansah. Es war sein kostbarster Besitz, nicht nur wegen der Erinnerung, die es weckte, sondern wegen der Wahrheit, die es sprach, die Wahrheit seiner Liebe.

Er sah in ihre wundervollen Augen. Sie waren so tief und grün wie der Ozean und auf ihn gerichtet, und ihre nackte Haut schmiegte sich an ihn. Er küßte und preßte sein Gesicht zwischen ihre Brüste.

»Du bist eine Hexe«, sagte er. »Ich kriege nicht genug von dir.«

Sie schnurrte wohlig und strich ihm mit beiden Händen durchs Haar. Der Duft ihres Körpers, der sich mit seinem vermischte, war so vertraut, daß er darin ertrinken wollte.

Doch es gelang ihm, sich aufzusetzen und ihr das Laken über die herrlichen Brüste zu ziehen, so daß er mit ihr reden konnte, ohne abgelenkt zu werden. Er blickte sie ernst an.

»Ich habe mit Barbara über uns gesprochen«, sagte er.

Ihre Augen verrieten nichts von ihren Gedanken. Er wußte, wie sie über ihre Liebe dachte. Sie hatte sich ihr ergeben, wie auch er es getan hatte, aber sie war nicht bereit, dies als endgültig zu akzeptieren. Ohne echte und feste Bindung würde sie sie nicht endlos fortsetzen.

»Sie hat es gefaßt aufgenommen«, sagte er. »Sie ist eine Frau von Charakter.«

Er schaute hinab zu Leslie und verglich ihre strahlende, sonnige Schönheit mit dem traurigen dunklen Bild von Barbara, das er in sich trug.

»Sie hat immer gewußt, daß dieser Tag einmal kommen würde«, sagte er. »Das hat sie mir gestern abend gesagt. Unsere Abmachung hat beiden Seiten Vorteile gebracht. Aber Liebe gehörte nicht dazu. Es konnte nicht sehr lange halten. Das versteht sie. Und sie freut sich für mich.«

Leslie wirkte nachdenklich.

»Jordan, sag mir eins...«

»Alles.« Er lächelte.

»Hast du sie je geliebt?« fragte Leslie. »Selbst nur ein wenig? Sag mir die Wahrheit.«

»Liebe...«, sagte er nachdenklich, »kann man es nicht nennen. Aber, gewiß, ich habe etwas für sie empfunden. Nach wie vor übrigens. Ich verstehe ihre Traurigkeit und Einsamkeit. Ich kann es fühlen. Und es weckt in mir den Wunsch, ihr nicht weh zu tun.«

Er sah sie an. »Beantwortet das deine Frage?«

Sie nickte.

»Genau das wollte ich von dir hören«, sagte sie. »Ich könnte nicht glauben, daß du eine Frau heiraten könntest, für die du überhaupt nichts empfindest.«

Jordan verspürte ein Schaudern der Erleichterung. Es war, als hätte er eine Prüfung bestanden.

Nun schaute er hinab auf das nachdenkliche Gesicht unter ihm. Sorgen machten Leslie noch schöner. Langsam zog er das Laken zurück und sah ihren langen Körper, gebräunt von der Sommersonne und noch immer warm von seinen Liebkosungen.

Fast augenblicklich war ihm klar, daß sie nicht aufstehen und an Deck gehen würden. Er mußte sie noch einmal haben. Und er sah in ihren Augen, daß sie es auch wollte.

Er beugte sich vor und küßte sie. Ihr sinnlicher Körper schmiegte sich an ihn, und er wurde wieder steif, aufgerichtet und hungrig nach ihr.

Doch als er sich auf sie legte, stand vor ihm auf einmal der Schatten von Barbaras Traurigkeit. Er verwandelte diesen besonderen Liebesakt nun mit einer Mischung aus Melancholie und Mitleid.

Für Leslie dagegen hatte es ironischerweise den Anschein, als wäre nun der letzte Schatten auf ihrer Liebe zu Jordan Lazarus gelüftet.

KAPITEL 30

Am 20. Mai erlitt Meg Lazarus während eines Besuchs bei ihrer Nachbarin in Webster, Pennsylvania, einen erneuten Herzanfall.

Jordan wurde unverzüglich unterrichtet. Sie war zu schwach, um sie nach Philadelphia zu bringen, wo Jordan sie bereits ein Jahr zuvor hatte behandeln lassen. Jordan ließ den Chefkardiologen aus Philadelphia, Dr. Jaffe, nach Webster einfliegen. Er flog ebenfalls nach Webster und traf sich mit Dr. Jaffe vor Megs Zimmer.

»Wie geht es ihr?« fragte Jordan mit Besorgnis.

»Es scheint schlimmer zu sein als beim letzten Mal, fürchte ich«, sagte der Arzt. »Die beschädigte Herzklappe hat sich wieder entzündet, und das Herz pumpt nicht genug Blut. Ganz ähnliche Symptome wie letztes Jahr.«

Als Jordan Megs Zimmer betrat, mußte er seinen Schock verbergen. Sie sah so schlimm aus, wie er sie noch nie gesehen hatte. Sie war blaß und wurde künstlich beatmet. Ihre Augen wirkten riesig.

Er setzte sich zu ihr auf die Bettkante. Eine gewaltige Gefühlswoge durchlief ihn.

Welche Ironie, dachte er. Er, der Mann, dessen Foto auf der Titelseite jeder medizinischen Publikation zu sehen gewesen war, gepriesen als Retter der Herzpatienten, hatte immer noch nichts, was seiner Schwester helfen konnte – wo Meg doch der einzige Grund gewesen war, weshalb er sich für Herztherapie interessiert hatte!

X-Span, so erfolgreich es auch gegen Arteriosklerose eingesetzt werden konnte, half nicht bei Problemen mit entzündeten Herzklappen wie bei Meg.

Meg lag im Sterben. Wenn nicht jetzt schon, dann war sie sicher spätestens in einem Jahr nicht mehr am Leben.

Er beugte sich vor und küßte sie auf die Wange. Er nahm ihre Hand. Ihre Augen funkelten in ihrem ausgemergelten Gesicht, als sie ihn ansah.

Mit großer Mühe verbannte er seinen Kummer aus dem Kopf und sprach munter mit ihr.

»Sorgen sie gut für dich?«

»Natürlich«, sagte sie und ließ ihre Hand in seiner ruhen. »Hier ist es fast besser als zu Hause.«

Er wußte, daß sie log. Nichts war ihr mehr verhaßt als Krankenhäuser. Er drückte ihre Hand.

Er spürte, wie sie ihn musterte.

»Was ist mit dir?« fragte sie. »Du siehst verändert aus.«

»Verändert?«

»Du siehst aus wie jemand, dem man gerade gesagt hat, was er zu Weihnachten kriegt«, sagte sie.

Jordan lächelte. Er mußte an die Weihnachten seiner Jugend denken, als er und Meg gemeinsam auf das große Fest gewartet hatten. Selbst damals hatte sie ihn schon so genau gekannt, daß sie immer gewußt hatte, was er sich am meisten wünschte.

»Na, ich habe heute wieder ein paar Millionen gemacht«, scherzte er.

»Erzähl mir nichts«, sagte sie. »Ich kenne meinen Bruder.«

Jordan seufzte. Er war keine zwei Minuten im Zimmer, und schon hatte sie ihn durchschaut.

Aber er konnte ihr nicht die Wahrheit sagen und von Leslie erzählen. Nicht jetzt. Nicht hier.

Ein Lächeln umspielte kurz seine Lippen, als Leslies Name durch sein Bewußtsein sang wie eine Melodie der Liebe. Er drückte Megs Hand. Er kam sich vor wie ein Schuljunge.

Meg studierte ihn eindringlich.

»Du hast jemanden kennengelernt, habe ich recht?« fragte sie.

Er wandte den Blick ab. Kummer und Freude stiegen gemeinsam in ihm auf, während er die Hand seiner sterbenskranken Schwester hielt und an Leslie dachte, die erste Frau, die er wirklich liebte.

»Ich freue mich für dich«, sagte sie.

Jordan seufzte. Es frustrierte ihn, daß er nicht die Wahrheit sagen konnte. Meg kannte Barbara und mochte sie. Sie hatte immer so getan, als würde sie glauben, seine Ehe mit Barbara sei glücklich.

Sie plauderten noch eine halbe Stunde, mieden beide das offensichtliche Thema, als wäre es eine Mauer, über die sie sich hinweg anschreien mußten, um sich zu verstehen. Es war für sie beide ermüdend, aber besonders für Meg. Bald schon sah sie ausgelaugt und schläfrig aus.

»Ich muß jetzt gehen, Meg«, sagte Jordan. »Du hast genug geredet für heute abend. Ich komme dich morgen früh wieder besuchen.«

Er versuchte aufzustehen, aber sie packte seine Hand und hielt sie fest.

»Jordan.« Er schreckte zusammen. Sie sprach ihn nur dann beim Vornamen an, wenn sie es sehr ernst meinte.

»Ja, Meg?«

»Das Glück kommt nicht so oft.« Sie sah ihn eindringlich an. »Manchmal ist eine einzige Chance alles, was wir kriegen. Es lohnt sich, dafür zu kämpfen. Es lohnt ein Opfer.«

»Ich weiß.«

Sie hielt ihn fester, als habe er sie nicht verstanden, vielleicht weil er sie mißverstehen wollte.

»Du hast bereits genug für das Glück anderer Menschen geopfert«, fuhr sie fort. »Es wird Zeit, an dein eigenes Glück zu denken. Versprichst du mir das? Mir zuliebe?«

Jordan fühlte, wie sich sein Blick verschleierte. Seine Schwester wußte, wie nahe sie dem Tod war. Sie hatte ihr Leben lang versucht, ihn von seinem mühsamen Kreuzzug nach Erfolg wegzuholen, und hatte erleben müssen, wie er sich dagegen sträubte. Nun spürte sie, daß er einen Weg aus seinem selbst geschaffenen Gefängnis gefunden hatte. Sie wollte ihm Mut machen, den entscheidenden Schritt auch zu tun. Aber ihre Kraft versiegte rasch. Sie sah ihn mit flehendem Blick an. Ihr Griff um seine Hand ließ nach. Ihr Kopf sank zurück auf das Kissen.

»Ja«, flüsterte er dicht an ihrem Ohr. »Ich verspreche dir, ich werde dich nicht enttäuschen. Glaubst du mir das?«

Aber Meg hatte das Bewußtsein verloren. Sie konnte ihn nicht hören.

Als er ging, hatte er Tränen in den Augen. Er konnte keinen klaren Gedanken fassen. Sein Verstand war zu benommen von Leslie und Meg. Ihre Gesichter schwebten vor seinem geistigen Auge. Drei Stunden wartete er vergeblich auf Schlaf. Megs Gesicht wurde blasser und blasser, Leslies Gesicht kam näher und näher, ihre Stimme rief ihn benommen vorwärts ins Leben.

Als Leslie hörte, daß Jordan für einige Tage fort sei, nutzte sie die Gelegenheit für einen Kurzbesuch daheim bei ihrem Vater.

Tom Chamberlain hatte seine Tochter nun schon seit gut sechs Monaten nicht mehr gesehen und war entsprechend glücklich. Er holte Leslie mit seinem alten Kombi – ein Auto, das sie damals ziemlich oft repariert hatte – vom Flughafen ab und fuhr mit ihr über endlose gerade Straßen über Land, während die Dämmerung den Himmel violett färbte.

Leslie lächelte ihren Vater an. Dad sah aus wie immer, nur ein bißchen ergrauter und das Haar schütterer. Seine Augen funkelten vor Freude über das Wiedersehen mit seiner Tochter. Er wirkte voller Energie. Leslie fühlte sich geborgen in seiner Gesellschaft. Ihre Welt war so vollkommen auf den Kopf gestellt worden von den jüngsten Ereignissen, daß das vertraute Gesicht ihres Vaters und seine unerschütterliche Zuneigung wie ein Medikament waren, was ihr guttat, was sie gleichzeitig besänftigte und anregte.

Doch der Besuch war für Leslie nicht so einfach wie erhofft. Während des ersten Abends redete sie über *Wheeler Advertising* und wiederholte, was sie ihrem Vater bereits in einem Dutzend Briefen berichtet hatte: daß es ihr in der kleinen Agentur viel besser gefiel als bei *Ogilvie-Thorpe* mit dem ewigen Konkurrenzdenken dort; daß die Arbeit für Ross Wheeler viel Spaß machte und daß es viel interessanter war, in der kleinen Firma alles zu machen, als in einem unpersönlichen Konzern nur ein winziges Rädchen im Getriebe zu sein.

Tom Chamberlain hörte sich das alles mit einem Schmunzeln an. Er sah, daß Leslie glücklich war. Sie hatte fast alles an Gewicht wieder zugelegt, was sie nach ihrem Fortgang aus Chicago verloren hatte, und es war ein funkelnder, elektrisierender Blick in ihren Augen, der ihn faszinierte. Er wußte, daß sie ihn in der Vergangenheit von den schmerzlichen Ereignissen ihres Lebens abgeschirmt hatte. Heute abend nahm er an, daß sie etwas sehr Positives vor ihm zurückhielt, etwas, was sie sehr glücklich machte. Er war gespannt, wann sie ihm davon erzählen würde.

Am nächsten Abend gingen sie zum Essen ins *Hilltop* aus, einem beliebten Restaurant, spezialisiert auf Steak und Fisch, etwa dreißig Kilometer von Ellicott auf dem Land. Tom Chamberlain zog seine beste Hose und sein bestes Hemd an. Leslie trug einen langen Baumwollrock, dazu eine Seidenbluse und die Halskette, die Jordan ihr geschenkt hatte. Der Abend hatte etwas von einer Feier, aber sie brachte einfach nicht den Mut auf, ihrem Vater den wahren Grund für ihre Fröhlichkeit zu verraten. Statt dessen wiederholte sie die alten Lügen vom Wechsel des Arbeitsplatzes und von den Freuden in ihrem neuen, ruhigeren Leben.

Die Tiefe ihrer Täuschung schuf eine Mauer zwischen ihnen, die verhinderte, daß sie miteinander redeten, wie sie es früher getan hatten.

Am schlimmsten jedoch war, daß das Lügengeflecht nun noch feiner war, weil ihr Leben eine schwindelerregende Wandlung genommen hatte; eine, die all ihre Vorstellungen von sich selbst in Frage stellte. Ihre Karriere in der Werbung, vormals und jetzt, wie auch alles andere in ihrem Herzen, war völlig überschattet von ihrer Liebe für Jordan Lazarus. Dieses letzte Geheimnis, das sie vor ihrem Vater hatte, brannte förmlich, um herauszukommen.

Auf dem Heimweg fand sie schließlich die Worte.

Sie fuhren auf einer schmalen Landstraße heim; die Scheinwerfer schickten ihr Licht über die Straße vor ihnen und die Kornfelder zu beiden Seiten. Hin und wieder zeigte ein Kaninchen oder ein anderes kleines Tier die erschrockenen Augen im grellen Scheinwerferlicht, ehe sie wieder im Gebüsch verschwanden.

»Als ich klein war«, sagte sie, »und wir zu Tante Alice gefahren sind oder Chet und Carol besucht haben und erst heimgekommen sind, wenn es schon dunkel war, habe ich immer gedacht, daß die Scheinwerfer Zauberkräfte besitzen. Wie sie in die Dunkelheit leuchteten... ich habe damals geglaubt, sie könnten die ganze Welt erleuchten, wenn sie wollten. Es war, als gäbe es nichts, was sich vor ihnen verbergen könnte.«

»Für Kinder sind die Dinge der Erwachsenen oft wie Zauberei«, sagte er. »Du hattest schon immer die größte Phantasie von allen. Wahrscheinlich ist dir die ganze Welt wie Zauberei vorgekommen.«

Sie lehnte sich zurück.

»Daddy, ich habe jemanden kennengelernt.«

Tom Chamberlain zögerte. In diesem Bruchteil einer Sekunde spürte Leslie seine Intuition, mit der er alles, was ihr in den vergangenen Jahren widerfahren war, vielleicht sogar den wahren Grund für ihr Ausscheiden bei *Ogilvie-Thorpe,* erfaßte. Sie konnte die ruhige Suche seines Geistes auf dem Grund ihrer Geheimnisse spüren, der wie die Scheinwerfer des Autos – einst Magie in ihrer Macht –, wenn sie ihr triumphierendes Licht über die nächtliche Landschaft geworfen hatten, alles bloßlegte, was er erfaßte, und vielleicht sogar in der Lage war, mehr als das zu sehen, alles zu sehen.

Als sie zu Hause angekommen waren und ausstiegen, umarmte er seine Tochter.

»Ich freue mich so für dich.« Erleichterung klang in seiner Stimme mit, als wüßte er, welch großes Unglück sie in der Vergangenheit erlitten hatte, und daß sie nun ihre zweite Chance erhielt. »Das macht mich glücklich.«

Sie nickte an seiner Brust. »Ich bin es auch«, murmelte sie.

Er tätschelte ihr zärtlich die Schulter.

»Ist er... arbeitet er mit dir zusammen?« fragte er.

Sie schüttelte den Kopf.

»Wir sind uns durch die Arbeit begegnet. Aber er hat eine... er hat eine eigene Firma.«

Ihr Vater lächelte. »Wie lange kennt ihr euch schon?«

»Oh, noch nicht so lange«, sagte sie. »Ein paar Monate erst.«

Sie spürte erneut die Mauer aus Lügen zwischen ihnen. Er begann die Fragen zu stellen, die jeder Vater stellt, wenn seine Tochter ihm sagt, daß sie verliebt ist. Wer ist der junge Mann? Was macht er? Wie heißt er?

Sie konnte ihm nicht mehr von der Wahrheit sagen, als sie bereits getan hatte.

Sie liebte einen berühmten Mann. Einen verheirateten Mann.

»Wann werde ich ihn denn mal kennenlernen?« fragte er.

»Oh, jetzt noch nicht.« Sie setzte sich zurück. »Soweit... soweit sind wir noch nicht. Aber ich hoffe, bald. Das hoffe ich wirklich. Ich weiß, du wirst ihn mögen, Daddy. Er ist ein feiner Mensch, ein wundervoller Mann. Und er...«

Er liebt mich. Diese Worte schlüpften auf Leslies Lippen und erstarben dort. Sie konnte sie jetzt einfach nicht aussprechen.

»Da bin ich mir ganz sicher«, sagte ihr Vater. »Ich freue mich schon darauf, ihn kennenzulernen. Aber es gibt keinen Grund zur Eile. Ich habe Geduld. Solange du glücklich bist, Liebling.«

»Oh, das bin ich! Das bin ich wirklich. So glücklich wie noch nie.«

Er drückte sie erneut. »Das sehe ich auch ohne Brille«, sagte er. »So hast du schon lange nicht mehr ausgesehen, Leslie.«

Sie nickte nachdenklich. »Ja, ich weiß.«

Er sah sie lange an, schätzte die Distanz zwischen ihnen und vielleicht das Geheimnis hinter ihren Worten. Dann ergriff er ihre Hand und drückte sie. Sie war dankbar. Die Mauer war nach wie vor zwischen ihnen, doch seine Liebe fand sie weiterhin und wärmte sie.

Während Leslie und ihr Vater ihr stilles Haus in Illinois betraten und Jordan in einem Krankenhaus in Pennsylvania neben dem Bett seiner schlafenden Schwester saß und über sie wachte, saß Barbara Lazarus auf der breiten Couch in ihrem Penthouse in Manhattan.

Vor ihr auf dem Couchtisch ausgebreitet lag ein Dutzend Fotos. Der Umschlag, in dem sie gekommen waren, lag auf dem Fußboden.

Barbara sah die Fotos nicht an. Sie lehnte sich nachdenklich auf dem Sofa zurück, schloß die Augen und ließ einen Moment die Geräusche der Stadt tief unter ihr in ihr Bewußtsein dringen – das Rumpeln eines Lastwagens, das heftige Hupen, gedämpftes Rufen eines Fußgängers. Und natürlich das dissonante Lied der verschiedenen Sirenen, die wie ein Echo über die geschäftige, gefährliche Insel in der Dunkelheit wehten.

Sie war bemerkenswert ruhig. Sie genoß ihre Einsamkeit. Auch wenn sie in den letzten Jahren diesen Zustand immer schlechter ertrug, verschaffte er ihr auch weiterhin die Klarheit und Konzentration wie in alten Zeiten, als sie sich vor ihrem Vater in ihrem Schlafzimmer versteckt und versucht hatte, sich von ihrem Leben mit ihm zu distanzieren.

Sie atmete tief ein. Noch mal. Sie schlug die Augen auf. Sie beugte sich vor. Die Geräusche der Stadt verschwanden, ausgelöscht durch ihre Konzentration auf die Fotos vor ihr auf dem Tisch.

Einige Fotos zeigten ihren Mann.

Andere einen kleinen Jungen.

Doch auf allen war Leslie Chamberlain zu sehen.

KAPITEL 31

Eineinhalb Wochen nach seiner Rückkehr aus Pennsylvania saß Jordan mit seiner Frau bei einem Schlummertrunk im Wintergarten in ihrem Sutton Place Penthouse.

Es war zehn Uhr abends. Seit Jahren pflegten Jordan und Barbara sich nach einem gemeinsamen Abendessen hier noch zusammenzusetzen, Jordan mit einem Glas Armagnac, Barbara mit einem Amantillado-Sherry. Das Licht war gedämpft; draußen vor den Fenstern sah man den East River und die dunklen Umrisse von Roosevelt Island.

Dies war ihre Stunde entspannten Gesprächs, während der Streß des Tages nach und nach von ihnen abfiel. Ernste Themen wurden gemieden; lieber redeten sie über gemeinsame Bekannte, Verwandte oder die überraschend provinziellen täglichen Neuigkeiten aus Manhattan.

An diesem Abend war es anders. Da Jordan Barbara von Leslie erzählt hatte, vermochte kein Smalltalk dieser Welt sie von der letztlichen Wahrheit, der sich ihre Ehe gegenübersah, abzulenken.

Es fielen keine bösen Worte; es herrschte eine sonderbare Atmosphäre von Resignation. Sie taten beide ihr Bestes, sich ganz normal zu geben.

»Ich bin froh, dich überhaupt so lange gehabt zu haben«, hatte Barbara gesagt. »Ich habe kein Anrecht auf dich. Das ist mir immer bewußt gewesen. Du hast immer und jederzeit die Freiheit gehabt, zu gehen.«

Jordan war ihr dankbar dafür. Seine Liebe zu Leslie ging weit über reine körperliche Leidenschaft hinaus. Er liebte sie für Eigenschaften, die jeder bewundern müßte – Mut, Aufrichtigkeit, Menschlichkeit.

»Ich gehe besser schlafen«, sagte Barbara. »Es war ein langer Tag.«

Sie gab ihm einen Kuß auf die Wange und verließ den Wintergarten. Jordan blieb noch einen Moment sitzen, in Gedanken verloren, noch immer zerrissen von Leslies verführerischem Bild und der Erinnerung an Barbaras trauriges, verständnisvolles Gesicht.

Er trank sein Glas aus und ging ins Schlafzimmer, um im angrenzenden Bad zu duschen. Barbara saß noch immer im Nachthemd auf dem Bett, als er aus dem Bad kam.

Und dann traten ihr die Tränen in die Augen.

»Oh, Jordan«, weinte sie.

Er ging zu ihr und zog sie an sich. Er bedeckte ihr Gesicht mit Küssen. Der Geschmack ihrer Tränen auf seinen Lippen erfüllte ihn mit großer Traurigkeit.

»Du wirst mir sehr fehlen«, schluchzte sie. Ihr Schmerz war so intensiv, daß Jordan spürte, wie sich auch sein Blick verschleierte.

Als sie sah, wie bewegt er war, zog sie sein Gesicht an ihre Brust, wie sie es in der Vergangenheit schon oft getan hatte. Sie tätschelte ihn sanft, um nun wiederum ihn zu trösten. Er spürte die alte mütterliche Flamme von Barbaras Zärtlichkeit.

Und irgendwie wurde diese Wärme ihrer Brüste, der Trost ihres Streichelns zu einem Kuß. Er hielt sie nun in den Armen, küßte sie auf die Lippen, zog sie näher. Ihr Körper schmiegte sich an seinen. Ihre bloßen Brüste unter dem Nachthemd preßten sich an seine Brust. Ihre Zunge schlüpfte schüchtern in seinen Mund. Eine sonderbare Leidenschaft ergriff ihn, geboren aus seiner Zuneigung zu ihr, seiner Liebe für Leslie und der Veränderung in seinem Leben.

Sie zog ihn noch näher, und ihr Leib war sehr warm und weich.

»Nur dieses eine Mal«, stöhnte sie und klammerte sich an ihn. »Nur dieses eine Mal, Jordan. Gib mir etwas, woran ich mich erinnern kann.«

Eine fast schmerzliche Hitze durchfuhr seine Lenden. Er begriff die Ironie, seine Ehe erst jetzt zu vollziehen, an ihrem Ende. Er hatte Angst, Barbara in gewisser Weise weh zu tun, wenn er das Schloß ihres letzten Geheimnisses zerbrach, um so mehr, da seine Leidenschaft Leslie gehörte, jetzt und für alle Zeit.

Aber Barbaras Kuß war drängender geworden, und ihre Hände waren unter seiner Hüfte und zogen ihn sanft auf sie.

»Nur dieses eine Mal, mein Geliebter«, murmelte sie.

Er griff zur Lampe und löschte das Licht.

Zur gleichen Zeit, als Jordans Nachttischlampe erlosch, wurde Leslie Chamberlain von Ross Wheeler zu Hause abgesetzt.

Sie hatten mit Ross' Steuerberater bis spät in den Abend im Büro gesessen und waren die Geschäftsbücher durchgegangen, eine jährliche Pflicht, die Ross zuwider war, weil der Umgang mit Zahlen nicht zu seinen Stärken zählte.

»Nochmals vielen Dank«, sagte er.

»Ach, das ist doch nicht der Rede wert«, sagte sie.

Aber er fuhr fort: »Ich brauche dich für so vieles mehr.«

Leslie schwieg. Sie wußte, er wartete noch immer auf ihre Antwort auf seinen Antrag.

Sie fragte sich, ob er ahnte, daß sie sich in jemand anders verliebt hatte. Sie konnte ja nicht verheimlichen, wie sehr ihre Augen strahlten, wenn sie ihren täglichen Aufgaben nachging; er könnte dies als Reaktion auf seinen Antrag mißverstehen. Doch sie wollte ihn nicht verletzen.

Deshalb hielt sie neuerdings bewußt Distanz zu Ross und versteckte sich hinter gespielter Leichtigkeit.

Doch Ross wußte, daß sie log.

Er sah ihr nach, als sie ausstieg und ins Haus ging. Da sie nicht sehen konnte, wie er ihr nachsah, musterte er ihre langen, wohlgeformten Beine unter dem Rock, den schlanken Rücken unter ihrem leichten Jackett, das wunderschöne lockige Haar. Und er verspürte einen plötzlichen Schmerz, als er sich gewahr wurde, wie sehr er sie begehrte, wie sehr sich sein Herz der Idee verschrieben hatte, daß er sie liebte und besitzen wollte.

Leslie öffnete ihren Briefkasten. Es war nicht viel Post da. Nur Briefwerbung, aber kein Brief von ihrem Vater.

Auf dem Weg nach oben verspürte sie ein plötzliches Frösteln. Dabei war es ein ziemlich warmer Tag. Der Sommer stand vor der Tür.

Ihre Wohnung lag still und verlassen da. Sie tastete nach dem Lichtschalter. Sie ging an ihrem spärlich, aber wohnlich eingerichteten Wohnzimmer vorbei ins Schlafzimmer und zog sich aus. Sie fühlte sich klebrig und verschwitzt, warf die Kleidung in den Wäschekorb und tapste nackt ins Bad.

Sie schloß gerade die Tür, als sie meinte, ein Geräusch gehört zu haben. Sie erzitterte und bekam eine Gänsehaut. Einen Moment lang stand sie reglos da und lauschte, hörte aber nichts. Das Geräusch war vielleicht aus der Wohnung nebenan gekommen. Oder es war nur das Knacken des Gebäudes gewesen.

Spontan verriegelte sie die Tür. Sie beeilte sich mit dem Duschen, genoß das heiße Wasser auf ihrem Körper und wusch sich die Haare.

Als sie im Bett lag, versuchte sie noch etwas zu lesen. Aber sie merkte, daß sie viel zu müde war. Seufzend klappte sie das Buch zu.

Sie griff nach der Lampe, um das Licht zu löschen, und verspürte plötzlich erneut ein sonderbar ungutes Gefühl. Sie zog die Hand zurück und ließ das Licht brennen. Angestrengt lauschend ließ sie den Blick durchs Zimmer schweifen. War da nicht doch etwas?

Aber dann übermannte sie doch die Müdigkeit.

Im nächsten Moment war sie eingeschlafen.

Doch es war nicht der erhoffte erquickende Schlaf. Sie träumte, daß sie mit Jordan auf der »Meg« war. Sie mühten sich, in Windrichtung zu segeln, aber die starke Gischt klatschte ihnen ins Gesicht und ließ kaum ein Manöver zu. Jordan rief ihr irgendeine Anweisung zu, aber wieder schlug ihr die Gischt ins Gesicht, und sie verstand seine Worte nicht.

Sie versuchte, sich über Deck zu ihm vorzukämpfen, aber er winkte ihr aufgebracht, sie solle auf ihrer Seite bleiben, so als würde sie einen Fehler machen, ihren Platz zu verlassen. Wieder und wieder rief er ihr dieselben Worte zu. Doch jedesmal wurde seine Warnung von der tobenden Gischt übertönt.

Plötzlich wachte sie auf. Das Krachen der Brandung war zu einem drängenden Klingeln in ihren Ohren geworden. Sie griff nach dem Wecker, in der Annahme, es sei bereits morgens und Zeit zum Aufstehen. Aber es klingelte weiter.

Schlaftrunken torkelte sie ins Wohnzimmer, wo das Telefon hartnäckig klingelte. Sie sah nicht, daß der Wecker im Buchregal zwei Uhr morgens zeigte.

Sie meldete sich verschlafen. »Hallo?«

»Leslie?«

»Ja?« Im ersten Moment erkannte sie die Stimme am anderen Ende der Leitung gar nicht. Sorge und Aufgewühltheit hatten den Ton verändert.

»Leslie, ich bin's, Georgia Beyer. Es ist was passiert...«

Schlagartig war Leslie hellwach. Terry!

»Was ist?« fragte sie bang. »Ist Terry etwas passiert? Geht es ihm gut?«

Schweigen, erfüllt von Sorge auf beiden Seiten. Irgendwie wußte Leslie, daß etwas Schreckliches geschehen sein mußte.

»Oh, Leslie«, schluchzte Georgia. »Er ist weg. Jemand hat ihn entführt. Terry ist nicht mehr da.«

KAPITEL 32

Als Georgia Leslie erzählte, was geschehen war, schien alles ziemlich konfus zu sein.

Leslie konnte Georgias halb hysterische Worte kaum verstehen. Cliff mußte an den Apparat kommen, um ihr zu erklären, daß Terry wie gewohnt um halb neun ins Bett gegangen war und friedlich geschlafen hatte, als Georgia um zehn nach ihm gesehen hatte. Doch als Cliff gegen ein Uhr morgens wach geworden war und nachgesehen hatte, war Terrys Bett leer gewesen.

Leslie stand noch immer mit dem Telefonhörer in der Hand in ihrem Wohnzimmer und lauschte Cliffs Schilderung der Ereignisse, als es an ihrer Wohnungstür klingelte. Sie legte den Hörer ab und meldete sich durch die Haussprechanlage. Es war die Polizei.

Sie ließ die Polizisten ein – zwei Detectives und zwei uniformierte Beamte –, dann nahm sie den Hörer wieder auf.

»Cliff, die Polizei ist bei mir«, sagte sie.

»Ich weiß. Ich habe sie geschickt.«

Leslie nickte, nicht ganz begreifend. Als sie schließlich auflegte, bemerkte sie, daß ihr fast die ganze Zeit die Tränen über das Gesicht geströmt waren.

Einer der beiden Detectives war einen Schritt näher auf sie zugetreten.

»Miss Chamberlain, ich bin Detective Hirth. Das sind Detective Stokes, Officer Valentine und Officer McCann. Sie sind wohl schon informiert worden?«

»Ja. Gerade eben.« Leslie stand in ihrem Pyjama da, Tränen rannen ihr über die Wangen.

»Können Sie uns vielleicht noch etwas sagen...?«

»Ich?« stammelte sie und wischte sich die Tränen von den Wangen. »Ich weiß auch nur, was Georgia mir erzählt hat. Sie... ich meine, wissen Sie... ich meine...« Ihre Worte verstummten kläglich.

»Vielleicht kommen Sie besser mit«, sagte der Detective. »Ich weiß, was für Sorgen Sie sich jetzt machen.«

Leslie nickte. Sie eilte in ihr Schlafzimmer, um sich etwas überzuziehen. Von dort kam ihr einer der uniformierten Beamten entgegen. Sie sah, wie sich seine Kollegen aufmerksam in ihrer Wohnung umsahen.

Noch immer begriff sie nicht, was vor sich ging. Erst als sie wieder aus dem Schlafzimmer trat und sich vier Polizisten gegenübersah, die sie vorsichtig musterten, wurde ihr bewußt, daß sie gekommen waren, um herauszufinden, ob sie vielleicht Terry entführt hatte.

»Oh!« Ihre Hand fuhr zu ihrem Mund. »Ich habe nicht geglaubt... Hat Georgia Ihnen von mir erzählt?«

»Ja, Miss Chamberlain«, sagte Detective Hirth. »Aber ich schlage vor, daß Sie uns jetzt begleiten.«

Eineinhalb Stunden später war sie in Georgias und Cliffs Haus in Farmington.

Eine halbe Stunde war sie auf dem Polizeirevier verhört worden. Ihre offensichtliche Sorge um Terry hatte die Beamten aber überzeugt, daß sie nichts mit dem Verschwinden von Terry Beyer zu tun haben konnte. Sie war so aufgelöst, daß eine Polizistin geholt werden mußte, um sie zu trösten und wieder aufzurichten.

Nachdem man sie kurz zu Terrys Geburt, seiner Adoption durch die Beyers und Leslies Beziehung zu ihnen befragt hatte, fuhren die Detectives mit ihr zu Georgia und Cliff; dort wartete bereits ein halbes Dutzend Polizisten in Zivil und in Uniform.

Georgia hatte sich so weit gefangen, daß sie Leslie über die Ereignisse informieren und vernünftig mit der Polizei reden konnte. Doch als sie neben Cliff auf der Couch im Wohnzimmer saß, schien sie das Spiegelbild von Leslies Gefühlen zu sein. Was sie sagte, klang zwar vernünftig, aber ihre Hände zitterten, und die Tränen wollten kein Ende nehmen.

Leslie saß mit den Beyers auf der Couch den Polizisten gegenüber und die drei beantworteten eine Frage nach der anderen, wieder und wieder drehte es sich um dieselben Details. Sie schilderten ihr Leben mit Terry, Leslies Beziehung zum Jungen und betonten immer wieder, daß sie niemanden wüßten, der ein Motiv haben könnte, Terry zu entführen.

Das Frage-und-Antwort-Spiel zog sich den Rest der Nacht hin. Es war bereits neun Uhr morgens, als Leslie auf den Gedanken kam, Ross im Büro anzurufen. Als sie ihm sagte, daß sie wegen eines Notfalls in der Familie nicht zur Arbeit kommen könne, klang er aufrichtig besorgt.

»Was ist passiert?« wollte er wissen.

»Nur meine Kusine«, log Leslie. »Ihr kleiner Sohn ist krank. Ich muß ihr helfen und einige Dinge für sie erledigen. Morgen müßte ich eigentlich wieder zurück sein. Wenn nicht, rufe ich an.«

Sie fragte sich, ob sich die Polizei bei ihm nach ihr erkundigt hatte. Da sie sie anfangs verdächtigt hatten, Terry entführt zu haben, war es durchaus denkbar, daß sie bei ihrem Arbeitgeber Auskünfte eingeholt hatten. Aber sie wagte ihn nicht danach zu fragen. Sein normaler, besänftigender Ton ließ auch eher darauf schließen, daß sich niemand bei ihm gemeldet hatte.

Sie legte so schnell wie möglich wieder auf und saß dann den Rest des Morgens mit Georgia auf der Couch, während die Polizei durchs Haus streifte. Erst als Cliff es ihr zuflüsterte, begriff sie, daß sie auf einen Anruf mit einer Lösegeldforderung warteten. Erneut wurde Leslie von Panik ergriffen, und sie mußte sich an Cliff festhalten. Als sie ihm in die Augen schaute, sah sie, wie ihn langsam die Hoffnung verließ.

Nun war es an ihr, Stärke zu zeigen. »Es wird alles gut werden, Cliff«, sagte sie mit fester Stimme. »Ich weiß es.« Doch ihre Worte kamen ihr selber hohl vor.

Und so verstrichen die Stunden. Für Leslie, Georgia und Cliff waren sie ein Auf und Ab des Mutmachens und Mutverlierens, während die Polizisten herumstanden und warteten. Das Telefon klingelte häufig, aber es gab nichts Neues. Niedergeschlagenheit breitete sich im ganzen Haus aus.

Leslie hatte kaum geschlafen, und am späten Nachmittag war sie ausgelaugt. Sie hatte kaum etwas von der Suppe angerührt, die Georgia zu Mittag zubereitet hatte, und auch von dem Sandwich, das eine der Polizistinnen gemacht hatte, bekam sie nicht mehr als einen einzigen Bissen herunter.

Auf Georgias Drängen hin willigte Leslie ein, heimzufahren und dort auf Neuigkeiten zu warten. So gern Georgia sie auch mochte – Leslie sah, daß ihre Anwesenheit Georgia nur noch nervöser machte, als sie ohnehin schon war. Georgie und Cliff mußten allein sein, um mit ihrer Sorge und ihrem Kummer klarzukommen. Leslie war nur im Weg.

Zwei Polizisten fuhren sie heim. Auf dem vergitterten Rücksitz kam sie sich vor wie eine Kriminelle. Die Müdigkeit machte sie nervös und fahrig. Sie konnte keinen klaren Gedanken mehr fassen.

Als sie den Schlüssel ins Türschloß steckte, erwog sie ernstlich, Ross anzurufen und ihm die ganze Wahrheit über Terry und ihre Vergangenheit zu beichten – einfach nur, um das Mitgefühl eines anderen Menschen zu spüren und heute abend nicht allein zu sein.

Dann fiel ihr Blick auf den Briefkasten, und sie öffnete ihn, um nachzusehen, ob sie Post hatte. Eine Zeitschrift und zwei Wurfsendungen, ferner ein weißer Umschlag mit ihrem Namen in Blockbuchstaben.

Leslie öffnete den Brief fast automatisch.

Was sie las, ließ sie ihren Augen nicht trauen.

»Gehen Sie zur Telefonzelle an der Ecke Main und Walnut. Achten Sie darauf, daß Ihnen niemand folgt. Bringen Sie etwas zum Schreiben mit. Gehen Sie sofort.«

Leslie stockte der Atem.

Sie zögerte und starrte auf die Nachricht. Sie wollte in ihre Wohnung gehen und die Polizei benachrichtigen. Sie sollten es besser sofort erfahren.

Aber etwas sagte ihr, daß sie möglicherweise in diesem Augenblick beobachtet wurde. Sie durfte nichts tun, womit sie Terrys Sicherheit gefährdete.

Sie trat durch die Tür, durch die sie gerade gekommen war, hinaus auf die Straße und eilte die drei Blocks zu der angegebenen Telefonzelle. Sie schaute sich auf den ruhigen Straßen um. Wie es aussah, folgte ihr niemand.

Der Abendwind blies zornig, als sie ihr Ziel erreichte. Sie betrat die Telefonzelle und mußte blinzeln im plötzlichen Licht. Sie öffnete ihre Handtasche und holte einen Stift und ihr Notizbuch hervor. Als das Telefon plötzlich klingelte, schreckte sie zusammen.

Ungläubig wartete sie, bis es ein zweites Mal klingelte, dann nahm sie den Hörer ab.

»Hallo?«

»Leslie Chamberlain?« Es war eine männliche Stimme. Sie klang heiser; eine verstellte Stimme.

»Ja, ich bin es. Wer sind Sie?«

»Wollen Sie Ihren kleinen Jungen wiedersehen? Wollen Sie, daß er unversehrt heimkehrt?«

»Ja! Ja! Wer sind Sie?« schrie sie fast in die Leitung. »Was wollen Sie?«

»Haben Sie Papier und etwas zum Schreiben?«

»Ja, habe ich. Sagen Sie mir doch, was Sie wollen. Bitte!«

»Hören Sie jetzt genau zu. Schreiben Sie Wort für Wort mit, was ich Ihnen diktiere. Wenn ich fertig bin, möchte ich, daß Sie es mir vorlesen. Haben Sie verstanden?«

»Ja. Ja, ich bin bereit.« Leslies Atem ging flach und heftig. Die Stimme am anderen Ende der Leitung klang bösartig und zu allem entschlossen.

Sie schrieb die ersten Worte nieder, die ihr diktiert wurden. Ihre Hand zitterte. Zuerst ergaben die Worte keinen Sinn. Sie kamen ihr so fremd vor wie aus einer anderen Sprache.

Aus ihrer Sorge wurde Verzweiflung, als sie dann sah, was ihre Hand aufs Papier schrieb.

Die Stimme diktierte ihr weiter.

Als sie alles niedergeschrieben hatte, mußte sie es Wort für Wort vorlesen.

»Gehen Sie jetzt nach Hause, und tippen Sie es auf Ihrer Schreibmaschine ab«, befahl die Stimme. »Schicken Sie es per Eilboten und Einschreiben. Wenn der Brief eintrifft, wird der Junge freigelassen. Irgendwelche Dummheiten, und der Junge ist tot. Wenn Sie den Brief der Polizei zeigen oder ihnen von diesem Telefonat erzählen, ist der Junge tot. Verstanden?«

Leslie schaute auf das, was sie niedergeschrieben hatte. Ein tiefes Frösteln hatte sie ergriffen. Nichts wirkte mehr real. Außer dem, was sie gerade geschrieben hatte.

»Ja, ich habe verstanden«, sagte sie benommen.

Der Brief wurde nur wenige Stunden, nachdem Leslie ihn aufgegeben hatte, zugestellt. Er hatte keine weite Strecke zurückzulegen.

Keine sechs Stunden später wurde Terry Beyer von der Polizei von Farmington auf einer Bank an einer Bushaltestelle gefunden, nur zwei Blocks vom Polizeirevier entfernt. Es war ihm nichts geschehen.

Terry wurde zu seiner aufgelösten Mutter gebracht, die ihn hundertmal und mehr küßte, ihn mit seinem Lieblingseis als Essen verwöhnte, danach badete und dann zu Bett brachte, ehe sie einen hysterischen Anfall erlitt und selber vom Hausarzt der Familie mit einer Beruhigungsspritze ins Bett gesteckt werden mußte.

Leslie Chamberlain wurde von Cliff Beyer angerufen, nur Minuten, nachdem die Polizei ihn benachrichtigt hatte.

»Terry ist wohlauf«, sagte Cliff und rang mit den Tränen. »Sie bringen ihn jetzt zu uns. Soll ich jemanden schicken, der dich abholt und herfährt?«

Es entstand eine lange Pause.

»Nein, Cliff«, sagte sie endlich. Sie klang erstaunlich gefaßt. »Nein, schicke niemanden. Ich komme morgen abend, wenn es recht ist.«

Leslie hatte in den letzten achtundvierzig Stunden nicht mehr als drei Stunden geschlafen. Erschöpft und bar jeglicher Hoffnung ging sie zu Bett und fiel in einen tiefen, aber unruhigen Schlaf.

Terry war in Sicherheit. Sie hatte ihren Teil dazu getan.

Doch die Zukunft, die sie für ihren Sohn gerettet hatte, war für sie selbst auf ewig verloren.

Jordan Lazarus kam an diesem Abend erst sehr spät heim.

Er saß an seinem Schreibtisch, hoch über Manhattan, und las zum wiederholten Male den von Leslie handgeschriebenen Brief, den er am frühen Abend per Eilboten erhalten hatte. Für einen Moment ruhte sein Blick auf dem Telefon, und er streckte auch die Hand danach aus. Aber er hob den Hörer nicht ab.

Ehe er heim zu Barbara fuhr, vernichtete er den Brief. Während er im Aschenbecher verbrannte, sah er ihn noch ein letztes Mal an.

Lieber Jordan,

es fällt mir sehr schwer, Dir diesen Brief zu schreiben, nicht nur, weil ich ihn schon vor langer Zeit hätte abschicken sollen, sondern weil er mir ebenso weh tun wird wie Dir.

Ich habe schon seit langem eine feste Beziehung und werde den Mann, der mir sehr viel bedeutet, bald heiraten.

Es war ein Fehler von mir, mich mit Dir einzulassen, und ein noch größerer, dich im Glauben zu lassen, unsere Beziehung könnte zu etwas Dauerhaftem werden. Wie mir nun klargeworden ist, bin ich vor mir selbst und vor der Wahrheit davongelaufen. Ich habe Dich ausgenutzt, und das bringe ich nicht länger fertig.

Indem ich Dich bitte, mich aufzugeben, bitte ich Dich um das, was das Beste für Dich und für mich ist. Kehre zurück zu Deinem Leben, Jordan. Liebe die Menschen, die zu lieben Du bestimmt bist, und vergiß mich. Ich für meinen Teil werde auch versuchen zu vergessen. Es ist die einzige Möglichkeit für uns beide.

Bitte, ruf nicht an, und schreib mir auch nicht. Ich könnte Dir eventuell nicht antworten – und das würde uns beiden nur noch mehr Schmerz zufügen.

Viel Glück und alles Gute
Leslie

Jordan sah zu, wie der zusammengeknüllte Brief verbrannte und zu verkohlter Asche wurde.

Er hätte diesen Moment niemals für möglich gehalten. Zum ersten Mal in seinem Leben als erwachsener Mann hatte er den Abwehrmechanismus vergessen, der ihm in so vielen Abenteuern geholfen hatte, und hatte sich achtlos in eine prekäre Lage gebracht, alles ignorierend außer seiner Liebe und nur an die Zukunft glaubend.

Und nun, als diese Zukunft spottend vor ihm floh, kehrte eine Stimme aus der Vergangenheit zurück und klang ihm wie eine Hymne in den Ohren, bitter und todtraurig.

Traue niemals einer Frau…

KAPITEL 33

Wochen vergingen, Monate. Ross Wheeler arbeitete tagsüber an Leslies Seite, sah sie aber immer seltener außerhalb des Büros.

Er wußte, daß ihr etwas Schreckliches widerfahren sein mußte. Sie sah aus wie jemand, der einen geliebten Menschen verloren hatte. Ihr Gesicht war eine Maske des Kummers. Bei der Arbeit gab sie sich wie eh und je, aufgeweckt, verläßlich, manchmal sogar zu Späßen aufgelegt. Und dennoch wirkte sie distanziert und kontrolliert. Und darunter war diese Maske der Trauer, die wie der Schatten einer unaussprechlichen Wunde auf ihrem wunderschönen Gesicht lag.

Er sprach Leslie nicht darauf an. Er wußte instinktiv, daß dies privater Schmerz war, in den er sich nicht einmischen durfte. Und so arbeitete er an ihrer Seite und wartete darauf, daß sie sich wieder erholte. Er wußte, wie stolz und unverwüstlich sie war. Sie würde ihm schon zu gegebener Zeit – wenn überhaupt – sagen, was passiert war.

In der Zwischenzeit versuchte er, ihr ein Freund zu sein und ihr viel Platz zum Atmen zu geben. Er deckte sie mit harter Arbeit ein und sah, wie sie sich mit ihrer starken, strahlenden Persönlichkeit an der Aufgabe aufrichtete.

Seine Gefühle für Leslie wurden während dieses Zeitraums immer schmerzlicher. Auf der einen Seite mußte er sich zurücknehmen und auf Distanz gehen, weil sie ihren Kummer offensichtlich nicht mit ihm teilen konnte – er konnte nur vermuten, daß sie unter dem Scheitern einer Liebesbeziehung litt. Andererseits mußte er ständig daran denken, daß er ihr nicht lange vor diesem sie so erschütternden Ereignis – was auch immer es sein mochte – einen Heiratsantrag gemacht hatte. Irgendwie war ihm das peinlich, und er war sich seiner unsicherer denn je.

So kehrte er zu der väterlichen Rolle zurück, die er Leslie gegenüber eingenommen hatte, als er sie kennengelernt hatte. Dieser Schritt zurück tat ihm weh, zumal jetzt, wo Leslie ihm so viel bedeutete. Aber ihm blieb keine Wahl.

Ihr Mut und die Entschlossenheit, mit der sie sich durch die langen Tage im Büro kämpfte, rührten Ross zutiefst.

Doch ihr Kummer verschwand nicht. Sie schien mit den Monaten nur nach innen zu sinken und noch rätselhafter zu werden. Die Wunde, die Leslie erlitten hatte, würde nicht in wenigen Monaten heilen. Es konnte Jahre dauern; vielleicht blieb diese Narbe auch für alle Zeit.

Dann geschah eines stürmischen Nachmittags etwas Unerwartetes, was diesen unbehaglichen Zustand unterbrach.

Leslies Vater starb.

Sie erfuhr es telefonisch im Büro. Sie hatte den Anruf selber entgegengenommen, lauschte schweigend, machte dem Teilnehmer am anderen Ende der Leitung einige Zusagen, legte auf und kam zu Ross.

»Mein Vater ist gestorben«, sagte sie. »Ich muß heim und mich um die Beerdigung kümmern. Wird höchstens einige Tage dauern.«

Ross nahm sie in den Arm.

»Aber sicher«, sagte er. »Nimm dir soviel Zeit, wie du brauchst. Soll ich mitkommen? Vielleicht kann ich dir irgendwie helfen.«

Er wußte, daß Leslie niemanden hatte, außer ihrem Vater. Er konnte sich vorstellen, wie einsam die kommenden Tage für sie werden würden.

Sie schüttelte den Kopf.

»Ich komme schon klar«, sagte sie. »Außerdem wirst du hier gebraucht.«

Sie hatte recht. Auf ihren Schultern gemeinsam ruhte das ganze Geschäft. Es würde schon schwierig genug werden, mehrere Tage ohne Leslie auszukommen.

Tom Chamberlain war am Durchbruch einer Gefäßerweiterung gestorben, was für alle, auch für seinen Internisten, völlig überraschend gekommen war. Es war ein schneller und schmerzloser Tod gewesen.

Im ersten Moment verschaffte der Verlust ihres Vaters Leslie ein gewisses Maß an Erlösung von der Gleichgültigkeit, die sie seit Monaten beherrscht hatte. Das Bild von Jordan Lazarus trat zurück, überdeckt von der Trauer über den Tod ihres Vaters. Sie fühlte sich wie gereinigt durch diese Trauer und sogar ruhiger als zuvor, als hätte dieser alles andere übertreffende Kummer einen schmerzstillenden Nebeneffekt.

Sie war ruhig und gefaßt, als sie heim nach Ellicott flog, wo sie von einer entfernten Verwandten vom Flugplatz abgeholt wurde. Sie sah die alten Straßen ihrer ehemaligen Heimatstadt am Seitenfenster vorbeiziehen, fremd und verloren sahen sie nun aus, begraben unter dem Gewicht der vergangenen Jahre.

Die Verwandtschaft ihres Vaters hatte sich eingefunden. Leslie kümmerte sich unverzüglich um die Bestattung. Mr. Novell, der Bestattungsunternehmer, hatte schon vor zwanzig Jahren die letzten Worte am Sarg ihrer Mutter gesprochen.

Sie hatte gefürchtet, daß das Begräbnis ihren inneren Schutzwall durchbrechen würde, aber das war seltsamerweise nicht der Fall. Pastor Reynolds war noch nie ein begnadeter Redner gewesen, und sein Versuch einer lobenden Grabrede auf Tom Chamberlain geriet wenig überzeugend. Er sprach in den ewiggleichen Klischees und pries Tom als gottesfürchtigen Familienvater und guten Freund, der viel für seine Familie und die Gemeinde getan hatte. Doch keines der Worte wurde dem wahren Tom Chamberlain gerecht, der ihrer eigenen Erinnerung sicher sein konnte, wo sie ihn für sich bewahren konnte, wie er wirklich gewesen war.

Fast die ganze Woche überstand Leslie unbeschadet.

Doch an ihrem letzten Abend daheim, als sie die wenigen Habseligkeiten packte, die sie von ihrem Vater behalten sollte, stieß sie auf das Familienalbum. Es enthielt all die Schwarzweißfotos von Leslie als Kind, von ihrer Mutter aus einer Zeit, an die sie sich nicht erinnern konnte, von ihrem Vater, die sie selbst geknipst hatte.

Die Schnappschüsse ihrer Mutter zeigten eine hübsche Frau, schlank, mit von Sorgen gezeichneten Augen, in denen eine rasche Auffassungsgabe funkelte. Ihr Vater hatte immer gesagt, Leslie habe das Köpfchen ihrer Mutter.

Sie mußte daran denken, wie ihr Vater in diesem Familienalbum geblättert hatte, als sie aufs College ging, und jedesmal fand, daß sie ihrer Mutter immer ähnlicher werde. Und hatte nicht genau das auch Tante Mary gestern bei der Beerdigung mit Tränen in den Augen gesagt?

Leslie fragte sich, welche Bedeutung dies für sie hatte. Wenn sie mit den Jahren mehr und mehr einem Menschen ähnelte, den sie nie wirklich gekannt hatte, jemandem, der schon zu lange verloren war, um sich zu erinnern – hieß das, daß ihr das Schicksal auf sonderbare Weise letzten Endes doch noch erlaubte, ihrer Mutter näherzukommen? Oder bedeutete es, daß die Distanz in ihrem Herzen, der Verlust, sich mit jedem Jahr nur tiefer eingrub?

Sie schlug die letzte Seite des Albums auf und fand den Brief, den sie ihrem Vater erst vor zehn Tagen geschrieben hatte. Die Handschrift auf dem Umschlag kam ihr wie die Schrift einer Fremden vor. Sie mußte den Brief nicht öffnen, um zu wissen, daß er nichts als Lügen enthielt. Wie alle Briefe, die sie geschrieben hatte, seit sie Tony kennengelernt und *Ogilvie-Thorpe* verlassen hatte, seit sie ihr Kind bekommen hatte und nach Long Island gezogen war, seit sie Jordan Lazarus begegnet war, ihn geliebt und verloren hatte. Nichts als Lügen, von ihrem Vater in seiner taktvollen Weise akzeptiert, niemals in Frage gestellt.

Irgendwie vereinte sich der Irrgarten ihrer Lügen mit der Distanz von Zeit, Raum und Tod und ließ sie erst jetzt erkennen, in diesem Augenblick, daß ihr Vater sie für immer verlassen hatte, daß er nie mehr dasein würde, um sie im Arm zu halten und mit seinem Lächeln zu trösten.

Bei diesem Gedanken strömten Leslie stumme Tränen über das Gesicht. Sie legte sich auf die alte Couch mit der Ecke und den Kissen und begann bitterlich zu weinen. Die Tränen, die sie so lange zurückgehalten hatte, brachen sich nun Bahn. Der Schmerz war unerträglich. Sie wußte, wie sehr ihr Vater sich darauf verlassen hatte, daß sie stark war und glücklich. Er hatte sich immer Sorgen gemacht, der Tod ihrer Mutter und seine begrenzten Fähigkeiten, sich um seine Tochter zu kümmern, könnten Leslie eine bleibende Narbe zugefügt haben. Immer hatte er von ihr hören oder in ihren Briefen lesen wollen, daß sie glücklich war und daß es ihr gutging.

Und er hatte gewartet, vergeblich darauf gewartet, daß sie einen jungen Mann mit nach Hause brachte und sagte, daß sie verliebt sei und bald heiraten werde.

Leslie weinte lange. Doch die Tränen brachten ihr nicht die ersehnte Erleichterung.

Schließlich klappte sie das Fotoalbum zu. Sie ertrug es nicht, noch länger über die Vergangenheit nachzudenken. Es erinnerte sie nur daran, daß sie völlig allein auf der Welt war.

Niemand erfuhr je von ihren Tränen. Am nächsten Tag packte sie auch die restlichen Andenken an ihre Familie ein und betraute den Anwalt ihres Vaters mit dem Verkauf des Hauses und des Mobiliars.

Von ihren vielen Lügen wie von einem unsichtbaren Netz umschlungen, flog sie nach Hause. Aber hatte sie denn wirklich ein Zuhause? War sie nicht auf ewig der Vergangenheit verhaftet? Konnte es jemals wieder ein Zuhause für sie geben, das ihr einen sicheren Hafen bot?

Ross Wheeler erwartete sie schon am LaGuardia-Flughafen. Sie war überrascht, ihn zu sehen, da sie ihn gar nicht benachrichtigt hatte, wann sie kommen würde. Sie hatte noch etwas länger mit ihren Gefühlen allein sein wollen, ehe sie wieder zur Arbeit ging.

Aber er hatte sich einfach erkundigt.

»Ich fahre dich nach Hause«, sagte er.

Sie lächelte. »Ich fahre mit dir, wohin du willst.«

Er blieb zurückhaltend auf der langen Fahrt von Long Island und stellte nur wenige Fragen über das Begräbnis. Er wollte ihr Zeit lassen. Ihre knappen Antworten machten deutlich, daß sie noch nicht bereit war, über das, was geschehen war, zu reden.

Die Dämmerung brach herein, als sie vor Leslies Wohnung ankamen.

Ross brachte den Wagen am Bordstein zum Stehen, ließ aber den Motor laufen.

»Du willst doch gar nicht da reingehen, oder?« fragte er.

Sie schüttelte stumm den Kopf.

Ross nahm sie mit zu sich. In seinem Haus brannte Licht, dort war es warm und heimelig. Er half ihr aus dem Mantel.

»Du hast nichts gegessen«, sagte er.

Er führte sie wie ein Kind ins Wohnzimmer und setzte sie auf die Couch. Als er ihr etwas zu trinken holen ging, betrachtete sie die Fotos seiner Töchter auf dem Kaminsims. Sie lächelten mit ihren frischen Gesichtern voller Jugendlichkeit und Energie auf sie herab, einer Energie und Kraft, die aus Leslie herausgebrannt worden war.

Ross kehrte mit einem Glas Whisky zurück. Die goldene Flüssigkeit brannte angenehm und erwärmte Leslies durchgefrorene Glieder.

»Ich habe noch etwas selbstgemachte Spaghettisoße.« Er setzte sich neben sie. »Wir könnten einen Topf Nudeln kochen und einen Salat dazu machen. Dann wirst du dich gleich besser fühlen…«

Er sah, daß sie ihm gar nicht zuhörte. Doch als er verstummte, schaute sie derart bemitleidenswert zu ihm auf, daß er sie in den Arm nahm.

»So schlimm?« fragte er.

Sie antwortete nicht. Sie wirkte angespannt und kalt in seinen Armen.

»Ich weiß«, murmelte er, »ich weiß, wie es dir geht, Leslie.«

Er tätschelte sie zärtlich, fast wie der Vater, den sie verloren hatte. Sie fühlte sich wie ein Kind in seinen Armen; sie selbst so dünn, er in mittleren Jahren und schwer; seine trockenen Hände hielten sie beschützend. Etwas in ihr, ein erster Schutzwall, begann zu bröckeln.

»Du mußt nichts vor mir zurückhalten«, sagte er. »Laß dich einfach gehen.«

Ihre Tränen kamen so plötzlich, stiegen in ihren ausdruckslosen Augen auf und rannen ihr wie ein Strom über die Wangen. Das Glas in ihrer Hand zitterte, und Ross nahm es ihr ab und stellte es auf den Tisch. Dann hielt er sie fest im Arm und wiegte sie wie ein kleines Mädchen, während die Tränen in endlosen Sturzbächen flossen. Er konnte nicht wissen, was in ihr vorging, aber seine Gefühle für sie ermöglichten ihm einen Zugang zu ihrem Schmerz und sagten ihm, wie er ihn lindern konnte.

Sie weinte lange, leise und heftig in seinem Arm.

Als es vorbei war, brachte sie schließlich ein Lächeln zustande und fühlte sich besser. Sie schien am richtigen Ort zu sein, mit dem einzigen Menschen, der sie niemals im Stich lassen würde, auf dessen warme Arme und mitfühlendes Herz sie sich immer vollkommen würde verlassen können. Sie dankte dem Himmel für Ross Wheeler.

Er sah sie mit ernstem, fast strengem Ausdruck an.

»Leslie, mein Liebling«, sagte er mit einem kleinen Anflug von Humor, »du bist ein sehr hübsches Mädchen und ein starkes obendrein. Aber du bist eben auch nur ein Mensch. Ich kann dich unmöglich weiter allein durchs Leben gehen lassen. Dir wird viel zu sehr weh getan.«

Sie sah ihn mit einem verständnislosen Lächeln an.

Er holte einen kleinen Ring hervor und steckte ihn ihr auf den Finger.

»Laß uns die Einsamkeit beenden«, sagte er.

Leslie schaute überrascht auf den Ring.

«Niemand wird dich jemals so sehr lieben wie ich, Leslie«, sagte er. »Ich weiß nicht, was in den letzten Jahren in deinem Herzen vor sich gegangen ist, und ich muß es auch nicht wissen. Aber ich weiß, daß es eine Liebe, wie ich sie für dich empfinde, nicht alle Tage gibt. Nimmst du sie an? Wenn ja, dann machst du mich zum glücklichsten Mann auf Erden. Und ich werde alles, alles, alles tun, um dich zur glücklichsten Frau zu machen.«

Leslie schaute ihm in die Augen. Sie wußte, daß das Netz aus Lügen, das sie in den vergangenen Jahren um sich gesponnen hatte, nun zwischen ihr und Ross stand, so wie es zwischen ihr und jedem anderen, auch ihrem Vater, gestanden hatte. Sie hatte einen Kokon der Lügen um sich gesponnen, in dem sie ganz allein war.

Doch Ross Wheelers zärtliche, intelligente Augen mußten nicht durch diese Lügen schauen, weil die Liebe ihn in ihr Herz schauen ließ und ihm sagte, wie er es heilen konnte.

Das Leuchten in diesen Augen war nicht dasselbe Licht, das ihre Seele vor wenigen Monaten so kurz erleuchtet hatte, als sie in das Gesicht von Jordan Lazarus geschaut hatte und fühlte, daß sich durch ihn ihr Schicksal als Frau offenbarte. Aber es war ein Leuchten, das niemals erlöschen würde.

Und in diesem Augenblick schien das das einzige zu sein, was zählte. Nicht einmal ihre Lügen konnten dieses Leuchten ruinieren.

Er nahm ihre Hand. Der Ring paßte perfekt.

Leslie wußte nicht mehr, wie sie seinen Antrag ablehnen sollte.

Sie fühlte, daß sie zwar den größten Fehler ihres Lebens machte und die schlimmste Sünde beging, und gleichzeitig doch das einzig Anständige tat, was sie jemals für sich getan hatte.

»Ja, Ross«, sagte sie mit einem erstaunten Gefühl der Erleichterung. »Ich werde dich heiraten.«

KAPITEL 34

New York City 21. Dezember 1976

Es war ein sehr langer Tag gewesen.

Jill Fleming massierte im Pyjama im Arbeitszimmer des Hauses an der Park Avenue Jessica Hightowers verspannte Schultern, während im Fernsehen leise die Elfuhrnachrichten liefen.

Beide Frauen waren müde und abgekämpft. An diesem Tag hatte eine Vorstandssitzung bei Hightower stattgefunden, auf die sich Jessica schon seit Wochen vorbereitet hatte, unterstützt von Jill, die in langen Überstunden die notwendigen Daten zusammengetragen hatte.

Wie von Jessica erwartet, hatte es ziemliche Konflikte gegeben auf dieser Sitzung. Eine Mehrheit der Vorstandsmitglieder hatte sich für ein Fabrikprojekt in Millionenhöhe ausgesprochen, Jessica war jedoch von Anfang an dagegen gewesen. Selbst ihre Brüder waren dafür, und ihr Bruder Ford sprach nicht mehr mit ihr, weil für zwei seiner einflußreichsten Gönner aus der Industrie in Delaware tausende Arbeitsplätze auf dem Spiel standen.

Aber Jessica war hart geblieben. Und mit Jills Hilfe hatte sie über jeden Zweifel hinaus belegt, daß der für *Hightower Industries* zu erwartende kurzfristige Vorteil dieses Projekts von einem langfristigen Nachteil mehr als nur wieder ausgeglichen würde. In zehn Jahren, so konnte sie schwarz auf weiß aufzeigen, würde dieses Projekt dem Konzern Hunderte von Millionen Dollar Verlust bescheren.

Nach fast zwei Stunden zähem Kampf zwischen den beiden Seiten war das Vorhaben mit knapper Stimmenmehrheit verworfen worden. Jessica hatte gewonnen.

Nun waren sie beide völlig erledigt. Sie hatten sich noch ein gemeinsames Abendessen daheim gegönnt und mit einem Glas Champagner auf ihren Sieg angestoßen. Sie waren fast zu müde gewesen, um sich während des Essens zu unterhalten.

Jessica hatte zermürbende Kopfschmerzen von den erbitterten Auseinandersetzungen des Tages, und so hatten sie sich nach dem Duschen im kleinen Arbeitszimmer mit dem gasbefeuerten Kamin getroffen. Die Flammen flackerten stumm hinter dem Gitter, während sie nebeneinander auf der Ledercouch saßen.

Jill knetete Jessica sanft die Schultern. Der Rhythmus ihrer Finger schläferte sie fast ein, aber sie schaffte es, weiterzumachen. Sie konnte fühlen, wie Jessicas Muskeln allmählich locker wurden.

Plötzlich fragte Jessica: »Kennst du den?«

Jill öffnete ihre halb geschlossenen Augen. »Wen?«

»Lazarus.«

Jill schaute verschlafen zum Fernseher. Die Elfuhrnachrichten brachten einen Bericht über die Grundsteinlegung eines neuen Hochhauses, das von *Lazarus International* in Manhattan errichtet wurde. Jordan Lazarus und seine Frau wohnten der Zeremonie bei. Im Anschluß daran wurden sie beide von Reportern interviewt.

»Nein«, sagte Jill. »Kenne ich nicht.«

Eine Pause entstand. Jordan Lazarus hielt die Hand seiner Frau und plauderte mit den Reportern. Er war ein erstaunlich gutaussehender Mann. Jill konnte sich nicht entsinnen, jemals zuvor sein Gesicht gesehen zu haben. Das war eigentlich sonderbar, denn er genoß den internationalen Ruf, Amerikas wohlhabendster Mann zu sein, und zumindest seinen Namen hatte Jill schon häufig gehört.

Seine Gattin, Barbara Lazarus, war eine dunkle, attraktive Frau, fast so groß wie ihr Mann. Sie gaben ein seltsames Paar ab. Sie ergänzten einander auf eine unerwartete Weise, wie eine schreiende Kombination zweier zuvor nicht zusammenpassender Farben auf einem expressionistischen Gemälde. Er wirkte zu jung für sie, und Barbara schien sich große Mühe zu geben, eben diesen Umstand durch Diät und Garderobe zu überspielen.

Ihre Zuneigung füreinander war offensichtlich, aber trotzdem hatte man das Gefühl, daß beide eigentlich für andere Partner bestimmt wären, zu denen sie besser passen würden.

»Ich kenne ihn«, sagte Jessica. »*Hightower* hat ein paarmal mit ihm zu tun gehabt. Ein netter Bursche. Ein Träumer, irgendwie. Fast so wie ein Junge. Sehr süß. Wenn du mit ihm redest, würdest du niemals ahnen, daß er derart ehrgeizig ist.«

Sie seufzte, wohlig eingelullt von Jills sanften Fingern. »Aber seine Frau, das ist eine ganz andere Geschichte«, fuhr sie fort. »Ganz die Tochter ihres Vaters. Knallhart. Der würde ich nicht eine Sekunde über den Weg trauen.«

Jill massierte schweigend weiter.

»Mir war schon immer schleierhaft, was er an ihr findet«, sagte Jessica. »Mal abgesehen von ihrem Geld, versteht sich.«

Jill sagte nichts darauf. Ihr Blick ruhte auf dem hübschen Gesicht von Jordan Lazarus. Sie hörte nur mit halbem Ohr zu und schaute gar nicht richtig hin.

TEIL DREI

Eine Vision

KAPITEL 35

Zwei Jahre später Trenton, New Jersey

Tony Dorrances Leben war nicht mehr dasselbe. Er war nicht mehr der Mann von früher.

Er konnte die Veränderungen nicht genau benennen, konnte nicht sagen, wann es begonnen hatte. Vielleicht vor drei Jahren, vielleicht aber auch schon früher. Eines Morgens war er aufgewacht und hatte festgestellt, daß er nicht mehr derselbe war. Das war jetzt lange her, und seitdem war er unmerklich weiter abgedriftet.

Sein ganzes Leben lang hatte er geglaubt, sich ziemlich gut zu kennen. Er wußte, was er wollte und brauchte, und sah zu, daß er es auch bekam. Dabei hatte er sich nicht unbedingt immer beliebt bei den anderen gemacht, aber das scherte ihn nicht.

Nun war er sich jedoch nicht mehr sicher, wer er war oder was er suchte im Leben.

An der Routine seines Alltags hatte sich nichts geändert. Er ging zur Arbeit, setzte seinen Charme ein, um ein bestimmtes Maß an Erfolg zu haben, und verbrachte seine freie Zeit mit Trinken, Glücksspiel und Frauen.

Doch das alles machte ihm nicht mehr so viel Spaß wie früher. Selbst seine Erfolge, ob im Beruf oder bei Frauen, ließen ihn kalt. Da war eine unerfüllte Sehnsucht in ihm, die ihm das Gefühl von Einsamkeit und Nutzlosigkeit gab.

Gelegentlich verzichtete er auf seine allabendlichen Touren und blieb daheim in seiner Wohnung, starrte die Wände an und fragte sich, was schiefgelaufen war.

Einmal öffnete er, mehr aus Langeweile, den Umschlag, in dem er eine Handvoll Fotos aus seiner Kindheit aufbewahrte, und sah sie sich an. Es war eine schmerzliche Erfahrung. Er hatte sich diese Fotos seit Jahren nicht mehr angesehen und hatte praktisch aufgehört, sich an seine Kindheit zu erinnern.

Er war in Philadelphia aufgewachsen, in einem der härtesten Viertel der Stadt. Sein Vater war Metallarbeiter gewesen – und zum Unglück der Familie ein Trinker und Weiberheld.

Er hatte zwei Schwestern, die er mochte, und eine Mutter, die er vergötterte.

Sein Vater hatte sich aus dem Staub gemacht, nachdem es zu einer ganzen Reihe von brutalen Auseinandersetzungen wegen einer anderen Frau gekommen war. Tony war zum Helfer und Beschützer seiner Mutter geworden; er hielt das Haus sauber, paßte auf seine Schwestern auf und trug zum Lebensunterhalt der Familie bei. Geld verdiente er auf ungesetzliche Weise auf der Straße.

Er genoß seinen piratenhaften Lebensstil. Er war von Natur aus ein Rebell und wäre wahrscheinlich so oder so in Schwierigkeiten geraten. Doch seit sein Vater fortgegangen war, durfte er seine Auflehnung gegenüber der Welt ausleben, solange er seiner Mutter abgab, was er ergaunerte. Er war ein guter Sohn und ein Außenseiter gleichzeitig. Dieses Leben gefiel ihm.

Dann ereignete sich die große Tragödie in Tonys Leben. Seine Mutter ließ ebenfalls die Familie im Stich und brannte mit einem gutaussehenden Handelsvertreter durch, den sie in einer Kneipe kennengelernt hatte.

Die Fürsorge trennte Tony und seine Schwestern und brachte die Kinder in verschiedenen Pflegeheimen unter. Tony sah seine beiden Schwestern nie wieder.

Der Verlust seiner Mutter war ein verheerender Schlag für ihn.

Wenige Monate nach seiner Einweisung ins Pflegeheim geriet er in Konflikt mit dem Gesetz. Er war inzwischen Wortführer einer Jugendbande und verdiente sein Geld durch Diebstähle, Hehlerei und Drogenhandel.

Getrieben wurde er von einer Wildheit, einem geheimen Verlangen, das Schicksal herauszufordern; gut möglich, daß es gar sein Wunsch war, erwischt zu werden. Er hatte keinerlei Skrupel bei seinen Gaunereien und nahm unnötige Risiken in Kauf. Bei bewaffneten Raubzügen konnte er übermäßig grausam sein. Seine selbstzerstörerische Ader erschreckte selbst seine Kumpane.

Zweimal wurde er verhaftet. Beim ersten Mal ließ man ihn mit einer Verwarnung wieder laufen. Beim zweitenmal wurde er in eine strenge Besserungsanstalt gesteckt, bis er achtzehn wurde. Zu diesem Zeitpunkt war er bereits ein hartgesottener Gauner, eine Gefahr für sich und andere.

Dann gab ihm das Schicksal eine Chance. Nach seiner Entlassung aus der Besserungsanstalt wurde er zusammen mit einigen Freunden bei einem ihrer Raubzüge erwischt und von einem Polizisten namens Cody Sheehan verhaftet. Der Beamte hatte schon öfter mit Mitgliedern von Jugendbanden zu tun gehabt und erkannte Möglichkeiten in Tony, die andere bislang nicht gesehen hatten.

Er führte ein langes Gespräch mit Tony vor der Anklageerhebung. Dieses Gespräch sollte eine nachhaltige Wirkung auf Tony haben. Zum erstenmal erlebte er, daß ein Erwachsener wirklich mit ihm redete.

»Mit einem College-Abschluß kannst du in fünf Jahren mehr verdienen als deine Freunde in ihrem ganzen Leben«, hatte Cody Sheehan gesagt. »Und du wirst frei sein und dein Geld genießen können. Deine Freunde dagegen werden die Hälfte ihres Lebens hinter Gittern verbringen, und das alles wegen ein paar tausend Dollar Beute. Überleg mal, ob's das wert ist.«

Tony hatte ihm nachdenklich zugehört.

Sheehan machte seinen persönlichen Einfluß beim Richter geltend und verschaffte Tony eine Strafmilderung. Tony verbrachte ein Jahr im Gefängnis.

Nach seiner Haftentlassung schrieb er sich bei einer Fernuniversität ein und machte einen Abschluß in Wirtschaftslehre, gleichzeitig jobbte er als Barkeeper, Kellner und Rausschmeißer in einer Kneipe in Philadelphia. Seine Zeugnisse konnten sich sehen lassen, und er wandelte sich in dieser Phase von einem zwielichtigen Straßenräuber zu einem adretten und gewinnenden jungen Mann.

Fünf Jahre dauerte es, bis er sein Diplom erworben hatte, aber nur zwei, um sich in einen Mann zu verwandeln, dem kaum eine Frau widerstehen konnte.

Unglücklicherweise entwickelte sich seine Karriere nicht so zügig, wie er gehofft hatte. Denn es gab etwas, woran es Tony mangelte. Nicht Ehrgeiz – den besaß er reichlich –, sondern Konzentration. Es gelang ihm nicht, seine große persönliche Tatkraft auf ein Ziel hin auszurichten. Zwar konnte er brillant seinen Charme spielen lassen und seine Cleverneß einsetzen, um ein unmittelbares Problem zu lösen, aber es mangelte ihm an Konsequenz und Zielstrebigkeit.

Immer wieder geriet er auch mit Vorgesetzten aneinander. Mehrere Male hemmten herbe Dämpfer seinen Aufstieg auf der Karriereleiter.

Er trank, und zwar mehr, als ihm guttat. Zudem hatte er wenig Glück im Spiel und ständig Schulden. Immer war er voller Pläne; mal plante er, ein Restaurant zu eröffnen, dann ein Hotel, ein andermal eine Drogeriekette; aber nichts wurde etwas.

Seine zahlreichen Frauenaffären waren alle nur kurzlebig. Kamen sie ihm auf die Schliche, ließ er sie sitzen, und für gewöhnlich schuldete er ihnen Geld.

Leslie war so eine seiner zahlreichen Eroberungen gewesen. Er hatte sie umgarnt, verführt und sitzengelassen, wie er es schon mit so vielen Frauen vor ihr getan hatte. Während ihrer kurzen Affäre war ihm ihre besondere Tiefe nicht entgangen, ihre Aufrichtigkeit und Integrität. Sie war schöner als alle anderen Frauen gewesen, die er bislang gehabt hatte – fast zu schön. Und sie hatte ihn auf eine Art und Weise geliebt, die in ihm den Wunsch geweckt hatte, ihre Liebe zu erwidern. Doch genau das hatte ihn nervös gemacht, weil ihre Eigenschaften ein Leben der festen Bindung und Stabilität bedeuteten und eine Art von Vertrautheit, die er für sich selbst nicht für möglich hielt. Leslie war so aufrichtig, daß er das Gefühl hatte, sich nicht verstellen oder verstecken zu können, wenn er mit ihr zusammen war.

Er war fast froh gewesen, sie los zu sein.

Zumindest hatte er sich das eingebildet.

Nun jedoch haderte Tony mit seinem Schicksal.

Es machte ihm keinen Spaß mehr, Frauen zu verführen. Seine Arbeit ödete ihn an. Sein Leben schien auf der Stelle zu treten, und es erfüllte ihn mit Frustration. Wenn er in den Spiegel schaute, sah er, daß er nicht so jung war wie früher. Er war jetzt vierunddreißig, ein Alter, in dem viele Männer Vizepräsidenten großer Firmen waren. Ihm lief allmählich die Zeit davon.

Irgend etwas fehlte in seinem Leben. Die Ironie war, daß er es nie gehabt hatte, zumindest soweit er sich entsinnen konnte. Aber jetzt vermißte er es. Er fühlte diesen Mangel wie ein Loch im Bauch.

Dies war die zweite große Identitätskrise in Tonys Leben; die erste war der unerwartete Verlust seiner Mutter gewesen. Aber er kam damit genausowenig klar wie damals.

Und so war seine Reaktion darauf, daß er noch mehr Frauen verführte, noch mehr trank und spielte; daß er auf subtile selbstzerstörerische Weise die Gefahr herausforderte.

Er ließ sich mit mehr verheirateten Frauen als früher ein. Und er versuchte oft, sie unter kompromittierenden Umständen ins Bett zu kriegen, manchmal nur Minuten, bevor ihr Mann von der Arbeit heimkam. Ohne Gefahr schien er keinen sexuellen Reiz mehr zu empfinden.

Und einer dieser sexuellen Streiche sollte ihm großen Ärger bescheren.

Er arbeitete für einen Immobilienmakler in New Jersey und verkaufte Büroeinheiten und teure Eigenheime. Sein Charme und sein gutes Aussehen kamen ihm im Immobiliengeschäft gelegen. Er hatte größeren Erfolg und verdiente mehr als in all den Jahren zuvor. Er schien die perfekte Stellung gefunden zu haben. Er hoffte, bald als Partner in die Firma aufgenommen zu werden.

Sein derzeitiger Chef, ein korpulenter, leicht aufbrausender Mann namens Roscoe Greve, hatte sich aus armen Verhältnissen hochgearbeitet und leitete seine Firma auf humorlose, diktatorische Art. Tony mußte sich mächtig anstrengen und seinen ganzen Charme einsetzen, um ein gutes Verhältnis zu ihm aufzubauen, und hart schuften, um es sich mit seinem Chef nicht zu verderben.

Doch da war Wendy, Roscoe Greves gut entwickelte Tochter. Sie war siebzehn, nicht besonders klug; sie trieb sich mit einer leichtlebigen Clique herum, und im Badeanzug sah sie gut genug aus, um sie zu vernaschen. Sie hatte rotblondes Haar, einen cremigen Teint, eine schlanke Taille und feste junge Brüste wie knackiges Obst.

Tony lernte sie bei einem Abendessen im Hause seines Chefs kennen und hatte Mühe, sie zu vergessen. Einige Wochen kämpfte er vergeblich dagegen an, dann gab er seiner Neigung nach und richtete es so ein, daß er ihr in der Disco, in der sie sich regelmäßig mit ihrer Clique traf, über den Weg lief. Sein Charme und ihre Lust auf das verbotene Abenteuer, einen Mann zu verführen, der für ihren Vater arbeitete, war alles, was er brauchte, wie er schon bei ihrem ersten heimlichen Rendezvous herausfand, das im Kino begann und in einem Motel am Stadtrand endete.

Wendy war wenig einfallsreich im Bett, aber sie gab sich Mühe, und ihr Körper fühlte sich so gut an und schmeckte so betörend, wie Tony es gehofft hatte. Er liebte sie reichlich grob, und etwas Gefährliches trat in ihm zum Vorschein. Seine Grobheit schien sie anzutörnen, weil es zu ihrer eigenen inneren Wildheit paßte.

Er erkannte nur nicht, daß das Mädchen ernste Probleme mit ihrem Vater hatte und ihm etwas heimzahlen wollte.

Tony war nicht scharfsinnig genug, das zu erkennen.

Ihre heimlichen Treffen setzten sich mehrere Wochen fort. Zunächst lief alles problemlos. Doch dann begann Wendy Greve – sehr zu Tonys Überraschung – erste und ernstliche Anzeichen von Eifersucht an den Tag zu legen und eine ärgerliche besitzergreifende Art. Irgendwie war ihr zu Ohren gekommen, daß er auch noch mit einer anderen, älteren Frau ins Bett ging. Sie verlangte von ihm, sich nicht mehr mit der anderen zu treffen. So absurd es auch sein mochte – sie verlangte Treue von ihm.

Das führte unweigerlich zu Streit. Laute und böse Worte fielen, Vasen gingen zu Bruch; es hagelte Beschwerden von Motelgästen im Nebenzimmer wegen der Lautstärke. Auf kurzzeitige Versöhnungen folgten neuerliche, noch heftigere Auseinandersetzungen, denn Wendy war nicht minder hitzig als Tony.

Schließlich kam es zu einem häßlichen Streit, der handgreiflich wurde. Wendy warf alles nach Tony, was sie in die Finger bekam, und er schlug sie so hart, daß sie eine aufgeplatzte Lippe und ein blaues Auge davontrug, ehe sie nackt und wüst schreiend aus dem Motelzimmer stürmte.

Die Folge war seine fristlose Entlassung. Zudem hatte er ohne Zeugnis von Roscoe Greve große Mühe, eine neue Stelle zu finden, zumindest in New Jersey.

Tony fragte sich, was ihm da widerfahren war. Aber zu seinem Pech mangelte es ihm auch an der Fähigkeit der Selbstanalyse. Daher wurde ihm nie klar, daß die Sache mit Wendy und ihrem Vater kein Zufall gewesen war. Seine törichte Affäre war Symptom seines Problems, nicht die Ursache. Er hatte sich blind auf die Geschichte eingelassen, ungeachtet der verborgenen Konflikte hinter seinem Tun, und hatte den Preis dafür zahlen müssen.

Er taumelte durch sein Leben, trank und verspielte alles Geld und ging mit allen möglichen Frauen ins Bett. Aber vor allem sie deprimierten ihn mehr als alles andere. Sie waren nichtssagend und auswechselbar. Ihre Verführungskünste, ihre Eifersüchteleien und hysterischen Anfälle waren völlig voraussagbar. Die kleine Wendy Greve war nur die siebzehnjährige Version dieser Sorte Geschöpf gewesen, bei denen immer ein Haken dabei war, wenn sie ihren Körper hergaben, hinter deren fleischlichen Verlockungen keine Seele war.

Er war oft so entmutigt, daß er lieber allein zu Hause blieb.

Drei Monate lang trieb er es so in der schlimmsten Depression seines Lebens. Er schien alle Brücken hinter sich abgebrochen und nichts als verbrannte Erde hinterlassen zu haben, während sich vor ihm ein gähnendes schwarzes Loch auftat. Er hatte allen Lebensmut verloren.

Die seltenen Gelegenheiten, bei denen er in sich ging und darüber nachdachte, was schiefgelaufen war, endeten jedesmal damit, daß er das weibliche Geschlecht voller Haß und Verachtung verfluchte. Seiner Meinung nach waren die Frauen das Übel hinter all seinen Problemen. Sie waren, wie es schon in der Bibel stand, auf Erden, um den Mann ins Verderben zu locken.

KAPITEL 36

New York City   Winter 1978

Die Zeit heilt alle Wunden, heißt es.

Doch wenn Jordan Lazarus morgens aufstand und zur Arbeit ging, hatte diese alte Weisheit wenig Bedeutung für ihn.

Sein Herz war nicht geheilt. Es war seit jenem schrecklichen Moment, als er Leslie verloren hatte, verwundet geblieben.

Er hatte sich nie wirklich von diesem Schlag erholt. Vielleicht weil er so sicher gewesen war, in Leslie die richtige Frau gefunden zu haben; die Frau, auf die er ein Leben lang gewartet hatte.

Um Leslie zu trauern war daher nicht einfach gewesen. Er mußte dazu eine Tür tief in seiner Seele schließen, und es bedurfte einer auszehrenden mentalen Anstrengung, diese Tür geschlossen zu halten.

Ein anderer Mann hätte möglicherweise Leslie krankhaft verfolgt, hätte sie verflucht, ihr häßliche Briefe geschrieben oder sogar versucht, sie umzubringen. Doch Jordans Stolz und sein fester Glaube an seine Fähigkeit, seine Emotionen zu beherrschen, ließen einen derartig vulgären Beweis seiner inneren Not nicht zu. Er hatte seine Enttäuschungen stets für sich behalten und der Welt allein seine Stärken gezeigt. Diese Strategie hatte ihn viele Jahre in der Geschäftswelt vorangebracht, und er hatte nicht die Absicht, daran etwas zu ändern.

So verbarg er seinen Schmerz. Und er öffnete niemals die mentale Pforte zu seinem Herzen, weil dahinter die Ruine seiner Hoffnung lag, über die er nicht länger nachdenken konnte.

Jordan wandte sich wieder seinem Leben zu.

Seine Welt war trist geworden. Er traute ihr nicht mehr wie einst.

Aber sich selbst traute er noch. Und so stürzte er sich wieder in die Arbeit, verbissener denn je. Er war stark, und er trug seine Bürde. Er erledigte seine alltäglichen Pflichten, hakte Tag für Tag auf dem Kalender ab und wartete darauf, daß etwas kam und ihn von seinem inneren Dämon befreite. In seinem langen Geschäftsleben hatte er gelernt, geduldig und flexibel zu sein. Diese Fähigkeiten nutzte er nun, um sich selbst zu heilen.

Und er dachte nie mehr an Leslie Chamberlain, nicht ein einziges Mal. Weil er es sich befahl; weil er diesen Schmerz nicht zulassen konnte.

Jordans Umgebung nahm eine neue Kühnheit in seinen Ideen wahr, eine fast grausame Scharfsinnigkeit, wenn es darum ging, neue Lösungen für vielschichtige Probleme zu finden. Niemand sah die Kluft hinter der schillernden Oberfläche seiner Aktivität. Aber alle waren beeindruckt von seinem erstaunlichen Ausbruch an Kreativität.

Und es sollte – praktisch aus dem Nichts – etwas kommen, was Jordans Karriere als Unternehmer eine neue Richtung gab. Eines Tages unternahm er im Gefolge des Bürgermeisters und einer Schar von Geschäftsleuten und Lokalpolitikern eine Tour durch die Stadt – einer von diesen PR-Ausflügen, die allein auf Wähler-Stimmenfang ausgerichtet waren –, als ihm plötzlich das monströse Ghetto auffiel, das sich am Rande der glitzernden Finanzmetropole erstreckte.

Früher hatte er dem nie weiter Beachtung geschenkt, weil es ihm keinerlei geschäftliche Möglichkeiten geboten hatte. Doch nun sah er es als das, was es war – ein Schandfleck, der sich wie ein Geschwür um das glitzernde Finanzzentrum dieser großartigen Stadt ausbreitete.

In diesem Augenblick sah Jordan das Elend des Ghettos in neuem Licht, erkannte die Hoffnungslosigkeit der Menschen, die hier lebten, die von Armut, Verlassenheit, Verbrechen und Drogen zerbrochenen Familien. Dieser Alptraum war nicht die bedauernswerte Begleiterscheinung von größerem Wohlstand und Prosperität. Dies war ein Übel, von dem das ganze Land verschlungen werden konnte. Der Wohlstand des Landes konnte nicht von Dauer sein, wenn weiter zugelassen wurde, daß die Menschen und Ressourcen der Städte an der Wurzel verdarben.

Diese gescheiterten Menschen der Großstadt waren nicht einfach nur Opfer des Fortschritts – sie waren ein Abbild der Zukunft, die jeden erwartete, wenn man den Fortschritt weiterhin auf Kosten solchen Elends vorantrieb.

Jordan achtete nicht auf das Gerede seiner Begleiter. Er wußte, daß ihre frommen Sprüche nur darüber hinwegtäuschen sollten, daß niemand gewillt war, etwas gegen dieses Problem zu unternehmen. Statt dessen wog er ab, was er sah. Und schon bald wich der anfängliche Schock seiner analytischen Intelligenz, für die er so berühmt war.

Als er das Ghetto mit den Instinkten eines erfahrenen Geschäftsmannes und Finanziers betrachtete, meinte er mit einemmal, eine Lösung für das Problem zu erkennen.

Es war eine bahnbrechende Idee, so außergewöhnlich auf den ersten Blick, daß er sie zunächst gar nicht in Worte fassen konnte. Doch er erkannte die Bedeutung darin, also nahm er sich die Zeit, intensiver darüber nachzudenken. Niemand, fand er heraus, hatte das Problem des städtischen Zerfalls bisher je so betrachtet wie er. Seine Idee war im Grunde denkbar einfach. Sie basierte auf unternehmerischen Konzepten, verbunden mit einer neuen Form steuerlicher Anreize. Die Ghettos konnten als Investitionsmöglichkeit gesehen werden; gleichzeitig profitierte die Stadt davon in Form höherer Steuereinnahmen.

Er beschäftigte sich immer intensiver mit seiner Idee. Nach wenigen Monaten begann er, seinen Plan vertraulich mit einigen Vertretern der Geschäftswelt, die sein Vertrauen genossen, zu erörtern. Alle waren beeindruckt von der Originalität seiner Idee, machten aber kein Hehl aus ihrer Überzeugung, daß sein Vorhaben absurd war und nicht funktionieren konnte.

Doch Jordan blieb unbeirrt. Er wußte, daß jede originelle Idee zunächst auf Unverständnis und Ablehnung stößt. Weil die meisten Menschen die Dinge erst im nachhinein betrachteten und selten vorausblickten. Sein mächtiger Verstand sagte ihm, daß sein Plan sehr wohl funktionieren konnte.

Zwei Dinge waren notwendig. Eine starke und durchsetzungsfähige Lobby bei der Regierung, sowohl bundesstaatlich wie national, um entscheidende Änderungen der Steuergesetze durchzubringen. Und Verhandlungen mit großen Unternehmen, um sie von der Durchführbarkeit seines Plans zu überzeugen. Eine gewaltige, noch nie dagewesene Koalition der wichtigsten unternehmerischen Kräfte würde notwendig sein, um seinen Plan in die Tat umzusetzen.

Das würde nicht leicht werden. Große Konzerne arbeiteten gegeneinander, nicht miteinander. Konkurrenz und Rivalität entsprachen ihrem Wesen. Doch es gab einen Mann in Amerika, der nicht nur die persönliche Macht und finanzielle Schlagkraft besaß, sondern auch das hohe öffentliche Ansehen genoß, um eine solche Koalition zu verwirklichen – ihn selbst, Jordan Lazarus.

Und so nahm er diese Aufgabe auf sich und machte sie zu einer Art Kreuzzug. Sie gab seinem Leben eine neue Bedeutung. Er arbeitete härter denn je. Und er spürte, wie die sonst so unnachgiebige Geschäftswelt mehr und mehr nachzugeben begann, je größer der Druck wurde, den er auf sie ausübte, und sich seinen Wünschen beugte. Die Bereitschaft war zunächst noch gering, fast unmerklich. Aber sie war da, und Jordan war fest entschlossen, nicht lockerzulassen, bis er hatte, was er wollte. Er konnte tatsächlich den Ruf der Geschichte vernehmen zu helfen, eine Veränderung herbeizuführen, durch die ein wirtschaftliches Desaster verhindert und Amerika gesunden konnte.

Er arbeitete so hart, daß er sich nie die Zeit nahm, darüber nachzudenken, ob sein alles beherrschender Plan nicht nur seine Tage füllte, sondern ebenso seinen Kummer ertränkte; ob die Liebe zu den von seinem Plan betroffenen Mitmenschen nicht eine andere Liebe verbarg und mit einer Narbe bedeckte, die ihn von seinem unerträglichen Schmerz befreite, so daß er neuen Sinn im Leben fand.

Um seinen Einfluß auf die großen Konzerne Amerikas zu verstärken und um in möglichst kurzer Zeit die größtmögliche finanzielle Macht zu erlangen, schloß Jordan Verträge ab, rief alte Gefälligkeiten ab und verpflichtete sich andere.

Einer der wichtigsten Verträge war der mit *Hightower Industries.*

Jessica Hightower hatte in den letzten Jahren Firmen zur Weiterentwicklung der Computertechnologie in Lateinamerika, Kanada und Westeuropa erworben.

Dies war Teil einer Gesamtstrategie, die sie seit nunmehr fast einem Jahrzehnt mit ihren engsten Beratern entwickelt hatte. *Hightower* sollte sich nach und nach von einem Konzern der Schwerindustrie zu einem Erneuerer der Hochtechnologie entwickeln. Jessica war schon seit langem überzeugt, daß sich die Schwerindustrie Amerikas im Abstieg befand, während der Hochtechnologie, mit dem richtigen Management, die Zukunft gehörte. Aber sie sah auch die hohen Lohnkosten in Amerika voraus, was erforderlich machen würde, die wichtigsten elektronischen Komponenten andernorts produzieren zu lassen.

Hier kam auch Jordan Lazarus ins Spiel. *Lazarus International* besaß wichtige Elektronik- und Computer-Tochtergesellschaften in Südamerika und Westeuropa. Jordan schlug *Hightower* ein umfassendes Geschäft vor, bei dem es um den Erwerb und den Austausch mehrerer Tochterfirmen ging, ferner um einen beidseitigen Aktienwandel mit gewaltigen steuerlichen Vorteilen für beide Unternehmen.

Als Jordan seine Fühler zu Jessica Hightower ausstreckte, war sie sofort interessiert. Als brillante Kennerin der internationalen Geschäftswelt erkannte sie, daß dies genau das war, worauf ihr Unternehmen in den letzten Jahren aus gewesen war. Nach wenigen Monaten war ein Vertrag abschlußreif. Die Unterzeichnung der Verträge im Rahmen einer festlichen Zeremonie, einer Mischung aus Sitzung und Empfang, war für den 21. Januar 1978 im Waldorf Astoria angesetzt.

Es waren an die zwanzig Personen anwesend, leitende Manager, Anwälte, Vorstandsmitglieder beider Unternehmen. Jordan Lazarus hielt eine mitreißende Lobrede auf Jessica Hightowers Offenheit und Initiative; und Jessica – auf ihre geschliffene, selbstbewußte Art – zollte dem Einfallsreichtum Anerkennung, den Jordan bei diesem Vertrag bewiesen habe.

Hände wurden geschüttelt, und man versammelte sich im Bankettsalon zu einem erlesenen Festessen.

Jordan Lazarus genoß den Abend in vollen Zügen, blieb aber nicht allzu lange. Er nahm Jessica beiseite und unterhielt sich eine halbe Stunde mit ihr unter vier Augen.

Sie waren sich in den letzten Jahren gelegentlich begegnet, und er hatte sie stets als den Kopf von *Hightower Industries* und als treibende Kraft hinter den Senatskampagnen ihrer beiden Brüder gesehen. Sie war die ideale Geschäftsführerin: brillant, weitsichtig, nicht nur dem Wohlstand des eigenen Unternehmens verpflichtet, sondern auch dem Wohlergehen des amerikanischen Unternehmens überhaupt.

Aber Jordan war persönlich nie mit ihr warm geworden. Sie hatte eine Kälte an sich, eine stählerne Härte, die ihn stets abgestoßen hatte. Mit ihr Geschäfte zu machen, ja – und nie ein besseres als heute abend –, aber sie näher kennenzulernen als unbedingt nötig – darauf wollte er gern verzichten.

Als sie aus dem ruhigen Nebenzimmer kamen, in das sie sich für ihr Gespräch unter vier Augen zurückgezogen hatten, gab er seinem Assistenten einen Wink, der sich erhob und zu ihm kam. Jordan sah, daß auch Jessica einer jungen Frau ein ähnliches Zeichen gab; einer bemerkenswert attraktiven jungen Frau in den Zwanzigern, mit blondem Haar. Sie war gertenschlank und hatte helle blaue Augen. Sie stand lächelnd neben Jessica und wurde Jordan vorgestellt, er verstand aber ihren Namen nicht genau und vergaß sie auch bald danach wieder.

Eineinhalb Wochen später betrat Jordan mit drei Mitgliedern seines Vorstandes das Vier Jahreszeiten, um dort zu Mittag zu essen, als ihm ein Gesicht auffiel.

Im ersten Moment ließ ihn sein Gedächtnis im Stich, und sein Interesse war nur deshalb geweckt, weil es eine bemerkenswert hübsche junge Frau war. Sie war wirklich ausnehmend attraktiv, und er sah ihr nach, als sie dem Ausgang des Restaurants zustrebte. Sie trug ein Seidenkleid, das ihre Figur auf sehr feminine und zarte Weise zur Geltung brachte. Ihr Haar, irgendwie blonder, als er es in Erinnerung hatte, floß ihr über die Schultern, und ihre

Beine bewegten sich mit einer Geschmeidigkeit, die Jordans für die weibliche Attraktivität geübtem Auge nicht entging.

Er ging zu ihr und reichte ihr die Hand.

»Sind wir uns nicht schon mal begegnet?« fragte er.

Sie lächelte.

»Sie haben offenbar ein gutes Gedächtnis für Gesichter«, sagte sie. »Ja, tatsächlich.«

Es entstand eine Pause, als er sie ansah. Er hielt noch immer ihre Hand. Sie fühlte sich sehr weich und fügsam an. Er versuchte fieberhaft, sie einzuordnen.

»Es tut mir wirklich leid«, sagte er. »Aber mir will nicht einfallen, wo das gewesen sein könnte.«

Sie lachte leise.

»Es war neulich bei der Vertragsunterzeichnung. Ich bin eine von Jessica Hightowers Assistentinnen.«

Jordan ließ ihre Hand los.

»Jordan Lazarus«, stellte er sich vor.

»Gewiß, ich weiß, wer Sie sind.« Sie lächelte. »Ich bin Jill Fleming. Ms. Hightower hat uns kurz miteinander bekannt gemacht, aber Sie waren sehr beschäftigt an diesem Abend.«

Wieder entstand eine Pause. Jill blickte zum Ausgang. Jordan sah, daß sie gehen mußte. Aber er wollte sie noch nicht gehen lassen. Etwas an der Sanftheit ihres Auftretens reizte ihn.

»Sind Sie schon lange für Jessica tätig?« fragte er. »Dann müßten wir uns doch bestimmt auch zuvor schon einmal begegnet sein? Entschuldigen Sie, daß ich mich nicht gleich erinnert habe. Normalerweise habe ich ein gutes Namensgedächtnis.«

»Ich arbeite seit drei Jahren mit Ms. Hightower zusammen«, antwortete sie. »Aber wir sind einander tatsächlich vorher noch nicht begegnet, Mr. Lazarus.«

»Sagen Sie Jordan«, bot er ihr spontan an. Erst jetzt, als er ihrer melodischen Stimme lauschte, wurde ihm klar, wie attraktiv sie wirklich war.

Ihr Lächeln war strahlend und voller Energie. Die Zartheit

ihrer Haltung, fast an Zerbrechlichkeit grenzend, war nicht vollständig ausgelöscht, war aber nun überdeckt von einer forschen, gesunden Art, die ihm bislang nicht aufgefallen war. Sie sah sehr jung aus, sehr glücklich und geradeheraus.

»Dann aber auch für Sie Jill«, sagte sie.

Jordan spürte, wie schwer es ihm fiel, sie gehen zu lassen und zu seinen Begleitern zurückzukehren. Etwas, das lange in ihm geschlummert hatte, erwachte auf fast schmerzliche Weise bei ihrem Anblick.

»Tja«, sagte er, »ich fürchte, da wartet jemand auf mich. Hat mich gefreut, Sie wiederzusehen.«

Wieder reichte er ihr die Hand. Diesmal schlüpfte ihre Hand auf ganz andere Weise in seine. Ihr Handschlag war fest, aufrecht. Es lag etwas Feminines darin, eine warme, offene Art.

Ihr Blick jedoch war vieldeutig. Er sah Bedauern, sich von ihm verabschieden zu müssen, und etwas, das er nicht benennen konnte.

Sie ging mit weichen, natürlichen Schritten davon. Ihre Gestalt hatte im Fortgehen etwas Faszinierendes an sich, was Jordan lange zögern ließ, ehe er zu seinem Tisch zurückkehrte.

Er wollte ihren Namen nicht mehr vergessen.

Jill Fleming.

Aber seine Sorge war unbegründet. Auch wenn sein Kopf voll war mit unzähligen Details und Plänen, die alle dazu dienten, seinen Kummer zu verdecken, hatten das Gesicht und die Figur von Jill Fleming diesen so sorgfältig errichteten Schutzwall durchdrungen und nahmen nun einen Platz ein, der vielleicht schon seit langem freigehalten worden war von Mächten, die er gar nicht in sich wahrgenommen hatte.

Er sollte ihren Namen niemals vergessen.

KAPITEL 37

Eine Woche brauchte Jordan, dann rief er Jill Fleming an.

Den Großteil der Woche war er so sehr in seine Arbeit vertieft, daß er gar nicht die Zeit fand, an sie zu denken. Doch wenn er an sie dachte, stellte er fest, wie fasziniert er von ihr war.

Die Anziehungskraft, die sie auf ihn ausgeübt hatte, war überaus groß. Allein die Erinnerung daran ließ seine Sinne erschauern. Und doch konnte er nicht sagen, was genau ihn so sehr an ihr reizte. Tatsächlich war dieses Gefühl so flüchtig, daß er schon Schwierigkeiten hatte, sich an Jills Gesicht zu erinnern.

Als er sie schließlich anrief, tat er es sowohl, um seine Erinnerung aufzufrischen, als auch, um den sonderbaren Reiz zu rekapitulieren, den er in ihrer Gesellschaft verspürt hatte.

Ihre Stimme klang sonderbar am Telefon. Sie wirkte sehr distanziert; fast klang es, als würde sie über eine Haussprechanlage mit ihm reden. Jordan fragte sich, ob er einen Fehler machte.

Aber sie nahm seine Einladung an. Freitag abend holte er sie ab – er sagte Barbara, ihm sei ein unerwarteter Termin dazwischengekommen, und er werde erst später heimkommen – und fuhr mit ihr in ein intimes und sehr teures Restaurant im besseren Viertel von Manhattan.

Ihre Unterhaltung während des Essens war belanglos, fast banal. Sie erzählte ihm von ihrer Arbeit mit Jessica und deutete ein wenig von ihren bisherigen Erfahrungen in der Geschäftswelt an. Jordan dagegen mußte feststellen, daß er mehr von seinem Leben preisgab, als er eigentlich sollte, indem er die lange Geschichte von seinem armen Elternhaus bis zu seinem enormen Erfolg schilderte. Etwas an Jill Fleming brachte ihn aus dem Gleichgewicht, und er redete, um die Lücke zu füllen.

Doch es war nicht so sehr ihre körperliche Schönheit, die ihre eigentümliche Anziehungskraft auf ihn ausübte. Ihre Wirkung war zu komplex, um ohne weiteres charakteristisch zu sein. Sie schien aus ihrem Innern zu kommen und auf unsichtbare Signale zu reagieren, die Jordan aussandte.

Nun verstand er, weshalb er die Woche über solche Schwierigkeiten hatte, sich an sie zu erinnern, ehe er sie angerufen hatte. Als er mit ihr zusammen war, war sein geistiges Auge so auf das unsichtbare Zentrum ihres Charmes gerichtet, daß er kaum wahrnahm, was sie sagte, und er achtete so gut wie gar nicht auf ihre Figur oder ihr Gesicht. Daher konnte er, wenn er nicht mit ihr zusammen war, sich kaum an ihr Aussehen erinnern.

Sie war wie eine Droge oder wie ein Traum. Wer unter ihrem Einfluß stand, für den war die ganze Welt drumherum vergessen, er lebte allein für diesen Rausch. Doch wenn man aus diesem Rausch erwacht, konnte man sich kaum erinnern, wie er gewesen war.

Zwei Stunden in ihrer Gegenwart schufen einen fast schmerzlichen Sturm in Jordans Sinnen. Er schaute Jill Fleming in die Augen. Sie betrachtete ihn ruhig.

»Wollen wir gehen?« fragte er in plumper Eindeutigkeit.

Sie schenkte ihm ein sanftes Lächeln.

»Ja, gehen wir.«

Eine halbe Stunde später lag Jordan nackt mit Jill Fleming im Bett, in der Penthouse-Suite eines kleinen und diskreten Hotels in Manhattan.

Als er ihren zierlichen Körper in den Armen hielt und ihren feinen, zarten Geschmack auf seinen Lippen schmeckte, erinnerte er sich an die Art, wie sie beim Verlassen des Restaurants den Mantel übergestreift hatte. Ihre Bewegungen hatten etwas Forsches und Aufrichtiges, was sonderbar mit dem weichen, gleitenden Körper unter ihrem Kleid harmonisierte.

Ihr Parfüm war sehr dezent und überdeckte nicht den ihr eigenen natürlichen Duft. Sie trug ein schlichtes Kleid mit Spaghettiträgern, das ihre schmalen Schultern zur Geltung brachte, und ein Oberteil, das ihre wohlgeformten Brüste weder verbarg noch zu auffällig betonte. Dazu trug sie eine goldene Halskette mit einem Anhänger in der Form eines Pfaus. Ihr Haar, heute abend etwas bauschiger, wirkte voll und war schön anzusehen.

Sie sagte nichts, nachdem sie das Hotelzimmer betreten hatten. Er half ihr beim Ausziehen, küßte sie und streichelte sie dabei. Ihr Körper entblößte sich auf natürliche Weise, fast verletzlich. Sie posierte nicht mit dem einstudierten Narzißmus schöner Frauen vor ihm, sondern stand ganz ungezwungen und unschuldig da, als ihr Kleid fiel, dann ihr BH, schließlich ihr Slip.

Er hob sie auf seine Arme, erstaunt, wie leicht sie war, und hielt sie lange so, küßte sie und genoß die sonderbare Leichtheit. Es war, als würde ihr etwas fehlen, etwas, dessen Abwesenheit sie leichter machte, flüchtiger. Und es war eben diese Abwesenheit, dieser Mangel an etwas, was sie so attraktiv machte.

Er setzte sie auf dem Bett ab und legte sich neben sie. Ihre Zunge glitt schüchtern in seinen Mund, und fast im selben Moment fand sein Geschlecht, heiß und pulsierend, seinen Weg in sie. Einige wenige heftige Augenblicke später hatten sie beide einen fast schmerzlichen Orgasmus, und er lag mit ihr im Arm da und dachte über sein plötzliches Verlangen nach, das ihn überwältigt hatte.

Lange Zeit sagten sie beide nichts, lagen einfach nur nackt da, berührten einander, überließen ihren Augen und Händen das Reden. Er fand Jills Schweigen erstaunlich erholsam. Es schien nichts von ihm zu verlangen. Es vereinte sich mit dem blassen Glanz ihres nackten Körpers und schuf eine Impression von bemerkenswerter Natürlichkeit und Fassung. Sie war zufrieden mit sich. Ihre Zurückhaltung beruhigte und versicherte ihn.

Aber ihr Körper war köstlich und weich in seinen Armen. Und nicht lange, und das Schweigen, die Berührungen, ihre ruhigen Augen waren zuviel für ihn, und er wurde wieder hart. Ein schüchternes Lächeln spielte auf ihren Lippen, als sie sein erregtes Glied sah, das sich reckte und wippte, als sie es anschaute, fast so, als würde sie es aus der Ferne liebkosen.

Sie faßte es zärtlich an. Sie spielte mit den Hoden, und sie regten sich und schwollen an in ihrer Hand.

Ein tiefes Stöhnen entrang sich seiner Kehle, und er erschauerte unter ihrer Liebkosung. Er berührte ihre Schultern, ihre schmalen Rippen. In diesem Moment war ihm sein eigenes Verlangen fast nicht geheuer. Es schien aus etwas Unbemerktem in ihm zu entspringen, das sie geweckt hatte, indem sie seinen Willen umgangen hatte.

Er wußte jetzt, daß das erste Mal nur eine Ouvertüre gewesen war, daß ihr schweigsames Intervall der Intimität nur die Vorbereitung auf den wahren Sturm gewesen war, der nun in ihm hervorbrach. Er wälzte sich auf sie, während sie seinen Penis in beiden Händen hielt. Er stieß und rieb wild in ihrem festen Griff. Dann faßte er sie unter die Hüfte, hob sie hoch, und sie führte ihn mit einer raschen Bewegung in sich.

Er begann zuzustoßen, zu pumpen. Eine große Eiseskälte schien in ihm zu schmelzen, eine Kälte, die ihn zwei Jahre lang erfüllt hatte. Die weichen schönen Glieder der Frau in seinen Armen ermutigten ihn, und der hungrige Penis arbeitete und tauchte und stürmte mit aller Macht in sie.

Er hörte ihr kleines Keuchen. Sie hatte nun die Beine um ihn geschlungen, half ihm, noch tiefer in sie einzudringen. Das schlüpfrige Fleisch in ihr war heiß und willig, erregt von Stößen; bebend näherte sie sich dem Orgasmus.

Plötzlich ließ sie seine Hüften los und legte ihm die Hände auf die Wangen. Die Zärtlichkeit dieser Geste schlug eine Saite in ihm an. Er sah ihr in die Augen. Sie waren offen und blickten ihn mit einem Ausdruck tiefer Akzeptanz an, der sich bereits in den unscharfen Blicken der Ekstase auflöste.

Ein gewaltiges Beben erschütterte ihn. Ein Stöhnen entrang sich seiner Kehle. Sein Körper reckte sich, und er stieß den Penis tiefer in ihren geheimen Ort, wo er seine Lust in einer langen Serie von Zuckungen ausstieß. Sie erzitterte in seinem Arm und rührte sich dann nicht mehr, ließ den harten Schaft in ihr ruhen und fühlte, wie er sich hin und wieder streckte, wenn ihn nachfolgende Erschütterungen durchliefen.

Sie umfaßte seinen Kopf und führte seine Lippen an ihre Brust. Er küßte das warme Fleisch, dankbar für seine Süße, als wäre es ein Geschenk. Sie tätschelte ihm sanft den Nacken. Ihre Umarmung hatte etwas Beschützendes, was dem Sturm, den sie in ihm entfacht hatte, eine letzte grazile Note hinzufügte.

In ihren Armen liegend dachte Jordan über ihr Geheimnis nach. Nun, da er sie körperlich besessen hatte, wußte er nicht mehr über sie als beim Handschlag anläßlich ihrer ersten Begegnung. Nicht, daß sie sich irgendwie zurückhielt. Sie war ziemlich ungezwungen im Bett. Aber irgendwie wuchs ihr Geheimnis in dem Maße, wie sich ihr Körper hingab.

Es war, als wäre Jill Fleming ein Bild, von dem ein Teil fehlte. Doch dies war kein wirklicher Mangel. Jordans Verlangen, das aus einer unbekannten Quelle in ihm entsprang, füllte diesen leeren Platz aus.

Je mehr sie von ihrem Körper gab, desto mehr wollte Jordan sie. Indem er sie besaß, wollte er sie nur noch mehr besitzen. Dieses Paradox setzte sich unendlich fort, weil der winzige Spalt, die winzige Kluft in ihr, selber unendlich war. Und der Gedanke an diese Leere ließ erneut die drängende Hitze auflodern, die diese Lücke füllen wollte. Jordan wurde erneut steif.

Sie liebten sich noch zweimal. Ihre Körper waren nun so vertraut, daß er sich hinterher fragte, ob die ausgiebige heiße Dusche, die er nahm, ausreichen würde, um ihren Duft abzuwaschen. Er fühlte sie in jeder Pore.

Bei jedem Liebesakt musterte Jordan ihren Körper mit einem Gefühl von Distanz und wunderlicher Klarheit. Doch diese Distanz war verbunden mit einem aufsteigenden Verlangen, das so groß war, daß selbst der Orgasmus es nicht stillen konnte.

Erst beim dritten Mal entdeckte er ihr kleines Mal. Es befand sich unter ihrem Nabel, nahe ihrem Geschlecht, wie ein Talisman, der auf den Schatz in der Nähe hinwies. Und paradoxerweise war es dieses kleine Extra, dieses frische rosige Emblem, das den Mangel zu symbolisieren schien, das fehlende Teil, das sie so attraktiv machte. Er beugte sich vor, um es zu küssen, und atmete die sich vermischenden Aromen ihres und seines Körpers ein.

Außer sich spreizte er ihre Schenkel und drang erneut in sie ein und spürte, wie das kleine Mal sich bei jedem Stoß an seiner Haut rieb. Sie hielt ihn mit halb geschlossenen Augen in den Armen. Ihr üppiges Haar breitete sich auf dem Kissen auf. Es wirkte so unschuldig und doch so anzüglich befleckt von dem mystischen Mal auf ihrem Fleisch, daß er fast sofort kam.

Als sie voneinander abließen, war er völlig ausgelaugt. Doch seine Erregung begann nur noch stärker zu werden, als wäre diese Nacht erst die Ouvertüre zu etwas wahrhaft Großartigem. Die innere Kälte, die ihn so lange aufrechtgehalten hatte, schmolz nun, und an ihrer Stelle breitete sich eine aufsteigende unendliche Hitze aus.

Er brachte Jill mit dem Taxi heim, begleitete sie noch zur Tür ihres Apartmenthauses und küßte sie auf die Lippen, als sie die Schlüssel hervorholte.

»Danke«, sagte sie leise. »Es war ein wundervoller Abend.«

Ihre Worte hatten etwas so Spontanes, daß Jordans Herz gerührt war.

Sie sah den Ausdruck in seinen Augen, und ihr Lächeln hatte eine Spur von belustigtem Mitleid.

»Wann sehe ich dich wieder?« fragte er.

»Wann immer du willst.«

Er nickte und ergriff ihre Hand. Er wollte das Rätsel ihres Fleisches ein letztes Mal fühlen. Sie sah ihn aus unergründlichen Augen an, die von seiner Hand, die ihre hielt, zu seinem Gesicht wanderten. Sie schien zu wissen, was in ihm vorging, und wirkte nicht im mindesten überrascht. Sie fühlte seine Besessenheit und hieß sie willkommen, so natürlich, wie sie sein Verlangen zuvor am Abend gesehen und großzügig erlaubt hatte, daß er sie nahm.

Er ließ sie los, und sie ging ins Haus.

Jordan fuhr mit dem Taxi heim; seinen Wagen wollte er morgen abholen. Als er zu Hause eintraf, brannte kein Licht mehr in der Wohnung. Barbara schlief bereits.

Er legte sich zu ihr und starrte mit hinter dem Kopf gefalteten Händen an die Zimmerdecke. Er hörte Barbaras sanften Atem.

Er fühlte sich fabelhaft, so gut wie seit zwei Jahren nicht mehr. Der alte Schmerz in ihm, so lange schon gelindert durch den dicken Wall um sein Herz, lag nun wieder offen, war aber irgendwie kleiner durch den Aufruhr seiner Sinne.

Jill Flemings Geheimnis war auch das Geheimnis seines Glücks und seines Verlangens. Er mußte sie wiedersehen, um dieses Geheimnis zu ergründen und zu lüften.

Jill Fleming war allein in ihrer Wohung und hellwach.

Sie hatte diese Wohnung gefunden und Jessica Hightower überzeugt, sie hin und wieder für eine Weile allein hier wohnen zu lassen – weil sie gewußt hatte, daß diese Nacht kommen würde. Nichts war dem Zufall überlassen geblieben. Sie durfte nicht zulassen, daß ihre Nähe zu Jessica zwischen ihr und Jordan Lazarus stand.

Sie sann über den Verlauf des Abends nach, Schritt für Schritt, rekonstruierte die komplexe Sprache, die sie mit Jordan Lazarus vereint hatte. Sie erinnerte sich an winzige Details, die selbst dem aufmerksamsten Beobachter des Dinners und der Liebesnacht entgangen wären, und konzentrierte ihre Überlegungen auf die subtilen Fäden, die sie zu einem Ganzen verwoben hatte.

Das meiste davon verstand sie.

Eines jedoch verstand sie nicht. Und eben das war es, was Jill die ganze Nacht wach liegen und mit einem nachdenklichen Ausdruck in ihren silbernen Augen auf die Schatten an der Decke ihres Schlafzimmers starren ließ.

KAPITEL 38

Johnsonville, Long Island   Frühjahr 1978

»Was ist los? Machst du schon schlapp?«

Ross Wheeler umfaßte seinen Tennisschläger und sah Leslie dem Ball nachjagen. Die Art, wie sie sich bewegte, gefiel ihm sehr. Ihre langen, wunderschönen Beine, die schmalen Arme, die zarten Hände, die den Schläger hielten – es war ein Anblick, der ihn verzückte. Unter ihrem Röckchen blitzte kurz ihr Höschen auf, und Ross schmunzelte.

Sie erreichte den Ball nicht. Auch wenn sie fünfundzwanzig Jahre jünger und in besserer körperlicher Verfassung war als er, konnte sie auf dem Tennisplatz mit ihm nicht mithalten. Ross war in seiner Jugend ein ehrgeiziger, aggressiver Spieler gewesen, der zu High-School-Zeiten in der Schulauswahl gespielt hatte.

Dennoch machten ihre natürliche Sportlichkeit und ihr Instinkt, neue Herausforderungen zu meistern, sie zu einer sich rasch verbessernden Spielerin. Mehr als einmal überraschte sie ihn, indem sie einen Ball retounierte, den er schon als sicheren Punkt betrachtet hatte, oder spielte ihn geschickt aus, wenn er glaubte, sie würde den Ball gar nicht erreichen.

Aber nicht heute. Sie jagte dem Ball vergeblich nach, nahm ihn auf und spielte ihn locker über das Netz zurück.

Doch dann schlug er mit voller Wucht auf. Sie mußte sich blitzschnell nach rechts strecken, um den Ball zu erwischen, aber es gelang ihr, und sie retournierte ihn mit einem hohen Lob. Ross lief mit lockeren Schritten zurück und schlug den Ball mitten im Flug. Der hätte sie mitten ins Gesicht getroffen, hätte sie nicht mit einem blitzschnellen Reflex ihren Schläger hochgerissen. Der Ball segelte über das Netz, und Ross drosch ihn in die Mitte ihres Feldes. Als sie retounierte, kam er ans Netz vor, erwischte den Ball und schlug ihn in Richtung Grundlinie – ein sicherer Punkt.

Aber da war plötzlich der Kopfschmerz, der ihn seit heute morgen – oder seit gestern? – plagte. Er sandte eine kurze Welle des Schmerzes durch seine Schläfen. Die Sonne machte es noch schlimmer.

Zwei Jahre waren sie jetzt verheiratet. In dieser Zeit hatten sie sich schon oft gestritten, weil Ross häufig auf den Altersunterschied anspielte und seine Zweifel betonte, mit Leslie mithalten zu können. Sie tat dies immer ab. Er mit seiner Sportlichkeit werde hundert Jahre alt werden.

Doch insgeheim machte sie sich Sorgen, welches Aufheben er um seine körperliche Fitneß machte. Während ihrer Verlobungszeit, als Leslie seine weit verstreute Verwandtschaft kennenlernte und ein enges Verhältnis zu seinen Töchtern entwickelte, hatte er es fast übertrieben. Er fing an, in einem Fitneßstudio zu trainieren und abends noch zusätzlich zu joggen.

»Du willst doch nicht mit einem alten Knacker verheiratet sein, oder?« sagte er. »Außerdem liegt mir mein Arzt schon seit Jahren damit in den Ohren, endlich was für meine Fitneß zu tun.«

Leslie begriff allmählich, daß Ross von Anfang an der Altersunterschied zwischen ihnen zu schaffen gemacht hatte und daß er fürchtete, ihre Beziehung könne möglicherweise daran scheitern. Offensichtlich war es für ihn eine Frage des persönlichen Stolzes, bei ihrer Hochzeit in guter körperlicher Verfassung zu sein. Vielleicht aber war es für ihn auch ein unerträglicher Gedanke, sie könne seinen vom Alter gezeichneten Körper mit den kraftvollen Reizen eines jüngeren Mannes vergleichen.

Er lief täglich fünf Kilometer, ließ das Bier am Wochenende sein, nahm fünfzehn Pfund ab und gab sogar das Rauchen auf.

Leslie fand sich widerwillig mit seinem spartanischen Lebensstil ab, versuchte ihn aber daran zu erinnern, warum sie ihn heiraten wollte.

»Ich will *dich*, Ross«, sagte sie. »So wie du bist. Meine Güte, du mußt dich doch nicht in einen Zehnkämpfer verwandeln, um mich zu beeindrucken.«

Aber es änderte sich nichts. In ihren Flitterwochen hatten sie jeden Tag Tennis gespielt, waren Schwimmen gegangen und zum Golf.

Sie liebten sich morgens vor dem Frühstück, mittags nach dem Tennis, am späten Nachmittag vor den Cocktails und natürlich, wenn sie abends zu Bett gingen.

Ross Wheeler war ein wundervoller Liebhaber, rücksichtsvoll, einfallsreich und zärtlich. Leslie spürte stets den besonderen Reiz seiner Hingabe, wenn sie miteinander schliefen. Sie hatte seinen Körper sehr gut kennengelernt – der nun gebräunt war und so viel härter als zu Beginn ihrer Beziehung – und wußte, wie sie ihm Lust verschaffen konnte.

Seine verständnisvolle Art und fast väterliche Wärme machten ihn besonders anziehend. Leslie schlief gerne mit ihm.

Immer aber dachte sie an ein Kind. Nichts wünschte sie sich mehr. Und so bald wie möglich.

Daher war ihre Enttäuschung groß, als sie auch nach einem halben Jahr nicht schwanger war, auch wenn ihr Frauenarzt abwiegelte. Er sagte: »Sie haben da vermutlich viel zu romantische Vorstellungen. Empfängnis funktioniert nicht auf Knopfdruck. Sie müssen Geduld haben. Soweit ich sehe, ist bei Ihnen alles in Ordnung. Lassen Sie den Dingen am besten einfach ihren Lauf. Sich Sorgen zu machen schadet mehr als alles andere.«

Ross setzte seinen Fitneßwahn fort, vielleicht weil er fürchtete, daß sein Alter und seine körperliche Verfassung doch auf symbolische Weise schuld daran waren, daß Leslie nicht schwanger wurde. Er hatte sich zwar untersuchen lassen und das Ergebnis bekommen, daß es nicht an ihm liegen konnte, doch der Zweifel nagte weiter an ihm.

Also verfolgte er weiterhin mit fiebrigem Ernst sein sportliches Programm. Leslie versuchte, ihn von übermäßigem Ehrgeiz abzuhalten.

»Alles, was ich mir von deinem Körper wünsche, ist, was nachts im Bett passiert«, sagte sie. »Wann begreifst du das endlich?«

Dann kam dieser Samstag. Es war ein milder Tag gewesen, und sie hatten ein romantisches Abendessen nach ihrem ausgiebigen Sportprogramm geplant. Sie hatten Tennis gespielt und waren im Country Club gewesen zum Golf. Zu Hause hatten sie gemeinsam gekocht und nach dem Essen abgewaschen und sich dann im Schlafzimmer getroffen, nachdem Leslie geduscht hatte.

Sie hatte nur ein Handtuch umgeschlungen, und Ross, bereits im Pyjama, stoppte sie auf der Schwelle des Bades.

»Wenn du dich doch nur mit meinen Augen sehen könntest…«, murmelte er. Er trat auf sie zu und küßte sie auf die Lippen, lockerte das Handtuch und ließ es zu Boden gleiten.

Nun stand sie nackt vor ihm, Wassertropfen im Haar und auf den Schultern. Er faßte sie sanft bei den Armen und küßte einen dieser Tropfen ab. Der Anblick ihrer rosigen Haut, der festen jungen Brüste, ihrer langen schlanken Glieder erregte ihn.

Er drückte sie fest an sich.

»Leslie, ich liebe dich so sehr«, sagte er. »Wenn ich dich so sehe, denke ich manchmal, daß es zu schön ist, um wahr zu sein. Kannst du denn wirklich so einen alten Kerl wie mich lieben?«

Sie sah ihn vorwurfsvoll an.

»Wie kannst du nur so etwas sagen?« entrüstete sie sich. »Du bist kein alter Kerl. Ich liebe dich so, wie du bist, Ross.«

Irgendwie war er danach im Bett noch leidenschaftlicher als sonst, trotz des langen und anstrengenden Tages mit dem Tennismatch und der Partie Golf. Doch der Anblick von Leslies nacktem Körper schien ihn mehr denn je zu entflammen. Sie liebten sich zweimal, und die stille Dunkelheit des Hauses schien sie einzuhüllen. Seine Erregung übertrug sich auf sie, und sie reagierte mit einer Leidenschaft, die sie wie benommen machte.

Schließlich küßte Ross sie und ließ sich in die Kissen sinken. Es war fast Mitternacht. Morgen war er ganz sicher den ganzen Tag müde. Er verspürte erneut den Kopfschmerz, der ihn schon den ganzen Tag geplagt hatte. Er nahm drei Aspirin.

Als er zurückkam, fühlte er sich noch schlapper. Er schlüpfte unter die Bettdecke, und Leslie beugte sich zu einem Gutenachtkuß über ihn. Er murmelte noch etwas, war aber schon vom Schlaf übermannt. Sie lag neben ihm, lauschte seinem regelmäßigen Atem und sann über ihr Glück nach.

Es gab eine Menge Kummer in ihrem jungen Leben, den es zu vergessen galt, Kummer, den sie nie für möglich gehalten hatte, und Narben, die niemals verheilen würden. Doch neben ihr lag ein Mann, der sie liebte, der sie niemals im Stich lassen oder verlassen würde; ein Mann, dem sie schon bald Kinder schenken würde.

Sie kuschelte sich noch etwas enger an ihren Mann und fiel in einen tiefen, friedvollen Schlaf.

Gegen Morgen wurde sie von unruhigen Träumen geplagt und war so darin befangen, daß ihr das Klingeln des Weckers in weiter Ferne erschien.

»Komm, du Murmeltier«, sagte sie und knuffte Ross liebevoll in die Rippen. »Raus aus den Federn. Wir verdienen unser Geld nicht mit guten Absichten.« Diese Bemerkung war sein liebster Spruch im Büro, wenn die Dinge nicht so liefen.

Ross rührte sich nicht.

Leslie setzte sich im Bett auf. Sie schaute auf ihn hinunter. Sein Gesicht sah irgendwie anders aus als sonst. Sein Gesichtsausdruck war ernst, so als ob er tief schlief und sich weigerte, aufzuwachen.

»Ross? Ross, wach auf. Ross...?«

Keine Antwort.

Leslie schüttelte ihn erneut, diesmal härter. Ein leises Stöhnen entrang sich seiner Kehle, aber er wachte nicht auf.

»Ross!«

Jetzt war Leslie ernstlich besorgt. Sie stieg aus dem Bett, ging auf seine Seite hinüber und faßte ihn an den Schultern. Er rührte sich nicht. Sie hob vorsichtig eines seiner Augenlider. Dann rief sie den Notarzt.

Das Warten in der Notaufnahme im Krankenhaus kam ihr wie eine Ewigkeit vor. Dabei waren es in Wirklichkeit nur zehn Minuten.

»Es ist ein Schlaganfall«, sagte der Arzt, der ihn provisorisch untersucht hatte. »Wie ernst es ist, läßt sich erst nach der gründlichen weiteren Untersuchung sagen.«

Seine Art war beruhigend, doch sein Blick verriet Leslie, was ihrem Mann und ihrem neuen Leben tatsächlich widerfahren war.

KAPITEL 39

New York City

In den Wochen nach ihrer ersten Liebesnacht traf sich Jordan mit Jill Fleming sooft es nur ging.

Ihr Verhältnis vertiefte sich rasch. Sie liebten sich auf fast jede nur erdenkliche Weise. Der Einfallsreichtum ihrer Leidenschaft war unerschöpflich. Aber allein ihre Körper schienen sich zu berühren, nie wirklich ihre Seelen. Dieser Mangel eines inneren Kontakts machte den äußeren Kontakt, ihren Liebesakt, jedoch nur noch hitziger.

Jordan Lazarus wußte nicht, ob er Jill Fleming liebte. Aber er wußte, daß es ihm schon sehr bald unmöglich war, ohne sie zu leben. Er verbrachte die Tage in stiller Vorfreude auf ihr nächstes Zusammensein. Oft raubte ihm die Erinnerung an ihren Körper in einer ihrer vielen Posen die Konzentration auf seine Arbeit. Der neckische Schwung ihres Schenkels, die Form ihres erhobenen Knies, die süße Bewegung ihrer Pobacken, wenn sie durchs Zimmer ging, die schüchterne Überraschung in ihren Augen, wenn sie seine Erregung sah – diese und viele andere Bilder stiegen vor seinem geistigen Auge auf und verursachten ihm spontane Erektionen, selbst am Schreibtisch oder beim Telefonieren.

Er kannte sie kaum besser als nach ihrer ersten Liebesnacht. Aber er brauchte sie tausendmal mehr. Eben dieses Bedürfnis hatte ihn wieder ins Leben zurückgebracht.

Seine Tage waren erfüllt von der aufregenden und neuen Arbeit an seinem Stadtprojekt. Er präsentierte seine Ideen überall bei großen Unternehmen oder Regierungsstellen. Er verblüffte dabei nicht nur seine Zuhörer, sondern auch sich selbst mit der Originalität seiner Ideen.

Jill ihrerseits war mehr als zufrieden, wie sich die Dinge entwickelten.

Sie hatte ihre erprobte Technik angewandt, um sich Jordan Lazarus zu nähern. Sie schaute ihm in die Augen und versuchte, das zu werden, was sie dort als Vorstellung erblickte. Meisterhaft wie ein Chamäleon wechselte sie ihre Farben entsprechend seinen Bedürfnissen, selbst wenn er sich dieser Bedürfnisse selbst gar nicht bewußt war.

Ihre alte Fähigkeit ließ sie nicht im Stich. Im Gegenteil – sie war besser und wirkungsvoller denn je.

Zunächst hatte sie die Rolle der zerbrechlichen, kränkelnden Jill abgelegt, mit der sie Jessica Hightower verführt hatte, und war der Inbegriff jugendlicher Frische und guter Gesundheit geworden – entschlossenes, festes Auftreten, sicherer Gang, selbstbewußtes Lächeln, dabei aber doch immer noch eine Andeutung von Zerbrechlichkeit als grazile Note.

Oder sie hatte sich eine Politur von Aufrichtigkeit und femininer Integrität gegeben. Und das war eine sonderbar mädchenhafte, anmutige Art von Aufrichtigkeit – die lebendige Offenheit eines netten Mädchens, das noch nicht vom Leben verdorben war.

Jordan hatte so prompt reagiert, daß sie sofort spürte, es war das Richtige.

Ihr Leben lang hatte sie das Talent ausgebaut, zu sein, was andere in ihr sahen und sich von ihr wünschten. Sie war keine Psychologin und hatte nie ein Wort von Freud gelesen oder von Piaget gehört, aber sie wußte instinktiv, was das psychologisch Angemessene jeder Situation war.

Vor Jahren, bei Roy English, hatte sie fast vom ersten Moment an gewußt, daß Jugend und Mädchenhaftigkeit der Erfolg bei ihm waren. Er wollte eine Nymphe, eine Jungfrau. Und also war sie eine Nymphe gewesen, kleidete sich, daß sie wie ein Schulmädchen wirkte, und war jugendlich, unschuldig und auf frische Weise verführerisch.

Nur Harley Schrader hatte ihr am Ende einen Strich durch die Rechnung gemacht, aber das hatte sie sich selber zuzuschreiben. In ihrer Unerfahrenheit hatte sie Fehler gemacht. Aber wie sie Roy verführt hatte, war ein Meisterstück gewesen.

Bei Jessica Hightower hatte sie es bereits viel gerissener angestellt. Sie hatte das Terrain gründlich erforscht und dann den Reitunfall arrangiert. Jessica mußte man die Hilfsbedürftige vorspielen, und dies führte, als sie Jessica näher kennenlernte, zu ihrer vorgetäuschten Anämie.

Jessica war eine mächtige Frau und hatte die Rolle der Beschützerin liebend gern angenommen. Jills Zerbrechlichkeit war genau, was sie brauchte und liebte. Und damit war Jill zu einer ihrer einflußreichen Positionen bei *Hightower* gekommen.

Wenn es auch keine wirkliche Macht war. Sie hing weiterhin ganz von Jessicas Wohlwollen ab. Es war ihr klar, daß sie trotz allem niemals die Macht erringen konnte, auf die sie aus war.

Und genau hier kam Jordan Lazarus ins Spiel.

Er war mächtig, er war reich, er war attraktiv, und er war, auf ganz sonderbare Weise, ungebunden.

Sie hatte herausgefunden, daß Jordans Ehe mit Barbara Considine ein rein geschäftliches Arrangement war. Durch sie hatte er sein Unternehmen zurückerhalten, das er zuvor an ihren Vater verloren hatte. Und dies erst hatte ihm ermöglicht, mit ihren finanziellen und geschäftlichen Ressourcen selbst zum reichsten Mann Amerikas zu werden.

Als Gegenleistung hatte er die Rolle ihres Ehemanns gespielt. Von seiner Seite mußte das Arrangement von ebensoviel Mitleid wie Eigeninteresse geprägt sein.

Jill wußte zwar nicht, wie eng das Verhältnis der beiden wirklich war. Doch was immer Jordan auch für Barbara empfinden mochte, sie wußte, daß Barbara sie nicht daran hindern konnte, ihn zu verführen. Die letzten Wochen waren der Beweis dafür.

Der Beweis, wie brillant ihre Verführungskünste funktionierten, war Jordans Verhalten im Bett. Er war wie besessen – und genau so wollte sie ihn auch haben.

Sehr bald schon bekam Jill weitere, ganz subtile Hinweise von Jordan, die ihr erlaubten, ihm neue Freuden zu verschaffen, seine Hörigkeit ihr gegenüber noch zu verstärken.

Er mochte sie in lässiger Kleidung. Also trug sie Shorts und Sandalen oder Jeans und Turnschuhe und nur ein schlichtes T-Shirt oder Top und das Haar mit einer Schleife zusammengebunden oder als Pferdeschwanz.

Er mochte sie auch in ganz alltäglichen Situationen, beim Saubermachen etwa oder beim Fensterputzen. Sie haßte es zwar, tat es aber ihm zu Gefallen – ihm zu gefallen.

Und sie bediente sich aus den gleichen Gründen auch einer unkomplizierten unaffektierten Sprache, verzichtete auf derbe Ausdrücke und achtete darauf, auf natürliche Weise elegant und feminin zu klingen. Genau diese Kombination aus Delikatesse, Vornehmheit und einem normalen Auftreten berührte Jordan.

Und eines Tages stellte sie zu ihrer Überraschung fest, daß ein gewisses Maß an zärtlicher Ironie im Bett ein wahres Aphrodisiakum für Jordan war. Er hatte sie gerade mit unglaublicher Leidenschaft geliebt, und sie lag nackt neben ihm und spürte noch immer das Pochen in ihren Gliedern, als sie sich aufsetzte und auf ihn herabschaute.

»Mein Held«, schnurrte sie. »Mein tapferer Liebesheld.«

Oder ein andermal: »Mein Märchenprinz, mein edler Märchenprinz mit der festen Lanze!«

So ging es den ganzen Frühling hindurch. Auch wenn sich Jill und Jordan als Menschen nicht näherkamen, wurde die heiße Glut des Verlangens, die Jordan an sie band, immer mächtiger.

Wenn es etwas bei alledem gab, was Jill Sorgen bereitete, dann war es der Umstand, daß alles zu glatt zu gehen schien. Es war, als besäße sie eine innere Gabe oder ein Talent, das sie zur perfekten Verführerin von Jordan Lazarus machte, nur wußte sie nicht genau, was sie eigentlich so unwiderstehlich für ihn machte.

Es war, als hätte all die Jahre eine andere Person unbemerkt in ihr geschlummert wie ein Flaschengeist, und als würde diese nun auf ein Zauberwort hervorspringen, vollkommen bis ins letzte Detail, gemacht für Jordan Lazarus und nur für ihn allein. Mehr noch – es war, als wäre Jordan Lazarus dazu bestimmt, sie zu lieben, lange bevor sich ihre Wege kreuzten. Dieser Gedanke war der verwirrendste von allen.

Das geheimnisvolle Geschöpf, das aus ihr hervorstieg, um Jordan Lazarus den Kopf zu verdrehen, war komplett und vollkommen. Sie versuchte, sich selbst ruhig von außen zuzuschauen, wie sie ihren magischen Tanz vollführte, mit dem sie Jordan weiter in ihren Bann zog.

Eines Tages machte Jordan eine zusätzliche Andeutung, was er sich von ihr wünschte.

Er deutete auf das Foto eines Models in einer Modezeitschrift. Das Mädchen hatte rötliches Haar mit einem Schimmer blond darin.

»Das ist meine Lieblingsfarbe«, sagte er.

»Ehrlich? Warum hast du mir das nie gesagt? Ich kann mir die Haare doch so färben lassen.«

»Nein. Du bist perfekt, so wie du bist.«

Aber sie beharrte darauf.

Als sie das Ergebnis sah, war sie überrascht von der Veränderung. Die neue lockige Frisur und Farbe ließ sie ganz anders aussehen, weniger kontrolliert, weniger in sich gekehrt. Es hatte etwas Verspieltes, eine gewisse Wildheit, die ihr eigentlich gar nicht entsprach.

Zuerst war sie sehr unsicher. Aber als Jordan sie abholte, erkannte sie sofort, daß es das letzte Teil ihres Puzzlespiels mit ihm war. Er konnte es kaum erwarten, sie nach Hause zu bringen und mit ihr ins Bett zu gehen. Er liebte sie wie ein Hengst; seine Stöße waren von einer Leidenschaft, die sie noch nie an einem Mann erlebt hatte. Es war, als hätte sie eine Explosion ausgelöst, ein Erdbeben.

Nun war sie sicher, daß er ihr gehörte. Doch selbst in dieser Gewißheit nahm sie sich vor, auf der Hut zu bleiben.

Einige Tage nach dieser äußeren Veränderung lud er sie zu einer Segelpartie ein.

»Segeln?« fragte sie. »Das habe ich noch nie gemacht. Ich weiß gar nicht…«

Jill staunte, als sie das Boot sah. Es war ein großartiges kleines Segelboot, augenscheinlich das Werk eines meisterhaften Bootsbauers.

In Wahrheit war sie eine gute Seglerin. Mit Roy war sie häufig Segeln gewesen, auch mit anderen ihrer Liebhaber. Aber es war ihr nicht entgangen, wie sehr Jordan davon angetan war, daß sie sich als Anfängerin ausgab.

Sie gingen den Steg entlang zum Boot. Jill trug Shorts, ein ärmelloses Top und Deckschuhe, die Jordan gemeinsam mit ihr gekauft hatte. Er hatte ihr Aussehen bewundert, als er sie am Morgen abgeholt hatte.

Jordan wollte ihr gerade an Bord helfen, als eine rauhe Stimme hinter ihnen ertönte.

»Guten Morgen, Miss. Lange nicht gesehen!«

Als sich Jill umdrehte, sah sie einen alten Skipper auf sie zukommen. Doch dessen Lächeln erlosch schlagartig, als er ihr in die Augen schaute.

»Oh, entschuldigen Sie, Miss«, sagte er. »Da habe ich Sie wohl mit jemandem verwechselt.«

Er schaute zu Jordan. Ihnen war beiden klar, daß es zu spät war, seinen Patzer ungeschehen zu machen.

»Guten Morgen, Mr. Lazarus«, begrüßte ihn der Skipper verlegen.

»Guten Morgen, Ben.« Jordan lächelte und versuchte, das Beste aus der peinlichen Situation zu machen.

Jill lächelte Jordan an.

»Sieh an«, sagte sie. »Du hast also eine Vergangenheit.«

Jordan lächelte. »Haben wir das nicht alle?«

Sie küßte ihn auf die Wange, als sie zu ihm an Bord kam.

»Ist doch egal«, sagte sie in dem direkten, spielerischen Ton, den er so an ihr mochte. »Diese Woche gehörst du mir.«

Kaum hatten sie draußen in der Bucht den Anker ausgeworfen, liebten sie sich auch schon auf dem Boot. Eine Spur Verlegenheit blieb in Jordans Augen, als er sie betrachtete. Als er ihr die Kleider abstreifte, hatten seine Berührungen eine sonderbare Tapsigkeit. Er saß auf der Kante der Koje und betrachtete Jill in ihrer Nacktheit. Ihre neue Frisur, wilder und lockiger als vorher, schien ihn zu faszinieren. Jill wurde immer klarer, daß sie Teil eines Puzzles für ihn war, das sich wie durch Magie zusammenfügte.

Er bedeckte ihren Körper mit Küssen. Er schien sie aufzusaugen, als wäre es das erste Mal. Sie genoß diese Küsse. Als er ihr die Beine spreizte, um sie dort zu berühren, spürte sie eine antwortende Glut in ihrem Innern. Sie vergrub die Finger in seinem Haar und zog ihn näher.

Ein sonderbarer Drang ergriff sie beide, geboren aus der milden Seeluft, der Kühle der Kabine und vielleicht aus der peinlichen Bemerkung des alten Skippers mit der Anspielung auf eine Vergangenheit vor ihrer Romanze. Jordan legte sich auf sie und drang mit einem langen Seufzer bis zum Schaft in sie ein. Sie keuchte auf. Er schien noch nie so tief gewesen zu sein.

Das sanfte Schlingern des Bootes fügte seine Magie zu den langsamen Stößen hinzu. Ihre Hände wanderten über ihn, als hätten sie einen eigenen Willen. Eine feurige Erregung, wie sie sie noch nie zuvor gekannt hatte, breitete sich blitzartig in allen ihren Sinnen aus. Er fühlte es und bewegte sich schneller.

Sie schlang die Beine um ihn und zog ihn tiefer in sich hinein. Etwas begann sich gefährlich in ihr zu rühren, ein Hunger, wie sie ihn noch nie verspürt hatte. Sie wollte immer noch mehr von ihm, mehr, mehr, mehr. Jeder Stoß vergrößerte ihr Verlangen. Er sollte nie mehr aufhören, sie so unter seiner Lust zu begraben. Nur Leere und Verlassenheit könnten sonst zurückbleiben. Diese Furcht schürte ihre schier besinnungslose Ekstase immer noch weiter.

Sie begann zu stöhnen und zu wimmern. Und Jordan stieß immer noch tiefer in sie. Seine Hände lagen auf ihren Schultern. Sie zog ihm mit den Fingernägeln lange Schrammen auf den Rücken und grub sie in seine sich anspannenden Pobacken, um ihn in seinen Stößen weiter anzufeuern.

Dann zerbrach auf einmal eine unsichtbare Mauer in ihr.

»Oh, oh, oh!« rief sie. Und ihren ganzen Leib durchbebte eine gewaltige Woge. Sie verstand verwundert, daß sie gerade den ersten Orgasmus ihres Lebens gehabt hatte.

Sie schien eine Ewigkeit zitternd in seinen Armen zu liegen. Langsam kam sie wieder zu sich. Ihr Verlust ihrer Selbstkontrolle beunruhigte sie.

Aber Jordan schien begeistert von ihr zu sein. Sein Blick war erschöpft und zufrieden. Er spiegelte die eigentümliche Erfüllung wider, die sie verspürte. Aber es war nicht ihre Besorgnis wegen der Leidenschaft, die ihren Willen ausgeschaltet hatte.

Als er sich aufsetzte, entdeckte sie die Kratzer auf seinem Rücken.

»O Gott«, sagte sie. »Ich hab dir Striemen gekratzt. Das solltest du deine Frau besser nicht sehen lassen.«

Er lächelte nur.

»Zerbrich dir deswegen nicht den Kopf«, beruhigte er sie mit sonderbarer Sicherheit. Er schien gelassen. Als habe er alles, was er sich jemals wünschte, und als fürchtete er sich vor nichts.

Jill fragte sich, was ihn so sicher und ruhig sein ließ. Und dann war ihr auf einmal klar, daß die Macht, die sie bisher über ihre Beziehung gehabt hatte, auf ihn übergegangen war. Daß ihr ein entscheidendes Element der Kontrolle aus den Händen geglitten war.

Sie betrachtete seinen wunderschönen Körper, als er in seine Jeans schlüpfte. Die Kratzer waren auf seinem Rücken, nicht auf ihrem. Und doch hatte sie das Gefühl, als seien die wahren Wunden, die verräterischen Narben bereits auf ihrer Seele und als würden sie nicht so schnell heilen, wie sie sich das wünschte. Und verursacht hatte sie Jordan Lazarus.

KAPITEL 40

Piscataway, New Jersey

»Oh, ja«, stöhnte sie, »oh, Baby. Du machst es so gut. Komm... tiefer... tiefer, ja...«

Tony Dorrance hockte rittlings auf der nackten Frau und war bis zum Schaft in sie eingedrungen. Sie lag bäuchlings auf den zerwühlten Laken. Er schaute in die Schatten von der blinkenden Neonreklame draußen vor dem Fenster. Das rhythmische Blinken verband sich mit den Bewegungen ihres Beckens, das krampfartig zuckte, als sie sich dem Höhepunkt näherte.

»Baby! Oh... tiefer, ja... ja!«

Er lächelte, während er in sie stieß. Sie war wirklich geil. Sie war richtig angetörnt von ihm.

Sie waren beide betrunken, aber das tat ihrer Lust keinen Abbruch. Tony hatte schon vor etlicher Zeit herausgefunden, daß Alkohol nicht die schlappmachende Wirkung auf ihn hatte, wie dies bei anderen Männern der Fall war. Im Gegenteil – es verschaffte ihm eine Distanz zu seiner Erregung und sogar zu seinem erigierten Glied, das er als eine Art unpersönliches Werkzeug betrachtete, das er kunstvoll einzusetzen vermochte.

Und so wandte er es auch jetzt an, als er es ohne Hast mit der

Frau unter ihm trieb, rein und raus, und ihr Beben um seinen Schaft spürte.

»Das bringt's, Schätzchen«, murmelte er. An ihren Namen konnte er sich nicht mehr erinnern. »Das ist geil, was?«

Er stieß noch etwas tiefer in sie und verharrte kurz so. Sein Penis war hart wie ein Rohr. Sie stöhnte kehlig auf.

»Oh, mein Gott. Oh, Baby...«

Ihr Orgasmus kam plötzlich, ihre Sehnen umschlossen ihn mit heißen kleinen Zuckungen. Ein Zittern durchlief ihn und schüttelte seinen steifen Schwanz wie einen Blitzableiter im Sturm. Er fühlte, wie sich sein Rücken durchbog und seine Hüften streckten. Seine Hände strichen über ihre Pobacken, die unter dem künstlichen Licht rosa schimmerten. Ach, Weiber, dachte er, wenn sie nackt waren und ihm ihr Hinterteil rausstreckten! Und es preßte sich wie von allein durch seine Zähne: »Komm schon, komm schon...«

Fast ohne es zu merken, kam er. Er packte sie bei den Schultern und stieß hart zu. Das Sperma schoß in einem heißen kleinen Strom heraus und ließ sie aufkeuchen. Er blieb noch eine Weile in ihr, ohne daß ihm sein Werkzeug erschlaffte; die Nachbeben ihrer Lust ließen ihn hart bleiben.

Schließlich zog er sich aus ihr heraus, legte sich neben sie und streichelte ihr die Schulter. Sie duftete gut, auch wenn ihr Parfüm billig war und ihr Haar nach ebensolchem Haarspray roch. Der Duft einer Frau gefiel Tony immer.

Sie drehte sich zu ihm herum und sah ihn an.

»Hast du was zu trinken?«

Er stand auf und tapste nackt in die Küche, wo sich in der Spüle das schmutzige Geschirr stapelte. Er fischte zwei Gläser heraus und spülte sie hastig aus.

»Du Tiger!« sagte sie, als er zurückkam.

Tony sah ihre hängenden Brüste und den flabbigen Bauch. Sie war nicht so jung, wie sie in der Bar ausgesehen hatte, aus der er sie mitgebracht hatte.

»Du weckst eben die Bestie in mir, Schätzchen«, sagte er, nur damit etwas gesagt war.

»Gehen wir?« fragte sie.

»Ausgehen?«

»Ich kriege hier drin keine Luft mehr«, sagte sie. »Es ist so eng hier. Komm, wir gehen noch irgendwohin.«

»Wohin denn?«

»Irgendwo was essen«, sagte sie. »Ich bin am Verhungern. Du nicht?«

Tony überlegte einen Moment. Er hatte auch Hunger. Schnaps und Sex um diese Uhrzeit machten ihn immer hungrig.

»Hast du etwas Bestimmtes im Sinn?« fragte er.

»*Jimmy's*«, sagte sie. »Da gibt es absolut göttliche Leckerbissen um diese Zeit.«

Tony runzelte die Stirn. *Jimmy's* war ein bekanntes Restaurant, nur wenige Kilometer entfernt, und es war perfekt für einen späten Imbiß. Aber Tony war so knapp bei Kasse, daß er sich derzeit kein Lokal dieser Preisklasse leisten konnte.

»Zu weit weg«, sagte er. »Und ich bin zu müde, um da extra hinzufahren. Was hältst du davon, wenn wir uns eine Pizza kommen lassen?«

Das Mädchen sah ihn an und hob eine Augenbraue. Für einen Moment war ihr Gesicht vom Zigarettenrauch verdeckt, den sie durch die Nase ausstieß.

»Ich kann Pizza nicht ausstehen.«

Tony mochte sie immer weniger.

»Oder ein Hamburger?« fragte er. »Gleich um die Ecke...«

Sie hielt mit ihrer Enttäuschung nicht hinter dem Berg. Ihr Blick schweifte durch das schmuddelige Apartment, dann wieder zu Tony.

»Hamburger mag ich auch nicht.«

»Was dann?«

»Soufflé ist immer lecker.« Sie sah ihn an. »Nicht zu schwer, nicht zu leicht.«

Nun nahm er die Verachtung in ihrem Ton wahr.

»Tja, Schätzchen«, sagte er sarkastisch, »wenn du ein Soufflé willst, dann wirst du schon ins *Chez Paul* oder *Gerard's* gehen müssen. Aber allein. Ich werde dir eine Limousine kommen lassen. Oder noch besser, ich klingle meinen Chauffeur wach und lasse dich hinbringen.«

»Spar dir die Mühe«, sagte sie. »Ich kann zwei und zwei zusammenzählen. Du bist nicht bei Kasse, stimmt's, Tiger?«

Tony nahm diesen abschätzigen Vorwurf schweigend hin. Er sah ihren schnellen Blick zu ihren Kleidern, die sie auf den Sessel geworfen hatte. Sie wollte wieder weg. Sie hatte ihren Spaß mit ihm gehabt, und nun war sie gelangweilt und unruhig, und ihre Umgebung gefiel ihr nicht.

Sie war ein mieses Stück. Das hatte er in der Bar auch nicht gemerkt. Er war zu geil auf sie gewesen.

»Tja«, sagte er, »das war's dann wohl.«

»Das war es dann wohl.« Sie drückte ihre Zigarette aus und stand auf.

Er musterte sie kalt. Ihr Bauch hing wie ein kleiner Reservereifen herab. Ihre Pobacken waren schlaff, und sie hatte Hängebrüste. Ihr blondes Haar war dunkel am Ansatz. Ihr verschmiertes Make-up ließ sie grotesk aussehen.

Was bildete die sich ein? Wie kam dieses miese Stück dazu, ihn von oben herab zu behandeln?

Er sah ihr zu, wie sie in ihr Kleid schlüpfte und in ihre hochhackigen Schuhe stieg. Sie sah aus wie ein billiges Flittchen. Nein, sie war eines.

»Wie war doch gleich noch dein Name, Schätzchen?« fragte er, mit einer Spur Hohn.

»Was interessiert's dich?« entgegnete sie barsch. »Hast ihn doch morgen sowieso wieder vergessen, Sexprotz.«

Sie hatte sich ihren Mantel und ihre Handtasche gegriffen. Sie schaute sich in seinem billig möblierten Zimmer um.

»Nichts wie raus hier«, sagte sie.

An der Tür blieb sie noch einmal stehen. Tony saß noch immer nackt da mit seinem Drink in der Hand.

»Im Bett bist du ja echt ein Tiger«, sagte sie. »Zugegeben. Aber ein Jammer, daß du sonst nichts auf der Pfanne hast. Meine Glückssträhne! Immer gerate ich an die Verlierer.« Sie zog verächtlich den Mund. »Na dann, mach's gut, du Weltmeister.«

Tony stand wie in Trance vom Bett auf und kam zu ihr. »Warte mal...«

Sie betrachtete ihn noch einmal. Er hatte ja wirklich einen harten männlichen Körper...

Diese kurze Unaufmerksamkeit wurde ihr zum Verhängnis.

Tony griff nach dem Türknauf, doch urplötzlich ließ er den Arm zurückschnellen. Er traf sie mit voller Wucht mit der Rückseite seiner Hand auf den Mund. Der Schlag ließ sie nach hinten taumeln, und sie hatte Mühe, das Gleichgewicht zu halten.

Doch Tony hatte bereits erneut ausgeholt und traf sie an der Schläfe, noch härter als beim erstenmal. Sie sackte benommen zu Boden.

Wie von Sinnen ging Tony neben ihr auf die Knie und schlug weiter auf sie ein, daß ihr Kopf hin- und hergeschleudert wurde. Er wußte nicht, wie oft er zuschlug. Seine Hand tat es fast automatisch, als hätte sie einen eigenen Willen. Sie stöhnte auf, aber sie hatte die Augen verdreht. Sie war halb ohnmächtig.

Dann kam er plötzlich zu sich und gewann die Beherrschung zurück. Er hockte lange und mit geschlossenen Augen auf ihr und lauschte seinem heftigen stoßenden Atem. Seine Hände zitterten.

Als er sie schließlich wieder ansah, geriet er in Panik. Sie rührte sich nicht. Er zog ihr ein Augenlid hoch und besah sich ihr Auge. Als er sie stöhnen hörte, atmete er erleichtert auf.

Er zog sich hastig an und brachte sie hinunter zu seinem Auto. Niemand sah sie, es war zwei Uhr morgens.

Er fuhr über leere Straßen bis zu einem kleinen Park. Dort setzte er sie einfach auf eine Bank. Sie war noch immer zu benommen, um sprechen oder stehen zu können.

Sie sank auf der Bank zusammen und rollte sich ein. Ihr Gesicht war schlimm geschwollen, aber wahrscheinlich brauchte sie keine ärztliche Hilfe. Die blauen Flecken waren sicher in ein paar Tagen wieder abgeklungen.

Tony dachte überrascht über seine plötzliche Gewalttätigkeit nach, die ihm bisher ganz unbekannt und fremd gewesen war.

Dann tat er es aber achselzuckend ab. Sie war doch nur eine Nutte und hatte es nicht anders verdient.

Er fuhr davon und ließ sie liegen.

Am nächsten Morgen kamen die Sorgen wegen des Mädchens. Wenn sie wieder in die Kneipe ging, um nach ihm zu suchen, vielleicht mit der Polizei, vielleicht mit einem Freund... Wenn sie sich an den Weg zu seiner Wohnung erinnerte...

Doch noch mehr war er geschockt über das, was er da getan hatte. Er hatte noch nie eine Frau mißhandelt. Irgendwie war letzte Nacht der Faden bei ihm gerissen... er dachte nach und begriff es, als er sich in seiner Wohung umsah. Ein billiges Loch.

Und bei ihren Beleidigungen hatte er auf einmal sein eigenes Leben mit ihren Augen gesehen.

Ich gerate immer an die Verlierer.

Mach's gut, du Weltmeister...

Er haßte sich selbst und begriff, wie tief er gesunken war. Der Abstieg war langsam vonstatten gegangen, er hatte nicht gemerkt, wie tief unten er schon war, bis sie es ihm mit ihrer Geringschätzung vor Augen geführt hatte.

Er stand auf und betrachtete sich im Spiegel. Zum Glück sah sein Gesicht noch immer jung und gut aus. Sein Körper war muskulös und hart. Bis jetzt hatte ihm der Alkohol noch nichts anhaben können.

Er hatte noch eine Chance. Wenn es ihm gelang, sich zusammenzureißen...

Er rasierte sich sorgfältig, ging zum Friseur, holte seinen besten Anzug aus dem Schrank und machte sich auf Arbeitssuche. Dieses Mal war es ihm Ernst.

Es war nicht einfach. Drei Wochen lang telefonierte Tony vergeblich mit alten Freunden, ehemaligen Kollegen und buchstäblich jedem, mit dem er während seiner langen Laufbahn zu tun gehabt hatte.

Schließlich hatte er Glück. Sein alter Kollege und Zechkumpan, Tip Kimmons, war inzwischen Regionalleiter einer Versicherungsgesellschaft auf Long Island.

»Im Außendienst wäre vielleicht etwas möglich«, sagte Tip.

»Das kriege ich hin«, sagte Tony. »Danke, Tip. Du wirst es nicht bereuen.«

»Bedanke dich nicht bei mir. Wir sind gerade übernommen worden. Der neue Besitzer steckt eine Menge Geld rein, deshalb kann ich dich überhaupt nehmen.«

Die Firma hieß *Stone Versicherungen,* nach ihrem schon lange verblichenen Gründer Taylor Stone. Vor vier Jahren war das Unternehmen am Rande des Bankrotts gewesen, als es von *Benefit Life, Inc.,* einem nationalen Versicherungskonzern, aufgekauft wurde.

Benefit Life, Inc. war eine Tochtergesellschaft von *Griffin-Ellis Inc.,* einem Konzern, der auf etwas verschlungene Weise über mehrere Stationen zu einem anderen Konzern gekommen war. Der Vorstandsvorsitzende der neuen Muttergesellschaft war ein gewisser Jordan Lazarus.

So war es also in gewisser Weise Jordan Lazarus, der Tony Dorrance gerettet hatte, beruflich wie als Mensch.

KAPITEL 41

New York City

Calvin Wheathers war ein großer Mann, sehr groß für seinen Beruf.

Von Privatdetektiven nimmt man eher an, daß sie klein sind, unauffällig, unsichtbare Gestalten, die unbemerkt um Ecken huschen und keinerlei Aufsehen erregen.

Calvin Weathers war das genaue Gegenteil. Mit seinen ein Meter fünfundneunzig und hundertzehn Kilo war er eine imposante Gestalt. Er trug Anzüge und Sportsakkos, die seine kräftige athletische Figur betonten, die nun etwas sanfter geworden war, seit er die Vierzig überschritten hatte. Sein dunkles Haar mit den grauen Schläfen war tadellos geschnitten und verlieh ihm das Aussehen eines erfolgreichen Geschäftsmannes und aggressiven Verkäufers. Er legte ein ziemlich auffälliges Verhalten an den Tag, passend zu seiner Person. Er flirtete mit Kellnerinnen und Mädels in den Bars und hatte es sich zur ärgerlichen Angewohnheit gemacht, jeden beim Vornamen anzureden, ganz so, wie es auch ein Verkäufer oder Vertreter tat.

Wenn er einen anderen Eindruck machen wollte, hatte er oft eine Sporttasche bei sich, aus der ein Tennisschläger herausschaute. Dazu Jeans und ein Sweater oder T-Shirt, und er sah aus wie ein Amateurathlet. Er war sehr überzeugend.

Wohin er auch ging – er fiel sofort auf.

Aber niemand vermutete in ihm einen Privatdetektiv.

In Wirklichkeit war Cal ein eher schüchterner Mensch, sehr zurückhaltend und überaus intelligent. Seine Diskretion und seine Gründlichkeit hatten ihn zu einem der höchst dotierten Mitarbeiter bei *Anspach & Cates* gemacht, einer der angesehensten Detekteien des Landes, einer Agentur, deren Dienste bevorzugt von den Reichen und Mächtigen in Anspruch genommen wurden.

Sieben Jahre lang war er bei der New Yorker Polizei gewesen, zuerst in der Drogenabteilung, später im Morddezernat, und in diesen Jahren hatte er jede Form von Korruption kennengelernt, die es in dieser Stadt gab. Eine Auseinandersetzung mit seinen Vorgesetzten über eine umstrittene Ermittlung beendete seine Karriere bei der Polizei, aber seine Fähigkeiten waren so außergewöhnlich, daß er keine Mühe hatte, eine Anstellung bei einer lokalen Detektei zu finden, und fünf Jahre später hatte er sich in eine gutbezahlte Position bei *Anspach & Cates* hochgearbeitet.

Er war ein kräftiger, agiler Mann, der sich in gefährlichen Situationen zu helfen wußte. Doch dank seiner sorgfältigen Recherche und Vorbereitungen mußte er so gut wie nie körperliche Gewalt anwenden. Er hielt sich zurück, erledigte seine Arbeit aus der Distanz und blieb so lange dran, bis er alle Antworten gefunden hatte. Aus diesem Grund merkten seine Vorgesetzten die heikelsten Aufträge für Cal vor. Er war ein Könner seines Fachs, ein Profi durch und durch.

An einem regnerischen Tag im April traf sich Calvin Weathers in einem kleinen Hotel in Midtown Manhattan mit Jill Fleming, nur wenige Blocks von *Hightower Industries.*

Jill hatte Cal über *Anspach & Cates* engagiert. Sie hatte darauf bestanden, daß er diesen Auftrag ausführte, und hatte sich dieses Privileg etwas kosten lassen, weil es die Detektei normalerweise nicht mochte, sich vorschreiben zu lassen, welchem Mitarbeiter man welche Aufträge zuwies.

Jill war vom ersten Moment an beeindruckt gewesen. Cals Köpfchen, seine Aufmerksamkeit für Details und seine Vorstellungen und Ansichten hatten ihr gezeigt, daß er genau der Mann war, den sie brauchte.

Und Cal Weathers war seinerseits beeindruckt von Jill gewesen.

Sie öffnete ihm die Tür ohne ein Wort. Sie trug einen Lederrock, dazu einen enganliegenden Pullover. Ihr Jackett, das an einem Haken an der Wand hing, war ebenfalls aus italienischem Leder. Der Detektiv bedachte ihre Kleidung mit einem anerkennenden Blick, ehe er sich an den Tisch beim Fenster setzte.

»Was haben Sie für mich?« fragte Jill.

»Das Gewünschte, denke ich doch«, antwortete Calvin Weathers.

Er öffnete einen Aktenordner und blätterte die Seiten um, während er sprach.

»Barbara Considine«, sagte er, »wurde von ihrem Vater aufgezogen.

Dieser, Victor Considine, litt etwa seit seinem vierzigsten Lebensjahr an einer chronischen Herzerkrankung. Arteriosklerose. So ziemlich jede damals existierende Form der Therapie ist an ihm ausprobiert worden, und er hatte eine ganze Reihe von Herzattacken und Krankenhausaufenthalten. Seine Lebenserwartung wurde auf sechzig geschätzt, vielleicht fünfundsechzig. Das versuchte er zu ändern.«

Weathers blätterte weiter.

»Jordan Lazarus gehört ein Unternehmen, das an einem neuen Medikament arbeitet, welches Considine eventuell helfen konnte und ihm vielleicht das Leben gerettet hätte.

Considine versuchte, seine Firma zu übernehmen, um an die Forschungsergebnisse dieses Medikaments heranzukommen. Es war ein reines Machtspiel. Am Ende hatte er Erfolg. Doch genau in diesem Moment starb er. Seine Tochter heiratete Lazarus, gab ihm fast völlige finanzielle Kontrolle über das *Considine-Imperium,* und aufgrund dieser Fusion wurde *Lazarus International* zu einem der größten Unternehmen der Welt.«

Fusion, dachte Jill im stillen. Eine perfekte Beschreibung von Jordans Ehe.

»Ganz offensichtlich«, sagte Calvin Weathers, »daß der Tod des alten Considine und die Hochzeit sowohl Barbara wie auch Lazarus genutzt haben. Lazarus bekam sein Imperium zurück und noch mehr. Und Barbara hatte einen Ehemann und war ihren Vater los.«

Jill sah ihn an. »Warum sollte sie froh gewesen sein, ihren Vater los zu sein?«

»Dazu komme ich noch.«

Er blätterte erneut um.

»Barbara Considine war ein sehr stilles Mädchen. Außer auf ihrem ersten Ball wurde sie fast nie bei gesellschaftlichen Anlässen gesehen. Sie besuchte das College, schloß mit Magister in Wirtschaftswissenschaften in Harvard ab und arbeitete dann für Considine. Sie hat nie geheiratet, ehe Jordan Lazarus daherkam. Aus all diesen Jahren fand sich nicht der geringste Hinweis auf etwas Sonderbares in ihrem Leben – abgesehen hiervon.«

Er drehte den Ordner so, daß Jill ihn einsehen konnte. Sie schaute auf die Seite, die er für sie angemerkt hatte. Sie kniff die Augen zusammen.

»Mit sechzehn«, sagte sie.

Der Detektiv nickte. »Mexico City ist sehr teuer gewesen. Ich habe mit dem damaligen Arzt gesprochen. Das viele Geld, das man ihm geboten hat, machte ihn mißtrauisch, deshalb hat er sich heimlich Notizen aufbewahrt. Es war eine einfache Abtreibung.«

Jill nickte. Diese Neuigkeit schien sie zufriedenzustellen.

»Aber das ist noch nicht alles«, fügte der Detektiv hinzu und deutete auf das Ende der Seite. »Wie Sie ja selber sehen…«

Jill betrachtete die Seite. Ihre Augen verengten sich, als sie den Teil des Berichts las, den Cal angestrichen hatte.

»Ja, sehe ich…«, sagte sie.

Der Detektiv drehte den Ordner wieder zu sich und blätterte weiter.

»Considines ernste Herzerkrankung war kein Geheimnis. Sein Tod war also für niemanden eine Überraschung, und so wurde er ohne Autopsie beerdigt. Da Barbara sich damals um seine tägliche Medikation kümmerte, erklärte sie dem untersuchenden Arzt, welche Dosis ihr Vater bekommen hatte und so weiter. Niemand bezweifelte eine ihrer Angaben. Warum auch?«

Er blätterte weiter. »Aber ich habe die Krankenschwester auftreiben können, die sich nach Considines zweitem Krankenhausaufenthalt kurzzeitig um ihn kümmerte. Herzpatienten waren ihr

Spezialgebiet. Sie wußte, welche Medikamente er erhielt und wie es um seine Verfassung stand. Und in der Zeit, als sie bei ihm im Haus wohnte und ihn betreute, bekam sie mit, welch sonderbares Leben er führte. Sie wollte lieber nicht darüber reden, aber ich habe sie dennoch dazu bringen können.«

»Was meinen Sie mit ›sonderbarem Leben‹?« fragte Jill.

Einen Moment zögerte der Detektiv.

»Lassen Sie mich das etwas später erklären«, sagte er. »Zum Zeitpunkt seines Todes erhielt Considine Digitalis. Digitalis hinterläßt eindeutige Spuren im Körper. Angenommen, Considine ist tatsächlich so gestorben, wie es der Totenschein ausweist, dann müßte es klare Hinweise in seinem Gewebe geben.«

Er schlug eine Seite des Berichts um. »Ich hatte da so eine Theorie und bin damit zu einigen befreundeten Medizinern gegangen. Einem Pathologen, einem Herzspezialisten und einem Pharmakologen. Alle drei haben mir bestätigt, daß der Befund der Todesursache auf den ersten Blick keinen Sinn ergebe. Considine kann unmöglich an einem plötzlichen Herzversagen gestorben sein. Etwas hat dieses Herzversagen verursacht. Eine Autopsie würde den Beweis dafür bringen.«

Jill schaute den Detektiv eindringlich an.

»Und woran ist er gestorben?« fragte sie.

Der Detektiv lächelte. »Jetzt kommen wir zurück auf das Leben, das Considine mit seiner Tochter geführt hat. Sie war seine einzige Vertraute. Sie gab ihm seine Medizin. Sie kochte für ihn. Sie kümmerte sich um all seine Bedürfnisse. Kein Personal durfte sich im Haus aufhalten, wenn sie daheim waren. Sie waren immer ganz allein. Das ist doch reichlich merkwürdig, nicht wahr?«

Jill schaute skeptisch drein. »Das sind alles reine Schlußfolgerungen«, sagte sie. »Ich brauche aber mehr als das.«

Er nickte. »Ich weiß. Nun, stellen Sie sich die Situation doch mal vor. Da haben wir ein Mädchen, für das ihr Vater von klein auf alles ist, was sie hat. Er beherrscht sie vollkommen. Sie kann ihm nichts verweigern. Sie vergöttert ihn. Und haßt ihn wahrscheinlich unter der Oberfläche ebensosehr. Plötzlich tritt Jordan Lazarus in ihr Leben. Er versucht, ihre Hilfe zu gewinnen, um die Übernahme seines Unternehmens durch Victor Considine zu verhindern. Sie gibt ihm einen Korb. Aber mit der Zeit schafft er es. Sie verliebt sich in ihn. Was passiert dann? Die Übernahme geht über die Bühne, aber plötzlich ist der alte Considine tot, er ist raus, und seine Tochter bietet Jordan Lazarus *Considine Industries* auf einem silbernen Tablett an. Sieben Jahre später ist Lazarus einer der fünf reichsten Männer der Welt.«

Jill nickte nachdenklich.

»Ich brauche trotzdem mehr als nur Schlußfolgerungen«, beharrte sie.

»Ich habe das Kindermädchen ausfindig gemacht, das sich bis zum elften Lebensjahr um Barbara gekümmert hat. Es stellte sich heraus, daß sie nicht aus den üblichen Gründen entlassen worden war. Sie war mißtrauisch geworden. Ausgehend von dem, was sie mir erzählte, sprach ich mit allen Hausmädchen von damals. Eine von ihnen war gerissener, als Considine oder seine Tochter wohl angenommen hatten. Im ganzen Trubel nach Considines Tod nahm dieses Hausmädchen das Laken an sich, auf dem er in der Nacht seines Todes geschlafen hat. Sie hat es immer noch. Oder besser gesagt – ich habe es.«

Erneut drehte er den Ordner zu Jill und ließ sie leise lesen. Sie ließ sich Zeit dabei, ihre Finger berührten den Ordner.

Er sah, wie sie die Information aufnahm. Ihr Gesicht wurde noch schöner in der Konzentration. Ein leichtes Lächeln spielte um ihre Lippen. Das war es, worauf sie gehofft hatte – und noch mehr.

Schließlich schloß sie den Ordner.

»Sie haben Ihre Arbeit sehr gut gemacht«, sagte sie. »Man hat mir gesagt, daß Sie gut sind.«

»Nur für Sie«, sagte er in doppeldeutigem Ton.

Sie nahm den Ordner und verstaute ihn in ihrem Aktenkoffer, den sie mitgebracht hatte.

Dann drehte sie sich um und stellte sich vor den Detektiv.

»Nun«, sagte sie. »Sie haben hart gearbeitet, und dafür, finde ich, haben Sie sich eine Belohnung verdient.«

Weathers sagte nichts. Er bekam große Augen, als sie sich vor ihn in aufreizender Pose hinstellte.

Langsam griff sie nach dem Reißverschluß ihres Lederrocks und öffnete ihn. Sie streifte den Rock ab und legte ihn sanft in seinen Schoß.

Er starrte auf ihren nackten Unterleib. Sie hatte unter dem Rock nichts angehabt.

Sie streifte auch ihren Pullover ab. Ein winziger BH war alles, was sie noch anhatte.

»Sei ein braver Junge«, sagte sie und trat noch einen Schritt auf ihn zu, »und hilf mir mal...«

KAPITEL 42

Barbara Lazarus wartete in ihrem Büro bei *Considine Industries* auf eine wichtige Nachricht.

Sie war mit Jordan für neun Uhr abends zum Abendessen im *21* verabredet, wo sich ihnen einige wichtige Geschäftspartner anschließen sollten. Das versprach ein steifer und langweiliger Abend zu werden, aber Jordan hatte eine liebenswürdige Art, solche Treffen rasch abzuwickeln. Gegen halb zehn waren sie gewiß wieder zu Hause.

Barbara hatte Jordan während der vergangenen Wochen kaum zu Gesicht bekommen. Er war von einer Konferenz zur nächsten geeilt und quer durchs Land gereist, nach Chicago, Denver, Cleveland, Phoenix und San Francisco. Er bereitete den Boden für sein Armenviertelprojekt vor, und er mußte eine Menge Hände schütteln, um die dafür nötige Unterstützung zu gewinnen. Er forderte jede nur erdenkliche Gefälligkeit ein, auf die er Anspruch erheben konnte, und erwies im Gegenzug neue, wenn jemand bereit war, ihm zu helfen.

Er war wie besessen. Er hatte Barbara die Grundzüge seines Plans dargelegt. Es war ein visionäres Vorhaben.

Wenn dieser Plan funktionierte, hätte Jordan für die Wirtschaft seines Landes getan, was Martin Luther King für die Moral und Gleichheit der Rassen bewirkt hatte, was Abraham Lincoln für die Gewerkschaften und Roosevelt während der Depression für die Armen erreicht hatte.

Doch Jordan tat es nicht des persönlichen Ruhms wegen. Er tat es, um einen privaten Traum zu verwirklichen, von dem Barbara bis dato nichts geahnt hatte und den sie nicht wirklich verstand.

Und es wäre ihr auch ganz und gar nicht recht gewesen, daß ihr hübscher Ehemann sie in letzter Zeit so sehr vernachlässigte, hätte das alles Jordan nicht derart glücklich und begeistert gemacht. So fühlte sie sich selber angesteckt von seinem Enthusiasmus und war stolz auf ihn.

Dennoch machte ihr seine lange Abwesenheit Sorge. Und seine neugewonnene Zufriedenheit hatte etwas, was Barbara, die ihn so gut kannte, nicht allein dem Geschäft zuschreiben konnte.

Barbara spürte, daß etwas nicht stimmte.

Und deshalb wartete sie an diesem Tag auch so ungeduldig auf eine sehr wichtige Auskunft.

Die von ihr beauftragte Detektei hatte berichtet, daß sich Jordan mit einer jungen Frau namens Jill Fleming traf, einer Assistentin von Jessica Hightower. Barbara kannte Jessica, wie es jeder in der Geschäftswelt tat, hatte aber noch nie von Jill Fleming gehört, geschweige denn sie je gesehen. Der Detektiv hatte sie darüber informiert, daß Jordan die Frau bei einer großen Finanzkonferenz von *Lazarus* und *Hightower* kennengelernt hatte. Bei dieser Gelegenheit mußte ihre Beziehung ihren Anfang genommen haben.

Barbara hatte den Detektiv angewiesen, alles über Jill Fleming herauszufinden, über ihre Stellung bei *Hightower*, ihr Verhältnis zu Jessica, ihre Vergangenheit. Und sie wollte wissen, wie ernst Jordans Verhältnis zu dieser jungen Frau war.

Der Detektiv hatte seinen abschließenden Bericht für den Nachmittag angekündigt.

Barbara brauchte diesen Bericht dringend. Sie hielt Jordan, indem sie ihm das Gefühl gab, in seiner Ehe völlige Freiheit zu genießen, und nicht verlangte, daß er sie liebte.

Aber sie schaltete jede Frau aus, die versuchte, ihn ihr wegzunehmen.

Nur hin und wieder hatte sie eingreifen müssen. Jordan schien nie Verdacht geschöpft zu haben. Lediglich einmal war es gefährlich geworden. Eine Angestellte einer Werbeagentur auf Long Island, eine eher unscheinbare Erscheinung; kaum vorstellbar, daß sie das Interesse eines so bedeutenden Mannes wie Jordan Lazarus wecken konnte. Aber was ihre Detektive berichtet hatten, war beunruhigend gewesen. Zwei Monate hatte sie gekämpft. Aber sie hatte gewonnen.

Seit jenem Tag war Jordan verändert und verstört gewesen. Sie hatte ihn getröstet. Und nach und nach hatte er sich erholt. In letzter Zeit war er fast wieder ganz der alte, ausgelassen und voller Energie.

Aber sie fürchtete den Tag, an dem er sich erneut verlieben würde. Daher ließ sie ihn streng überwachen.

Den Fotos nach zu urteilen, die sie erhalten hatte, war Jill Fleming ausnehmend hübsch. Für Jordan vielleicht sogar schön. Sie hatte etwas Sonderbares an sich, ein chamäleonartiges Aussehen, das sie auf jedem Foto anders wirken ließ. Vielleicht machte dieses vieldeutige, getarnte Äußere einen Teil ihres Reizes aus.

War es ein Reiz, dem Jordan nicht widerstehen konnte? Das war die Frage.

Jill Fleming hatte eine mächtige Verbündete in Jessica Hightower. Es würde nicht einfach sein, sie einzuschüchtern.

Aber Barbara war fest dazu entschlossen. Selbst wenn sie zum

Äußersten gezwungen sein sollte oder sich mit Jessica Hightower anlegen mußte.

Immerhin war sie selbst eine mächtige Frau.

Und zu allem bereit.

Gegen vier Uhr brachte ihre Privatsekretärin einen Umschlag. »Von einem Boten«, sagte sie. »Aber er ist nicht adressiert.«

»Geben Sie her.« Barbara nahm der Sekretärin den Umschlag ab und schloß die Tür.

Der Umschlag war so fest versiegelt, daß sie ein Messer und einen Heftklammerentferner brauchte, um ihn zu öffnen. Es mußte der angekündigte Bericht ihres Detektivs sein, auf den sie wartete.

Einige Bögen Papier fielen auf die Schreibtischplatte.

Barbara stutzte.

Dies war nicht das erwartete Dossier über Jill Fleming.

Es war ein Dossier über sie selbst. Sie wurde blaß.

Es bestand aus exakt drei Dokumenten. Das erste war der vertrauliche Befund des Arztes in Mexiko City, der ihre Abtreibung durchgeführt hatte, als sie sechzehn gewesen war. Der Arzt, mißtrauisch geworden durch das ungewöhnlich hohe Honorar, hatte eine Blutanalyse des Fötus vorgenommen.

Der zweite Bogen enthielt eine Analyse von Victor Considines Blut – das natürlich während seiner Herzerkrankung mehr als einmal gründlichst im Krankenhaus untersucht worden war.

Es war ihr sofort klar, was das bedeutete. Damit ließ sich beweisen, daß Victor Considine das abgetriebene Kind gezeugt hatte.

Mit zitternden Händen blätterte sie um.

Das nächste Dokument war noch verheerender. Es war eine Analyse der Medikamente, die Victor Considine zum Zeitpunkt seines Todes erhalten hatte, und diese war mit dem offiziellen Befund der Todesursache verglichen worden. Widersprüchlichkeiten waren notiert und untersucht worden.

Barbara wurde aschfahl. Sie holte tief Luft und wandte sich dem letzten Dokument zu.

»Analyse des Bettlakens, auf dem Victor Considine am Abend seines Todes schlief.« Die Überschrift allein reichte schon, um Barbara das Blut in den Adern gefrieren zu lassen. Wieder waren die Anmerkungen detailliert und absolut überzeugend.

Den drei Dokumenten war ein maschinengeschriebener Brief angefügt.

Werte Mrs. Lazarus,

Sie haben am 15. März 1972 Ihren Vater umgebracht. Sie haben ihn getötet, indem Sie für mindestens 48 Stunden die erforderliche Medikation absetzten und in der Nacht seines Todes durch eine massive Dosis Adrenalin ersetzten, die zu Herzversagen führte, während Ihr Vater Geschlechtsverkehr mit Ihnen hatte.

Die genaue Ursache für den Tod Ihres Vaters kann durch eine Exhumierung der sterblichen Überreste nachgewiesen werden. Die Tatsache, daß Sie in der Nacht seines Todes Geschlechtsverkehr mit ihm hatten, kann belegt werden durch eine Analyse der auf dem Bettlaken gefundenen Körperflüssigkeiten.

Ihre lebenslange sexuelle Beziehung zu Ihrem Vater war kein Geheimnis, Mrs. Lazarus. Ihre Vorsichtsmaßnahmen waren nicht so wirkungsvoll, wie er angenommen haben mag. Wir sind gewillt und in der Lage, jene Personen aussagen zu lassen, die wußten, was vor sich ging. Wir sind ferner darauf vorbereitet, eine umfassende Analyse des Bluttypus des Fötus zu veröffentlichen, den Sie am 3. September 1959, im Alter von sechzehn Jahren, in Mexiko City abtreiben ließen. Die Ergebnisse würden wenig schmeichelhaft sein für Sie oder das Andenken von Victor Considine.

Ihr Motiv für den Mord an Ihrem Vater kann problemlos vor Gericht belegt werden. Jordan Lazarus wandte sich an Sie, um ihm zu helfen, die Übernahme seines Unternehmens durch Ihren Vater zu verhindern; Sie verliebten sich in Jordan Lazarus, brachten Ihren Vater um und boten Lazarus die Kontrolle über seinen ehemals eigenen Konzern und dazu die Vorteile ihrer eigenen Firmenanteile. So schlugen Sie zwei Fliegen mit einer Klappe, bekamen einen Ehemann und trugen den Beweis Ihres lebenslangen Inzests zu Grabe.

Zwingen Sie uns nicht, all diese Fakten vor Gericht darzulegen, Mrs. Lazarus. Es würde ohne Zweifel Ihr Verderben sein. Wir raten Ihnen dringend an, statt dessen die diesem Schreiben beigefügten Anweisungen zu befolgen. Sie ersparen sich dadurch eine Zukunft hinter Gittern.«

Barbara schloß die Augen. Ihr Hände ruhten reglos auf den Unterlagen. Jemand hatte also große Anstrengungen unternommen, den schwachen Punkt ihrer Vergangenheit ans Tageslicht zu bringen. Jemand, der intelligent und entschlossen war; jemand, der um das qualvolle Leben gewußt hatte, das Barbara zu dem Menschen gemacht hatte, der sie war.

Barbara versuchte nachzudenken. Konnte sie etwas gegen den- oder diejenigen ausrichten, die hinter dieser Briefsendung steckten? Konnte sie sie bekämpfen?

Doch nicht einmal Barbaras skrupellose kämpferische Instinkte, die sie von ihrem Vater geerbt hatte, konnten ihr jetzt helfen. Sie erkannte, daß der Feind hinter diesen verheerenden Beweisen ihre Achillesferse gefunden hatte. Und dieser Feind verfügte über Waffen, die in einem Prozeß öffentlich gegen sie eingesetzt werden konnten.

Ihre Lage war aussichtslos. Denn selbst wenn sie versuchte, mit dem ihr zur Verfügung stehenden Heer von Anwälten zurückzuschlagen, selbst wenn sie den ganz sicher nachfolgenden Skandal überleben sollte, würde Jordan fortan die Wahrheit über sie kennen. Über ihr Verhältnis zu Victor Considine, über ihre schmutzige Vergangenheit.

Und mit diesem Wissen würden sich Jordans Gefühle für sie

wandeln. Der Respekt, die Zärtlichkeit und das Mitleid, all das, was ihn mit ihr verbunden hatte während dieser wenigen kostbaren Jahre, würde ausgelöscht sein. Er würde seine Freiheit fordern, und sie würde sie ihm geben müssen.

Nun fiel Barbaras Blick auf die beigefügten Forderungen des Erpressers. Im ersten Moment war sie überrascht, weil es so einfach klang, was sie da las, ein so geringes Opfer angesichts des Ausmaßes ihrer Schuld.

Doch dann lächelte sie traurig, als sie erkannte, daß ihr der Erpresser auf seine Weise auch in dieser Weise voraus war.

Sie hatte verloren.

Barbara saß noch immer an ihrem Schreibtisch, die Augen geschlossen, als sich ihre Sekretärin über die Sprechanlage meldete.

»Was ist?« fragte Barbara.

»Es ist gerade noch eine Sendung für Sie abgegeben worden.«

Jetzt fiel Barbara der Bericht des Detektivs ein, auf den sie gewartet hatte.

»Bringen Sie's mir.«

Die Sekretärin brachte ihr einen Umschlag, sah den Blick in den Augen ihrer Chefin und verließ schleunigst das Büro, nachdem sie den Umschlag auf den Schreibtisch gelegt hatte.

Barbara öffnete ihn. Der Umschlag enthielt einen einzigen Bogen mit dem Briefkopf der Detektei.

Sehr geehrte Mrs. Lazarus,
bis zum heutigen Datum ließ sich keinerlei Beweis für ein intimes Verhältnis zwischen Mr. Lazarus und Miss Fleming finden. Ihre gesellschaftlichen Kontakte waren begrenzt auf einige gemeinsame Essen und eine Segelpartie. Miss Fleming hat ein sehr enges Verhältnis zu Jessica Hightower. Wir vermuten stark, daß zwischen den beiden Frauen ein lesbisches Verhältnis besteht, und werden versuchen, dies, wenn gewünscht, zu belegen. Gemäß unserer Untersuchung sind wir zu dem Schluß gelangt, daß derzeit

keinerlei Grund zur Annahme eines irgendwie gearteten sexuellen Verhältnisses zwischen Ihrem Gatten und Miss Fleming besteht.

Gezeichnet war der Brief mit

Anspach & Cates Detektei
Calvin Weathers

KAPITEL 43

Johnsonville, Long Island

Leslie träumte.

In ihrem Traum war sie allein an einem düsteren Ort.

Sie fühlte, wie sie in der Erde versank wie in Treibsand.

Sie erwachte mit einem Ruck. Es dauerte eine ganze Weile, bis sie begriff, weshalb sie aufgewacht war. Sie hatte einen leichten Ruck an ihrer Hand gespürt. Ross war da. Er schaute sie mit einem hilflosen und besorgten Blick an.

Er versuchte etwas zu sagen. Sie konnte sehen, welche Anstrengung es ihn kostete.

»Mmm... schlecht geträumt?« brachte er schließlich heraus.

Sie drückte und küßte ihn.

»Ja«, murmelte sie. »Ich hatte einen Alptraum. Aber es geht schon wieder.«

Für einen Moment kuschelte sie sich an ihn und spürte die Wärme seines Körpers, während er sie unsicher tätschelte.

Sie erwiderte seine zärtliche Geste und gab ihm einen Kuß auf die Wange.

»Es ist wirklich wieder gut«, sagte sie. »Hast du geschlafen?«

Er nickte und brachte ein Lächeln zustande. »Mmmm – wie ein Stein.«

Er zog ihre Hände an seine Lippen und küßte sie. Sie sah ihm an den Augen an, daß er etwas sagen wollte, irgend etwas Zärtliches. Aber er brachte die Worte nicht zustande. Also drückte er seine Liebe mit den Augen aus. Es war eine neue Form der Verständigung für sie beide, bedingt durch seinen Schlaganfall.

Leslie erwiderte sein Lächeln. Dann nahm sie einen vertrauten Geruch wahr und schloß daraus, daß er über Nacht eingenäßt hatte.

»Bin gleich zurück«, sagte sie.

Sie stand auf und holte einige Windeltücher, um ihn zu säubern, und löste seine Plastikwindel. Er hatte glücklicherweise keinen Stuhlgang gehabt. Sie konnte seine Erleichterung fühlen. Die Erniedrigung, seine Windel einzunässen, ertrug er noch, aber nicht, wie ein hilfloses Kleinkind auch den Schließmuskel nicht kontrollieren zu können.

»Willst du jetzt gehen?« fragte sie.

Er schaute verlegen drein. Sein Mund, der noch immer ein wenig am rechten Mundwinkel herabhing, bewegte sich ruckartig, als er nach Worten suchte.

»Glaube ja«, sagte er.

Sie half ihm aus dem Bett und ins Bad. Er bewegte sich mit unsicheren Schritten und mußte sich an ihrem Arm abstützen, schaffte aber den Rest aus eigener Kraft. All diese Bewegungen hatte er sich durch hartes Training mit seiner Therapeutin und mit großem Mut wieder angelernt. Er konnte inzwischen wieder eine Menge selbständig tun. Vieles ging noch sehr langsam, aber es ging.

Sie ließ ihn allein im Bad und stellte in der Küche die Kaffeemaschine an.

Sie bereitete das Frühstück zu und ging dann zurück ins Schlafzimmer, um ihm beim Anziehen zu helfen.

Der normale Tagesablauf war in sechs Monaten Übung entstanden. Ross tat alles, wozu er in der Lage war. Er holte seine Kleidung aus den Schubladen und dem Kleiderschrank, zog sich das Hemd an, setzte sich hin und streifte die frische Unterhose über die Knöchel – und Leslie griff nur ein, wenn er nicht weiterkam. Sie zog ihm die Unterhose hoch, während er aufstand, half ihm, die Hose überzustreifen und das Hemd zuzuknöpfen. Den Reißverschluß bekam er inzwischen selber zu. Auch die Türen konnte er fast immer ohne ihre Hilfe öffnen. Sie mußte ihn natürlich fahren, aber das ließ sich nicht ändern.

Ross trug Hausschuhe oder Halbschuhe, wenn sie das Haus verließen, damit er keine Schnürsenkel binden mußte.

Leslie ging neben ihm, wenn er sich langsam zur Küche bewegte. Sie stand dicht hinter ihm, wenn er sich auf den Stuhl setzte, und ließ ihn selber die Zeitung umblättern, was ihm Mühe machte, aber gelang.

Während die Eier kochten, kehrte sie zum Tisch zurück und sah ein bekanntes Zucken seiner Augenbraue. Er deutete auf ein Wort in der Zeitung.

Sie berührte seine Schulter, als sie sich über ihn beugte. Sie schaute auf das Wort.

»Sich miteinander anlegen«, sagte sie.

Sie sah, wie sich seine Stirn in Falten legte. Dann erhellte sich sein Blick.

»Konfrontation«, sagte er.

»Richtig.«

Es war eine Übung zur Wiederherstellung seines durch den Schlaganfall ebenfalls geschädigten Begriffsgedächtnisses.

Anfangs, kurz nach dem Schlaganfall, war nichts als Schmerz, Konfusion und Wut in seinen Augen gewesen. Aber er hatte sich rasch wieder gefangen und dann voller Eifer auf seine Rehabilitation konzentriert.

Vieles konnte er nur noch mit den Augen ausdrücken, aber allmählich kamen auch viele Fähigkeiten wieder.

Er schämte sich aber seiner Schwächen und Hilflosigkeiten – die auch mit Impotenz verbunden war. Er hatte Leslie geheiratet, um für sie zu sorgen, um sie zu beschützen. Statt dessen war er nun wieder fast ein Kind, um das sie sich kümmern mußte.

Nach dem Frühstück half sie ihm in den Mantel und brachte ihn zum Auto. Sie fuhr mit ihm zum Krankenhaus und setzte ihn am Eingang zum Physiotherapiezentrum ab, wo ihn seine Therapeutin, eine nette junge Frau namens Bette, bereits erwartete.

Bis vor kurzem hatte Ross darauf bestanden, das Stück vom Parkplatz des Krankenhauses zu Fuß zu gehen, aber seit es kälter geworden war, ließ er sich lieber vor dem Eingang absetzen, damit Leslie ihn nicht den ganzen langen Weg begleiten mußte.

»Ich hole dich um drei ab«, sagte Leslie.

Sie sah ihm nach, als er aus eigener Kraft zum Eingang ging und dann neben Bette das Gebäude betrat. Dann fuhr sie ins Büro.

Seit seinem Schlaganfall leitete sie die Agentur.

Sie hatte zwar in dem letzten auszehrenden halben Jahr wenig Zeit gefunden, über sich selbst nachzudenken, aber sie hatte über das Geschäft und seine Weiterentwicklung nachgedacht. Sie hatte neue Kampagnen entwickelt und neue Kunden gefunden.

Sie war unfreiwillig zur Expertin der Begleiterscheinungen eines Schlaganfalls und ihrer Behandlung geworden. Sie kannte sich aus mit expressiver Aphasie, rezeptiver Aphasie, verbaler Apraxie und Dysarthrie. Aber sie hatte sich die ganze Zeit weder eine neue Bluse oder Schuhe gekauft. Sie brauchte dringend Unterwäsche, Make-up und neue Strumpfhosen. Sie kam nicht dazu. Sie hatte einfach keine Zeit, sich mit ihrem Aussehen zu beschäftigen.

Die Herausforderung ihrer Arbeit war ihr ganzes Leben geworden, außer der Pflege von Ross. Aber diese doppelte Belastung war geistig und körperlich strapaziös. Sie war jeden Abend völlig erledigt. Sie hatte fast acht Kilo Gewicht verloren, und die meisten ihrer Kleider waren ihr nun eine Nummer zu groß. Sie fror selbst an milden Abenden und trug Pullover im Haus.

Der Streß wurde so groß, daß sie jetzt manchmal kleine Dinge vergaß. So wie jetzt zum Beispiel, als sie vor dem Büro vorfuhr und plötzlich feststellte, daß sie ihren Aktenkoffer zu Hause vergessen hatte. Sie fuhr seufzend zurück nach Hause.

Sie ließ den Wagen in der Auffahrt stehen und eilte in die Küche. Der Aktenkoffer lag auf dem Küchentresen. Als sie ihn an sich nahm, erhaschte sie einen Blick in dem Küchenspiegel. Sie war so blaß, und ihre Haare waren grauenhaft.

Sie ging ins Bad, um sich die Haare zu bürsten.

Gerade als sie die Treppe wieder hinuntereilte, klingelte es an der Haustür.

Sie fuhr zusammen. Sie war sonst nie daheim um diese Uhrzeit. Das Haus kam ihr wie eine Gruft vor, und sie konnte sich beim besten Willen nicht denken, wer da klingelte.

Zögernd ging sie zur Tür, legte den Riegel um, öffnete einen Spaltbreit und schaute hinaus.

Der Mund blieb ihr offen.

Vor ihr stand Tony Dorrance. Er wirkte nicht einen Tag älter als damals.

KAPITEL 44

Tony war genauso überrascht wie Leslie. Er sah aus, als hätte er einen Geist gesehen.

»Mrs.... Mrs. Wheeler?« stammelte er.

Schweigen. Leslie sah ihn mit weiten Augen an.

»Leslie?« fragte er ungläubig.

In diesem Moment erkannte sie, daß er nicht hier war, weil er sie gesucht hatte, sondern daß ihn ein bizarrer Zufall an ihre Haustür geführt hatte.

»Tony...« Sie versuchte, ihre Fassung zurückzugewinnen.

»Ich... mein Gott, das ist nicht zu glauben«, sagte er.

Sie wollte ihn auf keinen Fall ins Haus lassen. Sie blieb, wo sie war, und hielt die Tür zwischen ihnen halb geschlossen. Aber sein Anblick erschütterte sie. Einerseits war er längst Vergangenheit, ein Relikt ihrer leichtsinnigen Jugend, ein Mann, mit dem sie sich niemals hätte einlassen dürfen, ihr größter Fehler, ihr ärgster Verdruß.

Andererseits aber war er der Vater ihres Kindes. Das war Realität, gegen die nichts ankam. Und wie er so vor ihr stand, erstaunlich wenig verändert in all der Zeit, und sie aus seinen wunderschönen dunklen Augen ansah, erschütterte sie bis ins Mark. Sie sah die Geschichte ihres Lebens und die ihres Körpers in Fleisch und Blut vor sich stehen.

»Was machst du denn hier?« brachte sie hervor.

»Ich vertrete die *Benefit Lebensversicherungen.* Du... ihr seid bei uns versichert. Ich komme wegen einer Routinenachfrage, ob vielleicht Interesse an einer Erweiterung der Police besteht.«

Er errötete verlegen.

Leslie war weit davon entfernt, den Grund dafür zu begreifen. Sie war derart verwirrt, daß sie gar nicht erkannte, wie peinlich es für Tony war, zuzugeben, daß er ein einfacher Versicherungsvertreter war. Sie in ihrem wunderschönen Haus in der Vorstadt zu sehen war so, als würde er ihr Leben mit seinem vergleichen, und er schämte sich. Er war tief gesunken seit der Zeit, als er sie gekannt hatte.

Sie sah ihn an, verblüfft und verärgert.

«Benefit Versicherungen?«

»Ja.« Seine Antwort klang ein wenig schüchtern.

Leslie schüttelte verwirrt den Kopf. Das war alles zuviel für sie.

»Aber wir haben doch schon die Leistungen ausbezahlt bekommen«, sagte sie. »Angesichts der Situation kann ich mir überhaupt nicht vorstellen, warum *Benefit* eine weitere Police mit uns abschließen will...«

»Das kann ich erklären. Ich... dürfte ich vielleicht einen Moment reinkommen?«

In diesem Augenblick erkannte Leslie seine Verlegenheit. Dieses Frage-und-Antwort-Spiel mit ihm als Vertreter an der Tür war erniedrigend für ihn.

»Gewiß«, sagte sie. »Aber ich war auf dem Weg zur Arbeit. Ich habe also höchstens einen Moment Zeit.«

Sie ließ ihn herein. Er schaute sich im Wohnzimmer um. Dort standen die Fotos von Ross' Töchtern, Fotos von Leslie und von Leslie gemeinsam mit Ross. Ferner stand dort der Rollstuhl und das Gehgestell, das Ross gelegentlich benutzte.

»Wie geht es deinem Mann?« fragte Tony.

Leslie sah ihn an. »Gut«, antwortete sie unbehaglich.

Tony lächelte. Er schien sich wieder gefangen zu haben. Eine Spur der glatten Höflichkeit eines Vertreters zeigte sich in seinem hübschen Gesicht.

»Laß mich erklären, weshalb ich hier bin«, sagte er. »Wir haben ein besonderes Angebot für bereits bestehende Versicherungsnehmer mit einem akuten gesundheitlichen Problem. Es ist in gewisser Weise eine Verbesserung der Police. Wir bieten eine Risiko-Lebensversicherung zu einem besonderen niedrigen Tarif an für einen begrenzten Zeitraum. Der Anlaß ist der Schlaganfall deines Mannes. Es ist wirklich ein ausgezeichnetes Angebot.«

Sein Gesichtsausdruck bedeckte sich, als er ihr in die Augen sah.

»Tut mir leid, das mit deinem Mann«, sagte er.

Leslie starrte ihn an. Sie konnte es einfach nicht fassen, daß er – bei der Vergangenheit, die sie verband – dastand und von so etwas Absurdem wie einer Versicherung redete. Es war, als hätte sich das Schicksal einen grotesken Scherz erlaubt, sie auf diese Weise wieder zusammenzubringen. Ausgerechnet der Schlaganfall war der Grund dafür, daß sich ihre Wege erneut kreuzten.

»Danke«, sagte sie.

»Und es tut mir auch leid, daß wir uns unter diesen Umständen wiedersehen.«

Er betrachtete sie eingehend. Sie fragte sich, was er wohl sah. Sie wußte, daß sie schlanker war und älter. Sie wußte auch, daß die Tragödien ihre Spuren in ihren Zügen hinterlassen hatten, so wie bei Ross. Sie sah es jeden Morgen im Spiegel.

Sie tadelte sich selbst wegen solcher Gedanken. Das letzte in der Welt, worum sie sich sorgte, war, für Tony Dorrance gut auszusehen. Er existierte schließlich nicht mehr für sie.

»Ich muß jetzt wirklich zur Arbeit«, sagte sie forsch. »Warum schickt ihr uns das Angebot nicht zu? Dann kann ich es mit meinem Mann besprechen, und wir melden uns dann.« Es klang ein wenig ungeduldig und unwillig.

»Aber gewiß«, sagte Tony. »Entschuldige die Störung.«

Aber sein Blick drückte keine Entschuldigung aus. Er schien sie abzuschätzen. Eine sonderbare Energie flatterte hinter seinen dunklen Pupillen auf.

Leslie ging zur Tür und öffnete sie.

»Auf Wiedersehen«, sagte sie ohne besondere Freundlichkeit.

Er reichte ihr die Hand. Widerwillig erwiderte Leslie seinen Handschlag. Als sich ihre Hände berührten, wußte sie, daß er immer noch der alte Tony war.

Sie errötete.

»Das ist doch wirklich absurd, findest du nicht?« Er lächelte fast kameradschaftlich. »Daß wir uns auf diese Weise wiedersehen.«

Sie bedachte ihn mit einem angespannten kleinen Lächeln. Sie fand seine Worte unverschämt.

»Ich hätte nie gedacht, dich jemals wiederzusehen«, sagte er.

Leslie erwiderte nichts darauf.

»Tja...« Er machte mit alter Unbeschwertheit auf dem Absatz kehrt. »Ich lasse dir die Unterlagen dann gleich zuschicken. Es ist ein gutes Angebot. Ich bin sicher, dein Mann wird zufrieden sein.«

Sie empfand auch diese Bemerkung als Provokation und lächelte nicht.

Er schien sich auf den Weg zu machen. Doch plötzlich blieb er stehen. Sie wußte, was ihm durch den Kopf ging.

»Hör zu...«, sagte er. »Mir ist klar, daß dies nicht der richtige Zeitpunkt und der richtige Ort ist. Aber was zwischen uns beiden geschehen ist, Leslie...«

Sein Unbehagen war ihm anzusehen. Aber Leslie meinte, ein

kurzes Aufflackern des Triumphes darin zu erkennen. Er wußte, wieviel er ihr einst bedeutet hatte.

»Ganz recht«, sagte sie. »Aber das ist vorbei und vergessen. Du mußt dir deswegen nicht den Kopf zerbrechen.« Ihr Ton war fest und mehr als nur ein wenig verächtlich.

Nach wie vor hin und her gerissen zwischen seiner professionellen Rolle als Vertreter und dem intimen Wissen, das ihn mit ihr verband, zuckte er nur die Achseln, trat hinaus auf die Straße und ging zu seinem geparkten Wagen. Sie erkannte den Anflug seiner Großspurigkeit wieder, als er seinen Aktenkoffer auf den Rücksitz warf und die Tür zuschlug.

Sie sah ihm nach, als er wegfuhr, und blieb im Haus, bis sein Auto nicht mehr zu sehen war.

Dann schloß sie sorgfältig das Haus ab und ging zu ihrem Wagen.

Erst als sie den Gang einlegte, merkte sie, wie sehr ihre Hände zitterten. Und als sie für einen Moment ihr Gesicht im Rückspiegel betrachtete, sah sie die Tränen, die ihr über die Wangen rannen. Und ein Schluchzen tief aus der Brust stieß sie.

Beim Abendessen versuchte Leslie, ihre innere Aufgewühltheit zu verbergen. Aber Ross spürte, daß sie etwas bedrückte.

Er fragte sie.

Sie sah die Besorgnis in seinen Augen.

Sie ergriff seine Hand und schüttelte den Kopf.

Er drückte sie und ließ es dabei.

Nach dem Essen sagte er: »Komm.«

Er ging mit ihr ins Schlafzimmer, ließ sich von ihr beim Hinlegen helfen und streckte dann die Arme nach ihr aus. Sie legte sich neben ihn, und er nahm sie in den Arm.

»Mein Mädchen«, murmelte er.

Leslie spürte die Tränen in sich aufsteigen, als sie sich an ihn schmiegte. Sie preßte das Gesicht an seine Brust.

»Du hast eine große Last mit mir«, sagte er.

Sie schüttelte den Kopf.

»Nein, Ross, nicht du. Die Krankheit hat uns beiden eine Menge aufgebürdet.«

»Mein Mädchen«, wiederholte er.

Er streichelte sie zärtlich. Und jetzt – warum, wußte sie nicht – ließ sie den Tränen ihren Lauf. Ihr Körper wurde von stummen Schluchzern geschüttelt. Ross drückte sie sanft an sich.

»Ich weiß«, sagte er.

Sie nickte und erwiderte seine Umarmung. Aber er konnte nicht wissen, was in ihr vorging. Er glaubte, es sei der aufgestaute Streß der sechs Monate seiner Krankheit. Wie sollte er ahnen, daß ihr einstiges Leben wieder vor ihr aufgetaucht war und ihr Dasein bis in die Grundfesten erschüttert hatte.

Nein, Ross konnte nicht wissen, was sie in diesem Moment dachte, welche Kämpfe sie für sich und ihn ausfocht.

Aber das schien keine Rolle zu spielen. Seine Umarmung war deshalb nicht weniger zärtlich, seine Liebe nicht weniger vollkommen. Und auf sonderbare Weise war sein Verständnis nicht weniger wirkungsvoll dadurch, daß er nicht wußte, was in ihrem Herzen vor sich ging.

KAPITEL 45

In einem billigen Motelzimmer in der Nähe von Great Neck, Long Island, wanderte Tony Dorrance wie ein eingesperrtes Tier auf und ab.

Er konnte noch immer nicht fassen, was ihm widerfahren war. Leslie, Leslie, nach all den Jahren!

Er verspürte eine wunderbare Energie, die ihn nicht zur Ruhe kommen ließ. Sie erfüllte ihn mit einem fast schmerzlichen Hochgefühl, am Rande der Sorge.

Sie war so schön wie nie gewesen. Eigentlich war sie früher nicht halb so schön gewesen wie an dem Tag, als er sie in ihrem Haus in Johnsonville wiedergesehen hatte.

In diesem Moment, als er auf der Türschwelle stand und sie erst gar nicht erkannte und sie ihn nicht wiedererkannte, war er von ihrem Anblick schier überwältigt gewesen. Selbst wenn sie nicht Leslie gewesen wäre, seine Leslie, wäre es augenblicklich um ihn geschehen gewesen.

Zumindest redete sich Tony das ein.

Er mußte sie unbedingt wiedersehen. Und es mußte das Schicksal gewesen sein, was sie nach so langer Zeit wieder zusammengeführt hatte. Eine andere Erklärung gab es nicht dafür.

Tonys Wiedersehen mit Leslie schien ihn aus einem langen Schlaf aufgeweckt zu haben. Ihr Anblick zwang ihn, sich mit der Leere seines Lebens auseinanderzusetzen. Und mit der Ursache für diese Leere. Es war weder reiner Zufall noch Pech, daß er in den letzten sechs Jahren so tief abgerutscht war, sowohl beruflich wie auch privat. Die Ursache dafür war, daß er Leslie verloren hatte.

In diesem ersten Moment, als er ihr wunderschönes Gesicht so ernst gesehen hatte, als sie zur Tür herausschaute und ihn erblickte, war ihm klargeworden, was er vor so langer Zeit aufgegeben hatte, als er sie gehen ließ. Sie war selbst damals schon so besonders gewesen, so außergewöhnlich – aber er war zu jung gewesen, zu unreif, um zu begreifen, welchen Diamanten er besessen hatte.

Nun hatte sich Leslies Zauber durch die Veränderungen, die ihr die Jahre ins Gesicht gezeichnet hatten, zu etwas Unbeschreiblichem gewandelt. Sie besaß nun eine aus Erfahrung, Verantwortung und Schicksalsschlägen geborene Würde. Eine Reife, eine Fraulichkeit, die ihm den Atem raubte.

Erst jetzt wurde er sich bewußt, daß er sie tatsächlich geliebt hatte, die ganze Zeit, und ohne sie verkümmert war, als wäre er ohne Herz.

Und erst jetzt verstand er, weshalb er sich an so viele Frauen verschwendet hatte, und warum er sie nie hatte ernst nehmen können. Er verstand, warum sie ihn derart angeödet hatten, daß er sich bei seinen Affären auch immer noch selbst erniedrigt hatte.

Leslie war der Grund für all das. Weil sie die eine und einzige gewesen war, was er aber höchstens in seinem Herzen gewußt, aber nicht mit dem Verstand begriffen hatte. Indem er Leslie betrogen hatte – welch ein entsetzliches Verbrechen dies nun für ihn war! –, hatte er sich um sein eigenes Schicksal betrogen.

Er erinnerte sich auch an etwas, das er bequemerweise all die Jahre vergessen hatte. Er war tatsächlich Leslies erster Mann gewesen, ehe er sie sitzenließ. Ein Anflug schlechten Gewissens sagte ihm, daß es einen ganz bestimmten Grund gehabt haben mußte, warum er Leslies erster Liebhaber gewesen war. Das Schicksal hatte es so gewollt, daß er sie liebte, ihr erster Mann war, sie deflorierte; von Anfang an. Warum sonst sollte sie ihm ihre Jungfräulichkeit hingegeben haben, die sie so vielen anderen verwehrt hatte, bevor er ihr begegnet war?

Und noch ein anderes Gefühl ergriff ihn, und es war allerdings nicht weniger mächtig als diese jubelnde Erkenntnis: Frustration. Nicht nur wegen seiner Dummheit, daß er sie leichtfertig verlassen hatte. Sondern, weil sie ihr Leben weitergeführt, geheiratet und ihn vergessen hatte – oder es zumindest versuchte.

Er rief sich den Ausdruck in ihren Augen wieder zurück. Es war ein gleichgültiger Blick gewesen, verbunden mit Mißfallen über die wenig angenehme Erinnerung, die er darstellte. Daß sie verführt und verlassen worden war. Von ihm. Sie hatte Probleme und Sorgen in ihrem derzeitigen Leben und gewiß wenig Zeit oder geistige Energie, um noch an ihn zu denken. Und das wenige an Aufmerksamkeit, was sie ihm geschenkt hatte, war mit Verachtung vermischt gewesen.

Und warum auch nicht? Er war tief gesunken. Er war nicht mehr in der Position, sich ihr auch nur zu nähern, ganz zu schweigen, sie zu bitten, sich mit ihm zu treffen. Die Zeit hatte alles verändert. Sie war eine verheiratete Frau mit einem kranken Ehemann, um den sie sich kümmern mußte. Und sie blickte mit Verachtung und Gleichgültigkeit auf ihn herab.

Oder?

Er mußte an die Verwirrung denken, die seine Anwesenheit in ihr ausgelöst hatte, als sie ihn ins Haus ließ. Ihr Gesichtsausdruck, als sie ihm zugehört hatte, war vieldeutig gewesen. Erstaunen, Verwirrung.

Die Verwirrung in ihrem Blick hatte verraten, welche Wirkung seine Anwesenheit auf ihr Herz und auf ihre Sinne gehabt hatte.

Ja! dachte Tony. Das war es! Selbst nach all den Jahren war sie noch nicht über ihn hinweggekommen. Das war die geheime Botschaft gewesen, die trotz der vorgespielten Kälte in ihren Augen aufgeflackert war.

Da war er sich ganz sicher.

Nun begann er, noch unruhiger in seinem Motelzimmer auf und ab zu wandern, und vor Aufregung laut mit sich selbst zu sprechen.

Wenn sich Leslie noch immer etwas aus ihm machte – wie ihm sowohl die heutige Begegnung wie auch sein Stolz sagten –, dann konnte das nur bedeuten, daß ihn das Schicksal aus einem bestimmten Grund hergeführt hatte. Sie war unglücklich ohne ihn, wie er es ohne sie gewesen war. Daß sie sich getrennt hatten, war eine Art Sünde gewesen. Beide hatten sie dafür mit Schicksalsschlägen büßen müssen. Das Schicksal hatte sie wieder vereint, damit sie ihre Sünde wiedergutmachen konnten.

Andererseits vermochte es nicht einmal Tonys Stolz, ihn blind zu machen für die Wahrheit, die er so unbedingt zu ignorieren versuchte. Er hatte Leslie vor Jahren sitzenlassen. Und nun hatte sie ein Leben ohne ihn. Sie hatte einen Ehemann.

Ja, das waren Hindernisse. Ernsthafte Hindernisse. Es würde

nicht einfach sein, sie dazu zu bringen, mit ihm zu reden, ihm eine neue Chance zu geben.

Aber hatte das Schicksal nicht bereits ein wahres Wunder vollbracht, indem es sie auf diese Weise wieder zusammenbrachte?

Letzten Endes war es nicht einfach nur eine Frau, die er heute wiedergefunden hatte. Es war sein eigenes Herz. Es war seine Rettung.

Mit diesem Gedanken leerte Tony sein Glas Bourbon, das er sich aus dem Flachmann eingeschenkt hatte, den er mit auf seine Reise genommen hatte. Er beschloß, auszugehen und sich eine Frau für die Nacht zu suchen. Der Sturm in seinen Sinnen konnte nur durch Sex mit einer leidenschaftlichen Frau gestillt werden, deren Leidenschaft er mit seinen Verführungskünsten entfachen würde.

Doch als er sein Bild im Spiegel betrachtete, entschied er sich anders. Nein, nicht das. Nie mehr. Er hatte Leslie und auch sich mehr als genug betrogen. Die Chance, die ihm das Schicksal heute geboten hatte, war zu groß, um sie mit billigem Sex in Motelzimmern zu beschmutzen. Nein, keine Tändeleien mehr mit Frauen, die ihm nichts bedeuteten.

Diese Zeiten waren endgültig vorbei.

Er zog sich aus, duschte heiß und ausgiebig und ging zu Bett.

Leslie gab sich alle Mühe, ihr Wiedersehen mit Tony Dorrance zu vergessen.

Von dem Moment an, als sie die Tür hinter ihm geschlossen hatte, hatte sie sich vorgenommen, nicht einen Gedanken an ihn zu verschwenden. Er war es nicht wert. Seine neue und niedrige berufliche Position und sein oberflächlicher und unverschämter Blick hatten das unbestreitbar deutlich gemacht.

Tony hatte nichts mehr in ihrem Leben zu suchen. Und das war gut so!

Nicht einmal, als sie auf dem Weg ins Büro über all das nachdachte, wäre sie auf den Gedanken gekommen, daß Tony ihr in sicherem Abstand folgte.

KAPITEL 46

New York City

Alles lief nach Plan.

Jordan Lazarus und Barbara ließen sich scheiden, nach einer Reihe kurzer Gespräche, bei denen nur wenig von der Wahrheit offenbart wurde. Ihre Abmachung hatte ihren Zweck erfüllt, beharrte Barbara, und es sei an der Zeit weiterzugehen. Jordan pflichtete ihr darin bei, nicht ohne Mitleid für seine Frau und ohne ein ebenso großes Maß an Schuldgefühl wegen seiner geheimen Beweggründe, diesem Schritt zuzustimmen.

Zwei Monate nach der Scheidung heiratete er Jill Fleming. Ihre Hochzeit wurde nicht nur von der amerikanischen Busineß- und Boulevardpresse verkündet und gefeiert, sondern erregte Aufsehen in aller Welt. Immerhin war Jordan Lazarus der reichste Mann Amerikas, ein Traummann für Millionen von Frauen und ein Held für ebenso viele Männer. Er war das Ebenbild des Aufsteigers und der Architekt einer der bahnbrechendsten Pläne für den Wiederaufbau der Armenviertel in den Großstädten Amerikas.

Jordan Lazarus war ein Mann der Zukunft. Und nun war Jill Fleming, nach einer stürmischen Romanze, seine Frau.

Die Dinge hätten nicht glatter laufen können, wenn das Schicksal selber die Choreographie der Ereignisse geplant hätte. Alle Teile des Puzzles waren richtig zusammengefügt.

Im Grunde war das alles sogar zu perfekt, wäre beinahe unausweichlich erschienen, wäre in all dem Trubel nicht aus purem Zufall etwas Unvorhergesehenes geschehen, das den Dingen einen neuen und unheilverkündenden Anschein gab. Zumindest für Jill Fleming.

Es geschah während ihrer Flitterwochen.

Sie verbrachten diese zwei Wochen auf einer traumhaft schönen kleinen Insel in der Ägäis, wo Jordan ein Haus mit Blick über den Hafen besaß. Sie liebten sich Tag und Nacht. Sie unternahmen lange Spaziergänge. Sie sahen sich den Sonnenuntergang an. Sie existierten in einem Schweigen, das aus der Zufriedenheit beider entstand und aus völliger sinnlicher Befriedigung.

Jill kam sich vor wie eine Katze, die den Kanarienvogel verspeist hatte. Sie hatte den größten Coup ihres Lebens gelandet. Sie hatte einen der reichsten und mächtigsten Männer und seine entschlossene, besitzergreifende Frau auseinandergebracht.

Während der ersten Tage in Griechenland fühlte sich Jill wundervoll und wie neu belebt. Mehr noch – sie verspürte eine innere Ruhe und Gelassenheit wie nie zuvor.

Und das lag, wie sie sich klarmachte, an Jordan. Seine Aufmerksamkeit als neuer Ehemann hatte etwas Entspanntes und Beruhigendes. Er wirkte zufrieden, sogar erleichtert in ihrer Anwesenheit.

Sicher, da war eine leichte, kaum wahrnehmbare Distanz zwischen ihnen, selbst wenn er sie in den Armen hielt. Wenn sie auf das Meer hinausschauten oder ausgiebige Spaziergänge durch das Dorf und die Hügel der Umgebung unternahmen, verband sie ein intimes Schweigen, aber Jill fühlte, daß sie Jordan nicht wirklich kannte. Er war mehr ein Liebhaber als ein Ehemann. Seine Zärtlicheit entbehrte wirklichen Wissens um sie.

Doch diese Distanz war notwendig. Das Allerletzte, was Jill wollte, war, daß er dahinterkam, wer und wie sie wirklich war. Ihre Maske war das einzige Mittel, um ihn zu halten. Es war ihre einzige Verbindung zu seinem Herzen.

Während ihrer langen und subtilen Verführung von Jordan hatte sie sich darauf konzentriert, mit ihrem Körper und ihrer Persönlichkeit auf die kaum wahrnehmbaren Signale zu reagieren, die aus einem unsichtbaren Ort in ihm kamen. Es hätte sie nicht gekümmert, daß diese Quelle seines Verlangens unsichtbar für sie war und unerreichbar. Auch die Maske ihrer Falschheit verursachte ihr keine Gewissensbisse. Es ging nicht darum, ihn zu kennen, sondern ihn zu erobern.

Und das war ihr gelungen. Sie hatte Jordan seiner Frau beraubt, wie sich ein Fuchs das Entenküken aus dem Nest der Mutter schnappt. Sie war skrupellos vorgegangen, Schritt für Schritt bis ans Ziel.

Aber auch wenn es einen gewissen Mangel an Vertrautheit in ihrer jungen Ehe gab und sie voneinander nicht alles wußten, was es zu wissen gab, so sah Jill dennoch keinen Grund, warum sie Jordan nicht trotzdem glücklich machen konnte. Hatte denn nicht jede Frau ihr kleines Geheimnis, kleine persönliche Schwächen oder vergangene Fehltritte, die sie dem Mann, den sie heiratete, vorenthielt? War sie wirklich so anders als all die anderen Frauen, indem sie sich von ihrer besten Seite gezeigt und ihre Fehler verborgen hatte, um sich Jordan zu angeln?

Ohnehin schien er gar nicht mehr von ihr zu wollen als ihre Oberfläche, die sie ihm gab.

Der Sex, so heiß und intensiv für sie beide, war ein Beweis dafür, daß zumindest etwas zwischen ihnen bestens funktionierte.

Jordans Verhalten verriet nichts von Sehnsucht. Da war nur diese Gelassenheit, so als wäre ein langer, qualvoller Kampf vorüber, und als sei er nun im Frieden mit sich selbst.

Zunächst beunruhigte Jill diese Situation nicht. Es amüsierte sie höchstens ein wenig.

Bis zu dieser Nacht.

Eines Nachts liebten sie sich nach einem Mitternachtsdinner und einem Bad im beheizten Pool neben dem Haus bis in die frühen Morgenstunden. Es war fast schon zu romantisch. Am Himmel strahlte ein Vollmond, dessen Spiegelbild das Meer fast so hell erleuchtete wie eine Art Mitternachtssonne.

Nach dem Schwimmen fühlten sie sich beide erregt vom Mondschein und ihrer Nacktheit und liebten sich auf den Seidenlaken ihres Bettes. Jordan war nie leidenschaftlicher gewesen. Er nahm sie mit tiefen, wissenden Stößen, und sie wurde von Beben der Ekstase geschüttelt, die sie wie benommen machten. Seit dem schicksalhaften Tag ihrer ersten gemeinsamen Segelpartie hatte

Jill stets einen Orgasmus gehabt, wenn sie mit Jordan schlief. Das war neu für sie; etwas, was sie niemals wirklich für möglich gehalten hatte. Inzwischen brauchte sie es und war ihm dankbar dafür, daß er sie immer zum Höhepunkt brachte.

Als sie in seinen Armen lag, dachte sie selbstzufrieden über ihre Eroberung nach. Jordan gehörte jetzt ihr. Sie hatte ihn sicher in den Fängen. Denn hatte er nicht wieder und wieder bewiesen, daß ihr Körper eine Art Obsession für ihn war?

Mit diesem Gedanken schlief sie ein.

Eine Stunde später wachte sie auf. Sie schaute in das Licht des Mondes, das ins Zimmer fiel. Dann stand sie auf, um aus dem Fenster zu schauen. Der Mond stand nun tiefer, unglaublich intensiv und mächtig mit seinem schimmernden Licht über dem Meer.

Sie war von einer Zufriedenheit erfüllt wie niemals zuvor. Der Mond schien sie über die warme Oberfläche der See hinweg zu liebkosen und ihre Ehe mit Jordan zu segnen.

Sie ging wieder ins Bett.

Jordan lag nackt auf dem Laken, auf seinem Gesicht war ein jungenhafter Ausdruck der Unschuld, der sie berührte. Er wirkte offen und verletzlich wie ein Kind.

Und plötzlich murmelte er: »Ich liebe dich.«

Die Worte waren undeutlich, kamen aus seinem Traum und wurden vom Kissen gedämpft. Aber es war der Ausdruck auf seinem Gesicht, der Jill besonders auffiel.

Es war kein Ausdruck des Glücks oder der Zufriedenheit. Es war unendliche Sehnsucht und Schmerz, so als würde ihm etwas entweichen, das er versuchte, zurückzurufen.

»Ich liebe dich«, sagte er erneut. Die Worte waren leidend, ein Stöhnen in seiner Kehle. Dann drehte er sich auf die Seite, mit dem Rücken zu Jill, und verstummte.

Sie lag da und starrte auf seinen Rücken, lauschte seinem ruhigen Atem. Und als sie versuchte, wieder einzuschlafen, gelang es ihr nicht.

Sie mußte in einem fort an den Schmerz in seiner Stimme denken, an den Kummer, der ihn im Schlaf die Braue hatte verziehen lassen. Sie wußte, daß dieser Schmerz nichts mit ihr zu tun hatte, nicht im mindesten.

Und sie verglich diese tiefe, private Sehnsucht mit dem Blick stiller Zufriedenheit, der glücklichen, aber leicht unpersönlichen Gelassenheit, die er an den Tag legte, wenn er mit ihr zusammen war.

Jordan war ein guter, aufmerksamer Ehemann. Aber in seinem Verhalten gegenüber Jill lag keine Sehnsucht, kein Hunger. Selbst bei ihren Gesprächen und wenn sie ihm neue Dinge über sich erzählte – von denen das meiste Lügen waren –, konnte sie sehen, daß er nur mäßiges Interesse zeigte. Sie wußte, daß er zufrieden mit ihr war, nun, da sie verheiratet waren, aber er wäre ebenso zufrieden, wenn sie ihm nichts von alledem über sich erzählte.

Alles, worauf es ihm ankam, war, sie als Gefäß zu besitzen, ohne sich um den Inhalt zu kümmern.

Jills große intuitive Intelligenz, bis zu diesem Zeitpunkt vom trügerischen Gefühl ihrer Eroberung eingelullt, begann sie zu warnen, daß sie sich in tieferen Gewässern befand, als sie angenommen hatte. Ihr Mann hatte gerade einer gesichtslosen Phantasie in seinem Kopf »Ich liebe dich« zugemurmelt.

Aber zu ihr, Jill Fleming, hatte Jordan Lazarus noch nie »Ich liebe dich« gesagt.

Seit dieser Nacht empfand Jill anders für Jordan.

Sie war sich ihres Triumphes nicht länger sicher. Es kam ihr so vor, als hielte Jordan etwas Wichtiges vor ihr zurück, das sich ihrer Eroberung verweigert und entzogen hatte.

Sie besaß ihn wie eine Verführerin. Sie hatte sein Verlangen erobert, aber nicht ihn selbst.

Dieser winzige Mangel war das Sandkorn, um das herum die Perle der Eifersucht zu wachsen begann.

Sie spürte, daß es in Jordans Herz eine andere Frau gab, nicht nur von seinem gepeinigten »Ich liebe dich«, unschuldig im Schlaf gesprochen, sondern auch aufgrund seiner gelassenen, unnahbaren Zufriedenheit in Jills Anwesenheit. So als wäre sie eine Art Droge, die er brauchte, um seine Sinne anzuregen und seinen Schmerz über die unsichtbare Frau, die er verloren hatte, zu lindern.

Diese Erkenntnis gab Jill das Gefühl, eher eine Schachfigur als die Meisterin ihres Schicksals zu sein.

Und dieses Gefühl mochte sie ganz und gar nicht.

Als sie aus Griechenland zurückkehrten, hielt sie ihre gemischten Gefühle gut verborgen. Sie zeigte Reportern, die sie und Jordan belagerten, eine freundliche, damenhafte Miene. Sie wurde zum Liebling der Presse, die schon wegen Jordans wenig aufregender Ehe mit Barbara Considine frustriert gewesen war und die nun seine romantische, aufregende Verbindung mit dieser wunderschönen jungen Frau feiern wollte.

Jill gab etliche Interviews, in denen es sich darum drehte, wie es sich lebte als Frau des berühmten Jordan Lazarus. Sie sah ihr Gesicht auf den Titelblättern der Frauenzeitschriften und Jordans auf sämtlichen Busineßblättern. Mr. und Mrs. Lazarus – Amerikas neue Lieblinge. Kein Paar seit John F. Kennedy und Jackie hatte die Öffentlichkeit derart begeistert und bewegt.

Für eine Weile schwelgte Jill in all dieser Aufmerksamkeit, versteckte sich hinter einer Maske für die Öffentlichkeit und vergaß dabei fast die nagende Sorge in ihrem Hinterkopf.

Dann kam es zu einem weiteren zufälligen Ereignis, das den Spiegel ihres Glücks zerspringen ließ.

In letzter Zeit fiel es Jill immer schwerer, einzuschlafen.

Ihre ständigen Termine mit der Presse zerrten an ihren Nerven. Es war anstrengend, die von den Reportern erwartete Rolle zu spielen, oft für Stunden. Und sie ertrug es immer weniger, von Jordan getrennt zu sein, dessen Tage sehr mit seiner Arbeit ausgefüllt waren.

Dennoch ließen sie nie das gemeinsame Abendessen aus, wenn es auch oft sehr spät wurde, und liebten sich danach. Nichts hatte sich seit ihrer Rückkehr aus Griechenland in ihrer privaten Beziehung geändert. Es war dieselbe körperliche Leidenschaft, die sie verband; dennoch fühlte sich Jill von Jordan durch einen nicht weichen wollenden durchscheinenden Schirm getrennt, der ihr erlaubte, sein Gesicht zu sehen, aber nicht sein Herz.

Sie klammerte sich ein wenig besitzergreifender an ihn, bat ihn, mehr Zeit daheim zu verbringen, beklagte sich vorsichtig darüber, daß er jeden Tag so lange im Büro zubrachte und am Telefon. Ihre Anteilnahme rührte ihn, und er versuchte, sich mehr Zeit für sie zu nehmen. Doch während dieser langen gemeinsamen Stunden hatte Jill das Gefühl, als gleite er ihr irgendwie durch die Finger. So sorgte ihre Intimität eher dafür, daß sich ihre Sehnsucht vergrößerte, denn verringerte.

Immer öfter litt sie an Schlaflosigkeit, die sie zuvor nie gekannt hatte. Sie lag neben Jordan im Bett, sah zu, wie er ruhte, und fand selbst keinen Schlaf. Sie stand auf, nahm eine Schlaftablette und ging dann in ein anderes Zimmer, um sich die Zeit zu vertreiben, bis die Wirkung des Medikaments einsetzte. Manchmal saß sie im weiträumigen Wohnzimmer mit der Couch und den expressionistischen Gemälden.

Oder sie suchte auch die Bibliothek auf, um so lange zu lesen, bis sie müde wurde.

So lernte sie Jordans Büchersammlung kennen. Er besaß eine kostbare Sammlung seltener Bücher und Erstauflagen. Aber ihre Faszination für die Bibliothek wegen ihrer Schlaflosigkeit sollte ihr zum Verhängnis werden.

Eines Nachts, als Jordan auf Geschäftsreise war, konnte sie wieder nicht schlafen und ging in die Bibliothek.

Da stand eine dreibändige Shakespeare-Ausgabe, die Jordan vor Jahren ersteigert hatte, und in der er oft las. Er verehrte Shakespeare und zitierte ihn gelegentlich sogar in seinen Reden vor Unternehmern oder Politikern.

Sie zog einen der Bände aus dem Regal und blätterte darin, bis sie an einem Vers aus »Macbeth« hängenblieb.

Es waren von Lady Macbeth gesprochene Worte:

»Nichts ist gewonnen, alles ist vertan
Wo wir bekommen, was wir begehren, ohne zufrieden zu sein:
Es ist sicherer, das zu sein, was wir zerstören
Als durch Zerstörung in zweifelhafter Freude zu leben.«

Die Worte berührten sie. Doch dann ließ sie das aufgeschlagene Buch in den Schoß sinken. Shakespeare war ihr zu unverständlich.

Doch dann fiel etwas aus dem Buch heraus, aus den hinteren Seiten, bei den Liebessonetten.

Sie griff danach. Es war ein Foto.

Eine junge Frau, etwa in ihrem Alter. Sie trug ein leichtes blumengemustertes Sommerkleid mit halben Armen und einem tiefen Dekolleté, das ihre runden Brüste und den frischen, mit Sommersprossen gesprenkelten Teint zur Geltung brachte. Sie stand so, daß der sich bauschende Saum ihres Kleides zu sehen war und darunter ihre langen, sehr schönen Beine. Sie trug hochhackige Schuhe, auch wenn es so aussah, als sei es ungewohnt für sie.

Um ihren langen und zarten Hals funkelte eine Smaragdkette, was besonders auffiel, weil sie das Haar nach hinten über die Schultern geworfen hatte. In einer Hand hielt sie einen breitkrempigen Sommerhut mit pinkfarbener Schleife. Ihre funkelnden grünen Augen schienen zur Kette zu passen. Augenscheinlich war sie für einen besonderen Anlaß zurechtgemacht. Sie lächelte, mit einem Hauch von Lachen in den Augen, als sie fotografiert wurde. Erneut hatte Jill den Eindruck, als sei es die Frau auf dem Foto nicht gewohnt, sich derart zurechtzumachen, und daß sie den Anlaß eher lustig fand.

Ihr Haar war rotblond und ziemlich wild, mit einer unbändigen Naturkrause. Kein Wunder, daß sie es für diese ziemlich formelle Pose nach hinten warf. Ihr Haar schien der ruhigen Kontrolliertheit zu widersprechen, die man in ihrem Körper spüren konnte, wenngleich es mit der schelmischen Energie ihrer grünen Augen harmonisierte. Es war das auffälligste und einnehmendste Merkmal an ihr.

Bei näherem Hinsehen mischte sich ihr amüsierter Blick mit einem Kern der Zärtlichkeit, die auf den gerichtet war, der dieses Foto gemacht hatte. Kein Zweifel, daß es der Mann war, den sie liebte. Ihre Augen liebkosten ihn zärtlich und schienen voller Geheimnisse zu sein, die ihn auf eine Art und Weise mit ihr verbanden, die dieses Foto nicht zeigen konnte.

Sie war eine wunderschöne junge Frau. Doch die Liebe machte sie noch schöner.

Jills Hände um das Foto waren kalt geworden. Sie mußte an jenen Tag denken, als Jordan ihr so beiläufig in der Modezeitschrift das Foto mit dem rotblonden Modell gezeigt hatte. Zwar war sie, Jill, es gewesen, die darauf bestanden hatte, sich das Haar in diesem Ton zu färben. Aber Jordan hatte dann beim Friseur die detaillierteren Anweisungen gegeben, um sicherzugehen, daß ihr Haar genau so wurde, wie er es wollte.

Genauso war das Haar der Frau auf diesem Foto.

Jordan war viel hingebungsvoller zu Jill gewesen mit ihrem neuen Haar. Nach dieser Veränderung, dieser Verwandlung, hatte er sie – scheinbar aus heiterem Himmel – zum Segeln eingeladen.

Und es war am Yachthafen gewesen, als der alte Skipper Jill mit solcher Freundschaftlichkeit begrüßte, weil er sie verwechselte. Sie erinnerte sich noch an seine peinliche Verlegenheit, als er seinen Irrtum bemerkte.

Eine andere Frau…

Jill hielt das Foto unter die Leselampe. Sie studierte es und versuchte, sich die Züge der Frau einzuprägen.

Das Foto begann vor ihren Augen zu verschwimmen. Sie merkte, daß es am Zittern ihrer Hände lag.

Und sie begriff, weshalb ihre Hände zitterten. Sie blickte auf die Frau, zu der sie sich – mit Jordans Hilfe – selbst gemacht hatte.

Ich liebe dich…

Jetzt wußte sie, wem das gegolten hatte. Jetzt erkannte sie, daß Jordan sie ausgewählt, umworben und schließlich geheiratet hatte, weil sie für ihn der Ersatz war für die Frau auf diesem Foto, die ihm offenbar unerreichbar war.

Sie hatte geglaubt, die Siegerin zu sein, und war nur Ersatz...

Mit zitternden Händen nahm sie das Buch wieder auf. Sie blätterte die Liebessonette am Ende des Bandes auf.

Ich darf dich niemals mehr benennen,
Denn meine Schuld wird deine Schande dort,
Du sollst nicht ehrend meinen Namen nennen,
Sonst nimmst du Ehre deinem Namen fort.

Sie schlug das Buch zu und legte das Foto wieder zwischen die Seiten und stellte es zurück ins Regal. Sie ging ins Bad, langte nach dem Fläschchen mit dem Schlafmittel und nahm erst eine Tablette, dann noch eine.

Sie legte sich ins Bett und schloß die Augen. Sie wußte, daß sie heute keinen Schlaf finden würde.

Zehn Minuten später war sie wieder in der Bibliothek und suchte wieder nach dem Foto.

Sie vermied, sich das Mädchen noch einmal anzusehen. Aber sie hatte anderes im Sinn. Jordan kam erst morgen nachmittag zurück. Sie hatte also Zeit, das Foto morgen vormittag kopieren zu lassen und das Original zurückzulegen, ehe Jordan wieder daheim war.

Ihr Plan hatte das Zittern ihrer Finger beendet. Und doch blieb sie die ganze Nacht wach. Gleich am Morgen verließ sie das Haus.

In ihrer Handtasche war das Foto.

KAPITEL 47

New York City

Einige Wochen lang fühlte sich Jill fast wieder wie sie selbst.

Sie hatte ein Geheimnis. Die Kopie des Fotos, das sie in Jordans Shakespeare-Ausgabe gefunden hatte, war sorgfältig unter ihren Privatsachen versteckt. Es schien von dort einen Einfluß auf sie zu haben wie ein Magnet, der an ihr zog und zerrte, wo sie auch war. Jordan sah es nicht; er benahm sich wie immer.

Das Leben verlief in den gewohnten Bahnen.

Es war ein ausgefülltes, hektisches Leben der Prominenz und Öffentlichkeit, die es leichter macht, die eigenen Probleme unter den unzähligen Aktivitäten und Verpflichtungen zu begraben. Und daß Jill ein Geheimnis mehr zu verbergen hatte, war nichts Neues für sie. Sie hatte ihr ganzes Leben lang niemanden in ihre Seele schauen lassen. Darin war sie Meisterin.

Aber dann ging etwas schief.

Eines Abends, nach einem besonders anstrengenden Arbeitstag mit einem anschließenden Geschäftsessen im Plaza, ging Jordan früh schlafen. Gegen halb zwölf schlüpfte Jill zu ihm ins Bett, stellte aber schon bald fest, daß sie ohne ihr Medikament nicht schlafen konnte.

Sie stand auf und ging nackt ins Bad. Sie griff zum Fläschchen mit den starken Schlaftabletten und glaubte, mit einer einzigen auskommen zu können.

Doch als sie merkte, daß die Tablette mindestens eine halbe Stunde brauchte, bis sie wirkte, zog sie ihren Slip über und durchstreifte die dunklen Räume des Penthouse. Nachdem sie einen Moment lang am Fenster gestanden und hinaus auf den East River und Roosevelt Island geschaut hatte, ging sie in Jordans Bibliothek und schaltete die Leselampe ein.

Die dreibändige Shakespeare-Ausgabe fiel ihr wieder ins Auge. Da war der Band mit den Sonetten. Sie konnte der Versuchung nicht widerstehen, ihn aus dem Regal zu nehmen. Noch immer mußte das Foto des fremden Mädchens zwischen den letzten Seiten stecken; sie hatte es selber erst vor zwei Wochen dorthin zurückgetan.

Sie setzte sich in den Ledersessel, schlug das Buch auf und blätterte durch die Sonette, zunächst langsam, doch dann immer fieberhafter.

Dann stockte ihr der Atem. Das Foto war nicht mehr da.

Sie klappte ganz perplex das Buch zu, saß für einen Moment da und rang um ihre Fassung. Was hatte das zu bedeuten?

Sie schlug das Buch erneut auf und blätterte es Seite für Seite durch. Kein Zweifel – das Foto war weg.

Hatte Jordan es an sich genommen und an einem anderen Ort versteckt? War er vielleicht, als sie es zum Kopieren mitgenommen hatte, gekommen, um es sich anzuschauen, und hatte bemerkt, daß es nicht mehr da war? Hatte sie es nicht an die richtige Stelle zurückgesteckt? Vielleicht hatte er es absichtlich an der Stelle seiner Lieblingssonette aufbewahrt…?

Als sie sich wieder neben Jordan zu Bett legte, betrachtete sie ihn im Schlaf. Der Anblick seines schönen Gesichts war eine wirkungsvollere Droge als das Schlafmittel. Sie konnte fühlen, wie er träumte, und ihr war klar, daß sie niemals erfahren würde, wovon er träumte.

Ich liebe dich…

Sie drehte ihm den Rücken zu. Der Gedanke an sein geheimes Leben, sein privates Herz, gab ihr das Gefühl, den Verstand zu verlieren. Vor einigen Wochen noch war ihr sein unsichtbarer Kern egal gewesen. Was kümmerte sie das Innere von Dingen oder Menschen, solange sie von ihnen das Gewünschte bekam?

Doch nun war Jordans Inneres zu einer Obsession für sie geworden; ein zerstörerisches Gift, das seinen Weg in ihren Blutkreislauf gefunden hatte.

Die Erschütterung, die sie vor zwei Wochen gequält hatte, rührte sich nun erneut in ihrem Körper. Sie stand auf und setzte sich nackt in den Sessel am Fenster und starrte auf ihren schlafenden Mann. Sie fühlte sich sternenweit von ihm entfernt und einsam. Seine von ihr getrennte, für sie unergründliche Existenz war wie ein Fluch. Es war unerträglich!

Da kam ihr ein plötzlicher Gedanke und brachte ihr Linderung vom bohrenden Schmerz in ihr. Sie war nicht hilflos, sagte sie sich. Sie konnte etwas unternehmen.

Am nächsten Morgen rief sie, kaum daß Jordan ins Büro aufgebrochen war, bei der Detektei *Anspach & Cates* an und verlangte nach Calvin Weathers.

KAPITEL 48

Zum Glück mußte Jill nur vier Tage – vier der schwierigsten Tage ihres Lebens – auf Cal Weathers' Bericht über das mysteriöse Mädchen auf dem Foto warten. Weathers traf sich mit ihr im selben Hotel wie schon einige Male zuvor.

Er stand vor dem Doppelbett und holte einen großen Umschlag hervor. Er öffnete ihn und breitete den Inhalt auf dem Bett aus.

»Sie hatten recht«, sagte er. »Das Mädchen auf dem Foto ist jemand, mit dem Ihr Mann ein Verhältnis hatte.«

Jill unterdrückte ein Keuchen.

»Sie heißt Leslie Wheeler«, fuhr der Detektiv fort. »Mädchenname Leslie Chamberlain. Sie arbeitet für eine kleine Werbeagentur in Johnsonville, einer kleinen Stadt auf Long Island. Sie ist mit dem Inhaber der Agentur verheiratet.«

Jill horchte auf bei der Erwähnung, daß das Mädchen verheiratet war. Darauf war sie nicht gefaßt. Ein Funken verzweifelter Hoffnung erwachte in ihr, als sie Cal weitere Fotos auf dem Hotelbett ausbreiten sah. Er tat es forsch und ziemlich zeremoniell, fast wie ein Vertreter, der sein Produkt vor ihr ausbreitete.

»Vor drei Jahren hatte sie ein Verhältnis mit Ihrem Mann«, sagte Cal. »Im Frühjahr 1976. Meinen Recherchen zufolge hat das Verhältnis drei Monate gedauert.«

Sie schaute auf die Fotos. Sie zeigten die junge Frau auf dem Schnappschuß in Jordans Shakespeare-Ausgabe. Sie war in verschiedenen Posen zu verschiedenen Zeiten und an verschiedenen Orten fotografiert worden.

Ein Foto fiel ihr ganz besonders auf; es zeigte einen kleinen Jungen.

»Wer ist dieser Junge?« fragte sie verblüfft.

»Ihr Sohn. Er kam zur Welt, bevor sie Ihren Mann kennenlernte. Er ist jetzt sechseinhalb. Den leiblichen Vater habe ich noch nicht herausfinden können. Aber es ist auf keinen Fall Ihr Mann. Das belegen die Blutproben.«

Jill hatte Mühe, diese neue Information aufzunehmen. Sie war sich nicht sicher, ob es gut für sie war oder nicht. Ihr blieb keine Zeit, darüber nachzudenken.

»Ich sollte Ihnen das wahrscheinlich besser gar nicht sagen«, fuhr Cal fort. »Aber alles, was ich Ihnen an Informationen gegeben habe, stammt aus einer Nachforschung, die wir zum Zeitpunkt seiner Affäre mit diesem Mädchen im Auftrag von Barbara Considine durchgeführt haben. Wir haben danach Ihren Mann – was er ja damals noch nicht war – beschattet. Aber er traf sich nie wieder mit ihr.«

Er sah sie an. »Als Sie mir letzte Woche das Foto gaben, kam es mir so bekannt vor, also habe ich erst mal die alten Akten der Nachforschungen für Barbara Considine durchgesehen. Hat keine fünf Minuten gedauert, und ich hatte alles über Miss Chamberlain zusammen.«

Jill fragte sich, ob Weathers die Ironie ihrer Lage sah. Sie hatte Barbaras Platz als Jordans eifersüchtige Frau eingenommen. Dieselbe Information, für die Barbara bezahlt hatte, wurde nun ihr gegeben; fast drei Jahre lang hatte sie in den Akten von *Anspach & Cates* geruht.

Sie räusperte sich nervös.

»Weiß Jordan das mit dem Kind?« fragte Jill.

»Kann ich nicht sagen«, antwortete der Detektiv. »Wir haben die Informationen für seine damalige Frau zusammengetragen. Ob sie ihn damit konfrontiert hat, weiß ich nicht. Er hat sich jedenfalls nie mehr mit dem Mädchen getroffen.«

Er deutete auf die Fotos auf dem Bett.

»Bis auf die Sache mit dem Kind gab es nichts weiter über sie. Sie hat ein Bilderbuchleben geführt. Ist absolut sauber.« Diese Bemerkung verfehlte ihre schmerzliche Wirkung auf Jill nicht, die in ihrem Leben alles andere als eine weiße Weste hatte. Sie fragte sich, ob Cal mit Absicht darauf angespielt hatte, oder ob es für ihn einfach nur eine Leslie betreffende Tatsache war.

Er setzte sich in den Sessel beim Fenster und schaute auf die Akte, die er mitgebracht hatte. Jill blieb stehen, den Blick auf die Fotos auf dem Bett gerichtet.

Weathers erzählte ihr Leslies Lebensgeschichte.

Jill hörte schweigend zu bis zum Schluß.

»Und sie hat Jordan in all dieser Zeit nicht wiedergesehen?« fragte sie.

»Wenn, dann wüßten wir's.«

Er holte einen zweiten Stapel Fotos aus seiner Akte hervor und reichte sie Jill. Es waren Aufnahmen, die Leslie und Ross Wheeler zeigten.

Die neueren Fotos zeigten eine andere Leslie und einen veränderten Ross Wheeler. Leslie sah blaß und von Sorge gezeichnet aus. Sie hatte an Gewicht verloren. Ihr Ehemann, von der Krankheit mitgenommen, sah aus wie ein alter Mann. Er wirkte gebeugt und offensichtlich schwach.

Eines der Fotos zeigte Leslie, wie sie Ross ins Auto half. Der Ausdruck auf ihrem Gesicht war vielsagend. Forsch, besorgt, so als sei dies etwas, was sie schon viele Male zuvor getan hatte, eine tägliche Pflicht. Und doch war es voller zärtlicher Beflissenheit und einer Art tiefer Ergebung.

Doch eines fehlte auf Leslies Gesicht auf all den Fotos, die nach ihrer Hochzeit mit Ross Wheeler aufgenommen worden waren: Leidenschaft. Jill, eine Expertin des menschlichen Wesens, durchschaute ohne Mühe Leslies loyale hilfsbereite Haltung gegenüber ihrem Mann. Er bedeutete ihr sehr viel, durchaus möglich, und sie hatte sich ihm mit all ihrem starken Willen verschrieben. Aber sie liebte ihn nicht. Das sah sie. Nicht so, wie eine Frau den Mann liebt, dem ihr ganzes Herz gehört.

Dies beunruhigte sie nur um so mehr. Nichts von dem, was sie über Leslies Sohn oder Ross Wheeler erfahren hatte, trug dazu bei, die Sorge in ihr zu verringern. Ihr schwante das Schlimmste.

»Hatte Jordan eine Ahnung von diesem Wheeler?« fragte sie.

»Möglich«, sagte Weathers. »Wheeler war damals ihr Chef. Ob es da einen Konflikt gab, weiß ich nicht. Vielleicht hatte sie damals schon etwas mit Wheeler, und das war das Problem mit Ihrem Mann. Wir wissen es nicht.«

Jill besah sich noch einmal die Fotos von Leslie mit Jordan. Sie zeigten das Paar beim Betreten eines Hotels, beim Einsteigen ins Auto, Hand in Hand auf der Straße bummelnd.

Jill fror. Die Kälte in ihren Adern hatte zwei Gründe: daß Leslie Jordan mehr liebte, als sie diesen Wheeler jemals geliebt hatte, und die Tatsache, die viel verheerender war: die offensichtliche, unbestreitbare Tatsache, daß Jordan Leslie liebte.

Auf den Fotos lag ein Blick in Jordans Augen, der Jills Herz einen Stich versetzte.

Es gab auch ein Foto, das Jordan mit Leslie an Bord des Segelbootes, das im Yachthafen von Oyster Bay lag, zeigte.

»Wir haben ein Teleobjektiv benutzt«, erklärte Weathers. »Wir konnten nicht näher ran, ohne entdeckt zu werden.«

Das Foto zeigte das Boot mit gerafften Segeln. Leslie saß an Deck und hielt Jordans Hände. Es war eine grobkörnige Vergrößerung, dokumentierte aber dennoch vielsagend den Ausdruck auf ihrem Gesicht. Sie sagte ihm mit den Augen, daß sie mit ihm schlafen wollte.

Der Ausdruck auf Jordans Gesicht war eine Offenbarung für Jill. Die Leidenschaft verwandelte seine Züge derart dramatisch, daß er wie ein ganz anderer Mensch erschien. Was sie auf dem Foto vor sich sah, war Liebe. Wahre Liebe.

Das alte Zittern hatte ihre Hände wieder erfaßt. Sie mußte an das Lächeln des alten Skippers denken an jenem Tag ihrer Segelpartie mit Jordan, als der alte Mann sie irrtümlich für jemand anderen gehalten hatte.

Jill hatte diese peinliche Episode an jenem Tag vor so langer Zeit mit einem Lachen abgetan. Oder war es ihr damals schon unter die Haut gegangen? War es nicht nur wenige Minuten nach der Bemerkung des Skippers gewesen, daß Jill – draußen auf See, unter Deck mit Jordan – den ersten Orgasmus ihres Lebens gehabt hatte?

Sehr viel später, als sie Jordan schon lange verloren hatte und sah, wie sich ihr Leben der Ziellinie näherte, sollte Jill zurückblicken und sich an diesen Moment als den Anfang von allem erinnern – oder besser als das Ende. Cal Weathers, der sie ruhig vom Sessel aus beobachtete, während die Wahrheit alle ihre Masken durchbrach, ihr ganzes sorgfältig konstruiertes Leben zerplatzen ließ wie eine Seifenblase.

Und es war eine doppelte Wahrheit; sie begann in der Außenwelt und endete in ihr selbst. Ihre Befürchtungen seit ihrem Fund des Fotos des namenlosen Mädchens, in Jordans Shakespeare-Band waren berechtigt. Jordans Herz hatte immer nur Leslie Chamberlain gehört. Noch schlimmer aber war, wie sie in ihrer Verblendung und Unwissenheit von ihrer ersten Begegnung mit Jordan an immer nur Leslie Chamberlain imitiert hatte.

Welche Ironie!

Als Weathers gegangen war, fand sie sich im Bad wieder, wo sie sich im Spiegel anstarrte. Die Fotos von Jordan und Leslie Chamberlain hielt sie noch immer in der Hand.

Sie erkannte das Gesicht im Spiegel nicht mehr. Es war ihr so fremd wie das Bild in einem Alptraum. Undeutlich wurde sie sich gewahr, daß der Feind, vor dem sie ihr ganzes Leben lang geflohen war, seit sie ein kleines Mädchen gewesen war, ihr nun von Angesicht zu Angesicht gegenüberstand; geduldig hatte er während all ihrer Abenteuer, all ihrer Triumphe auf den Moment dieser endgültigen Konfrontation gewartet. Dieser Feind war sie selbst.

Es gab keinen Ort, an den sie sich flüchten konnte. Jill stand lange gebannt da und starrte mit weit aufgerissenen Augen in den Spiegel. Der starke Wille in ihr begann zu zerbröckeln.

Das Monstrum im Spiegel kam erneut zum Vorschein. Jill schrie auf, schreckte zurück und ließ die Fotos fallen. Die Wandlung war geschehen.

Als sie einige Minuten später das Hotel verließ, sah ihr niemand den Unterschied an.

KAPITEL 49

Johnsonville, Long Island

Leslie wartete im Krankenhaus auf Ross, der sich einer weiteren Reihe neurologischer Tests unterziehen mußte.

Diese Tests, die anfangs eher harmlos erschienen waren, als Leslie sie sich vom Krankenhauspersonal erklären ließ, hatten nun eine wachsende unheilverkündende Bedeutung für sie. Zusammen mit Ross' Röntgenaufnahmen seines Schädels, den Elektroencephalogrammen und CAT-Rastern waren sie wie ein Urteil eines hohen Gerichts. Die Ärzte studierten sie lange und eindringlich, um die Blutzufuhr zum Gehirn und den Zustand seiner kognitiven Funktion zu bestimmen. Ein schlechtes Ergebnis der neurologischen Tests konnte anzeigen, daß Ross weitere Anfälle erlitten hatte und die allgemeine Hirnfunktion sich verschlechterte.

Wenn dies der Fall war, gab es keine Behandlungsmöglichkeit

mehr. Die Medizin hatte keine Waffen gegen das Absterben von Hirnzellen durch mangelnde Blutzufuhr. Leslie hatte sich eindringlich bei den Spezialisten, die Ross behandelten, erkundigt, und auch wenn deren Sprache schwer verständlich und ihr Auftreten am Krankenbett bewußt beruhigend war, wußte sie, daß sie beobachteten und abwarteten, ob sich der Zustand in den Bereich des Unheilbaren hinein veränderte. In der Zwischenzeit ging die harte Arbeit der Rehabilitation weiter, aber ohne Gewähr für eine dauerhafte Besserung.

Daher peinigte Leslie auch an diesem Tag die übliche Ungewißheit. Sie versuchte vergeblich, sich mit der Lektüre einer Zeitschrift abzulenken. Die Worte verschwammen ihr vor ihren Augen. Der Fernseher im Wartezimmer lief viel zu laut, und die Spielshow, die gerade gesendet wurde, machte es ihr noch schwerer, einen klaren Gedanken zu fassen.

Plötzlich fragte jemand hinter ihr: »Würde es Ihnen etwas ausmachen, wenn ich das leiser mache?«

Eine junge Frau in Jeans und Strickbluse lächelte Leslie unsicher an. Sie deutete auf den plärrenden Fernseher.

»Von mir aus gerne«, antwortete Leslie. »Mir geht der Krach schon die ganze Zeit auf die Nerven.«

»Mir auch«, sagte die Frau. Sie stand auf und drehte den Ton leiser.

»Sind Sie zum erstenmal hier?« fragte sie.

Leslie schüttelte den Kopf. »Nein. Mein Mann kommt schon seit fast einem Jahr her.«

»Für uns sind es jetzt zwei Jahre«, sagte die junge Frau. »Mein Vater hatte einen Herzanfall. Ich habe Sie noch nie hier gesehen.«

Leslie legte die Zeitschrift beiseite.

»Mein Mann hatte einen Schlaganfall«, sagte sie.

»Ja, die meisten sind wegen eines Schlaganfalls hier. Mein Dad ist die Ausnahme. Ich heiße Shielah. Shielah Fahey. Freut mich, Sie kennenzulernen.«

Leslie mochte die junge Frau auf Anhieb. Sie wirkte zwar ein wenig ungewöhnlich und ungebildet – sie trug augenscheinlich eine zu dunkle Perücke von schlechter Qualität, war viel zu dick geschminkt und wahrscheinlich Kellnerin oder Kassiererin – aber sie war sehr hübsch. Und ihre Sorge war ebenso greifbar wie ihre eigene. Sie stellte sich ebenfalls vor.

»Ich hasse diesen Ort mehr als alles andere«, sagte Shielah. »Krankenhäuser habe ich schon immer gehaßt. Meine Mutter ist vor fünf Jahren im Krankenhaus gestorben. Und jetzt Daddy... es ist die Hölle. Wir werden ihn wohl im Herbst nach Hause holen müssen, wenn nichts hilft hier.«

»Mein Mann kann sich verhältnismäßig gut helfen«, sagte Leslie. »Nur Autofahren schafft er nicht, deswegen fahre ich ihn immer hierher. Wir haben eine kleine Werbeagentur. Er versucht zu helfen, aber es ist natürlich nicht leicht.«

»Etwa die *Wheeler*-Werbung?« sagte Shielah. »In der Church Street? Da ist mein Dad doch Kunde gewesen. Also ist Mr. Wheeler Ihr Mann?«

Leslie nickte.

»Da haben Sie jetzt wohl auch zu rechnen?« fragte Shielah.

»Na ja«, sagte Leslie.

»Tja, wenn wir das Geld von dem da hier hätten...«, Shielah deutete auf das Titelbild der Zeitschrift auf ihrem Schoß, »dann hätten wir diese Sorgen jedenfalls nicht.«

Leslie beugte sich zur Seite und besah sich das Titelfoto. Es war eine Ausgabe des *Time*-Magazin mit einem Foto von Jordan Lazarus auf dem Cover. Die Schlagzeile lautete RETTER DER INNENSTÄDTE? Die Zeile darunter – ganz sicher etwas über Jordan Lazarus' Anstrengungen, Unterstützung im Kongreß für seine Initiative zu gewinnen – war so winzig, daß Leslie sie von ihrem Platz aus nicht entziffern konnte.

Sie wurde blaß, kämpfte aber gegen ihre aufsteigenden Gefühle an. Jordan Lazarus erschien ihr Millionen Kilometer entfernt von diesem tristen Wartezimmer mit den Plastikstühlen, zerlesenen Magazinen und dem alten Fernseher.

»Ich habe mich schon immer gefragt«, sagte Shielah, »wie es wohl ist, so reich zu sein…«

Leslie sah abwesend und starr geradeaus. Sie versuchte mit aller Mühe, nicht auf das Titelblatt mit Jordan zu schauen.

»Ach, die haben sicher auch so ihre Probleme«, sagte Shielah Fahey. »Mein Dad hat immer gesagt, daß Geld nur die großen Probleme weniger kosten läßt. Aber sie gehen nicht weg davon.«

Leslie lächelte matt. Dieses Gespräch machte ihr schmerzlich bewußt, wie teuer die Behandlung von Ross war. Ihr bislang komfortabler Vorstadt-Lebensstil schrumpfte mehr und mehr auf einen am Rande der Armut zusammen.

Sie fühlte sich sonderbar ruhig in der Gesellschaft dieser sympathischen Fremden, obwohl die kalte gleichgültige Welt nur auf Armeslänge von diesem kleinen Zimmer entfernt war. Selbst ihr geteiltes Leid schien zu helfen.

Sie plauderten noch ein wenig, dann verstummten sie beide. Shielah saß mit übergeschlagenen Beinen und wippte nervös mit dem Fuß, während sie las. Sie roch leicht nach Zigarettenrauch, hatte sich aber keine angezündet, seit Leslie hier im Zimmer war.

Sheilah stand auf, entschuldigte sich und fragte nach der Damentoilette.

»Den Flur runter rechts«, sagte Leslie.

Shielah warf die *Time* auf den Zeitschriftenstapel und ging.

Leslie starrte auf den Fernseher, aber sie nahm nichts wahr. Die Zeitschrift mit Jordan auf dem Titelblatt zog ihre Augen an wie ein Magnet. Schließlich griff sie danach. Ihre Finger zitterten. Jordan sah älter aus als damals, und ein wenig hagerer. Sein großartiger Erfolg hatte offensichtlich seinen Tribut gefordert.

Sie schloß die Augen und preßte das Magazin für einen schmerzlichen Moment an ihre Brust. Doch dann mußte sie an Ross denken, der gerade einen Flur weiter folgenschwere Tests über sich ergehen lassen mußte, und sie ließ die Zeitschrift in ihren Schoß sinken. Eine einzelne Träne fiel auf das Titelblatt, genau auf die Wange von Jordan Lazarus.

Sie wischte sie hastig weg. Das Papier wellte sich. Sie unterdrückte heftig ein Schluchzen, das sich ihr entringen wollte.

Nicht entfernt wäre sie auf den Gedanken gekommen, daß sie die ganze Zeit beobachtet worden war.

Sie sollte auch Shielah Fahey nie wiedersehen. Wenige Minuten später kam Ross aus dem Untersuchungszimmer, und Leslie fuhr ihn heim. Unterwegs erzählte sie ihm von Shielah. Aber Ross konnte sich nicht daran erinnern, jemanden namens Fahey zu kennen.

Leslie mußte sich wieder ihrer täglichen Arbeit widmen.

Und so kam sie auch nicht dazu, sich darüber zu wundern, daß eine junge Frau, die angeblich seit zwei Jahren regelmäßig ins Krankenhaus kam, nicht wußte, wo die Damentoilette war.

Jill Lazarus saß in ihrem Auto und sah Leslies Kombi vom Parkplatz fahren.

Jills letzte Frage war an diesem Morgen beantwortet worden. Sie hatte nicht nur bestätigt gefunden, was sie vermutet hatte, als sie heute hierhergekommen war, sondern alle ihre Beobachtungen Leslie Wheelers im Wartezimmer waren unschätzbar für das, was sie als nächstes tun mußte.

KAPITEL 50

New York City 10. Februar 1979

Es war ein anstrengender Tag für Jordan Lazarus gewesen.

Morgens und am Nachmittag hatte er Konferenzen mit Senatoren und Vertretern aus Illinois, New York, Kalifornien, Ohio, Georgia und Michigan gehabt – die Bundesstaaten mit den größten Städten Amerikas – und sich mit dem engsten innenpolitischen Berater des Präsidenten zu einem ausgiebigen Lunch getroffen.

Jordan hatte ein fast übermenschliches Maß an Energie und Überzeugungskraft aufgebracht, um diese einflußreichen Männer für seine Lazarus-Initiative im Kongreß zu gewinnen.

Doch sie hatten zurückhaltend reagiert. Sie waren freundlich und beeindruckt, aber sie wußten auch, daß der mächtige Sprecher der Mehrheit im Senat die Initiative rundweg ablehnte und seinen ganzen Einfluß in beiden Häusern des Kongresses geltend machte, um die Annahme dieser Initiative zu verhindern. Er kam aus Wyoming, einem Bundesstaat ohne echte Großstädte. Er fürchtete, daß eine Annahme der Lazarus-Initiative seinen Bundesstaat kostbare Bundeszuschüsse kosten könnte, was seine Wähler letztlich ihm zuschreiben würden.

In einem anderen Jahr, bei anderen Mehrheitsverhältnissen im Kongreß, wäre Jordans Initiative problemlos verabschiedet worden. Doch derzeit hatte sein Plan keine realistische Chance.

Jordan kam erschöpft nach Hause. Niemals war ihm seine Arbeit derart anstrengend und so frustrierend vorgekommen. Er wünschte sich nichts mehr als eine heiße Dusche und einen starken Drink. Und er wollte seine Frau sehen, sie in den Arm nehmen und versuchen, das schmutzige Tagesgeschäft zu vergessen.

Er schloß die Wohnungstür auf. Im Foyer brannte kein Licht.

»Liebling, ich bin zu Hause«, rief er, stellte den Aktenkoffer ab und zog den Mantel aus.

Er hängte ihn in den Schrank und schaute in das unbeleuchtete Wohnzimmer. Von Jill war nichts zu sehen. Er ging den Flur hinunter zur Küche. In der ganzen Wohnung war kein Laut zu hören. Er fragte sich, ob Jill schon schlief. Das wäre ungewöhnlich. Um diese Uhrzeit schlief sie nie. Vielleicht war sie ausgegangen.

Er warf einen Blick ins Schlafzimmer. Es war dunkel. Er ging ins Wohnzimmer und schenkte sich ein Glas Bourbon ein. Schweigend stand er da und dachte nach. Wo konnte Jill sein? War sie irgendwohin ausgegangen?

Er begann sich Sorgen zu machen. Jill war in letzter Zeit so merkwürdig gewesen. Die letzten Wochen über war sie nervös gewesen, gereizt und hatte sich abgesondert. Er hatte versucht, sie darauf anzusprechen, aber sie hatte abgewehrt.

Er ging erneut den Flur hinunter und sah in den Gästezimmern nach. Nirgends brannte Licht. Die Stille in der Wohnung war bedrückend. Die gedämpften Geräusche der Stadt verstärkten nur die dunkle und irgendwie unheilverkündende Atmosphäre.

Schließlich kam er in den Wintergarten. Kein Licht. Hier vermutete er Jill um diese Uhrzeit am wenigsten. Sie hielt sich hier nach Einbruch der Dunkelheit so gut wie nie auf.

Er öffnete die Tür. Die gewaltige Fensterfront zum East River lag vor ihm, der Lichtschein der Stadt spiegelte sich darin. Gerade als er das Licht anschalten wollte, meinte er, einen Schatten am Fenster erblickt zu haben.

Als er eingeschaltet hatte und der gesamte Raum schlagartig in helles Licht getaucht wurde, blieb er wie angewurzelt stehen.

Der Atem stockte ihm.

Vor ihm stand Leslie Chamberlain. In ihrem blumengemusterten Sommerkleid, das er so sehr an ihr geliebt hatte.

Er starrte sie einfach nur an, als wäre ihm ein Geist erschienen.

»Leslie.«

Er wußte nicht, ob er ihren Namen wirklich aussprach. Das Wort kam wie ein Fremdkörper auf seine Lippen, der tief in ihm verborgen gewesen war.

Die Knie wurden ihm weich. Er wußte nicht, wie ihm geschah.

Gefangen zwischen Schreck und Verlangen, raubte ihm Leslies Anblick, nach all dieser Zeit, jede Fähigkeit, seine Gefühle zu verbergen.

Doch die Gestalt vor ihm hatte etwas Makabres an sich. Sie schien kalkuliert, um diese Reaktion in ihm hervorzurufen, diese zappelnde Hilflosigkeit. Sie sah mehr wie ein Symbol aus und weniger wie eine richtige Person. Ein Symbol seiner Liebe und seines Verlustes.

Und dann erkannte er, daß es in Wirklichkeit Jill war.

Die Illusion war mehr als nur äußerlich, mit dem Kleid, dem Hut, den Schuhen und der ganzen Maske von Leslie. Jill imitierte auch Leslies Pose, ihre Haltung, den Ausdruck in ihren Augen, das Lächeln auf ihren Lippen.

»Was soll das bedeuten?« fragte er mit bebender Stimme.

Sie schwieg. Sie rührte sich nicht. Sie posierte einfach nur vor ihm und stellte ihre Fähigkeit zur Schau, das Objekt seiner Begierde bis in das kleinste Detail hinein zu kopieren.

Aber ihr vermeintlicher Triumph in ihrer Pose zeigte Jordan auch die ganze Falschheit und Verlogenheit, die sie damit zur Schau stellte.

»Ich habe dich etwas gefragt«, sagte er. »Was soll das bedeuten?«

»Ich tue nur, was du dir wünschst«, sagte sie kühl. »Das weißt du. Willkommen daheim. Du hast mir gefehlt, Jordan.« Sie imitierte sogar Leslies Stimme.

»Du bist verrückt«, sagte er. »Hör auf damit.«

Sie hob ihre Hand von ihrer Hüfte und fuhr sich damit über die Stirn, um eine Locke aus den Augen zu wischen. Es war Leslies Geste, und in ihren Augen lag ein Ausdruck vertrauensvoller Zuneigung, wie er ihn unzählige Male in Leslies Augen gesehen hatte.

»Ich liebe dich, Jordan.« Ihr Flüstern ließ ihm eine Gänsehaut über den Rücken laufen. »Ich will doch nur, daß du bekommst, was du dir wünschst.«

»Du mußt krank sein«, sagte er.

Aber sie lächelte nur. »Du kannst ruhig Leslie zu mir sagen, wenn du möchtest. Das macht mir nichts aus. Es ist doch nur das, worauf wir beide gewartet haben.«

Er wich einen Schritt zurück, als wolle er sie abwehren.

»Ich weiß, was du willst«, sagte sie. »Du mußt nicht mehr lügen, Jordan. Komm einfach zu mir, und es wird wieder so sein, wie es immer war.«

Sie streckte die Arme nach ihm aus. »Mein Märchenprinz...«

Jordan fühlte sich auf verrückte Weise zu ihr hingezogen. Ihr Wahnsinn war ansteckend und breitete sich durch seine Glieder aus. Er konnte die Augen nicht von ihr lassen.

»Komm«, sagte sie. »Ich liebe dich. Laß mich nicht warten.«

Jordan trat einen Schritt zurück.

»Jill, ich mache mir wirklich Sorgen um dich. Du mußt dir von jemandem helfen lassen. Du bist nicht...«

Du bist nicht du selbst...

Sie begann, auf ihn zuzukommen. Es war Leslies Gang, in ihren Augen schimmerten Leslies Humor und Güte.

»Erinnerst du dich noch an diesen Tag, an dem ich dieses Kleid trug?« fragte sie. »Wir waren so erfüllt von Liebe an diesem Tag, so voller Hoffnung. Weißt du noch, Jordan?«

Sie stand nun dicht vor ihm. Ihr Duft war Leslies Duft. Jordan spürte, wie der Rest seiner Gegenwehr zusammenbrach. Es war nicht nur die Perfektion dieser Illusion, was ihn verführte, sondern ebenso deren Perversion.

»Komm«, sagte sie. »Wie in alten Zeiten. Wie auf dem Meer. Hilf mir beim Ausziehen.«

Sie führte seine Hand zu ihrem Kleid. Er schloß die Augen, als er ihre Lippen auf seinen spürte. Dann waren seine Hände auf ihrem Rücken, öffneten ihr Kleid, fanden den Verschluß ihres BH. Das Kleid sank mit einem gedämpften Seufzen zu Boden, und Jordan fühlte die Haut ihres Rückens unter seinen Fingerspitzen.

»Oh, du hast mir so gefehlt«, seufzte sie und küßte ihn erneut.

Er wußte genau, daß sie nur schauspielerte. Nicht ein Körnchen Wahrheit war in ihrem ganzen Auftritt. Und doch trafen ihn ihre Worte mitten ins Herz. Sie waren es, die er so sehnsüchtig hatte hören wollen in diesen schlimmen drei Jahren, auch wenn er nicht gewagt hatte, sich dies einzugestehen. Und die Stimme, die diese Worte ausgesprochen hatte, war Leslies Stimme, voller Zärtlichkeit und Verständnis. Er spürte verwirrt seine steinharte Erektion. Selbst dies vermochte die Illusion? Jill zog ihn in denselben Abgrund hinab, in den sie selbst gefallen war.

Er versuchte, zu sich zu kommen. Jill war jetzt bis auf den Slip nackt. Sie kam näher, schmiegte sich an ihn. Ihre kleinen festen Brüste preßten sich an seine Brust, und seine Finger, geführt von ihren Händen, streiften ihr den Slip über die Schenkel.

»Oh, Jordie«, schnurrte sie. »Du hast mir so gefehlt.« Ihre Zunge spielte neckisch mit seiner. Selbst ihr Geschmack auf seinen Lippen war voll von Leslies Frische.

Sie schaute ihm mit einem Blick des Triumphes in die Augen, aber auch Pein lag darin.

Er empfand einen heftigen Impuls, sie zu erwürgen. Seine Hände legten sich um ihren Hals. Aber sie lächelte nur. Selbst dieser Ausbruch von Gewalttätigkeit bestätigte ihr ihre Macht über ihn.

»Das ist es also, was dir die ganze Zeit durch den Kopf gegangen ist«, sagte er.

»Dir durch deinen Kopf«, verbesserte sie ihn. »Kämpfe nicht dagegen an, Jordan. Du willst dich doch gar nicht wehren.«

Es war etwas von einer Hexe, als sie sich in seine Umarmung schmiegte. Und nun war sie nackt. Er küßte sie. Er spürte, wie eine wilde, sinnliche Bewegung in ihm erwachte. Sie wußte, daß sie in ihrer Maske unwiderstehlich für ihn war.

»Ja«, murmelte sie. »Ja, Jordan...«

Er hob sie auf. Sie war leicht wie eine Feder, leichter als Luft. Vielleicht war sie ja nur ein Geist, eine Phantasmagorie... und dabei doch attraktiver, mächtiger als ein wirkliches Wesen...

Er legte sie auf das Bett und streifte seine Kleidung ab. Sie sah ihm schweigend zu und hatte einen lüsternen und zufriedenen Ausdruck auf dem Gesicht.

Als er nackt war und seine Erregung sichtbar zwischen den Beinen, legte sie sich zurück und lächelte ihm auffordernd zu.

»Komm«, sagte sie. »Wovor hast du Angst? Ich will dich so sehr, Jordan. Ich habe auf dich gewartet.«

Er kam auf sie. Er fühlte ihre Hände im Rücken. Ihre Beine waren in fordernder Intimität um ihn geschlungen.

Die wartende Pforte in ihrer Mitte öffnete sich ihm, süß und feucht, und Jordan drang mit einem Stoß bis zum Schaft in sie ein. Sie begannen sich zu bewegen, und der wilde Rhythmus ihrer Erregung steigerte sich. Sie glühte und flatterte in seinen Armen, betörend und unwirklich wie ein Irrlicht, und er begann, rauhkehlig zu keuchen.

Eine Hand stahl sich zwischen seine Beine, fand ihn und reizte ihn noch weiter. Die Zunge in seinem Mund bewegte sich katzenhaft und neckte ihn leckend zu größerer Erregung. Weibliche Sehnen, geschickt wie Finger, rieben an seinem Geschlecht, kitzelnd und drängend und neckend. Das betörende Auf und Ab weiblicher Hüften zog ihn tiefer und immer tiefer.

Etwas öffnete sich in ihm, und er stieß noch härter in sie. Doch sein Verlangen war so untrennbar von dem Horror, den er zugleich empfand, daß es um so schmerzlicher wuchs und wuchs, ohne nachzugeben. Er glaubte, gleich zerplatzen zu müssen.

Er taumelte auf der Kante zu diesem Abgrund, als er ihr erneut in die Augen blickte. Ihre Falschheit war bodenlos, wie ein Spiegel, in dem sie unzählige Bilder seines Bedürfnisses widerspiegelte. Er begriff, daß sie ihn besiegt hatte, daß er durchschaut war. Er fühlte sich nackt und bloßgestellt. Und sein Körper pulsierte vor abscheulicher, perverser Lust, geboren aus ihrer und seiner Falschheit.

»Ich liebe dich«, sagte sie.

Die Welle in ihm stieg höher und höher, und er bekam kaum noch Luft. Leslies Murmeln klang ihm noch immer in den Ohren, Leslies Hände streichelten ihn noch immer bis zur Raserei und endgültigen Aufgabe.

»Ich liebe dich«, stöhnte er.

»Ja«, flüsterte sie. »Ja…«

Entgeistert über seinen Fall und ihren Sieg, gab Jordan sich hin.

Am nächsten Morgen erwachte Jill allein im Bett.

Benommen schaute sie auf den Wecker neben dem Bett. Es war

fast zehn Uhr. Jordan mußte schon lange ins Büro aufgebrochen sein.

Jill fühlte sich ein wenig konfus, aber ausgeruht. Es war das erste Mal seit Monaten, daß sie so gut geschlafen hatte.

Es war kein Wunder. Die Leidenschaft, die sie letzte Nacht mit Jordan vereint hatte, war ein Erdbeben gewesen. Es hatte sie beide derart ausgelaugt, daß sie erschöpft geschlafen hatten, Seite an Seite auf dem großen Bett.

Ihr Leben lang erinnerte sie sich noch an diese endlose, erschöpfte Liebesnacht.

Sie war wie unwirklich, angefeuert von Begierde und Beschämung, ein Aufbegehren gegen ihrer beider Lebenslügen, das sie beide verschlang. Jordan war wie ein brünstiges Tier über sie gekommen, wie in einem Irrsinnswahn.

Benommen von der Lust hatte sie den Triumph genossen, gewonnen zu haben. Die Illusion, die sie ihm aufgezwungen hatte, war unwiderstehlich gewesen, und er hatte kapituliert. Sie hatte die Wahrheit über ihn herausgefunden, und mit seinem Körper und seinem Stöhnen der Liebe hatte er ihr diese Wahrheit gegeben. Sie waren beide nicht nur körperlich nackt und entblößt gewesen wie nie zuvor und hatten beide ihre Masken ein für allemal abgelegt.

Aber sie fürchtete sich nun vor dem, was sie erreicht hatte, wenn auch in ihrer Seele an diesem Morgen noch ebensoviel Befriedigung war wie in ihrem Leib. Ihr Leben in Falschheit und Lüge hatte vergangene Nacht den Gipfel erreicht. Ihre Falschheit hatte ihr Zugang zur Wahrheit verschafft. Der Wahrheit über Jordan.

Aber wie würde es nun weitergehen?

Sie lag auf dem Bett und dachte noch eine halbe Stunde darüber nach. Dann stand sie auf und ging auf unsicheren Beinen zum Kleiderschrank.

Als sie die Schranktüren öffnete, sah sie, daß mehrere von Jordans Anzügen fehlten. Ebenso Hemden, Hosen, Unterwäsche.

Eiseskälte breitete sich in ihr aus. Sie hatte es zu weit getrieben. Er war geflohen.

Doch sie beruhigte sich. Er kam schon. Davon war sie überzeugt. Er konnte ihr jetzt nicht mehr widerstehen. Das hatte diese Nacht bewiesen.

Sie versuchte vergeblich, Jordan im Büro zu erreichen. Am Nachmittag brachte ihr ein Angestellter von *Lazarus* eine Nachricht, zusammen mit dem Auftrag, noch weitere Sachen Jordans einzupacken und mitzunehmen.

Die Nachricht war in Jordans Handschrift verfaßt.

»Du bist ab jetzt auf Dich allein gestellt. Wir haben uns nichts mehr zu sagen. Meine Anwälte werden sich bei Dir melden.«

Darunter standen, wie nachgefügt, die Worte: »Gib acht auf Dich.«

Keine Unterschrift.

Sie ging ins Schlafzimmer und betrachtete sich im Wandspiegel. Sie war noch immer in der Maske Leslies. Aber die Frau im Spiegel war nicht Leslie. Sie war Jill. Und sie war allein.

KAPITEL 51

Ein Monat verging. Jordan sah Jill nicht. Und er erlaubte sich auch keinen Gedanken an sie.

Nicht zum erstenmal in seinem Leben stürzte sich Jordan Lazarus in die Arbeit.

Er verbrachte 18-Stunden-Tage in seinem Büro, die meiste Zeit davon am Telefon, forderte Gefälligkeiten ein, schuf Kontakte, vereinbarte Treffen. Die restliche Zeit verbrachte er mit stiller Meditation, hatte das Telefon abgeschaltet und seiner Sekretärin verboten, Anrufe durchzustellen oder auch nur an seine Tür zu klopfen.

Er dachte ausschließlich an die Lazarus-Initiative und die Waffen, die er aufbieten konnte, um sie zu verwirklichen. Dies war Jordan Lazarus' letztes Gefecht gegen die Welt. Und er war zum Sieg entschlossen.

Während dieser Zeit tauchte Jills Bild kaum einmal für eine Sekunde in seinem beschäftigten Bewußtsein auf. Er sagte sich, daß ein Vorhaben, das das Antlitz der gesamten Nation verändern konnte, bei weitem wichtiger war als die gewöhnlichen emotionalen Probleme eines einzelnen Ehepaars – zumal eines Paares, das ohnehin schon bald geschieden sein würde.

Doch diese vermeintlich nüchterne Betrachtung war nichts weiter als die Flucht vor der Wahrheit. Jill war nie wirklich auch nur einen Moment aus seinen Gedanken verbannt. Ihr Schatten lag auf allem, was er tat. Und ihretwegen war auch Verzweiflung in allem, was er tat.

Eine große zornige Kälte begann sich in ihm auszubreiten und gab ihm ein eisiges Gefühl der Herrschaft. Weil er die eigenen Gefühle so tief in sich vergraben hatte, sah er das Schachspiel seines Berufslebens mit fast übermenschlicher Klarheit.

Die Herausforderung, der er sich gegenübersah, war die bedeutendste seines Lebens. Es stand mehr auf dem Spiel, als er es jemals in seiner Karriere als Unternehmer erlebt hatte. Dieses Mal hing der Lauf der Geschichte selbst davon ab. Jordans Eigeninteresse spielte keine Rolle bei seinem Vorhaben. Ihm ging es einzig und allein um das Wohlergehen der Nation.

Aus Jordan Lazarus war doch noch ein Visionär geworden, genau wie Meg es immer prophezeit hatte.

Und er fand trotz aller Widerstände die Lösung.

Er nahm seinem hartnäckigsten Widersacher, dem Mehrheitsführer im Kongreß aus Wyoming, den politischen Wind aus den Segeln, indem er die Umsiedlung eines der größten und finanzkräftigsten Unternehmen seines Konzerns nach Wyoming veranlaßte. Das schuf zwanzigtausend neue Arbeitsplätze und brachte dem Bundesstaat Millionen an Steuern und Abgaben.

Er eröffnete neue Filialen seines kapitalstärksten Bankhauses überall in Wyoming und erwarb den größten Fernsehsender Wyomings über eine Tochtergesellschaft mit Zugang zum Kabelnetz, das er selbst schon im Jahr zuvor gegründet hatte.

Und das war nur der Anfang. Jordans weitere Förderungsmaßnahmen für die Wirtschaft Wyomings waren wichtige Beiträge zur Modernisierung der veralteten industriellen und finanziellen Grundstrukturen des Bundesstaates hoch oben im Nordwesten.

Doch dies alles war zweischneidig. Denn auch der Politiker, gegen den sich dies alles richtete, profitierte davon beträchtlich.

An vielen Unternehmen und Banken, denen Jordans Förderung zugute kam, besaß dieser Mann Anteile oder hatte einen Sitz im Vorstand. Er profitierte persönlich mit Millionen davon.

Aber selbst dies hätte ihn nicht unbedingt umgestimmt. Dies bewirkte erst ein meisterlicher Schachzug Jordans.

Denn Jordan machte den Präsidenten persönlich zum Initiator seiner Pläne. Dem konnte sich der Sprecher der Mehrheit nicht mehr entziehen.

Was Jordan begonnen hatte, vollendete der Präsident. Er tat es deshalb mit großer Überzeugungskraft, weil er begriffen hatte, daß die Lazarus-Initiative wichtig war für die Zukunft der Nation, an deren Spitze er stand – ganz abgesehen von der Bedeutung für seine Chancen, im nächsten Jahr wiedergewählt zu werden.

Vierundzwanzig Stunden nach seinem Gespräch mit dem Präsidenten ließ der Führer der Mehrheit verlauten, daß er sich fortan mit aller Kraft und all seinem Einfluß hinter die Lazarus-Initiative stellen werde.

Damit war der parlamentarische Sanierungsplan zusammengebrochen. Die Lazarus-Initiative ging mit großer Mehrheit durch.

Städteplaner, Steuer- und Wirtschaftsexperten begannen fieberhaft zu arbeiten. Artikel über Jordan Lazarus und seinen visionären Plan für die Großstädte erschienen in sämtlichen Zeitungen und Wirtschaftsmagazinen, wie auch in anderen großen Blättern. Die ganze Nation begann zu erwachen und zu begreifen, daß im Kongreß etwas Epochales geschah.

Jordan Lazarus' Traum war dabei, Wirklichkeit zu werden.

An einem windigen Donnerstag Ende Mai schloß Jordan einen Arbeitstag ab, den er mit endlosen Telefonaten – vor allem waren es Glückwünsche und Gratulationen aus allen Teilen des Landes – verbracht hatte, und machte sich daran, das Büro zu verlassen.

Als er hinter seinem Schreibtisch aufstand, merkte er, wie erschöpft er war. Ihm war leicht schwindelig. Er war zu beschäftigt gewesen, um etwas zu Mittag zu essen.

Er ging hinaus in das Vorzimmer und blieb verblüfft stehen. Er hatte sehr unerwarteten Besuch.

Es war Jill.

Er hatte sie seit nunmehr sechs Wochen nicht gesehen und auch nicht damit gerechnet, sie jemals wiederzusehen. Seine Anwälte hatten ihr geschrieben, jedoch bislang keine Antwort erhalten.

Jill sah blaß und mitgenommen aus.

»Hallo, Jordan.«

»Ja?« Er blieb kalt und abweisend.

»Ich habe Neuigkeiten«, sagte Jill. »Ich würde gern einen Moment mit dir reden.« Er hob eine Augenbraue in bewußter Überheblichkeit.

»Ach, ja?«

Sie schien wirklich betroffen von seinem Sarkasmus. Er hatte sie auch tatsächlich noch nie so mitleiderregend erlebt.

»Also gut«, sagte er kühl. »Worum handelt es sich?«

Sie drehte sich um und sah ihn an.

»Ich bin schwanger.«

Jordan wich einen Schritt zurück, als hätte ihn ein Peitschenhieb mitten ins Gesicht getroffen.

Seltsam, nie war ihm auch nur in den Sinn gekommen, daß dies bei Jill der Fall sein könne. Jill, die Verführerin, ja. Aber eine Mutter? Diese Vorstellung war ihm gänzlich unmöglich.

»Und woher weiß ich«, fragte er kalt, »daß du von mir schwanger bist?«

Sie lächelte traurig.

»Es ist von dir, Jordan.«

Er wich einen weiteren Schritt zurück und starrte sie mit hartem Blick an.

»Warum sollte ich dir das glauben?« fragte er. »Du hast mir doch noch nie die Wahrheit gesagt.«

Aber sie sagte ganz ruhig: »In jener Nacht. Es war in jener Nacht...«

»Du lügst«, sagte er blindlings, wie aus Furcht vor der Wahrheit, die ihm längst klar war.

Jill schüttelte nur den Kopf.

»Und selbst wenn es die Wahrheit wäre«, sagte er noch dazu, »würde es zwischen uns nichts ändern.«

Aber er wußte, daß er sich selbst etwas vormachte. Was sie ihm gesagt hatte, veränderte alles.

Ein langes Schweigen entstand. Ihr Anblick verursachte ihm Übelkeit.

»Laß es wegmachen«, stieß er brutal hervor.

Ihr Kopf fuhr hoch. »Das ist doch wohl nicht dein Ernst?«

»Nein«, sagte er und sank etwas zusammen. »Ich habe das nicht so gemeint...«

Er schaute sie konsterniert an. Widerstreitende Kräfte trieben ihn zu ihr hin und stießen ihn zugleich mit unerträglicher Macht von ihr fort.

»Also gut«, sagte er schließlich. »Also gut...«

Aber beide rührten sich nicht. Sie waren noch immer Mann und Frau, aber getrennt durch einen Abgrund und doch verbunden durch das neue Lebewesen, das sie nun miteinander für alle Zeit verband.

KAPITEL 52

Johnsonville, Long Island

Am 30. März 1979 erlitt Ross Wheeler einen weiteren leichten Schlaganfall.

Er verlor wieder einige der motorischen Fähigkeiten, die er in Monaten der Physiotherapie in der linken Körperhälfte zurückgewonnen hatte. Er mußte wieder ins Krankenhaus. Dies zwang Leslie, eine zweite Hypothek auf das Haus aufzunehmen und sich Geld zu leihen. Sie fürchtete das Ende ihres gemeinsamen Lebens nahen. Die Hälfte ihrer Zeit verbrachte sie damit, diesen Gedanken zu verdrängen, und die andere Hälfte mit dem inneren Kampf, sich irgendwie auf das, was kommen mochte, vorzubereiten.

An diesem Tag fuhr sie, als sie Ross verließ, nicht ins Büro, sondern vom Krankenhaus aus direkt zum Long Island Expressway nach Farmington.

Cliff Beyer war noch nicht von der Arbeit zurück, aber Georgia war mit Terry daheim.

Leslie konnte kaum ihre Überraschung für sich behalten, als sie den Jungen sah. Er war sehr gewachsen. Seine Beine waren länger, sein Gesicht schmaler, und etwas in seinen Augen war nun reifer, als sie es in Erinnerung hatte. Es war fast ein halbes Jahr her, seit sie ihn das letzte Mal gesehen hatte.

Georgia wußte um Leslies Sorgen und begrüßte sie mit einer warmen und verständnisvollen Umarmung.

»Wie geht es Ross?« fragte sie leise.

»Den Umständen entsprechend gut«, antwortete Leslie im Flüsterton, damit der kleine Junge die Besorgnis in ihrer Stimme nicht mitbekam.

Terry, inzwischen sechseinhalb, begegnete Leslie so schüchtern wie üblich. Aber er zeigte seine Schüchternheit, indem er zurückhaltend und höflich mit ihr sprach, anstatt sich wie bisher an den Rockzipfel seiner Mutter zu klammern.

»Wollen wir für Leslie einen Happen zu essen machen?« fragte ihn Georgia.

Terry zeigte Leslie seine Hefte und Bilder aus der ersten Klasse. Der Anblick ließ Leslie Tränen in die Augen treten, und sie hatte Mühe, sie zurückzuhalten. Terry saß auf ihrem Schoß, als sie sich seine Hefte mit den ersten Schreibversuchen ansah, und schmiegte seinen kleinen Körper ganz eng an sie, wie er es immer tat. Ihn so zu fühlen sandte ihr Schauer des Glücks und der Sehnsucht durch und durch.

Mehr als einmal spürte sie Georgias Blick und sah den vertrauten Ausdruck von Mitgefühl und Beistand. Georgia hatte überhaupt keine Angst, daß Leslie sie bei Terry ausstechen könnte. Leslie war ja nur eine schattenhafte Figur im Leben des kleinen Jungen, eine Tante, die er mochte und auf deren Besuch er sich freute, die aber in seiner Erinnerung und seinem Herzen immer nur eine gelegentliche Rolle spielte. Georgia hingegen war immer da, sie war der Mittelpunkt seines Alltags, und nichts und niemand würde sie je von ihrem Platz in seinem Herzen verdrängen können.

Weil Georgia dies wußte, konnte sie es sich erlauben, das Verhältnis ihres Sohnes zu Leslie zu fördern. Terry konnte es wohl kaum weh tun, und Leslie bedeutete es so viel.

Um drei machten sich Leslie und Terry zu ihrem schon gewohnten Spaziergang auf. Sie schlenderten den Bürgersteig hinunter, vorbei an kleinen Häusern, in deren Auffahrten Fahrräder standen und über deren Garagen hin und wieder ein Basketballkorb angebracht war.

»Weißt du noch den Weg zu unserem Platz?« fragte sie.

»Ich zeige ihn dir«, sagte er.

Er nahm ihre Hand und führte sie die zwei Blocks bis zum Park. Es freute sie, zu sehen, daß er sich noch genau an ihren besonderen Platz erinnerte, den kleinen grasbewachsenen Hügel, umgeben von Eichen.

»Du hast es noch gewußt«, sagte sie.

Er nickte.

»Hast du Lust zu spielen?« fragte sie.

»Jetzt nicht.«

Er legte sich ins Gras und schaute hinauf ins Geäst des Baumes. Nach einem Moment legte sie sich neben ihn.

»Das weißt du also auch noch«, sagte sie.

»Ja.« Er hatte etwas Ernstes an sich, das ihr ein ganz neues Gefühl für ihren vertrauten Platz gab.

»Hast du heute schon Affen gesehen?« fragte sie.

»Affen?«

Leslies Herz schmerzte, als ihr klar wurde, daß er ihr altes Spiel vergessen hatte und schon zu groß dafür war.

»Weißt du nicht mehr? Wir haben uns immer vorgestellt, daß da oben im Baum Affen sind«, sagte sie. »Weißt du noch, wie sie immer rumgekreischt haben? Und erinnerst du dich noch an das Lied, das wir immer gesungen haben?«

Einen Moment lang war er still.

Dann sang er: »Wir gingen mal in den Zoo...«

Er lächelte verlegen.

»Da waren die Tiere froh«, setzte sie es für ihn fort.

»Der Löwe, das Zebra, der Pavian...« Er sprach es mehr, als er es sang, so als wäre es ihm peinlich, wie ein kleines Kind zu singen.

»Die kamen gleich alle freudig an.« Sie drückte ihn an sich. »Also hast du es noch gewußt.«

»Aber nicht gleich. Es ist mir erst wieder eingefallen.«

Leslie spürte eine heimliche Verzweiflung. Ross lag im Krankenhaus und konnte jeden Augenblick vielleicht seinen letzten Anfall erleiden.

Und da war dieser kleine Junge, der sie ebenfalls allmählich hinter sich ließ und in seine eigene Welt hinausging.

Wurde ihr nicht alles, an das sie sich klammerte, von der Zeit unausweichlich fortgenommen? Die Zeit war ihr großer Feind.

Ross brachte seine Krankheit dem Ende seiner Tage näher. Und dieser kleine Junge entwuchs ihr ebenfalls mit jedem Tag mehr, mit dem er zu einer eigenständigen Person heranwuchs.

Sie mußte sich an das halten, was ihr noch blieb. Das letzte Jahr hatte sie gelehrt, sich nicht mehr darüber zu beklagen, was ihr die Welt wegnahm, sondern dankbar zu sein für das, was sie ihr noch immer gab. Die Schicksalsschläge hatten Leslie zu einer Kämpferin gemacht.

»Erzähl mir von deiner Lehrerin«, sagte sie.

Terry spielte mit zwei Fingern ihrer linken Hand und bemerkte den Ehering. »Sie heißt Miss Coopersmith.«

»Ist sie nett?« fragte Leslie, die Augen halb geschlossen vor Wonne, als die kleinen Finger ihre berührten.

»Ja, sie ist nett. Letzten Sommer hat sie sich ein neues Auto gekauft. Sie hat gesagt, daß sie mich mal mitfahren läßt.«

Sie hörte ihm weiter zu und stellte ihm viele Fragen. Er erzählte von seinen Freunden in der Schule, und sie genoß es wie einen Segen, denn es brachte sie ihm für diese kurze Zeit näher.

»Jetzt, wo du schon so groß bist und schreiben lernst, schreibst du mir bald mal einen Brief?«

»Ja«, sagte er. »Und du mußt mir auch schreiben.«

»Dann können wir Brieffreunde sein«, sagte sie.

»Aber wir müssen uns doch gar nicht schreiben«, sagte er.

»Wieso nicht?«

»Wenn ich groß bin, heirate ich dich doch«, sagte Terry. »Dann müssen wir uns keine Briefe schreiben.«

Sie nickte lächelnd.

Der bittersüße Augenblick war um so schöner in seiner Vergänglichkeit.

Allein die vergänglichen Dinge, so kam es ihr vor, waren real. Die wichtigen Dinge im Leben waren, leider, diejenigen, die sich dem Zugriff entzogen. Was man als sein eigen besitzen konnte, das waren nur die unwichtigen Dinge. Zumindest war dies ihre Wahrheit, denn all die Menschen, die sie geliebt hatte, waren ihr durch die Finger geglitten, so wie dieser wunderschöne Junge ihr in diesem zärtlichen Moment entglitt, auch wenn er versprach, ihr für immer zu gehören, groß zu werden und sie zu heiraten.

Sie saß da, den Kopf des Jungen in ihrem Schoß, und schaute hinauf in die Äste der alten Eiche, die über ihnen ragte, als wollte sie sie beschützen. Sie war jetzt eine erwachsene Frau und hatte ihre Lektion der Unbeständigkeit des Lebens erfahren. Sie hatte lernen müssen, daß die Kunst der Liebe darin bestand, ihren goldenen Funken auf alle Zeit im Herzen zu bewahren, auch wenn ihre Realität längst vergangen war.

Für ein Kind wie Terry war die Zukunft grenzenlos, für sie aber ein Feind. Die Vergangenheit erhielt eine immer größere Bedeutung für sie. Nur an sie konnte sie sich halten und sie erforschen.

Sie war zu sehr vertieft in ihre Gedanken, um noch etwas anderes wahrzunehmen als den kleinen Jungen auf ihrem Schoß.

Und so kam es ihr auch gar nicht in den Sinn, sich etwa nach hinten umzudrehen, wo der Park von Büschen gesäumt wurde. Und von wo Tony Dorrance sie beobachtete.

Und so sah sie auch nicht den Ausdruck auf seinem Gesicht.

Für Leslie gab es nur diesen kleinen Jungen.

Und so gewiß, wie sie ihr eigenes Herz in Terry Beyer erkannte, so sicher erkannte Tony Dorrance in diesem kleinen Gesicht sein Kind, seinen und Leslies Sohn.

TEIL VIER

Die Schönste von allen …

KAPITEL 53

Johnsonville, Long Island 16. Juni 1979

Wie sich herausstellte, war Ross' Verfassung nicht so schlimm wie befürchtet.

Im Verlauf des Frühlings schien seine Genesung Fortschritte zu machen. Sein Erinnerungsvermögen für Worte und Namen besserte sich, und seine geistige Kapazität erlangte wieder das Niveau wie vor Weihnachten.

Leslie bemühte sich, die Dinge von der positiven Seite zu sehen. Die Ärzte unterstützten sie darin.

An diesem sonnigen Mittwoch war in den Straßen von Johnsonville die Wärme des bevorstehenden heißen Sommers. Leslie hatte den ganzen Vormittag gearbeitet, ehe sie Ross daheim abgeholt und zur Physiotherapie ins Krankenhaus gefahren hatte. Nun war sie auf dem Weg zurück ins Büro.

Mit einem sorgfältigen Blick in den Rückspiegel setzte sie den Wagen rückwärts aus der Parklücke und steuerte zur Ausfahrt des Parkplatzes. Sie schob ihr Ticket in den kleinen Schlitz, und die Schranke der Zufahrt vor ihr hob sich.

Im selben Moment wurde die Beifahrertür aufgerissen, und jemand stieg zu ihr ins Auto.

Leslie schrie kurz auf. Dann erbleichte sie.

Tony Dorrance lächelte nicht. Seine Miene war ernst und entschlossen.

»Fahr los«, sagte er.

Leslie war zu erschrocken, um sich zu rühren. Sie starrte ihn nur an, mit einem Blick zwischen Schrecken und Verärgerung.

»Fahr einfach los«, sagte er. »Ich will mit dir reden.«

Sie hatte sich wieder gefaßt.

»Steig sofort aus«, sagte sie. »Raus, oder ich…«

»Ruhe, Ruhe«, fiel Tony ihr ins Wort. »Ich weiß von meinem Sohn. Er heißt Terry Beyer. Er lebt in Farmington auf Long Island. Ich habe ihn gesehen. Und ich habe dich mit ihm zusammen gesehen.«

Leslie starrte ihn mit offenem Mund an. Sie war sprachlos.

Tony sah sie mit kaltem Blick an. Seine dunklen Augen wirkten unmenschlich, wie Rosinen oder kleine schwarze Kieselsteine.

Sie rang nach Worten.

»Was willst du?« fragte sie. Hinter ihr wurde gehupt. Sie blockierte die Ausfahrt.

»Fahr endlich los«, sagte Tony.

Sie trat aufs Gaspedal.

»An der nächsten Kreuzung rechts«, befahl Tony.

Sie folgte seinen Anweisungen. Er leitete sie durch mehrere Straßen zu einem großen Friedhof, an dem sie schon mehrmals auf ihrem Weg zum Krankenhaus vorbeigekommen war.

»Fahr da rein«, wies er sie an. »Da können wir uns ungestört unterhalten.«

Sie fuhr auf den Friedhof. Hier war sie nie zuvor gewesen. Es war ein makabrer Ort für ein solches Gespräch.

»Was willst du?« fragte sie noch einmal, als sie angehalten hatte.

»Dich«, sagte er.

Leslie lachte nur verächtlich. Er packte sie grob am Handgelenk.

»Lach mich ja nicht aus, Schätzchen. Das könnte dir leid tun. Dir wird das Lachen vergangen sein, wenn das hier vorbei ist.«

Sie sah den Ausdruck in seinen Augen. Er war so ernst, wie sie es noch nie an ihm erlebt hatte. Irgendwie sah er gar nicht wie er selbst aus. Nicht wie der Tony, den sie einst gekannt hatte, nicht einmal wie der Tony von vor sechs Monaten, als er so unerwartet vor ihrer Haustür aufgetaucht war. Etwas an ihm war anders als sonst, hart und konzentriert.

»Du hast in meinem Leben keinen Platz mehr, Tony«, sagte sie und machte sich los. »Schon seit vielen Jahren nicht mehr. Ich hatte dich schon vergessen, lange bevor ich Ross Wheeler kennenlernte und heiratete. Wenn du dir also einbildest, du könntest nach all den Jahren die Uhr zurückdrehen...«

»Ich habe den Jungen gesehen. Unseren Sohn, Leslie.«

Nur kurz wollte das Eingeständnis in ihren Augen aufflackern. Doch sie unterdrückte es. Es erlosch.

»Wir haben keinen Sohn«, log sie.

»Spar dir die Lügen, Leslie. Dafür ist keine Zeit. Als ich dich in eurem Haus sah, wußte ich gleich, daß etwas an eurem Theater nicht stimmt. Ich konnte es bis in die Knochen fühlen. Also habe ich dich beobachtet. Als du nach Farmington gefahren bist, um den Jungen zu besuchen, bin ich dir gefolgt. Ich bin euch sogar in den Park gefolgt. Ich war nur ein paar Meter entfernt, als du mit ihm im Gras unter dem Baum gelegen hast.« Er lachte. »Ich wette, ihr habt euch frei wie die Vögelchen gefühlt. Du hast gedacht, du wärst so vorsichtig gewesen...«

Er schaute aus dem Seitenfenster, dann wieder zu Leslie.

»Natürlich habe ich sofort gewußt, daß es mein Kind ist. Und ich wußte, daß es deins ist. Das sieht ja ein Blinder. Er hat deine Augen, dein Lächeln, aber alles andere hat er von mir. Die Nase, das Kinn – alles. Er ist mein Sohn, Leslie.«

Leslie sagte nichts. Ihr war klar, daß sie es nicht abstreiten konnte. Aber sie wollte herausfinden, worauf er aus war.

»Ich habe mich über die Beyers erkundigt«, sagte er. »Ich weiß alles über die Adoption. Ich habe sogar die Geburtsurkunde.«

Er zuckte mit den Achseln. »Nicht, daß ich diese Information gebraucht hätte. Ich erkenne meinen Sohn auch so ...«

Leslie kniff die Augen zusammen.

»Die Beyers und ihr Sohn gehen dich nichts an. Nicht im mindesten.«

Tony schüttelte den Kopf mit einem wissenden Lächeln. »Ich bin der Vater des Jungen.«

Leslie überlegte sorgsam. Sie konnte Tony am Gesicht ansehen, daß er glaubte, er hätte etwas gegen sie in der Hand. Aber sie erinnerte sich, daß er auch nicht unempfänglich war für Logik.

»Gut«, sagte sie. »Selbst angenommen, du bist der leibliche Vater des Jungen, ändert es gar nichts. Du hast die Mutter lange vor der Geburt verlassen. Ich brachte das Kind zur Welt und gab es zur Adoption frei. Terrys Eltern waren so nett, mir zu erlauben, ihn hin und wieder zu sehen. Das ist nur normal. Du hast keinerlei Anrecht auf ihn. Nicht das geringste. Wenn du versuchen solltest, damit vor Gericht zu gehen, wird man dich auslachen.«

Tony schüttelte bitter belustigt den Kopf.

»Du hältst dich wohl für mächtig schlau, was?« sagte er. »Du bildest dir ein, du hättest alles so toll arrangiert.«

Leslie sah ihn verächtlich an. »Lieber Tony, du hast dein eigenes Leben. Du bist aus meinem vor langer Zeit fortgegangen. Weißt du nicht mehr? Es war der Tag, an dem wir heiraten wollten. Ich habe auf dich gewartet, aber du bist nicht gekommen. Du hast mich fallenlassen, als würde ich dir nichts bedeuten. Du hast nicht mal zurückgeblickt. Weißt du noch, Tony? Weißt du noch?«

Ihre Worte waren von einer plötzlichen Eindringlichkeit. Wie anklagende Finger deuteten sie auf ihn, Finger voller Wut. Sie hatte Mühe, sich wieder zu fassen.

»Ich habe mein Leben fortgesetzt«, sagte sie. »Ich bin verheiratet. Das Kind, das ich vor sechs Jahren zur Welt brachte, hat Adoptiveltern und ein gutes Zuhause. Es ist ein glückliches, normales Kind, aber nicht deinetwegen. Warum also scherst du dich nicht um deinen eigenen Kram und läßt mich in Ruhe?«

Wieder schüttelte Tony den Kopf.

»Du kapierst es einfach nicht, oder? Es war kein Zufall, daß ich dich nach all den Jahren wiedergetroffen habe, Leslie. Das war Schicksal. Etwas hat all die Zeit nicht gestimmt mit meinem Leben. Ich habe es gefühlt, aber nie genau verstanden. Ich dachte, mich hätte einfach nur das Glück im Stich gelassen, es läge an den falschen Entscheidungen, was weiß ich. Aber etwas hat ganz tief gefehlt. Dann sah ich dich wieder und erkannte, was es war. Du warst es. Die ganze Zeit bist du es gewesen. Glaubst du denn, das Schicksal hätte mich nach all der Zeit an deine Türschwelle geführt, wenn es mir damit nicht etwas sagen wollte?«

Leslie sah ihn verdutzt an.

»Das war Zufall, Tony. Mehr nicht.«

Er schüttelte den Kopf. Nun erhielt seine Miene einen zärtlichen Zug.

»Nein. Als ich dich sah, dachte ich, mich trifft der Schlag. Du warst es, was mir die ganze Zeit in meinem Leben gefehlt hat. Wenn du wüßtest, wie hart es für mich war, in deinem Haus zu stehen und über Versicherungen zu reden, wo mir doch das Herz brach... Du wirst nie wissen, wie ich mich gefühlt habe. Ich liebe dich, Leslie. Ich habe dich die ganze Zeit geliebt. Ich brauchte diesen Glücksfall, um das zu erkennen.«

Leslie schaute ihn mit großen Augen an. Sie sah, daß es ihm ernst war.

»Du bist ja verrückt.« Die Worte entschlüpften ihr, grausam und zornig, ehe sie sich versah.

Nun kehrte der Ausdruck unheilvoller Entschlossenheit in seine Augen zurück. Er hatte etwas Wildes an sich. Es machte Leslie nervös, und sie fühlte sich unwohl, so eng neben ihm zu sitzen.

»Und ich wußte gleich«, fuhr er fort, »daß etwas faul ist an eurem hübschen kleinen Vorstadthäuschen und deinem kranken Mann. Es ist verlogen. Du gehörst da gar nicht hin. Nicht meine Leslie. Es ist doch alles nur Fassade.«

Er schaute aus dem Fenster. Auf seinem Gesicht lag ein entrückter Ausdruck, den sie noch nie zuvor an ihm gesehen hatte.

»Ich wußte, daß ich die Wahrheit herausfinde, wenn ich dich im Auge behalte«, sagte er. »War auch kinderleicht. Du hast mich direkt zu dem Jungen geführt, Leslie. Direkt zurück zu unserer Liebe – wo du angefangen hast. Wo wir abgebrochen haben.«

Wieder wurde Leslie von diesem schmerzlichen inneren Durcheinander geschüttelt. In gewisser Weise hatte Tony recht, was sie betraf. Aber nicht so, wie er glaubte. Er hatte sie durchschaut, kein Zweifel. Da war mehr hinter ihrem derzeitigen Leben, als es den Anschein hatte. Sie hatte sich das schon lange eingestanden und damit abgefunden. Aber Tony konnte die fehlenden Bindeglieder zwischen ihrer lange schon verlorenen Beziehung zu ihm und ihrem jetzigen Dasein nicht erkennen. Deshalb glaubte er, sie würde ihn noch immer lieben.

Es würde nicht leicht werden, ihn von seinem Irrtum zu überzeugen. Sie sah, wie die Logik seiner Besessenheit in die Hände spielte.

»Ja«, sagte er erneut, »ich bin dir gefolgt. Und ich bin deinem Geheimnis auf die Schliche gekommen.«

Wieder schaute er zu ihr. Triumph funkelte in seinen Augen, aber da war noch mehr.

»Und dein Geheimnis war ich«, sagte er. »Ich und mein Sohn.«

Leslie wurde wütend. Er redete puren Unsinn. Aber er verwob diesen Unsinn zu einer fixen Idee, die ihn, sie und den unschuldigen kleinen Terry Beyer einschloß.

»Tony, du bist verrückt.«

Er beugte sich blitzschnell vor. Er packte sie bei den Händen, ehe sie wußte, wie ihr geschah.

»Ich wußte, daß du das sagen würdest. Ich wußte es die ganze Zeit. Daß es nichts zu bedeuten habe und längst der Vergangenheit angehöre. Aber das stimmt nicht, Leslie. Du hast dich schon immer in mir geirrt. Stimmt, ich habe dich sitzenlassen. Das war mein großer Fehler, der größte Fehler meines Lebens. Weil ich dich damals geliebt habe. Und ich liebe dich auch jetzt. Und du liebst mich. Versuche nicht, das abzustreiten. Es war damals schon zu offensichtlich, wie du mich angesehen hast, wenn wir uns liebten...«

Er seufzte bei der Erinnerung daran. Sie errötete.

Er sah es.

»Du warst die einzige Frau, die mir jemals etwas bedeutet hat. Und das Baby, der kleine Junge, ist der Beweis dafür. Nicht einmal du kannst das abstreiten. Beweis dafür, daß du mich geliebt hast. Beweis dafür, daß wir füreinander geschaffen sind. Ich habe sieben Jahre meines Lebens vergeudet, indem ich versuchte, vor dieser Tatsache davonzulaufen. Doch dann ließ mich das Schicksal dich wiederfinden. Jetzt weiß ich, wer ich bin. Jetzt weiß ich, wo ich hingehöre. Und wo du hingehörst.«

Leslie sah Tony nicht an, spürte aber seinen bohrenden Blick auf ihrem Gesicht.

»Ich liebe dich«, sagte er. »Du bist das einzige auf der Welt, was ich jemals geliebt habe. Und du liebst mich auch, Leslie. Ich weiß es bereits. Ich will es nur von dir hören. Bitte. Das bist du mir schuldig, wenigstens das.«

Leslie schüttelte den Kopf. Was er sich einbildete, waren reine Hirngespinste, die von seinem gestörten Verhältnis zur Realität zeugten. Doch was für sie krankhaft war, war für ihn zwingende Logik.

Er schien ihre Gedanken erraten zu haben, denn er berührte nun sanft ihre Hand.

»Ich bin nicht verrückt, Leslie. Ich habe nur einen Fehler gemacht. Einen großen Fehler. Ich habe die falschen Dinge getan und den falschen Weg gewählt. Einen Weg, der mich von dir fortgeführt hat. Aber jetzt habe ich dich gefunden. Und was auch sonst geschehen sein mag, es kann daran nichts ändern. Ich gehöre zu dir, und du gehörst zu mir.«

Leslie lief zornesrot an.

»Ich will mir das wirklich nicht länger anhören«, sagte sie. »Wenn du unbedingt Luftschlösser bauen willst, dann ist das deine Sache. Es tut mir leid, daß dein Leben nicht so gelaufen ist, wie du dir das vorgestellt haben magst. Aber versuche nicht, mich dafür verantwortlich zu machen. Du hast dich kein bißchen verändert. Dir fehlt immer nur der Mut, die Verantwortung für dein Leben zu übernehmen, also ziehst du mich nach all den Jahren mit hinein, als könnte das etwas retten. Und das, nachdem du mich verführt und fallengelassen und mich meinem Schicksal überlassen hast…«

Ungewollte Tränen stiegen in ihr auf bei der Erinnerung an das, was dieser Mann ihr angetan hatte, und an die Pein, die sie seinetwegen hatte erleiden müssen.

Sie schaute nicht auf. Hätte sie es getan, hätte sie den aufrichtig gequälten Blick in seinen Augen gesehen.

»Und jetzt«, fuhr sie stockend fort, »jetzt bildest du dir ein, du könntest einfach so mir nichts, dir nichts in mein Leben hereinplatzen, als wäre da ein Platz für dich freigehalten. Das ist ein Irrtum, Tony. Für dich ist in meinem Leben kein Platz mehr. Ich brauche dich nicht, und ich will dich auch nicht.«

»Ich weiß, wie sehr ich dir weh getan habe, Leslie. Und ich kann dir gar nicht sagen, wie leid mir das tut. Aber verstehst und siehst du denn das nicht: Wir beide haben eine neue Chance erhalten. Das Schicksal hat uns eine neue Chance gegeben.«

Wieder blitzte Wut in ihren Augen auf.

»Was das Schicksal dir gegeben hat«, sagte sie, »ist die Chance, zu erkennen, wie sehr du dein Leben vertan hast. Das hat es zu bedeuten, daß du als Versicherungsvertreter an meiner Haustür stehen mußtest. Das und gar nichts anderes!«

Er wandte den Blick ab. Ihre peitschenden Worte hatten weh getan. Er hatte ständig an die Erniedrigung denken müssen, seit er diesen Ausdruck auf ihrem Gesicht gesehen hatte, als sie die Tür öffnete und ihn auf der Türschwelle erblickte. Es war ein Ausdruck des unpersönlichen Desinteresses gewesen und kaum verhohlener Verachtung.

»Wenn du dir wegen Geld Sorgen machst«, sagte er, »das ist kein Problem. Wenn du erst wieder bei mir bist, werde ich wieder der alte sein. Dann finde ich auch eine bessere Stellung. Du wirst in einem Haus wohnen, das genauso schön ist wie das, in dem du jetzt wohnst…«

Er verstummte, als er ihr in die Augen sah. Ihr Blick war nur

Verachtung über die Absurdität seiner Phantasien, nicht nur wegen seines beruflichen Abstiegs, sondern auch wegen seiner verzweifelten Hirngespinste.

Tony errötete vor heißer, brennender Scham. Er fühlte, daß sie ihn absichtlich erniedrigt hatte. Jetzt haßte er sie fast.

Er öffnete die Tür und stieg aus. Er kam auf die Fahrerseite und beugte sich ins Seitenfenster.

»Laß es dir durch den Kopf gehen«, sagte er. »Denk in Ruhe darüber nach.« Sein Ton war kalt und geschäftsmäßig.

»Nicht nötig«, entgegnete sie. »Und ich werde auch nicht über dich nachdenken. Leb wohl, Tony.«

Sie langte nach dem Zündschlüssel, aber Tony war schneller und zog den Schlüssel ab. Spöttisch ließ er ihn vor ihr baumeln.

»Weiß dein Mann eigentlich von dem Kind?« fragte er.

Leslies Hände am Lenkrad zitterten. Sie starrte geradeaus.

»Ja, das weiß er.« Ihre Stimme bebte. Sie betete inständig, ihre Lüge möge glaubwürdig geklungen haben.

»Wir werden sehen«, meinte er.

Leslie biß die Zähne aufeinander und sagte nichts; sie hielt den Blick auf die Windschutzscheibe gerichtet.

»Ihr beiden habt wohl keine Kinder, wie?« sagte Tony. »Aber ich wette, daß ihr es versucht habt. Siehst du, das belegt, was ich sage. Er ist nicht der richtige Mann für dich. Er ist ein Invalide. Ein Verlierer. Ich habe meine Fehler gemacht, und er ist dein Fehler. Du wirst eines Tages viele Kinder haben. Aber von mir.«

Leslie hatte das Gefühl, als schnürte ihr ein Band um die Brust die Luft ab. Sie nahm all ihre Kraft in ihrem bebenden Körper zusammen und holte tief Luft, so als wollte sie dieses Band sprengen.

»Du tust mir leid, Tony«, sagte sie. »Laß mich in Ruhe und versuche, dein eigenes Leben zu leben. Ich wünsche dir alles Gute.«

Sie nahm ihm die Zündschlüssel weg und fuhr davon. Sie sah ihn noch im Rückspiegel – hoch aufgeschossen inmitten von Grabsteinen. Ein makabrer Anblick; wie ein Symbol aus ihrer Vergangenheit.

KAPITEL 54

People *Magazin* *9. September 1979*

BERÜHMTES UND BELIEBTES PAAR ERWARTET NACHWUCHS!

Der Milliardär und Visionär Jordan Lazarus sowie seine bezaubernde Frau Jill sind dieser Tage in Gedanken nicht nur beim berühmten und kontroversen Lazarus-Plan zur Sanierung der Großstädte Amerikas.

Während Gatte Jordan lange Tage mit führenden Vertretern von Regierung und Wirtschaft zwecks endgültiger Umsetzung seines epochalen Lazarus-Plans verhandelt, ist Ehefrau Jill damit beschäftigt, das elegante Nest des Paares – ihr Sutton Place Penthouse – für das Baby auszuschmücken, das sie im November erwartet.

Eine strahlende Mrs. Lazarus antwortete mit vielsagender Kürze auf den Stand der Dinge. »Ich schwebe auf Wolken. Seit ich Jordan kennengelernt habe, träume ich davon, ihm dieses Kind zu schenken. Und jetzt ist es soweit. Es ist zu schön, um wahr zu sein.«

Lazarus selbst war nicht erreichbar für einen Kommentar. Zwölf Stunden pro Tag arbeitet er hinter verschlossenen Türen mit Experten der Städteplanung und Finanzen an der Umsetzung seines Sanierungsplans für die Innenstädte. Aber wie Quellen aus dem unmittelbaren Umfeld des Milliardärs zu berichten wissen, ist er niemals glücklicher oder mehr im Frieden mit sich selbst gewesen.

»Jordan ist schon immer ein Mann gewesen, der für die Zukunft lebt«, so sein enger Vertrauter Sam Gaddis. »Er ist ein Visionär. Deshalb bedeutet ihm der Lazarus-Plan auch so viel. Er will der Zukunft seinen Stempel aufdrücken. Genauso empfindet er gegenüber seinem Kind. Das Kind wird ebenso seine Zukunft sein, seine Verbindung mit den kommenden Generationen. Um es milde auszudrücken – Jordan ist ein sehr glücklicher Mann.«

Das Ehepaar Lazarus wird Berichten zufolge mit Glückwünschen überhäuft, von denen die meisten Spekulationen anstellen, ob es ein Junge oder ein Mädchen wird. Lazarus selber weigerte sich lächelnd, auf die Frage zu antworten, ob er sich einen männlichen oder weiblichen Erben wünscht.

Wie auch immer – wir fügen unsere besten Wünsche denen einer dankbaren Nation hinzu. An Jill und Jordan – viel Spaß!

Für Jill war es das schrecklichste Jahr ihres Lebens.

Im Verlauf der Monate war sie gezwungen, ein glückliches Gesicht für die Presse aufzusetzen, während ihre private Welt in Scherben lag. Die Tortur verlangte ihr viel ab, möglicherweise zu viel, wie sie fürchtete, um ihr zu erlauben, ihrem Baby, wenn es denn geboren war, eine richtige Mutter zu sein.

Die Neuigkeit ihrer Schwangerschaft hatte Jordans Entschluß, sie zu verlassen, wirkungsvoll zunichte gemacht. Er hatte umgehend sämtliche Scheidungsanträge zurückgezogen und damit begonnen, über sein neues Leben als Vater nachzudenken.

Diese Reaktion auf die Änderung seiner Pläne war unheimlich gewesen. Er schien völlig auf die Vorbereitungen für die Ankunft des Babys konzentriert, fast schon besessen. Entgegen allen Berichten in der Presse war es Jordan und nicht Jill, der sich um die Einrichtung eines großartigen Kinderzimmers – das Zimmer zum Süden hin mit dem besten Ausblick im ganzen Apartment – kümmerte. Er achtete auf jedes Detail und wartete mit den allerletzten Feinheiten nur darauf, ob es nun ein Junge oder ein Mädchen wurde.

Jill behandelte er kühl und distanziert; er achtete darauf, daß sie gut für sich sorgte und übermäßige Anstrengungen vermied. Er brachte sie persönlich zum Arzt und lernte alles über Schwangerschaft und Geburt.

Doch in all seiner Fürsorge lag keine Liebe. Jill kam sich vor wie ein bloßes Gefäß für sein ungeborenes Kind – und nicht wie ein menschliches Wesen.

In den ersten Tagen ihrer Schwangerschaft hoffte sie, sie würden wieder miteinander schlafen. Sie dachte, das Baby könnte vielleicht zu einer neuen Zärtlichkeit zwischen ihr und Jordan führen und einiges an Schaden reparieren, den ihre Ehe genommen hatte.

Doch Jordan rührte sie nicht an. Ein- oder zweimal wagte sie es, sich ihm zu nähern. Aber er wies sie mit einem verächtlichen Blick ab. Sie war sich nicht sicher, ob er sie einfach nur haßte, oder ob die Erinnerung an ihre letzte Liebesnacht zu schmerzvoll für ihn war. Aber seine Kälte erfüllte ihren Zweck; Jill unternahm keinen weiteren Versuch.

Er schlief weiterhin in einem Bett mit ihr. Aber es war nicht länger ein Ehebett. Er behielt sie nur zum Wohl des ungeborenen Kindes im Auge. Er wollte in der Nähe sein für den Fall, daß ein Problem auftrat, das das ungeborene Kind bedrohen könnte. Aber er schlief immer mit dem Rücken zu ihr.

Noch nie hatte sich Jill derart allein gefühlt und war so außer sich gewesen. Ihr Geburtshelfer hatte ihr verboten, irgendwelche Medikamente einzunehmen, und sie hatte sich alle Mühe gegeben, seine Anweisung zu befolgen. Aber der tägliche emotionale Druck war so unerträglich, daß sie ohne Beruhigungsmittel nicht schlafen konnte.

Sie versteckte das Röhrchen mit den Tabletten in ihrem Schminktisch. Eines Abends fand Jordan es und stellte sie zur Rede. Sein zorniger Blick machte ihr angst.

»Wenn ich dich noch mal mit diesem Zeug erwische«, warnte er sie, »stecke ich dich unter Beobachtung in eine Klinik, bis das Baby geboren ist.«

Sein kalter Blick drückte eine Mischung aus zorniger Besorgnis für sein Kind und Haß für seine Frau aus. Jill mußte wegschauen.

»Es ist eine alte Packung«, sagte sie. »Sie ist schon ein paar Monate alt. Ich habe keine Tablette davon eingenommen und werde es auch nicht tun. Versprochen.«

Jordan steckte das Röhrchen ein.

»Das solltest du besser auch nicht«, sagte er und verließ das Zimmer.

Fortan kam sich Jill wie eine Gefangene vor. Es gelang ihr, durch eine Freundin an neue Tabletten zu kommen. Sie versteckte sie gerissen und wechselte das Versteck mehrmals die Woche. Sie nahm das Mittel so selten wie möglich, weil sie fühlen konnte, wie Jordan sie beobachtete, wenn sie zusammen waren.

In den letzten Schwangerschaftsmonaten brauchte sie Tabletten nicht mehr so notwendig. Sie merkte, daß tief in ihr ein Naturprozeß unabhängig von ihren Plänen und Sorgen seinem Kurs folgte: etwas Ursprüngliches und Unwiderstehliches, das die Gesundheit ihres ungeborenen Kindes sicherte, zwang ihren Körper zum Schlafen.

Aber die Distanz zwischen ihnen wurde immer noch größer. Nur Jordans liebevolle Fürsorge für das Baby, das in Jill heranwuchs, wurde größer, je dicker ihr Bauch wurde, und fast ekstatisch, als das Baby zu strampeln begann.

Dann saß er abends neben Jill und strich mit sanfter Sorge über ihren angeschwollenen Leib. Wenn das Baby trat, sagte er: »Da! Fühlst du es?« Und er lächelte mit jungenhafter Aufgeregtheit. In diesen Augenblicken wirkte er wie der vollends glückliche Jordan ihrer Flitterwochen.

Doch dieses knospende Glück hatte nichts mit seinen Gefühlen für Jill zu tun.

Wie seltsam, wie schrecklich es für Jill wurde, seine stolze Hand auf ihrem Bauch zu spüren, wenn er fühlte, wie das Baby trat! Seine Zuneigung wachsen und gedeihen zu sehen, während seine sanften Fingerspitzen die Haut nur einen Zentimeter über dem Leib des Babys liebkosten. Er war von seinem geliebten Kind nur durch diesen Schleier getrennt, diese fleischliche Oberfläche ohne Bedeutung, ohne Substanz – Jill selbst.

Jill glaubte, wahnsinnig zu werden; sie mußte ertragen, wie seine Liebe auf diese Weise an ihr vorüberging und nur auf das unsichtbare Wesen in ihr abzielte. Sie wollte, daß diese sanften Finger auf ihr verharrten, sie selbst liebten. Aber Jordan empfand keinerlei Liebe für sie. Nur das noch gesichtslose Baby band ihn an sie.

In Jill wuchs zugleich mit dem Baby immer mehr das Gefühl, einen Fremdkörper in sich zu tragen.

Und je mehr Jordans begeisterte Liebe zu diesem unsichtbaren Fremden mit jedem Monat wuchs, desto mehr empfand Jill Haß auf das Geschöpf in ihr. Ihre Gefühle schockierten sie, und sie versuchte, dagegen anzukämpfen. Schließlich war es auch ihr Kind. Sie sollte es doch lieben und sich auf die Geburt freuen. Und doch war es, als wäre dieses Kind wirklich von einer anderen Mutter, und als sei sie lediglich der Ersatz, der benutzt wurde, um es auf die Welt zu bringen. Wie anders sollte sie sonst Jordans leidenschaftliche Liebe für das ungeborene Kind erklären und seine völlige Gleichgültigkeit gegenüber der lebenden Frau, die sein Kind unter dem Herzen trug?

Und alles nur, weil es ein viertes Mitglied dieser werdenden Familie gab, dessen Anwesenheit alle anderen verfolgte, seinen Platz in Jordans Herzen hatte und seinen Schatten über ihr, Jills, Dasein warf.

Oder waren diese Gedanken wahnsinnig? Waren es verzerrte Verirrungen ihres Geistes, geboren aus ihrer Eifersucht und ihrer schlimmen vergeblichen Leidenschaft? Sie wußte es nicht.

Jordan konnte Jill nie mehr ansehen, ohne daß ihm die Maske entgegengrinste, die sie in jener verhängnisvollen Nacht getragen hatte.

Er war einsichtig genug, um zu erkennen, daß es in Wirklichkeit schon immer Jills Ähnlichkeit mit Leslie gewesen war, die ihn angezogen hatte, also auch zum Teil seine eigene Schuld. Er hatte Jill von Anfang an unter falschem Vorwand in sein Herz geschlossen. Heute war ihr Gesicht wie ein Spiegel, der ein grausames Licht auf seine und ihre Falschheit warf – diese bodenlose, grenzenlose Falschheit ihrer Ehe.

Doch trotz allem verband ihn ein tiefes, ursprüngliches Gefühl mit Jill als der Mutter seines Kindes. Aber er konnte es nicht über sich bringen, ihr zu vergeben, was sie getan hatte. Und er konnte es nicht ertragen, sie zu berühren, weil ihr Betrug zu schlimm gewesen war. Wenn er sie heute berühren würde, wenn er sein Herz auch nur einen winzigen Spalt für sie öffnen würde, wäre es nicht Jill, die er begehrte. Und er wäre entblößt in all seiner Nacktheit, genau so, wie er es in der Nacht ihrer Maskerade gewesen war. Der Gedanke war unerträglich.

Deshalb kehrte er seiner einsamen Frau den Rücken zu. Er verbrachte die Tage mit der Arbeit an seinem Lazarus-Plan und seine Nächte mit dem Versuch, durch Jills Körper hindurch das unschuldige Kind in ihr zu sehen. Dieses Kind war in gewisser Weise seine Zukunft. Wenn es auf der Welt war, konnte er von seiner befleckten Vergangenheit erlöst werden und ein neues Leben beginnen.

Daß dies ein ungesunder Weg war, ein Kind auf die Welt zu bringen, war ihm klar, aber er konnte nicht anders. Er wollte dieses Kind mehr als alles andere, was er je im Leben gewollt hatte. Es schien seine einzige Hoffnung auf Glück zu sein.

Dafür konnte er auch noch einige Monate mehr aushalten. Dann aber würde er sein Leben neu beginnen. Zumindest glaubte er das.

In diesem schmerzlichen, aber für die Außenwelt nicht sichtbaren Wartezustand verharrten sie, als eine plötzliche Wendung der Geschehnisse ein neues Licht auf ihre Qual warf.

Meg Lazarus lag im Sterben.

Jordan erhielt die Nachricht mitten in einer warmen Septembernacht und flog sofort in seinem Privatjet nach Pennsylvania. Meg lag auf der Intensivstation des St. Joseph's Hospital. Ein Geistlicher war bereits an ihr Sterbebett gerufen worden.

Seine Brüder und seine Schwester waren im Wartezimmer versammelt. Seine Mutter war bei Meg im Zimmer.

»Wie geht es ihr?« fragte Jordan.

Die Krankenschwester brachte ihn zu ihr. Seine Mutter erhob sich von ihrem Stuhl neben dem Bett, gab Jordan einen zärtlichen Kuß und verließ das Zimmer. Jordan schaute in Megs Gesicht. Die Maske des Todes begann sich bereits über ihr Gesicht zu legen. Meg sah aus wie eine Puppe, ihre Augen starrten ausdruckslos an die Zimmerdecke.

»Meg«, flüsterte er und nahm ihre Hand. »Ich bin's, Jordan.«

Lange lag sie ohne zu reagieren da. Doch ihre Hand rührte sich in seiner, und ihre Brust hob sich, als fehle ihr der Atem zum Sprechen.

Er beugte sich über sie, damit sie sich nicht zu ihm drehen mußte, um ihn anzusehen.

»Meg, ich bin's. Jordan.«

»Jordie?« Ihre Stimme war nur mehr ein Echo, so weit entfernt und verzerrt durch den nahenden Tod, daß sie fast nicht wiederzuerkennen war.

»Ich bin hier, Liebes«, sagte er. »Es ist gut.«

Ihr Blick war auf ihn geheftet, doch ohne ihn wirklich wahrzunehmen. Er sah Tränen auf ihren Wangen und erkannte zu seiner Überraschung, daß es seine eigenen waren. Auch wenn er nichts als ein namenloses Drängen verspürte, eine schreckliche Konzentration auf sie, schossen ihm Tränen aus den Augen.

»Jordie«, sagte Meg erneut. Und nun sah sie ihn an. Ihre Hand drückte schwach seine. »Du bist gekommen.«

»Glaubst du, ich lasse dich allein?«

Es fehlte ihr die Kraft, sein Lächeln zu erwidern. Der Tod zog sie rasch von ihm fort.

»Jordie«, sagte sie erneut. Dann entstand eine lange Pause. Er konnte fühlen, wie sie sich für einen letzten Moment der Klarheit sammelte, da ihr das Ringen mit dem Tod keine Kraft mehr zum Denken ließ.

»Ja, Meg, ich bin bei dir.« Wenn sie keinen Atem mehr zum Sprechen fand, wollte er sie wenigstens bis zum Ende mit seiner Anwesenheit trösten. »Ich bin bei dir. Ich werde dich nie mehr verlassen, Meg. Nie mehr.«

Er kam mit seinem Gesicht ganz nahe an ihres und küßte sie auf die Lippen. Ihre Haut war kühl, die Kälte des Todes war bereits auf ihr.

»Ich will, daß du glücklich bist«, sagte Meg.

Auch an der Schwelle des Todes konnte sie noch mit der Macht der Vision durch ihn hindurchblicken, wie immer schon.

»Ich bin glücklich, Meg.« Die Hohlheit seiner Lüge schockierte ihn, und er wandte den Blick ab.

»Nein«, sagte Meg. »Keine Zeit... hör mir zu.«

»Ja, Meg.«

»Du hast so hart gearbeitet«, sagte sie. »Zu hart. Du hast dich selbst aufgegeben. Du hast dich die ganze Zeit selber vernachlässigt. Jetzt mußt du dich selbst finden – tue es für mich. Kein Davonlaufen mehr...«

»Ja, Meg.« Er hielt ihre eiskalten Hände. »Was immer du willst.«

Er versuchte, seinen Schmerz zu verbergen. Sie sah scharf und klar, was er aus seinem Leben gemacht hatte. Nun, zu spät, hieß sie ihn, die Uhr zurückzudrehen und der Mann zu werden, der er nie gewesen war und von Anfang an hätte sein sollen.

»Du kannst nicht ohne Liebe leben«, sagte Meg. »Versuche es gar nicht. Nicht mehr...«

Ein Krampf durchzuckte sie. Sie sah ihm tiefer in die Augen.

»Sei gut zu Jill«, sagte sie. »Sie liebt dich.«

»Ja«, log Jordan. »Ja, ich weiß, Meg. Ich weiß. Und ich werde es tun. Das verspreche ich dir.« Die Worte kamen ohne Bedeutung von seinen Lippen. Er sprach zuviel, das war ihm klar, im Versuch, die Leere seiner Sätze zu verbergen.

Er merkte an dem schwachen Griff ihrer Hand, daß sie ihre allerletzte Kraft aufbrachte, um ihm dieses Versprechen abzunehmen.

Etwas Unsichtbares schien auf sie gefallen zu sein und schien sie zu erdrücken. Ihre Hände wurden leblos. Ihre Lippen murmelten nur noch etwas. Er beugte sich ganz tief über sie, um es zu hören.

»... noch Zeit...«

Das Licht in ihren Augen erlosch. Die Farbe wich aus ihren Wangen. Sie war tot.

Jordan richtete sich auf. Noch immer hielt er ihre Hände. Er blickte auf ihr lebloses Gesicht, das sich bereits verfremdete.

Dann ging er hinaus zu den anderen.

Der Arzt kam, und der Geistliche traf ein. Jordan regelte, was zu regeln war, und kümmerte sich still und ruhig um alles.

Kurz vor Morgengrauen rief er Jill an. Er werde in einigen Tagen wieder daheim sein, sagte er. Jill wirkte betroffen, aber ihre Stimme war so weit weg, daß er ihre Emotionen kaum wahrnahm.

Er erkundigte sich noch, wie es ihr ging, ehe er auflegte.

»Mir geht es gut«, sagte sie.

Megs letzte Bitte kam ihm ins Gedächtnis. Sei glücklich. Du kannst nicht ohne Liebe leben. Sei gut zu Jill...

Hatte Meg das so gemeint?

Jedenfalls würde er sein Kind glücklich machen und ihm Geborgenheit geben.

Ein weiteres Mal mußte er sich der Zukunft stellen.

KAPITEL 55

Das Baby kam am 10. November zur Welt. Es war ein Mädchen.

Sie gaben ihm, im Gedenken an Meg, den Namen Margaret.

Als das Neugeborene Jill gebracht wurde, schloß sie es mit gemischten Gefühlen in die Arme. Neun Monate lang hatte sie sich vor diesem Moment ebensosehr gefürchtet, wie sie sich darauf gefreut hatte.

Margaret war unglaublich hübsch, mit frischer rosiger Haut, blauen Augen und bezaubernden kleinen Händchen, die sich öffneten und schlossen, während sie gurrte. Sie weinte nur sehr wenig und schmiegte sich behaglich an Jills Brust. Die Unschuld des kleinen Wesens, die Niedlichkeit und sein Hunger nach Leben waren entzückend anzusehen.

»Sie hat die Augen vom Vater«, sagte eine der Schwestern.

»Und auch die Haare vom Vater«, sagte eine andere.

Das Kind sah Jordan sehr ähnlich. Es hatte seine klaren, aufrichtigen Züge, seine innere Ruhe und seinen eigentümlichen visionären Blick.

Die Schwestern vergötterten Jordan Lazarus wegen seines Vermögens und Ruhms ebenso wie für sein bekanntermaßen gutes Aussehen, also war es nur natürlich, daß ihnen die Ähnlichkeiten zwischen dem Neugeborenen und dem Vater auffielen.

Aber Jill entging nicht, daß niemand die Ähnlichkeiten mit ihr erwähnte.

In den ersten Tagen nach der Geburt versuchte sich Jill zu sagen, daß das nichts zu bedeuten hatte. Schon bald würde das Baby die übliche Mischung aus den Zügen des Vaters und der Mutter aufweisen.

Aber Jill konnte nicht umhin, das Baby eng an sich zu halten und mit einer fast besessenen Aufmerksamkeit das kleine Gesicht zu untersuchen, so als würde sie an ihm nach einem offensichtlichen Merkmal von sich selbst suchen.

Ob es dieses Merkmal nun gab oder nicht – Jill schien es nicht finden zu können.

Jordan liebte das Baby von ganzem Herzen. Und er war offenkundig begeistert, daß es ein Mädchen war.

Als er die kleine Meg zum erstenmal sah, strahlte er über das ganze Gesicht, wie Jill es noch nie an ihm gesehen hatte.

Er trug das Baby auf dem Arm, hielt es, redete mit ihm, wie nur wenige Männer mit einem Baby reden, vor allem nicht mit kleinen Mädchen. Eine eigentümliche, beunruhigende Innigkeit herrschte sofort zwischen den beiden, so als würden sie zusammengehören, als wären sie schon die ganze Zeit eins gewesen, und als hätten sie Jill nur als von der Natur geforderte Vermittlerin gebraucht, um sie beide zusammenzubringen.

Jordan strahlte. Er verhielt sich, als hätte er eine lange Phase der Einsamkeit mit Jill ertragen, um diese Belohnung zu erhalten. In der kleinen Meg hatte er schließlich jemanden seines eigenen Blutes gefunden, ein Wesen, das er verstand und dem er instinktiv vertraute. Und nun gab er sich ihr erfreut und vorbehaltlos hin, als hätte er sich selbst in ihr wiedergefunden.

Wenn Jill dies sah, fühlte sie sich ausgeschlossen. Sie saß in ihrem Krankenhausbett und später daheim auf der Couch und sah Jordan eine Vertrautheit mit dem Baby genießen, die sie selber nicht fühlen konnte. Und wenn Jordan, nachdem er mit Meg gespielt hatte, sie Jill zurückgab – mit sichtlichem Widerwillen –, fühlte sich Jill unerwünscht. Es kam ihr so vor, als wäre ihr die Zuneigung des Kindes bereits entfremdet durch die verführerischen Aufmerksamkeiten seines liebenden, reizenden, wundervollen Vaters.

Trotz ihrer täglichen Vertrautheit mit der kleinen Meg spürte Jill eine zunehmende verwirrende Fremdheit in ihrem Kind.

Immer wieder mußte sie daran denken, daß das Kind in ihren Armen auch ebenso von Jordan mit der anderen Frau hätte gezeugt sein können.

Schließlich, sagte sie sich, war der Samen dieses Kindes von einem Mann in sie gepflanzt worden, der in diesem Augenblick eine andere Frau geliebt hatte, während sie, Jill, ihre Willenskraft verbraucht hatte in dem Versuch, diese andere Frau zu imitieren, ja sogar zu dieser anderen Frau zu werden.

Es war Jordans Kind, das ja. Aber war es auch Jills Kind?

Die kleine Meg war nicht das Resultat einer Liebe, die Jordan mit Jill vereinte, sondern einer Kluft zwischen ihnen, einer unüberbrückbaren Distanz. Und diese Distanz wurde, in Fleisch und Blut, von der anderen Frau symbolisiert.

Solche Gedanken quälten sie immer wieder.

Vielleicht wäre es ihr gelungen, ihre Ängste zu bezähmen und ihr persönliches Gleichgewicht wiederzugewinnen, wenn Jordan sie mit der Zärtlichkeit behandelt hätte, die ein frischgebackener Vater für die Mutter seines Kindes normalerweise empfindet.

Aber Megs Geburt schien Jordans Kälte gegenüber Jill nicht zum Schmelzen gebracht zu haben.

Er war nicht offensichtlich in seiner Zurückweisung. Er lächelte mit ihr zusammen das Baby an, hin und wieder bot er eine zärtliche Liebkosung an, war um ihre Gesundheit besorgt und gab ihr einen Gutenachtkuß, wie es sich für einen guten Ehemann gehört. Aber seine wenigen Gesten der Zuneigung wurden so offen übertroffen durch seine leidenschaftliche Hingabe an Meg, daß schon bald offensichtlich wurde, wie die Mauer zwischen ihnen durch die Geburt des Kindes eher noch höher geworden war.

Jordan hatte nur noch Augen für seine Tochter. Und wenn er in seiner Bewunderung für das Baby lange genug innehielt, um Jill einen Blick zuzuwerfen, dann flackerte der alte Groll in seinen dunklen Augen auf. Er konnte es nicht offen ausdrücken, weil es die gute familiäre Atmosphäre verdorben hätte, die seine Tochter ihrem Zuhause gebracht hatte. Aber er tat auch nicht so, als wäre der Groll nicht mehr da. Und er wußte, daß Jill dies bemerkte.

Nichts hatte sich verändert. Die Geburt der kleinen Meg hatte nur den fatalen Makel ihrer Ehe mit Jordan bestätigt. Jill war einsamer denn je.

Ihre Einsamkeit ließ eine neue, fürchterliche Idee in ihrem Kopf entstehen.

Etwa drei Wochen nach Megs Geburt kam Jordan eines Tages

zum Mittagessen von der Arbeit heim, um wie üblich nach dem Baby zu sehen. Er hielt Meg auf dem Arm, redete mit ihr, wickelte sie und ließ sich erst dann dazu bringen, sich von ihr wieder zu verabschieden, als seine Sekretärin anrief und ihn an einen wichtigen Pressetermin erinnerte.

Er reichte Jill das Baby. Als er sich über sie beugte, roch sie seinen frischen männlichen Duft, vermischt mit dem Duft des frischgepuderten Babys.

Sie hielt das Kind im Arm. Es war Zeit zum Stillen. Gleich würde sie ihre Bluse öffnen und dem Kind die Brust geben.

Doch sie verharrte, hielt das Kind von sich und starrte es an.

Ihre Hände zitterten. Sie wurde blaß. Das Baby spürte ihren Zustand und begann zu wimmern.

Jill schaute dem Kind in die Augen, auf die Nase, die Augenbrauen, die Kontur des kleinen Gesichts. Und wie stets konnte sie keinerlei Ähnlichkeit mit sich in der kleinen Meg erkennen.

Doch nun sah sie zu ihrem Schrecken eine unbestreitbare Ähnlichkeit mit jemand anderem in diesen hübschen Zügen.

Sie schloß die Augen, als wolle sie einen Alptraum ausschließen. Als sie die Augen wieder aufschlug, war es nur die kleine Meg, die sie sah, schön wie eh und je, ihre Augen in einem Stirnrunzeln verzogen, weil sie hungrig war und erschrocken von der Emotion ihrer Mutter.

Doch das Gesicht von Leslie Chamberlain hatte Jill aus den Zügen ihrer Tochter angesehen.

Ich werde noch wahnsinnig, dachte Jill und kämpfte gegen diese unheimliche Vision in ihrem Kopf an.

Und sie hielt das Baby an ihre Brust, als könne nur das Kind selbst sie retten.

KAPITEL 56

Johnsonville, Long Island   15. November 1979

Es war ein betriebsamer Freitag. Gegen elf Uhr verließ Leslie das Büro und fuhr rasch heim, um einige Unterlagen zu holen, die sie dort liegengelassen hatte.

Sie überließ Ross die Leitung der Dinge im Büro. Seit dem Sommer hatte er wieder begonnen zu arbeiten.

Aber es war nur ein Theaterspiel. Ross hatte weder die Kraft noch die geistige Klarheit für die schnellen, harten Entscheidungen, die das Werbegeschäft verlangt.

Leslie tat alle Arbeit. Sie traf die Entscheidungen, verhandelte mit den Klienten und sorgte dafür, daß der Betrieb funktionierte. Sie machte im Büro Platz für Ross, um ihm zu helfen, sich nützlich und noch am Leben fühlen zu können. Aber im Grunde war seine Anwesenheit fast nur noch reine Formsache. Aber es wirkte therapeutisch auf ihn.

Längst war nicht mehr zu übersehen, daß Ross nie wieder der Mann werden würde, der er einst gewesen war. Die Krankheit hatte ihm für immer seine geistige und körperliche Kraft genommen.

Leslie und Ross waren in eine neue Phase ihrer Ehe eingetreten, vielleicht in ihre letzte. Sie konnten nicht länger hoffen, die durch den Schlaganfall bedingten Einschränkungen wieder aufzuheben. Aber mit Liebe, Hingabe und harter Arbeit konnten sie in der ihnen noch verbleibenden Zeit einander nahe bleiben. Ihre Liebe war die einzige und letzte Waffe gegen die Krankheit.

Weil ihnen beiden bewußt war, wie die Dinge standen und daß dies ihre letzte Phase als Mann und Frau war, war in ihrem gemeinsamen Alltag viel Druck von ihren Schultern genommen. Das Leben war nun weniger hektisch und friedlicher.

Heute zum Beispiel fühlte sich Leslie gut. Das Wetter war angenehm frisch. Sie trug einen Strickrock und einen Pullover, Geburtstagsgeschenke von Ross. Obgleich sie geschwächt war vom Streß und Gewichtsverlust, war sie stark und sogar energiegeladen. Als die Straßen der Vorstadt an der Windschutzscheibe vorüberzogen, fühlte sie ein inneres Echo des körperlichen Wohlbefindens, das sie einst genossen hatte, als Jugend und Ungebundenheit die einzigen Dinge waren, mit denen sie im Leben umgehen mußte.

Sie freute sich auf den Rest dieses Tages. Sie hatten gerade eine neue Werbekampagne für ein großes New Yorker Bankhaus mit Zweigstellen in ganz Long Island fertiggestellt. Normalerweise wäre ein solcher Etat an eine große Agentur in Manhattan gegangen. Aber *Wheeler Advertisings* Erfolgsserie in letzter Zeit hatte die Aufmerksamkeit der Verantwortlichen des Bankhauses erregt, und Leslies persönlicher Charme hatte den letztendlichen Ausschlag bei der Vergabe des Werbeetats gegeben.

Für den Abend war eine kleine Feier im Büro geplant und später ein ruhiges Abendessen daheim mit Ross. Danach würde sie in seinen Armen auf der Couch liegen, wie sie es abends immer tat, bis sie schließlich hinauf ins Schlafzimmer gingen und sich liebten, sofern Ross bei Kräften war.

Sie versuchten erneut, ein Kind zu zeugen. Die Idee eines Kindes hatte für sie beide eine ganz neue Bedeutung gewonnen. Ross betrachtete es nicht länger nur als Bestätigung seiner Männlichkeit, wie er es früher getan hatte, und auch nicht mehr als Rechtfertigung ihrer Ehe oder als Beweis für Leslies Liebe. Diese hatte sich schon lange bewiesen.

Nein, das erhoffte Kind symbolisierte nun das allerletzte Aufbäumen ihrer Liebe gegen den unausweichlichen Tod. Leslie war klar, daß ihre Ehe nicht mehr sehr lange dauern würde. Sie wünschte sich ein Kind, um ihre Liebe zu Ross zu manifestieren und sie für ihn in der Zukunft weiterzuführen.

Sex war stets eine riskante Sache für einen Mann in seinem Zustand. Aber er begegnete dieser Herausforderung mit seiner üblichen Mischung aus Courage und Humor. Und immer mit großer

Zärtlichkeit und Liebe für Leslie. Auf eine seltsame Weise hatte sie es nie mehr genossen als jetzt. Sie hielt ihn in den Armen und setzte ihren Körper auf einfallsreiche Weise ein, um ihm die Lust zu verschaffen, die einst so leicht und natürlich gewesen war. Ihr Einfallsreichtum und ihre Initiative im Bett gaben ihr das Gefühl einer größeren Nähe zu Ross und machten sie mehr zu seiner Frau. Ihre erfolgreichen Liebesakte waren kleine Triumphe der Liebe über die Krankheit.

All dies ging Leslie durch den Kopf, als sie in die Auffahrt einbog. Sie ließ den Wagen draußen stehen, öffnete das Garagentor und betrat das Haus durch die Küche.

Die Unterlagen, deretwegen sie noch mal hergekommen war, lagen im Arbeitszimmer, aber sie blieb einen Moment in der Küche stehen und lauschte in die Stille des leeren Hauses. Dann ging sie zögernd ins Wohnzimmer, schaute sich um und lauschte erneut.

Es war nichts zu hören, weder Knacken oder Knarren von Balken oder Dielen noch das Schlagen von Ästen gegen eines der Fenster. Es war ein leeres Haus mitten am Tag – nicht mehr.

Sie gestand sich nicht bewußt ein, daß sie sich Sorgen wegen Tony machte, als sie in der Stille dastand. Sie hatte Ross nichts von ihrer Begegnung mit Tony erzählt. Und es war ihr auch nicht eingefallen, die Polizei zu benachrichtigen oder sich jemandem anzuvertrauen. Ganz ernst nahm sie seine Drohungen sowieso nicht. Das Wiedersehen mit ihm hatte sie erkennen lassen, wie wenig moralisches Gewicht er besaß. Und sie hatte ihm eindeutig klargemacht, daß es keinen Weg zurück mehr gab. Und warum sollte sie Ross damit behelligen? Von Tony zu wissen, wäre für Ross ebenso unsinnig, wie wenn sie ihm von einer Schwärmerei erzählte, als sie zwölf Jahre alt war.

Dennoch war jetzt immer eine ständige latente Wachsamkeit in ihr. Sie hatte Tonys irren Blick auf dem Friedhof und seine krankhafte Gewißheit, im Recht zu sein, nicht vergessen. Es machte ihr genug Sorgen, um auf der Hut zu sein.

Sie ging noch einmal hinauf ins Bad, um sich frisch zu machen.

Sie mußte durchs Schlafzimmer, um ins Bad zu gelangen. Plötzlich schoß ein starker Arm wie aus dem Nichts hervor und schloß sich um ihren Nacken, ehe sie aufschreien konnte.

Tony zerrte sie grob mit sich aufs Bett. Sie wußte sofort, daß er es war, auch wenn sie sein Gesicht nicht sah. Die alte Erinnerung an seine Berührungen ließ keinen Zweifel daran. Den Bruchteil einer Sekunde lang fragte sie sich, wie er sich so unsichtbar in ihrem Schlafzimmer hatte verstecken können.

Sie versuchte sich zu wehren, aber er hielt sie mit festem Griff, und körperlich war sie ihm nicht ebenbürtig. Er preßte ihren Kopf auf das Kissen.

»Laß mich sofort los…«, keuchte sie.

»Ich liebe dich.«

Die Worte waren ein Flüstern an ihrem Ohr, fast vertraulich. Irgendwie hatte sie nicht damit gerechnet, auch wenn sie es ihn schon auf dem Friedhof hatte sagen hören. Da hatte sie ihn nicht ernstgenommen. Aber der gepeinigte, fast flehentliche Ton in seiner Stimme sorgte dafür, daß sie es jetzt tat.

Sie hörte auf, sich zu wehren, aber ihr Körper blieb angespannt und verweigerte sich mit höchster Rigidität seiner Berührung. Ihre Gedanken rasten und suchten nach dem schnellsten Weg, ihn loszuwerden.

»Nein, tust du nicht«, sagte sie.

Wieder drückte sein Arm sie aufs Bett, diesmal noch gröber. Sie spürte sein Knie auf ihren Schenkeln. Nun erkannte sie, daß Tonys zärtliche Worte nur eine ungeheure Wut verdeckten.

»Und du liebst mich auch«, murmelte er, und seine Lippen berührten ihr Ohr. »Gib es zu. Sag es.«

»Niemals.« Sie konnte ihre Entgegnung nur nuscheln, weil er ihren Mund in das Kissen drückte. Doch das ließ ihre Antwort nur noch wütender klingen.

Es entstand eine Pause. Sie spürte, daß er aufnahm, was sie gesagt hatte, und ihren Widerstand gegen ihn abschätzte.

Dann zwängte sich sein Knie zwischen ihre Schenkel. Wütend begann sie sich erneut mit aller Kraft gegen ihn zu wehren. Er drückte ihr Gesicht noch fester ins Kissen.

»Schrei nur«, sagte er. »Die Nachbarn sind alle bei der Arbeit. O ja, ich weiß alles über dich. Aber selbst wenn dich jemand hört, soll es mir auch recht sein. Ist mir egal, wenn sie alles über mich wissen. Dein Mann meinetwegen auch. Ich habe keine Angst, der Welt zu sagen, wer ich bin und was ich dir bedeute.«

Leslie sagte nichts. Sie bekam kaum Luft. Er hielt sie wie im Schraubstock.

»Hör mir gut zu«, sagte Tony. »Was ich von dir will, ist ganz einfach. Sag mir nur die Wahrheit. Gib zu, daß du mich liebst und nie aufgehört hast, mich zu lieben. Gib zu, daß du deinen klapprigen Mann nicht liebst. Daß du ihn nie geliebt hast, nicht so, wie du mich geliebt hast. Hör auf zu lügen, Leslie, und alles wird gut. Das verspreche ich dir.«

Sie schüttelte den Kopf. Sie gab nicht nach, sagte sie sich, ganz gleich, wozu er sie auch zwang. Ihr Wille war stärker als seiner. Selbst getrieben von seiner angeblichen Liebe war Tony nicht der Mann, sie zu zwingen. Er besaß nicht die Kraft, sie zu beherrschen.

Doch dieser Gedanke erlosch, als Tony ihr den Rock hochschob und mit der Hand unter den Bund ihres Slips glitt.

Kurz darauf spürte sie die leichte Berührung seines Fingers zwischen ihren Beinen.

Etwas rastete in ihr aus. Sie bebte und wand sich hin und her. Sie schrie ins Kissen. Jede Sehne ihres Körpers war angespannt vor Verzweiflung.

Doch der Finger ruhte noch immer zwischen ihren Beinen und rieb sie sanft.

»Da wolltest du mich früher immer haben«, murmelte Tony. »Siehst du's denn nicht ein, Leslie? Du bist für mich gemacht.«

Er zog ihr den Slip über die Beine.

Ein langer, tiefer Seufzer entrang sich ihm, als er ihre Blöße erblickte.

»Du bist so wunderschön«, sagte er.

Die cremigen runden Halbkugeln ihres Pos, die langen, wunderschönen Beine, die schlanke Taille, noch schlanker durch Kummer, Streß und Sorge, all das rührte sein Herz.

»Mein Gott, wie ich dich liebe«, sagte er. »Du wirst niemals wissen, wie sehr ich dich liebe. All die Jahre, die ich vergeudet habe… ich habe mein Leben deinetwegen ruiniert.«

Der Wahnsinn vermischte sich auf chaotische Weise mit Logik in seinen Worten, die nun heiser vor Begierde klangen.

»Sag, daß du mich liebst«, forderte er. »Sag es, und du rettest uns beide, mich und dich. Es ist so einfach, Baby.«

»Ich hasse dich.«

Die Worte entfuhren ihr unwillkürlich. Sie hoffte, er habe es nicht gehört, doch das hatte er. Sie fühlte, wie er sich anspannte.

Er packte sie beim Haar und schleuderte ihren Kopf hin und her.

»Du haßt mich also, ja?« Eine wütende spöttische Note klang in seiner Stimme mit. »Du haßt mich?«

Mit einem heftigen Ruck riß er ihr den Slip ganz herunter. Sein Arm preßte sich hart in ihr Kreuz.

»Du haßt mich also. Wir werden sehen, wer hier wen haßt.«

Sie fühlte, wie er sich bewegte, und vernahm das unheilvolle Geräusch von Kleidung, die abgestreift wurde. Es war ihr klar, was nun geschah. Wut explodierte in ihr, und sie wehrte sich wie von Sinnen.

»Verdammt sollst du sein«, schrie sie. »Laß mich los. Wage es ja nicht…«

Aber sie kam nicht gegen ihn an. Schon bald hatte er seine Hose heruntergezogen, und sie spürte seine nackten Beine an ihren.

»Ich war deine erste Liebe«, sagte er und wälzte sich auf sie. »Ich habe dich entjungfert, und du warst mir dankbar dafür. Du hast um mehr gebettelt. Weißt du noch? Du konntest nicht genug von mir kriegen. Ich gab dir deinen kleinen Jungen. Und jetzt sagst du, du haßt mich.«

Sie zitterte am ganzen Leib wie Espenlaub. Sie spürte, wie er gleich in sie eindringen würde. Er preßte sich heiß und steifgeschwellt gegen sie und begann, sich zu bewegen.

»Tony, wenn du das machst, dann...« Sie versuchte, ihm zu drohen, doch ihre Worte ließen sie im Stich. Ihre Stimme wurde zu einem Aufschrei der Wut und Hilflosigkeit.

Fast bedächtig – oder vielleicht auch pervers – langsam drang er in sie ein. Ihn in sich zu fühlen war das Schlimmste, was ihr jemals widerfahren war. Er war wie ein Monstrum in ihr, ein gräßliches abscheuliches Ding, das in ihren intimsten und verletzlichsten Ort eingedrungen war.

Er begann, in sie zu stoßen. Er hielt sie mit kräftigem Griff fest, und wie ein Pfahl bohrte und pumpte das Ding in ihr, getrieben von seiner Besessenheit und Wut.

»Ahhhhh«, stöhnte er. »Ich wette, das hast du schon eine ganze Weile nicht mehr gehabt, was?«

Er stieß langsam und rhythmisch zu. Es war eine groteske Parodie der Zärtlichkeit. Er rammte in sie hinein wie eine Maschine.

»Ich wette, das schafft dein Mann nicht mehr«, keuchte er. »Der kriegt ihn doch überhaupt gar nicht mehr hoch, was? Wahrscheinlich schon vor seinem Anfall nicht. Er ist ein alter Knacker. Denkst du denn, er könnte ein Mann für dich sein, wie ich es bin? Denkst du denn, er könnte dir Kinder machen, wie ich es kann?«

Triumph und Herausforderung klang in seiner Stimme.

»Ich wette, ihr habt es versucht«, sagte er. »Stimmt's? Klar habt ihr. Ihr habt's versucht, aber er konnte dir kein Kind machen.«

Schlagartig hörte Leslie auf sich zu wehren. Sie lag reglos da und zog sich tief in sich zurück, wo er sie nicht berühren konnte. Sie überließ ihm ihren Körper wie eine leblose Hülle. Sollte er ihn haben. Aber ihre Freiheit, ihre Seele konnte er ihr niemals nehmen. Die gehörte Ross und ihr selbst.

Tony spürte ihren Rückzug sofort. Ihre Kälte machte ihn noch wütender.

»Du verdammte Hure«, fuhr er sie an. »Du machst also Zicken, ja? Dieses Spielchen hast du schon die ganze Zeit mit mir getrieben. Wirfst mich den Wölfen vor und lebst dein Leben weiter, machst auf Familie... du gottverdammte Hure, du Hure...«

Er schlug sie hart. Wie ihr wunderschönes Haar auf dem Kissen ausgebreitet lag, schien ihn noch wütender zu machen, und er schlug sie erneut. Ihre Kopfhaut brannte von den Schlägen.

»Komm schon, Pussy«, sagte er mit zusammengebissenen Zähnen. »Mach mit... Komm! Komm!«

Er stieß härter in sie und noch härter. Wieder schlug er sie, dann packte er sie am Haar, zog grob daran, spielte mit ihrem Kopf wie ein grausames Kind mit einem Spielzeug.

Aber sie fühlte jetzt nichts mehr. Sie hatte ein Versteck vor ihm tief in ihrem Herzen gefunden, und es war viel stärker, als sie geglaubt hatte. In diesem Versteck bewahrte sie ihre Liebe für Ross und ihr Vertrauen in den Teil des Lebens, den sie für ihn und sich gerettet hatte. Tony konnte dorthin nicht vordringen, weder mit seinem Körper noch mit seiner Wut.

»Hure, Hure...«

Sie hörte sein Fluchen, seine Beleidigungen, während er in sie pumpte, aber sie fühlte nichts. Dies war ihr Sieg über ihn. Er hatte keinen Platz in ihrem Herzen, und sie bewies es ihm.

Doch irgendwo hinter all seiner Wut hörte und spürte sie seine Verzweiflung. Sie verstand, daß etwas in ihm geklickt hatte, als er sie nach all den Jahren wiedergesehen hatte, Jahre, die schrecklich für ihn gewesen sein mußten; Jahre der Niederlagen, der Erniedrigungen und Ausschweifung. Sie sah, daß er nach ihr gegriffen hatte, als könne sie sein Leben retten, ein letzter Ast, an dem er sich halten wollte, um nicht im Treibsand seines eigenen Lebens zu versinken. Und durch ihre Zurückweisung, so gerechtfertigt sie auch sein mochte, ließ sie ihn, so wie er es verstand, im Stich.

So war da mehr als nur Wut in seinen bestrafenden Stößen. Da vermischte sich grenzenlose Frustration mit Verzweiflung. Aus ihrer großen Distanz, die sie zwischen ihnen geschaffen hatte, beobachtete sie es fast ruhig.

Und als seine Wut schließlich in ihr eruptierte und sie sein Keuchen und heiseres Stöhnen vernahm, verstand sie, daß es das Stöhnen eines verzweifelten Kindes war und nicht das eines kräftigen, starken Mannes. Tony besaß keine Stärke. Nicht mehr. Vielleicht hatte er sie nie besessen. Nicht, als sie ihn kennenlernte, und niemals vorher. Nun war er am Ende, so oder so, geschlagen vom Leben und seiner eigenen Unzulänglichkeit. Und er hatte auf armselige Weise versucht, sein Versagen an ihrem Körper zu beheben. Vielleicht war dies die tatsächliche Bedeutung der Vergewaltigung, dachte sie abwesend, nämlich die impotente Wut des Mannes, der die Wut über die eigene Schwäche am Körper einer Frau ausläßt. Ein Akt des Hasses, gewiß, aber ebenso ein Akt der gepeinigten, frustrierten Sehnsucht.

Sie rührte sich nicht, als er sich aus ihr zurückzog. Sie fühlte, wie die Matratze unter ihr wippte, als er vom Bett stieg. Sie hörte, wie er sich die Hose hochzog.

»Du hast mich dazu gebracht«, sagte er, noch immer außer Atem. »Ich wollte dir nicht weh tun. Ich wollte dich lieben. Aber du hast mich den Wölfen vorgeworfen. Du hast dein kleines albernes Nest hier. Ich bin dir völlig egal. Es ist dir ganz gleich, was aus mir wird. Du bist die einzige Frau, die ich je geliebt habe, und du scherst dich nicht darum. Oder?«

Er war jetzt nur noch erbärmlich. Sie rührte sich nicht. Sie lag auf dem Bauch, lauschte ihrem Herzschlag und dem Atem am Kissen. Sie machte ihm mit ihrer Reglosigkeit und ihrem Schweigen ihre letzte Weigerung klar, von ihm berührt zu werden.

Doch sie hatte auch begriffen, daß er es durchaus ernst gemeint hatte, als er sagte, sie sei die einzige Frau gewesen, die er jemals geliebt hatte. Die Vorführung seiner Verzweiflung und Einsamkeit tat ihr fast so weh wie die Gewalt, die er ihr angetan hatte. Auf diese Weise, und allein auf diese Weise, hatte er sie damit doch noch berührt.

Nun schien er sich wieder zu fassen.

»Denk drüber nach, was heute passiert ist«, sagte er. »Du wirst wieder zu mir zurückkommen. Besser, du bereitest dich schon mal darauf vor. Nichts wird mich davon abhalten, Leslie. Nichts und niemand wird mich aufhalten.«

Seine kindische, unreife Verbohrtheit und sein erneutes unsinniges Gerede machten sie zornig. Sie hätte ihre Verachtung für ihn am liebsten laut herausgeschrien. Aber sie wußte, daß dies ein Fehler wäre. Es war bereits zuviel geschehen. Sie mußte ihn endlich loswerden und später Zeit finden, darüber nachzudenken, wie sie sich von ihm befreien konnte.

Sie weigerte sich, ihn anzusehen. Er starrte auf sie herab. In ihrem Schweigen wirkte sie gleichzeitig besiegt und verschlossen, hilflos und geheimnisvoll.

»Und laß nur die Polizei aus dem Spiel«, sagte er. »Sonst bringe ich Ross um.«

Den Namen von ihm aussprechen zu hören war ihr unerträglich. Aber sie sagte nichts.

»Er ist doch sowieso im Weg«, sagte Tony. »Er ist alt und krank, und nur im Weg. Habe ich vielleicht nicht recht?«

Leslie fühlte Eiseskälte durch sie kriechen. Das also war es. Er drohte nicht ihr, sondern Ross. Ihn sah er als den Grund, weshalb sie sich ihm verweigerte.

»Du hast ihn doch nie geliebt«, sagte er. »Das habe ich doch sofort gespürt. Und jetzt eben auch. Er ist nur ein Schutzschild, den du zwischen dir und deiner Vergangenheit hältst. Aber damit kommst du nicht durch, Leslie. Du wirst ihn verlassen müssen und zu mir zurückkehren, wo du hingehörst – oder er wird es sein, dem etwas passiert. Glaub mir, Leslie, ich scherze nicht.« Er hielt inne. »Er ist ja jetzt schon halb tot.«

Seine Besessenheit hatte ihm Verschlagenheit verliehen. Er wußte, womit er ihr am meisten Angst einjagen konnte. Nicht die Drohung, sie zu entführen, zu quälen oder sie sogar umzubringen. Statt dessen die Drohung, ihn zu töten, einen wehrlosen Invaliden.

Er stand da und schätzte die Wirkung seiner Worte auf sie ab.

Dann dehnte er seine Schultern und bereitete sich zum Gehen vor.

»Ich war heute nicht hier«, sagte er. »Ich habe ein einwandfreies Alibi. Ja, auch daran habe ich gedacht. Ich habe an alles gedacht, Leslie. Du kannst mir meinen Platz nicht verwehren.«

Er sah sie mit einem höhnischen Grinsen an. »Du wirst schön nichts unternehmen, ja? Weil du nämlich willst, daß dein Mann am Leben bleibt.«

Er schaute auf sie hinab. Sie wirkte mitleiderregend und doch unglaublich schön, wie sie besiegt dalag, mit dem über die Hüfte geschobenen Rock und den schlanken, auf dem Bett gespreizten Beinen, zwischen denen er seinen Samen hinterlassen hatte. Es gefiel ihm. Er war stolz. Es war der Beweis, daß er seine Macht über sie wiedererlangt hatte. Und er liebte sie mehr denn je.

Dann ging er.

KAPITEL 57

New York City   10. Januar 1980

Es war Jills erste eigene Begegnung mit der Presse.

Auf Beharren sowohl der Medien als auch seiner Berater hatte Jordan seine Frau schließlich gebeten, sich zusammen mit dem Baby interviewen zu lassen. Jordans Ehe mit Jill, so kurz nach seiner Scheidung von Barbara, hatte selber für so viel Wirbel gesorgt, daß die Früchte dieser neuen Ehe natürlich von großem Nachrichtenwert waren.

Doch es gab einen noch wichtigeren Grund, weshalb Jordan seine Frau bat, dem Drängen der Medien nachzugeben. Jordan benötigte im Augenblick alles an guter Presse, was er für seinen Lazarus-Plan kriegen konnte.

Es war wichtig, daß er nicht nur seinen Einfluß hinter den Kulissen behielt, sondern auch sein hohes Ansehen in der Öffentlichkeit. Das weitere Schicksal seines Plans konnte davon abhängen.

»Es wird höchstens eine Stunde dauern«, hatte er zu Jill gesagt. »Ich lasse es von meiner Pressesekretärin arrangieren.«

Er hielt Meg auf dem Arm, während er mit Jill sprach. Er lächelte dem Baby zu und hielt es hoch.

»Du willst doch bestimmt auch gern in die Zeitung, was?« Er stupste das Baby unter das Kinn und küßte es auf die Wange. Meg, zwei Monate alt, lächelte und giggelte.

Jill saß schweigend am Fenster und sah den beiden zu. Sie stand unter Beruhigungsmitteln, wie immer seit der Geburt des Kindes. Die Wirklichkeit hatte für sie in den letzten Monaten ein anderes Gesicht bekommen. Meg und ihr Wachsen und ihr Lächeln und auch Jordans verzückte Aufmerksamkeiten für seine Tochter hatten etwas Unwirkliches für sie. Sie sah es wie hinter einer Glasscheibe, verwirrend, sogar bedrohlich, auch wenn es ein Anblick der Freude und Zufriedenheit war.

Auch nach der Geburt des Kindes hatte Jordan keinerlei Interesse mehr gezeigt, mit Jill zu schlafen. Eine Weile lang hatte Jill gehofft, ihre wieder gertenschlanke Figur könnte ihn verführen. Aber Jordans einstige Leidenschaft für ihren Körper war endgültig erloschen.

Seine Leidenschaft galt nunmehr ausschließlich Meg.

Der Presseempfang fand im wunderschönen Spielzimmer statt, das Jordan für Meg hatte einrichten lassen. Das Baby lag auf dem Fußboden und spielte leise mit seinen Spielsachen und Stofftieren, während die Reporterinnen ihre Fragen stellten.

»Mrs. Lazarus«, fragte die Reporterin eines New Yorker Senders, deren Beitrag auch an diverse andere Stationen ging, »wie ist es, die Mutter der Tochter von Jordan Lazarus zu sein?«

Jill zwang sich, die unbeabsichtigte Ironie in den Worten der Reporterin zu überhören und brachte ein Lächeln zustande. In ihrem ganzen Leben voller so vieler Täuschungen hatte sie sich noch nie so sehr auf verlorenem Posten gefühlt. Die Beruhigungsmittel, die ihr, wenn sie allein war, ein gewisses Maß an Erleichterung verschafften, machten sie nervös und zappelig in Situationen, in denen es auf rasche Entscheidungen und Taten ankam. Sie suchte nach Worten, die ihre wahren Gefühle verbargen und gleichzeitig aufrichtig klangen.

»Ich bin so glücklich wie noch nie«, sagte sie. »Seit ich ein kleines Mädchen war, habe ich immer von einem Glück wie diesem geträumt, auch wenn ich nie daran so richtig geglaubt habe, daß es Wirklichkeit für mich werden könnte.«

Ihre glatte Falschheit schockierte sie selbst. Sie spürte, wie das Beruhigungsmittel ihre Sprache beeinträchtigte. Sie fragte sich, ob sie es fertigbrächte, in ihrem Zustand weiterhin überzeugend zu lügen.

»Was meinen Sie – kommt das Baby mehr nach Ihnen oder dem Vater?« fragte eine andere Reporterin.

»Nun ja...« Jill lächelte. »Sie hat das Temperament ihres Vaters, das steht fest. Aber ich finde, sie hat mein...«

Ihr fiel nichts Rechtes ein. Seit zwei Monaten war es ihr nicht gelungen, auch nur ein einziges Merkmal zu finden, das sie an ihre Tochter weitergegeben hatte. »... meinen Sinn für Humor«, log sie schließlich, ohne wirklich zu wissen, was sie da sagte.

»Wie steht Mr. Lazarus dazu, eine Tochter zu haben?« fragte jemand. »Glauben Sie, daß er sich vielleicht mehr einen Sohn gewünscht hätte?«

Jill lachte laut auf.

»Zu sagen, daß er sich freut, eine kleine Tochter zu haben«, antwortete sie, »wäre die Untertreibung des Jahres. Er ist absolut verrückt nach ihr.«

»Und ich nehme doch an, das basiert auf Gegenseitigkeit?« Die Reporterin lächelte.

Jill nickte. »Die beiden kommen wundervoll miteinander klar. Sie sind sehr vertraut, und ich finde, sie ähneln einander sehr.«

»Wie meinen Sie das?« fragte jemand.

Wieder beeinträchtigte das Beruhigungsmittel Jills Fähigkeit, klar zu denken. Was hatte sie tatsächlich damit gemeint? Wie ähnelten sich Jordan und Meg? Was redete sie da? Was machte sie hier überhaupt mit diesen fremden, kalt blickenden Reporterinnen, die sie gar nicht mochten, denen sie völlig egal war, die nur auf ihre Story aus waren?

»Sie besitzen«, sagte sie, »beide die bemerkenswerte Fähigkeit, Spaß zu haben. Meg kann stundenlang daliegen und einfach nur das Mobile über ihrem Bettchen anschauen. Und Jordan kann sich stundenlang mit einem Gemälde beschäftigen oder Leute auf der Straße beobachten. Oder Meg ansehen. Sie ruhen beide so sehr in sich selbst, daß es mich erstaunt. Ich hingegen... nun, ich bin wohl mehr der unternehmungslustige Typ. Immer unterwegs, immer aktiv. Ich habe nicht diesen Hang zum Beschaulichen...«

Ihr Satz versickerte. Sie wußte nicht, was sie sagte. Mit jedem Satz schien sie tiefer in ein Loch ohne Boden und Bedeutung zu fallen.

Die Fragen gingen noch eine ganze Stunde weiter, gnadenlos und eindringlich, manche sogar taktlos. Es waren durchweg diese belanglosen, aufgebauschten Fragen, wie die Medien sie Frauen berühmter Männer stellten. Und doch schienen so viele davon an die Wunde in Jills Seele zu rühren, die ihr die Entfremdung von Jordan und seine Verbundenheit mit dem Baby geschlagen hatte. Und je näher die Fragen ihrem Schmerz kamen, desto einfallsreicher hatte sie sein müssen, sich Lügen als Antworten auszudenken. Noch nie hatte sie etwas derart Anstrengendes in ihrem Leben erlebt.

Was glauben Sie, weshalb liebt Mr. Lazarus seine Tochter so sehr?

Fühlen Sie sich Ihrem Mann näher, seit Sie ein Kind haben?

Wie ist das Leben zu dritt anstatt zu zweit?

Haben Sie das Gefühl, daß Ihre Ehe seit der Geburt des Kindes inniger ist?

Wie ist es, die Frau und Geliebte eines der begehrtesten Sexsymbole Amerikas zu sein?

Und so weiter und so fort, unerbittlich. Jill log und log. Sie grub sich ihre eigene Grube immer tiefer, während sie die ganze Zeit die grausame Wahrheit ihrer Ehe näher und näher kommen spürte, bis an die Oberfläche ihrer Lügen. Sie litt Höllenqualen.

Nach neunzig strapaziösen Minuten war es ausgestanden. Jordans Pressesekretärin schob die Reporterschar zum Büffet, das im Wohnzimmer wartete. Jill konnte es kaum erwarten, endlich wieder allein zu sein. Sie wollte Meg dem Kindermädchen überlassen, hinaufgehen, noch eine Beruhigungstablette einnehmen und ausgiebig baden. Sie spürte den Schweiß auf den Unterarmen von der Hitze der großen Strahler und ihrer eigenen emotionalen Auflösung.

Sie wollte sich gerade von den Reporterinnen verabschieden, als etwas Erstaunliches geschah.

Eine Gestalt löste sich aus der Gruppe der Anwesenden und kam auf Jill zu. Die Reporterinnen wandten sich überrascht um.

Blendend aussehend in einem wundervollen Chanel-Kostüm, das sie gleichzeitig vornehm und lässig machte, das Haar in einem neuen, helleren Farbton, mit einem leuchtenden und fröhlichen Hut, der zu ihrer Handtasche paßte, kam Barbara Considine auf Jill zu.

»Jill!« rief sie. »Wie schön, dich zu sehen!«

Jill war völlig verblüfft, versuchte aber ihr Gesicht unter Kontrolle zu behalten, weil sie sah, wie sich die Fotografen bereits umdrehten und ihre Kameras zückten, um ein Bild vom öffentlichen Aufeinandertreffen der beiden Ehefrauen von Jordan Lazarus zu schießen. Jill fragte sich, wie um alles in der Welt Barbara hier hereingekommen war. Sie trat vor und streckte die Hand aus.

Barbara erwiderte ihren Handschlag, zog Jill an sich und drückte sie.

»Wir haben uns schon so lange nicht gesehen!« rief Barbara.

Zu Jills Schrecken eilten sofort mehrere Reporterinnen mit gezückten Notizblöcken zu ihnen, und der Kameramann schaltete die Beleuchtung wieder ein. Barbara lächelte einladend.

»Das ist ein ermutigender Anblick, Sie beide zusammen«, sagte die Reporterin eines bekannten Klatschmagazins. »In der heutigen Zeit ist so etwas reichlich ungewöhnlich.«

Barbara wandte sich vertraulich an die Reporterin.

»Ganz und gar nicht«, widersprach sie ihr. »Jill und ich sind schon lange gute Freundinnen. Zwischen uns hat es niemals Animositäten gegeben. Nicht wahr, Jill? Jordan und ich hatten eine gute Ehe, aber dann haben wir uns auseinandergelebt. Ich habe mich sehr für ihn gefreut, als er Jill geheiratet hat. Sie ist eine schöne Frau und ein wundervoller Mensch.«

Sie wandte sich zu Meg auf dem Arm des Kindermädchens um.

»Aber heute bin ich hier, um dich zu sehen!« rief Barbara und nahm die kleine Meg dem Kindermädchen ab. »Gehen dir die vielen Reporter auf die Nerven?«

Die Journalistinnen lächelten.

»Sieht ja fast so aus, als würden Sie zur Familie gehören«, sagte eine von ihnen. »Möchten Sie das denn?«

»Aber selbstverständlich doch!« sagte Barbara. »Ich bin Megs Tante Barbara, und genau das will ich auch sein. Kein Kind wird jemals so verwöhnt werden, wie ich dieses hier verwöhnen werde, wenn ich jemals Jordan und Jill dazu bringen kann, sie mal über Nacht bei mir zu lassen. Bislang jedoch gibt Jordan sie einfach nicht her.«

Barbara war in erstaunlicher Form, scherzte mit den Reporterinnen, hielt das Baby und wurde nicht müde, weiterhin ihrer Zuneigung für Jill und ihrer weiterhin bestehenden Freundschaft zu Jordan Ausdruck zu geben. Keine Spur von der Zurückhaltung, die sie in der Öffentlichkeit immer so beklommen gemacht hatte. Sie führte sich vor aller Welt wie eine Berühmtheit auf, die sich in der Aufmerksamkeit der Medien sonnt.

An einem Punkt wurde sie ernst und sprach von ihrer Liebe zu Jordan, ihrer Ehe und Trennung.

»In gewisser Weise«, sagte sie, »habe ich ein besonderes Gefühl für Meg und für Jill. Sehen Sie, ich habe Jordan nie das Kind schenken können, das ich ihm so gern gegeben hätte. Wir haben alles versucht, aber es sollte eben nicht sein. Das war nicht der Grund für unsere Trennung, aber ich habe es stets als großen Verlust empfunden. Als Jordan Jill heiratete, habe ich von Anfang an die Daumen für ein Baby gedrückt. Und nun, wo Meg da ist, fühle ich mich tatsächlich als eine Patentante. Niemand hat sich mehr gewünscht, sie möge auf die Welt kommen, als ich. Und niemand liebt sie mehr – außer ihren Eltern natürlich.«

Jill war einfach sprachlos. Barbara log, daß sich die Balken bogen, aber meisterhaft. Die Journalistinnen waren aufrichtig gerührt von Barbaras Entzücken über das Kind. Wie sollten sie ahnen, daß Barbara bis zu diesem Tag noch niemals hiergewesen war, nie eine Glückwunschkarte geschickt hatte, weder vor oder nach der Geburt, und vor allem Jill gegenüber niemals Zuneigung auch nur angedeutet hatte.

Es war ein großer Auftritt.

Aber Jill erkannte nicht, worauf er abzielte.

Nach einer Viertelstunde mit den Reporterinnen bereitete Barbara ihren ebenso rauschenden Abgang vor. Jill konnte es kaum erwarten, sich in ihr Schlafzimmer zurückziehen zu können.

Die Fotografen bestanden auf einem Foto der beiden Frauen zusammen mit dem Baby. Meg wurde müde, aber Jill nahm sie sanft und hielt sie an ihre Brust geschmiegt. Barbara stellte sich neben Jill.

Dann nahm das Kindermädchen das Baby, und Jill und Barbara waren allein, während die Reporterinnen erneut ihre Sachen zusammenpackten. Jill kam zu Barbara, deren Blick auf der kleinen Meg in den Armen des Kindermädchens ruhte.

»Wie sind Sie hier hereingekommen?« zischte sie.

»Eine von denen ist eine Freundin von mir«, sagte Barbara ganz unbefangen. »Sie hat mir von diesem kleinen Treffen hier erzählt, und ich dachte, ich schaue mal vorbei. Ich wollte das Baby sehen.«

Ihre Augen verengten sich, als sie Meg ansah.

»Sie ist wunderschön, nicht wahr?«

Jill nickte. »Ja, das ist sie.«

Es entstand eine winzige Pause, jedoch lang genug für Jills wunde Nerven, zu spüren, wie Barbara eine Waffe wetzte.

»Aber Sie sieht Ihnen gar nicht ähnlich«, fügte Barbara hinzu. Ihre Stimme war hart, vertraulich, nicht zu hören für die anderen.

Jill versuchte, ihre Reaktion zu verbergen. Sie war gezwungen zu lächeln, weil sie noch immer nicht allein waren.

»Ich verstehe nicht...«, sagte Jill.

»Sie verstehen sehr genau, was ich meine«, sagte Barbara und ergriff Jills Hand, während sie den Reporterinnen zulächelte. »Sie sieht Ihnen gar nicht ähnlich. Sie sieht aus wie SIE. Deshalb ist Jordan ja auch so in die Kleine vernarrt.«

»Wie wer?« Jill wurde blaß.

Barbara wandte sich um und blickte Jill in die Augen.

»Na«, sagte sie, »wollen wir uns was vormachen?«

Jill wurde schwindelig. Der Raum begann sich vor ihr zu drehen. Barbaras Worte waren so unverschämt und doch ihrer Wunde so nahe, daß sie wie Gift in ihr brannten.

Alles um sie herum geschah, als wäre es unwirklich. Das Baby wurde Barbara für einen Abschiedskuß gereicht. Dann herzte Barbara Jill, ehe sie unter Applaus und Glückwünschen ging.

Sie blieb endlich allein zurück und war wie gelähmt.

Sie sieht Ihnen gar nicht ähnlich. Sie sieht aus wie SIE...

Jill überließ Meg dem Kindermädchen, nahm zwei Beruhigungspillen anstatt einer und schaffte es noch zu duschen, ehe sie kraftlos auf ihr Bett fiel.

Sie sieht aus wie SIE...

Jill beobachtete die Schatten des Nachmittags, wie sie über die Zimmerdecke krochen.

KAPITEL 58

Johnsonville, Long Island

Leslie Wheeler sah ihrem Mann in die Augen.

»Ich liebe dich«, sagte sie.

Ross lächelte unter seinem Schmerz. Auch wenn dieser sonderbar besorgte, fast ernste Blick noch immer sein Gesicht bestimmte, schien das Licht der Liebe doch stärker als alles und wärmte Leslie köstlich.

»Ich liebe dich auch, Kleines«, sagte er, und sein Humor stellte sich wie eine Rüstung um sie beide und ihre Liebe.

Leslie war noch immer nackt; Ross trug einen Pyjama, den sie ihm überziehen geholfen hatte. Sie hatten miteinander geschlafen, auf diese subtile, komplizierte und schwierige Weise, zu der sie wegen der Krankheit gezwungen waren. Und sie waren erfolgreich gewesen heute nacht. Ross' Samen war in Leslie, und sie war glücklich.

Er lag neben ihr und sah sie bewundernd an. Auch wenn die Sorge und die viele Arbeit sie mager gemacht hatten, war sie so schön wie je. Sie strahlte einen Glanz aus, der sie unwiderstehlich machte.

Er berührte ihre Brüste. Er genoß Leslies körperliche Existenz und labte sich an ihrer Liebe. Seine Augen leuchteten vor Faszination und Dankbarkeit. Dann zeigte sich nach und nach die Schwäche auf seinem Gesicht.

»Bleib nicht zu lange auf«, sagte er.

»Nein«, versprach sie.

Seit seinem ersten Schlaganfall ging er stets ein oder zwei Stunden vor ihr zu Bett. Die enorme Anstrengung seiner Rehabilitation zwang ihn, früh schlafen zu gehen. Leslie blieb noch auf, arbeitete noch einige Unterlagen durch, die sie aus dem Büro mit nach Hause gebracht hatte, räumte und putzte ein wenig oder las oder dachte nach.

Ross sah, wie das Nachthemd über die Silhouette ihres nackten Körpers glitt.

Sie kam zu ihm ans Bett und küßte ihn. Dann löschte sie das Licht. Sie hörte seinen gleichmäßigen Atem, als sie das Zimmer verließ.

Sie ging hinunter in die Küche und schaute auf die Liste der Erledigungen für den nächsten Tag. Es würde ein langer und anstrengender Tag im Büro werden, dazu ein Geschäftsessen mit einem Kunden. Sie würde den Einkauf auf dem Heimweg erledigen müssen. Ein typischer strapaziöser Tag, wie so viele im vergangenen Jahr.

Sie ging aus der Küche hinunter in den Keller, wo sie nachsah, ob alle Türen und Fenster verschlossen waren. Dasselbe tat sie auch im Wohnzimmer, in der Garage, der rückwärtigen Veranda und am Seitengang zur Küche. Schließlich tapste sie auf Zehenspitzen ins obere Stockwerk und überprüfte auch dort alle Fenster.

Im Wohnzimmer brannte eine einzelne kleine Lampe neben dem Klavier. Sie las eine halbe Stunde, löschte gegen halb elf das Licht und blieb noch sitzen, um den Geräuschen der Nacht zu lauschen. Eine Eule rief draußen im nahe gelegenen Wald. Am Ende der Straße wendete ein Wagen. Sie hörte das vertraute Tapsen eines Eichhörnchens, das oft nachts übers Dach flitzte.

In ihrer Hand hielt sie das längste und schärfste Messer aus der Küche. Sie wollte es nicht aus der Hand legen, solange sie hier saß, für den Fall, daß sie vielleicht im Sessel einschlief, wie es ihr in den vergangenen Wochen schon öfter passiert war. Ross erfuhr nichts davon, weil sie immer noch vor dem Morgengrauen wieder zu ihm ins Bett schlüpfte und dann gemeinsam mit ihm aufwachte.

Leslie bewachte das Haus.

Dazu hatte sie sich nach einem ausführlichen und enttäuschenden Gespräch mit einem Kommissar der Polizei entschieden.

Sie hatte ihm ihre Situation klar und sachlich dargelegt und ihm von ihrer früheren Beziehung zu Tony Dorrance erzählt, von ihrer Ehe mit Ross, dessen Schlaganfall und von Tonys Rückkehr.

Sie verschwieg nichts, auch wenn es sie große Überwindung kostete, und selbst nicht die Vergewaltigung durch Tony bei seinem letzten Eindringen in ihr Haus.

Der Kommissar war freundlich und verständnisvoll gewesen, aber wenig hilfreich.

»Wenn Sie die Vergewaltigung sofort angezeigt hätten«, sagte er, »dann hätten wir etwas tun können. So hingegen sind die Umstände schwierig ...«

Leslies trauriges Lächeln hatte ihm gesagt, weshalb sie Tony nicht angezeigt hatte. Ihr war klar, wie gering ihre Chance war, Tony hinter Gitter zu bringen. Seine Aussage würde gegen ihre stehen. Außerdem hatte Tony gesagt, er habe ein Alibi. Und er hatte wahrscheinlich nicht gelogen. Seine Besessenheit von Leslie schien ihm eine skrupellose Gerissenheit verliehen zu haben, die sie nicht unterschätzen durfte.

Sie hatte noch einen weiteren Grund, weshalb sie Tony nicht in aller Öffentlichkeit bekämpfen wollte. Sie wollte die beiden Hälften ihres Lebens getrennt halten. Sie wollte nicht, daß Ross, ein bereits kranker und tief besorgter Mann, der buchstäblich um sein Leben rang, von Tony erfuhr. Diese Vorstellung ekelte sie an. Sie wollte Ross um jeden Preis davor bewahren.

»Was soll ich jetzt tun?« fragte sie. »Tony wird wiederkommen. Das weiß ich. Ich denke, er wird versuchen, Ross etwas anzutun. Ross ist für ihn ein Hindernis zwischen ihm und mir.«

Der Kommissar nickte nachdenklich. »Ich kann natürlich über die Versicherung, für die er arbeitet, seinen Wohnsitz herausfinden, und wir können ihn beobachten und prüfen, ob im Augenblick etwas gegen ihn vorliegt, Anklagen oder Haftbefehle. Aber darüber hinaus können wir nichts tun, solange er nicht erneut etwas gegen Sie unternimmt. Wir können niemanden verhaften für etwas, was er vielleicht tun wird. Ich kann jeden Abend einen Streifenwagen bei Ihrem Haus vorbeifahren lassen. Aber das ist auch schon alles. Ich verstehe Ihr Problem, aber wir haben einfach nicht die Möglichkeiten...«

Als er die Angst und die Sorge in Leslies Augen sah, beugte er sich vor.

»Ich kenne einige verläßliche Privatdetektive«, sagte er. »Sie könnten jemanden engagieren, der Ihr Haus überwacht. Aber das wird natürlich Geld kosten.«

Und es würde Tony nicht aufhalten, dachte Leslie im stillen. Wenn Tony schlau genug gewesen war, einmal in ihr Haus einzudringen, war er auch gerissen genug, es ein weiteres Mal zu schaffen.

Außerdem hatte sie gar nicht das Geld für einen Privatdetektiv.

Seitdem saß sie jeden Tag im Wohnzimmer mit ihrer Waffe in der Hand und wartete darauf, daß Tony kam.

Sie spürte, wie der Schlaf sie in verführerischen Wellen überkam. Der Nachglanz ihres Liebesaktes mit Ross, dazu die zwölf Stunden Arbeit im Büro und daheim hatten sie müde gemacht. Sie konnte kaum noch die Augen offenhalten.

Sie blickte stumm in die Dunkelheit. Als Kind hatte sie Angst im Dunkeln gehabt. Sie hatte noch immer vage Erinnerungen an ihren Vater, wie er zu ihr ins Schlafzimmer kam, ihre Hand hielt und sie tröstete, wenn sie sich nachts gefürchtet hatte.

Doch nun war die Dunkelheit zu ihrer Verbündeten geworden. Sie fühlte sich fast wie ein Teil davon, so als wäre sie unsichtbar. Sie wollte sie nutzen, ihr eigenes Leben und ihren Mann zu schützen.

Sie fühlte seit jenem Tag eine neue Stärke und kalte Entschlossenheit in sich. Als Tony sie vergewaltigte, hatte er seine Waffen gegen sie aufgebraucht. Er war mit der übermächtigen Gewalt seines Körpers an ihren höchst verletzlichen Ort eingedrungen, hatte aber feststellen müssen, daß er sie trotzdem nicht hatte besiegen können. Sie war jetzt moralisch gewappnet gegen ihn. Sie hatte keine Angst mehr. Er konnte ihr nichts mehr anhaben.

Es war alles stumm im Haus.

Ihr Kopf sank gegen den Sessel. Die Augen fielen ihr zu,

Traumbilder drangen wie ansteigende Wellen hervor, um sie in den Schlaf hinüberzutragen.

Eine tiefe Stimme ließ sie plötzlich hochschrecken.

»Das wird nicht klappen, Leslie.«

Sie fuhr hoch. Ihre Hand schloß sich fest um das Messer. Sie fühlte, wie ihr Körper kalt wurde.

Es war Tony.

Sie rang um Fassung. Sie hatte auf diesen Augenblick gewartet, und nun war er da. Sie war bereit.

»Scher dich fort«, sagte sie in die Dunkelheit hinein. »Hinaus, oder ich bringe dich um.«

Sie hörte sein tiefes Lachen. »Du wirst niemanden umbringen«, sagte er. »Du bist zum Lieben geboren, nicht zum Kämpfen.«

Leslie zitterte am ganzen Leib. Wenn sie ihn sehen könnte, würde sie ihn mit bloßen Händen umbringen. Er hatte ihr Leben lange genug heimgesucht.

Seine nächsten Worte ließen sie zusammenfahren, weil er näher gekommen war, ohne daß sie es bemerkt hatte.

»Hör mir jetzt gut zu«, sagte er. »Du wirst heute abend mit mir mitgehen. Du mußt nichts extra dafür einpacken. Ich gebe dir alles, was du brauchst. Du wirst jetzt ganz ruhig und vernünftig sein und mitkommen. Wenn dein Mann morgen früh aufwacht, wirst du nicht mehr hier sein.«

Wieder war anschließend alles still. Leslie spähte in alle Richtungen, um zu spüren, wo er war.

»Aber wenn du versuchst, dich weiterhin zu sträuben«, sagte er, »wenn du dich weigerst, leise mitzukommen, dann wird dein Mann morgen früh gar nicht mehr aufwachen. Weil er dann nämlich tot sein wird.«

Er ließ seine Worte auf sie einwirken.

»Wenn du dir genug aus ihm machst, um sein Leben zu retten, dann steh jetzt auf und folge mir«, fuhr er fort. »Ich weiß doch, daß du ihn gar nicht wirklich liebst. Nicht so, wie eine Frau einen

Mann liebt. Du hast dich nur an ihn geklammert, um die Vergangenheit zu vergessen, um uns zu vergessen. Du hast ihn als Schild zwischen dir und der Wirklichkeit benutzt. Damit ist jetzt Schluß. Entweder kommst du jetzt mit mir mit, oder ich bringe ihn eigenhändig um. Ich will ihm nicht unbedingt etwas zuleide tun, Leslie, aber ich werde es tun, wenn du mich dazu zwingst.«

Er lachte leise.

»Ich habe euch da oben gehört«, sagte er abfällig. »Das nennst du Sex? Du lebst eine Lüge, Leslie. Du bist keine Ehefrau. Du bist ein Kindermädchen.«

Sie konnte fühlen, wie er näher kam, während er sprach. Gleich würde er nahe genug für sie sein, um zuzuschlagen. Sie hielt das Messer in beiden Händen. Wenn sie ihn einmal treffen konnte, hatte sie die Oberhand. Die Entfernung bis zur Treppe, bis zum Telefon, war sehr kurz, und sie kannte sich sehr gut in der Dunkelheit aus.

Und niemand konnte ihr etwas vorwerfen. Schließlich verteidigte sie nur ihr Heim…

Doch ehe sie diesen Gedanken zu Ende bringen konnte, spürte sie einen harten Schlag auf beiden Handgelenken und schrie auf. Das Messer entglitt ihr und fiel auf den Teppich. Ihre Hände wurden taub. Dann schoß eine Welle des Schmerzes durch ihre Finger die Arme hinauf.

Tony mußte sie mit aller Kraft geschlagen haben. Jetzt war er an ihren Füßen und suchte nach dem Messer auf dem Teppich.

Ihrem Instinkt folgend trat Leslie in die Dunkelheit. Sie hörte Tony aufbrüllen, als ihr Fuß ihn irgendwo zwischen Hals und Gesicht traf. Sie versuchte aufzustehen, aber ein starker Arm packte sie an beiden Schultern.

»Versuch das ja nicht noch mal«, knurrte er dicht an ihrem Ohr. »Du willst doch das Leben deines Mannes retten, oder?«

Er hatte sie dicht an sein Gesicht gezogen. Sie roch seinen Atem. Sein Geruch hatte etwas Saures, Tierisches an sich. Seine

Obsession hatte den Mann in ihm ausgelöscht und nur noch das Tier übriggelassen.

Er hatte sie erneut ausgetrickst. Und oben, nichts ahnend von ihrem Kampf und ihrer Niederlage, schlief ihr Mann.

Leslie wurde schlaff in Tonys Armen.

»Also gut«, sagte sie. »Ich komme mit.«

Sie konnte Tonys Reaktion in seiner Umarmung spüren. Er entspannte sich und hielt sie jetzt etwas weniger grob. Ihre Handgelenke und Finger waren noch immer taub. Sie wirkte schwach wie ein Kätzchen.

»Na bitte«, meinte Tony. »Ich habe doch gewußt, daß du zur Vernunft kommst...«

Er redete noch immer, als sie sich mit einem mächtigen Ruck aus seinem Griff befreite, aus dem Sessel hochfuhr und zur Treppe rannte.

Die Überraschung verschaffte ihr einen kurzzeitigen Vorteil. Und sie hatte recht: sie kannte sich in der Dunkelheit besser aus als er. Sie hörte, wie ein Tisch hinter ihr umgestoßen wurde, als sie die Treppe erreichte. Sie begann, hinaufzulaufen, zwei Stufen auf einmal nehmend.

Sie vernahm ein dumpfes Poltern hinter sich und ein lautes Stöhnen. Eine Hand packte ihr Bein, als sie die oberste Stufe erreichte.

Sie fuhr herum und trat mit dem freien Fuß mit aller Kraft nach Tony. Sie hörte ihn fluchen, als ihr Hacken an seine Nase krachte. Mit einer Hand hielt sie sich am Geländer fest, klammerte sich nach Leibeskräften daran und trat wild nach ihm.

Beide sagten sie kein Wort. Ihr Kampf bedurfte nun keiner Worte.

Leslie wehrte sich entschlossen, aber Tonys Hände waren kräftig. Er packte sie beim Fußgelenk, bekam das andere Bein zu fassen und begann, sich nach und nach an ihrem Körper hinaufzuziehen. Leslie wehrte sich noch verbissener und zerkratzte ihm mit der freien Hand das Gesicht. Sie wollte ihn umbringen.

»Verdammtes Luder«, hörte sie ihn fluchen. »Verdammtes, kleines Luder…«

Sie konnte die aufgestaute Gewalt unter seiner Besessenheit spüren. Sie wußte, daß er keine Liebe für sie empfand. Nur Haß. Haß für seine eigene Unzulänglichkeit, sein vergeudetes Leben und für ihre Unabhängigkeit. Er war eine tragische Figur, als er sich auf der Treppe an ihren Fuß klammerte und versuchte, eine Art Halt in dem Leben zu bekommen, das er verloren hatte.

Doch sie spürte, wie ihre Kräfte schwanden. Sie war ihm nicht ebenbürtig. Sie hatte zu lange gekämpft, zu viele Nächte gewartet, zu hart gearbeitet. Sie konnte nicht mehr.

Tony spürte ihre Kapitulation. Er kletterte auf sie, sein Körper bedeckte sie fast, wie er es an jenem Tag getan hatte, als er sie vergewaltigt hatte. Ihre Hand klammerte sich noch immer um das Geländer, aber sie war jetzt erschöpft. Mit triumphierender Lässigkeit schlang Tony einen Arm um ihre Hüfte und genoß seine Macht über sie. Er atmete den Duft ihres Haares ein, der sich mit dem ihrer Angst vermischte. Gleich konnte er sie von hier fortschaffen und mit ihr machen, was er wollte.

Da ging plötzlich das Licht an.

Geblendet schaute Tony die Treppe hinauf. Dort stand Ross Wheeler im Schlafanzug und Morgenmantel und schaute auf ihn herunter.

Ein wütendes Knurren entrang sich Tonys Kehle. Er begann, Leslie zur Seite zu schieben, um Ross angreifen zu können.

Erst in diesem Augenblick sah er die Waffe. Es war zu spät. Ross schoß.

Tony schrie auf, als ihn die Kugel traf, und fiel die Treppe hinunter. Die Dunkelheit des Wohnzimmers verschluckte ihn, Möbel fielen um, dann schlug die Küchentür krachend zu, als er aus dem Haus flüchtete.

Leslie klammerte sich noch immer an das Geländer. Ross kniete sich langsam nieder, um ihr zu helfen. Die Pistole glitt ihm aus der Hand und plumpste auf den Teppich.

Leslie zog sich schmerzhaft auf den obersten Treppenabsatz. Ihr Körper schmerzte von ihrem Kampf mit Tony. Sie schlang Ross die Arme um den Nacken.

»Oh, mein Gott«, seufzte sie. »Oh, Ross…«

Er hielt sie sanft und tätschelte ihre Schulter. Er fühlte ihren Körper unter ihrem Nachthemd und lächelte.

Sie sah zu ihm.

»Was hast du…?« stammelte sie. »Wie hast du…?«

»Ich wußte, daß etwas nicht stimmt«, sagte Ross. »Es war nicht so schwer, drauf zu kommen. Ich hatte ja auch eine Menge Zeit zum Nachdenken, Leslie.«

»Woher hast du… die Pistole?« Sie schaute zum Revolver auf dem Boden.

»Das ist meine.«

Ross hielt sie lange im Arm, kniete auf dem obersten Treppenabsatz mit ihrem Kopf an seiner Brust. Er strich ihr über das Haar und tätschelte ihre Schulter.

»Du hättest es mir sagen sollen, Leslie. Dann hätte ich dir schon eher helfen können.«

Sie nickte.

»Ich wollte es von dir fernhalten«, sagte sie. »Es ist alles schon so lange her, weißt du? Es war verrückt, daß er auf diese Weise zurückkam. Ich habe eben gedacht, ich müßte selber damit klarkommen… ach, ich weiß nicht, was ich gedacht habe.«

Ross setzte sich neben sie auf die oberste Treppenstufe.

Was er als nächstes sagte, traf sie völlig unvorbereitet.

»Hast du den Beyers etwas davon erzählt?«

Sie schüttelte den Kopf. »Daran habe ich nicht gedacht«, sagte sie. »Er war doch auf mich aus. Terry hat er nur erwähnt, um mich zu zwingen…«

»Du solltest sie anrufen. Und die Polizei. Zur Vorsicht.«

»Ja, du hast recht.«

Plötzlich wurde sie blaß. Sie starrte Ross ungläubig an.

»Heißt das, du weißt…?«

»Schon lange«, sagte er. »Ich habe es sogar schon vor unserer Hochzeit herausgefunden. Aber ich wollte es dir nicht sagen. Es war schließlich allein deine Sache. Ich dachte mir, du sagst es mir schon zu gegebener Zeit.«

»Und du hast mir nie einen Vorwurf gemacht?«

»Weswegen denn? Dafür, daß du ein Mensch bist? Weil du eine Vergangenheit hast? Wenn, dann habe ich dich nur noch mehr geliebt. Mir tut nur leid, daß du so viel von all dem allein durchmachen mußtest. Ich hätte dich beschützen sollen, anstatt umgekehrt.«

Sie drückte ihn fest an sich.

»Du hast mich doch beschützt«, sagte sie.

Und sie hatte recht. In diesem Augenblick fühlte sich Leslie – zum ersten Mal seit vielen Monaten – in Sicherheit.

Zwei Nächte nach Tonys Eindringen in Leslies Haus klopfte ein Mann an die Haustür der Beyers in Farmington, Long Island. Als Georgia Beyer öffnete, richtete der Mann eine Pistole auf sie und verlangte von ihr, ihm ihren kleinen Sohn auszuhändigen.

Georgia wich langsam ins Haus zurück. Der Mann folgte ihr.

Als die Tür hinter ihm ins Schloß fiel, empfingen ihn sechs uniformierte Polizisten mit gezückter Waffe. Innerhalb von Sekunden war er entwaffnet, in Handschellen, und seine Rechte wurden ihm vorgelesen.

Tony Dorrance – der die linke Hand bandagiert hatte, wo ihn die Kugel zwei Nächte zuvor getroffen hatte – wurde auf dem Rücksitz des Streifenwagens zum Revier gebracht und in Haft genommen. Einen Monat später stand er wegen versuchter Entführung, Einbruch, schwerer Körperverletzung, unerlaubtem Waffenbesitz sowie verschiedener anderer Anklagepunkte vor Gericht. Die Geschworenen befanden ihn einstimmig für schuldig. Tony Dorrance wurde zu einer Haftstrafe von vierzig Jahren verurteilt. Nach der Urteilsverkündung wurde er in die Haftanstalt von Attika gebracht, wo er sein neues Leben als Gefängnisinsasse begann.

KAPITEL 59

New York City 20. Februar 1980

Die Augen der Welt ruhten auf Jill Lazarus.

Ihr Foto mit der kleinen Meg erschien auf sämtlichen Titelblättern der Boulevardpresse, wie auch auf zahlreichen Nachrichtenmagazinen und Frauenzeitschriften. Die nationalen Medien hatten sie in ihr Herz geschlossen, aber nicht nur wegen ihrer Schönheit und ihrer Berühmtheit als Ehefrau von Jordan Lazarus und Mutter seines ersten Kindes, sondern ironischerweise auch wegen des bemerkenswerten Beweises von »Stil« und Vornehmheit, mit der Barbara Considine Aufmerksamkeit für sie beide erregt hatte.

Irgendwie hatte die Episode mit Barbara einen wahren Sturm des Interesses in den Medien ausgelöst. Die Öffentlichkeit war verzückt von der Vorstellung eines freundschaftlichen Verhältnisses, gar einer engen Freundschaft, zwischen Jordan Lazarus' beiden Frauen. Jill wurde von Interviewern bestürmt, die sie nicht nur über Jordan und Meg befragen wollten, sondern auch über ihre Freundschaft mit Barbara. Da waren sogar Journalisten, die ausgiebige Interviews mit beiden Frauen zusammen haben wollten, aber Barbara lehnte dies taktvoll damit ab, daß ihr voller Terminkalender dies nicht zuließe. Tatsächlich jedoch hatte Jill seit dem Tag ihres unerwarteten und plötzlichen Auftauchens beim Pressetermin mit Meg nichts mehr von Barbara gehört oder gesehen.

Die Interview-Anfragen nahmen kein Ende. Schließlich war Jordan gezwungen, eine weitere Sekretärin mit der Pressearbeit zu beauftragen. Jill konnte nicht alle Anfragen ablehnen, weil ihr neues Profil in der Öffentlichkeit sich als großer Vorteil für Jordan und seinen Plan erwies. Woche für Woche meldeten die großen Nachrichtenagenturen Neuigkeiten über mutige neue Veränderungen in den Innenstädten dank Jordans Heer von Ingenieuren, führenden Unternehmern und Finanzexperten. Der Lazarus-Plan war in den Schlagzeilen. Und Jill Lazarus gehörte dazu.

Wenn sie keine Interviews gab, nahm Jill Tabletten und noch mehr Tabletten, mischte sie in wirkungsvollen Kombinationen in dem vergeblichen Versuch, den brodelnden Vulkan in ihr zu bezwingen. Doch je mehr Tabletten sie nahm, desto weniger schienen sie zu wirken. Mit jedem Tag schien der Boden unter ihren Füßen ein wenig weiter wegzurutschen.

Sie blieb soviel daheim wie möglich und suchte nach einem Gefühl von Zuflucht vor der Welt. Doch ihr Zuhause war ein ungastlicher Ort geworden, voller bedrohlicher Erinnerungen an ihren einsamen Zusammenbruch.

Jordan bekam sie immer seltener zu sehen, denn seine Pflichten gegenüber der Öffentlichkeit hielten ihn nun von ihr fern. Und wenn sie zusammen waren, schloß sein Panzer der Höflichkeit sie aus. Es war fast schmerzlicher, ihn zu sehen, als an ihn zu denken, wenn er nicht da war.

Inzwischen war das Spielen mit Meg zur Qual geworden. Je mehr Jill das Gesicht der Kleinen studierte, ihr Lächeln beobachtete, wenn sie im Bettchen oder Laufstall spielte, desto sonderbarer kam ihr das Kind vor. Meg war nicht die vielgeliebte Verlängerung von Jills Fleisch und Blut, sondern sie wirkte eher wie ein fremdes Wesen, dessen Existenz Teil des Gefängnisses war, das Jill von der Außenwelt fernhielt.

Jill war bereits an einem Punkt angelangt, wo sie sich im Umgang mit dem Kind nicht länger selbst vertraute. Sie fürchtete nicht nur die Nebenwirkungen der vielen Tabletten, sondern mehr noch die tobenden Gefühlsstürme in ihr. Je angestrengter sie versuchte, sich davon zu befreien, desto hartnäckiger stahlen sie sich in ihr Bewußtsein zurück, ließen den klaren Blick verschwimmen und erfüllten sie mit erschreckenden Gedanken. Sie kannte sich selbst nicht mehr und wußte nicht, wozu sie möglicherweise fähig war.

Manchmal schaute sie Jordan zu, wenn er das Kind im Arm hielt und ihm erzählte, wie sehr er es während des Tages vermißt hatte, mit ihm ans Fenster ging, um über den East River zu schauen und ihm die Frachtkähne zu zeigen. Dann merkte sie, wie sie eifersüchtiger Haß auf ihre Tochter überkam. Sie mußte den Blick abwenden, damit Jordan es nicht merkte. Und wenn er ihr Meg zurückgab, knuddelte sie das Kind nervös, bemüht, die selbstverständliche Wärme einer Mutter zur Schau zu stellen, auch wenn der beängstigende haßerfüllte Impuls in ihr tobte.

Nach einem Monat dieser Tortur war Jill am Ende.

An einem kalten Donnerstagnachmittag verließ sie das Penthouse und ließ sich vom Chauffeur zur Fifth Avenue fahren, wo sie sich absetzen ließ.

In Wirklichkeit jedoch wollte sie einfach nur raus, weg von zu Hause. Unter normale Leute und fort von ihrem eigenen Leben.

Während sie sich durch den Strom der Passanten bewegte, nicht zu erkennen hinter ihrer Sonnenbrille, musterte sie die verschlossenen und gleichgültigen Gesichter der New Yorker. Sie waren Menschen, die ein stumpfsinniges Leben aus Kampf und Verdruß lebten. Doch was auch immer ihre Unvollkommenheiten, Fehler, Charakterschwächen sein mochten, sie waren Welten entfernt von der Atmosphäre von Jills Zuhause, in dem kein Platz und keine Luft zum Atmen für sie waren.

Sie schlenderte ohne sonderliches Interesse an den Schaufenstern entlang, blieb vor einem Schmuckgeschäft stehen und sah ein hübsches Paar Manschettenknöpfe, die nett für Jordan wären. Aber sie kaufte sie nicht. Sie hatte nicht mehr die Kraft für solch eine versöhnliche Geste. Dann kam sie an einem Spielwarengeschäft vorbei, wo sie eine Stoffkatze sah, die Meg sicher lieben würde. Sie überwand sich, betrat das Geschäft und kaufte das Stofftier. Es kostete hundert Dollar, war das Geld aber wert, weil es so unglaublich echt wirkte, wie ein wunderschönes Tigerfell.

Sie ging zur Sixth Avenue, legte an der Rockefeller Plaza eine Pause ein und sah den Schlittschuhläufern zu.

Gleich hinter dem RCA-Hochhaus lag die Zentrale von *Lazarus International.*

Jill legte den Kopf in den Nacken, um die Spitze des Wolkenkratzers zu sehen. Ihr wurde schwindlig. Ihr Mann schien hoch über ihr zu ragen, seine Willenskraft und Leidenschaft ließen sie schrumpfen und zermalmten sie.

Direkt gegenüber befand sich die Konzernzentrale von *Considine Industries.* In diesem Gebäude saß die Frau, die Jordan geheiratet hatte, obwohl er sie nicht liebte, und die mit allen Tricks und Schlichen versucht hatte, ihn zu halten, ihn aber am Ende an eine Widersacherin mit noch größeren Fähigkeiten an Verschlagenheit verloren hatte. An Jill.

Und doch hatte Barbara so glücklich gewirkt, so voller Leben, als sie mitten in den Presseempfang geplatzt war. Fast wie eine Katze, die den Kanarienvogel verspeist hat.

Jill dagegen, die Siegerin im Kampf um Jordan, hatte einen nun wertlosen Preis erhalten und litt Qualen, die so tief waren wie die Lügen ihres Lebens.

Wie ironisch, dachte Jill bei sich, daß die Verliererin so kraftvoll und selbstzufrieden war, während sie, die Siegerin, heimgesucht von ihrer eigenen Beute, langsam verrückt wurde...

Jill schaute lange auf den Wolkenkratzer, dachte an Barbara und was sie zu ihr gesagt hatte.

Sie sieht Ihnen gar nicht ähnlich...

Einem plötzlichen Einfall folgend, machte sich Jill auf und betrat das Gebäude der Hauptverwaltung von *Considine Industries.*

Vor den Fahrstühlen war eine Sicherheitsschranke.

»Ms. Considines Büro bitte!« verlangte sie.

Sobald sie ihren Namen genannt hatte, wurde sie in den 56. Stock gebeten. Sie betrat den Exklusiv-Fahrstuhl. An der Zimmerflucht oben stand:

BARBARA S. CONSIDINE
Geschäftsleitung

Sie wurde bereits erwartet und hineingeleitet, und fast schon im nächsten Moment erschien Barbara selbst. Sie trug ein frisches Busineß-Kostüm mit einem Seidenschal und einem wunderschönen Smaragdarmband. Sie hatte noch immer dieses lebendige, gesunde Aussehen, das Jill vor einem Monat so an ihr aufgefallen war. Sie sah schlank und sportlich aus. Als sie auf sie zutrat, wirkte sie sehr groß, schien Jill zu überragen.

»Welch eine Überraschung.« Sie führte Jill in ihr Privatbüro. »Nehmen Sie doch Platz. Kann ich Ihnen etwas anbieten? Kaffee? Einen Drink vielleicht?«

»Nein, danke, ich möchte nichts.«

»Ich bin wirklich überrascht«, sagte Barbara noch einmal. »Was verschafft mir die Ehre Ihres Besuchs?«

Jill sah Barbara in die Augen. Der Schleier, der während der letzten Monate zwischen Jill und der Realität gehangen hatte, ließ Barbara distanziert und ein wenig finster aussehen. Jill verfluchte ihre eigene Schwäche. Früher hatte sie andere Menschen, ihre kleinlichen Sorgen und Schwächen mit erbarmungsloser Klarheit gesehen, und das hatte ihr erlaubt, sie nach Belieben zu manipulieren. Nichts davon war mehr übrig.

Sie zögerte noch immer etwas. Dann raffte sie sich auf.

»Sie haben neulich, als Sie bei uns waren, eine Bemerkung gemacht?«

Barbara zog scheinbar überrascht die Brauen hoch.

»Was für eine Bemerkung?« fragte sie zurück.

Jill war leicht verwirrt.

»Sie wissen genau, was ich meine«, sagte sie. »Wegen Meg. Sie haben gesagt, daß sie mir gar nicht ähnlich sieht. Was haben Sie damit gemeint?«

Barbara kam um ihren Schreibtisch herum und setzte sich in den Sessel neben Jill. Jill konnte ihr Parfüm riechen.

»Wollen Sie das wirklich wissen?« fragte Barbara.

Jill nickte.

»Manchmal«, begann Barbara nachdenklich, »kann die Natur durch die Leiblichkeit eines Kindes sprechen. Sehen Sie, Jill, ich weiß alles über Jordan und Leslie. Ich habe sie sorgfältig beobachtet. Ich habe gesehen, mit welchem Blick er sie angesehen hat. Ich weiß um das Maß ihrer Liebe. Ich verstand ihren Charakter, in gewisser Weise sogar ihr Herz. Mir ist klargeworden, was Jordan an ihr geliebt hat, was er in ihr sah und schätzte.«

Sie zögerte einen Moment, als wäre sie von Mitleid bewegt. Dann fuhr sie in kaltem Ton fort.

»Er liebt nicht Sie in diesem Kind«, sagte sie, »sondern Leslie.«

Jill schloß kurz die Augen. Also Barbara wußte es auch. Als sie die Augen wieder öffnete, traf sie auf Barbaras kalten Blick.

»Das Kind gehört Ihnen nicht«, sagte Barbara. »Es gehört zu Jordan und Leslie. Deshalb ist Jordan so glücklich. Deshalb vergöttert er die Kleine so sehr.«

Barbara schien tatsächlich sehr genau zu wissen, wovon sie sprach.

»Ich konnte ihm keine Kinder schenken«, sagte sie. »Sie wissen, warum. Doch selbst wenn es für uns beide möglich gewesen wäre, hätte er kein Kind von mir haben wollen. Und nun hat er sein Kind durch Sie. Aber Sie waren nur die Ersatzmutter, nur das Gefäß.«

Leslie hörte atemlos ihre eigenen Gedanken.

Barbara lächelte. »Deshalb sieht die Kleine Ihnen nicht ähnlich. Das ist nur normal.«

Daß es ihre eigenen Gedanken waren, war schlimm genug. Aber sie von dieser anderen Frau ausgesprochen zu hören war unerträglich. »Das stimmt nicht«, widersprach sie, bevor sie nachdachte. »Meg sieht mir sehr wohl ähnlich. Das haben schon sehr viele gesagt.«

Barbara musterte sie mit einem langen, skeptischen Blick.

»Ach Gott«, sagte sie. »Selbst wenn Sie daran glauben, so weiß ich doch, was ER sieht, wenn er sie ansieht.«

Barbara sah, wie sehr ihr Schlag getroffen hatte.

»Sie sehen doch selbst, wie glücklich er ist, nicht wahr? So glücklich, wie Sie ihn nie machen konnten, oder? Er ist jetzt glücklich, weil Sie ihm Leslies Kind geschenkt haben. Er braucht Sie jetzt nicht mehr. Er hat, was er wollte.«

Jill zwang sich, Barbaras Blick standzuhalten. Aus ihrem Innern stieg ein letzter Funke ihrer alten klaren Vision auf. Sie versuchte, in Barbaras Inneres zu schauen. Was wollte diese Frau? Warum sagte sie ihr all diese Dinge, als wären sie wahr? Sagte all diese Lügen mit solchem Anschein von Selbstverständlichkeit und Macht?

Die Antwort schien für einen Moment in Barbaras Auge aufzuflackern. Da war ein Motiv, ein verständliches menschliches Motiv, das Jill fühlen, fast berühren konnte. Wenn doch nur ihr Blick klarer wäre, nur ein klein wenig klarer...

Dann war Barbara plötzlich nicht mehr da. Jill war ohnmächtig geworden.

Als sie wieder zu sich kam, lag sie auf der breiten Ledercouch an der Rückseite von Barbaras Büro. Eine der Sekretärinnen, die sehr besorgt aussah, fächerte ihr mit einer Zeitschrift Luft zu, während eine andere ihr die Handflächen rieb.

Barbara stand stumm hinter ihnen.

Jill kam nur sehr langsam wieder zu Bewußtsein. Die vereinte Wirkung der Tabletten und der emotionalen Erschöpfung auf ihren Körper hatte sich über einen langen Zeitraum aufgestaut und hinterließ ihre Spuren.

»Ein Glas Wasser, bitte...«

Die Sekretärin brachte ihr ein Glas Eiswasser. Jill nahm schwach einen Schluck davon.

»Soll ich einen Arzt rufen?« fragte die Sekretärin.

»Nein... nein. Nur meinen Fahrer. Wenn Sie bitte meinen Fahrer rufen würden. Es geht schon wieder. Ich warte, bis ich abgeholt werde«, sagte Jill.

»Unsinn«, mischte sich Barbara ein und übernahm das Kommando. »Mein Fahrer bringt Sie nach Hause.« Sie traf ihre Anordnungen und wurde wieder allein gelassen, bis der Fahrer sich meldete.

Barbara nahm im Sessel neben der Couch Platz und ergriff Jills Hand.

»Geht es wieder?« fragte sie.

Jill antwortete nicht.

»Es tut mir leid, wenn ich Sie verletzt habe«, sagte Barbara. »Manchmal tut die Wahrheit sehr weh. Niemand weiß das besser als ich.«

Sie dachte daran, wie brutal und rücksichtslos Jill ihr Jordan weggenommen hatte. Jill hatte ihre tragische Vergangenheit ganz skrupellos ausgebeutet.

Damals hatte Jill Barbara durchschaut. Jetzt war es umgekehrt.

Jill versuchte sich noch einmal gegen die Wahrheit aufzubäumen.

»Sie sind ja verrückt«, sagte sie. »Sie sagen das alles doch nur, weil er Sie verlassen hat. Meinetwegen. Er hat niemals Sie gewollt. Er wollte mich.«

Barbara lachte; ein tiefes, finsteres Lachen.

»Wissen Sie«, sagte sie, »nur eine Frau kann eine Frau durchschauen. Sie haben mich vielleicht geschlagen damals, aber ich habe Sie durchschaut, so wie auch jetzt. Sie haben von Anfang an nur eine Rolle gespielt. Ich kenne Sie gut, glauben Sie mir. Sie sind eine Expertin darin, Männer um den kleinen Finger zu wickeln, indem Sie das spielen, was sie von Ihnen wollen. Aber jetzt hat Ihr Spiel sich gegen Sie gewendet. Es waren ja nie Sie, Jill, die er gewollt hat. Sondern eben die Frau, die Sie imitiert haben. Das wissen Sie doch inzwischen selbst am besten. Als Sie das endlich begriffen haben, war es bereits zu spät. Da war aus Ihrer kleinen Maskerade ein Kind geworden. Ein lebendiges Wesen. Jetzt ist es zu spät für Sie. Sehen Sie es denn nicht? Jetzt, wo er das Kind hat, braucht er Sie nicht mehr.«

Barbara genoß ihren späten Triumph. Jill hielt nur noch mit Mühe stand. Sie war zu schwach, um sich jetzt zu wehren. Ihre alten Waffen besaß sie nicht mehr.

Barbara begleitete Jill zur Tür. Jill lehnte sich plötzlich an sie wie ein hilfesuchendes Kind. »Was soll ich jetzt tun?« fragte sie flüsternd.

Barbara lächelte.

»Das ist nicht schwer«, sagte sie. »Sie umbringen.«

Jill sah sie mit großen Augen an.

»Leslie…?«

Barbara schüttelte den Kopf.

»Sie verstehen noch immer nicht«, sagte sie zu Jill. »Ich habe Sie eigentlich für klüger gehalten.«

Jill erblaßte, als sie begriff, was Barbara meinte.

»Meg«, flüsterte sie.

Als Antwort bedachte Barbara sie mit einem langen, durchdringenden Blick voller Wissen und Entschlossenheit.

KAPITEL 60

New York City 1. März 1980

Jill lag in ihrem Bett.

Es war noch früh am Abend. Meg war quengelig gewesen, und Jordan hatte ihr das Fläschchen gegeben. Seine Engelsgeduld und liebevolle Art waren erstaunlich. Nur wenige Männer – und am allerwenigsten vielbeschäftigte Unternehmer – waren zu einer solch zärtlichen Fürsorge für ein Baby fähig.

Jordan war der perfekte Vater. Stets schien er das Geheimnis zu kennen, Meg zu besänftigen, wenn sie gereizt war, oder sie zum Schlafen zu bringen, wenn sie überdreht war. Er kannte ihre Launen sehr gut, und sie schien ihm völlig zu vertrauen mit ihrem winzigen Körper und ihren übergroßen Emotionen. Ihre Innigkeit war ein Wunder.

Bei ihr war Meg anders als bei Jordan. Bei ihr lag sie passiv im Arm, als lebte sie zwar von der Wärme ihrer Anwesenheit, fühlte sich aber in ihrer Umarmung nicht wohl.

Sie spürte es. Es mußte daran liegen, daß sich ihr innerer Aufruhr auf das hilflose Kind übertragen hatte. Und die Entfremdung wurde durch Jordans leidenschaftliche Zuneigung zu Meg noch verstärkt.

Nach dem Fläschchen hatte Jill das Baby selbst gebadet und fürs Bett fertig gemacht, in eifersüchtiger, besitzergreifender Art, um es nicht Jordan zu überlassen.

Als sie Megs süßen kleinen Körper einseifte und wusch, war sie über die stumme Passivität des Kindes besorgt und war sogleich wieder unsicher. Hatte vielleicht das Beruhigungsmittel ein taubes Gefühl in ihren Händen verursacht? Konnte sie Meg deshalb weh tun, vielleicht ihren Kopf gegen den Wannenrand stoßen oder unter Wasser tauchen? Immer öfter peinigte sie neuerdings die Furcht, Meg aus Versehen zu verletzen.

Kurz darauf kam Jordan, um Meg ins Bett zu bringen. Sie hörte von nebenan, wie er sich lange mit ihr leise unterhielt.

Er sprach ständig mit ihr, und sie reagierte mit einem Lächeln und manchmal auch schon mit kleinen Silben und Gesichtsausdrücken, die zeigten, wie vollkommen ihr Vertrauen in ihn und ihr Verständnis war. Sie waren eins.

Sie hatte niemals solche Kommunikation mit Meg.

Das bestätigte sie nur in ihrer Überzeugung, daß ihr das Baby entfremdet worden war, und zwar bereits im Mutterleib. Entfremdet durch Jordans Leidenschaft für eine andere Frau. Jordans Leidenschaft brachte ihm Meg näher, trennte aber Meg von Jill.

Jeden Tag versuchte sie gegen ihre verrückte Theorie anzukämpfen. Doch nun, da sie es auch aus Barbaras Mund gehört hatte, konnte sie es nicht länger ignorieren. Es wurde Teil ihres ganzen Verhaltens gegenüber Meg und Jordan. Und des Gesichts, das sie jeden Tag im Spiegel sah.

Wenn Jordan aus dem Kinderzimmer kam, ging Jill noch einmal hinein. Meg hatte bereits die Äuglein geschlossen und nahm kaum war, daß ihre Mutter sich zu ihr herabbeugte und sie küßte.

Dann ging Jill zu Bett.

Doch zuvor nahm sie im Bad noch eine weitere Beruhigungstablette, bürstete sich rasch das Haar aus, legte etwas Rouge auf und wartete dann im Bett auf Jordan.

Dies war ein Moment, an den sie schon den ganzen Tag – eigentlich seit Wochen schon – gedacht hatte.

Sie trug ein neues Unterkleid, das sie für eben diesen Anlaß vor einigen Tagen gekauft hatte. Es war nicht offen verführerisch, aber sinnlich. Der seidene Stoff betonte ihre festen, jungen Brüste und weichen Schenkel sehr vorteilhaft. Sie sah darin weniger wie eine Sirene aus, sondern eher wie eine attraktive junge Ehefrau und Mutter, die ihre Reize für den liebenden Ehemann bewahrt.

Sie hatte sich emotional mit aller ihr noch verbliebenen Kraft auf diese Nacht vorbereitet. Sie mußte ein neues Band zu ihrem Ehemann knüpfen. Wenn ihr das nicht gelang, war sie verloren.

Sie hatte sich längst zu ihrem eigenen Schuldeingeständnis durchgerungen. Ja, sie hatte sich Jordan aus reinem Ehrgeiz geangelt, ohne Liebe. Ja, sie war in ihre eigene Falle gegangen, als sie herausfand, daß er eine große Liebe gehabt hatte, eine Liebe, die nicht so einfach aus seinem Leben beseitigt werden konnte wie die Ehefrau, die sie so erfolgreich aus seinem Leben entfernt hatte.

Ja, als sie begonnen hatte, ihn zu brauchen und zu wollen, da wußte sie inzwischen, wem sein Herz gehörte. Und also hatte sie ihre verdiente Strafe erhalten. Sie hatte sich ihr Bett gemacht und war nun – wegen Megs Geburt – gezwungen, darin zu schlafen.

Aber sie mußte versuchen, sich mit Jordan zu versöhnen, ehe es zu spät war.

Jordan betrat das Zimmer. Er lächelte noch immer, in Gedanken bei seiner kleinen Meg.

Er sah sie an, während er sich das Hemd auszog.

»Sie ist so bewundernswert«, sagte er. »Sie ist intelligent. Ich kann es jetzt schon spüren. Sie versteht schon einiges, wenn ich mit ihr rede.«

Er strahlte vor Glück. Den Ausdruck auf Jills Gesicht sah er nicht. Er bereitete sich darauf vor, zurück ins Wohnzimmer zu gehen und dort zu arbeiten und zu lesen.

Sie mußte ihn unterbrechen.

»Jordan...«

Er wandte sich zu ihr um. In seinen Augen war die vertraute Höflichkeit, doch darunter sein kalt abschätzender Blick.

»Ja?«

»Jordan, ich...«

Für einen Moment fehlten ihr die Worte. Sie hatte sich seit Wochen auf diesen Augenblick vorbereitet. Sie durfte jetzt nicht den Mut verlieren.

»Was ist?« fragte Jordan. »Ist etwas nicht in Ordnung?«

Sie brachte ein Lächeln zustande.

»Gefällt dir mein neues Nachthemd?« fragte sie.

Er betrachtete sie leicht verwundert. Er sah die subtilen Kurven ihrer Brüste und Hüften darunter. Sie war abgemagert, aber noch immer sehr schön; das lange, blonde Haar floß ihr bis zu den Schultern, und die feinen schlanken Gliedmaßen rührten sich unter dem dünnen Gewand.

»Sehr hübsch.« Seine Stimme klang herrisch, aber er hatte ihre Botschaft verstanden.

»Jordan, du fehlst mir.«

Er wandte sich vom Spiegel ab, das Hemd zur Hälfte aufgeknöpft. Er schaute auf sie herab, seine schwarzen Augen undurchdringlich.

»Jordan«, flüsterte sie. »Bitte...«

Er schien zu zögern.

Dann trat er vor. Sie half ihm, indem sie rasch die Lampe neben dem Bett löschte.

Der Raum war in Schatten getaucht, das dünne Nachtlicht aus dem Bad war die einzige Beleuchtung.

Jordan setzte sich neben sie aufs Bett. Langsam berührte er mit einer Hand ihre Wange, dann ihre Schulter, ihre Brust. Ihre Augen schlossen sich halb beim Gefühl seiner Berührung.

Dann küßte er sie. Sie schlang die Arme um ihn und zog ihn näher. Sein Kuß schmeckte fremd, überhaupt nicht mehr vertraut. Es war schon so viele Monate her... mehr als ein Jahr, genaugenommen.

Ein Stöhnen rührte sich in ihrer Kehle, mehr ein Ton des Schmerzes als der Lust.

Er wiegte ihren Körper in seinen starken Armen. Sie war wie eine Puppe, weil sie kleiner geworden war, während er groß war und kräftig und in bester körperlicher Verfassung.

Er zog sie näher. Sie versuchte, sich anschmiegsam und willig zu machen, doch in diesem Augenblick ließ ein kleiner Krampf, geboren aus den Monaten peinigender Einsamkeit, sie in seinen Armen versteifen.

Sofort ließ er sie los. Sie sah, daß er glaubte, sie verweigere sich ihm. Er war drauf und dran zu gehen.

Sie packte ihn bei den Armen und bedachte ihn mit einem sanften Lächeln.

»Du wirst doch deiner Frau noch eine Chance geben, oder?« Ihre Frage klang wie ein Echo auf die sanfte Leichtigkeit, die ihn so verführt hatte, als sie einander kennenlernten.

Und er nahm sie wieder in die Arme. Sie küßten sich, und sie spürte seine Hände fest auf ihren Wangen und seine Finger in ihrem Haar. Es war eine Geste von früher, wobei er in ihre Augen schaute, während das blonde Haar ihr Gesicht rahmte.

Er wurde erregt; sie konnte es an seiner Berührung spüren. Ihre Sinne bebten zwischen Hitze und arktischer Kälte. Sie strich mit einer Hand zögernd über seinen Schenkel, dichter und dichter an seinem Geschlecht, das bereits hart unter der Hose war und auf sie wartete.

»Oh, ich habe dich so sehr gewollt«, flüsterte sie.

Er sagte nichts. Sie half seinen Händen, ihr das Nachthemd über das bloße Becken und die Brüste zu streifen, dann über den Kopf. Nun war sie nackt, schlank und lieblich wie immer, vielleicht noch schöner für ihn, weil ihr Körper die Spuren der Mutterschaft trug. Sie war die Mutter des von ihm vergötterten Kindes, und sie wollte ihn in sich haben.

Er umfaßte ihre Brüste. Ihre Knospen pochten hart unter seinen Daumen. Sie sah, wie er sie anblickte, fasziniert, fast wie einst, am Anfang, als sie einander begegneten und sie ein Geheimnis für ihn war. Sein Atem ging schnell, wie früher immer, wenn er sie nackt sah.

Jetzt kam ihr ihre alte Rolle, mit der sie ihn einst verführt hatte, zu Hilfe. Sie legte sich lächelnd zurück und zog seinen Kopf an ihre Brüste. Ihre Hände schlangen sich um seinen Nacken, als er sie küßte. Sie war – oder schien – so natürlich und willig, wie sich ihre Knospe seinem Kuß darbot.

»Ich will dich, will dich so sehr«, hauchte sie.

Mit mädchenhafter Kühnheit zog sie ihn auf die Seite, knöpfte sein Hemd ganz auf und öffnete seinen Reißverschluß. Rasch zog sie ihn aus und sah, wie der steife Penis hervorsprang, als sie ihm die Unterhose abstreifte. Sein Körper war so wunderschön, so muskulös, so hart... Sie fragte sich, wie sie es all die Monate, ein ganzes Jahr, ausgehalten hatte, nicht von ihm berührt zu werden.

Ich liebe dich...

Diese Worte lagen ihr auf der Zunge, aber sie wagte nicht, sie auszusprechen. Sie fürchtete, es könnte das sein, was er nun am allerwenigsten von ihr hören wollte, das letzte, was er aus ihrem Munde glauben würde. Also zog sie ihn auf sich und legte ihm die Hände auf den Rücken.

»Mmmmmm«, murmelte sie, »du fühlst dich gut an.«

Das hatte sie vor langer Zeit auch immer zu ihm gesagt, wenn ihre Körper bereit zum Sex waren. Sie betete, es möge die richtige Saite in ihm zum Klingen bringen, so wie früher.

Jordan sagte nichts, doch das Drängen seines nackten Fleisches an ihr ließ keinen Zweifel daran, was er empfand. Seine Hände lagen auf ihren Schultern und weideten sich an ihrer Sanftheit. Er sah sie mit großen Augen an, wie sie im Dunkel unter ihm lag.

Sie spreizte die Beine, schlang die Schenkel um seine Hüften. Sie faßte ihm ins Haar.

»Es ist schon so lange her«, wimmerte sie. »Du hast mir so gefehlt.«

Nun war sein langes, hartes Geschlecht zwischen ihren Beinen bereit zum Eindringen. Eine einzige zärtliche Berührung sagte ihr, daß sie beide feucht und bereit waren. Sein Körper spannte sich an, sein Griff wurde fester, das Becken bereit für die Stöße. Dann drang er in sie ein, tiefer und noch tiefer, er neckte sie mit der Spitze seines Penis, ehe er mit einem harten Stoß bis zum Schaft in sie stieß, wie er es auch früher immer getan hatte.

Eine immense Erleichterung überkam Jill, so als wäre das Schlimmste vorüber, als würde die Kluft zwischen ihr und ihrem Mann heute abend schließlich doch geschlossen werden. Die Qualen, die sie gelitten hatte, die Einsamkeit, das Mißtrauen, die verzweifelten vergeblichen Versuche, all das war nun vorüber. Es würde alles wieder so werden wie zuvor, als sie das Mädchen war, von dem sie wußte, daß Jordan es begehrte; als sein Verlangen und seine Leidenschaft etwas waren, dessen sie sicher sein konnte.

»Mein Held«, keuchte sie, als er tiefer kam, tiefer an ihren Kern. »Mein Märchenprinz…«

Doch da erstarrte er mitten in der Bewegung. Sein Griff um ihre Schultern wurde fester. Er sah sie aus zusammengekniffenen Augen an.

»Spielst du also noch immer deine Rolle, ja?« Er klang zornig und kalt. »Fällt dir nach all der Zeit wirklich nichts Besseres ein?«

Erschrocken schaute sie zu ihm auf. Sie klammerte sich an seine Arme, als wolle sie verhindern, daß er ihr entkam.

»Jordan, nein. Es hat mir so gut gefallen. Ich weiß nicht, was ich gesagt habe. Bitte, Jordan.«

Doch es war zu spät. Er zog sich rasch aus ihr heraus, sein kräftiger Rücken spannte sich. Er löste sich aus ihrer Umarmung und stand auf, nackt.

»Ich dachte, du hättest vielleicht etwas gelernt in all der Zeit«, sagte er. »Aber wie ich sehe, habe ich mich geirrt. Du bist noch immer dieselbe Schauspielerin wie immer.«

»Jordan, nein!« rief sie. »Du verstehst nicht. Ich wollte dich so sehr… Ich habe mich vergessen. Bitte, Jordan, geh nicht weg. Ich liebe dich…«

»Liebe?« fragte er mit bitterem Sarkasmus. »Was verstehst du denn von Liebe?«

Hastig zog er sich Hose und Hemd über und verließ das Zimmer. Jill blieb allein auf dem Bett zurück, das Laken über die Brüste gezogen, ihr Leib noch immer heiß vor unbefriedigtem Verlangen. Das Herz wollte ihr brechen. Leises Schluchzen schüttelte sie. Sie wollte aufstehen und ihm nachlaufen und ihn zurückhalten. Aber sie wußte genau, daß es zwecklos war. Alles war entschieden. Gegen sie. Der Haß in seinen Augen hatte keinen Zweifel daran gelassen. Sie hatte ihre letzte Chance gehabt und vertan.

Sie hörte, wie Jordan die Wohnung verließ. Der Schrank wurde geöffnet, die Kleiderbügel stießen sanft klappernd aneinander, als er sich ein Jackett schnappte. Dann wurde die Wohnungstür geöffnet und geschlossen. Sie wußte nicht, wie lange er fortbleiben würde.

Sie lag allein in ihrem Bett und weinte. Der Schmerz, der sie zerriß, war so aufrichtig, so natürlich wie der jeder normalen Frau, die mit ganzem Herzen geliebt hatte und zurückgewiesen worden war. Die alte Jill Fleming hätte eine solche Emotion eine Unmöglichkeit für sich selbst genannt, etwas, das für niedrigere Geschöpfe vorbehalten war.

Nun war sie mit aller Macht in die normale menschliche Gemeinschaft aufgenommen worden. Aber sie kannte die Mittel nicht, mit denen normale Menschen lernen, Schmerz zu ertragen, die Panik verschmähter Liebe auszuhalten. Sie hatte sie bis jetzt niemals gebraucht. Jetzt aber war es zu spät.

Sie wußte nicht, wie lange sie geschlafen hatte. Alpträume verfolgten sie, voller Bilder von Jordan mit anderen Frauen; Jordan mit Meg; Jordan, wie er Jill verfluchte, ihr den Rücken zukehrte und sie endgültig verließ.

Sie erwachte vom Klingeln des Telefons an ihrem Bett. Sie war so benommen, daß sie es erst schaffte, den Hörer abzunehmen, als das Klingeln bereits wieder verstummt war.

Sie schaute auf den Wecker. Halb eins. Jordan war bestimmt noch immer nicht zurück.

Benommen stand sie auf und wankte den Flur hinunter zu Megs Zimmer. Sie ging hinein und schaute nach dem schlafenden Baby. Meg lag auf dem Bauch, den kleinen Po in die Höhe gestreckt, wie sie es oft tat. Ihr Atem ging sanft, kaum hörbar. Ihre kleinen Händchen rührten sich, dann lagen sie still.

Jill tätschelte ihr sanft den Rücken, dann strich sie ihr mit einem Finger über die Wange. Das Kind schien nichts davon zu merken.

Jill verließ das Zimmer wieder.

Sie saß auf ihrem Bett und fragte sich, wo Jordan nun wohl sein mochte. Sie war zu müde, um zu entscheiden, ob sie noch eine Beruhigungstablette nehmen sollte.

Erneut klingelte das Telefon und riß sie aus ihrer Lethargie. Rasch hob sie ab.

»Jordan?«

Kurzes Schweigen.

»Jill?« Es war die Stimme einer Frau. »Ist er also weg, ja?« Es klang amüsiert. »Du bist allein.«

Nun hatte die Stimme eine Note des grausamen Triumphes. Jill wußte, wer dran war.

»Barbara«, sagte sie schwach.

»Hast du dir schon eine Möglichkeit überlegt?« fragte die Stimme.

Jill setzte sich kerzengerade auf. Ihre Hand um den Hörer zitterte.

»Ich... was?« stammelte sie.

»Du wirst es schmerzlos tun wollen«, sagte die Stimme, »weil du eine gute Mutter bist. Aber denk dran: es muß sein.«

Ein Klicken. Die Leitung war tot.

Jill hockte auf der Bettkante und hielt den Hörer in beiden Händen wie ein lebendiges Ding, das gefährlich werden könnte, wenn sie es nicht stillegte.

Nach einer Weile erklang der jaulende Ton, der sie daran erinnerte, aufzulegen.

Doch Jill hörte es nicht. Der langsam in ihr aufsteigende Schrei löschte alles andere aus.

KAPITEL 61

Johnsonville, Long Island   31. März 1980

Es war ein warmer Sonnabend.

Leslie und Ross hatten noch ein gutes Stück Weg vor sich. Ross trug die kleine Tragetasche mit den Kartoffelchips und Servietten, Leslie den großen Picknickkorb. Ross ging am Stock. Seine Gebrechlichkeit war schon seit langem eine schlichte Tatsache des Lebens. Sie gingen langsam.

Sie waren bester Laune. Es war ein besonders milder Tag. Weiden und eine Obstplantage säumten den schmalen Pfad, der zu ihrem Picknickplatz führte, einem Hügel unter einer uralten Ulme, wohin Ross vor Jahren auch mit seinen Töchtern und seiner Frau zum Picknick gekommen war.

Es war ein wundervoller Ort, ländlich und friedlich. Eine Schar

Kühe graste auf der Weide jenseits des Weges. Zwei, drei lagen reglos in der Sonne. Auf dem Feld stand ein untätiger Traktor. Eine Krähe kam aus dem Nichts und segelte mit ausgebreiteten Flügeln über den blauen Himmel. Als sie aus dem Blickfeld verschwand, blieb nur die sonnendurchflutete Szenerie zurück wie ein Gemälde, stumm und scheinbar ewig.

»Es ist so ruhig hier«, sagte Leslie.

»Das war es schon immer.« Ross sah ihr zu, wie sie die Decke unter dem Baum ausbreitete. »Deshalb sind wir früher alle auch immer so gern hergekommen. Hier ist keine Menschenseele. Dina hat es immer ›unseren Platz‹ genannt.«

»Dieses Gefühl strahlt der Ort auch aus.« Leslie lächelte. »Als wäre er nie für jemand anderen dagewesen, ehe wir kamen, und als würde er nie mehr hier sein, wenn wir gegangen sind. Als wäre der Ort verzaubert.«

Sie kniete sich vor den Korb und öffnete ihn. Sie schaute zu Ross auf. Er stand vor dem strahlend blauen Himmel, hinter ihm die schweren Äste und tiefen Wälder am Ende des Weidelandes. Sein Haar war inzwischen weiß, und er war sehr abgemagert. Er hatte nie schwächer ausgesehen. Doch in seinen Augen strahlte das Licht der Liebe so warm wie der Sonnenschein.

Leslie kam in seine Arme.

»Ich liebe dich«, sagte sie.

Er tätschelte sie sanft, so als wäre er stark und alt wie dieser Baum, und als könne sie sich geborgen in seinen Schatten kuscheln.

»Ich liebe dich auch, Schatz«, sagte er.

So standen sie eine ganze Weile da, schwankend im gesprenkelten Sonnenlicht, und wollten einander nicht loslassen.

Ross war es schließlich, der den Bann brach.

»Jetzt wollen wir aber essen«, sagte er. »Ich bin am Verhungern.«

Es war ein schönes Picknick, auch wenn sie beide nicht sonderlich viel aßen. Sie hatten sich eine Flasche Wein mitgebracht. Sie sprachen über ihre Zukunftspläne. Über das geplante morgige Sonntagsessen mit Nancy, die aus Rochester geflogen kam. Über ihre Pläne für die kommende Woche, die viel Arbeit bringen würde. Über ihre Pläne für den Sommer, in dem sie einen zweiwöchigen Urlaub in Southwest Harbor oben in Maine verbringen wollten, wo Ross früher immer mit seiner Familie Urlaub gemacht hatte, als die Mädchen noch klein waren; nun war er aber schon seit vielen Sommern nicht mehr dagewesen und wollte es Leslie aber unbedingt zeigen.

Und da waren ihre Pläne für das nächste und übernächste Jahr, in denen auch eine sorgfältige Erweiterung des Kundenstamms von *Wheeler Advertising* erfolgen sollte, die Einstellung von mindestens drei neuen Mitarbeitern und das Anmieten des Ladens nebenan auf der Church Street als weiterem Büroraum. Dies waren mutige, innovative Pläne, die Ross allein niemals getroffen hätte, denen er aber vorbehaltlos zustimmte, als Leslie ihm zeigte, welche finanziellen Vorteile sie ganz sicher bringen würden. Ihr Denken war wie immer ehrgeizig und einfallsreich, und dennoch nicht übereilt. Sie war, dachte Ross oft im stillen, eine geborene Geschäftsfrau. Sie könnte längst an der Spitze ihres eigenen Unternehmens stehen, wenn sie wollte.

Und vielleicht würde sie das eines Tages auch tun, dachte er.

Nun, als sie ihr Picknick beendet und die Essenssachen wieder eingepackt hatten, lehnte sich Leslie an den Stamm der alten Ulme. Ross hatte den Kopf in ihren Schoß gebettet.

»Ich kann es kaum erwarten«, sagte sie. »Ich war noch nie dort oben in Maine. In meiner Jugend war ich immer auf dem Flachland. Den Michigan-See habe ich erst gesehen, als ich schon elf war. Wir sind nie richtig in Urlaub gefahren, abgesehen von ein paar Campingausflügen in Wisconsin.«

Sie lächelte. »Sommer hat für mich immer bedeutet: keine Schule und durchs Dorf strolchen, nur in Shorts und T-Shirt, zusammen mit Cathy Erwin und Heidi Everhardt. Süßigkeiten im Kaufladen, im Kino immer und immer wieder denselben Film angucken, auf der Veranda bei den Everhardts sitzen und Rommé spielen…«

»Mmmmmmm«, murmelte Ross. »Erzähl mir mehr…«

»Da gibt es so wenig zu erzählen«, sagte Leslie. »Es war so eine ruhige Kindheit. Nichts ist je geschehen. So habe ich es jedenfalls in Erinnerung. Vielleicht, weil seither so viel passiert ist. Mir kommt es so vor, als wäre da seit dem College nicht ein einziger langweiliger Moment gewesen.«

Ross schwieg. Er drückte ihre Hand.

Vor ihrem geistigen Auge spulte sich die hektische Fülle ihres bisherigen Lebens ab. *Ogilvie-Thorpe* mit dem mürrischen, mißtrauischen Bud Owens, und ihr verzweifelter Schachzug mit der *Aurora-Lifestyle*-Kampagne. Niemals würde sie vergessen, wie sie das Leben von Barton Hatcher ausgeforscht hatte und auf den verrückten Plan gekommen war, sich wie seine verstorbene Frau zurechtzumachen, um seine Aufmerksamkeit zu erregen. Sie war selbst verblüfft gewesen, als ihr Plan tatsächlich funktionierte, und noch verblüffter, als die *Aurora-Lifestyle*-Kampagne dem Unternehmen Millionen bescherte und sie, Leslie, zu einer Berühmtheit machte.

Nach diesem anfänglichen Sieg war ihr Leben dann eine rasche Folge von Herausforderungen gewesen, bis Tony Dorrance ihr Leben völlig aus der Bahn geworfen hatte, sie aber hierher zu dem Mann geführt hatte, den sie nun in den Armen hielt. Welch sonderbare Wege das Leben doch geht, dachte sie. Die schlimmste Katastrophe, die uns widerfährt, kann einen Silberstreif haben, den wir erst Jahre später erkennen. Und vielleicht nie…

Letztlich verdankte sie es sogar Tony, daß sie Ross hatte. Sie hätte ihn niemals kennengelernt, wäre sie nicht verzweifelt und ohne Hoffnung der Spur ihres verlorenen Kindes nach Long Island gefolgt.

Sie schaute zu Ross hinab und strich ihm sanft über das schüttere weiße Haar. Er sah mehr denn je wie ein alter Mann aus. Aber er war ihr alter Mann. Ja, das Schicksal hatte ihr neuen Halt im

Leben gegeben, als sie Ross begegnete. Es war vielleicht nicht das Leben, von dem sie geträumt hatte, aber es war dennoch ein gutes Leben. Sie wurde geliebt von jemandem, dem sie vertraute und den sie respektierte. Und dies war mehr wert als so manches vermeintlich große, aber kurze Glück.

Doch da war auch noch etwas anderes... Sie hatte durchaus Mühe, es wieder zu verscheuchen. Sie säße jetzt auch nicht hier mit Ross Wheeler unter diesem Baum, wenn die Dinge nur ein klein wenig anders verlaufen wären. Dann wäre sie jetzt weit fort und verheiratet mit Jordan Lazarus, und sie würde vielleicht freudig über den verschlungenen Pfad nachsinnen, der sie aus ihrer Jugend direkt zu Jordan geführt hatte, der großen Liebe ihres Lebens, dem Mann, dem ihr Herz gehört hatte, vom ersten Augenblick an, und dem es immer gehören würde. Wie zufrieden, wie erstaunt diese Reflektion doch wäre! Wie Cinderella, die schließlich in den Armen ihres Märchenprinzen liegt, würde sie noch immer von dem Gedanken verfolgt werden, das alles sei zu schön, um wahr zu sein.

Doch sie konnte nicht daran denken, es war nicht möglich, an Jordan zu denken. Nicht, wenn sie eine glückliche Frau sein und auf dem Boden der Wirklichkeit stehen wollte. Jordan war ja aus einer anderen Welt gekommen und hatte sie mit seiner Liebe dorthin mitgenommen. Er hatte sie buchstäblich von den Füßen gehoben. Ihre gemeinsame Zeit hatte einen mythischen Aspekt gehabt, erfüllt von einem Glück, das zu schön war, um wahr zu sein.

Doch die Mächte, die ihn ihr fortgenommen hatten, waren auch aus dieser anderen Welt gekommen, einer Welt, die zu groß für sie war, zu gewalttätig, zu gefährlich.

Jordan würde immer seinen geheimen, abgeschlossenen Platz in ihrem Herzen haben, aber es war ein Ort, den sie niemals freiwillig besuchen würde. Selbst heute, wenn sie ständig etwas über Jordan im Fernsehen sah oder in der Zeitung las – Meldungen über seine Frau und das Baby; sein Einsatz für die Städte und sein immer weiter wachsender Ruhm –, dann wandte sie stets den Blick ab, wie von etwas, das zu schmerzlich ist, um es anzusehen, oder zu fremd, als daß es sie etwas anging.

Aber Jordan war fast jede Nacht in ihren Träumen. Er erschien ihr in vielen Verkleidungen, doch es war immer er. Wenn sie aufwachte und sich an den Traum erinnerte, erkannte sie ihn hinter diesen Verkleidungen. Dann vertrieb sie ihn entschlossen aus ihren Gedanken und widmete sich dem neuen Tag.

So war das Leben, sagte sie sich. Man mußte sich Märchenprinzen aus dem Kopf schlagen, wenn man hoffte, in der Welt zu leben, ohne von ihr zerbrochen zu werden.

Ross blickte zu ihr auf und sah den zärtlichen, liebevollen Ausdruck in ihren Augen.

Er wußte, daß sie gerade an etwas Verborgenes dachte. Er hatte diesen Blick während seiner Krankheit und auch schon vorher sehr oft an ihr gesehen. Es war dann immer, als wäre sie weit, weit weg, und als müßte sie sich mit großer Anstrengung ihres Herzens und Willens wieder zurückbringen.

Ross war deswegen nie eifersüchtig gewesen. Auch wenn ihm klar war, daß er sie nie ganz besessen hatte, machte dies seine Liebe für sie nur noch inniger. Der Teil von ihr, der ihm so ergeben war, war mehr als alles, was er sich je für sich erträumt oder erhofft hatte. Sein Herz lief über allein beim Anblick ihres wunderschönen, geheimnisvollen Gesichts.

Er verstand nun, daß ihre Bemühungen um ein gemeinsames Kind von Anbeginn zum Scheitern verurteilt gewesen waren. Nicht weil er älter war als sie und nicht wegen seiner Krankheit. Der Grund lag tiefer. Leslie hatte ihm alles von sich gegeben, was sie konnte, aber den Rest konnte sie nicht geben. Und nur an diesem unsichtbaren Ort hätte sie ein Kind für ihn haben können.

Er akzeptierte dies. Es war an ihm, dankbar dafür zu sein, wieviel sie ihm geopfert hatte, und sie dafür zu bewundern, daß sie sich so tapfer und hartnäckig gegen den Geist in ihrem Herzen wehrte, um sich ihm, Ross, hinzugeben – in Freud und Leid, in guten wie in schlechten Zeiten, bis daß der Tod…

Und da taumelte plötzlich die Welt unter ihm. Er riß die Augen auf und suchte Leslie, doch sie war nicht mehr da.

Der Baum war verschwunden, ebenso das Weideland ringsum. Er stand in der Küche seiner Mutter, ein kleiner Junge. Etwas kochte auf dem Herd.

Seine Mutter rührte rasch um und murmelte: »Meine Güte, ich habe ihn bestimmt schon fünfzig Mal gebeten, das zu reparieren.« Sie wandte sich an Ross. »Schatz, kannst du mir bitte schnell einen Topflappen holen.«

Er drehte sich um, aber nun war auch die Küche verschwunden. Jetzt war er in einem Zug. Sie gingen zwischen zwei Waggons, und er schaute hinunter zum Schlitz im Metallboden. Er konnte den Boden unter den Waggons dahinzischen sehen. Es wurde ihm schwindlig, und er hatte Angst. Er wollte schreien, aber seine Stimme war weg. Ein intensiver Geruch von brennendem Öl stieg ihm in die Nase.

Dann war der Geruch plötzlich verschwunden, ersetzt vom betörenden Aroma von Salzwasser. Er hörte das Rufen der Möwen. Ringsum war das Meer. Die Welle unter ihm stieg höher und höher.

Ein gewaltiger Schmerz explodierte in seinem Kopf. Er wußte, daß ihn diese Woge aus seinem Innern ins Nichts trug. Der Schmerz war unerträglich.

Nun drehte sich die Erde wie wild. Und er hätte sich auch diesem verrückten Wirbeln ergeben, nur um den Schmerz loszuwerden, wäre da nicht der Umstand gewesen, daß er Leslie nie mehr wiedersehen würde, wenn er nun nachgab.

Er unternahm eine gewaltige Anstrengung. Er brachte den letzten Rest an Kraft gegen die Welt auf, gegen diese Welle. Stöhnen stieg tief aus ihm auf und eilte voran, während er mit aller Macht um sein Leben rang.

Aber seine Kraft ließ nach, und er gab auf. Und da gab die Welt noch einmal für einen kostbaren Augenblick nach, drehte sich rückwärts um ihre Achse und brachte ihn zu seinem Ausgangspunkt zurück. Leslie war wieder da und schaute auf ihn herab.

Ich liebe dich.

Die Worte verhallten und verebbten in seinem Herzen, doch seine Lippen waren bereits kalt.

Ihr Gesicht war das letzte, was er sah.

KAPITEL 63

Washington D.C. 1. April 1980

Im Rosengarten des Weißen Hauses drängten sich die Reporter.

Sie waren hier, um dem offiziellen Empfang der wichtigsten und führenden Vertreter des Lazarus-Plans durch den Präsidenten beizuwohnen.

Es war eine große Gruppe. Der administrative und ausführende Stab allein umfaßte nahezu zweihundert Personen. Sie kamen aus allen Städten des Landes. Während des vergangenen Jahres waren sie zu einem gut funktionierenden Team zusammengeschweißt worden.

Viele von ihnen waren jung, aber bei weitem nicht alle. Manche waren Experten in Städtebau und Stadtentwicklung und waren mit den besonderen Problemen wohlvertraut. Schon lange waren sie wegen des fortschreitenden Verfalls der Innenstädte besorgt gewesen und hatten resigniert mit ansehen müssen, wie immer mehr Menschen in den großen Städten in Armut und Verzweiflung versanken.

Jordan Lazarus hatte ihnen eine neue Vision und, damit verbunden, auch Optimismus gegeben.

»Wir sind heute hier versammelt«, sagte der Präsident, »um Sie zu begrüßen und Ihnen zu danken. Nie hat es ein begabteres und hingebungsvolleres Team gegeben als Sie, und keine Spezialeinheit hatte je größere Bedeutung für dieses Land.«

Der Präsident ließ den Blick über die große Gruppe schweifen. Er war sichtlich zufrieden. Der Erfolg des Lazarus-Plans hatte seine Popularität bei beiden Parteien um mindestens hundert Prozent erhöht, und seine Wiederwahl war so gut wie sicher.

»Während ich heute zu Ihnen spreche«, fuhr er fort, »hat der Lazarus-Plan innerhalb von nur acht Monaten bereits bedeutende Veränderungen für unsere Innenstädte bewirkt. Um nur einige Beispiele zu nennen: In Chicago wurde die berüchtigte West Side von den Bewohnern teilweise wiederaufgebaut, unterstützt durch die neue Partnerschaft von Regierung und Wirtschaft. In Harlem hat eine ähnliche, sogar noch aufregendere Entwicklung stattgefunden. In Los Angeles sind die Stadtteile Watts und Inglewood neu belebt worden.

Überall im Land sind die Ergebnisse ähnlich ermutigend. Nicht nur sind Arbeitsplätze für die Arbeitslosen geschaffen worden. Diese Menschen sind obendrein Eigentümer der Gebäude und Häuser geworden – oder werden es bald sein –, die sie über die vergangenen fünf Generationen hinweg dahinrotten sahen. Die Bandenkriminalität sinkt täglich. Und am erstaunlichsten von allem – der gesamte Prozeß beschert nicht nur den investierenden Firmen und Finanzinstituten Gewinne, sondern auch den lokalen, staatlichen und bundesstaatlichen Behörden und Verwaltungen, die mit diesen Firmen zusammenarbeiten.«

Der Präsident hielt kurz inne und schaute zu Jordan Lazarus, der zusammen mit drei seiner engsten Vertrauten nahe am Podium saß.

»Man könnte sagen, daß der Lazarus-Plan unserer Zeit um Jahrzehnte voraus ist«, fuhr der Präsident fort. »Man könnte aber auch sagen, daß wir als Nation unserer Zeit, solange ich mich entsinnen kann, Jahrzehnte hinterhergehinkt sind und daß uns der Lazarus-Plan wieder auf die Höhe unserer Zeit gebracht hat. In jedem Fall ist es nur die Wahrheit, wenn ich sage, daß dieser Plan das Werk sozio-ökonomischen Genies ist. Dank Ihnen allen sind die Armut und der Schrecken der Innenstädte, die solange als trauriges, aber unabänderliches Nebenprodukt des wirtschaftlichen Prozesses betrachtet wurden, heute ausgelöscht. Und nicht nur die Bewohner unserer Großstädte, sondern wir als Nation haben eine zweite Chance erhalten, in Harmonie miteinander zu leben.«

Der Präsident lächelte. »Die Augen der Welt ruhen auf uns, während sich der Lazarus-Plan schneller und schneller seinem Ziel nähert. Und ich bin stolz, sagen zu können, daß die Welt zum ersten Mal nicht mit Mitleid auf unsere Großstädte schaut, sondern mit Bewunderung.«

Sein Blick schweifte über seine Zuhörer.

»Ich möchte Ihnen allen für Ihren Einsatz danken, für Ihre Kreativität und für das, was man nur Patriotismus nennen kann. Und ich denke, niemand wird widersprechen, wenn ich sage, daß all unsere gemeinsamen Anstrengungen nur sehr wenig bewirkt hätten ohne die Vision und Hingabe eines Mannes; des Mannes, mit dem dies alles begann und dessen stets gedacht werden wird als des Begründers und Initiators der vielleicht bedeutendsten Initiative eines einzelnen in diesem Jahrhundert – Jordan Lazarus.«

Das Publikum aus Mitarbeitern, Zuschauern, Würdenträgern und Presse erhob sich. Fast tausend Menschen applaudierten Jordan Lazarus, der sich ebenfalls von seinem Stuhl erhob, der Menge mit einem kurzen Winken für den Applaus dankte und dann seinen Mitarbeitern mit beiden erhobenen Daumen zeigte, wie stolz er auf sie war.

Es war ein großer Anlaß.

Die Fotografen bedauerten nur, daß Jill der Zeremonie nicht beiwohnte. Aber Jordans Pressesekretärin teilte bedauernd mit, daß die kleine Meg an einer ernsten Erkältung litt und Jill deshalb daheim geblieben war, um sich um sie zu kümmern. Mutter und Tochter, so hieß es, würden sich heute abend im Fernsehen die Berichte über das große Ereignis anschauen.

Jill war allein zu Hause und las die Zeitung.

Die Berichte über Megs Erkrankung entsprachen nicht der Wahrheit und waren absichtlich von Jordans Pressesekretärin lanciert worden. Meg war völlig gesund, abgesehen von einem leichten Schnupfen.

Der wahre Grund, weshalb Jill dem Empfang im Weißen Haus nicht beigewohnt hatte, war ihre große emotionale Erschöpfung, die es ihr nicht erlaubte, sich für einen solchen Anlaß zusammenzureißen.

Die Atmosphäre zwischen Jill und Jordan war seit dem mißratenen Versuch einer Liebesnacht im letzten Monat derart unerträglich geworden, daß Jill sich rundweg geweigert hatte, am Empfang teilzunehmen, als Jordan sie darauf angesprochen hatte.

Jordan schien zwiespältig über ihre Weigerung gewesen zu sein. Bisher hatte er Jill gezwungen, ihr Image in der Öffentlichkeit einzusetzen, um ihm bei der Umsetzung seines Plans zu helfen. Und sie hatte sich seinen Wünschen gefügt, ein großes und offensichtliches Opfer für sie, wenn man die Umstände ihrer Ehe bedachte.

Doch nun war das nicht mehr nötig; der Plan kam auch ohne sie aus. Zudem sah Jordan, in welch miserabler Verfassung sie war. Ihre Blässe und Ausgezehrtheit zeigten sich bereits auf den Pressefotos.

»Also gut«, hatte er gesagt. »Dann bis morgen abend.«

Das war gestern gewesen. Jill war allein aufgewacht heute morgen. Es war jetzt kurz vor elf. Ihre Tabletten hatten sie verschlafen lassen, aber wenigstens hatte sie sechs Stunden durchgeschlafen.

Nachdem sie nach Meg gesehen hatte, die mit dem Kindermädchen spielte, ging sie wieder ins Bett und trank zwei Tassen starken Kaffee, um Kraft für den Tag zu haben. Es war nicht einfach.

Nun überflog sie gleichgültig die Zeitungen und las die Nachrichten. Der Ausbruch des Vulkans von Sankt Helena bestimmte die Schlagzeilen. Die Wirtschaft lag noch immer danieder. In El Salvador herrschte Belagerungszustand. Amerika hatte sich aus Protest gegen die russische Intervention in Afghanistan zum Boykott der Olympischen Spiele in Moskau entschieden. Ronald Reagan hatte die Vorwahlen in New Hampshire mit einem Erdrutschsieg für sich entschieden. Der Iran hielt weiterhin amerikanische Botschaftsangehörige als Geiseln.

Einige dieser Dinge mochten auf die eine oder andere Weise Einfluß auf Jordan und den Lazarus-Plan haben. Jill hatte schon lange gelernt, den internationalen und wirtschaftlichen Entwicklungen große Aufmerksamkeit zu schenken, weil sie das Wohl und Wehe von Jordans Plan beeinflußten und somit seine Laune. Doch heute verschwammen die Überschriften vor ihren Augen. Es war erst elf Uhr morgens, aber Jill hatte das Gefühl, als sei es Mitternacht. Sie wollte diesem Tag nur den Rücken zukehren und schlafen.

Dann sah sie etwas in der Zeitung, das sie sich hochsetzen ließ.

Auch wenn Jordan Lazarus bester Laune war, hielt er seine kurze Ansprache an die Gäste und Presse im Weißen Haus wie in einem Traum, mit den Gedanken ganz woanders.

Er war heute morgen in eigenartiger Stimmung aufgewacht. Er hatte das Gefühl, etwas habe sich irgendwo in seinem Leben verändert, etwas sehr Wichtiges, auch wenn er es nicht erkannte.

Gestern abend hatte er einen Anflug namenloser Besorgnis verspürt, als er der in ihrem Bettchen schlafenden Meg einen Gutenachtkuß gegeben und sich danach von Jill verabschiedet hatte, die im Bett gelegen und ihn aus erschöpften Augen angesehen hatte.

Jordan hatte das Gefühl gehabt, als sei seine kleine Welt irgendwie bedroht, und das erfüllte ihn mit Sorge. Gleichzeitig hatte er die sonderbare Ahnung, daß das Schicksal dabei war, in sein Leben einzugreifen, möglicherweise auf gute und befreiende Art und Weise. Er konnte seinen widersprüchlichen Empfindungen nicht auf den Grund kommen und schob sie seiner nervösen Erwartung des Empfangs im Weißen Haus zu.

Als seine Ansprache beendet war, schüttelte er dem Präsidenten und den übrigen anwesenden Amtsträgern die Hand und wollte am liebsten so schnell wie möglich wieder aufbrechen. Er war sich bewußt, daß dies heute ein großer Moment für ihn persönlich und seinen Plan war, aber er fühlte sich unwohl und wollte möglichst schnell weg.

Aber er konnte nicht weg. Er mußte noch am Essen zu Ehren des Lazarus-Stabs teilnehmen und sich am Nachmittag mit einigen Beratern des Präsidenten treffen, ehe er zum Flughafen fahren konnte. Jill erwartete ihn zu einem späten Abendessen daheim.

Er spielte mit dem Gedanken, sie anzurufen, machte sich aber dann klar, daß er ihr nichts zu sagen hatte.

Mit einem Seufzer ging er auf den Präsidenten zu und reichte ihm die Hand.

Jill starrte auf die Titelseite der Zeitung. Am rechten Rand entdeckte sie eine handgeschriebene Notiz: »Todesanzeigen Seite 112«. Jill schaute lange auf diese Notiz. Sie nahm einen Schluck von ihrem starken Kaffee. Ein kleiner Schauder durchlief sie.

Dann blätterte sie die Seite 112 auf.

Eine der Todesanzeigen war handschriftlich angemerkt.

WHEELER, A. ROSS

Aaron Ross Wheeler aus Johnsonville, Long Island, verstarb am Sonnabend an einem Schlaganfall. Mr. Wheeler, Gründer und langjähriger Inhaber und Geschäftsführer von *Wheeler Advertising*, einer erfolgreichen Agentur auf Long Island, hinterläßt Ehefrau Leslie und Töchter Nancy und Diana aus erster Ehe.

Kondolenz von 11 bis 3 Uhr im Haus von Wheeler. Das Begräbnis findet am Dienstag um 10 Uhr in der Ersten Kongregationalistenkirche in Johnsonville statt.

Neben dieser kleinen Anzeige stand eine weitere handschriftliche Notiz. Als Jill diese las, wurde sie aschfahl.

»Sie ist frei«, stand dort.

Jills Hände umklammerten die Zeitung. Lange war ihr Kopf völlig leer.

Doch dann begann sie nachzudenken. Ihre Gedanken waren nicht rational, aber ihre Logik erwuchs aus allem, was ihr in den vergangenen zwei Jahren widerfahren war.

Sie schloß die Augen. Sie sah Jordan mit Leslie. Ihr war klar, daß die beiden nun einen Weg zurück zueinander finden würden. Keine Macht auf Erden konnte sie davon abhalten. Sie selbst hatte bei ihrem Versuch, zwischen sie zu treten, nur eine Art Nabelschnur aus sich gemacht, die die beiden miteinander verband.

Die Todesanzeige und die grausame handgeschriebene Notiz machten Jill schmerzlich klar, daß ihre unter einem ungünstigen Stern stehende Ehe mit Jordan an ihrem Ende angelangt war. Bald würde er seine Freiheit verlangen. Und sie würde sie ihm gewähren müssen.

Und wenn er ging, würde er Meg mitnehmen. Das machte nur Sinn. Er vergötterte Meg, er lebte für sie. Und Meg war letzten Endes nie wirklich Jills Kind gewesen.

Ja, es ergab alles einen logischen Sinn.

Die Zeitung in ihrer Hand zitterte.

Es war alles vorbei. Dies war das Ende. Es hatte keinen Sinn zu versuchen, sich zwischen Jordan und Leslie zu stellen. Selbst wenn sie Leslie umbringen würde, würde weiterhin sein Herz Leslie gehören. Sie war immer nur ein Ersatz für Leslie, eine armselige Maske.

Es gab nichts, was sie tun konnte. Außer still und leise zu verschwinden.

Doch da kam ihr ein Gedanke. Es gab doch noch etwas, was sie tun konnte. Auch wenn sie selbst verloren war, gab es einen Fehler, den sie wiedergutmachen konnte.

Sie schaute auf die Zeitung. Jetzt erkannte sie die Handschrift am Zeilenrand. Sie lächelte traurig, faltete die Zeitung zusammen und stopfte sie in den Papierkorb.

Sie stand auf, sie wankte zuerst noch etwas, dann faßte sie sich und ging in Megs Zimmer. Das Kindermädchen las in einer Zeitschrift, Meg spielte still in ihrem Bettchen.

»Mrs. Kirkwood«, sagte Jill, »Sie können heute früher gehen. Ich fliege mit Meg nach Washington zu Mr. Lazarus.«

Mrs. Kirkwood schaute verwundert auf. »Aber Mr. Lazarus hat mir gesagt, daß er heute abend zurück sein wird.«

»Das hat sich geändert«, log Jill. »Wir müssen heute nachmittag einige Fotos mit Meg machen lassen. Wir werden erst sehr spät zurück sein. Wir brauchen Sie erst morgen wieder. Würden Sie bitte eine kleine Tasche für Meg packen? Ich bin in ein paar Minuten fertig.«

»Ich mache mir nur Sorgen wegen des Schnupfens, Ma'am«, sagte das Kindermädchen.

»Machen Sie sich deswegen keine Gedanken.« Jill lächelte. »Wir nehmen die Medizin mit.«

Sie ging ins Bad, legte ihren Unterrock ab und nahm eine sehr heiße Dusche. Sie erhaschte einen Blick ihres ausgemergelten Körpers im großen Spiegel. Irgendwie gab ihr dieser Anblick, der die lange Agonie widerspiegelte, die Jordan ihr aufgebürdet hatte, eine neue Klarheit. Sie wußte, was sie zu tun hatte. Sie war sich in ihrem ganzen Leben noch nie so sicher über etwas gewesen.

Sie machte sich daran, ihre Sachen zu packen. Das Zittern in ihren Händen hatte aufgehört.

Es war ein langer Nachmittag für Jordan Lazarus. Seine Verabredung mit dem Präsidenten und dessen Beratern zog sich über drei Stunden hin. Er war seinem Zeitplan um einiges hinterher, als er das Weiße Haus endlich verließ.

Am Nachmittag war Nebel aufgezogen, und die Flüge am Washingtoner National Airport hatten allesamt Verspätung. Als Jordan am LaGuardia in New York eintraf, war es bereits halb sieben.

Erst gegen halb acht betrat er seine Wohnung am Sutton Place. Er hatte versucht, Jill anzurufen, um sie von seiner Verspätung zu unterrichten, aber es hatte sich niemand gemeldet. Er hatte angenommen, daß sie schlief oder mit Meg und Mrs. Kirkwood einen Spaziergang machte.

Er trommelte nervös mit den Fingern, während der Fahrstuhl hinauffuhr. Der Schlüssel in seiner Hand zitterte, als er die Wohnung aufschloß. Er verspürte ein fast verzweifeltes Bedürfnis, seine Familie zu sehen.

Die Tür zur Wohnung schwang auf. Nichts zu hören. Es schien niemand dazusein.

»Jill? Mrs. Kirkwood?« rief Jordan.

Er eilte durch die Zimmer, machte unterwegs Licht. Im Kinderzimmer war niemand, ebenso in Jills Schlafzimmer. Auch von Mrs. Kirkwood war nichts zu sehen, oder von der Köchin.

Jordan stand im Wohnzimmer und überlegte. Wo konnten sie alle sein? Selbst wenn Jill mit Meg spazieren war, wäre Mrs. Kirkwood oder die Köchin hier.

Jordan schaute erst im Foyer, dann in der Küche nach einer Nachricht von Jill. Vergeblich.

Nun begann er, sich Sorgen zu machen. Er schaute noch einmal in sämtlichen Zimmern nach. Alles war wie immer.

Im großen Schlafzimmer entdeckte er die Ausgabe der *New York Times* im Papierkorb. Das war nur normal. Jill las oft im Bett Zeitung. Es war die heutige Ausgabe, wie die Schlagzeilen über den Vulkanausbruch bestätigten.

Schließlich ging er noch einmal in Megs Zimmer, den Raum, der ihm am vertrautesten war.

Er schaute sich Megs Sachen an, sein Blick wanderte nervös vom Bettchen zum Laufgitter. Etwas stimmte nicht. Megs Teddy war weg, ebenso ihre Babydecke.

Er ging zum Schrank und riß die Tür auf. Ihr kleiner Koffer war verschwunden. Er ging zurück in die Küche und griff zum Telefon. Er überlegte, wen er anrufen sollte.

Er erinnerte sich an seine sonderbaren Gefühle an diesem Morgen im Weißen Haus, diese Ahnung, daß heute seinem Leben etwas widerfahren würde, eine Art Wendepunkt. Eine große Veränderung, zum Guten oder Schlechten. Der Hörer zitterte leicht in seiner Hand, als er sein Büro anrief.

»Ist Sam Gaddis da?« fragte er.

»Nein, Mr. Lazarus. Er ist noch nicht aus Washington zurück.«

»Sagen Sie ihm, er soll mich sofort zurückrufen«, sagte Jordan. »Ich bin zu Hause. Sagen Sie ihm, es ist dringend.«

Er blieb reglos in der Küche stehen.

Glücklicherweise klingelte schon nach zwei Minuten das Telefon.

»Sam«, sagte Jordan, »wir haben hier wahrscheinlich ein Problem mit Jill und Meg. Nimm einen Hubschrauber und komm sofort nach New York. Wir treffen uns bei mir im Penthouse.«

Er sah sich in der leeren Küche um.

»Und, Sam, ruf besser deine Freunde bei der Polizei an. Ich glaube, wir brauchen sie heute.«

KAPITEL 63

New York City 2. April 1980

Innerhalb von Stunden nach Jill Lazarus' Verschwinden war ein ganzes Heer aus Polizei und Privatdetektiven mobilisiert und auf der Suche nach ihr – offiziell als Vermißte.

Doch das Unterfangen gestaltete sich schwierig, weil die Suche nach Jill und Meg nicht an die Öffentlichkeit gelangen durfte.

Ein Skandal in Jordans Privatleben hätte verheerende Folgen. Eben dies, vermutete Jordan, habe Jill mit ihrem Davonlaufen beabsichtigt und sich auf diese Weise für ein Jahr der emotionalen Bestrafung durch ihren Mann gerächt.

Überall hielt man Ausschau nach einer jungen, attraktiven Frau mit einem Kleinkind.

Es war abzusehen, wann die Nachrichtenmedien Lunte rochen. Jordan hatte mit seiner Pressesekretärin vorsorglich eine Erklärung vorbereitet, nach der Jill mit Meg auf Erholungsurlaub in Übersee weilte. Mit ein bißchen Glück würden sie die Presse damit ein paar Tage hinhalten können, aber auch nur vielleicht. Und auf keinen Fall länger als das.

Tatsächlich aber wurde Jordan von größeren Sorgen geplagt als nur von der eventuellen Peinlichkeit des Verschwindens seiner Frau. Während der ersten Stunden brachte er es jedoch einfach nicht über sich, diese größeren Sorgen einem Privatdetektiv anzuvertrauen.

Er hatte Angst, daß Jill der kleinen Meg etwas antun könnte.

Jill war eine verzweifelte Frau. Ihr Verhalten während der vergangenen sechs Monate war zunehmend unstabil gewesen. Schlimmer noch – Jordan wußte jetzt, daß Jills Gefühle für ihre Tochter nicht die einer normalen glücklichen Mutter waren. In ihren Augen war Meg ein fremdes Wesen, das zwischen ihr und ihrem Mann stand; eine Rivalin, die ihren Anteil am endgültigen Scheitern ihrer Ehe trug.

Das mochte Verrücktheit sein, aber Jordan konnte es nicht einfach mit der psychischen Krankheit seiner gepeinigten Frau abtun. Denn er hatte selber seinen Teil dazu beigetragen, daß es überhaupt soweit gekommen war.

Davon erwähnte er gegenüber der Polizei nichts.

Die Ermittlungen der Behörden liefen auf Hochtouren. Doch urplötzlich tauchte ein noch bedrohlicheres Problem bei der Suche auf.

Der mit dem Fall betraute Leiter des New Yorker Dezernats, Detective Lanier, hatte Jordan um routinemäßige persönliche Informationen über Jill gebeten, darunter auch, was er über ihr Elternhaus wußte, ihre Ausbildung, ihren bisherigen beruflichen

Werdegang und eventuelle Erkrankungen oder Unfälle. Jordan hatte ihm nach bestem Wissen geantwortet – Jill war in Maryland geboren worden; ihre Eltern waren gestorben, als sie noch ein Kind war; ihre Großeltern mütterlicherseits hatten sie aufgezogen, bis sie aufs College in Maryland gegangen war und schließlich ihren Abschluß an der Ohio State University abgelegt hatte. Wo Jill gearbeitet hatte, bevor sie Jessica Hightowers persönliche Assistentin geworden war, das wußte Jordan nicht. Er hatte sie nie danach gefragt.

»Ihre Frau hat Sie angelogen«, sagte Lanier nach den ersten Ermittlungen zu Jordan. »Wir haben in Maryland nachgeforscht. Keines der Krankenhäuser hat eine Geburtseintragung. Bei keiner der Schulen oder der von Ihnen erwähnten Universitäten gibt es auch nur eine Spur von ihr. Die Großeltern, von denen Sie sprachen, gab es nie. Ich persönlich bezweifle sehr stark, daß sie überhaupt jemals in Maryland gewesen ist. Jedenfalls nicht lange genug, um Spuren zu hinterlassen.«

Die harte Miene des Detectives war nicht ohne eine Andeutung von Mitgefühl. Jordan Lazarus, der reichste Mann der Welt und einer der am meisten respektierten, wußte nicht, wer seine eigene Frau in Wirklichkeit war.

Jordan war bei dieser schockierenden Eröffnung aschfahl geworden.

»Was ist mit ihrem Namen auf unserer Heiratsurkunde?« fragte er.

Der Detective schüttelte den Kopf.

»Falsch«, sagte er. »Wir haben ihn durch unseren Computer laufen lassen. Ich weiß nicht, wer Ihre Frau ist, Mr. Lazarus. Aber ich weiß, daß sie nicht die ist, für die sie sich ausgibt. Weil diese Person nämlich gar nicht existiert.«

Jordan holte tief Luft.

Fortan war das Rätsel um Jill ein wesentlicher Teil der Ermittlungen ihres Verbleibs.

Und während sich die Stunden mit Warten und Bangen

quälend dahinzogen, war Jordan gezwungen, über den Umstand nachzudenken, daß er ausgerechnet jetzt, wo er dringender denn je persönliches Wissen über Jill brauchte – über ihre Vergangenheit, ihren Charakter, wie sie unter Anspannung reagierte –, mit leeren Händen dastand. Er kannte seine Frau so gut wie gar nicht.

Und wegen dieses Fehlers, seines Fehlers, schwebte nun möglicherweise seine Tochter in Gefahr.

Da nichts von dem, was Jill Jordan über ihre Vergangenheit erzählt hatte, der Wahrheit entsprach, und da er seit ihrer Hochzeit so gut wie nichts über sie erfahren hatte, war er gezwungen, zum Zeitpunkt ihres Kennenlernens zurückzukehren.

Er schickte seine Detektive zu *Hightower Industries*, wo Jill gearbeitet hatte, bevor sie einander begegnet waren.

Die Resultate dieser Nachforschungen waren wenig hilfreich. Der berufliche Werdegang, den Jill für ihre Personalakte bei *Hightower* angelegt hatte, war komplett gefälscht. Sie hatte zwei frühere Arbeitgeber aufgeführt, ein Marketingunternehmen in Delaware und eine Computerfirma in Kalifornien. Beide Firmen gab es nicht. Die Empfehlungsschreiben in Jills Akte, unterzeichnet von den vermeintlichen Personalabteilungen der genannten Unternehmen, waren ebenso Fälschungen.

Der für Jills damalige Einstellung verantwortliche Personalleiter von *Hightower* war inzwischen in Pension gegangen und lebte nun auf einem Hausboot in Florida, wo ihn die Polizei innerhalb weniger Stunden ausfindig machte. Ja, er erinnere sich an Jill, sagte er, wegen ihres späteren Ruhms, erst als Jessica Hightowers rechte Hand, später als Ehefrau von Jordan Lazarus. Aber er behauptete, sich nicht mehr an die genaueren Umstände ihrer Einstellung zu erinnern. Sie sei eine Angestellte auf unterer Ebene gewesen, sagte er, und es sei alles schon so lange her. Es sei nicht üblich gewesen, die Empfehlungen jedes einzelnen Angestellten immer und in jedem Fall zu überprüfen. Und Jills Ergebnis bei den Standard-IQ-Tests sei derart außergewöhnlich gewesen – sie hatte einen IQ von 160 –, daß er sie schlicht und einfach ohne weitere Fragen eingestellt hatte.

Die Polizei bedankte sich für die Auskünfte und machte sich wieder auf den Weg. Was der Mann ihnen erzählt hatte, machte Sinn. Aber was sie nicht wußten, war, daß er ihnen nicht die ganze Wahrheit erzählt hatte. Er hatte nämlich mit Jill geschlafen am Tag ihrer Einstellung, gegen drei Uhr nachmittags in einem kleinen Hotel in Downtown. Ihre Fähigkeiten, die sie beim IQ-Test gezeigt hatte, waren nichts im Vergleich zu ihren Künsten im Bett. Er hatte diesen Nachmittag niemals vergessen und würde sich bis an sein Lebensende daran erinnern.

Doch er sah begreiflicherweise keinen Anlaß, dies an die große Glocke zu hängen.

Jill hatte auf dem Personalbogen bei *Hightower* ihre Eltern als Grant und Martha Fleming angegeben, Wohnort Meriden, Connecticut. Sie selbst war danach am 22. Februar 1950 im Holy Family Hospital in Bangor, Maine, zur Welt gekommen. Nach dem Besuch der Grundschule in Maine bis zum zweiten Schuljahr hatte sie ihren Schulweg in Connecticut fortgesetzt, bis sie an die Universität von Rochester gegangen war, wo sie ihren Abschluß in Betriebswirtschaft abgelegt hatte. Sie war nie verheiratet gewesen. Sie hatte zwei Geschwister, beides ältere Schwestern, Jocelyn und Alissa, beide verheiratet.

Nichts davon stimmte. Grant und Martha Fleming gab es nicht. Ebensowenig Jills angebliche Schwestern. Weder in Maine noch in Conntecticut gab es Schulunterlagen über sie. Die Universität von Rochester hatte nie von ihr gehört.

Jill war eine Un-Person, eine wandelnde Lüge. Auch wenn alle Welt sie nun als die Frau von Jordan Lazarus kannte und sie Hunderte von Interviews gegeben hatte – ihr Name also in aller Munde war –, so gab es sie dennoch nicht. Sie war ein reines Bild, eine Oberfläche ohne jegliche Tiefe, unbekannt trotz ihres Bekanntheitsgrades.

Jordan verfluchte sich dafür, daß er nicht neugieriger gewesen war, als er ihr begegnete und ihr verfiel. Es wäre doch ein Kinderspiel gewesen, sie von seinen Leuten überprüfen zu lassen. Wie gut könnte er diese Informationen jetzt brauchen!

Doch er wurde sich mit einem bitteren Lächeln gewahr, daß ihr Zauber seine Neugierde auf ihre Vergangenheit, selbst auf ihren Charakter, betäubt hatte. Und dieser Zauber, dieser Bann, rührte nicht allein von Jill her. Er kam aus einer unheilbaren, verzweifelten Liebe zu einer anderen Frau.

Und so kehrte nun das Geheimnis hinter Jordans verlogener Ehe, die ihm bereits so viel Schmerz beschert hatte, zurück, um ihn auf diese letzte ironische Art und Weise heimzusuchen. Er konnte den Behörden bei der Suche nach seiner Frau nicht helfen, weil er nichts über sie wußte und nie neugierig genug gewesen war, um etwas über sie in Erfahrung zu bringen.

Er meinte fast, Jill über seine Hilflosigkeit lachen zu hören, während sie immer weiter von ihm davonlief, auf ihr geheimes Ziel zu. Sie konnte sicher sein, daß Jordan sie nicht fand, weil es keine Spuren von ihr gab.

Eine Spur aber gab es doch. Jessica Hightower.

Sie traf sich hinter verschlossenen Türen mit Jordan und dem Leiter seines Stabs an Detektiven. Nachdem er ihr die Situation ausreichend genug dargelegt hatte, war Jessica bereit, über Jill zu reden und Stillschweigen über dieses Treffen und seinen Anlaß zu bewahren.

Jessica wurde die Personalakte gezeigt, die Jill wenige Monate, bevor sich die beiden Frauen kennenlernten, ausgefüllt hatte. Es war das erste Mal, daß sie diese Unterlagen zu Gesicht bekam.

Während Jessica die Akte studierte, verriet ihr Gesicht mehr als nur eine Spur peinlicher Verlegenheit, wie sie auch Jordan selbst empfand. Ihre eigene Leidenschaft für Jill, die seit dem Reitunfall zu ihrer persönlichen Beziehung geführt hatte, verhinderte jegliche Neugierde über die Vergangenheit ihrer neuen, jungen Freundin. Sie wußte im Grunde nichts über Jill – so behauptete sie zumindest –, außer daß sie Waise ohne einen einzigen Angehörigen sei.

Doch nun fiel ihr eine Diskrepanz in der Personalakte auf, die die Detektive auf eine neue Spur brachte.

»Jill hat mir erzählt, daß sie für eine Detroiter Firma namens *Continental Products* gearbeitet hat«, sagte sie. »Das ist hier gar nicht eingetragen, aber ich weiß es ganz sicher, weil ich es nachgeprüft habe. Sie hatte dort eine Anstellung auf unterer Ebene. Ein gewisser Harley Schrader hat ihr dort übel mitgespielt, und sie wurde entlassen.«

Jessica räusperte sich nervös.

»Ich weiß, wo Sie Mr. Schrader finden können«, fügte sie hinzu. »Ich habe mir Gedanken gemacht, als Jill mir ihre Geschichte erzählte, und habe ihn im Auge behalten.«

Sie gab den Detektiven die Adresse. Jordan dankte ihr für ihre Hilfsbereitschaft. Falls er sich fragte, weshalb und woher sie den Aufenthaltsort eines obskuren Ex-Managers namens Harley Schrader kannte, so war er taktvoll genug, es nicht anzusprechen. Er wußte, daß Jill Fleming – bevor sie ihn heiratete – Jessica sehr viel bedeutet hatte. Möglicherweise zu viel.

Mit den neuen Informationen machten sich die Rechercheure noch am Nachmittag desselben Tages zu *Continental Products* auf.

Die Einsicht der Personalunterlagen bestätigte, daß Jill Fleming in der Tat vor etwa neun Jahren eingestellt worden war. Jordan erhielt per Fax Kopien dieser Unterlagen.

Es war eine höchst interessante Akte. Wie auch die Akte bei *Hightower* enthielt sie ausnahmslos falsche Angaben zu Person und Werdegang, darunter die angebliche Ausbildung an zwei Universitäten, kurze Beschäftigungen bei zwei nicht existierenden Firmen und Empfehlungsschreiben zweier früherer Arbeitgeber, die es ebenfalls nicht gab.

Die Angaben zum Lebenslauf widersprachen denen in der Personalakte von *Hightower Industries* vollständig. Und doch gab es sonderbare, auffällige Ähnlichkeiten.

Jill hatte andere Namen ihrer Eltern angegeben. Jocelyn für ihre Mutter, so die Akte, und Charles für ihren Vater. In dieser Version hatte sie Geschwister, David und Bethany. Als Geburtsort hatte sie Homestead, Florida, eingetragen.

Den Ermittlern fiel auf, daß in beiden Personalakten der Name Jocelyn auftauchte. Doch sie konnten zunächst keine weiteren Schlüsse aus diesem vermutlichen Zufall ziehen.

Damit verlief Jill Flemings Spur wieder im Sande.

Mit Harley Schrader war es seit seinem Ausscheiden bei *Continental Products* jammervoll bergab gegangen.

Im Jahre 1975 hatte er, fristlos entlassen, bei *Continental* seinen Hut nehmen müssen. Seitdem hatte er bei einem halben Dutzend Firmen gearbeitet, in immer niedrigerer Position und Verantwortung, bis man auch da ganz auf seine Dienste verzichtete.

Den nachforschenden Beamten bot sich das Bild eines Mannes in der Midlife-Krise. Was sie nicht sahen, war die feine Hand von Jessica Hightower, die Harley Schrader unerbittlich im Nacken saß und ihre Macht und ihren Einfluß geltend machte, damit Harley jeden neuen Arbeitsplatz auch bald wieder verlor. Dafür sahen sie Belege für sein Abrutschen im Alkoholismus und seinen sexuellen Eskapaden mit Frauen, die immer schmuddeliger und billiger wurden.

Jessicas Informationen führten nach Denver, wo Harley Schrader inzwischen Autoverkäufer war. Sein Anzug hatte schon bessere Zeiten erlebt. Der Kragen war abgewetzt, und seine Schuhe waren augenscheinlich Sonderangebote eines Supermarktes.

Harley gab sich überrascht, als er nach Jill Lazarus befragt wurde. Ja, er war kurzzeitig mit ihr bekannt gewesen, als sie beide noch bei *Continental Products* gearbeitet hatten. Aber es war eher eine oberflächliche Bekanntschaft gewesen.

»Sie war halt ein Mädchen aus dem Büro unten«, sagte er. »Ich habe sie nicht sonderlich gut gekannt.«

Er sah die Beamten an und bemerkte deren ernsten Blick.

»Aber ein damaliger Kollege von mir hat sie viel besser gekannt«, fügte er nicht ohne eine Andeutung von Anzüglichkeit hinzu. »Den sollten Sie mal fragen. Er ist nicht mehr bei *Continental*, aber es dürfte nicht so schwer sein, ihn ausfindig zu machen. Sein Name ist Roy English. Er und Jill waren eine ganze Weile ziemlich intim miteinander. Er müßte Ihnen einige persönliche Dinge über sie verraten können.«

Natürlich behielt Harley die Wahrheit über seine kurze körperliche Bekanntschaft mit Jill für sich, wie er sich auch darüber ausschwieg, daß er sie bei Roy als seine Geliebte angeschwärzt hatte. Allein der Umstand, daß nach ihr gesucht wurde, dazu ihr hoher Bekanntheitsgrad, ließ ihn den Mund halten. Besser, wenn der große Jordan Lazarus nichts davon wußte, daß seine bildhübsche Frau einmal einen Liebhaber und Feind namens Harley Schrader gehabt hatte. Diese Information konnte möglicherweise noch verheerendere Folgen haben als all das Pech, das Harley Schrader seit seinem Rausschmiß bei *Continental Products* verfolgte.

Und so wiegelte Harley die Beamten ab und servierte ihnen den Namen Roy English.

Noch am selben Abend flog Jordan Lazarus nach Miami, wo Roy English inzwischen Präsident und Geschäftsführer der großen und erfolgreichen Transport- und Produktionsfirma ADF Inc. war.

Er residierte in einem weiträumigen Büro mit Blick aufs Meer. Er begrüßte Jordan freundlich und bot ihm einen Drink an, den Jordan jedoch dankend ablehnte.

Roy hatte inzwischen die Fünfzig überschritten, sein Haar war schon grau, sein Gesicht aber braungebrannt von der Sonne Floridas. Er sah fit und kräftig aus, auch wenn in seinen Augen ein gewisser müder Ausdruck war. Auf seinem Schreibtisch stand ein gerahmtes Foto seiner Frau, die sehr hübsch und um etliches jünger war, und Fotos seiner zwei Kinder.

»Sie haben eine prachtvolle Familie«, sagte Jordan.

»Vielen Dank«, antwortete Roy. »Sie hält mich auf Trab, sozusagen. Ich habe erst relativ spät geheiratet, und es hat mich zu einem glücklichen Mann gemacht.«

Jordan gewann rasch den Eindruck, daß Roy English seiner Arbeit eher zynisch gegenüberstand und er sich im Grunde recht wenig aus dem Unternehmen machte, das er so erfolgreich leitete. Er schien das Interesse am Wettstreit der Konzerne verloren zu haben und ausschließlich für seine Familie zu leben.

»Der Grund für mein Kommen hat ebenfalls mit Familie zu tun.« Jordan sah dem älteren Mann in die Augen. »Ich muß Sie um einen Gefallen bitten. Und Sie müssen mir versprechen, daß unser Gespräch unter uns bleibt. Ich bin sicher, daß ich eine Möglichkeit finden werde, mich für diesen Gefallen zu revanchieren. Aber ich gehe natürlich davon aus, daß Sie mir auch so helfen, von Mann zu Mann.«

»Selbstverständlich.«

»Sie haben früher mal meine Frau gekannt, bei einer Firma namens *Continental Products*«, sagte Jordan. »Laut Personalakte bei *Continental* hat sie dort unter dem Namen Jill Fleming gearbeitet. Sie kannte auch einen gewissen Harley Schrader, mit dem ich bereits gesprochen habe. Und sie kannte Sie. Was ich brauche, ist jede nur erdenkliche Information über ihre Vergangenheit. Woher sie kam, wo ihre Familie gelebt hat oder lebt und so weiter. Wie Ihre persönliche Beziehung zu ihr war, will ich gar nicht wissen. Das geht mich nichts an. Tatsache ist – ich suche nach ihr. Ich muß wissen, wohin sie möglicherweise gegangen ist.«

Roy Englishs Miene verdüsterte sich. Er zündete sich eine Zigarette an und wandte sich an seinen Besucher.

»Das liegt schon so lange zurück«, sagte er.

»Ich weiß«, sagte Jordan. »Deshalb hoffe ich ja, daß Sie mir helfen können.«

Es war nicht schwer zu merken, wie English, ein mit allen Wassern gewaschener Geschäftsmann, sich fragte, ob es ihm schaden könnte, wenn er dem reichsten Mann Amerikas gegenüber eingestand, einst der Liebhaber seiner nun berühmten Frau gewesen zu sein. Und wie er abwog, ob er sich nicht vielleicht bereits schon deswegen auf dünnem Eis bewegte und es besser für ihn sein könnte, Jordan die Wahrheit zu sagen.

Er holte tief Luft und drückte seine Zigarette aus.

»Ich habe sie geliebt«, sagte er. »Wir hatten eine Beziehung, sechs, sieben Monate lang. Die Geschichte war aus, als ich von Harley – Harley Schrader – erfuhr, daß sie auch mit ihm im Bett gewesen war.«

Er sah Jordan in die Augen. »Ich habe immer sehr viel auf meine Fähigkeit zur Selbstkontrolle gehalten. Die braucht man, wenn man in leitenden Positionen überleben will. Aber wem sage ich das. Jedenfalls, bei Jill habe ich sie verloren. Sie hat mich... nun ja, sie hat mich um den Finger gewickelt. Ich habe ihr einen Heiratsantrag gemacht. Wir wollten heiraten. Aber damals wollte sie, daß ich den Präsidentensessel bei *Continental* anstrebe. Ich habe die Verbindung nicht gesehen – ich war zu vernarrt in sie –, aber mein Griff nach der Firmenleitung war die Voraussetzung für ihre Einwilligung zur Hochzeit. Dann erfuhr ich von Harley, daß er mit ihr geschlafen hatte. Mir wurde klar, daß sie Harley benutzt hatte, um an mich heranzukommen und nur auf die Macht und das Geld aus war, das sie sich von mir versprach.«

Seufzend lehnte er sich in seinem Drehsessel zurück.

»Also habe ich sie gefeuert. Fristlos entlassen. Ich habe sie nie wiedergesehen.« Schmerz spiegelte sich bei der Erinnerung daran in seinem Blick. »Es war das Schwierigste, was ich je getan habe«, fügte er hinzu. »Vorher und nachher.«

Er sah Jordan an. »Ich nehme nicht an, daß Sie das verstehen können.«

Jordan sagte nichts darauf. Er dachte an ein ähnliches Ringen, das vor langer Zeit in seinem Innern stattgefunden hatte. Rebecca Jarman war der Name der Betreffenden gewesen.

»So habe ich es in Erinnerung«, sagte Roy English. »Aber ich kannte sie im Grunde kaum. Das ist mir jetzt erst klar. Sie ist Ihre Frau. Sie müssen sie besser kennen als ich.«

Er sah den Ausdruck in Jordans Augen und wich ihm aus. Er hatte Jordan damit offensichtlich verletzt. Doch er empfand instinktiven Respekt für Jordan und wollte ihm helfen.

»Woher wußten Sie damals eigentlich«, fragte Jordan unvermittelt, »daß Schrader die Wahrheit sagte, als er Sie wissen ließ, daß er mit meiner – mit Jill geschlafen hatte?«

»Da ist ein –« Roy English zögerte. Er mußte an Jills Muttermal denken. Doch er sah Jordans Blick und beschloß, es ihm zu ersparen. »Sagen wir, ich kannte Harley gut genug, um es einschätzen zu können.« Er sah zu Jordan. »Tut mir leid.«

Jordan sagte: »Ich muß meine Frau finden, Mr. English. Wissen Sie noch irgend etwas, was mir behilflich sein könnte?«

»Haben Sie ihre Personalakte überprüft?«

»Zwecklos. Alles darin ist gefälscht. Ihre persönlichen Angaben, ihr beruflicher Werdegang. Nichts entspricht der Wahrheit. Aber vielleicht hat sie mal etwas nebenbei erwähnt, aus Versehen; vielleicht ist Ihnen auch etwas an ihr aufgefallen, was mir als Spur dienen könnte? Ganz gleich, wie nebensächlich.«

Roy English verbarg seine leichte Amüsiertheit nur mühsam, als er hörte, wie gut Jills Täuschung gewesen war.

»Sie war eine gute Seglerin«, sagte er.

Jordan nickte. Auch darüber hatte sie also gelogen.

»Persönliches hat sie nie erzählt«, sagte English. »Und ich war zu verrückt nach ihr, um sie unter die Lupe zu nehmen. Ihre Vergangenheit hat mich nicht weiter interessiert. Können Sie das verstehen? Wenn man so sehr unter dem Bann einer Frau ist, wird man blind. Man sieht allein die Oberfläche.«

Jordan stand auf und gab Roy eine Karte mit seiner Privatnummer. »Sie können mich Tag und Nacht anrufen, wenn Ihnen noch etwas einfällt.«

»Ist es so dringend?«

Jordan nickte. »Ich glaube nicht, daß viel Zeit ist.«

KAPITEL 64

New York State Autobahn 3. April 1980

Lionel Cruz war seit sechseinhalb Jahren bei der Autobahnpolizei des Staates New York.

An diesem Dienstagabend patrouillierte er auf der Autobahn nach Pennsylvania. Sein morgendlicher Einsatzbefehl hatte die übliche Mischung aus Haftbefehlen, heißen Nummernschildern und Steckbriefen umfaßt.

Aber heute war etwas anders als sonst gewesen. Sergeant Terwilliger hatte ein Foto unter seinen Männern verteilen lassen. Das Foto einer wunderschönen Frau.

»Haltet die Augen offen nach dieser Frau«, hatte er gesagt. »Überprüft alle Mietwagen, Busse und vor allem möglicherweise gestohlene Fahrzeuge. Geht auf Nummer Sicher, und seid vorsichtig, wenn ihr weibliche Fahrer anhaltet. Sie könnte gefährlich sein, aber wir wissen es nicht genau.«

Er hatte mit einer wichtigtuerischen Geste seinen Gürtel hochgezogen.

»Aller Wahrscheinlichkeit nach hat sie ein Kleinkind bei sich«, fuhr er fort. »Ein kleines Mädchen, etwa fünf Monate alt. Wie gesagt – seid vorsichtig. Beiden darf kein Haar gekrümmt werden. Also keine wilden Verfolgungsjagden.«

Sein Blick schweifte über die versammelte Mannschaft.

»Die Sache gilt als delikat und diskret«, sagte er. »Wir halten uns in der Sache so bedeckt, wie es nur geht. Wenn ihr die Frau seht, nur dranbleiben und melden.«

Lionel Cruz hatte Jill Lazarus sofort erkannt. Er war ein eifriger Zeitungsleser und hatte ein gutes Gedächtnis für Gesichter. Er fragte sich, warum die berühmte Jill Lazarus von der Polizei gesucht wurde, die Frau des reichsten und angesehensten Mannes Amerikas. Wenn es sich dabei um eine Entführung handeln würde, hätte der Sergeant das gesagt und ihnen angeraten, die

Waffe bereitzuhalten. Statt dessen lautete der Befehl lediglich, sie zu finden und im Auge zu behalten.

Was hatte sie verbrochen?

In der Zeitung hatte nichts darüber gestanden. Erst heute morgen hatte er gelesen, daß sie mit ihrer Tochter auf Urlaub in Europa sei. Warum also sollte die Polizei des Staates New York Ausschau nach ihr halten?

Er steckte das Foto hinter die Sonnenblende auf der Beifahrerseite, wo er es sehen konnte. Es machte seinen Tag interessanter. Ansonsten war es ein eher eintöniger Arbeitstag; nichts als die übliche Routine. Raser, liegengebliebene Fahrzeuge, Strafzettel.

Gegen halb sieben, als es bereits dunkel wurde, kam er an eine Unfallstelle.

Ein Sattelschlepper war von hinten auf einen liegengebliebenen Lieferwagen mit Landwirtschaftsgeräten und Futtersäcken aufgefahren. Das Futter war über die Fahrbahn verstreut. Er notierte den Namen des Fahrers und überprüfte Führerschein und Kennzeichen.

»Wie ist das passiert?« fragte er.

»Seine Bremslichter gingen nicht«, sagte der Fahrer des Sattelschleppers und deutete auf den übergewichtigen Farmhelfer, der betreten neben seinem Lieferwagen stand. »Ich wollte gerade überholen, als er auf die Bremse trat. Ehe ich mich versah, saß ich ihm drauf.«

Lionel überprüfte auch den Führerschein und das Nummernschild des anderen Fahrers. Dessen Lieferwagen war erst kürzlich zugelassen worden und noch ohne Plakette.

»Kann ich mal Ihre Versicherungskarte sehen?«

»Oh, die habe ich nicht dabei«, sagte der Farmer verlegen.

Lionel hörte sich seine Notlüge an, als ihm zwei Personen auffielen, die neben dem Lieferwagen standen. Ein junger Mann in Matrosenuniform und Mantel und eine schwangere Frau mit einem Kind in einem Tragegestell auf dem Rücken. Sie sahen sehr arm aus und schmutzig von der Reise.

»Wer ist das?« fragte er.

»Tramper. Ich habe sie hinter Elmira aufgelesen. Sie wollen nach Erie, sagen sie. Der Matrose muß wieder zum Dienst. Ich dachte, ich nehme sie das Stück mit.«

»Ihnen ist doch bekannt, daß es verboten ist, Tramper mitzunehmen?«

»Die Frau ist doch schwanger«, sagte der Farmer. »Und sie haben auch noch ein kleines Kind dabei. Da kann man doch kein Unmensch sein, oder?«

Trotzdem tat Lionel, was zu tun war. Der Farmer bekam seinen Strafzettel wegen Fahrens ohne Nachweis der Versicherung, fehlender Inspektion des Fahrzeugs und defekter Bremsleuchten. Dann überprüfte er auch die Versicherungskarte des Sattelschlepperfahrers und deutete auf die Tramper.

»Saßen die hinten auf dem Lieferwagen, als Sie aufgefahren sind?« fragte er.

»Nehme ich an«, antwortete der Fahrer. »Aber gesehen habe ich sie nicht.«

Lionel ging hinüber zu dem Matrosen und seiner Frau.

»Ist jemand verletzt?«

Sie schüttelten beide den Kopf. Der Matrose, ein blonder Bursche mit kurz geschorenem Schopf, schien gewillt, mit Lionel zu reden. Seine Frau, eine eher gewöhnliche Person mit strähnigem schwarzem Haar, schlechter Haut und einem Blick voll unverhohlenen Hasses auf die Polizei blieb im Hintergrund. Sie war hochschwanger, mindestens im siebten oder achten Monat. Aber ihr finsterer Blick machte es schwer, Mitgefühl mit ihr zu haben.

»Wo wollt ihr denn hin, Seemann?« fragte Lionel.

»Zur Presque Navy Basis in Erie«, antwortete der Matrose. »Ich muß mich bis morgen früh sechs Uhr dort melden.«

»Und warum trampt ihr?« Lionel schaute kurz zu der jungen Frau. »Ist das nicht ein bißchen zu anstrengend für deine Frau?«

»Wir wollten ja den Zug nehmen. Aber in Syracuse ist uns das

Geld ausgegangen. Die Zeit wurde knapp, also haben wir gedacht, wir trampen.«

»Darf ich mal den Ausweis sehen?« fragte Lionel.

Der Matrose reichte ihm seinen Militärausweis. Das Foto darauf war nicht besonders gut, und die hereinbrechende Dunkelheit erschwerte es zusätzlich, ihn darauf zu erkennen. Aber Lionel sah dennoch, daß er es war.

»Warum haben Sie Frau und Kind mit dabei?« fragte Lionel. »Ist ja wohl nicht nötig, wenn Sie sich zum Dienst melden, oder?«

»Marcie hat einen Job in der Nähe. Wir waren zu Besuch bei meinem Onkel in Vermont.«

Lionel warf einen Blick auf die Frau. Das Baby auf ihrem Rücken schlief tief und fest. Die Frau sah müde und schmutzig aus. Sie roch streng nach Schweiß, Straßenstaub und etwas, das Knoblauch sein mochte. Sie trat von einem Fuß auf den anderen, so als wolle sie ihr Kind schaukeln.

»Alles in Ordnung mit Ihnen, Ma'am?« fragte Lionel. »Haben Sie sich was getan?«

Sie antwortete ihm mit einem derart feindseligen Schweigen, daß er sich wieder an ihren Mann wandte.

Er erwog kurz, auch ihren Ausweis zu überprüfen, ließ es dann aber sein. Wozu. Das waren abgerissene, ignorante Leute von ganz unten ohne Ausbildung und Aussichten.

»Und es ist ganz sicher keiner von euch beiden verletzt?« fragte Lionel.

»Wir haben kaum was gemerkt«, sagte der Matrose. »Marcie und das Baby haben geschlafen. Sie sind nicht mal davon aufgewacht.«

»Ich nehme euch mit in die nächste Stadt«, sagte Lionel. »Aber ihr müßt euren Onkel anrufen und euch Geld von ihm schicken lassen. Trampen ist gesetzlich verboten.«

»Ja, Sir. Mache ich, Sir.«

Lionel schickte den Farmer und den Trucker wieder weiter und fuhr den Matrosen und seine Frau mit dem Kind zur nächsten

Ortschaft mit Telegrafenamt. Unterwegs plauderte der Matrose in ländlichem Akzent von seinem Dienst und seinen Aussichten. Seine Frau sprach nur mit ihrem Mann, und das in leisem und nöligem Ton. Das Baby bekam nichts mit und rührte sich nicht.

Vom Rücksitz des Streifenwagens verbreitete sich ihr strenger Geruch, kaum daß die Frau eingestiegen war, und es wurde mit jedem Kilometer schlimmer. Es war der Geruch von altem Schweiß und Knoblauch, so schlimm, daß einem übel davon werden konnte. Lionel war heilfroh, als er seine Fahrgäste endlich wieder los war. Der Matrose reichte ihm noch die Hand, aber seine Frau bedachte ihn mit einem letzten mißtrauischen Blick, wie ihn arme Leute so oft für die Polizei übrig haben, dann gingen sie in das Telegrafenamt. Erst als er sie im Licht sah, bemerkte Lionel ein blauschwarzes Mal auf ihrer Wange und eine Schwellung auf der Nase.

Sieh an, dachte Lionel bei sich. Der nette Matrose schlug also seine Frau. Tja, damit konnte er sich jetzt, zu so später Stunde, nicht mehr befassen. Sollte sich die Frau an die Polizei in Pennsylvania wenden, wenn sie es denn überhaupt jemals tat. Er konnte sich nicht um die Sorgen der ganzen Welt kümmern.

Kurz nach neun war er daheim. Seine Frau hatte ihn vermißt. Er schlief mit ihr – ihre Kinder waren um die Uhrzeit längst im Bett –, und lag dann noch neben ihr, ehe er aufstand und sich ein Bier holte.

Er genoß den jugendlichen Körper seiner Frau und ihre offene, zärtliche Art im Bett. Ein- oder zweimal war während ihres Liebesaktes das Bild der schmutzigen Frau des Matrosen vor ihm aufgetaucht. Er dankte dem Himmel, daß seine Frau nicht so aussah.

Um halb elf aßen sie noch einen Happen zusammen und unterhielten sich noch etwas.

Eine Stunde später lagen sie wieder engumschlungen im Bett. Nichts liebte Lionel mehr, als mit seiner Frau im Arm einzuschlafen. Er liebte die Wärme ihres Körpers, das Gefühl ihres Vertrauens.

Kurz vor Mitternacht sank er in wohligen Schlaf.

Gegen drei Uhr morgens aber fuhr er schlagartig im Bett hoch. Seine Frau rieb sich verschlafen die Augen. »Was ist denn?«

»Nichts.«

Er stürzte in die Küche und griff mit zittrigen Fingern zum Telefon.

Der Sergeant der Nachtschicht meldete sich nach dem zweiten Läuten.

»Cruz hier«, meldete sich Lionel. »Gib mir mal sofort Terwilliger. Ich glaube, ich habe heute abend die gesuchte Frau gesehen.«

»Um welche Uhrzeit?«

»Halb sieben etwa. Ist mir erst jetzt aufgegangen. Sie war gut getarnt. Sie hat sich auf schwanger zurechtgemacht. Andere Frisur, Haarfarbe. Verflucht...«

Während er wartete, verfluchte er sich, daß er die Frau erst so spät erkannt hatte. Jetzt wußte er, daß ihm die ganze Zeit an der Frau etwas nicht geheuer vorgekommen war. Winzigkeiten, eine grazile Note in ihrer Haltung, die nicht ganz zu dem paßten, was sie vortäuschte.

Als er Sergeant Terwilliger berichtet hatte, ging sofort eine Personenbeschreibung an alle Streifenwagen hinaus, und sämtliche Streifenpolizisten und örtlichen Reviere in der Umgebung der Marinebasen in Erie wurden unterrichtet.

Lionel Cruz verließ seine schlafende Frau und schloß sich der Suche an. Er war nicht dabei, als der Matrose in den frühen Morgenstunden gefunden und angehalten wurde, sondern traf erst eine Stunde später ein. Aber er begleitete den Sergeant in den Raum zum Verhör.

»Seemann, du steckst mächtig in der Tinte«, sagte der Sergeant. »Ich rate dir dringend, uns die Wahrheit zu sagen, wenn du nicht hinter Gittern landen willst.«

Der Matrose schaute eingeschüchtert drein.

»Sie hat mir hundert Dollar gegeben«, sagte er. »Sagte, sie sei vor ihrem Mann ausgerissen. Hat ausgesehen, als hätte sie bösen

Ärger. Ich hab mir gedacht: Warum nicht? Hundert Dollar sind 'ne Menge Geld.«

»Hat sie, als du sie getroffen hast, genauso ausgesehen, wie ich sie am Straßenrand gesehen habe?« fragte Lionel.

Der Matrose nickte. »Ziemlich fertig. Schwanger und so. Hat auch schlecht gerochen. Aber das wissen Sie ja selber.«

»Wie lange seid ihr zusammen gewesen?« fragte der Sergeant.

»Einen Tag und eine Nacht«, antwortete der Matrose. »Wir haben in einem Motel in Watertown übernachtet.«

»Worüber habt ihr geredet?« wollte Lionel wissen.

»Wir haben nicht groß geredet. Sie hat die ganze Zeit keine zwei Worte gesagt. Ich hab ein paarmal versucht, ein Gespräch anzufangen, aber sie hat nicht reagiert. Sie hatte so einen bösen Blick. Hat mir nicht leid getan, sie endlich wieder loszuwerden, wenn Sie verstehen, was ich meine. Und wie die gerochen hat...«

»Gut«, sagte der Sergeant. »Schau dir mal ein paar Fotos an.«

Der Matrose hatte einige Mühe, das Foto von Jill Lazarus unter den Aufnahmen, die ihm gezeigt wurden, herauszufinden. Selbst sechsunddreißig Stunden mit ihr ließen ihn unsicher sein, so gekonnt war ihre Verkleidung.

Aber Lionel Cruz wurde in seiner Meinung bestätigt, als er die Fotos sah. Die Frau war Jill Lazarus gewesen, keine Frage. Weder die falschen blauen Flecken in ihrem Gesicht noch die veränderte Haarfarbe oder die vorgetäuschte Schwangerschaft konnten ihn täuschen.

Doch erst jetzt wußte er, weshalb er sie erkannt hatte, wenngleich erst sieben Stunden später, und warum er sich so sicher war.

Auch wenn ihn die schmuddelige angebliche Frau des Matrosen mit dem haßerfüllten Blick am Straßenrand der Unfallstelle getäuscht hatte, war es doch dasselbe Gesicht gewesen, mit der verdeckten Schönheit, dem geheimen Reiz, das vor seinem geistigen Auge aufgestiegen war, als er sich mit seiner Frau geliebt hatte – noch immer verkleidet, noch immer ihn narrend, und dennoch unzweifelhaft verführerisch hinter der Maske.

Sein Unterbewußtsein mußte seine drei Stunden unruhigen Schlafs damit zugebracht haben, die schwierige Verbindung zwischen den beiden Gesichtern herzustellen, bis ihn die Wahrheit schließlich aufwachen ließ. Gerade noch rechtzeitig, um ihr auf die Spur zu kommen, jedoch zu spät, um sie zu stellen.

Die ungepflegte junge Frau mit dem Baby blieb verschwunden.

Als die Polizei den jungen Matrosen ausfindig gemacht hatte, war Jill Lazarus bereits 400 Kilometer weit entfernt, gekleidet in einen engen Rock mit T-Shirt. Ihr Haar war geschnitten und rot gefärbt. Sie trug rote Schuhe und Netzstrümpfe, dazu eine winzige rote Handtasche.

Sie schlenderte gummikauend durch ein Einkaufszentrum im südlichen Kentucky. Das Baby saß in einer Kinderkarre. Wer sie sah, hielt sie für einen Babysitter oder die große Schwester.

Niemand erkannte sie. Aber sie war vorsichtig, achtete auf den Blick der Menschen, denen sie begegnete, und musterte die Verkäufer, bei denen sie einige Kleidungsstücke und eine Flasche Haartönung kaufte.

So vorsichtig, wie sie es vierundzwanzig Stunden zuvor in ihrer Verkleidung gegenüber Lionel Cruz gewesen war, als sie in seinen Augen die Fähigkeit, sie zu durchschauen, erkannt hatte.

Und er hatte sie, wie befürchtet, durchschaut. Doch Jill war ihm, zum Glück für sie, einen großen Schritt voraus gewesen.

KAPITEL 65

New York City

Am 4. April, etwa drei Tage nach Jills Verschwinden, kam Calvin Weathers dahinter, was geschehen war.

Seine Kontakte zu den Polizeibehörden und Detekteien reichten weit. Am Tag zuvor hatte er Wind von einer großen Sache, einer umfassenden, aber verdeckten Aktion, bekommen und bald herausgehabt, worum es ging: um die landesweite und dabei strikt geheimgehaltene Suche nach Jill Lazarus und ihrem Baby.

Von diesem Moment an konnte er nur noch an Jill denken.

Er war zwar dem Heer der Suchenden weit hinterher. Aber er war ihnen auch voraus, obwohl er sich dessen zunächst noch nicht bewußt war.

Er hatte Jill seit der Geburt ihres Kindes nicht mehr gesehen und wußte nicht, was seit seiner letzten Nachforschung für sie in ihrem Leben vorgegangen war. Seit über einem Jahr hatte er nicht einmal mehr mit ihr gesprochen.

Aber er kannte Jill besser als ihr Mann. Er hatte im vergangenen Jahr, als Jordan Lazarus seine Frau sträflichst und absichtlich vernachlässigte, sehr oft und sehr viel an sie gedacht.

Seit seinem letzten Treffen mit ihr galt Jill in der Öffentlichkeit als die glücklichste Frau auf Erden. Sie war mit dem reichsten und am meisten bewunderten Mann Amerikas verheiratet. Jill war auf allen Titelseiten und galt gemeinhin als Vorbild an Eleganz und Grazie. Und sie hatte eine bildhübsche kleine Tochter.

Aber Jill Lazarus war hinter der Maske ihrer ehelichen Zufriedenheit eine unglückliche, verzweifelte Frau. Das hatte er schon vor einem Jahr gewußt.

Und nun war sie verschwunden.

Cal Weathers dachte an seinen letzten Auftrag für sie. Die Nachforschung hatte ergeben, daß ihr Mann einst eine Affäre mit einer anderen Frau gehabt hatte. Sie hatte nur wenige Monate gedauert. Doch sowohl die andere Frau wie auch Jordan Lazarus hatten beide nach Beendigung dieser Beziehung geheiratet. Im Grunde sah es so aus, als wäre die Sache damit erledigt.

Man hätte annehmen können, daß diese Nachricht eine große Erleichterung für Jill gewesen sei, die zum Zeitpunkt der Nachforschungen bereits mit Jordan verheiratet war. Aber niemals würde er diesen Ausdruck auf Jills Gesicht vergessen, als er ihr die Fotos von Leslie Chamberlain gezeigt hatte. Jill war in der Tat eine gepeinigte Frau, die großen Schmerz litt.

Dieser Hinweis war es, der ihn wie ein Ariadnefaden durch den Irrgarten leitete, auf dem Jill ihre Ehe und ihr Leben aufgebaut hatte, hin zu der Wahrheit, die sie vor aller Welt verborgen hatte.

Weathers kannte Jill Lazarus sozusagen in Fleisch und Blut. Nicht nur, daß sie sich ihm hingegeben hatte, um ihn an sie zu binden und sich seiner Loyalität zu versichern. Sie hatte ihm dabei auch ihre Technik als Verführerin offenbart. Das Geheimnis ihres Erfolgs...

Indem sie ihn verführte, war sie intuitiv zu Wünschen und Phantasien vorgedrungen, die er niemals einem anderen Menschen anvertraut hatte. Ihre Macht der Anziehung basierte auf dieser Fähigkeit, die geheimen Bilder in den Sinnen eines Mannes zu finden, in seinem Herzen gar, und selber zu einem Spiegelbild dessen zu werden. Einem unwiderstehlichen Spiegelbild.

Er sah noch immer – so deutlich, als wäre es gestern gewesen – den Blick in ihren Augen vor sich, als sie den Lederrock abstreifte, damals, als sie das erste Mal mit ihm schlief. Es war ein Blick ruhiger Leere gewesen, der nach seinem Verlangen gesucht und dieses rasch gefunden hatte. Ein Blick, der seine Verblüffung, seine Erregung abschätzte und schließlich seine Kapitulation. Sie war wie eine Oberfläche ohne jede Tiefe, ein Bild, eingraviert auf dem Spiegel seines Verlangens. Ihre Unwirklichkeit hatte es ihm unmöglich gemacht, sich von ihr fernzuhalten.

Er vermutete, daß Jill all ihre Männer auf diese Weise eroberte.

Und wohl auch Jordan Lazarus.

Mit Liebe hatte das nichts zu tun gehabt. Sie mußte Lazarus mit der Eiseskälte einer Jägerin ins Visier genommen, geködert und an Land gezogen haben. Und sie hatte gewonnen; sie hatte ihn seiner Frau weggenommen. Mit seiner, Cal Weathers', Hilfe.

Das war nicht einmal sonderlich schwierig gewesen, trotz Barbara Considines eigenwilligem Charakter. Denn Jordan hatte Barbara niemals geliebt. Seine Ehe mit ihr war nur eine beiderseitige Zweckehe gewesen.

Aber angenommen, Jill hatte nach ihrer Hochzeit mit Lazarus herausgefunden, daß sein Herz nicht so leer war wie ihres. Daß er in der Vergangenheit eine große Liebe gehabt hatte, eine Liebe, über die er nicht hinweg war und niemals sein würde.

Und angenommen, daß auch seine Ehe mit Jill, wenn auch auf eine andere und subtilere Weise, eine Zweckehe war. Schließlich vermochte es nicht einmal eine Frau wie Jill, trotz ihrer Fähigkeit, Verlangen zu wecken, in einem Mann wie Jordan Liebe zu entfachen. Nicht, wenn sein Herz bereits vergeben war.

Wenn sie sich dessen bewußt geworden oder gezwungen gewesen war, ihre Ehe in diesem Licht zu betrachten, dann konnte man sich ihre Frustration leicht ausmalen. Sie hatte Jordan Lazarus erobert, gewiß, aber nur körperlich. Sein Herz gehörte einer anderen.

Und aus dieser Frustration mochte Liebe erwachsen sein. Selbst in einer Frau, die so leer war wie Jill. Ihre Leere machte in der Tat ihre Liebe schwieriger zu kontrollieren. In gewisser Weise mußte ihr langes Leben liebloser Abenteuer ihr Herz so unberührt gelassen haben wie das einer Jungfrau. Und wie eine Jungfrau mußte ihr Fall hart sein, wenn sie fiel. Sie würde besessen sein von dem Mann, den sie liebte. Und besessen eifersüchtig auf die andere Frau, der sein Herz gehörte.

Oberflächlich betrachtet war diese Theorie unwahrscheinlich. Fast romantisch in ihrer abgründigen Logik. Frauen wie Jill Fleming verliebten sich nicht. Sie kannten die Bedeutung dieses Wortes gar nicht.

Cal Weathers hätte diese Theorie auch verworfen, wenn da nicht zwei Dinge gewesen wären. Jills Reaktion auf die Fotos von Jordan mit Leslie Chamberlain war gepeinigt, fast verzweifelt gewesen. Bis zu diesem Moment hatte sie ihm gegenüber niemals auch nur die geringste menschliche Regung gezeigt. Jetzt im Rückblick war es die Enttäuschung einer verliebten und verschmähten Frau gewesen. Und die Quelle dieser Qual war Leslie Chamberlain.

Der zweite Umstand war eine Ausgabe der *New York Times*. Er hatte sie aufgeschlagen vor sich. Die Seite mit der Todesanzeige Ross Wheelers.

Ross Wheeler war vor drei Tagen gestorben. Sechs Stunden nach Erscheinen der Zeitung war Jill Lazarus verschwunden.

Cal Weathers hatte schon vor langer Zeit gelernt, daß der Zufall eine viel kleinere Rolle in den menschlichen Angelegenheiten spielt als die Notwendigkeit. Zumindest wenn es um Detektivarbeit ging. Er wollte jede Wette halten, daß Jills Verschwinden mit dem Baby nur ein paar Stunden nach Bekanntwerden von Ross Wheelers Tod kein Zufall war.

Nur, wohin war sie verschwunden?

Durch einen Freund beim FBI kam er an zwei Bewerbungsbögen, die den einzigen Hinweis auf Jills Vergangenheit lieferten. Er hatte sie zugefaxt bekommen und studierte sie.

Sie waren voller Lügen. Aber das half ihm nicht viel.

Es war schon nach Mitternacht, und er wurde müde. Zeit, schlafen zu gehen. Aber er konnte sich nicht losreißen. Etwas an dieser parallelen Aufreihung von Lügen, im Abstand von viereinhalb Jahren, ließ ihm keine Ruhe. Die falschen Empfehlungsschreiben, die vermeintlichen Geschwister, die ausgedachten Namen ihrer Eltern – darin lag etwas verborgen, das er spürte, ohne es deutlich zu sehen.

Er wollte gerade aufgeben und zu Bett gehen, als ihm ein winziges Detail auffiel.

Auf der Bewerbung für *Hightower Industries* stand:

GESCHWISTER: Jocelyn, Alissa.

Und auf der Bewerbung für *Continental Products,* die mittlerweile neun Jahre alt war, stand:

NAME DER MUTTER: Jocelyn.

Zweimal Jocelyn. Andere Namen wiederholten sich nicht. Jocelyn mußte also eine Bedeutung für Jill haben.

Er schloß die Augen und dachte nach. Er vergegenwärtigte sich Jill. Und da kam ihm die Erinnerung an ihre Stimme.

Es war eine Stimme, die weit herumgekommen war. Ihre vielschichtige Färbung war das Ergebnis von Aufenthalten in allen Teilen des Landes. Man konnte den Akzent des Südens darin hören, zumindest bis hinunter nach Maryland. Und den Nordwesten, vielleicht sogar noch das südliche Oregon. Ein Jahr Kalifornien vielleicht. Und da war auch noch ein starker Ostküsten-Einschlag, wahrscheinlich Connecticut. Und doch... unter allen diesen wechselnden Anklängen von Akzenten klang immer einer durch: der Mittelwesten. Missouri vielleicht, oder Illinois. Weathers war selbst in Chicago aufgewachsen und irrte sich da nicht.

Jocelyn.

Jocelyn ...

Und plötzlich hatte er eine Eingebung.

Er holte den Atlas aus dem Regal und begann das Verzeichnis durchzublättern, Bundesstaat für Bundesstaat. Sein Blick lief rasch über die alphabetische Liste der Städte.

In zwei Minuten hatte er gefunden, was er suchte.

Er fuhr auf der Stelle in sein Büro. Es war ein Uhr morgens.

Er setzte sich an den Computer und öffnete das Haupt-Recherchen-Menü. Die Deckenbeleuchtung war nicht eingeschaltet, und das grünliche Licht des Monitors wirkte unheimlich im dunklen Raum.

»Kinderfürsorge«, gab Cal ein. »Waisenhäuser.«

»Geordnet nach?« fragte der Computer.

»Bundesstaaten«, tippte Cal ein.

Die Bundesstaaten erschienen in alphabetischer Reihenfolge.

Er arbeitete sich von Staat zu Staat vor, konzentrierte sich dabei auf die Gegenden, in denen Jill vermutlich gelebt hatte. In jedem Staat ging er einfach die Liste der Heime für obdachlose Kinder und Waisen durch.

Er fand seine Antwort in Illinois.

Jocelyn. Der Name einer Kleinstadt südlich von Springfield mit dem größten staatlichen Heim für obdachlose und ausgesetzte Kinder, bis es vor zehn Jahren geschlossen und durch eine Einrichtung an der südlichen Grenze des Bundesstaates ersetzt worden war.

Er klopfte nervös mit dem Stift auf die Tischplatte.

»Na toll«, murmelte er. »Und wo sind die Unterlagen?«

Er konnte die Behörden in Illinois erst in ein paar Stunden anrufen.

Er schaute auf die Uhr. Halb zwei. Was konnte man schon um halb zwei Uhr morgens ausrichten? Das ganze Land schlief.

Nein – aber mit dem Flugzeug konnte er in etwas mehr als zwei Stunden in Chicago sein.

Er rief am Flughafen an und hatte Glück; in einer dreiviertel Stunde ging ein Flug nach Chicago, mit Anschluß nach Springfield.

Er konnte also zu Bürobeginn dort sein.

Er fuhr erst gar nicht heim, um einen Koffer zu packen. Er eilte die Treppe hinunter zu seinem Wagen und fuhr direkt zum Flughafen.

Erst als er dort eintraf, fiel ihm ein, einen befreundeten Detektiv anzurufen und ihm zu raten, Leslie Chamberlain so rasch wie möglich unter Sicherheitsbeobachtung zu nehmen. Seine Faszination für Jill hatte ihn diese Seite der Angelegenheit ganz vergessen lassen.

Doch wie sich herausstellte, war seine Warnung nicht nötig.

KAPITEL 66

New York City 4. April 1980

Jordan Lazarus saß allein in der Bibliothek seines Penthouse am Sutton Place und starrte ins Leere.

Durch die Stille seines von Büchern gesäumten Raumes konnte er das entfernte Gemurmel der Detektive hören, die Telefonate entgegennahmen oder tätigten. Er schloß die Augen. Seit nunmehr fast zweiundsiebzig Stunden hatte er nicht mehr geschlafen. Doch die Sorge in ihm war noch mächtiger als die Müdigkeit. Er hatte das Gefühl, als treibe ihn eine unsichtbare Energiequelle an, die aus purer Kälte gemacht war, kälter noch als Eis. Er konnte erst wieder schlafen, wenn das hier vorüber war.

Benommen schlug er die Augen auf. Sein Blick streifte über die Regale mit den Büchern. Fast alles alte Lieblingsbücher – Shakespeare, Sophokles, Mark Twain, O'Neill –, die er vor langer Zeit lieben gelernt und später als seltene Erstausgaben gesammelt hatte. Es bereitete ihm einen sonderbaren Reiz, die Ausgabe eines Buches zu lesen, die zu Lebzeiten des Autors gedruckt und veröffentlicht worden war. Es gab ihm das Gefühl, als reise er auf diese Weise durch die Zeit in jene verlorene Welt, in der der Autor tatsächlich geredet und geatmet hatte.

Die Shakespeare-Ausgabe war der kostbarste dieser Funde gewesen. Fast eine Million Dollar hatte er vor fünf Jahren dafür bezahlt. Der Druck war mäßig, die Zeilen uneben, selbst einige Worte waren fehlerhaft gesetzt, doch das Buch war zu Shakespeares Lebzeiten gedruckt und verkauft worden. In diesem Band über Othello, Lady Macbeth und Hamlet zu lesen war eine unheimliche, fast metaphysische Erfahrung.

Jordans Blick wanderte von den Bücherregalen zu seinem breiten Mahagoni-Schreibtisch am Fenster. Darauf stand eine alte Leselampe, ein antikes Schreibset und die Fotos seiner Familie. Sonst nichts. Er hatte es sich zur Regel gemacht, an diesem Schreibtisch niemals Geschäftliches zu erledigen. Er nutzte ihn ausschließlich zum Nachdenken in Ruhe. Er saß gern im großen Drehsessel und schaute hinaus über den East River, sah den vorbeiziehenden Lastkähnen zu und hing seinen Gedanken nach.

Doch heute abend war nicht die Muße für solch besinnliches Dasitzen. Heute abend war jeder Aspekt der Welt, die Jordan sich errichtet hatte, bedroht.

Er schaute auf die Fotografien auf dem Schreibtisch. Da war ein Studioporträt von ihm mit Jill und Meg, ein weiteres mit Mutter und Kind und ein drittes Foto, aufgenommen von einem Zeitungsreporter, von Jordan mit dem Baby.

Die Fotos waren vielsagend in ihrer Unterschiedlichkeit, und genau deshalb hatte Jordan sie hier zusammengestellt. Das Studioporträt wirkte künstlich und gestellt. Jordan hätte es nicht aufgestellt, wären da nicht bestimmte alte Erinnerungen an Menschen, die in ruhigen, alltäglichen Heimen lebten mit Bildern von ihren Familien auf dem Kaminsims, Bilder, die diesen steifen häuslichen Ausdruck hatten. Für Jordan war dieses Foto eine Geste gegenüber seiner eigenen Vergangenheit und seiner jugendlichen Sehnsucht.

Das Foto von ihm mit Meg war ihm das liebste. Es zeigte ihn mit dem Kind auf dem Arm, als es dreieinhalb Monate alt war und verspielt nach seinem Gesicht grapschte. Megs Jugend ließ ihn älter aussehen, und die zarte Bewegung ihres Körpers verlieh ihm ein festes und fast ernstes Aussehen.

Das dritte Foto war das schönste, aber auch bedrückendste. Er hatte es selber mit seiner neu erworbenen Nikon an einem sonnigen Tag aufgenommen, als er und Jill mit Meg einen Spaziergang im Battery Park unternommen hatten. Es zeigte Mutter und Tochter, mit dem frostigen Atlantik im Hintergrund. Die Freiheitsstatue war eine kleine, aber anmutige Note am oberen Rand des Bildes.

Jill hatte Jordan gedrängt, sich mit dem Foto zu beeilen, weil der Wind so kalt gewesen war. Ihre und Megs Wangen waren rosig von der kalten Luft. Einen Moment zuvor hatten sie beide gelacht, doch nun, als sie darauf warteten, daß Jordan die Kamera scharf einstellte, wurden ihre Gesichter ernst und nachdenklich. Ihre außergewöhnliche Schönheit wurde dadurch um so vielsagender eingefangen.

Die Ähnlichkeit zwischen den beiden war offensichtlich, zumindest für Jordan. Auch wenn Meg Jordans dunkles Haar bekam, wenn sie älter war, hatte sie etwas Leichtes und Blondes an sich. Ihre Gesichtszüge hatten viel von ihm, wie viele Beobachter schon betont hatten, aber ihre Feinheit und Zartheit war eindeutig Jills Erbe.

Und Meg besaß eine ungewöhnliche Vitalität. Sie und ihre ganze unverdorbene Unschuld und Freude am Leben aber waren jetzt möglicherweise in allergrößter Gefahr.

Dieser Gedanke brachte Jordan unerbittlich zurück in die Realität. Er schloß die Augen; es war ihm unmöglich, das Foto noch länger anzuschauen. Die Vorstellung, daß Jill der kleinen Meg etwas antun könne, war mehr, als er ertragen konnte. Die letzten zweiundsiebzig Stunden hatte er damit verbracht, gegen diese Furcht anzukämpfen. Doch sie war mit jedem Moment in ihm gewachsen, mit jedem negativen Bericht der Detektive. Äußerlich war er zwar gefaßt, aber innerlich fraß ihn seine Angst fast auf.

Wenn er doch nur netter zu Jill gewesen wäre! Wenn er doch nur mehr getan hätte, um sie während dieses schwierigen letzten Jahres zu unterstützen. Vielleicht hätte er diese Krise verhindern können. Aber er hatte ihr nicht vergeben können, was sie ihm angetan hatte. Ihre Falschheit war bis ins Herz ihrer Ehe vorgedrungen, hatte sich offenbart als Basis ihrer ganzen Beziehung. Er ertrug einfach den Gedanken nicht, daß er zum Narren gehalten worden war, nicht im Kopf, sondern im Herzen.

Und Megs Geburt hatte die Kluft zwischen ihnen nur noch vergrößert. Er hatte es unmöglich gefunden, auf sie zuzugehen. Er hatte sich mit Meg abgesondert, hatte nur noch Augen für Meg gehabt und Jill ihrem Schicksal überlassen.

Noch einmal vor dieselbe Situation gestellt, würde er es nun ganz anders machen, sagte er sich jetzt. Er hatte sich wie ein Monstrum verhalten. Er war es Meg, wenn schon nicht Jill, schuldig, etwas aus seiner Ehe zu machen. Wie konnte er hoffen, seine Tochter glücklich zu machen, wenn die Mutter unglücklich war, und das durch seine Schuld?

Jill hatte versucht, auf ihn zuzugehen, erinnerte er sich jetzt. Und es mußte sie große Überwindung gekostet haben. Aber er hatte sie jedesmal zurückgewiesen.

Daran zu denken war nun noch peinigender, weil Jordan tief in seinem Innern durchaus etwas für Jill empfand.

Es war nicht mehr seine alte sinnliche Hörigkeit, diese oberflächliche Besessenheit von ihr, die ihn fast wie in Trance erfüllt hatte, als er ihr begegnet war und sie wie in unstillbarem Hunger begehren ließ. Auch nicht das falsche Gefühl der Zufriedenheit, das er kurz nach ihrer Heirat empfunden hatte, als sie wie ein kostbares Medikament gewesen war, das seinen Schmerz linderte und ihm innere Ruhe verschaffte. Nein, sein Gefühl für sie war über all das hinausgewachsen.

Als die Zeit verstrich und ihr Elend und ihre Einsamkeit eine immer größere Rolle in ihrer Ehe zu spielen begannen, hatte seine bisherige Leidenschaft für ihren Körper und ihr Gesicht begonnen, sich zu etwas anderem zu vertiefen. Denn in ihrer Verzweiflung und ihrer Einsamkeit erkannte er etwas von sich selbst; einen Spiegel seiner eigenen Einsamkeit. Die glückliche Jill vor ihrer Hochzeit hatte nie wirklich sein Herz berührt. Doch die unglückliche Jill ihrer gepeinigten Ehe hatte ihn – ironischerweise – auf eine Weise berührt, die er niemals mehr vergessen konnte.

Und so hatte Jills Falschheit ihn um so mehr verführt in jener schrecklichen Nacht, als sie ihre grausame Maskerade dazu benutzt hatte, seine Besessenheit bloßzulegen, indem sie ihn mit der unheimlichen Imitation von Leslie provozierte. Es war Jill gewesen, die er in die Arme geschlossen hatte, Jills gequälte Einsamkeit und Leere, als er sich mit ihr geliebt hatte.

Und aus dieser Verbindung zweier gepeinigter Seelen war Meg hervorgegangen – die sonnige, heitere, gesegnet normale Meg.

Ja, es stimmte, er war Jill näher, als er es jemals zugegeben hatte, sogar sich selbst. Und Meg war der Beweis. Aber das hatte er Jill nie gesagt. Seine Ablehnung ihrer Falschheit, seine Erniedrigung, von ihr überführt worden zu sein, war zu groß. Er konnte ihr nicht vergeben.

Er hatte seine Chance gehabt, den Schaden zu reparieren, Meg zuliebe einen neuen Anfang zu machen. Aber er hatte sie nicht genutzt. Nun zahlte er den Preis dafür.

Er schreckte aus seinen Gedanken auf, als es an der Tür klopfte.

Craig Salek, der Leiter des Detektivstabs, stand in der Tür.

Jordan richtete sich auf. »Neuigkeiten?«

»Sie sind gesehen worden«, sagte Salek. »Ein New Yorker Autobahnpolizist hat sie an einer Unfallstelle identifiziert. Sie war zurechtgemacht als schwangere Frau eines Matrosen. Das Baby hatte sie in einem Tragegestell auf dem Rücken.«

»Wo sind sie jetzt?«

Salek schüttelte den Kopf. »Entkommen und wieder verschwunden. Sie ist inzwischen sicher schon wieder ganz woanders.«

Jordan war nicht überrascht, daß Jill ihre schauspielerischen Fähigkeiten, die sie ja nun schon oft brillant bewiesen hatte, aufbot, um sich zu verbergen. Hatte sie ihn nicht ebenfalls hinters Licht geführt? So wie zuvor schon Jessica Hightower, Roy English und wer weiß, wen noch alles? Ihre Fähigkeit zur Täuschung kannte keine Grenzen. Und nun setzte sie diese mit einer noch nie dagewesenen Entschlossenheit ein.

Doch was genau hatte sie vor? Wohin wollte sie? Was war ihr Plan? Jordan verfluchte sich dafür, daß er so wenig von ihr wußte und nicht den geringsten Anhaltspunkt hatte.

»Da ist noch etwas«, sagte Salek. Er hielt eine zusammengefaltete Zeitung hoch. »Wir haben das hier im Papierkorb Ihres Schlafzimmers gefunden. Haben Sie das schon gesehen?«

Jordan streckte benommen die Hand nach der Zeitung aus. Es war die Ausgabe der *New York Times* von vor drei Tagen, dem Tag von Jills Verschwinden. Die Schlagzeilen drehten sich um den Vulkanausbruch von Sankt Helena, Wirtschaft, Vorwahlen und natürlich um den Lazarus-Plan. Sie wirkten völlig überholt und irrelevant auf ihn.

Doch der Detektiv deutete auf eine handgeschriebene Bemerkung am Rand der Titelseite.

Todesanzeigen. Seite 112.

Jordan verzog verdutzt die Stirn.

»Was ist das?« fragte er.

»Das wollte ich Sie fragen«, sagte der Detektiv.

Jordan schüttelte den Kopf. »Ich habe die *Times* an dem Tag nicht gelesen. Ich habe im Flugzeug die *Washington Post* gelesen. Diese Ausgabe habe ich nie gesehen.«

»Dann ist das nicht die Handschrift Ihrer Frau?«

Jordan schüttelte den Kopf und betrachtete die handgeschriebene Notiz eingehender. Und er wurde blaß.

Er schlug die Seite 112 auf, auf die die Notiz verwies. Neben der Todesanzeige für Ross Wheeler stand in der gleichen Handschrift: »Sie ist frei.«

Craig Salek musterte Jordan. »Also haben Sie das nicht gesehen?«

»Erst jetzt«, antwortete Jordan.

»Aber sie muß es gelesen haben«, sagte der Detektiv.

Jordan wußte, wessen Handschrift es war. Er kannte sie sogar sehr gut.

Er hatte seine eigenen Ermittler die ganzen drei Tage in ihrer Arbeit behindert, weil er ihnen nicht die ganze Wahrheit über sein Eheleben und den wahren Konflikt zwischen ihm und Jill erzählt hatte.

Er holte tief Luft.

»Meinen Sie, das könnte der Grund für ihr Verschwinden sein?« fragte Craig Salek.

Jordan nickte.

»Setzen Sie sich, Craig«, sagte Jordan. »Ich muß Ihnen was erzählen.«

Während der Detektiv näher kam, warf Jordan einen letzten Blick auf die handschriftliche Notiz neben der Todesanzeige.

Sie ist frei…

KAPITEL 67

Chicago, Illinois

Das Haus stand leer. Schon seit sechs Jahren.

Die letzten, die hier gewesen waren – vor sieben oder acht Wochen etwa – waren zwei Teenager-Pärchen gewesen, die im kleineren der beiden Schlafzimmer erst Bier getrunken und dann auf einer Matratze geknutscht und gefummelt hatten. Das ging schon länger so. Die letzten festen Bewohner waren vor sieben Jahren eingezogen und hatten eineinhalb Jahre in dem Haus gewohnt; eine arme Familie, mit einem Vater, der die meiste Zeit mit der Suche nach Arbeit zubrachte, einer Mutter, die manchmal Wascharbeiten annahm, und zwei kleinen Mädchen.

Beide Eltern tranken, in den Wänden waren das Geschrei fortwährenden Streits und die Geräusche von Gewalttaten eingesunken, und die Betten, hätten sie sprechen können, wären zu düsteren Geschichten imstande gewesen, von einem Vater auf seinem eigenen Kind vor Jahren, wie er in der Dunkelheit grunzte, nur ja darauf bedacht, die schlafende Mutter nicht zu wecken, das Stöhnen voller Vorsicht und Drohung – »Wenn es jemand rauskriegt, kannst du was erleben« … Und Jahre zuvor, im selben Zimmer, die Stimme eines anderen Vaters, ebenfalls über seiner eigenen Tochter…

Viele, viele Jahre war dies her. Viele Male die Geräusche der heimlichen Lust und der Schuld. Und der Bestrafung, das Scharren kleiner Füße, die versuchten zu entkommen, das verängstigte Rufen kleiner Stimmen, wenn sie von der Hand des Bestrafenden gepackt wurden.

Immer – das wußten die stummen Wände – war Alkohol mit im Spiel gewesen. Alkohol war die Tinktur, die Liebe in Gewalt verwandelte, Einsamkeit in Inzest, Frustration in Mißbrauch und Quälerei. Die Räume hatten miterlebt, wie zahllose Flaschen von gierigen Lippen geleert und dann weggeworfen wurden. Flaschen mit billigem Fusel, in dem Menschen ihre Wut ertränken und aus dem sie ihren Mut beziehen.

Die übrigen von Erwachsenen hinterlassenen Spuren kündeten von Routine und stiller Verzweiflung.

Die Spuren der Kinder jedoch, damals als Unordentlichkeit getadelt, waren nun von einer zeichenhaften Würde erhalten auf den Wänden und in den Ecken, Zeugnisse unausgeformter Träume, Phantasien und Hoffnungen auf eine bessere Zukunft und eine freundlichere Welt. Buntstiftzeichnungen auf den Innenseiten der Schränke, kleine Gemälde auf einem Geländer, Seiten aus einem lange vergessenen Schulheft, ein Stück Papier von einer Staffelei, auf der einst mit Tusche gemalte Bilder die Vorstellung eines Kindes von Geborgenheit und Glück festgehalten hatten.

Jetzt war das Haus alt und wurde wohl bald abgerissen. Seine einzigen Bewohner waren nur noch Spinnen, Ameisen, Motten, der Schimmel im Keller und in den Badezimmern und die Bakterien, die allmählich zersetzten, was noch in ihm war. Die Einrichtung bestand gerade noch aus alten Sesseln mit defekter Federung, einigen angeschimmelten Büchern auf einem Regal, einem zerschlissenen Kissen mit einem Seidendruck der Niagara-Fälle und dem verblichenen Gemälde eines lächelnden Wanderarbeiters.

An diesem Abend aber geschah etwas mit dem altersschwachen, windschiefen Haus, das in einer sanften, warmen Aprilbrise döste, seinem Verfall entgegen.

Es hörte plötzlich Geräusche, hohles Ächzen von altem Holz, das Knarren einer Diele.

Die alte Fliegengittertür am Seiteneingang, die nur noch lose in den Angeln hing, wurde aufgezogen und die innere Tür aufgedrückt.

Eintreten, leises Rascheln von Stoff gegen Holz, Schritte auf dem schmutzigen Boden. Ein Kind, das abgesetzt wurde.

Dann die Stimme einer Frau.

»Bleib einen Moment schön hier sitzen, Liebling.«

Ein Mantel wurde mit leisem Rascheln abgestreift und auf den Tresen gelegt, auf dem vor acht Wochen noch ein Mädchen gesessen und ihren Freund in der Dunkelheit einer Samstagnacht heimlich geküßt hatte.

Ein Seufzen. Und wieder die Stimme der Frau.

»Wir haben es geschafft, Meg. Wir sind zu Hause.«

KAPITEL 68

Springfield, Illinois

Cal Weathers stand im Untergeschoß des Verwaltungstraktes der Sozialbehörde des Bundesstaates Illinois. Es war zehn Uhr morgens.

In schier endlosen Reihen waren hier die Unterlagen sämtlicher staatlichen Heime und Waisenhäuser in Akten und Hauptbüchern aufbewahrt. Vor zwei Jahren war damit begonnen worden, diese Daten auf Computer zu speichern, aber das war noch lange nicht abgeschlossen. Dies war der einzige Ort, wo auch die Akten nicht mehr bestehender Institutionen aufbewahrt wurden.

Die Angestellte, eine ältere Dame mit einem hängenden rechten Auge und einem deutlichen Parkinson-Zittern in den Händen, hatte lange und angestrengt auf die Visitenkarte gestarrt, die er ihr gezeigt hatte, sie in einem Winkel haltend, als wolle sie ihre beeinträchtigte Sehkraft ausgleichen. Dann hatte sie mühevoll die Ziffer des von Cal gesuchten Bandes aufgeschrieben.

»Rechte Seite, etwa zwanzig Reihen hinunter«, sagte sie barsch.

Er schritt die Reihen der übergroßen Regale ab und las mit gerecktem Hals die Aufschriften der einzelnen Bände ab.

Schließlich fand er, wonach er gesucht hatte.

JOCELYN, ILLINOIS war einer der Bände beschriftet. HEIM FÜR OBDACHLOSE MÄDCHEN. Jeder Band trug eine Jahreszahl.

Er schätzte einen Moment lang Jills Alter ein, dann nahm er den Band 1955–65 aus dem Regal.

Er setzte sich und begann die vergilbten Seiten des Verzeichnisses durchzublättern.

Aber es gab kein Mädchen mit dem Namen Fleming im Mädchenheim von Jocelyn. Er ließ das Buch aufgeschlagen auf dem Tisch liegen und ging zurück zu der Archivarin.

»Gibt es von den Waisenhausinsassen eigentlich auch Fotos?«

Die alte Dame sah pikiert zu ihm auf. »Letzter Band jedes Jahrgangs.«

Er fand die Fotobände. Aber es waren keine Einzelporträts, sondern Gruppenfotos nach Jahrgängen.

Er begann mühsam zu suchen. Die Fotos zeigten Gruppen von vierzig oder fünfzig Mädchen, manchmal sogar noch mehr. Verschwommene Gesichter mit undeutlichen Zügen vor fünfundzwanzig Jahren.

Sie waren alle kaum voneinander zu unterscheiden. Das Leben im Heim schien sie alle gleich zu machen.

Er besah sich die Nasen der Mädchen, ihre Kinnpartien, die Brauen und suchte irgendeine erkennbare Ähnlichkeit.

Eine halbe Stunde verstrich, eine dreiviertel Stunde. Langsam machte sich die Müdigkeit der schlaflosen letzten Nacht bemerkbar. Seine Augen brannten. Er vermutete, daß er nur seine Zeit vergeudete. Er war den ganzen weiten Weg hierhergekommen nur aufgrund eines einzigen Wortes, das wie ein Hinweis schien – Jocelyn –, aber das mußte nichts bedeuten. Vielleicht war Jocelyn auch nur der Name eines Mädchens, das Jill einst gekannt hatte, wie sein Freund vom FBI angenommen hatte. Oder eine Figur, über die sie gelesen hatte. Oder einfach nur ein Name, den sie mochte, ohne einen besonderen Grund.

Doch dann plötzlich sah er es. Er zog das Verzeichnis näher. Es war ein Foto der Neuzugänge von 1956. Dritte Reihe, fünftes Mädchen von rechts…

Jill.

Sie konnte nicht älter als sechs oder sieben sein. Aber er erkannte sie sofort. Wie konnte man diese Augen auch nicht wiedererkennen, mit ihrer Vorsicht und trotzigen Einsamkeit? Es waren dieselben Augen, die mit triumphierender Sinnlichkeit in seine geblickt hatten, nachdem zwanzig Jahre Leben sie zu einer gefährlichen, räuberischen Erwachsenen gemacht hatten. Auf diesem Foto jedoch leuchteten sie mit kindlicher Verletzlichkeit. Sie war neu in diesem Heim; sie hatte Angst und war unsicher in ihrer neuen Umgebung.

Er las die Namensliste unter dem Foto durch.

Dritte Reihe: Fanning, K.; Eiden, B.; Cline, K.; Holzman, J.; Fellows, K.: Issacson, S.…

Cal rieb sich die Augen. Da er nirgendwo den Namen Fleming gelesen hatte, ging er die Reihe noch einmal ganz von vorn durch.

Gable, J.; Heuser, S.; Hemphill, M.; Rogge, D.; Orlando, K.; Sundberg, J.…

Sundberg, J.

Weathers begann den Band nach weiteren Fotos durchzuschauen. Er fand ein zweites Bild von Jill, ein Jahr älter, in einer anderen Gruppe, und ein drittes in einer noch größeren Gruppe, als Achtjährige. Mit jeder Aufnahme wurde ihr Gesicht unergründlicher und ausdrucksloser. Die Leere des Heimlebens löschte den ursprünglichen Ausdruck aus.

Aber sie war auf allen drei Bildern sehr hübsch. Weathers spürte, wie sie sein Herz rührte in ihrer jugendlichen Erscheinung. Eine zerbrechliche, blonde Nymphe, auf perverse Weise erblühend auf dem freudlosen, tristen Boden des Waisenhauses.

Weitere Fotos über das dritte Jahr hinaus fand er nicht mehr. Er blätterte das Namensverzeichnis mit den Seitenhinweisen durch. Der Name Sundberg hatte lediglich einen Seitenhinweis.

»Sundberg, Jill. Aufnahme: 25.10.1956. Alter: 6. Y-Sektion, Bricoe Haus, Jocelyn. Mutter: S. Sundberg, Aufenthaltsort unbekannt. Vater: nicht bekannt.«

Die Akte sagte noch ein wenig über Jills körperliche Merkmale aus, darunter auch die Blutgruppe. Einige Kinderkrankheiten waren aufgelistet. Das Ergebnis eines IQ-Tests war aufgeführt. Cal machte große Augen, als er las, daß das Mädchen einen IQ von 165 hatte.

Eine zusätzliche Eintragung in knappem Behördenschlüssel verstand er nicht. »TRV 145,146.«

Die Archivarin klärte ihn auf.

»Das bedeutet: körperlicher und sexueller Mißbrauch. 145 steht für körperlich, 146 für sexuell.«

Er las weiter. Der Personaleintrag Sundberg fand ein jähes Ende:

»April 1960. Insassin entflohen. Verbleib unbekannt.«

Cal Weathers lehnte sich zurück und stieß den angehaltenen Atem aus. Also war Jill aus dem Heim ausgerissen. Selbst als junges Mädchen war sie nicht der Typ für ein Leben im Waisenhaus.

Weathers empfand Erleichterung und Entmutigung zugleich. Seine Ahnung hatte ihn nicht getrogen. Er hatte Jill zwar gefunden. Aber die Umstände ihres Lebens zwischen ihrer Flucht aus dem Waisenhaus und ihrer Anstellung bei *Continental Products*, elf Jahre später, blieben im dunkeln. Ein Jahrzehnt noch immer ohne jede Spur.

Vielleicht aber waren diese fehlenden Jahre auch gar nicht der Schlüssel zu Jills Persönlichkeit? Vielleicht war er viel eher hier zu finden, in ihrer frühesten Jugend. Im Waisenhaus oder noch genauer bei den Gründen für ihre Einweisung?

Es war die einzige Spur, die ihm noch blieb. Andernfalls war er wieder dort, wo er angefangen hatte.

Er besah sich noch einmal den Anfang von Jills Akte.

Sachbearbeiterin: H. Fleming.

Daher also ihr falscher Name.

Er fragte die Archivarin noch einmal: »Gibt es ein chronologisches Verzeichnis der Sachbearbeiter? Namen, Adressen?«

»Sie meinen sicher das Mitarbeiterverzeichnis. Das ist leider nicht hier.«

»Und wo ist es?«

»Oben im Computer. Kommen Sie mit. Ich habe das Verzeichnis selber eingegeben.«

KAPITEL 69

New York City

Er schlug Barbara Considine ins Gesicht.

Die Wucht des Schlages riß Barbara um. Sie fiel rücklings gegen das Sofa im Wohnzimmer ihres Hauses. Blut sickerte aus ihrem Mundwinkel. Ihre Wange glühte rot im gedämpften Licht.

Mit weit aufgerissenen Augen sah sie zu ihm hoch.

»Wo ist sie?« sagte Jordan drohend. »Wo ist sie?«

Barbara schwieg. Furcht und Trotz zugleich blickten ihn an.

»Welche Rolle spielst du bei alldem?« fragte er und hielt die Zeitung mit der handschriftlichen Notiz hoch. »Hast du sie gequält? Hast du versucht, sie zu etwas wie diesem zu bringen? Versuch nicht, es abzustreiten. Ich kann es dir am Gesicht ablesen.«

Er war voller Verachtung und Pein. Nie zuvor hatte er Barbara gehaßt; bis jetzt. Sie war seine Feindin. Und ihr Gesicht bestätigte es ihm.

»Deshalb bist du bei uns aufgetaucht, nicht wahr? Deshalb hast du deine Nase in unser Leben gesteckt. Du hast versucht, sie zu beeinflussen. Du hast ihr Ideen in den Kopf gesetzt. Endlich durchschaue ich dich. Versuche also gar nicht, es abzustreiten.«

Barbara schüttelte stumm den Kopf und blieb regungslos, wo sie war.

Er deutete auf die Zeitung.

»Ich habe der Polizei nicht gesagt, wer das geschrieben hat. Ich bin der einzige, der es weiß. Aber das Entscheidende ist, daß ich es weiß, Barbara. Mich kannst du nicht hinters Licht führen. Sollte meiner Frau oder meinem Kind etwas zustoßen, weiß ich, wen ich dafür zur Verantwortung ziehe.«

Er trat auf sie zu und packte sie grob bei den Schultern.

»Wenn ich sie nicht rechtzeitig finde«, sagte er, »bringe ich dich um.«

Ihre Gesichter waren dicht beieinander. Er konnte ihren vertrauten Duft wahrnehmen und sie fühlen. Dies war die Frau, die er zahllose Male in den Armen gehalten hatte; die Frau, der er vertraut, die er bemitleidet und auf die er sogar für sein Glück gezählt hatte. Doch heute abend schien ihre körperliche Wirklichkeit durch ihre Falschheit überdeckt.

Jordans Hände zitterten. Falschheit überall. Sie hatte seine Ehe mit Jill zerstört und begann ihre Fratze nun an jeder Ecke seines Lebens zu zeigen. Barbara, wie er sie bisher nicht kannte. Ein Satz, den er sich einst selber gesagt hatte – Traue niemals einer Frau! – kehrte nun zu ihm zurück. Er hätte sich vor einer Weile schon daran halten sollen. Nun war es zu spät.

»Was hast du getan?« fragte er. »Hast du Leslie und ihren Mann die ganze Zeit beobachten lassen? Und darauf gewartet, daß er stirbt, damit du Jill damit aus der Fassung bringen kannst? War es das?«

Barbara antwortete immer noch nicht.

»Wo ist sie?« fragte Jordan. »Sag mir, was du weißt, oder ich zeige diese Zeitung der Polizei.«

Barbara sank einen Zentimeter weiter gegen die Kissen auf dem Sofa. Auch wenn seine Drohung sie erschreckte, blieb sie dennoch trotzig.

»Sag mir, was du weißt!« Er hob eine Hand, um sie erneut zu schlagen.

»Ich weiß gar nichts«, antwortete sie leise.

Er hielt die Zeitung hoch. »Aber das hier hast du geschrieben.«

Barbara nickte unmerklich, ein unwillentliches Eingeständnis der Schuld.

»Also rede endlich…«, forderte Jordan erneut.

»Wenn sie nicht zu Leslie gefahren ist…«, sagte Barbara, »dann weiß ich es auch nicht. Ich hab nie etwas über sie gewußt. Über ihre Vergangenheit…«

Jordan musterte sie eindringlich. Sie war nicht länger die traurige junge Frau, die er geheiratet hatte, nicht mehr die starke, sogar subtile Frau, mit der er sechs Jahre lang gelebt hatte. Sie war ein Kind, ein verängstigtes Kind, das auf frischer Tat ertappt worden war und nun beschämt die Schuld eingestand. Er glaubte ihr.

»Also gut…«

Wegen Leslie Wheelers Sicherheit machte er sich keine Sorgen. Sofort nachdem er die rätselhafte handschriftliche Notiz am Rand der *New York Times* gesehen hatte, hatte er dafür gesorgt, daß Leslie geschützt wurde. Niemand kam an sie heran. Sie wurde bewacht wie ein Staatsoberhaupt, auch wenn sie es selbst gar nicht wußte und hoffentlich niemals erfuhr.

Er sprach weiter.

»Vielleicht sagst du ja die Wahrheit. Ich werde sie in jedem Fall herausfinden. Aber sag mir wenigstens, warum. Warum hast du das getan?«

Wieder wich sie vor ihm zurück.

»Ich liebe dich«, sagte sie mit derselben mädchenhaften Stimme.

Der Trotz kehrte in ihren Blick zurück. Sie schaute, leicht zitternd, zu ihm hoch.

»Du liebst mich...«, sagte Jordan.

Die Worte klangen sonderbar aus ihrem Mund. Und er wußte auch, warum. In den sechs Jahren ihrer Ehe hatte sie dies nicht ein einziges Mal zu ihm gesagt. Das Wort war für sie beide tabu. Es war das Unaussprechliche. Aber sie hatte ihn die ganze Zeit geliebt...?

»Zumindest hast du es mir nun gesagt«, meinte er.

Doch nun sah Jordan noch etwas in Barbaras Gesicht, etwas, das ihn vor einer Viertelstunde noch genarrt haben mochte, das jetzt jedoch klar war, nun, da er den Fehler erkannt hatte, ihr jemals zu vertrauen. Die Maske war fort, die Welt bereinigt und kalt.

»Jetzt verstehe ich«, sagte er. »Du hast die ganze Zeit schon dein undurchsichtiges Spiel gespielt?«

Sie schwieg.

Sein Mund verzog sich verächtlich. »Du hast gesehen, daß unsere Ehe nicht glücklich war. Du hast gedacht, wenn du es noch schlimmer machen könntest, wenn es dir gelänge, Jill eifersüchtig zu machen, könntest du die Waage zum Ausschlag bringen und mich von ihr wieder trennen. Dann bräuchtest du nur noch zu warten, bis du die Scherben auflesen konntest.«

Barbara sagte noch immer nichts.

»Du bist wirklich die Tochter deines Vaters. Ich hätte es die ganze Zeit wissen müssen.«

Barbara war aschfahl geworden. Sie hatte den Blick abgewandt. Zum ersten Mal, seitdem er gekommen war, sah sie ihm nicht in die Augen.

Und Jordan begann zu ahnen, daß Barbaras Machenschaften offenbar schon viel früher ihren Anfang genommen hatten. Steckte ihre diskrete Hand etwa auch hinter dem Verlust von Leslie, zwei Jahre bevor er Jill Fleming begegnet war?

Und möglicherweise auch hinter dem Tod von Victor Considine?

Er erschrak selbst über diese Vermutungen. Aber er hatte auch gar keine Zeit, ihnen jetzt weiter nachzugehen. Er hatte Dringenderes zu tun.

»Hör mir gut zu«, sagte er. »Ganz egal, was mit Jill auch passieren mag – wir beide sind fertig miteinander. Ein für allemal.«

Und er warf ihr die gefaltete Zeitung hin und ging.

Barbara saß allein auf dem Sofa, neben sich die Zeitung, die ihr letzter Schachzug gewesen und nun ihr Verderben geworden war. Sie wußte, daß Jordan die Wahrheit gesagt hatte. Sein Blick hatte keinen Zweifel daran gelassen. Sie hatte ihn für immer verloren.

Gleich würden die Tränen kommen. Mehr Tränen, als sie jemals vergossen hatte.

Doch bevor sie kommen konnten, mußte sie daran denken, daß sie Jordan eben nicht die ganze Wahrheit gesagt hatte. Nicht einmal die belastende Zeitung oder seine Drohungen hatten es ihr entlocken können.

Sie hatte Jordan nichts von dem Kind erzählt.

Kein Zweifel, daß er loseilte, um mit all seiner Macht Leslie zu beschützen.

Aber es war zu spät, um seine Tochter zu retten.

KAPITEL 70

Chicago, Illinois

Jill stand da und betrachtete Meg.

Das Kind hockte auf dem schmutzigen Fußboden des Schlafzimmers im oberen Stock. Auch wenn keine Gardinen oder Vorhänge am Fenster waren, konnte das Zimmer nicht von den Nachbarhäusern aus eingesehen werden, wenn dort überhaupt jemand wohnte.

»Alle haben wir sie ausgetrickst, Meg«, sagte sie.

Meg trug einen Strampelanzug mit der großen Aufschrift CHICAGO BEARS auf der Brust, dazu winzige Laufschuhe und weiße Söckchen. Ihr Haar war auf Streichholzlänge geschnitten. Meg sah aus wie ein Junge.

Jill hatte einen Jogginganzug an, der viel zu weit für sie war. Sie hatte Polsterungen unter dem Sweat-Shirt getragen, die sie mindestens dreißig Pfund dicker wirken ließen, als sie tatsächlich war.

Ihr Haar war schwarz gefärbt. Sie trug billige Ohrringe, eine klimpernde Sammlung von Armbändern ums rechte Handgelenk und einen offensichtlich falschen Schönheitsfleck auf der Wange. Sie sah aus wie eine attraktive, aber reichlich vulgäre Hausfrau. Auf der letzten Etappe ihrer Reise hatte sie sich eine brüske, eher proletenhafte Haltung gegenüber den wenigen Menschen, mit denen sie gesprochen hatte, zugelegt. Meg hatte sie als ihren kleinen Jungen Mike ausgegeben. Ein Busfahrer und ein Verkäufer in einem Laden hatten Meg unter das Kinn gestupst und sie angelächelt. »Hallo, Mike, wie geht's?« hatte der Verkäufer gescherzt.

Meg gab einen bildhübschen Jungen ab.

Und Jill eine perfekte Mutter.

Sie hatte Meg nach ihrer Ankunft ein paar Kekse aus der Sporttasche zu essen gegeben, die sie bei sich hatte. Und ihrem Fruchtsaft hatte sie eine Vierteldosis ihres Beruhigungsmittels beigemischt. Seither hatte das Kind die meiste Zeit geschlafen. Jill hatte eine Luftmatratze gekauft und diese nach ihrer Ankunft in der Dunkelheit aufgeblasen.

Nun saß Meg ganz brav da. Aber sie wirkte verängstigt. Das schmutzige, zerfallene Haus war Welten entfernt von der ihr vertrauten Umgebung. Sie sah sich verwundert um und alle paar Sekunden zu ihrer Mutter.

»Ich weiß, was du brauchst«, sagte Jill plötzlich. »Warte eine Sekunde hier, Liebling, ich hole nur schnell meine Tasche.«

Sie ging nach unten und kehrte rasch mit der Sporttasche zurück. Doch als sie den Treppenabsatz erreichte, blieb sie für einen Moment reglos stehen und schaute von einem Schlafzimmer zum anderen. Eine tiefgehende Unsicherheit schien sie zu überkommen. Ihr Atem ging schwer. Ihre Hände zitterten leicht.

Nach einer Weile kam sie wieder zu sich. Sie ging mit der Tasche ins Zimmer und stellte sie auf dem Boden ab. Sie griff hinein und holte eine kleine Stoffgiraffe hervor, die noch immer das Preisschild von der Raststätte trug, wo sie sie gekauft hatte.

»Bitte schön…« Sie reichte Meg die Giraffe. »Hier ist ein besonderer Freund, der uns auf unserer Reise begleitet hat. Was meinst du, wie soll er heißen?«

Das Kind nahm das Stofftier schweigend entgegen, den Blick fest auf die Mutter geheftet.

Jill brachte ein glückliches Lächeln zustande.

»Wollen wir ihn Bobby nennen?« fragte sie. »Was meinst du?«

Meg sagte nichts. Sie schaute von ihrer Mutter zur Giraffe, die sie mit beiden Händen hielt.

»Wir suchen zusammen den richtigen Namen aus, ja?« Jill lächelte. »Wir probieren so lange alle Namen durch, bis wir den richtigen gefunden haben.«

Während sie mit Meg sprach, packte sie die Sporttasche aus. Da war ein Block mit Malpapier, die Schachtel mit den Keksen, ein Buch mit Kinderreimen und ein Tuschkasten mit Wasserfarben. Dazu einige Schminksachen, die Jill in einer Drogerie gekauft hatte, und eine Packung Haarfärbemittel.

»Bist du hungrig, Liebling?« fragte sie.

Mit dem Rücken zu Meg nahm sie die Pistole und legte sie hinter der Sporttasche auf den Boden.

Dann griff sie nach der Kekspackung. Sie hatte seit mehr als dreißig Stunden nicht einen Bissen gegessen.

Einen Moment lang aß sie schweigend und starrte aus dem Fenster. Sie sah selber wie ein Kind aus, ihr Mund kaute ruhig, ihre Augen waren frei von der Nachdenklichkeit Erwachsener.

Einige Minuten verstrichen, ohne daß es ihr bewußt wurde. Dann drehte sie sich um. Meg lag mit der kleinen Giraffe unter der Wange da. Sie schlief tief und fest.

Jill nahm sich noch ein Keks aus der Schachtel und kaute nachdenklich, während sie ihre schlafende Tochter ansah.

KAPITEL 71

Baltimore, Maryland 5. April 1980

Holly Christensen stand im Garten neben ihrem Haus und pflanzte Tulpenzwiebeln.

Das letzte Jahr war ein schreckliches Jahr für die Pflanzen gewesen. Die Hälfte ihrer Setzlinge war gar nicht aufgegangen, und die anderen waren schwächlich und verkümmert gewesen, brauchten genau die richtige Menge Sonne und Wasser und verdorrten, wenn sie es nicht bekamen. Sie hoffte nur, daß es dieses Jahr anders wurde. Ihr Garten war ihre einzige wahre Freude und Erholung. Sie war schon lange verwitwet.

Nach vierzehn Jahren einer glücklichen Ehe war ihr Mann Charlie, ein Universitätsprofessor für Philosophie, völlig überraschend an einem Herzanfall gestorben und hatte sie als Witwe im alten Haus am Roland Park zurückgelassen, wo sie oft von den Nachbarskindern besucht wurde – so wie auch jetzt wieder. Sie wollte eben mit ihnen ins Haus gehen, um sie mit Limonade und Keksen zu bewirten, wie sie das immer tat, als ein großes Auto vorfuhr und ein Fremder ausstieg. Er kam auf sie zu.

»Mrs. Christensen?«

Sie nickte unschlüssig. Wäre da nicht seine legere Kleidung gewesen, hätte sie ihn für einen Versicherungsvertreter gehalten.

»Mrs. Holly Christensen?« Er streckte seine Hand aus.

Sie erwiderte seinen Handschlag; ihre Blicke trafen sich.

»Früher Ms. Holly Fleming?« fügte er fragend hinzu.

Sie sah ihn stirnrunzelnd an. »Das ist aber schon sehr lange her.«

»Es war nicht einfach, Sie zu finden. Gestatten – Calvin Weathers. Ich hätte einige Fragen an Sie. Es betrifft auch etwas, das schon sehr lange zurückliegt. Es geht um Jocelyn, Illinois.«

Er sah das Mädchen an ihrer Seite an. »Um ein kleines Mädchen dort.«

Holly sah ihn lange prüfend an. Dann bat sie ihn ins Haus.

Zehn Minuten später waren die beiden Kinder wieder gegangen, und Cal Weathers saß auf dem Sofa im Wohnzimmer allein mit ihr.

In Holly Christensens Schoß lag der Band mit den Fotos aus dem Waisenhaus. Er war aufgeschlagen auf der Seite mit dem Foto von Jills Klasse. Holly hatte die Lesebrille aufgesetzt, um sich das Foto anzuschauen, hatte sie aber bereits wieder abgesetzt. Sie hatte Jill mühelos erkannt.

»Ich hätte nie gedacht, dieses Gesicht jemals wiederzusehen«, sagte sie.

»Sie haben es wahrscheinlich schon hundertmal gesehen, ohne es zu wissen«, sagte Cal Weathers. »Sie ist eine Berühmtheit geworden.«

Holly blickte von dem Buch auf. »Wollen Sie deshalb jetzt etwas über sie wissen?«

»Es ist besser, wenn Sie den genauen Grund nicht kennen, glauben Sie mir. Sagen wir, daß sie in Schwierigkeiten ist. Ich kann ihr möglicherweise helfen. Nur leider gibt mir ihr derzeitiges Leben keinerlei Anhaltspunkte. Ich habe gehofft, daß Sie sich an etwas aus ihrer Vergangenheit erinnern, was mir helfen kann.«

Holly Christensen setzte erneut die Brille auf und studierte das Foto.

»Ich war für sie zuständig«, sagte sie. »Ich hatte damals noch einen Kollegen, leider fällt mir sein Name nicht mehr ein. Wir mußten zu einem Haus auf der South Side, weil das kleine Mädchen schon einige Zeit in der Schule fehlte. Wir fanden sie dort ganz allein. Ihre Mutter hatte sich schon vor Wochen mit ihrem Freund davongemacht. Das kleine Mädchen lebte ganz allein in dem Haus. Ich wunderte mich damals nur, wie sie es überhaupt geschafft hat, dies so lange zu verbergen. Sie versorgte sich selbst, zog sich an und ging zur Schule, als wäre nichts geschehen.«

Sie seufzte. »Bis es dann natürlich nicht mehr ging. Sie kam nicht mehr zur Schule. Als wir sie fanden, hatte sie sich im Keller versteckt. Ich werde nie diesen Blick in ihren Augen vergessen. Sie war wie ein gefangenes Tier. So unschuldig, so gequält...«

Holly spürte die Tränen aufsteigen. Nervös strich sie über das Foto im Buch.

»Sie war sehr schlimm mißhandelt worden«, fuhr sie fort. »Körperlich und sexuell. Sogar der Arzt war entsetzt. Wir konnten die Mutter nicht ausfindig machen, also haben wir nie herausgefunden, was genau geschehen war. Das Kind sprach nach der Einweisung acht Monate lang kein einziges Wort. Ich habe sie damals jede Woche besucht, aber nichts aus ihr herausbekommen. Es war wirklich schlimm. Sie hatte sich völlig abgekapselt. Da war nichts als eine Maske auf ihrer Oberfläche. Eine bildhübsche kleine Maske ohne eine Seele.«

Weathers hörte stumm zu. Er verstand, daß Jill Sundberg nachhaltigen Eindruck bei Holly Fleming hinterlassen hatte. Und umgekehrt mußte das ebenso der Fall gewesen sein, sonst hätte Jill gewiß nicht Hollys Namen angenommen.

»Dann«, seufzte Holly, »kam sie allmählich doch aus ihrem Schneckenhaus heraus. Oder zumindest schien es so. Sie fing an zu reden und beteiligte sich an den üblichen Aktivitäten. Sie überlebte in ihrer Heimumgebung. Ihre schulischen Leistungen waren eher normal. Das Erstaunlichste an ihr war ihr ungewöhnlich hohes Intelligenzniveau, das weiß ich noch sehr gut. Nur die psychologischen Tests waren Zeugnis der schlimmen Folgen ihres Mißbrauchs und vielleicht auch einiger Probleme im Heim, oder auch angeborener. Sie war weit davon entfernt, normal zu sein. Weit entfernt...«

Holly schüttelte den Kopf und schaute auf das Foto.

»Ein Jahr später wurde ich versetzt. Es war mir nicht mehr möglich, so oft nach Jocelyn zu fahren und sie zu besuchen. Einmal im Monat, alle sechs Wochen. Ich sah sie größer werden. Je größer sie wurde, desto schöner wurde sie. Aber jedesmal, wenn ich sie wiedersah, war sie tiefer in sich gekehrt. Die Furcht war verschwunden, der Schrecken – doch was an diese Stelle getreten war, war noch schlimmer. Ich habe etliche Kinder gesehen, die derart unter fortgesetztem Mißbrauch litten. Doch bei ihr war es schwerer zu ertragen, weil sie so hübsch war. Wissen Sie, sie war gar nicht da. Und ich wußte, sie wäre so ein guter Mensch gewesen, wenn sie nur sie selbst hätte sein können…«

Holly traten Tränen in die Augen.

»Hatten Sie noch Kontakt mit ihr, nachdem sie ausriß?« fragte Weathers.

»Nein. Ich erfuhr es bei einem meiner Besuche. Ich hatte noch einige Bücher für sie dabei. Aber sie war schon fort, als ich kam. Ich dachte, wir würden sie finden, doch sie blieb verschwunden. Ich habe nie wieder von ihr gehört. Ihr Besuch heute ist das erste Mal wieder…«

Weathers räusperte sich.

»Ich will Sie nicht mit der Geschichte ihres späteren Lebens behelligen«, sagte er. »Das meiste davon liegt ohnehin im dunkeln, wie ihre Kindheit. Aber kürzlich ist etwas geschehen, was sie sehr belastet hat. Sie ist verschwunden. Sie ist auf der Flucht. Ich muß sie finden. Zu ihrer eigenen Sicherheit und – und auch aus anderen Gründen.«

Holly sagte nichts.

»Sie ist in einer Situation«, fuhr Cal fort, »wo Menschen nach dem letzten Ausweg suchen. Sie ist fortgelaufen. Aber wenn ich sie richtig einschätze, was ich glaube, dann hat sie keinen Ort, wohin sie sich flüchten könnte. Verstehen Sie, was ich damit sagen will?«

Holly nickte. Ihr Blick verengte sich.

»Sie fühlt sich verlassen«, sagte Cal. »Sie reagiert nicht mehr normal. Aber das heißt nicht, daß sie nicht gerissen ist. Sie ist zu intelligent, um sich einfach fangen zu lassen. Jedenfalls nicht rechtzeitig.«

Holly Christensen sah ihn nur stumm an.

»Ich habe Grund zur Annahme, daß Sie ihr viel bedeuten«, sagte er. »Sie hat später sogar Ihren Namen angenommen. Die Begegnung mit Ihnen muß einen dauerhaften Eindruck auf sie gemacht haben.«

Holly wirkte nachdenklich.

»Können Sie mir also helfen?« fragte er.

Holly überlegte einige Zeit etwas.

»Entschuldigen Sie mich einen Augenblick«, sagte sie.

Sie stand auf und verließ das Zimmer. Er hörte sie die Treppe hinaufgehen. Danach passierte lange nichts. Er vernahm entfernte Geräusche im Haus, eine Türe wurde geöffnet, Rascheln in einem Schrank.

Dann kam sie wieder mit einem zusammengerollten Bild oder einer Zeichnung. Sie gab es ihm und setzte sich.

»Als wir sie fanden«, sagte sie, »entdeckten wir auch einen ganzen Malblock voll mit Bildern. Das ist eines davon. Fast alle zeigten dieselbe Frau. Eine Art gute Fee oder Wunschmutter, denke ich. Ihre leibliche Mutter muß ein wahres Monstrum gewesen sein, und als sie ganz allein war, hat sie sich diese Mutter ausgedacht, um Gesellschaft zu haben. Damit jemand auf sie aufpaßt. Ich habe mir eines davon, eben dieses da, zum Andenken an sie aufgehoben. Die Vorstellung, daß ein kleines Mädchen so mutterseelenallein war und so einsam… ich dachte, ich müßte es behalten. Aber es hat mir so zu schaffen gemacht, daß ich es nie wieder angesehen habe. Sie hat die Hölle auf Erden durchlebt, und diese Bilder waren der einzige Ausweg.«

Weathers besah sich das Bild. Es war in leuchtenden Farben gemalt und mit ungelenken Strichen. Doch er spürte eine schreckliche Angst dahinter.

Die Frau auf dem Bild lächelte freundlich. Sie war groß, mit rotem Haar und grünen Augen.

Er rollte das Bild zusammen.

»In den Unterlagen des Waisenhauses«, sagte er, »ist die Adresse, wo sie gefunden worden ist, nicht verzeichnet. Haben Sie vielleicht noch Aufzeichnungen darüber?«

»Du liebe Güte, nein«, sagte sie. »Das liegt schon so lange zurück… Und Unterlagen habe ich nicht mehr.«

»Ich könnte mir nämlich denken, daß sie dorthin zurückgekehrt ist«, sagte Weathers. »Vielleicht ist es abwegig, aber nachgehen muß ich dem. Es könnte wichtig sein.«

Holly Fleming starrte ins Leere, die Augen halb geschlossen, ihre Gefühle nicht lesbar.

Dann richtete sie sich plötzlich auf.

»Ich kann Sie hinbringen«, sagte sie.

Cal Weathers blickte überrascht hoch.

»Natürlich«, sagte sie nun aufgeregt. »Immerhin habe ich fünfzehn Jahre in der Gegend gearbeitet. Ich kannte diesen Stadtteil wie meine Westentasche. Ich bin sicher, daß ich das Haus wiederfinde, wenn es noch steht.« Sie lächelte. »Dieser Ort hat mich all die Jahre wegen Jill verfolgt. Vielleicht ist die Erinnerung nun doch noch zu etwas nütze.«

»Worauf warten wir dann noch?« meinte Cal Weathers.

Holly Fleming stand auf.

»Lassen Sie mich nur noch eben einige Sachen einpacken«, sagte sie. »Es ist ein weiter Weg bis Chicago.«

KAPITEL 72

Chicago, Illinois

Es war später Nachmittag. Die sinkenden Schatten verliehen dem Staub und Dreck im Schlafzimmer eine besonders düstere Atmosphäre.

Meg, ruhiggestellt durch die Tablette, die Jill ihr mittags gegeben hatte, hatte fast den ganzen Tag über geschlafen. Jill hatte die meiste Zeit damit zugebracht, Meg anzusehen. Sie war nicht müde, auch wenn sie schon seit vier Tagen kein Auge mehr zugetan hatte.

Gelegentlich war sie aufgestanden und auf Zehenspitzen, um das Kind nicht aufzuwecken, durch das Haus gewandert. Sie hatte lange im anderen Schlafzimmer gestanden, den Kopf geneigt, als lauschte sie auf etwas. Sie war hinunter in die Küche gegangen, wo sie langsam über die Küchenzeile gestrichen hatte. Sie drehte den Wasserhahn auf – kein Wasser.

Eine Zeitlang stand sie wie eine Schlafwandlerin im Wohnzimmer, absolut reglos, und horchte auf das Knarren des Hauses überall. Sie konnte den Verfall spüren. Ein Lächeln huschte über ihre Lippen.

Am Nachmittag ging sie vorsichtig über die alten Stufen hinunter in den Keller. Die leeren Bierflaschen und die Matratze, die vor Jahren hier heruntergebracht worden war, sah sie gar nicht. Der faulige Gestank drang ihr zwar in die Nase, aber nicht bis in ihr Bewußtsein vor.

Sie setzte sich im Schneidersitz auf den Fußboden und atmete die alte, abgestandene Luft des Kellers ein. An der Wand kroch eine Schabe ohne Eile entlang. Überall waren Spinnweben. Die Deckenbalken sahen verrottet und unstabil aus.

Ihr Blick fiel auf ein altes Hölzchen von einem Stieleis. Sie hob es auf und spielte eine Weile damit. Dann kroch sie hinter den Ofen und rollte sich auf dem Boden zusammen. Lange blieb sie dort so liegen, den Daumen im Mund. Das Gefühl war so köstlich, daß sie fast eingeschlafen wäre. Doch dann fiel ihr Meg ein, und sie ging wieder nach oben.

Sie rüttelte Meg sanft bei der Schulter. Als sich das Kind nicht rührte, schüttelte sie fester.

»Wach auf, Schlafmützchen. Wir haben zu tun. Wir müssen unsere Überraschung für Daddy machen.«

Meg wirkte benommen, aber ein verschlafenes Lächeln spielte um ihre herzförmigen Lippen. Sie schien einen Kuß zu erwarten, aber Jill hatte sich bereits wieder umgewandt und suchte die Sachen zusammen, die sie in der Sporttasche mitgebracht hatte.

Sie schlug den Malblock auf und breitete ihn auf dem Fußboden aus. Dann öffnete sie die Plastikverpackungen des Kastens mit den Wasserfarben und reihte die kleinen Flaschen nebeneinander auf.

»Wir werden jetzt ein schönes Bild malen«, sagte sie. »Es ist ein Geschenk für Daddy.«

Als sie alle Farben geöffnet hatte, merkte sie, daß sie gar kein Glas hatte, um den Pinsel auszuwaschen. Dann fiel ihr etwas ein, was sie unten im Keller entdeckt hatte. Sie eilte die Treppe hinunter, aufgeregt wie ein Kind, und fand eine alte Plastikschale unter der Kellertreppe. Wahrscheinlich einst ein Trinknapf für eine Katze, dem strengen Geruch von Katzenkot im Keller nach zu urteilen.

Sie nahm die Schale und ging wieder hinauf. Als sie das Schlafzimmer betrat, fand sie Meg über die kleinen Flaschen mit den Farben gebeugt vor.

Farbe war auf dem Fußboden ausgelaufen. Die Flaschen mit dem Blau und Grün, vom Kind umgestoßen, waren schon halb leer; aus anderen war noch nicht ganz soviel ausgelaufen.

Jill schoß vor und schlug Meg hart mitten ins Gesicht. Sie fiel nach hinten und starrte ihre Mutter mit offenem Mund an. Dann begann sie zu schreien. Sie war noch nie geschlagen worden.

Jill scherte sich nicht um ihre weinende Tochter. Sie stellte die Flaschen mit den Farben nacheinander wieder auf und richtete sie in einer geraden Reihe aus. Sie nahm zwei der Pinsel und legte sie leise vor sich hin summend auf den Boden.

Dann fiel ihr der Plastiknapf ein und daß die Wasserhähne im Badezimmer und in der Küche nicht funktionierten. Das Wasser mußte schon vor Jahren abgestellt worden sein.

Sie überlegte einen Moment. Dann griff sie in ihre Sporttasche und fand eine Dose Apfelsaft, die sie vor zwei Tagen unterwegs gekauft hatte. Sie öffnete die Dose und goß etwas von dem Inhalt in den Plastiknapf.

Sie dachte an Meg und setzte die Dose ab, ehe sie halb leer war.

»Möchtest du was trinken, Liebling?«

Erst jetzt fiel ihr auf, daß Meg noch immer weinte. Ihre Wange war tiefrot von dem Schlag. Tränen liefen ihr über das Gesicht, und ihr Weinen hallte laut durch das leere Haus.

Jill stellte die Dose ab und kroch zu ihrer Tochter.

»Hör auf.«

Meg setzte sich auf, die kleinen Beinchen ausgestreckt, und rieb sich mit beiden Händen das tränenüberströmte Gesicht. Sie hickste, sah ihrer Mutter in die Augen und weinte weiter.

»Ich sagte, hör auf.« Sie packte das Kind bei den Händen und schüttelte es grob. Meg weinte nur noch lauter.

Jill schaute aus dem Fenster. Sie fürchtete, daß jemand Meg hören könnte. Sie sah in das kleine, aufgelöste Gesicht. Etwas daran machte sie wütend.

Gleich hast du Grund zum Heulen...

Ich werde dir schon Gehorsam beibringen...

Die Worte drangen von irgendwo aus ihrer Erinnerung. Und schon im nächsten Moment waren sie auf ihren Lippen.

»Gleich hast du Grund zum Heulen«, drohte sie.

Meg, noch immer wütend, begann über den schmutzigen Fußboden zu krabbeln. Jill hinterher. Sie wollte noch mal schlagen, diesmal härter. Hauptsache, sie war endlich still.

Jill packte Meg und drehte sie herum. Sie hob die Faust und holte aus. Das Kind unternahm nichts, um sich zu schützen, sondern weinte nur noch lauter beim Anblick der Hand, die sie bereits geschlagen hatte.

Eine Art Pantomime begann in Jills Kopf zu spielen. Sie sah einen zweiten Schlag in Megs Gesicht, dann einen dritten, einen vierten, jeder härter als der zuvor.

Gleich hast du Grund zum Heulen...

Sie sah die Schläge auf die kleinen Wangen herabprasseln, sah, wie sich Blut und Tränen mischten. Das Blut ließ das Weinen nicht verstummen, das wie Verspottung der wiederkehrenden Schläge klang. Das Kind zappelte und wehrte sich und wand sich, wurde aber festgehalten und gefesselt. Dinge wurden benutzt, um es zu verletzen, andere, um damit in sie einzudringen. Jill dachte an die Malpinsel und an den Eisstiel im Keller. Waffen, die sie benutzen konnte.

Ich werde dir Gehorsam beibringen...

Die Bestrafung folgte einem eigenen Ablauf. Es war alles an seinem Platz in Jills Kopf, seit vierundzwanzig Jahren vergessen, aber als hätte es auf diesen Tag gewartet wie ein Geist, der aus seiner Flasche will. Jills Hände und Arme waren bereit für das, was sie zu tun hatten. Die Schreie und Tränen waren wie musikalische Noten, die dem Musiker zeigten, wo zu spielen war, wo Pause zu machen war, welcher neue Ton des Schmerzes zu erzeugen war, ehe die endgültige Stille eintrat.

Doch der Anblick der hilflos auf dem Fußboden liegenden Meg stoppte die Raserei in Jills Kopf. Vertrauen mischte sich in den Schrecken im Blick des kleinen Mädchens.

Sie hielt inne und starrte ins Leere. Mit Anstrengung gelang es ihr, das Schreien in ihr zum Verstummen zu bringen. Das Bild des gefesselten kleinen Körpers, die schuldigen Öffnungen mit Instrumenten der Folter gefüllt, trat einen Schritt in ihr zurück. Sie holte tief Luft. Sie schmeckte Blut. Zuerst glaubte sie, auch das sei Teil ihrer Erinnerung. Dann wurde sie sich gewahr, daß sie sich hart auf die Innenseite ihrer Wange gebissen hatte.

Sie ließ von dem Kind ab und kroch zurück zu ihren Malsachen.

»Laß uns endlich anfangen, Schatz«, sagte sie. »Wir haben nicht soviel Zeit.« Das Licht des Nachmittags ließ bereits rasch nach. Sie nahm einen der Pinsel, tauchte ihn in das Fläschchen mit der schwarzen Farbe und begann, die Umrisse einer Figur zu malen.

Sie malte mit zügigen Strichen. Sie bewunderte ihr eigenes Können. Die Figur nahm rasch Gestalt an. Jill tauchte den Pinsel ins Rot, dann ins Grün und malte alle Details mit großer Sorgfalt aus.

Ein besonderes Summen hatte ihre Nerven überkommen. Ihr Körper schien wie eine elektrische Leitung zu sein, die vor Hochspannung knisterte. Sie wußte, daß ihr nicht mehr viel Zeit blieb. Das Ende war nahe.

Doch sie blieb ruhig. Bald war das Bild fertig.

»Schau«, sagte sie. »Was sagst du dazu, Liebling?«

Meg schwieg, rieb sich nur die Tränen aus den Äuglein. Aber sie sah sich das Bild mit Interesse an.

»Und jetzt«, sagte Jill, »muß ich mal kurz ins Bad gehen. Aber ich bin gleich wieder zurück. Keine Angst, Schatz. Ich rede mit dir vom Badezimmer aus. In Ordnung?«

Jill nahm ihre Handtasche und ging ins Bad. Sie begann, sich abzuschminken, und entfernte auch den falschen Schönheitsfleck, den sie während der letzten Etappe getragen hatte. Das Gesicht im Spiegel wirkte formlos und leer wie das Blatt, auf dem sie kurz zuvor ihre Figur gemalt hatte. Das bot Jill einigen Trost. Wenigstens hatte sie eine saubere Leinwand, um darauf zu arbeiten.

Da war ein leises Summen. Zuerst glaubte sie, es käme von Meg nebenan im Schlafzimmer. Dann begriff sie, daß es aus der Vergangenheit kam und nur ihre Lippen benutzte, um damit zu singen. Es war ein vertrautes Lied, auch wenn sie sich nicht mehr daran erinnern konnte, wie es hieß. Die Töne folgten einander wie selbstverständlich, ohne Zweifel oder Zögern.

Sie nahm nicht wahr, wie schludrig die Maske auf ihrem Gesicht geriet. Die Linien waren verschmiert, hektisch. Aber für Jill waren sie in jeder Hinsicht perfekt und entsprachen bis ins letzte Detail dem Bild, das sie im Kopf hatte.

Als sie fertig war, gab es nur noch eine falsche Note, und das war das schwarze Haar ihrer letzten Verkleidung. Sie griff in ihre Tasche und holte die Perücke heraus. Sie setzte sie rasch auf. Sie durfte keine Zeit verlieren. Nur diese letzte Maske konnte sie retten, und auch nur, wenn sie sich beeilte.

Sie schaute in den Spiegel. Sie war perfekt, bis auf die Tränen, die ihr aus den Augen rannen. Sie wischte sie weg.

Sie eilte wieder nach nebenan. Meg, die auf dem Fußboden saß, schaute sie überrascht an.

»Sehe ich nicht wundervoll aus, Liebling?« fragte Jill.

Meg schaute von ihrer Mutter auf das Tuschebild und wieder zurück.

»Richtig, Schatz«, sagte Jill. »Ich sehe genauso aus wie die Frau auf dem Bild, nicht wahr?«

Jill kniete sich neben die Sporttasche und ergriff den Revolver. Sie schaute ein letztes Mal aus dem Fenster. Die Nacht brach herein.

Mit einem nervösen, fast verlegenen kleinen Lachen drehte sich Jill zu ihrer Tochter um.

KAPITEL 73

New York City   18.45 Uhr

In seinem Büro in Manhattan fiel Jordan Lazarus in Ohnmacht.

Der Raum war voller Polizisten, Männer vom FBI und Privatdetektive, die telefonierten. Jordan selber hatte gerade mit dem örtlichen FBI-Leiter in Pennsylvania telefoniert, als ihm urplötzlich schwarz vor Augen geworden und er zu Boden gesunken war.

Sam Gaddis war im nächsten Moment bei ihm.

»Ein Glas Wasser, schnell«, rief er.

Unter den Detektiven entstand ein kurzes Durcheinander. Jordans Privatsekretärin brach in Tränen aus, als sie zur Tür kam. Sie stieß einen Polizisten, der ihr im Weg stand, barsch zur Seite und brachte einen nassen Lappen und einen Krug mit Eiswasser.

»Was habt ihr denn nur gemacht?« fragte sie und schaute von einem Detektiv zum anderen. Ihre unbeteiligten Mienen machten sie wütend. »Er ist doch auch nur ein Mensch, meine Güte. Macht doch mal Platz, damit er Luft kriegt.«

Sie kniete sich neben Jordan und begann, ihm energisch die Handflächen zu kneten. Sam legte Jordan den kalten Waschlappen auf die Stirn.

»Wie konnten Sie nur, Mr. Gaddis? Sie hätten doch auf ihn achtgeben müssen.«

Sam Gaddis war verdutzt. Er hatte während der letzten vier Tage tatsächlich nicht an Jordans körperliche Verfassung gedacht. Jordan hatte keine einzige Sekunde geschlafen, seit seine Tortur ihren Anfang genommen hatte, und er hatte so gut wie nichts gegessen, sondern sich mit Unmengen schwarzen Kaffees aufgeputscht. Kein Wunder, daß es ihn schließlich umgeworfen hatte. Sam fühlte sich persönlich verantwortlich. Er hätte Jordan dazu zwingen müssen, etwas zu essen und wenigstens ein paar Stunden täglich zu schlafen.

Sam konnte nicht wissen, daß körperliche Erschöpfung nichts mit Jordans Schwächeanfall zu tun hatte.

Jordan war in einem Traum verloren. In ihm erschien seine Schwester Meg mit ihren letzten Worten auf dem Sterbebett.

Da ist noch Zeit...

Diese Worte hatten während der vergangenen vier Tage wie ein Echo in Jordans Hinterkopf gehallt, unter der Oberfläche seiner fieberhaften Gedanken an Jill und das Baby. Er hatte sich daran geklammert, ohne sich dessen bewußt zu sein, so als wäre es eine Art Gebet, das seine Frau und seine Tochter am Leben erhalten könnte, wo immer sie auch sein mochten.

Doch erst jetzt vernahm er sie wirklich. Weil er nun wußte, daß es zu spät war.

Er hatte ruhig und gefaßt mit dem FBI-Mann telefoniert, der ihm wie immer gesagt hatte, daß es leider nichts Neues gäbe, daß aber alles menschenmögliche getan werde, als urplötzlich Megs sterbendes Gesicht vor sein geistiges Auge trat und ihre Worte in seinem Hirn explodierten. In diesem Moment konnte er Jill und das Baby fühlen, irgendwo auf der Welt. Und er wußte, daß das Verhängnis, das er versucht hatte zu verhindern, doch seinen Lauf nehmen würde.

Dann war er ohnmächtig geworden.

Er bekam von dem ganzen Aufruhr um ihn herum nichts mit. Ein schwarzer Schleier hatte sich über seinen Verstand gesenkt, und das Messer, das seit vier Tagen in seinem Herzen gesteckt hatte, wurde nun doch herausgezogen und ließ das Blut aus seinen Hoffnungen rinnen.

Zu spät.

Zu spät...

Diese Worte waren noch immer auf seinen Lippen, als er zehn Minuten später endlich wieder zu sich kam.

KAPITEL 74

Chicago, Illinois Mitternacht

Die Stadt hatte sich verändert.

Das Netz der Stadtautobahn zog sich nun durch die armen Gegenden, wo Holly vor fünfundzwanzig Jahren gearbeitet hatte. Städtebauliche Sanierung hatte die Landschaft verändert; ganze Wohnblocks und Apartmentgebäude waren verschwunden. Wohnprojekte für Geringverdienende und Sozialwohnungen ragten nun zwanzig Stockwerke hoch, und kleine Gruppen Jugendlicher, Afro-Amerikaner und Hispanos, schauten mit finsterem Blick dem Wagen nach, der langsam die schäbige Straße hinunterfuhr, die zu ihrem Territorium gehörte.

Die Dunkelheit erschwerte noch zusätzlich die Orientierung. Holly schaute unsicher durch die Windschutzscheibe.

»Es hat sich alles so sehr verändert«, sagte sie. »Nichts sieht mehr so aus wie früher.«

Cal Weathers sagte nichts. Er fuhr langsam weiter und hoffte nur darauf, daß Holly etwas sah, was ihrem Gedächtnis auf die Sprünge half. Seine anfänglich so große Hoffnung hatte bereits durch die Gegend hier einen herben Dämpfer erhalten. Wahrscheinlich war das Haus, das sie suchten, längst abgerissen worden.

Wieder einmal fragte er sich, ob die Fahrt hierher überhaupt Sinn hatte. Der Strohhalm, an den er sich da klammerte, war doch äußerst dünn. Weshalb sollte eine Frau mit einer gepeinigten Vergangenheit wie Jill in diesem Moment ausgerechnet an den Ort ihrer schlimmsten Erinnerungen zurückkehren? Das war doch abstrus.

Aber er mußte dem auf den Grund gehen. Es war seine einzige Spur.

»Warten Sie«, sagte Holly plötzlich und schaute aus dem Seitenfenster.

Sie sah zu einem Bahnübergang mit mehreren Bahngleisen, mindestens sieben Schienensträngen, die zwischen zwei uralten Fabrikgebäuden mit eingeschmissenen Fensterscheiben verliefen.

»An die Fabriken erinnere ich mich«, sagte sie. »Und an die Schienen auch. Ich weiß noch, wie ich jedesmal über diesen Übergang gefahren bin, wenn ich hierher kam. Wenn doch nur...«

Weathers fuhr nun fast im Schleichtempo. Jenseits eines vollgemüllten verlassenen Parkplatzes an der nächsten Ecke befand sich eine kleine Kneipe mit Billardsalon. Der gesamte Wohnblock hatte irgendwie die städtische Sanierung überlebt. Vielleicht konnte ihnen dort drinnen jemand weiterhelfen.

Doch Holly kam ihm zuvor.

»An der nächsten Kreuzung links«, sagte sie. »Wir sind richtig. Ich bin mir ganz sicher!«

Er bog nach links in eine uralte Straße mit Häusern ein, in denen vor fünfzig Jahren typischerweise Fabrikarbeiter und ihre Familien gelebt hatten. Sie wirkten buchstäblich zerborsten von der Zeit. Die Dächer verfielen. Zwischen den Resten der Gehsteige wucherte Gras. Schrottautos mit platten Reifen säumten die Straße. Die Hälfte der Häuser hatte eingeworfene Scheiben.

»Ja«, sagte Holly. »Ja, es war hier in der Gegend. Fahren Sie weiter.«

Weathers folgte langsam der Straße. Dann bog er auf Hollys Anweisung ab. Hier sahen die Häuser noch schlimmer aus. Noch weniger Autos standen am Straßenrand. Überall Glasscherben. Es war schwer zu fassen, daß die Stadt diese Gegend noch nicht längst hatte sanieren lassen. Es war ein wahrer Schandfleck.

»Wenn mir doch nur der Straßenname einfallen würde...«, seufzte Holly. »Aber es war ganz sicher so etwas wie ein Frauenname.«

»Frauenname?«

»Ach, ich weiß es nicht mehr genau.« Holly schüttelte den Kopf. »Es ist schon so lange her. Wenn ich doch nur nicht so alt wäre. Mein Gedächtnis läßt mich im Stich.«

Er steuerte durch die Glasscherben und Autowracks wie über ein Minenfeld. Nirgendwo war eine Menschenseele zu sehen. Häuser und Gehsteige waren mit Graffitis übersät. Diese Gegend hatten sich die Banden erobert und verteidigten sie als ihr Territorium. Wahrscheinlich kam es hier regelmäßig zu Schießereien. Drogenhandel und möglicherweise Vergewaltigungen waren sicher das einzige, was sich in den verfallenen Häusern noch abspielte.

»Dort!« rief Holly plötzlich. »Schauen Sie! Ich wußte doch, daß es ein Frauenname war!«

Er blickte auf das Straßenschild an der Ecke vor ihnen: *Rosa Street.*

»Links«, sagte Holly aufgeregt.

Er schlug das Steuer ein. Die Straße, in die sie nun einbogen, wirkte etwas weniger heruntergekommen. Nicht ganz so viele Fenster waren eingeschmissen. Dennoch war offensichtlich, daß hier außer Stadtstreichern niemand mehr lebte. Die Gegend hier würde allerhöchstens noch ein Jahr vor den Bulldozern der Stadtsanierung verschont bleiben.

Jetzt verlor Weathers auch noch den letzten Rest Hoffnung. Wie sollte Jill hierhergefunden haben, selbst wenn dies ihre Absicht gewesen war? Die Gegend wirkte doch wie das Ende der Welt.

»Halten Sie«, sagte Holly plötzlich.

Er stoppte mitten auf der Straße. Um den Verkehr mußte er sich nicht scheren; sie waren weit und breit das einzige Fahrzeug.

»Dort drüben«, sagte Holly. »Das weiße Haus mit den großen Fenstern oben.«

Er folgte ihrem Blick. Ein heruntergekommenes kleines Haus mit einer weißen Vorderseite und einer unkrautüberwucherten Auffahrt. Die Fenster waren mit Brettern vernagelt. Keine Spur von Leben.

Er stellte den Wagen vorsichtig ab und wich, so gut es ging, den Glasscherben aus. Sorgfältig sah er sich nach eventuellen Straßenräubern oder Bandenmitgliedern um. Dies war kein sicherer Ort.

Er nahm die Taschenlampe aus dem Handschuhfach und stieg aus. Holly eilte ihm voraus auf das Haus zu. In ihrem sanften Körper sah er ein Echo des unerschrockenen Gangs einer Sozialarbeiterin, die entschlossen war, ihre Arbeit zu tun, ohne sich um die Nachbarschaft zu scheren.

Das Haus kam näher. Weathers lief ein Frösteln über den Rücken. Er mußte an Jill Lazarus denken, die Frau, die auf der ganzen Welt für ihren Reichtum bekannt war für ihre Schönheit, ihren legendären Ehemann, ihre vergötterte Tochter. War es möglich, daß sie sich in diesem Augenblick in diesem Haus aufhielt? Die Vorstellung hatte etwas Düsteres, fast Mythisches.

Holly erreichte als erste die Eingangstür, aber es war Weathers, der anklopfte. Er klopfte sehr laut, mehrere Male. Nichts rührte sich drinnen.

»Glaube kaum, daß abgeschlossen ist«, sagte er und drehte am Türknauf.

Doch erstaunlicherweise war die Tür verriegelt. Er ging zum

Seiteneingang, Holly folgte ihm. Der Zement der Auffahrt war überall zerbröckelt, und sie mußten aufpassen, wohin sie traten. Die Betonstufe zur Küchentür gab es nicht mehr; dort klaffte nur noch ein breiter Spalt.

Eine Fliegengittertür ohne Gitter war vor der Küchentür, deren Farbe schon lange vom Holz abgeblättert war. Weathers drehte die Türklinke. Knarrend gab die Tür nach und schwang an einer Angel auf.

Der Strahl der Taschenlampe bohrte sich in die Dunkelheit. Die Küche, die seit mehr als zehn Jahren ausschließlich von Eindringlingen benutzt wurde, lag voller Bierdosen, alten Kondomen, Marihuana-Joints, leeren Flaschen. Der stechende Gestank von Urin vermischte sich mit dem von verrottendem Holz.

Weathers stand regungslos in der Stille. Er sah zu Holly. Sie schien sich zu fürchten.

»Alles in Ordnung?« fragte er.

»Es ist, als wäre es erst gestern gewesen«, sagte sie. »Das Haus war natürlich nicht so schlimm verfallen. Aber es war dasselbe Gefühl. Unheimlich. Als gäbe es hier Geister.«

Er sah, wie sie tief Luft holte.

»Wollen Sie lieber hier warten, während ich mich umschaue?« fragte er.

Holly antwortete nicht. Sie wirkte aufrichtig verängstigt.

»Wo haben Sie sie damals gefunden?« fragte Cal.

»Im Schlafzimmer... Nein, halt. Im Keller.«

»Ich gehe nachschauen. Warten Sie hier.«

Er zog seine Pistole und machte sich auf den Weg. Sie hörte das Knarren seiner Schritte auf dem Schutt und Dreck im Wohnzimmer. Sie stand in der Küche und spürte die Vergangenheit um sie herumschlängeln. Sie hatte so viel erlebt in ihrem Leben, ihrem langen Leben, nur um nun wieder hier zu stehen... Das Gesicht der kleinen Jill Sundberg erwachte vor ihrem geistigen Auge, wunderschön, schweigsam, leer.

Sie dachte an die Zimmer im oberen Stock, wo sie die Bilder des kleinen Mädchens und den Tuschkasten gefunden hatte und das ordentlich gefaltete Bettzeug, das Jill während ihrer Monate der Einsamkeit benutzt hatte.

Magisch angezogen, vergaß sie Weathers und strebte der Treppe zu. Von der Straße drang gerade genug Licht herein, um den Weg in der Dunkelheit zu finden.

»Jill?« rief sie leise. Keine Antwort.

Sie erreichte die Treppe und ging zaghaft hinauf. Die Stufen knarrten laut unter ihren Schritten.

Oben angekommen, räusperte sie sich.

»Jill?«

Die Stille umhüllte sie wie ein Schleier. Sie fröstelte. Sie schaute nach links, nach rechts. Das Kinderzimmer war das auf der rechten Seite gewesen. Der so lange zurückliegende Tag kehrte nun zurück. Sie meinte fast, ihren damaligen Kollegen – wie war bloß noch sein Name gewesen? – zu hören, der mit ihr zusammen das Haus durchsucht hatte.

Die Tür zum Zimmer stand offen. Langsam ging sie darauf zu.

Wie angewurzelt blieb sie stehen.

Dort im Zimmer, an die Wand gelehnt, war eine Tuschzeichnung.

Holly eilte darauf zu, ergriff das Bild und hielt es vor dem Fenster hoch. Als das fahle Licht darauf fiel, stockte ihr der Atem.

Es war dasselbe Bild wie vor fünfundzwanzig Jahren; das Bild, das sie am Nachmittag daheim in Baltimore Cal Weathers gezeigt hatte. Das sie ein Vierteljahrhundert nicht anzuschauen gewagt hatte.

Holly wurde schwindlig. Nun wußte sie, daß Weathers recht gehabt hatte. Jill war hier, oder zumindest war sie hier gewesen.

Das Bild zeigte eine Frau, groß und wunderschön, mit rotem Haar und grünen Augen. Eine gütige Mutter wie aus dem Märchen. Sie lächelte und hielt eine Hand ausgestreckt.

Das Bild zitterte in ihrer Hand, als würde ihre Angst ihm Leben verleihen. Sie wandte sich vom Fenster ab und schaute ins Zimmer.

Auf einer Luftmatratze, zugedeckt mit einer Decke, lag ein Kind.

»Oh, mein Gott…«

Sie stürzte hinein, kniete sich neben das kleine Mädchen und berührte es. Keine Regung.

»Oh, mein Gott! Oh, mein Gott!«

Holly lief zur Tür. »Kommen Sie hoch, schnell!« rief sie nach unten. »Das kleine Mädchen! Das kleine Mädchen!«

Doch Cal Weathers hörte sie nicht. Er stand unten im Keller, hinter der Heizung, und hielt den Leichnam von Jill Lazarus im Arm. Das Blut an der Einschußwunde an ihrem Kopf war bereits fast getrocknet. Ihre Kleidung war staubig, und die Perücke, die sie getragen hatte, war von der Wucht der Kugel halb vom Kopf gerutscht.

Doch zum erstenmal, soweit Cal sich entsinnen konnte, sah Jill aus, als hätte sie Frieden gefunden.

KAPITEL 75

Farmington, Long Island. Ein Jahr später

Leslie saß allein unter der uralten Eiche im Park, wo sie vor eineinhalb Jahren mit Terry Beyer gesessen hatte.

Terry war daheim, und sie war dabei, in ihr Auto zu steigen und zurück nach Johnsonville zu fahren. Wie üblich wartete im Büro reichlich Arbeit auf sie. Seit Ross tot war, führte sie allein die Geschäfte von *Wheeler Advertising*. Die kleine Agentur war ihre persönliche Verbindung zwischen der Vergangenheit und der Zukunft, und sie war dankbar dafür.

Doch im Moment konnte sie sich einfach nicht losreißen und

den Park schon verlassen. Sie blieb noch sitzen und schaute hinunter in das weiche Gras zwischen den beiden Strünken der alten Eiche. Dort hatte Terry erst vorhin mit ihr gesessen, es war der Platz, wo er immer saß.

Doch Terry war nun nicht mehr da, und seine Entwicklung machte der Zeit der engen Vertrautheit nun sehr bald ein Ende. Er war schon zu groß, um auf diesem kleinen Fleckchen Gras zu liegen. Und er war bereits zu alt für Phantasien über entsprechende Bäume. Bald würde er auch zu alt sein für Ausflüge in den Park. Er war jetzt achteinhalb; bald wurde ein Teenager aus ihm. Wo sollte er dann noch Platz für Leslie in seinem Leben finden?

Sie vertrieb diesen Gedanken aus ihrem Kopf, lehnte sich an den alten Baum und schaute den spielenden Kindern im Park zu. Alle waren noch klein. Jedes hatte die Mutter oder große Schwester oder den Babysitter auf einer Bank sitzen und warten.

Keines dieser Kinder gehörte ihr. Vielleicht nie.

Die Wolken rissen für einen Moment auf, und ein breiter Sonnenstrahl tauchte die Szene in warmes Licht. Das Ganze hatte etwas Unwirkliches an sich, etwas Mystisches, Schicksalhaftes. Leslie sann darüber nach, daß sie all diese Kinder nur in einem kurzen Augenblick der Zeit sah, der nicht von Dauer sein konnte.

Zwei kleine Mädchen spielten mit einem noch kleineren Jungen auf dem Drehrad. Sie liefen so schnell sie konnten im Kreis, jauchzten und gaben dem Rad Schwung.

Ihr kam das Drehrad wie die Erde selbst vor, die sich im Kreis drehte und deren endlose Bewegung es den Menschen unmöglich machte, immer die Füße auf dem Boden zu halten. Die Sonne ging auf und unter, doch die Bewegung durch die Zeit unterzog die Menschen einer Veränderung, ohne Vorhersehbarkeit.

Leslie legte sich noch einmal ins Gras und blickte hinauf in die Äste der riesigen, sich sanft wiegenden Eiche. Sie erinnerte sich an eine lange zurückliegende Zeit, als sie noch ein kleines Mädchen war und ihre Mutter noch lebte.

In den spielenden Kindern hier stand ihre eigene zarte Jugend wieder vor ihr auf, ihre Verletzlichkeit, ihre sonnigen Tage voller Fehler und mißlungener Versuche und kleiner Katastrophen, vor allem aber ihre Kraft und ihre Fähigkeit, wieder aufzustehen, wenn sie hingefallen war. Das war es, was diese Kinder jetzt auch taten, hier in diesem Park. Sie machten Fehler und lernten daraus und gewannen so die Kraft, die ihnen half, einst ihre Zukunft zu meistern.

Und es gab ihr die Gewißheit, daß es auch für sie weiterging. Sie hatte Angst. Sie hatte die Macht erlebt, die Menschen und Dinge fortnahm, die einem am liebsten waren. Doch das Leben ging dennoch immer weiter und forderte sein Recht.

Ihr Sinnieren wurde von einem kleinen Schatten unterbrochen, der über ihr Gesicht fiel.

Ein kleines Mädchen stand direkt neben ihr. Es trug einen hübschen kleinen Wollmantel, darunter Cordhosen. Es hatte sandblondes Haar mit goldenen Strähnen, die wie ein Heiligenschein in der Sonne leuchteten. Das kleine Gesicht war im Schatten, und so konnte Leslie die Augen nicht erkennen.

»Hallo«, sagte Leslie, noch immer auf dem Rücken im Gras liegend. »Wie heißt du denn?«

»Meg«, antwortete das Mädchen. »Und wie heißt du?«

»Ich heiße Leslie.«

»Was machst du denn gerade?« fragte das Mädchen.

Leslie schirmte mit einer Hand die Augen vor der Sonne ab. Nun konnte sie die Augen des kleinen Mädchens erkennen. Sie waren blaugrün und voller Verschmitztheit. Ihre milchige Haut war mit winzigen Sommersprossen übersät.

»Ich habe mit dem Baum da geredet.«

Das kleine Mädchen gluckste. »Mit dem Baum geredet?«

»Das ist ganz einfach«, sagte Leslie. »Du mußt dich nur auf den Rücken legen, die Augen zumachen und warten, bis der Baum etwas zu dir sagt. Dann antwortest du ihm. Ganz leise natürlich, damit dich niemand hört. Bäume mögen es nämlich nicht, belauscht zu werden.«

Das kleine Mädchen schien entzückt. Auch wenn sie noch sehr klein war, schien sie das meiste von dem, was Leslie gesagt hatte, zu verstehen. Die Intelligenz funkelte aus ihren kleinen Augen.

»Willst du's mal ausprobieren?« fragte Leslie. »Du kannst dich neben mich legen, wenn du möchtest.«

»Ich weiß nicht«, sagte die Kleine schüchtern.

Leslie setzte sich auf und stützte sich auf den Ellenbogen ab.

»Bist du denn ganz allein hier, Meg? Wo ist denn deine Mami?«

Das Mädchen schüttelte den Kopf. »Ich habe keine Mami.«

Leslie sah sie an und schwieg. Sie spürte die Traurigkeit in dem Kind. Sie wünschte, sie könnte es in den Arm nehmen und an sich drücken, doch das durfte sie nicht. Es war nicht ihr Kind.

»Aber mein Daddy ist hier«, sagte die Kleine. »Er hat gesagt, ich soll mal zu dir kommen und mit dir reden.«

Leslie war verdutzt. »Das hat er gesagt?«

»Ja. Er ist da drüben.«

Das Mädchen zeigte zu einer Bank am Ende des Parks. Leslie sah einen Mann auf der Bank sitzen. Er lächelte.

Leslie wurde blaß. Sie schaute von dem Mann dort hinten zum Gesicht des kleinen Mädchens, dann wieder hinüber zum Mann.

Jordan hatte sich bereits von der Bank erhoben. Leslie ergriff in einer reflexartigen Geste die Hand des Kindes und hielt sie noch, als Jordan bereits auf sie zukam.

Als er bei ihr war, lächelte er.

»So, dann habt ihr beiden euch also schon miteinander bekannt gemacht, ja?«

Meg lächelte. »Sie heißt Leslie. Sie kann mit einem Baum reden.«

»Das kann sie?« Jordan hob eine Augenbraue. »Ich kriege das nicht hin. Meinst du, sie könnte uns beibringen, wie man das macht?«

»Mir hat sie es schon beigebracht«, sagte das kleine Mädchen voller Stolz.

Jordan blickte hinab zu den beiden; ihre Gesichter waren gesprenkelt vom Sonnenschein, der durch die Zweige der Eiche fiel.

»Ihr beiden gebt wirklich ein schönes Bild ab«, sagte er.

Dann fiel ihm Megs offener Schnürsenkel auf.

»Wärst du wohl so nett?« fragte er und sah Leslie an.

Sie beugte sich vor und band den Schnürsenkel.

»Sie braucht die Hand einer Frau«, sagte er. »Ich versuche mein Bestes, aber ich bin keine Mutter.«

Das Kind schaute von Leslie zu Jordan, während die Zweige hoch droben leise ächzten. Leslie strich dem Mädchen eine Strähne aus dem kleinen Gesicht.

Dann sah sie zu Jordan. Sein Blick war nun ernst, voll der drängenden Frage.

»Können wir nicht wenigstens darüber reden?« fragte er.

Leslie traten Tränen in die Augen. Sie leuchteten mit einer Leidenschaft, die sie nicht mehr empfunden hatte, seit sie das letzte Mal in dieses Gesicht geblickt hatte.

»Jetzt nicht«, sagte sie. »Wir reden nämlich gerade mit dem Baum.«

»Also später dann«, sagte er sehr zärtlich.

»Später, ja«, stimmte Leslie zu und legte dem kleinen Mädchen eine Hand um die Hüfte.

KAPITEL 76

New York Times 12. Mai 1981

JORDAN LAZARUS HEIRATET!

Jordan Lazarus, Amerikas vermögendster Unternehmer und Architekt des weltberühmten Lazarus-Plans zur Sanierung der Innenstädte der Nation, gab offiziell seine Verlobung mit Ms. Leslie Chamberlain aus Johnsonville, New York, bekannt.

Das Paar plant am 5. Juni eine standesamtliche Trauung mit anschließendem Empfang im Waldorf-Astoria.

Für Lazarus ist es die dritte Ehe, für Ms. Chamberlain die zweite. Ms. Chamberlain verlor im vergangenen Jahr ihren Gatten, den auf Long Island ansässigen Werbefachmann Ross Wheeler, durch Herzinfarkt. Mr. Lazarus wurde im vergangenen Jahr zum Witwer, als seine zweite Frau, Mrs. Jill Lazarus, Selbstmord beging.

Mr. Lazarus lehnte jeglichen Kommentar zu seiner erneuten Eheschließung ab, außer der Information, daß er und Ms. Chamberlain »seit langem eng befreundet« seien und einander 1976 kennenlernten, als Ms. Chamberlain als Etatdirektorin für eine Werbeagentur der *Lazarus*-Firmengruppe tätig war. Die Flitterwochen werden die Frischvermählten auf einer Insel in Griechenland verbringen, wo Mr. Lazarus eine Villa besitzt.

Calvin Weathers stand vor dem Grab von Jill Lazarus.

Es befand sich mitten auf dem Woodlawn Friedhof. Hier hatten die berühmtesten Toten der Geschichte New Yorks ihre letzte Ruhestätte – die Vanderbilts und Belmonts, Ralph Bunche und sogar Fiorello LaGuardia –, imposante Grabmäler, die von einstigem und noch immerwährendem Ruhm kündeten.

Inmitten all dieser Glorie lag Jill Lazarus, eine einsame Frau, die aus dem Nichts gekommen war, und deren Weg dort endete, wo er begonnen hatte. Sie war unter einem eher schlichten Grabstein begraben, absichtlich abseits des breiten Weges, wo er kaum einem Besucher auffiel.

Weathers hatte in seiner Jackentasche die zusammengefaltete Ausgabe der *New York Times* mit der Anzeige von Jordans Verlobung. Er lächelte ein wenig. Nun heiratete Lazarus doch noch Leslie Chamberlain. Also hatte Jill die ganze Zeit recht gehabt: Leslie war es, die einen festen Platz in Jordans Herz hatte, um den Jill so lange kämpfte – um am Ende doch zu verlieren.

Ja, Jill hatte recht gehabt. Wenn auch nicht in ihrem so tragisch zerrissenen Leben, so doch zumindest in ihrer Intuition. Sie hatte zahlreiche kleine Schlachten in ihrem Leben gewonnen, doch die eine große, die einzige, die wirklich zählte, hatte sie verloren.

Wenigstens hatte sie den Namen ihrer Rivalin gekannt. Für eine Frau wie Jill mußte dies etwas bedeutet haben. Als Kämpfernatur hätte sie es nur schwer ertragen, die entscheidende Niederlage hinnehmen zu müssen, ohne zu wissen, wer und was sie zerstörte.

Jordan Lazarus aber setzte sein Leben fort, und er freute sich einer Liebe, die er schon seit langem verdiente, die ihm aber verwehrt worden war. Lazarus war in jeder Hinsicht ein guter Mensch. Er hatte Millionen Menschen geholfen, die ohne jede Hoffnung gewesen waren, ehe er gekommen war. Sollte er seinen Teil des Glücks im Leben haben.

Jill war ausgelöscht und nur noch Erinnerung; sogar weniger als das; denn die Menschen, die ihr am nächsten gewesen waren, hatten sie niemals wirklich gekannt. Die Schmach in ihrem Leben, die als ganz kleines Mädchen in sie gepflanzt wurde, hatte eine Mauer zwischen ihr und der Welt errichtet. Wie ein unglücklicher Geist war sie durch das Leben gewandelt. Auch wenn es ihr nicht immer um Macht gegangen war oder darum, andere zu täuschen und auszunutzen, so mußte sie die schmerzhafte Erfahrung machen, daß sie nicht in der Lage war, die anderen als wirkliches menschliches Wesen zu berühren, ihnen ihre Liebe zu geben und ihrerseits Liebe zu erhalten auf die einfache menschliche Weise.

Am Ende, dem Wahnsinn verfallen und verstrickt in ihr einsames Schicksal, war sie vor dem Mann geflohen, um den sie so hart gerungen hatte, und an den Ort ihrer frühesten und größten Schrecken zurückgekehrt. Und dort hatte sie sich ihren Dämonen gestellt, hatte sich selbst das Leben genommen, um das ihrer Tochter zu schonen; die träumte unterdessen, betäubt durch Jills Schlafmittel, unschuldige Träume.

Dies war ihr Abschiedsgeschenk an Jordan Lazarus, daran hatte Weathers keinen Zweifel. Vielleicht konnte ihr dieses Geschenk am Ende so etwas wie Frieden schenken, auch wenn sie sich an eben dem Ort umgebracht hatte, an dem Holly Fleming sie vor fünfundzwanzig Jahren gefunden hatte, als erschrockenes, zutiefst verängstigtes, hinter der Heizung kauerndes kleines Wesen.

Nun war Jill für immer fort. Vielleicht war sie das schon immer gewesen. Nie wirklich menschlich, nie ganz real, hatte sie ihr verzweifeltes Spiel in der Welt der menschlichen Wesen gespielt und es am Ende verloren.

Ruhe in Frieden, dachte Cal Weathers.

Er wandte sich um und verließ den Friedhof, um nie wieder hierher zurückzukehren.

Als er zu seinem Auto ging und dann die lange Auffahrt hinunterfuhr, sah ihm Jessica Hightower nach.

Sie saß in ihrer Limousine. Sie hatte für eine Stunde das Büro verlassen, um hier sein zu können. Es war reiner Zufall gewesen, daß sie den Besucher am Grab gesehen hatte. Der erste, den sie hier überhaupt je angetroffen hatte. Sie kam zweimal die Woche hierher, manchmal sogar öfter. Nichts schien sie davon abhalten zu können. Sie legte frische Blumen aufs Grab und sah nach, wer sonst noch Blumen gebracht hatte.

Einmal, an einem Sonntagmorgen, hatte sie einen ihr unbekannten Mann in einem schwarzen Auto vorfahren sehen, der einen großen Strauß Blumen aufs Grab gelegt hatte und wieder weggefahren war. Sie sah ihn auch an weiteren Sonntagen. Schließlich begriff sie, daß es ein Angestellter von Jordan Lazarus sein mußte, der den Auftrag hatte, allein herzukommen und Blumen auf das Grab zu legen.

Jordan Lazarus hatte sie noch nie hier gesehen. Möglich, daß er zuviel mit seinem neuen Leben zu tun hatte. Aber ebenso denkbar, daß Jordan Lazarus aus einem Grund, den Jessica nicht kannte, den Anblick des Grabes nicht ertrug.

Sie, Jessica, konnte ihn ertragen. Im Grunde war es ihr sogar unmöglich, nicht herzukommen.

Und so war sie auch heute hier, wie üblich, und hatte sich trotz ihres übervollen Terminkalenders die Zeit genommen, Jill zu besuchen.

Sie stieg aus der Limousine und ging mit den Blumen zum Grab. Sie konnte das leise Brummen des Motors der Limousine hinter sich hören. Und dahinter das leise Murmeln der großen Stadt.

Sie stand vor dem Grabstein. Auf dem Gras lag ein kleines Blumengebinde, zurückgelassen von dem Mann, der gerade wieder gegangen war.

JILL FLEMING LAZARUS
Gestorben am 5. April 1980
Ehefrau von Jordan, Mutter von Meg

Kein Geburtsdatum. Jills Geburtsdatum war nicht bekannt. Es gab auch keine Familie, außer Jordan und ihrer Tochter. Die Grabinschrift besagte alles, was verläßlich über sie gesagt werden konnte. Alles andere war zu geheim, um auf einem Grabstein verewigt zu werden.

Und dazu zählte auch Jessica.

Arme Jill! Die Erinnerung an sie würde so beschränkt sein wie ihr Leben. Niemand würde aufrichtig um sie trauern können, weil niemand sie wirklich gekannt hatte.

Für Jessica Hightower jedoch war sie eine wirkliche Frau gewesen, ein Beweis, daß das Leben lebenswert war, daß für die Liebe kein Opfer zu groß war. Jessica hatte Jill verloren, aber nicht vergessen. Und nichts in ihrem erfolgreichen Leben war jemals so real gewesen wie Jill.

Schlafe in Frieden, murmelte sie. Ich liebe dich...

Während Jessica Hightower vor dem Grab von Jill Lazarus stand, saß Barbara Considine in ihrem Büro und hatte die *New York Times* vor sich.

Die Meldung über Jordans Verlobung stand eher bescheiden auf der Seite mit den Gesellschaftsnachrichten, aber ihre Sekretärin hatte umsichtig im Inhaltsverzeichnis auf der Titelseite einen Vermerk angebracht, um Barbara auf diese Seite hinzuweisen.

Ganz so wie Barbara selbst eine Notiz auf der Titelseite der *New York Times* vermerkt hatte, um ein ganz anderes Auge auf eine wichtige Meldung im Innenteil der Zeitung aufmerksam zu machen...

Diese Anmerkung war ihr zum Verhängnis geworden. Denn hätte sie genügend Selbstbeherrschung gehabt, um ihre Zeit abzuwarten, anstatt zu versuchen, selbst Schicksal zu spielen, wäre sie wohl heute erneut die Frau von Jordan Lazarus.

Doch ihre Liebe hatte sie verzweifeln lassen, und sie war ein Risiko eingegangen, zu einem Zeitpunkt, als sie Geduld hätte beweisen müssen.

Und nun hatte sie alles verloren, Jordan aber würde bekommen, wonach er sich sein halbes Leben gesehnt hatte. Jordan konnte sich glücklich schätzen.

Die Zeitungsmeldung enthielt kein Foto von Leslie, worüber Barbara nur froh war. Der Anblick dieses hübschen Gesichts, so aufrichtig und klar, wäre unerträglich gewesen.

Und dennoch freute sie sich trotz allem für Jordan. Das Schicksal hatte ihn lange hingehalten, ehe es ihm nun gab, was er verdient hatte. Das Schicksal hatte sie, Barbara, und natürlich auch Jill, benutzt, um Leslie von ihm fernzuhalten. Und diese lange Trennung hatte der beiden im Weg stehenden Frau nur Unglück gebracht – sie, die so angestrengt versucht hatte, ihn zu lieben, ohne es ihn wissen zu lassen; ihn zu halten, ohne ihn die Gitterstäbe seines Gefängnisses sehen zu lassen; und Jill, die erst zur Liebe erwachte, als sie erkannte, daß sie Jordan nicht besitzen konnte, und die ihm ein Kind gebar aus ihrer verzweifelten Sehnsucht, ihm zu sein, was sie niemals sein konnte.

Leslie ihrerseits hatte bestimmt viel Kraft gebraucht, um vor ihrem kranken Mann die große, unsichtbare Liebe in ihrem Herzen zu verbergen.

Und für Jordan mußte jeder Tag getrennt von der Frau, die er liebte, eine unerträgliche Bestrafung gewesen sein, eine Art Exil seines wahren Ichs.

Doch all das war jetzt vorbei.

Barbara schlug die Zeitung zu. Sie faltete sie zusammen und warf sie in den Papierkorb neben ihrem Schreibtisch. Doch die Titelseite mit dem Hinweis auf die Hochzeitsanzeige war noch zu sehen. Ein trauriges Lächeln, nicht ohne Ironie, umspielte ihre Lippen. Sie betätigte den Knopf ihrer Sprechanlage.

»Cheryl, kommen Sie doch bitte, und leeren Sie meinen Papierkorb aus.«

Barbara kehrte zu ihrer Arbeit zurück. Sie hatte Geschäfte zu machen, Kämpfe zu gewinnen, Widersacher auszustechen. Sie hatte ein ausgefülltes Leben.

Doch als sie ein letztes Mal auf den leeren Papierkorb schaute, wurde ihr klar, daß sie auch in Zukunft von Jordan Lazarus hören oder lesen würde. Der Lazarus-Plan revolutionierte das Antlitz der Großstädte des Landes und wurde in aller Welt als die zukunftsweisende Methode gepriesen, den städtischen Verfall aufzuhalten.

Geschichten über Jordan, seinen Ruhm und seine Pläne, seine glückliche Ehe und seine zukünftigen Kinder, würden fortan Teil von Barbaras Leben sein. Möglicherweise solange sie lebte.

Das war ihre Strafe.

Sie war selbst in diesem einsamen Moment selbstkritisch genug einzusehen, daß diese Strafe wohlverdient war.

Mr. Lazarus lehnte jeglichen Kommentar zu seiner erneuten Eheschließung ab, außer der Information, daß er und Ms. Chamberlain »seit langem eng befreundet« seien und einander 1976 kennenlernten, als Ms. Chamberlain als Etatdirektorin für eine Werbeagentur der *Lazarus*-Firmengruppe tätig war. Die Flitterwochen werden die Frischvermählten auf einer Insel in Griechenland verbringen, wo Mr. Lazarus eine Villa besitzt.

In der Bibliothek der offenen Vollzugsanstalt von Cheningo, New York, saß Tony Dorrance und las die Meldung in der *New York Times* wieder und wieder.

Seine Stirn war vor Konzentration in Falten gezogen. Seine Gedanken rasten wie noch nie.

Lazarus…

Seit langem eng befreundet…

Zum erstenmal 1976 begegnet…

Tonys Finger krallten sich in die Zeitung. Alles in seinem Kopf gewann eine neue Bedeutung, wie die Glasfragmente in einem Kaleidoskop. Es formierte sich ein Bild der Wahrheit, von dem er all die Jahre nichts gewußt hatte.

Leslie hatte Jordan Lazarus geliebt. Er war ihre große Liebe. Sie hatte ihn schon vor Jahren kennengelernt, noch ehe sie diesen Wheeler geheiratet hatte. Vor Jahren schon. Sie mußte die ganze Zeit nach ihm geschmachtet und auf ihn gewartet haben.

Nun begriff Tony alles. Und vor allem begriff er Leslies Verhalten. Warum sie diesen Ross Wheeler geheiratet hatte, der viel zu alt für sie gewesen war, war Tony schon immer schleierhaft gewesen. Ein so viel älterer Mann war nichts für Leslie. Das paßte nicht zu ihr.

Aber gut möglich, daß sie ihn geheiratet hatte, um sich über Lazarus hinwegzutrösten. Das hätte Sinn. Sie mußte Lazarus kennengelernt, sich in ihn verliebt und ihn dann irgendwie wieder verloren haben. Sie war so einsam, so verzweifelt. Und nur deshalb hatte sie Wheelers Antrag angenommen.

1976 ...

Tony dachte daran, wie sie sich gewehrt hatte, als er in ihr Leben zurückgekehrt war und ihr gesagt hatte, daß er sie liebte. Damals war er ganz verwundert gewesen über ihre Loyalität zu Wheeler. Es hatte schuldbewußt gewirkt, als würde sie etwas verbergen.

Aber es war kein Schuldgefühl wegen ihrer körperlichen Leidenschaft für Tony, wie er es sich damals eingeredet hatte. Es war ein Schuldgefühl darüber, daß sie noch immer Lazarus wollte und Wheeler für sie nur ein Ersatz war, jemand, mit dem sie Mitleid hatte.

Das erklärte auch, weshalb sie Tony mit solcher Verachtung begegnet war. Und weshalb seine Beteuerungen wegen des Babys so wenig Wirkung auf sie gehabt hatten. Sie liebte ihn, Tony, nicht mehr. Sie hatte ihn völlig vergessen. Sie war nun auf Höheres aus.

Sie wollte Jordan Lazarus.

Jordan Lazarus. Den Mann an der Spitze der Konzern-Pyramide, in deren gigantischen Walzen er nur ein winziges Rädchen als einfacher Vertreter gewesen war. Der Mann, der alles hatte. Der reichste Mann Amerikas. Dieser Mann war Leslies große Liebe.

Tony kochte vor Haß, wenn er an seine Erniedrigung dachte und an Leslies Undankbarkeit und Perfidie. Er hatte ihr ein Kind gegeben. Noch wichtiger – er hatte ihr sein Herz gegeben. Und sie hatte sich nie etwas aus ihm gemacht. Sie hatte sich geduldig immer weiter hinaufgearbeitet im Leben, während er, Tony, tiefer und tiefer gesunken war.

Und während sie ihr Schauspiel von Loyalität und Aufrichtigkeit gespielt hatte, hatte sie die ganze Zeit nur an sich selbst gedacht. Kaum war Wheeler unter der Erde und Lazarus frei, war sie wieder zu ihm gerannt. Weil er derjenige war, den sie wollte, an den sie die ganze Zeit gedacht hatte.

Er hingegen, dessen Liebe für sie größer war als jede andere, ob nun von diesem kranken alten Mann Wheeler oder dem reichen und verhätschelten Lazarus, er saß im Gefängnis. Nur noch Haß über die Ungerechtigkeit der Welt war in ihm. Haß, Haß, Haß.

Er legte die Zeitung sorgfältig wieder an ihren Platz und bat dann um Erlaubnis, die Bibliothek wieder zu verlassen. Er zeigte sich von seiner allerbesten Seite, seit er ins Gefängnis gekommen war. Und deshalb war er, als vor drei Monaten dreihundert Häftlinge wegen Überfüllung aus Attica hierher, in diese Anstalt des offenen Vollzugs, verlegt worden waren, unter ihnen gewesen. Er durfte sich überall innerhalb der Anstalt aufhalten und konnte fast nach Belieben ein und aus gehen. Im Vergleich zu Attica waren die Sicherheitsvorkehrungen hier ein Witz. Man konnte am hellichten Tage zum Tor hinausgehen, ohne daß es jemandem auffiel.

Nun verstand Tony alles. Das Schicksal hatte ein weiteres Mal in sein Leben eingegriffen, um ihn in diese lasch bewachte Anstalt zu bringen.

Und es gab ihm nun seinen letzten Marschbefehl.

KAPITEL 77

25. Juni 1981

Leslie weilte mit Jordan in seinem Haus auf der Ägäis-Insel.

Nun endlich doch noch vereint, konnten sie beide ihr Glück kaum fassen. Sie hatten schon lange aufgehört, sich an den Traum eines gemeinsamen Lebens zu klammern. Und so waren sie jetzt beide völlig aufgewühlt und ein wenig nervös in der Gegenwart des anderen.

Sie waren nicht mehr dieselben wie bei ihrer ersten Begegnung vor fünf Jahren, als das Leben so anders ausgesehen hatte. Leslie war inzwischen mit einem Mann verheiratet gewesen, für den sie tief empfunden hatte, und sie hatte mit aller Kraft dafür gekämpft, diese Ehe im Angesicht der gnadenlosen Krankheit zu verlängern. Sie hatte gegen ihre Liebe zu Jordan angekämpft, da diese Liebe sich zwischen sie und Ross stellte. So war Jordan nun wie eine Versuchung, der sie sich nach jahrelangem Widerstand auf köstliche Weise hingeben konnte.

Jordan waren zwei schwierige und widersprüchliche Ehen gescheitert, seit er sich in Leslie verliebt hatte. Er war das Opfer von Täuschung und Verrat geworden. Ein Visionär in der Geschäftswelt, war er in seinem Privatleben doch auch nur ein Mensch mit Schwächen und Fehlern. Um ein Haar hätte er sich selbst und seine geliebte Tochter zerstört.

Und bei alldem hatte Leslie stets, ohne es zu wissen, eine Rolle gespielt.

Sie hatten beide einen langen Weg zurückgelegt. Nun, da sie am Ende doch vereint waren, schien ihr Glück völlig neu. Der exotische, fremde Ort, weit entfernt von ihrem alten Leben, paßte als Umgebung für den Neuanfang ihrer Liebe also sehr gut.

Bei diesem Neuanfang spielten ihre gemeinsamen Segeltouren eine wichtige Rolle. Jordan nahm Leslie fast jeden Tag mit auf seine Yacht. Sie segelten die Küste entlang oder zu einer der benachbarten Inseln, auf der alte Freunde von Jordan lebten, die Leslie mit offenen Armen willkommen hießen.

Sie liebten sich in der Abgeschiedenheit des Bootes, so wie einst.

In langen Gesprächen klärten sich alle Zweifel und Rätsel. Sie hatten einander wieder. Und diesmal für immer.

Es war Freitag. Am nächsten Montag kehrten sie wieder zu ihrem Alltag zurück. Jordan hatte die Arbeit an seinem Lazarus-Plan, Leslie mußte in Johnsonville das Haus verkaufen und sich um einen neuen Geschäftsführer für *Wheeler Advertising* kümmern. Danach wartete ihre gemeinsame Zukunft auf sie.

Meg war vorläufig bei Jordans Familie in Pennsylvania und sollte am Dienstag wieder heimkehren. Jordan freute sich sichtlich darauf, sie wiederzusehen. Volle drei Wochen lang von ihr getrennt zu sein war schmerzlich für ihn. Aber Leslie empfand keine Eifersucht auf seine Liebe zu seiner Tochter. Sie konnte es gar nicht abwarten, Meg eine Mutter zu sein und ihr einen kleinen Bruder oder eine Schwester zu schenken.

Meg hatte sich Leslie mit einer Ungezwungenheit und Spontaneität genähert, die fast vermuten ließ, daß sie die unheimliche spirituelle Verbindung zwischen Leslie und ihrer leiblichen Mutter Jill spürte. Das machte Leslie sowohl froh wie auch traurig. Sie verstand, daß Jill, mit ihrer großen Liebe und ihrer tragischen Bestimmung, immer präsent sein würde in ihrem Verhältnis zu Meg.

Eines Tages, später einmal, mußte Meg auch die Wahrheit über den Tod ihrer Mutter erfahren. Dieser schwierigen Aufgabe wollten sie sich stellen, wenn die Zeit gekommen war.

Es lag viel Arbeit vor ihnen. Das Schicksal hatte es ihnen erst jetzt erlaubt, ihre Liebe zu vollenden. Viele Hindernisse waren ihnen in den Weg gelegt worden, und Meg war auch von diesen Hindernissen berührt worden. Sie mußten nun ein gemeinsames Leben aufbauen. Und ihre Liebe gab ihnen die Kraft, um erneut von vorne anzufangen. Es war eine schöne Aufgabe.

An diesem Freitag abend waren sie müde, aber glücklich. Sie waren lange draußen auf dem Meer gewesen. Für den Abend hatten sie sich etwas Besonderes vorgenommen. Sie hatten auf dem Heimweg unterwegs bei einem Fischer des Dorfes einen schönen Seebarsch gekauft, den sie gemeinsam zubereiten wollten.

Doch zuerst liebten sie sich. Es war fünf Uhr nachmittags. Die ungewohnte Uhrzeit trug nur zu ihrer Leidenschaft bei. Indem sie sich ineinander verloren, schienen sie über die Kante der Welt hinauszutreten.

Jordans Körper war für Leslie längst wieder vertraut, weil sie schon einige Wochen zusammen waren. Doch ein tiefer, von den Jahren geschaffener Unterschied blieb: Dadurch, daß er geglaubt hatte, er habe Leslie für immer verloren, empfand er heute ein völlig neues Gefühl ihr gegenüber, und ihre Liebe bekam einen mysteriösen, tiefen Glanz. Leslie hätte sich niemals träumen lassen, daß Sex derart intim sein könnte.

Der Abend nahte. Sie standen beide auf, um sich den Sonnenuntergang anzusehen. Sie trugen die seidenen Bademäntel, die hier bereits für sie bereitgelegen hatten, als sie vor drei Wochen eingetroffen waren; sie waren ein Geschenk von Jordan.

Arm in Arm standen sie an der Brüstung und sahen zu, wie die Sonne langsam in der wartenden See versank. Das Dorf sah herrlich vertraut aus vor dem gigantischen Hintergrund der See. Die Fischerboote leuchteten vor dem Sonnenuntergang wie kleine grazile Noten zu dieser Symphonie aus Purpur und Blau. Es war ein atemberaubender Anblick.

»Ich hasse den Gedanken daran«, sagte Jordan.

»Woran?« fragte sie sanft.

»Wie leicht es war, dich zu verlieren«, antwortete er. »Und wie schwer, dich wiederzufinden. Ich würde alles darum geben, diese Jahre zurückzubekommen.«

»Liebling«, sagte sie und nahm seine Hand. »Vielleicht waren es gar keine vergeudeten Jahre. Vielleicht waren sie auf ihre Weise sogar notwendig.«

Sie dachte an ihre Odyssee im Leben, und um wie vieles natürlicher ihr Weg nun schien, da sie wußte, daß er sie zurück zu Jordan geführt hatte.

»Vielleicht«, fügte sie hinzu, »waren wir niemals wirklich getrennt.«

Er wandte sich zu ihr um und sah sie an. Sie sah das sterbende Sonnenlicht in seinen Augen sich spiegeln. In diesem Moment kam es ihr so vor, als wären weder ihre Einsamkeit noch ihre Kämpfe jemals real gewesen; nicht so, wie Jordan nun real für sie war. Ihre schmerzlichen Wege waren nur eine andere Form gewesen, ihm zu gehören.

»Ich liebe dich«, sagte sie und küßte ihn.

Plötzlich bewegte er sich in ihren Armen. Ein Zucken durchfuhr seinen Körper, und sie vernahm einen Schuß irgendwo hinter ihr.

Jordan sank zusammen und sackte zu Boden.

»Jordan, nein.«

Sie keuchte auf und versuchte, ihn zu stützen. Zusammen sanken sie langsam auf den Steinboden der Veranda.

»Nein, Jordan, nein...«

Etwas blitzte in ihrem Kopf auf. Sie legte seinen Kopf sanft auf den Boden und stürzte ins Schlafzimmer. Sie verfluchte sich dafür, nicht jede Minute auf der Hut gewesen zu sein und daß sie es gewagt hatte, an die Zukunft zu glauben.

Mit einem Kissen und einer Decke kehrte sie zurück. Sie kniete sich neben Jordan und legte ihm das Kissen unter den Kopf. Er hatte die Augen offen, sah aber nichts.

»Oh, mein Gott, Jordan. Jordan...« Die Panik ließ sie zittern. Sie mühte sich mit der Decke. Da war so viel Blut. Sie konnte nicht sehen, wo Jordan getroffen war, aber sie wußte auch so, daß es ernst war. Vielleicht bedeutete dieser leere Blick seiner Augen, daß er bereits nicht mehr am Leben war.

»Liebling, schau mich an. Sag etwas. Bitte!«

Eine tiefe Stimme erklang hinter ihr.

»Tja, das wär's dann wohl.«

Sie schaute auf und sah Tony auf sich herabstarren. Eine Pistole in seiner Hand. Sein Blick war erregt, fiebrig. Er hatte den großen Jordan Lazarus niedergeschossen und war sich dessen bewußt.

»Du«, sagte sie.

Er nickte. »Du kannst nicht vor der Vergangenheit fortlaufen«, sagte er. »Ich dachte, das hättest du inzwischen kapiert.«

Er sah zu Leslie und deutete auf Jordans Leib.

»Das ist deine Schuld«, sagte er. »Du hast gedacht, du könntest alles haben. Jetzt siehst du, was du davon hast.«

Leslie zog die Decke über Jordan und hockte sich mit seinem Kopf in ihrem Schoß hin.

»Geh weg«, sagte Tony. »Geh weg, oder ich bringe dich auch um.«

Sie sah mit unverhohlenem Haß zu ihm auf.

»Wie du willst«, sagte Tony. »Dann bleib, wo du bist. Hast es nicht anders gewollt. Kannst dir angucken, wie ich ihm die Birne wegpuste. Dann weißt du, was dich erwartet.«

Er richtete die Waffe auf Jordan.

»Nein!« schrie sie.

Er sah auf sie herab und griente.

»Was ist?« fragte er. »Du bist doch selber schuld. Du hast mir das angetan. Jetzt werde ich es ihm antun. Du hast gedacht, du könntest dich für immer vor der Wahrheit verstecken. Aber alles hat seinen Preis. Hast du etwa Angst vor ein klein wenig Gerechtigkeit?«

Er zielte sorgfältig auf Jordans Kopf und wiederholte das letzte Wort.

»Gerechtigkeit«, sagte er bestimmt.

Die Explosion überraschte ihn. Mit großen und erstaunten Augen sah er zu Leslie.

Sie hatte unter der Decke hervor auf ihn geschossen. Mit der gleichen Pistole, mit der bereits Ross Wheeler auf ihn geschossen hatte, als er vor eineinhalb Jahren nachts in ihr Haus eingedrungen war.

Tony stand noch immer, obwohl sie ihn in Bauchhöhe getroffen hatte. Das Erstaunen in seinem Blick wurde zu bitterer Belustigung, dann zu Haß.

»Glaubst du etwa, du könntest mich aufhalten?« fragte er. »Ich habe das Schicksal auf meiner Seite. Dein Mann ist erledigt, Schätzchen.«

Mit zusammengebissenen Zähnen zielte er auf Jordan.

Leslie zog die Pistole unter der Decke hervor und schoß noch einmal. Er hatte nicht daran gedacht, sich gegen sie zu verteidigen, so entschlossen war er, Jordan umzubringen. Erst jetzt begann er, sich zu ihr umzudrehen.

»Gerechtigkeit«, sagte er leise.

Sie stand auf und feuerte ein drittes Mal. Die Kugel traf ihn in die Brust und schleuderte ihn zurück. Erneut drückte sie ab. Er sank zu Boden.

Reglos und schweigend stand Leslie da und sah ihm zu. Tony hielt noch immer die Pistole in der Hand. Mit großer Mühe kam er wieder auf die Knie, Blut lief ihm aus dem Mund. Er richtete die Mündung auf Jordan, doch sein Blick ruhte auf Leslie. Da war ein leidender Ausdruck auf seinem Gesicht, fast kindlich. Als er um Kontrolle über die Pistole rang, verstand Leslie, daß seine Liebe zu ihr die Kraft war, die ihn aufrecht hielt. Tonys letzte Waffe…

Er hielt die Pistole auf Jordan gerichtet und begann den Abzug durchzudrücken. Leslie trat einen Schritt auf ihn zu und schoß erneut. Ein Knurren unwilliger Kapitulation entrang sich ihm, dann fiel er rücklings nach hinten.

Mit offenen Augen lag er leblos da, den gebrochenen Blick gen Himmel gerichtet, endlich konnte er Leslie nicht mehr sehen.

EPILOG

Zwölf Jahre später
New York City

Es war drei Uhr nachmittags.

Vor zwanzig Minuten war Mary von der Schule heimgekommen und zankte sich nun mit dem kleinen Joe, der ihr, obgleich zwei Jahre jünger und kräftemäßig unterlegen, mit seinem Dickkopf dennoch Paroli bieten konnte.

Sie lagen beide bäuchlings auf dem Boden im Wohnzimmer und sahen sich die Bilder in dem Buch an, das Joe im vergangenen November von Tante Louise zum Geburtstag geschenkt bekommen hatte. Es war ein Buch über ein kleines Entlein, das Angst hatte, nicht an einem Picknick teilnehmen zu dürfen. Die Geschichte war natürlich nichts mehr für eine gewitzte Zweitkläßlerin wie Mary, aber die Zeichnungen waren hübsch und gefielen ihr.

»Blättere um«, sagte sie jetzt. »Ich will die Lokomotive sehen.«

Der Junge verharrte über dem Bild mit dem Entlein auf dem See. Ganz wie sein Vater ein Träumer, ließ er sich für gewöhnlich Zeit bei allem, was er tat. Was Mary, die die Ungeduld ihrer Mutter geerbt hatte und aus der Haut fahren konnte, wenn es nicht nach ihrem Willen ging, jedesmal auf die Palme brachte.

»Komm schon«, drängelte sie. »Du brauchst immer den ganzen Abend, um eine einzige Seite zu lesen.«

Nach weiteren zehn Sekunden riß ihr endgültig der Geduldsfaden, und sie war bereit, einen Streit anzuzetteln. Sie wollte umblättern, doch der kleine Junge kam ihr zuvor und legte beide Hände auf die aufgeschlagenen Seiten.

»Nein!«

Ein kurzes, stummes Ziehen und Zerren begann.

Und jeden Moment wäre lautes Gezeter gefolgt, wäre nicht die Ermahnung des Vaters gewesen, der im Sessel am Fenster saß.

»Kinder«, sagte er in leisem, aber bestimmtem Ton. »Nicht zanken.«

Mary, die nie so leicht aufsteckte, wandte sich mit einem Schmollgesicht zu ihm um.

»Dad, er bummelt immer rum«, beklagte sie sich. »Warum muß ich denn den ganzen Abend warten?«

»Wessen Buch ist das, Liebling?« Die harmlose Frage des Vaters war ebenso Anweisung wie Ermahnung. Mary drehte sich wieder um, jedoch nicht, ohne wütend mit den Beinen aufzustampfen.

»Aber er braucht immer eine Ewigkeit«, murmelte sie.

Ihre Mutter kam aus der Küche dazu.

»Ihr streitet euch doch wohl nicht schon wieder?«

Mary entschied sich mit einem Seitenblick auf ihren Vater für einen diplomatischen Kurs.

»Nein, Mom«, sagte sie. »Wir lesen nur Joeys Buch.«

Ein skeptisches Lächeln spielte um die Lippen der Mutter.

»Schön«, sagte sie. »Seht zu, daß es friedlich bleibt. Meg kommt bald nach Hause.«

In diesem Augenblick klingelte das Telefon. Dad nahm ab, während die Kinder neugierig aufschauten.

»Lazarus«, meldete er sich.

Es entstand eine lange Pause. Die Kinder wandten sich wieder ihrem Buch zu. Der Vater sah ihnen dabei zu, während er lauschte. Er schien nicht sonderlich interessiert an dem, was der Anrufer ihm erzählte.

»Ich komme morgen«, sagte er schließlich. »Hat es bis dahin Zeit?« Und nach einer weiteren Pause: »Dann entscheide das allein. Mach es, wie du es für richtig hältst.«

Er legte wieder auf und schaute mit einem kleinen Lächeln auf seine Kinder. Sie blätterten nun leise das Buch um, auch wenn er vermutete, daß sie nur ihm zuliebe so taten, als würden sie sich vertragen.

Ehe er sich selber wieder seinem Buch widmen konnte, schwang die Eingangstür auf und fiel mit lautem Krachen ins Schloß – Meg war gekommen. Ihre Wangen waren rosig von der kalten Luft draußen, und auf ihrem Wollmantel und dem Schal waren noch Schneeflocken.

»Na, so gefällt's mir«, sagte sie mit einem Blick über das Bild, das sich ihr bot. »Ist das eine Begrüßung, oder was?«

Wie auf Stichwort sprangen die beiden Jüngeren auf und liefen zu ihr, um sie zu umarmen. Meg hatte diese vorwurfsvolle Bemerkung vor Jahren von ihrem Vater aufgeschnappt und benutzte sie seitdem. Inzwischen war es ein privater Scherz und ein geliebtes Ritual innerhalb der Familie geworden. Nun, da Meg die Junior High School besuchte, war sie oft von zu Hause fort, bei Proben und Konzerten – sie sang Sopran im Manhattaner Kinderchor, der sich dreimal die Woche traf – und kehrte meist erst spät zurück. Sie nahm ihre Verpflichtungen sehr ernst und erwartete, daß die Familie ihren arbeitsreichen Lebenswandel anerkannte.

Sie hätte sich darum nicht sorgen müssen. Die beiden Jüngeren blickten ehrfürchtig zu ihr auf. Ihre Intelligenz und wagemutige feminine Vitalität und Abenteuerlust machten sie zu ihrer Heldin. Sie waren stets sofort bereit, alles stehen und liegen zu lassen, um mit Meg zu spielen, und sie spürten immer die knisternde Energie, die das Haus erfüllte, wenn sie heimkam.

»Und?« fragte sie, warf Mantel und Schal über den Stuhl, kniete sich hin und schaute über Joes Schulter ins Buch. »Darf das Entlein nun zum Picknick oder nicht? Ich muß es wissen.«

Sie zog sanft an einem von Marys Zöpfen. Sie hatte eine anrührende mütterliche Art im Umgang mit ihren jüngeren Geschwistern. Ihr Vater, der sie beobachtete, verspürte einen Kloß im Hals beim Anblick ihrer beschützenden Haltung. Sehr oft war es Meg, die den Lebkuchen, das Popcorn oder die Erdnußbutterkekse machte; Meg, die im Winter mit ihnen zum Schlittschuhlaufen in den Park ging oder im Sommer den Zoo besuchte. Meg schien eine besondere und sehr bewußte Freude daran zu haben, ihre kindlichen Sorgen zu kennen, so als würden die beiden Kleinen ihr entgleiten, wenn sie in sich selbst gefangen blieb und sich nicht die Mühe machte, an ihrem Leben teilzunehmen.

Ihre Eltern hatten oft überlegt, ob es wohl daran lag, daß Meg nur ihre Halbschwester war. Wäre sie vom selben Blut wie sie, hätte sie ihnen wahrscheinlich nicht soviel Aufmerksamkeit geschenkt. Meg war anders, aber das gab ihr nicht nur eine Sonderstellung in der Familie, sondern sie war auch deren Bindeglied.

Doch nun stand die Mutter in der Küchentür und schaute auf die Kinder und deren Vater.

»Schatz«, sagte sie zu Meg, »du hast zwei Möglichkeiten zur Auswahl.«

»Oh-oh«, seufzte Meg und schaute auf. »Ich ahne schon, was kommt.«

»Du kannst entweder den beiden hier helfen, Lebkuchen zu machen«, sagte Mutter, »oder du kannst dein Zimmer aufräumen.«

»Lebkuchen«, sagte Meg rasch.

»Dachte ich es mir doch.« Mutters Lächeln war haarscharf an der Grenze zu echter Verärgerung. Megs Schludrigkeit war häufig Anlaß für Streit zwischen ihnen. Schon von klein auf war sie zu sehr mit ihren Zukunftsplänen beschäftigt, um sich um die Berge an Spielzeug, Büchern und Puppen, die sie hinterließ, zu scheren. Die Pubertät und ihre schulischen Verpflichtungen hatten dieses Problem noch vergrößert; und nun waren es Fläschchen und Tuben mit Schminke, Schulhefte, Kleidung und Jugendzeitschriften, die den Berg der Unordnung weiter anwachsen ließen.

»Mom, ich habe noch Hausaufgaben!« protestierte Meg.

»Wir haben alle unsere Arbeit«, entgegnete ihre Mutter. »Aber das bedeutet nicht, daß wir wie die Vandalen hausen.«

Meg stand auf und ging zu ihrem Vater.

»Dad, sie hat es schon wieder auf mich abgesehen«, hob sie an.

Doch bevor sie noch ein weiteres Wort sagen konnte, waren ihre beiden Geschwister angestürmt gekommen und fielen buchstäblich ihrem Vater auf den Schoß. Das war ein weiteres Familienritual; alle Kinder stürzten sich auf ihren Vater, wenn einer von ihnen versuchte, ihn allein für sich zu haben.

»Autsch!« Er verzog übertrieben das Gesicht. »Habt ihr drei denn keinen Respekt vor den Verletzungen eines Mannes? Ihr wißt doch, ich bin ein Kriegsverwundeter.«

Er hatte schon seit langem gelernt, über seine Bauchverletzung zu scherzen, da er sie nicht ganz ignorieren konnte. Die Kugel hatte damals mehrere innere Organe verletzt und ihn fast umgebracht. Die Ärzte hatten ihn im Grunde schon aufgegeben und bereits die Familie an sein Sterbebett gerufen. Zwei Monate hatte er im Krankenhaus gelegen und sich mehreren Operationen unterzogen.

Aber er war wieder genesen und führte ein sportliches Leben. Doch er benutzte die alte Verletzung als Entschuldigung, um so oft wie möglich vom Büro zu Hause zu bleiben, wann immer er, so wie heute, mit den Kindern zusammensein wollte. Im unausweichlichen Konflikt zwischen Familie und Arbeit hatte er seine Wahl getroffen, noch ehe seine beiden jüngeren Kinder zur Welt gekommen waren. Er überließ das Büro sooft es ging sich selbst. Sein persönlicher Ruhm litt darunter, doch das war ihm nur recht.

Er berief sich auf die alte Verwundung, wenn er sie zu seinem Vorteil einsetzen konnte, etwa bei den üblichen und häufigen Familiengeplänkeln. Den Kindern war gesagt worden, es habe sich um einen Jagdunfall gehandelt.

Die kleineren Kinder, zufrieden, von Dad umarmt und gedrückt worden zu sein, kehrten wieder zu ihrem Buch zurück. Meg blieb auf dem Knie ihres Vaters sitzen und genoß den ungewohnten Platz. Sie war zu beschäftigt mit ihrem hektischen Leben gewesen, um zu bemerken, daß sie schon seit Jahren nicht mehr auf seinem Schoß gesessen hatte.

»Dad, rede du mit ihr«, sagte sie. »Ich muß noch Hausaufgaben machen. Ich kann nicht alles machen. Außerdem ist es doch mein Zimmer.«

»Oh-oh.« Lächelnd ergriff er ihre Hand. »Ich sehe schon, wir werden wohl ein paar neue Regeln für euch aufstellen müssen.«

»Und warum nicht jetzt gleich?«

Er seufzte. »Das Problem mit euch beiden ist, daß ihr euch zu ähnlich seid. Ihr laßt euch beide nichts von mir sagen.«

»Daddy...«, beklagte sich Meg.

Er sah von ihrem Gesicht zu dem von Leslie, die in der Küchentür stand und zu ihnen herüberschaute. Er wurde es niemals müde, ihre Gesichter zu vergleichen, die auf den ersten Blick so unterschiedlich waren und doch vom selben Glanz erleuchtet wurden. Die Funken, die manchmal zwischen ihnen flogen, waren nur das äußere Zeichen eines unsichtbaren Bandes zwischen ihnen, das sie enger als mit jedem anderen verband.

Sein Blick traf Leslie. Auch wenn Meg dabei war, zu einer jungen Frau heranzureifen, sah Leslie so frisch wie ein Mädchen aus, wie sie da in der Tür stand und ihm zulächelte. Ihre schlanke Figur und ihr wunderschönes Haar – noch immer wild, trotz des Bandes, mit dem sie es zu einem Pferdeschwanz bändigte, wenn sie in der Küche zu tun hatte –, ließ sie immer jung aussehen. Dies war um so aufregender für ihn, als er darüber sann, daß sie erneut schwanger war. Im Juli würde sie ihm sein viertes Kind zur Welt bringen. Die anderen Kinder wußten es noch nicht. Sie hatten beschlossen, es vorläufig noch geheimzuhalten.

Leslie mußte seine Gedanken erraten haben, denn sie formte lautlos ein nur für seinen Blick gedachtes Wort.

Daddy!

Nun sah er Meg an. Nicht zum erstenmal bewunderte er die chamäleonhafte Art, wie ihre Stimmung ihr Aussehen beeinflußte. Ihr sandblondes Haar wirkte jetzt tatsächlich dunkler, und ihre grünblauen Augen kristallisierten sich zu einem dunklen Violett. Ihre Sommersprossen leuchteten auf ihrem cremigen

Teint in der Nachmittagssonne und ließen sie gleichzeitig zart und lebendig aussehen.

Sie verlagerte leicht ihr Gewicht. Seine Narbe schmerzte kurz, aber er spürte es kaum. Er bewunderte Megs vielschichtiges Wesen. Ihr Gesicht war wie ein magischer Spiegel, der in jeder seiner Facetten die Frauen widerspiegelte, die einen Platz in seinem Herzen gehabt hatten. Eine von ihnen stand nun gerade in der Küche und lächelte voller Stolz auf ihre älteste Tochter, auch wenn sie sich fragte, worüber sie sich wohl als nächstes in die Haare geraten würden.

Eine andere lag auf einem Friedhof dieser Stadt begraben, nachdem sie tapfer durch ein ungewöhnlich bewegtes Leben gegangen war, bevor sie alles aufgab, um diese Tochter zu retten.

Die dritte lag daheim in Pennsylvania begraben, lange schon vergessen von der Welt, die nur den Ruhm ihres Bruders pries. Doch zu ihm sprach sie immer noch mit einer stillen Stimme, deren Wahrheiten er stets in seinem Herzen bewegte und überdachte.

Du hast dich selber bei all dem verloren, Jordie. Finde dich selbst. Mir zuliebe...

Er hatte nie das Bild gemalt, das Meg, seine Schwester Meg, sich von ihm gewünscht hatte. Sicher, die Stadt um ihn herum – wie so viele Städte anderswo –, trugen die Pinselstriche seiner Vision. Meg hatte versucht, ihn dazu zu beglückwünschen, so als wolle sie ausgleichen, was er verloren hatte. Sein Name hatte seinen Platz in der Geschichte, zumindest eine Zeitlang. Doch er hatte schon seit langem aufgehört, sich um die Geschichte zu scheren.

Jordan Lazarus blickte auf seine Familie. Dieser träge Nachmittag mitten in der Woche, nur unterbrochen von einem seltenen Anruf aus dem Büro und dem gelegentlichen Gekabbel der Kinder, war das Schönste, was er sich vorstellen konnte. Er hatte sehr viel dafür geopfert und dieses Opfer niemals auch nur für eine Sekunde bereut.

Wenn seine Schwester Meg – wo auch immer sie nun sein mochte – diese Szene sehen könnte, wenn sie auf die Familie schaute, die er begründet hatte, würde sie wissen, daß Jordan erst jetzt ihre Herausforderung angenommen hatte und sie endlich stolz auf ihn sein konnte.

Werde glücklich…

Mit diesem Gedanken schaute Jordan von dem Mädchen auf seinem Schoß zu der Mutter, die noch immer in der Tür stand. Es schien ihm, als hinge sein ganzes Leben, von seinen frühesten Träumen bis zu seinem letzten Kampf, an der kostbaren unsichtbaren Linie zwischen diesen beiden Gesichtern.

Die Zeit, dachte Jordan Lazarus bei sich, ist eine harte Meisterin, die die Wünsche eines Mannes benutzen kann, um ihn weit von seinem Besten fortzulocken und ihn sogar fernab seiner Seele sterben zu lassen. In Jordans Fall hatte die launige Göttin am Ende Erbarmen gehabt und ihn heimkehren lassen.

Die Kinder zankten sich bereits wieder.

»Dad!« rief Mary auf dem Fußboden.

»Dad«, murmelte Meg und blickte ihm mit sonderbarer Zärtlichkeit in die Augen. Und er schaute zu Leslie, deren Lippen selbst jetzt lautlos das magische Wort aussprachen.

DANKSAGUNG

Meine tiefempfundene Wertschätzung für Ms. Tina Gerrard und Mr. Jon Kirsh für ihre unermüdliche und gründliche Hilfe bei meinen Recherchen. Danken möchte ich außerdem Claire Zion, meiner Lektorin beim Verlag Pocket Books, für ihre wertvollen Anregungen.

In Dankbarkeit für Ernst H. Huneck, M. D., für seinen fachlichen Rat zu zahlreichen schwierigen Problemen. Und ein großes Dankeschön – wie immer – an Jay Garon: für seine Unterstützung und Ermutigung.

Elizabeth Gage

GOLDMANN

Das Gesamtverzeichnis aller lieferbaren Titel erhalten Sie im Buchhandel oder direkt beim Verlag.

Taschenbuch-Bestseller zu Taschenbuchpreisen
– Monat für Monat interessante und fesselnde Titel –

✳

Literatur deutschsprachiger und internationaler Autoren

✳

Unterhaltung, Thriller, Historische Romane
und Anthologien

✳

Aktuelle Sachbücher, Ratgeber, Handbücher
und Nachschlagewerke

✳

Esoterik, Persönliches Wachstum und
Ganzheitliches Heilen

✳

Krimis, Science-Fiction und Fantasy-Literatur

✳

Klassiker mit Anmerkungen, Autoreneditionen
und Werkausgaben

✳

Kalender, Kriminalhörspielkassetten und
Popbiographien

Die ganze Welt des Taschenbuchs

Goldmann Verlag · Neumarkter Str. 18 · 81673 München

Bitte senden Sie mir das neue kostenlose Gesamtverzeichnis

Name: ____________________

Straße: ____________________

PLZ / Ort: ____________________